MISTRZOWIE  LITERATURY

THOMAS
BERGER

POWRÓT
MAŁEGO WIELKIEGO
CZŁOWIEKA

Przełożył
Lech Jęczmyk

DOM WYDAWNICZY REBIS
Poznań 2005

Tytuł oryginału
The Return of Little Big Man

Copyright © for the Polish translation Lech Jęczmyk
Copyright © for the Polish edition by REBIS Publishing House Ltd.,
Poznań 2005

Opracowanie graficzne serii i projekt okładki
Zbigniew Mielnik

Fotografia na okładce
Corbis/Agencja FREE

Wydanie II

Wydanie I ukazało się w roku 2001 nakładem
Wydawnictwa Zysk i S-ka s.c.

ISBN 83-7301-624-4

Dom Wydawniczy REBIS Sp. z o.o.
ul. Żmigrodzka 41/49, 60-171 Poznań
tel. (0-61) 867-47-08, 867-81-40; fax (0-61) 867-37-74
e-mail: rebis@rebis.com.pl
www.rebis.com.pl

Dla Rogera Donalda

PROLOG

Nazywam się Jack Crabb i w połowie dziewiętnastego stulecia przyjechałem z rodziną krytym wozem na Zachód. Mając dziesięć lat, przystałem do indiańskiego plemienia Czejenów i zostałem przez nich adoptowany. Otrzymałem imię Mały Wielki Człowiek, nauczyłem się mówić w ich języku, jeździć konno, polować, kraść konie, wojować i częścią umysłu myśleć tak jak oni. Jako nastolatek zostałem schwytany przez kawalerię Stanów Zjednoczonych i przeżyłem wiele przygód, poznając osobiście słynne postacie tamtego czasu i miejsca, takie jak: generał George A. Custer, James B. Hickok, zwany Dzikim Billem, Wyatt Earp i wielu innych, wreszcie wyszedłem żyw z bitwy nad rzeką Little Bighorn, którą Indianie nazywają Tłustą Trawą.

Opowiedziałem już ze szczegółami te i inne epizody z mojego wczesnego życia osobnikowi nazwiskiem Ralph Fielding Snell, który zjawił się w domu starców kilka miesięcy, a może lat, temu. Kiedy się jest w moim wieku, takie różnice nie mają większego znaczenia, bo niedawno skończyłem sto dwanaście lat. Tak, ja też w to nie wierzę, ale jestem tą osobą, która musi żyć z tym faktem.

Snell przyniósł ze sobą aparat do zapisywania głosu i prosił mnie, żebym opowiedział do niego wszystko, co pamiętam z dawnych czasów. Zgodziłem się z jednego prostego powodu: spodziewałem się zarobić parę dolarów, bo przez parę ostatnich dziesięcioleci robiłem bokami, jako że człowiek w moim wieku ma niewielkie możliwości znalezienia pracy.

Wziąłem sumę z powietrza, bo kiedy się nie rozporządza żadnymi pieniędzmi, człowiek nie ma się do czego odwołać. Jest to, nawiasem mówiąc, sposób myślenia, którego Indianie nie stosują i nie rozumieją, a bez którego biali nie potrafią się obyć. Ta suma, której zażądałem za opowiedzenie mojej historii owemu człowiekowi, to było pięćdziesiąt tysięcy dolarów, co w zależności od pozycji życiowej i wieku może być małą fortuną albo kieszonkowym – jeżeli się jest ojcem Snella, w każdym razie zgodnie ze słowami jego syna, który twierdził, że jest ofiarą skąpstwa swojego starego, ale chyba nigdy sam nie próbował zarobić choćby centa, dopóki nie zaczęło mu chodzić po głowie, ile to my, to znaczy ja i on, zarobimy, kiedy nasza (!) historia trafi na rynek, choćby tylko ze względu na relację z Ostatniej Bitwy Custera widzianej oczami jedynego ocalałego białego, który w ogóle nie miał prawa tam się znajdować.

– Dlaczego pięćdziesiąt kawałków? – spytał, ściągając wargi jak ktoś, kto normalnie nie używa tego gwarowego wyrażenia, ale chce cię w ten sposób przekonać, że twój interes leży mu na sercu. – Ależ, Jack, tyle to my możemy zażądać za jeden występ publiczny! Wyjątkowość, Jack, zawsze dyktuje najwyższą cenę, i to nie tylko w tym kraju, ale taka jest zasada całej zachodniej cywilizacji. Ktoś jedyny w swoim rodzaju zawsze zgarnia premię, a ty taki właśnie jesteś, mój przyjacielu.

Mój błąd polegał na tym, że powiedziałem do niego choć jedno słowo, zanim ustaliliśmy jednoznaczne warunki finansowe – albo w mojej ulubionej formie forsy na stół, albo przynajmniej w postaci pisemnej umowy, określającej spodziewane dochody z wykorzystania przez niego moich przygód. Gadałem i gadałem do tej zapisującej maszyny, w zamian słuchając jego opowieści o coraz większych zyskach, aż nawet skończyłem opisywać całą bitwę nad Little Bighorn, kiedy nagle dotarło do mnie, że ten sukinsyn chce ze mnie wycisnąć każde wydarzenie całego mojego długiego życia, zanim zacznie publikować swoją książkę czy książki, wersje dla gazet i czasopism, filmy, serie wykładów albo co tam jeszcze miał w planie dla „nas" i zapłaci mi choć złamanego centa.

Początkowo wziąłem tego Snella za człowieka bez charakteru, ale okazało się, że potrafi być zadziwiająco uparty, kiedy wreszcie powiedziałem mu, że nie będę mówił dalej. Błagał, jęczał, zawodził, a raz nawet zalał się autentycznymi łzami, ale kiedy to nie odniosło skutku, pokazał pazury, co w tym wypadku oznaczało groźbę procesów sądowych, bo chociaż żaden z nas niczego nie podpisał, to wszystko, co mówiłem na taśmie, stanowiło, jak twierdził, tak zwaną umowę ustną, uznawaną przez sądy w całym kraju. Otóż począwszy od najmłodszych lat, przeżyłem wszystkie niebezpieczeństwa, jakie życie mi zgotowało, ale powiadam wam, że jest jedna

9

groźba, która mnie paraliżuje. To prawnik. Powiedziałbym więcej, ale któryś z nich mógłby wejść w posiadanie tej taśmy, zaskarżyć mnie za moje słowa i rzecz jasna wygrać, bo prawnicy, którzy wymyślali ten system, upewnili się przede wszystkim co do jednego: że sędziowie też będą prawnikami. Można by pomyśleć, że Snell ma mnie w tym momencie w garści, ale przeżyłem tyle lat nie tylko dlatego, że miałem szczęście. Jestem z natury szczwany i to do tego stopnia, że gdybym się urodził i był wychowany w innych warunkach, pewnie zostałbym... prawnikiem. Na poczekaniu wymyśliłem idealny plan pozbycia się Snella z mojego życia, mianowicie własną śmierć.

Rzecz jasna, pozorowaną. Po pierwsze, on wychodził z założenia, że w moim wieku niewiele dni mi zostało, i dlatego tak mnie poganiał, starając się wycisnąć ze mnie jak najwięcej, zanim wyciągnę nogi. Wszystko, co musiałem zrobić, żeby ten numer rozegrać, to zdobyć poparcie ludzi prowadzących ten dom, a to okazało się łatwiejsze, niż myślicie. Jedynym powodem, dla którego Snell mógł spędzać przy mnie tyle czasu – wbrew wszelkim przepisom obowiązującym w podobnych instytucjach, które mówią, że pensjonariuszom wolno tylko jeść, spać, wypróżniać się i umrzeć na długo przedtem, zanim dojdą do mojego wieku – było to, że Snell miał przekonać swojego ojca, człowieka wpływowego, żeby wydobył skądś dodatkowe dotacje dla tego miejsca. Wiem z całą pewnością, że to się nie udało, i z tego, co wiem od Snella na temat poglądów jego ojca na pomysły syna, jestem prawie pewien, że nigdy się nie uda.

Przedstawiłem swoją sprawę osobnikowi zarządzającemu oddziałem, na którym mnie trzymano, człowiekowi nazwiskiem Teague, który był lekarzem specjalizującym się w sprawach psychicznych, co ja wolę określać starym terminem alienista, bo oni często określają jako normalne to, co jest pokręcone i *vice versa*, i pewnie dlatego tak łatwo jest ich nabierać.

– Chłopcze – mówię do niego i jeżeli myślicie, że miał mi za złe taką formę zwracania się, to jesteście w błędzie, bo po pieniądzach najważniejszy w życiu dla Teague'a był wiek, ale nie w sensie pensjonariuszy w domu starców, tylko raczej jego własny, zwłaszcza gdy się weźmie pod uwagę jego zainteresowanie młodymi wolontariuszkami, które przychodziły pomagać nam po szkole, podczas gdy on sam zbliżał się do pięćdziesiątki, miał rozpuszczoną córkę w college'u i żonę świdrującą go małymi złośliwymi oczkami z fotografii ustawionej na jego biurku. – Chłopcze – mówię do niego – choć raz mnie posłuchaj. Od lat usiłuję opowiedzieć tu swoją historię i nikt, włącznie z tobą, mi nie wierzył, aż tu przyszedł ten Snell i uwierzył. I to jest w nim ważne. Natomiast bzdurą jest, że on kiedyś coś zrobi dla mnie albo dla ciebie. Najlepiej zadzwoń do jego tatuśka i spytaj, czy kiedyś słyszał o twojej instytucji. A jeżeli synuś obiecuje ci udział w tym, co zarobi, sprzedając moje życie, powiedz mu, żeby ci to dał na piśmie.

Faktycznie Teague po latach lekceważenia zaczął mi okazywać większy szacunek, odkąd Snell mnie regularnie odwiedzał i nagrywał moje opowieści, nie odrzucił więc od razu tego, co mówiłem teraz. Poza tym okazywał znacznie większe zainteresowanie rozmowami o pieniądzach niż o problemach umysłowych, które rzekomo miały być jego główną specjalnością.

Mówiłem więc dalej.

– Jeżeli pomożesz mi trochę w pewnej sprawie, chętnie podzielę się z tobą pieniędzmi, które mam zamiar zarobić na tej swojej opowieści.

Teague był mistrzem w udawaniu, że słucha, co się do niego mówi – w rzeczywistości rzadko mu się to, jak sądzę, zdarzało – a myślał o jakichś swoich sprawach, ale tym razem się autentycznie ożywił, jego mała spiczasta broda zadrżała, a w mętnych zazwyczaj oczach zapalił się jakiś błysk.

– Jack – powiada, postukując o blat biurka srebrnym piórem – może cię to zdziwi, ale niekoniecznie różnię się od ciebie, przynajmniej w sensie ogólnym i wstępnym. Tak się składa, że zniecierpliwiony daremnym oczekiwaniem, w końcu zadałem sobie trud, próbując skontaktować się bezpośrednio z panem Armbrusterem C. Snellem, ojcem tego naszego, i poniosłem spektakularną klęskę. Wszystko, co osiągnąłem drogą listowną i telefoniczną, to była rozmowa z jego sekretarzem, który w końcu po paru uwagach w złym guście, okraszonych zwyczajną arogancją, zaproponował mi wystąpienie o dotację z tak zwanej Fundacji Snella, o której – mimo długoletniego doświadczenia w zabieganiu o fundusze – muszę powiedzieć, nigdy nie słyszałem, i otrzymawszy stosowny formularz i broszurkę, zrozumiałem dlaczego. Wiele dotowanych projektów dotyczy tematów, które trudno określić jako naukowe: badanie wpływu zimnej wody na jądra pod kątem wstrzemięźliwości płciowej, na przykład. „Rola urolagni w przemianach społecznych". „Masturbacja u urodzonych w niewoli małp Starego Świata a u młodzieży męskiej w wieku szkolnym w południowo-wschodnim stanie Iowa". – Tu Teague parsknął pogardliwie. – W każdym razie moja prośba została odrzucona.

– Wobec tego wiesz, o czym mówię.

– Rozumiem więc – powiedział, wymierzając we mnie swoje pióro – że nie możemy niczego oczekiwać od Snellów, ale że planujesz uzyskać własnym wysiłkiem pewien dochód, którym, jak się wydaje, gotów jesteś podzielić się z nami. Nie słyszałem tylko, czego oczekujesz ode mnie w zamian za tę hipotetyczną nagrodę.

Zauważcie, że Teague, podobnie jak Snell, chętnie używał określeń „my" i „nas", kiedy mówił o swoich korzyściach, ale przechodził na „mnie" i „ja" w przypadku swoich obowiązków.

Wyłożyłem mu plan, który był następujący: kiedy następnym razem któryś ze staruchów wyciągnie nogi, a nie będzie miał żadnych żywych krewniaków, Teague mógłby powiedzieć Snellowi, że to ja, i szepnąć słówko jednemu czy dwóm pielęgniarzom, żeby wspomnieli o umarlaku w zamkniętej trumnie jako o starym Jacku. Wtedy nigdy już nie będzie musiał oglądać Ralpha Fieldinga Snella na oczy. Tymczasem ja ukradnę i schowam ten aparat nagrywający, który Snell zostawia w moim pokoju, i jak tylko się go pozbędziemy, zacznę znów nagrywać swoje wspomnienia, po czym je sprzedam i odpalę Teague'owi jego dolę.

Alienista nie namyślał się długo. Nie sądzę, żeby

13

wierzył w jakąkolwiek część mojego planu poza sposobem na uwolnienie się od Snella, który budził w nim gniew na myśl, ile to on dla niego zrobił, a co, oczywiście, polegało tylko na tym, że pozwolił mu rozmawiać ze mną, ale lekarze to przedstawiciele zawodu, który specjalizuje się w tym, żeby nic nie robić, przypisywać sobie każdy sukces i nie brać odpowiedzialności za niepowodzenia; wszystko było więc w zgodzie z jego zasadami.

Dość, że odbył się ten fałszywy pogrzeb, a właściwie powinienem powiedzieć: prawdziwa ceremonia dla zaledwie dziewięćdziesięcioczteroletniego pryka, który był postacią rzeczywistą, choć nie historyczną tak jak ja, i przeżył albo pogubił wszystkich swoich krewniaków. W ten sposób jedynymi uczestnikami pogrzebu byli inni pensjonariusze domu starców, w większości tak zidiociali, że zupełnie nie wiedzieli albo nie dbali o to, kogo chowają, ale zawsze była to jakaś atrakcja: czekanie na swoją kolejkę jest naprawdę śmiertelnie nudne.

Ja zaszyłem się w pokoju, gdzie mieli telewizor, ale nie chcąc oglądać swojego pogrzebu, choćby i sfingowanego (bo jak długo trzeba czekać na prawdziwy, kiedy człowiek ma sto dwanaście lat?), nie miałem też ochoty wyśmiewać się z jakiegoś westernu.

Jak powiedział doktor Teague, Snell przybył na pogrzeb i nie kwestionował tego, że chodzi o mnie, po czym odjechał i nigdy się już nie pokazał, choć parokrotnie wypytywał przez telefon, czy znalazł się jego aparat nagrywający. Żałuję, że opowiedziałem mu pierwszą część swojej biografii, bo było tam wiele ciekawych historii, a jestem już za stary, żeby powtarzać to wszystko tutaj, kiedy mam tyle innych rzeczy do opowiedzenia. Jeżeli więc chcecie się dowiedzieć, jak to było naprawdę w tak zwanej bitwie nad Little Bighorn, poszukajcie Snella*.

To, co opowiadam tutaj, zaczyna się niedługo po tej bitwie i bezpośrednio po śmierci Skóry Ze Starego Szałasu, wodza Czejenów, który był dla mnie jak ojciec.

---

* Od wydawcy: Zmarły Ralph Fielding Snell opublikował pierwszą część wspomnień Jacka Crabba w roku 1964 pod tytułem *Mały Wielki Człowiek*.

1. DEADWOOD

Skóra Ze Starego Szałasu był najwspanialszym człowiekiem, jakiego spotkałem w swoim życiu, i chociaż spędziłem wiele lat z dala od niego, to gdzieś w głębi umysłu zawsze żywiłem przekonanie, że on będzie żył wiecznie i że kiedykolwiek będę potrzebował, mogę się do niego udać, a on wskaże mi właściwą drogę w sprawach ducha, które, jak się przekonałem, stosują się do wszystkich ludzi niezależnie od ich sytuacji materialnej.

Stary wódz zabił wielu swoich bliźnich i do tego ich oskalpował, tortury, które zadawał, i te, które zadawano jemu, traktował jako rzecz naturalną, ale miał coś, co w moim doświadczeniu do tego czasu, a także i później, było niepowtarzalne: pewność co do wielu spraw podstawowych. I zawsze wiedział, gdzie się znajduje jego środek, wiedza, która mi umykała przez większość mojego życia.

Nadal miałem na sobie indiański strój, który dostałem od moich przyjaciół Czejenów, żeby mnie nie zabito w bitwie nad Tłustą Trawą, po czym spędziłem trochę czasu z małą grupą Skóry Ze Starego Szałasu u podnóża gór Wielki Róg. Większość wielkiego obozu, który Custer tak nieopatrznie zaatakował, po bitwie pociągnęła z Siedzącym Bykiem do Kraju Babci, jak Indianie nazywają Kanadę od królowej Wiktorii, której obraz znali z otrzymywanych od Kanadyjczyków medali.

Ja miałem swoje prywatne pretensje do Custera, którego atak na obóz Czejenów nad Washitą zakończył się śmiercią mojej indiańskiej żony i dziecka. Przez jakiś czas myślałem, że go zabiję, jak tylko dostanę go w swoje ręce, ale nie trafiła mi się taka okazja, i teraz, kiedy ktoś to załatwił bez mojej pomocy, nie czułem z tego powodu żadnej satysfakcji i nie wiedziałem, co począć z resztą swojego życia. Musiałem też myśleć o ratowaniu swojej skóry. Teraz, kiedy zabrakło starego wodza, który był moim poręczycielem, młodsi Indianie, nie pamiętający mnie z czasów, kiedy żyłem wśród Czejenów, mogli zacząć się zastanawiać, dlaczego ukrywam się u nich, ubrany w przepaskę i legginsy, podczas gdy za życia Skóry Ze Starego Szałasu dobre wychowanie nie pozwalało im na takie pytania. Bo Indianie, oprócz wrodzonej uprzejmości, charakteryzują się szacunkiem dla starszych. Teraz obawiałem się, że jeżeli wrócę do obozu i opowiem o śmierci wodza, niektórzy co bardziej porywczy osobnicy mogliby uznać, że to ja go załatwiłem, chcąc przejąć jego władzę, wszystkie jego żałosne dobra materialne i żony, z których ostatnia była całkiem młoda i mimo jego podeszłego wieku chodziła z brzuchem.

Dawało to jednak lepszą szansę niż szukanie wojska w stroju Czejena, a chwilowo nie miałem dostępu do innej garderoby, chyba że poprosiłbym któregoś wojownika, żeby mi pożyczył mundur zdarty z trupa kawalerzysty z Siódmego Pułku. Którzykolwiek biali żołnierze napotkani w okolicy wyraziliby ciekawość, co ja tu robię, niezależnie od tego, jak byłbym ubrany, a biorąc pod uwagę stan ich umysłów po klęsce Custera, niełatwo byłoby ich przekonać, tym bardziej że czasowo utraciłem swój dar wymowy.

Wydarzenia ostatnich dni podziałały na mnie przygnębiająco. Nie ucieszył mnie widok dwustu trupów moich współbraci, a nad Little Bighorn zginęło też wielu czerwonoskórych, do których nie miałem żadnych pretensji. A teraz umarł Skóra Ze Starego Szałasu. Powiadam wam, że mógłbym usiąść i płakać jak biały albo zawodzić indiańskie pieśni pogrzebowe, albo robić jedno i drugie, ale nie robiłem ani tego, ani tamtego. Ten region świata był zbyt niebezpieczny, żeby pozwolić uczuciom wziąć górę nad względami bezpieczeństwa. Musiałem czym prędzej się stamtąd wydostać, żałobę odprawiając po cichu, w głębi serca.

Wyliczyłem sobie, że jeżeli uda mi się dotrzeć bez szwanku do nowych osiedli w Czarnych Wzgórzach, będę mógł włączyć się do białej społeczności w sposób niezauważalny, gdyż ludzie pchali się do tej części Terytorium Dakoty w kolejnej gorączce złota, jakie okresowo wybuchały na Zachodzie. Ja sam uczestniczyłem wcześniej w jednej z nich nad Wiśniowym Potokiem w Kolorado i po długim kręceniu patelnią nie uzyskałem nawet tyle złotego piasku, żeby mi się zwróciło za narzędzia. Ale tam dokonałem prawdziwego odkrycia: stwierdziłem, że największe fortuny na poszukiwaniu złota robią ci, którzy sprzedają poszukiwaczom zaopatrzenie, alkohol i kobiety, wszystko po wygórowanych cenach.

Po jakimś miesiącu, wędrując pieszo i przeważnie nocą, udało mi się dotrzeć do górniczego miasteczka Deadwood na Terytorium Dakoty. Byłem cały i zdrowy, tyle że ledwo żywy z głodu, bo bez kocich oczu trudno jest znaleźć w nocy coś do jedzenia, musiałem więc żywić się dziką rzepą, niedojrzałymi gruszkami i wciąż jeszcze zielonymi i twardymi jagodami, a także korą z drzew i zielskiem. Nie miałem żadnej broni poza bardzo marnym nożem, wyżebranym od moich czerwonoskórych braci, którzy mimo swojego wielkiego zwycięstwa byli biedni jak zawsze, rodzaj standardowej sytuacji dla Indian.

Nadal nosiłem skórzaną koszulę, która może by i uszła, ale nie przepaska i legginsy. Nie miałem jednak dość pieniędzy, żeby kupić coś innego, a ludzie w tamtych czasach i w tej części świata z zasady chodzili miesiącami w tej samej odzieży, śpiąc także w niej, bo nie mieli nic na zmianę, trudno było więc coś zwędzić.

Deadwood w owym czasie było raptem jednym długim korytem, wypełnionym w zależności od pogody błotem albo piachem i otoczonym po obu stronach saloonami. Uratowano przed siekierą parę wysokich sosen, jakich Indianie używali na tyki do szałasów (dodatkowy powód, dla którego

19

Czarne Wzgórza były tak cenne, na prerii drzewa nie rosły), działało tam jeszcze kilka sklepów, pewna liczba domów publicznych i łaźnia.

Rozeznałem teren po północy, kiedy ulice były opustoszałe i nawet damy lekkiego prowadzenia pogasiły lampy w swoich pokojach, bo w przeciwnym razie mógłbym spróbować ominąć burdelmamę (co nigdy nie jest łatwe) i ustrzelić którąś z dziewczyn na małą pożyczkę. Miałem pewne doświadczenie z tymi paniami i wiedziałem, że chociaż nigdy nie świadczą za darmo usług seksualnych, bo to u nich sprawa zawodowa, to są co najmniej równie szczodre wobec mężczyzny w potrzebie jak kobiety porządne. Może nawet bardziej, bo mają jeszcze więcej powodów, żeby patrzeć na płeć męską z góry, jako że nieczęsto trafia im się klient, który jest trzeźwy albo brał kąpiel w ostatnim roku.

Nagle usłyszałem jęk dobiegający z wozu stojącego przed jednym z saloonów, nie tyle ustawionego, ile byle jak porzuconego i bez konia. Księżyc dawał dość światła, żebym stanąwszy na palcach, mógł zajrzeć do środka i zobaczyć zwalonego tam jegomościa, pijanego albo umierającego, co w tamtych czasach nie było w miasteczkach poszukiwaczy złota niczym niezwykłym.

– Co ci jest, przyjacielu? – pytam.

W odpowiedzi uzyskałem potok nieprzyzwoitych wyzwisk, widocznie więc osobnik nie wymagał pomocy lekarskiej.

– No dobrze, psi synu. Będę się z tobą bił – powiadam.

Nie mówiłem poważnie. Chodziło o sprawdzian i ponownie usłyszałem stek obelg, ale tym razem tak bełkotliwy, że trudno było rozróżnić słowa.

Wdrapałem się na wóz i zacząłem pozbawiać pijaka odzieży, flanelowej koszuli i pary spodni, które śmierdziały gorzej od wszystkiego, co w życiu wąchałem, póki nie zetknęły się z powietrzem jego brudne długie gacie.

Zawlokłem tę odzież do lasu za miastem, gdzie sobie urządziłem kryjówkę, i moczyłem ją przez resztę nocy w zimnym górskim strumieniu. Rano nadal śmierdziała, ale już nie tak bardzo, a jeszcze nieco mniej, kiedy podeschła na słońcu. Jeżeli się przy tym trochę skurczyła, to tym lepiej, bo nie byłem tak duży jak gość, któremu ją ukradłem. Zakopałem swój indiański strój i ponownie zszedłem do miasta, odziany teraz nie gorzej niż większość osób na głównej, a prawdę mówiąc, jedynej ulicy w Deadwood.

Od dawna nie miałem w ustach prawdziwego jedzenia, a że ten pijak miał wielkie stopy, nie wziąłem jego butów, tylko nadal miałem na nogach czejeńskie mokasyny, do których mógł się przyczepić jakiś szukający zwady osobnik, których nigdy nie brakuje tam, gdzie płynie alkohol. Teraz, kiedy znów znalazłem się pośród białych, rozpaczliwie potrzebowałem gotówki. W obozie indiańskim mógłbym po prostu wejść i moje potrzeby zostałyby zaspokojone bez zapłaty i bez zbędnych pytań, może co najwyżej: „Dokąd idziesz?" i „Czego potrzebujesz?", co niezależnie od odpowiedzi uprawniało człowieka do zaspokojenia podstawowych potrzeb. Dotyczyło to nawet członka wrogiego plemienia: jeżeli zdołał wejść do obozu, zanim go zabili, musieli okazać mu gościnność, bo fakt, że był gościem, przeważał nad każdą inną identyfikacją. To dzięki takim właśnie praktykom przegrali w zetknięciu z wyższą cywilizacją.

Wóz z pijakiem nadal stał w tej samej pozycji, blokując pół jezdni, i nikt nie zadał sobie trudu, żeby go odciągnąć na bok. Ludzie woleli przeciskać się swoimi pojazdami przez wąskie przejście, co oznaczało ruch jednostronny, potoki przekleństw i pewnie bójkę prędzej czy później, przyłożyłem się więc plecami i zepchnąłem wóz na skraj drogi. Pewnie nie kwapiłbym się tak do dobrego uczynku, gdybym nie odczuwał pewnych wyrzutów sumienia z powodu okradzenia właściciela pojazdu, bo nigdy nie byłem złodziejem, chyba że nie miałem innego wyjścia. Zrobiłem to, mimo że właściciela tego nigdzie nie widziałem.

W pewnej chwili usłyszałem jęk i wdrapawszy się na koło, zajrzałem do skrzyni wozu, gdzie ujrzałem go leżącego w samym kombinezonie (za dnia jeszcze brudniejszym niż w świetle księżyca) i mrużącego od słońca oczy, które osłaniał brudną dłonią. Zostawiłem mu buty, kiedy stwierdziłem, że są na mnie za duże, a on teraz schwycił je i wciągnął na cuchnące skarpety, po czym oblizał wargi i przejechał ręką po kolczastym poletku brody.

Jeszcze nie zauważył, że został pozbawiony wierzchniej odzieży.

W pewnej chwili dostrzegł mnie i zmusił się do uśmiechu.

– Najmocniej pana przepraszam – powiedział. – Nie wiedziałem, że to pański wóz. Przysięgam, że nie chciałem go ukraść. Jeżeli się w nim zsikałem, wyczyszczę go tak, że nic pan nie pozna. To samo, jeżeli narzygałem albo nasrałem, choć w tym ostatnim przypadku wszystko jest zapewne jeszcze w moich spodniach. – Dopiero teraz zauważył, co ma, albo raczej czego na sobie nie ma. Jego uśmiech stał się jeszcze bardziej przepraszający i zaczął macać wokół siebie, jakby się spodziewał, że gdzieś tam znajdzie zwinięte ubranie.

Czułem się głupio, ale nie aż tak, żeby mu zwrócić koszulę i spodnie, których wyraźnie nie poznawał.

– Powiem ci, co zrobię – powiedziałem. – Pójdę do twojego obozu i przyniosę ci coś do ubrania.

– Nie chciałbym pana dłużej zatrzymywać – mówi on i podczołgawszy się do burty wozu, przerzucił jedną długą nogę na zewnątrz. Przy klapie jego kombinezonu brakowało guzików, co odsłaniało jego włochaty tyłek. Osunął się na drogę na czworaki i został tak przez chwilę, stękając i bluźniąc. – Niech piekło pochłonie ludzi, którzy sprzedają tak podły bimber. Coś takiego nigdy by mi nie uszło, kiedy sam robiłem w tym interesie.

– Pozwól, że ci pomogę, przyjacielu – mówię ja. – Wstań i usiądź na tym pniaku, a ja przyniosę ci coś do ubrania, jeżeli mi powiesz skąd.

Poskarżył się jeszcze raz na stan swoich wnętrzności i powiada:

– Po prawdzie, to nie mam innego ubrania prócz tego, które miałem na sobie ostatnim razem, ale gdzieś zapodziałem. – Podniósł się z trudem za pomocą procesu, który można by nazwać wspinaniem się po sobie.

Kiedy mijała mnie jego twarz, przyjrzałem się jej z nowym zainteresowaniem. Policzki miał usmarowane, oczy przekrwione. Uśmiechnąwszy się, odsłonił brak wszystkich przednich zębów. Znałem ten nos i szczękę.

– Czy nie nazywasz się Bill Crabb? – spytałem.

Można by oczekiwać, że się zdziwi, ale on z całą godnością odpowiedział:

– We własnej osobie. Widzę, że moja sława mnie poprzedza. Ma pan nade mną przewagę. Czy jest pan może stróżem prawa?

– Jestem Jack, twój brat – mówię.

Nie zmieniając wyrazu twarzy, pochylił się i zwymiotował na czubki swoich butów. Potem wyprostował się, otarł usta rękawem kombinezonu i pyta:

– Pan coś mówił?

– Jestem Jack. Twój dawno zaginiony brat.

Trzeba nie lada sztuki, żeby w jego stanie przybrać wyniosłą minę, ale przysięgam, że mu się to udało.

– Hmm – mruczy on, zezując wzdłuż tego długiego nosa, który dostał mu się po tacie, podczas gdy mój jest zadarty jak u mamy. – Każdy może coś takiego powiedzieć.

– Więc być twoim krewnym to taki zaszczyt, że komuś chciałoby się w tej sprawie kłamać? – pytam, co byłoby obrazą dla każdego szanującego się człowieka, czego na pewno nie da się powiedzieć o moim bracie Billu. – Kiedy cię ostatni raz widziałem wiele lat temu przy okazji polowań na bizony, sprzedawałeś nalewkę na głowach grzechotników. Jeśli dobrze pamiętam, dżentelmen nazwiskiem Wyatt Earp uratował twoją skórę przed myśliwymi, którzy chcieli cię powiesić.

– A ja pamiętam, że nauczyłem Earpa posługiwać się sześciostrzałowcem. – Bill miał wyjątkowo denerwujący śmiech, który zaczynał się jak rwący kaszel, a kończył przenikliwym chichotem. – Trzeba go było wtedy zobaczyć, trzymał spluwę jak baba. Nie wiedział, gdzie jest spust. Na dodatek był tchórzem. Na to już nic nie mogłem poradzić.

– Chcę tylko wiedzieć, czy w ogóle mnie poznajesz?

Bill patrzył na mnie przez chwilę, wykrzywiając usta.
– Powiem tyle, gardło mi tak zaschło, że nie mogę przełknąć śliny. Moja pamięć działa lepiej po szklaneczce albo
trzech. – Wydyma wargi i ma zadowoloną minę. – A po pięciu albo sześciu przypominam sobie wszystko, czego ode
mnie chcą.

Ze względu na smród stałem od niego w pewnej odległości, i całe szczęście, bo znów zwymiotował.

– Wątpię, żeby ktoś oprócz mnie chciał się do ciebie przyznać. Trudno sobie wyobrazić jakąś z tego korzyść. – Natychmiast pożałowałem, że to powiedziałem: po co przyznawać się do pokrewieństwa z człowiekiem, żeby go zaraz
obrażać? Ale niezależnie od tego, co się powiedziało Billowi, on to tłumaczył na swoją korzyść, choć nic z tego nie
miał. Zabawne, jak to działa. Wszyscy mają cię za nic, więc
ty im mówisz, ile jesteś wart, i rezultat jest jeszcze gorszy.
Spotkałem wielu takich w swoim życiu, ale mój brat był
okazem klasycznym.

Stojąc na głównej ulicy Deadwood w bieliźnie, która od-
słaniała jego tyłek, wysunął brodę do przodu jak jakiś waż-
niak i mówi:

– Może wyciągasz swoje brudne łapy po moją działkę?
Tak się składa, że jest najbogatsza w okolicy. Gdybym chciał
się wziąć ostro do roboty, mógłbym dziennie wyrabiać wiadro złotego piasku z samorodkiem jak pestką brzoskwini.

– Bill, sam jestem bez centa przy duszy i bez żadnych
perspektyw – powiadam, zdając sobie sprawę, że wszelka
rozmowa z nim jest beznadziejna. – Ale jesteśmy rodziną
i pomogę ci, jak tylko stanę na nogi, im wcześniej, tym lepiej, bo od dawna już nie jadłem. Pokaż, gdzie ty tu miesz-
kasz.

Prowadzi mnie na tyły przejściem między dwoma saloonami do wielkiej przewróconej spróchniałej beczki, która
służyła mu za dom. W beczce leżało kilka jutowych worków
i czerwony niegdyś koc, a na nim żółty pies, który szczerzył
na mnie zęby, dopóki Bill mu nie powiedział, że jestem w porządku. Wtedy zwierzak wyszedł i obwąchał moje mokasy-

ny, zapewne rozpoznając zapach indiańskich psów, bo ogon mu natychmiast zesztywniał, ale w końcu nim pomachał, wrócił do beczki i rozwalił się na środku, tak że kiedy mój brat wczołgał się w ślad za nim, musiał go odepchnąć na bok. Myślę jednak, że chciał mieć go jak najbliżej. Psy chętnie przyjaźnią się z takimi jak Bill, bo są pozbawione zmysłu krytycznego i lubią wszystko, co śmierdzi.

– Zostań tutaj przez jakiś czas – powiedziałem, stwierdzając rzecz oczywistą – a ja pójdę i zastanowię się, jak poprawić pozycję Crabbów w świecie. – To mogło się w danej chwili wydać śmiechu warte. Bill był nieco starszy ode mnie, obliczałem, że dobiega czterdziestki. Wątpię, czy rozpoznałby we mnie tego dzieciaka, który poszedł z Czejenami, ale kiedy się jest w jego położeniu, któż by się zastanawiał nad tożsamością swoich dobroczyńców? Widziałem Billa dwukrotnie w latach, które od tamtego czasu upłynęły: jak sprzedawał whisky Indianom kręcącym się koło jakiegoś fortu i w jakiś czas potem, w związku z Wyattem Earpem, ale szczerze mówiąc, on nigdy mnie nie rozpoznał, a ja się o to też nie napraszałem.

Zostawiłem więc brata tam, gdzie był, śpiącego przy swoim psie (prawdę mówiąc, wyglądało, że jest im bardzo wygodnie), i wyszedłem na główną ulicę w jego ubraniu, wciąż jeszcze lekko wilgotnym od tego nocnego moczenia. Dawno już nie byłem tak dobrej myśli jak teraz, po spotkaniu z bratem, z którym w innych okolicznościach zapewne nie chciałbym mieć nic wspólnego. Teraz jednak postanowiłem pomóc mu stanąć na nogi, zarobić trochę pieniędzy i znaleźć dla nas jakiś dach nad głową. Deadwood wydawało się odpowiednie do tego, bo było całkiem nowym miejscem, gdzie wszyscy zaczynali mniej więcej z tego samego poziomu. Musiałem tylko wymyślić dla siebie jakieś zajęcie. Kiedy się spojrzało wzdłuż tej ulicy, natychmiast przychodziły na myśl trzy dziedziny: whisky, karty i ladacznice. Było, oczywiście, dość miejsca i na przyzwoite przedsiębiorstwa, ale chcąc założyć sklep, należało mieć grubą gotówkę na zakup towaru, a w miejscach, gdzie wybucha gorączka złota, kredyt jest wyjątkowo trudno dostępny. Chwilowo wyglądałem niewiele lepiej niż Bill, kiedy nosił to samo ubranie, w dodatku na mnie za duże, no i w drodze tutaj nie myłem się ani razu. Nie goliłem się tyle samo czasu, ale przy moim zaroście robiłem wrażenie bardziej brudnego niż brodatego, jak mogłem wywnioskować na podstawie krótkotrwałych odbić swojego oblicza w strumieniach, nad którymi klękałem, żeby się napić, a które płynęły niezbyt wartko i można w nich było w ogóle coś zobaczyć.

Nie wspomniałem, że o tej porze na ulicy roiło się od ludzi i pojazdów. Nie zwracałem na to uwagi, kiedy zajmowałem się bratem, i jeżeli ktoś poczuł się urażony albo w ogóle zauważył, że Bill jest w samej bieliźnie i świeci gołym tyłkiem, to nie dał tego po sobie poznać. Takie miasteczka składają się wyłącznie z chciwych ludzi, którzy widzą wyłącznie pieniądz, i to przeważnie tylko we śnie. Faktem jest, że gorączka złota przyciąga głównie pechowców.

Kiedy tak sobie stałem na drewnianym chodniku przed lokalem z krzywo wypisaną nazwą „Congress" – za którą krył się raczej jeszcze jeden saloon niż jakaś izba ustawodawcza, choć nie mogłem zajrzeć do środka, gdyż szklane okna stanowiły rzadkość w Deadwood – któż stamtąd wychodzi, jeżeli nie dobrze mi znana wysoka postać w surducie.

Pod szerokim rondem sombrera wyglądał znacznie starzej, niż kiedy ostatnio go widziałem, zaledwie wczesną wiosną zeszłego roku w Cheyenne, na Terytorium Wyoming. Nadal nosił długie włosy, które jednak wyraźnie zmarniały, podobnie jak i sumiaste wąsy, a jego niegdyś czyste szaroniebieskie oczy były zaczerwienione i załzawione. Twarz mu wyraźnie pobladła, a ten jego długi, zakrzywiony nos jeszcze bardziej się zaostrzył.

– Dziki Bill Hickok – powiadam. – Więc ty też tu trafiłeś. – Teraz, jak go zobaczyłem, przypomniałem sobie, że rozmawialiśmy o poszukiwaniu złota w Deadwood.

Wrażliwe nozdrza na końcu jego długiego nosa poruszyły się i Hickok odsunął się o krok.

– Czy to od ciebie tak śmierdzi, przyjacielu? Czyżbyś zrobił w spodnie?

Poczułem się bardziej niż zawstydzony.

– Szczęście mi nie dopisuje, Bill – powiadam. – Noszę pożyczone ubranie i od pewnego czasu nie jadłem. Nie wiem, czy już słyszałeś, że Custer i większość Siódmego Pułku została wycięta przez wrogich Indian w Montanie? Przypadkiem byłem przy tym, ale udało mi się ujść z życiem dzięki temu, że spotkałem znajomego Czejena...

Podczas gdy mówiłem, Hickok odsunął się jeszcze dalej. Potrząsnął głową i jego długie loki zamiatały ramiona surduta.

– Przyjacielu – przerywa mi – nigdy nikogo nie zastrzeliłem za takie zmyślone historie, które sam też opowiadałem frajerom ze Wschodniego Wybrzeża, ale zdarzało mi się dawać po pysku. Jeżeli potrzebujesz wsparcia, to poproś, a nie próbuj robić ze mnie idioty. – Lewą ręką odgarnia połę surduta i z dolnej kieszonki eleganckiej kamizelki wyłuskuje srebrnego dolara. Bill był znany ze swojego zamiłowania do strojów i higieny osobistej. – Dam ci na kąpiel, golenie i strzyżenie.

Nie upierałem się przy swojej opowieści, tylko od razu mówię:

– Uprzejmie dziękuję. Zastanawiam się, czy miałbyś coś przeciwko temu, gdybym za część pieniędzy kupił sobie coś do jedzenia?

Dziki Bill powoli mruga tymi zaczerwienionymi oczami, znów sięga dwoma palcami lewej ręki do kieszonki kamizelki i wyciąga dla mnie następnego dolara. Ten był jakiś dziwny w dotyku. Spojrzałem i zobaczyłem, że jest wyszczerbiony, ale chyba nadal był dobry, podziękowałem więc znowu.

– Jak się najesz chleba z fasolą, starczy ci na koszulę i spodnie w sklepie z używaną odzieżą kawałek dalej. A potem spal to, co masz na sobie.

Odwraca się i odchodzi, ale już nie tym pewnym krokiem co dawniej. Trzymał się też chodnika, zamiast iść środkiem ulicy, z czego był kiedyś sławny, żeby mieć oko na potencjalnych zamachowców, a także żeby zachować odległość między sobą a tymi, którzy mogliby strzelać z zasadzki. Ale jednej rzeczy mogłem być pewien, a mianowicie, że kiedy gra w pokera, siedzi plecami do ściany.

Nie miałem powodu, żeby nie skorzystać z jego rady, gdyż lubiłem zadbać o swój wygląd, kiedy tylko mogłem sobie na to pozwolić, toteż wróciłem do legowiska mojego brata w beczce tak czysty i ogolony, że pewnie musiałbym przedstawiać mu się od nowa. Miałem na sobie płócienne spodnie w niezłym stanie i prawie czyste oraz flanelową koszulę, wprawdzie przetartą na łokciach, ale nie wyróżniającą się żadnym specjalnym zapachem. Ubranie to, razem z innymi dobrami zgromadzonymi w namiocie handlarza starzyzną, zostało sprzedane przez poszukiwaczy złota, którym skończyły się fundusze – albo dlatego, że nic nie wypłukiwali, albo dlatego, że wszystko przegrali. Można sobie wyobrazić, ile dostali pierwotni właściciele za spodnie i koszulę, które mnie kosztowały siedemdziesiąt centów. Handlarz dorzucił mi jeszcze stary sfatygowany kapelusz z tak wyświechtaną wstążką, że zaraz ją oderwałem.

Zostało mi na kawę i dwie porcje chleba z fasolą. Z drugiej zrobiłem kanapki dla mojego brata Billa. Ale i tak wierzcie mi, kiedy mówię, że ceny w Deadwood były mocno wygórowane, jak we wszystkich osadach poszukiwaczy złota.

Kiedy doszedłem do beczki, po Billu nie było ani śladu, a jego żółty pies leżał całkiem samotnie. Znając mnie, teraz już nie warczał, opuścił tylko głowę i zaskomlał.

Jednego polecenia Dzikiego Billa nie wykonałem: nie spaliłem spodni i koszuli, które z siebie zdjąłem, bo należały do mojego brata, i miałem je teraz zwinięte pod pachą.

– Gdzie on, do cholery, polazł w bieliźnie? – mówię do psa, który w odpowiedzi jeszcze raz zaskomlał. Oprócz sympatycznego pyska i wielkich brązowych ślepi najbardziej rzucały się w oczy u tego zwierzęcia żebra, które można było policzyć z daleka. – Poszukam go, a ty przez ten czas zjedz sobie jedną z tych kanapek z fasolą. – Było to prawdziwe poświęcenie, bo będąc sam wygłodniały, zostawiłem część jedzenia dla Billa, ale uznałem tego psa za część moich obowiązków rodzinnych, a poza tym mogłem na nim polegać bardziej niż na bracie.

Zwierzak, który przypomniał sobie, że jest psem, pochłonął kanapkę na półtora kęsa i czekał na więcej, ale drugą schowałem do kieszeni spodni, jak zwykle na mnie za obszernych, ściągniętych w pasie kawałkiem linki i z podwiniętymi nogawkami, i wyszedłem na ulicę, zaglądając po kolei do saloonów, których w tamtym czasie musiało być ze dwa tuziny albo i więcej na odcinku półtorej mili. Jak mi doniesiono, liczba ta później wzrosła do siedemdziesięciu sześciu. Niektóre z nich, jak się przekonałem, miały bar z deski opartej na dwóch beczkach, parę butelek i cynowe kubki, które przechodziły bez mycia z gościa na gościa. Lokale te zwykle były pozbawione okien i paliły się w nich lampy naftowe, nawet w słoneczne dni w samo południe. Barman mógł nie mieć ścierki ani fartucha i faktycznie często nie różnił się strojem, a nawet kapeluszem od swoich klientów, ale zawsze miał pod ręką widoczną strzelbę. Była ona wykorzystywana głównie do wskazywania drzwi, kiedy poziom wzajemnej niechęci między pijakami groził wykroczeniem poza strefę zwykłych obelg słownych. Ponieważ jednak w owym czasie ginęło w Deadwood nie więcej jak dwóch do trzech ludzi tygodniowo, nie uważano za konieczne wynająć stróża prawa.

Nie miałem już pieniędzy i nie mogłem sobie pozwolić na drinka, bo w niektórych z tych miejsc szklaneczka kosztowała dolara, co gwarantowało coś na podobieństwo prawdziwej whisky, podczas gdy w tańszych lokalach za połowę tej ceny serwowano niewątpliwie tę samą nalewkę na tytoniu, prochu, pieprzu i jadzie grzechotnika, którą mój brat Bill w kwiecie swoich lat sprzedawał jako alkohol.

Nie zajrzałem do więcej niż trzech, czterech saloonów, kiedy przez otwarte drzwi następnego w kolejce wypadła skulona postać kogoś odzianego tylko w brudną bieliznę, za którą ukazała się podeszwa wielkiego buta. Mój brat siłą rozpędu przebył chodnik i padł w uliczny pył, który w tym miejscu był właściwie błotnistą kałużą, pewnie dlatego, że jakiś koń oddał tam mocz. Muszę powiedzieć, że Bill był kimś takim, że gdybyście prowadzili interes, to nie chcielibyście go mieć za klienta, bo niezależnie od woni i wyglądu nie sprawiał wrażenia człowieka z gotówką, tylko kogoś, kto przyszedł żebrać, pożyczać albo kraść. Był jednak moim bratem i jest jasne jak słońce, że nie można pozwalać na złe traktowanie członków rodziny. Kiedy więc wyciągnąłem Billa z błota, oparłem o koło stojącego tam wozu i wetknąłem do ręki jego ubranie, przykazałem mu, żeby na litość boską nie ruszał się z tego miejsca przez chwilę, a sam wszedłem do saloonu, żeby policzyć się z sukinsynem, który obraził moją rodzinę, choćby i ze zrozumiałych powodów.

Okazało się, że jest to najciemniejsze miejsce, jakie dotąd odwiedziłem, i przez chwilę nie widziałem nic prócz stojącego w głębi pod wiszącą lampą stołu, otoczonego graczami w pokera, a jednym z nich był Dziki Bill Hickok.

Z wielu powodów wolałem nie niepokoić Dzikiego Billa, który traktował grę w pokera z całą powagą, odłożyłem więc sprawy honorowe i wróciłem na zewnątrz, gdzie nie spodziewałem się zastać brata, a tymczasem Bill osunął się tam, gdzie go zostawiłem. Podniosłem go na nogi, ubrałem w koszulę i spodnie i starając się ograniczyć do minimum kontakt fizyczny, poprowadziłem go przez ruch konny i pieszy, a on niejednokrotnie zataczał się pod nadjeżdżające wozy i musiałem go odciągać w ostatniej chwili. Został też raz kopnięty przez konia i drugi raz przez bluzgającego przekleństwami gościa, który jednak miał na pasie pistolet, a za pasem rzeźnicki nóż bez pochwy, wszelkie protesty byłyby więc niemądre.

Dostarczyłem Billa na powrót do jego beczki, po czym usiłowałem nakarmić go kanapką z fasolą, ale on uparł się, jak to pijak, i tak zacisnął szczęki, że trzeba by je rozewrzeć łomem. Skończyło się na tym, że dałem pół kanapki psu, a resztę zjadłem sam. Za pomocą indiańskiego noża odciąłem dół mojej za długiej koszuli i skróciłem nogawki spodni, po czym użyłem ich do spętania nóg Billa, a także rąk, żeby nie mógł rozwiązać sobie kończyn dolnych, i powiedziawszy mu, żeby się wyspał, wróciłem do saloonu znanego jako Numer 10, który wkrótce miał zdobyć największą sławę w Deadwood.

Dziki Bill właśnie wstawał od pokera, kiedy się tam zjawiłem, i pytał stojących przy barze, czy ktoś chce zająć jego miejsce, na co jeden z obecnych podszedł i przysunął sobie krzesło. Miał płowe wąsy i coś było nie w porządku z jego oczami, które w tym przypadku lekko zezowały.

– Wyglądasz znacznie lepiej, przyjacielu – powiedział do mnie Dziki Bill, przyglądając mi się z bliska. – Nie widziałem nikogo w gorszym stanie od ciebie, dopóki jakiś czas temu nie wtoczył się tutaj ten pijak w bieliźnie, którego Harry wykopał za drzwi. – Ruchem głowy wskazał barmana i przetarł zaczerwienione oczy wierzchem lewej dłoni. Postawił mi whisky, którą piłem bardzo wolno, bo nie zaznałem jej smaku od bardzo dawna. Mimo to poczułem, jak jej opary docierają do mojego mózgu zaraz po pierwszym łyku.

Dziki Bill przedstawił mnie barmanowi, człowiekowi nazwiskiem Harry Sam Young, i powiedział mi, że zna go jeszcze z Kansas.

– To miasto jest pełne przyjaciół – mówił. – Kalifornia Joe, Kolorado Charley Utter, Jack Anderson „Białe Oko", wszyscy są tutaj. Ale najważniejszą wiadomością jest to, że się niedawno ożeniłem. – Harry Young napełnił mu szklankę. Ja wciąż pracowałem nad swoją pierwszą. – Co mi o czymś przypomniało. – Rozgląda się, jakby się bał, że ktoś podsłuchuje, dochodzi do wniosku, że może tak, i prosi mnie na stronę w poufnej sprawie.

Rozpływający się przed moimi oczami świat był chyba bardziej wynikiem wyjścia z półmroku przepojonego wonią nafty do lamp, alkoholu i potu niż wody ognistej (gdybyście nie wiedzieli, jest to określenie indiańskie, ale nie czejeńskie).

Dziki Bill zacisnął powieki w niewidzące szparki. Śmieszne, ale pomyślałem, jak byłby bezbronny, gdyby ktoś chciał w takiej chwili do niego strzelić.

– Przyjacielu – powiada szeptem, biorąc mnie za łokieć – wydaje mi się, że kiedyś w twoim towarzystwie byłem w pewnym lokalu. Czy się nie mylę?

– Nie, Bill. Poszliśmy kiedyś razem do burdelu.

Wzdraga się i mówi:

– Ciszej, dobrze?

Nie krzyczałem, ale zrobiłem, jak prosił, i mówiłem dalej:

– To było zaraz po tym, jak zastrzeliłeś brata Strawhana, najbardziej niesamowita rzecz, jaką zdarzyło mi się widzieć. Chciał do ciebie strzelić od tyłu, a ty zobaczyłeś go w lustrze. Na Boga, ale byłeś szybki!

Uśmiechnął się lekko i odwróciwszy głowę od słońca, otworzył oczy.

– Nie jestem już tak dobry, przyjacielu. Nie mówię, że jestem kiepski, ale nie widzę już tak jak kiedyś. Nadal chcą, żebym szczerbił rzucane monety, ale teraz strzelam do dolarów, a nie do dziesięciocentówek jak kiedyś.

Przypomniałem sobie tego wyszczerbionego dolara, którego od niego dostałem.

– Widziałem, jak wpakowałeś dziesięć kulek w literę O na szyldzie po drugiej stronie rynku w Kansas City, sto jardów jak nic.

– Szyld „The Odd Fellows" – mówi Dziki Bill z tym swoim nieobecnym uśmiechem. – Teraz bym tego nie zrobił. Biorę lekarstwo na oczy. To dlatego jestem taki blady i chyba w ogóle mi to szkodzi... Ale nie o tym chciałem z tobą porozmawiać, przyjacielu. Jeżeli pamiętasz tamten dom uciech, to chciałbym, żebyś zapomniał, że ja miałem z tym coś wspólnego.

Dziki Bill Hickok to nie był ktoś, komu by się odmówiło przysługi wymagającej tak niewiele wysiłku, pośpieszyłem więc zapewnić go o swoim milczeniu.

– Nie mam nic przeciwko damom lekkiego prowadzenia – ciągnie Hickok. – Niektóre z nich były moimi naprawdę dobrymi przyjaciółkami. Prawdę mówiąc, karawana, którą tu przyjechaliśmy z Cheyenne, zatrzymała się w Laramie, gdzie zabraliśmy Sprośną Emmę, Szybką Kate i inne panienki, które uruchomiły tu interes kawałek dalej, gdybyś poczuł naturalną potrzebę. – Jego uśmiech upodobnił się do wyrazu twarzy kaznodziei. – Teraz jestem żonaty i prowadzę się przyzwoicie. – Wyglądał naprawdę godnie, wysoko uniesione brwi, skromne usta pod obwisłymi wąsami. – Agnes – mówi – prowadziła własne przedstawienie ze swoim poprzednim mężem, słynnym swego czasu clownem, któremu jakiś bydlak strzelił prosto w serce za to, że nie chciał go wpuścić bez biletu.

Dziki Bill opowiedział mi o Aggie poprzednim razem, mogłem więc wtrącić:

– Zdaje się, że jest znaną amazonką – używając słowa, którego on wtedy użył, co sprawiło mu wyraźną przyjemność.

– Zgadza się, przyjacielu, a także linoskoczkiem, ale to już dla niej przeszłość. Mogłeś też słyszeć o Adahu Isaacu Menckenie, znanym ze swego przedstawienia teatralnego *Mazepa*, w którym Agnes jest przywiązana całkiem naga do konia galopującego wokół sceny. Wszyscy, którzy widzieli ich oboje w tej roli, uważają, że ona była lepsza. I zapewniam cię, że nigdy nie jeździła nago, zawsze miała na sobie trykot, który tylko tak wyglądał. – Tu zmarszczył brew. – Nawet to mi się nie podoba, bo wiem, że część łobuzów myślała, że jest naga. – Odchrząknął. – Cóż, jak powiedziałem, to już przeszłość. Żona Jamesa B. Hickoka, Dzikiego Billa, nigdy nie będzie pracować. Chcę ją mieć w domu, słodką Agnes, w naszym małym gniazdku.

Zaczął się nazywać dwoma imionami, jakby chodziło o jakąś prawną kwestię właściwej identyfikacji, i może tak było, bo w owym czasie na Zachodzie roiło się od Dzikich Billów i przynajmniej jeden z nich twierdził, że jest białym człowiekiem, który w dzieciństwie przyłączył się do Czejenów – to nie byłem ja, tylko jakiś przeklęty kłamca.

– Byłbym zaszczycony, mogąc ją poznać, Bill. Przyjechała z tobą do Deadwood czy została w Cheyenne?

Dziki Bill parsknął.

– Ani to, ani to, przyjacielu. Agnes to wytworna dama. Nigdy bym jej nie pozwolił postawić nogi w takim chlewie. Przyjechałem tu tylko zarobić pieniądze. Ona jest w Królowej Miast, w Cincinnati w Ohio, gdzie czeka na mój powrót.

Pomyślałem, że ta Agnes jest pewnie prawdziwą pięknością, skoro go tak ujeździła, choć nie taką jak pani Elizabeth Custer, którą widziałem tylko raz, ale to wystarczyło, żebym ją uznał za swój ideał kobiecości. Teraz, rzecz jasna, jest już wdową, co możecie uznać za paskudny sposób myślenia tak wcześnie po śmierci męża, ale faktycznie nie potrafiłbym sobie nawet wyobrazić, że ktoś taki jak Libbie Custer mógłby spojrzeć w moją stronę i choćby mnie dostrzec.

– Wiesz co – powiedział Dziki Bill – chodź do mojego wozu, to pokażę ci jej zdjęcie.

Przeszliśmy kawałek kanionem Deadwood do miejsca, które wtedy znajdowało się na skraju miasta, i wśród dużej liczby namiotów, stanowiących dzielnicę mieszkalną, znaleźliśmy kryty wóz, nieco mniejszy od tego, którym ja i moja rodzina przybyliśmy przed laty na Zachód. Ten chyba należał kiedyś do wojska.

Bill wdrapał się do środka i wyszedł stamtąd z fotografią, którą mi wręczył.

– Powiedz mi, czy to nie jest najpiękniejsza kobieta, jaką w życiu widziałeś?

Z kimś takim jak Dziki Bill nie należało się sprzeczać, zwłaszcza kiedy był zakochany na zabój, nie szczędziłem więc Agnes komplementów, ale muszę stwierdzić, że wydała mi się wyjątkowo brzydka, w każdym razie w tym ujęciu kamery, co nie znaczy, że wątpiłem w to, co Bill mówił o jej talencie.

– Możesz się zastanawiać, dlaczego zainteresowała się mną osoba z taką klasą – powiada Dziki Bill z prawdziwą skromnością jak na człowieka, dla którego straciła głowę niejedna dama, włącznie z moją zwariowaną siostrą Caroline, ale trzeba przyznać, że nie słyszałem o żadnym słynnym rewolwerowcu, niezależnie od tego, czy działał po jednej, czy po drugiej stronie prawa, który nie byłby bardziej pociągający dla kobiet niż spokojni obywatele. – Próbuję teraz zająć się czymś poważniejszym niż wszystko, co robiłem dotychczas, także bardziej dochodowym. Niewiele można odłożyć z osiemdziesięciu do stu dolarów miesięcznie stróża prawa, a zawsze można dostać za swoje starania kulkę.

Schodząc z wozu, wziął ze sobą butelkę i usiedliśmy na drewnianych skrzynkach po amunicji. Dziki Bill pociągnął tęgi łyk i przekazał butelkę mnie.

Ta whisky w niczym nie przypominała trunku, który Harry Sam Young serwował nam w Numerze 10, ale zdawało się, że Dziki Bill nie zauważa różnicy. Ja ledwo mogłem ją przełknąć i utrzymać w żołądku.

– Opowiadałem ci kiedyś o mojej karierze aktorskiej? – spytał Dziki Bill.

– Słyszałem, że występowałeś w Niagara Falls ze stadem bizonów.

– Zgadza się – mówi i pociąga kolejny łyk z butelki. – Później wędrowałem przez jakiś czas po Wschodzie, występując w widowisku Billa Cody'ego, ale nie mogłem zapamiętać swoich kwestii, chociaż były co wieczór takie same i grałem samego siebie, pozornie więc nie wymagało to żadnej sztuki aktorskiej. Okazało się, że nie jest łatwo być prawdziwym sobą, udającym sztucznego Dzikiego Billa Hickoka, który mówi słowami napisanymi przez jakiegoś kurdupla, co to nigdy nie wystawił nosa poza Chicago i strzela ślepymi nabojami strasznie zapaskudzającymi lufę. Zacząłem popijać i zabawiać się z nudów, na przykład używając ostrej amunicji i strzelając za blisko czubków butów prawdziwych aktorów, po czym oni biegali na skargę do Cody'ego, a on prosił mnie, żebym nie przesadzał. Ale nie potrafiłem tego dłużej wytrzymać, mimo że pieniądze były naprawdę dobre, największe, jakie kiedykolwiek zarabiałem. W odróżnieniu od Billa Cody'ego nie miałem serca do tego gówna. Nie mam nic przeciwko Billowi, szczęść mu Boże, zawsze postępował ze mną uczciwie, ale on ma wrodzony talent do życia scenicznego, a ja nie i nie ma co do tego wątpliwości. – Przełknął kolejny łyk tej okropnej whisky i właśnie podawał mi butelkę, kiedy ktoś do nas podszedł.

– Więc to tak się zabawiasz? – spytał gniewny głos. Pochodził od jegomościa niewiele wyższego ode mnie, ale wystrojonego w ubranie z jeleniej skóry z frędzlami, z pistoletem o rękojeści wykładanej macicą perłową, w ozdobnym futerale zwisającym z eleganckiego pasa z wielką srebrną sprzączką. Nosił długie włosy, równie jasne jak jego wąsy i mała szpiczasta bródka. – Siedzisz tu z nim i popijacie?

– Spokojnie, Charley – powiedział Dziki Bill łagodnym głosem. – To mój stary znajomy z Kansas. Przywitaj się z...

Jednak elegancik zadarł nosa i do prezentacji nie doszło.

– To mój wspólnik Kolorado Charley Utter – powiedział Bill, kiedy tamten zniknął w stojącym nieopodal namiocie. Większość namiotów w Deadwood była obszarpana, ale ten wyróżniał się nowym brezentem, a ponadto był dobrze naciągnięty i okołkowany. – Mamy plany ekspresowego połączenia między Deadwood a Cheyenne.

Nigdy nie widziałem, żeby ktoś tak z góry traktował Dzikiego Billa. Za chwilę Charley Utter wyszedł ze swojego namiotu i powiedział:

– Do diabła, Bill, znów spałeś pod moimi kocami, porozrzucałeś je.

Dziki Bill uśmiecha się krzywo i wzrusza ramionami.

– Bardzo cię przepraszam, wspólniku. Są przyjemniejsze niż mój szorstki koc wojskowy.

– Trzymaj się z daleka od mojego namiotu – powiada na to Utter.

W dawnych czasach Dziki Bill roześmiałby się w nos takiemu kurduplowi, tak jak zrobił, kiedy ja pierwszy raz na niego naskoczyłem, ale teraz ten budzący kiedyś lęk rewolwerowiec tylko powtórzył przeprosiny. Kiedy Utter wrócił do namiotu, skąd dobiegały odgłosy jego krzątaniny, Bill powiedział do mnie: – To dobry przyjaciel i ma tęgą głowę do interesów. Moją specjalnością są pomysły, ale nie zawsze mam dryg do praktycznych szczegółów. – Odchyla głowę do tyłu, póki nie zatrzymuje go rondo jego wielkiego kapelusza, opierające się między łopatkami, po czym zdejmuje sombrero, żeby ustawić gardło na jednej linii z pionową butelką, i przelewa resztę płynu z tej ostatniej w to pierwsze. Odkąd go poznałem, nigdy jeszcze nie widziałem go z gołą głową, i stwierdziłem, że włosy przerzedzają mu się od czoła, a to mi przypomniało, że Custer też łysiał, przez co Indianie, jak twierdzili, nie chcieli mu zdjąć skalpu. Ponieważ łysienie nie jest znane wśród Indian, uważają je za jeszcze jedną dziwną i niesmaczną cechę białych, podczas gdy obcinanie zwieńczenia głowy wroga i zawieszanie jej na pasie uważają za coś zupełnie normalnego, a nawet chwalebnego, i przyznaję, że sam tak robiłem, kiedy żyłem jako Czejen.

Opróżniwszy butelkę, Dziki Bill rzucił ją za siebie na placyk między swoim wozem a namiotem Charleya Uttera, który natychmiast wyłonił się stamtąd, podniósł butelkę i wręczył ją bez słowa Dzikiemu Billowi.

– O, przepraszam za to – powiedział Dziki Bill.

– Jeżeli jesteś tutaj o tej porze – mówi Utter – to znaczy, że już przegrałeś całą zaliczkę.

Hickok nałożył kapelusz.

– Nie uwierzyłbyś, jakie dostawałem karty, Charley.

Charley założył kciuki za swój wymyślny pas i prychnął.

– To tak jak zwykle, prawda? – powiada.

Dziki Bill podniósł się bardzo powoli. Nie wyglądał na pijanego, chociaż niewątpliwie pił od paru godzin, zanim ukoronował dzieło tą butelką. Widocznie głowę miał mocną jak dawniej.

Wrzucił pustą flaszkę do wozu i sam wdrapał się w ślad za nią.

– Muszę się zdrzemnąć, żeby odpocząć przed wieczorną grą – powiedział, po czym, stojąc na czworakach, spojrzał na mnie z góry. – Jeżeli nie masz gdzie spać, przyjacielu, to tutaj jest dużo miejsca i dodatkowy koc, jak ci nie przeszkadza zapach konia.

– To bardzo miło z twojej strony, Bill – mówię, a kiedy zniknął w głębi wozu, powiedziałem Kolorado Charleyowi, że nie skorzystam z zaproszenia, jeżeli on ma coś przeciwko temu, bo nie było mnie stać w mojej sytuacji na robienie sobie wrogów.

– To sprawa między wami – powiedział Charley znacznie uprzejmiejszym tonem niż dotychczas. – Zauważyłem, że nie jesteś pijakiem.

Obserwował więc Dzikiego Billa ze swojego namiotu.

– Nigdy nie przesadzam – powiedziałem, co było zgodne z prawdą poza okolicznościami, kiedy było inaczej.

– Nie wyglądasz, jakby ci się ostatnio za dobrze powodziło.

– Dziękuję, że zauważyłeś – mówię, ale potem uznałem, że to zabrzmiało zbyt sarkastycznie, i dodałem: – To wszystko jeszcze nic.

– Oszczędź mi szczegółów – przerwał mi Charley pośpiesznie. – Mam dla ciebie propozycję. Są w Deadwood ludzie, którym odpowiada brak prawa, i może zgadzam się z nimi do pewnego stopnia, ale niektórzy sądzą, że Dziki Bill przyjechał tutaj, żeby objąć posadę marszala, tak jak w Abilene, i oczyścić to miasto. Wprawdzie nie mają racji, ale dochodzą mnie słuchy, że mogą chcieć go odstrzelić. Nikt nie zaatakuje go od przodu, to mogę ci zagwarantować. Może i stracił coś ze swoich umiejętności, ale i tak jest lepszy od wszystkich w okolicy. – Charley pogładził swoje wąsy i kozią bródkę. Nie mogłem się nadziwić, że wygląda tak czysto i elegancko w takim miejscu. – Ale martwi mnie, że przy grze w karty może stracić czujność. – Spojrzał z troską na wóz i dodał konfidencjonalnie ściszonym głosem: – Poza tym ostatnio jest w nie najlepszym nastroju. Jak mi niedawno powiedział, uważa, że jego dni są policzone.

– To nie jest ten Dziki Bill, którego znałem. Mogę to przysiąc – stwierdziłem. – Ale może się zmieni, kiedy zacznie wygrywać w pokera.

Kolorado Charley skrzywił się.

– Powiedział mi, że napisał coś podobnego w liście do tej swojej nowej żony. Czyż to nie wspaniały prezent ślubny? – Mówiąc to, podniósł nieco głos, po czym spojrzał na wóz i znów go zniżył. – To, co chcę ci zaproponować... jak się nazywasz? – powiedziałem mu i ciągnął dalej: – Będę ci płacił, żebyś miał na niego oko. Dam ci dolara dziennie, co wydaje mi się bardzo hojną ofertą, zważywszy na to, że masz tylko pilnować jego pleców.

Trudno mieć do mnie pretensje, że spróbowałem coś wytargować.

– Ochrona Dzikiego Billa Hickoka powinna być nieco lepiej płatna – zauważyłem.

– Czy ja mówiłem coś o ochronie? Bill nie potrzebuje ochrony, a sądząc z twojego wyglądu, nie na wiele byś się przydał, i nie mam zamiaru zaopatrywać cię w broń palną. Chodzi o to, żebyś miał na niego oko, i to tylko wtedy, kiedy gra w karty. Przy innych okazjach będę z nim ja albo Joe Milner z Kalifornii, albo inni jego przyjaciele. Jak zobaczysz, że coś podejrzanego dzieje się za jego plecami, krzycz. Reszta należy do niego. Wciąż jeszcze używa broni lepiej niż każdy, kto może przeciwko niemu wystąpić – tyle jeszcze widzi.

Nie podobały mi się jego obelgi, ale dolar dziennie pozwoliłby przeżyć mnie i bratu do czasu, aż trafi się coś lepszego, przyjąłem więc jego propozycję, ale zapytałem, dlaczego mi ufa. Skąd może wiedzieć, że nie jestem jednym z tych, którzy chcą się pozbyć Billa?

– Do tego czasu już byś zrobił swoje – mówi Kolorado Charley.

W tej sprawie mógł się mylić, ale nie chcąc, żeby stracił do mnie zaufanie, nie rozwodziłem się na ten temat i obiecałem stawić się tego wieczoru w saloonie Numer 10 i pilnować pleców Billa, a potem odprowadzić go do domu, gdzie dostałbym swojego dolara.

Potem wróciłem do miasta i zastałem mojego brata pogrążonego we śnie w jego beczce, związanego tak, jak go zostawiłem, i tylko pies zaczął na mnie skakać, spodziewa-

jąc się, że każda moja wizyta oznacza jedzenie. Przekonaw-
szy się, że nie mam nic dla niego, wrócił do beczki i zwinął
się obok Billa. Sam mógłbym się zdrzemnąć, bo nie spałem
przez większość nocy, zwiedzając Deadwood przy świetle
księżyca i robiąc wyprawę na wzgórza i z powrotem, ale nie
mogłem znieść smrodu bijącego z wnętrza beczki, nawet
gdyby znalazło się tam dla mnie miejsce, usiadłem więc na
zewnątrz, oparty plecami o klepki, i trochę się zdrzemną-
łem, ale byłem zbyt wstrząśnięty moimi ostatnimi przeży-
ciami, żeby spać twardo, ze spokojem mojego brata.

2. ASY NA ÓSEMKACH

Dotarłem do Numeru 10 przed Dzikim Billem, ale gra w pokera już się zaczęła. Wytłumaczyłem Harry'emu, że pracuję dla Kolorado Charleya Uttera, ale on powiedział, że nie mogę usiąść, jeżeli nie piję, czekałem więc na Billa na zewnątrz. Zjawił się niedługo po mnie i jego wygląd nie zdradzał wypitego wcześniej alkoholu.

– Charley mówi, że teraz dla nas pracujesz – powiada.

– Wiesz o tym?

– Nie jestem szczególnie dumny, że ktoś pilnuje mi pleców. Jeżeli dożyłem do dzisiaj, to nie dlatego, że byłem szybszy albo strzelałem prościej od wszystkich, którzy stawali przeciwko mnie. Przeżyłem, bo nigdy się nie okłamywałem. Nigdy nie kłamałem zbyt dużo innym, ale jak wszyscy robię to, kiedy od tego zależy moje życie. Nigdy jednak nie okłamywałem siebie.

– Mogę tylko krzyknąć – powiedziałem. – Nie mam broni.

– Może to i lepiej, przyjacielu – mówi Dziki Bill. – Mógłbyś sobie odstrzelić klejnoty rodzinne.

Ten żart nieco mnie zdenerwował, bo to on sam uczył mnie w Kansas City posługiwania się bronią.

– Twój przyjaciel Harry Sam Young nie pozwala mi wchodzić, jeżeli nie wydaję u niego pieniędzy, a Charley ma mi zapłacić dopiero później.

– Porozmawiam z Harrym – obiecał Dziki Bill. – A co do Charleya, to pieniądze, jakie daje mi na grę, nie pochodzą od niego, tylko z naszego wspólnego funduszu, do którego dorzuciłem swoje oszczędności. On nimi obraca, bo robi to lepiej ode mnie, ale nie jestem na jego łasce.

Ta informacja podniosła go w moich oczach.

– Pamiętam, Bill, że jestem ci winien dwa dolary – powiedziałem.

– Zwrócisz, kiedy będziesz mógł – mówi i wkracza do Numeru 10, wyglądając niczym dawny Dziki Bill, jakiego zapamiętałem sprzed lat. Jeden z gości przy stoliku karcianym chciał natychmiast ustąpić mu miejsca, mimo że rozdanie nie było skończone, taki autorytet miał Dziki Bill Hickok, ale ten wielkopańskim gestem kazał mu siadać, a sam podszedł do baru, gdzie Harry już mu nalał.

Dziki Bill wychylił whisky, a potem wskazał mnie kciukiem.

– Ten mały gość pracuje dla mnie i dla Charleya. Nalej mu na mój rachunek, ale nie dawaj mu tyle, żeby przestał widzieć na oczy – powiedział i roześmiał się.

Tak się złożyło, że tego wieczoru przełknąłem tylko nieco kawy, którą Harry, jak wszyscy znani mi barmani, pił zamiast tego, co sprzedawał innym. Niestety, nie podawano tam nic do jedzenia, a Harry widocznie już jadł kolację, nie zdołałem więc nic przekąsić. Tkwiłem tam tylko godzinami, pilnując pleców Dzikiego Billa, podczas gdy oni rozgrywali rozdanie za rozdaniem wśród przekleństw, stęknięć i innych takich odgłosów, wydawanych przez uczestników, które nic nie znaczą dla kogoś, kto nie bierze udziału w grze. Co było jednak ciekawe, to to, że Dziki Bill dla odmiany wygrywał. Po jakimś czasie jeden z pierwotnych graczy przegrał wszystko i wypadł z gry, i ten sam niski, lekko zezujący jegomość z płowym wąsem, który poprzedniego dnia zajął miejsce Dzikiego Billa, a teraz obserwował grę z oddali, zajął wolny zydel, tak jak to zrobił z miejscem Dzikiego Billa poprzedniego wieczoru. Tym razem jednak Dziki Bill został przy stole, wygrywając rozdanie za rozdaniem, bo szczęście go nie opuszczało, i po niedługim czasie ten nowy też spłukał się do czysta i wstał od stołu z miną bardziej smutną niż wściekłą.

– Niech to diabli – powiada ze zwieszoną głową – nie zostało mi nic na jedzenie.

Dziki Bill też wstał.

– Posłuchaj, Jack – mówi – poszło mi dziś dobrze po długim okresie pecha. Będę zaszczycony, mogąc postawić ci kolację. – Podniósł kilka monet z piętrzącego się przed nim stosu i zaoferował je temu Jackowi McCallowi, bo tak się nazywał, jak mnie poinformował Harry Young.

McCall wziął pieniądze, skinął głową, nie patrząc na Dzikiego Billa, i wyszedł z lokalu.

Do pozostałych graczy Dziki Bill powiedział, że nie będąc już młodzieńcem, musi się pożegnać, ale jutro da im wszystkim szansę na odegranie się.

Potem poszliśmy z powrotem do wozu. W letni wieczór było jeszcze tak jasno, że nie potrzebowaliśmy latarni.

– Widocznie przyniosłeś mi, przyjacielu, szczęście – powiedział Dziki Bill. – A że zawsze reguluję swoje rachunki, daję ci dolara premii za dzisiejszy wieczór i kasuję to, co mi jesteś winien.

– To bardzo hojnie z twojej strony, Bill.

– Chcę to załatwić, póki jeszcze mogę, bo dzisiejsze szczęście nie musi trwać wiecznie, może nawet nie dotrwać do jutra. – Jako że był wysoki, szedł tak wielkimi krokami, że na każdy jego krok musiałem stawiać dwa swoje. – Szczęście Custera – mówi. – Słynął z niego, póki mu się nie skończyło.

Zastanawiałem się, czy nie przekazać mu relacji naocznego świadka z bitwy nad Little Bighorn, ale postanowiłem nie ryzykować, bo potrzebowałem tej pracy.

– Zdaje się, że znałeś go osobiście.

– I lubiłem go – powiedział Dziki Bill. – Musiałem zastrzelić dwóch jego ludzi, kiedy w czterech czy pięciu napadli kiedyś na mnie w Hays, i raz doszło do różnicy zdań między mną a jego bratem Tomem, ale sam generał zawsze okazywał mi uprzejmość. Parę lat temu wyraził się o mnie pochlebnie na piśmie, jak mi mówiono. Jego żona to piękna kobieta, a teraz, biedactwo, została wdową w tak młodym wieku.

– Jest piękna – potwierdziłem z uczuciem. – Raz ją widziałem.

– Cóż – mówi Bill z tą swoją nową świętoszkowatą miną – może i masz rację, przyjacielu, ale ja jestem mężem najpiękniejszej kobiety na świecie.

Uznałem na podstawie fotografii tej jego Aggie, że z jego wzrokiem jest chyba gorzej, niż myślałem, ale rzecz jasna nic nie powiedziałem, tym bardziej że właśnie doszliśmy do obozowiska i chciałem czym prędzej odebrać swoją zapłatę od Charleya Kolorado.

Kiedy jednak zajrzałem do jego namiotu – urządzonego niczym pokój hotelowy w mieście, z łóżkiem i akuratnie złożonymi kocami, kufrem ze skórzanymi pasami i skórą rozłożoną na podłodze – Charleya nie było ani śladu.

Gdy poinformowałem o tym Dzikiego Billa, który stał i z wyraźną satysfakcją oddychał wieczornym powietrzem przed wejściem do wozu, powiedział:

– Pewnie jest w łaźni. Rano był tak zajęty, że opuścił kąpiel. Kąpie się codziennie, czy tego potrzebuje, czy nie. Jest z tego znany.

– Zawsze myślałem, że to samo dotyczy ciebie, Bill.

– Nie do tego stopnia – mówi, a zrobiło się już za ciemno, żeby na podstawie wyrazu jego twarzy właściwie ocenić, czy żartuje. Potem sięga do kieszeni surduta, do której wrzucił swoją wygraną, wyjmuje dwa dolary i upuszcza je z brzękiem do mojej wyciągniętej dłoni. – Proszę, przyjacielu. Jak już wszystko przepijesz i będziesz chciał przespać się w moim wozie, proszę uprzejmie, nie kop mnie, kiedy będziesz wchodził. Koc znajdziesz w tyle wozu.

Wróciłem do miasta i znalazłem miejsce, rodzaj otwartego z trzech stron szałasu, w którym potężna kobieta, jedna z niewielu w owym czasie w Deadwood nie pracująca w zawodzie kurtyzany, gotowała fasolę i piekła ciężkie jak kamienie bochny udające chleb. Można w nich było znaleźć nie tylko włosy, ale całe ich pęki, a także inne substancje trudniejsze do zidentyfikowania.

Nadal byłem bardzo głodny.

– Czy nie masz jakiegoś mięsa? – spytałem kucharkę.

– Miałam parę dni temu, ale zjadłam sama – mówi, przesuwając językiem zwitek tytoniu w gębie i rozstawiając szerzej nogi, żeby móc między nie splunąć. Podejrzewam, że specyficzny smak jej fasoli brał się z bryzgów soku tytoniowego. Jadałem gorsze rzeczy, kiedy bywałem wygłodniały, co w młodości zdarzało mi się dość często, podobnie jak Czejenom, którzy mnie wychowywali. – Było niedobre, więc nic nie straciłeś. Zresztą i tak nie byłoby cię na nie stać.

Mam zasadę, żeby nie puszczać płazem obelgi, kiedy mogę sobie pozwolić na odpowiedź, mówię więc:

– Wydaje ci się, że prowadzisz restaurację w hotelu Palace?

Na to ona spluwa znów, tym razem bardzo blisko mnie, i szczerzy zęby, które są całkiem brązowe w świetle lampy zwisającej z gwoździa na słupie wspierającym dach.

– Mam bogatego narzeczonego – mówi. – Ostatnio trafił na coś dużego.

Niezależnie od tego, jak sceptycznie człowiek odnosiłby się do możliwości znalezienia większej ilości złota w pojedynkę, jest jakaś magia w samym dźwięku tego słowa, które sprawia, że najzimniejsze serca zaczynają żywiej bić, pewnie dlatego, że jeśli się znajdzie jakąś ilość tej substancji, nie są potrzebne dalsze wysiłki, żeby ją sprzedać. Każda inna rzecz, na której można zarobić, wymaga więcej wysiłku niż kręcenie patelnią dla oddzielenia złota od piasku. I tak przez chwilę, w oczekiwaniu na porcję fasoli z chlebem, rozważałem możliwość oznakowania następnego dnia własnej działki.

Ale wtedy ta wielka kobieta wyciera ręce w poplamiony fartuch i mówi:

– Oczywiście, on nigdy nie powiedział mi prawdy w żadnej innej sprawie, może więc wcale nie dał pięciu dolarów za ten befsztyk, ale kupił go od jakiegoś Indianina za szklaneczkę whisky. Smakował jak kawałek starego niedźwiedzia.

W beczce nic się nie zmieniło. Mój brat Bill spał bez ruchu wciąż w tej samej pozycji. Pomyślałem nawet, że może się zawinął, a że było zbyt ciemno, żeby zobaczyć, czy oddycha, musiałem go trącić nogą, na co westchnął i mruknął nieprzyzwoite słowo. Pies, rzecz jasna, natychmiast zaczął mnie obskakiwać i znów dostał więcej, niż mu się należało z jedzenia, które niosłem.

Pozostawiłem brata w najlepszej sytuacji, w jakiej mógł się w danej chwili znaleźć, i wróciłem na spoczynek do wozu Dzikiego Billa, gdzie znalazłem sobie całkiem przytulne miejsce. Dziki Bill wyglądał na pogrążonego we śnie, kiedy się obok niego przeciskałem, i przyszło mi do głowy, że skoro ja tak łatwo mogłem się dostać do wozu, to samo mogłoby się udać zabójcy, ale Charley Kolorado nie wynajął mnie, żebym pilnował Dzikiego Billa przez dwadzieścia cztery godziny na dobę, i to w dodatku bez broni, a zresztą byłem już wykończony.

Spało mi się dobrze tej nocy, a kiedy obudziłem się o świcie, rozejrzałem się i zobaczyłem, że posłanie Dzikiego Billa jest już puste. Wstałem, wyszedłem z wozu i oddałem mocz, uważając, żeby trzymać się w należytej odległości od namiotu Charleya Uttera, a wróciwszy, zobaczyłem wysoką postać Dzikiego Billa, który żwawym krokiem nadchodził od strony miasta.

– Od rana jesteś na nogach – mówię, kiedy się zbliżył.

– Zazwyczaj wstaję o brzasku – mówi on. – Biegnę wypić coś na przebudzenie.

– Chodzisz na kawę do tej wielkiej baby, która gotuje fasolę?

– Mam na myśli whisky, przyjacielu. Po kawie usnąłbym z powrotem.

W tym momencie wyłonił się ze swojego namiotu Charley Kolorado, wyglądający jak zwykle, jakby wyszedł prosto od krawca, i z tego, co mówił Bill, poszedł organizować wyścig między ich konnym ekspresem a konkurencyjną firmą o to, kto szybciej przywiezie gazetę z Cheyenne do Deadwood.

Ochlapałem sobie twarz wodą deszczową z beczki, którą

pokazał mi Dziki Bill, i wypytawszy go o jego plany, umówiłem się z nim koło południa w Numerze 10, po czym udałem się do miasta.

Nigdy nie wiedziałem, co zastanę, wracając do miejsca pobytu mojego brata, ale tym razem byłem przyjemnie zdziwiony, widząc go, jak stoi o własnych siłach i wdycha powietrze, a wygląda zdrowo i całkiem trzeźwo.

– Cóż, panie Jack, co pan nowego wymyślił? – pyta, ukazując szczerbaty uśmiech wśród gąszczu włosów pokrywających dolną część jego twarzy.

– Więc mnie pamiętasz?

– Z ostatnich dni – powiada. – Ta twoja historia o karawanie wozów to zupełnie inna sprawa.

– Dostałem pracę – mówię. – Nie płacą dużo, ale pozwoli nam to przeżyć, póki nie trafi się coś lepszego. Znam ludzi, którzy uruchamiają ekspresowe połączenie stąd do Cheyenne i Laramie. Jak to wypali, będą pewnie potrzebować ludzi.

Bill podnosi brodę z ważną miną i powiada:

– Właśnie miałem ci zaproponować udział w moich poszukiwaniach. Z powodów ode mnie niezależnych straciłem patelnię, szuflę i deski, które kupiłem na koryto, gdybyś więc mógł mnie poratować...

– Do cholery, Bill, ja mówię poważnie. Nie masz żadnych szans na złoto. Daj sobie z tym spokój.

– Jedynie w tym celu tu przyjechałem – odpowiada mi wyniośle.

– Leżysz po całych dniach pijany.

– Tylko w czasie wolnym – mówi. – Normalnie pracuję na swojej działce.

Powiadam wam, że dopiero co odnalazłem swojego brata, a już miałem go powyżej uszu. Rozejrzałem się i spytałem:

– Gdzie jest twój pies?

– A skąd mogę wiedzieć? – mówi Bill. – Ja go nie prosiłem, żeby się do mnie przyłączył. Odchodzi sobie, kiedy chce. Może zabawia się teraz z jakąś samicą kojota.

– Mam dość pieniędzy, żeby ci zafundować kąpiel i śniadanie.

Bill na to krzywi nos pod warstwą brudu.

– Wolałbym małą... – zaczyna.

– Wiem, ale dostaniesz kąpiel, fasolę i kawę.

Kiedy doszliśmy do łaźni – gdzie siadało się w blaszanej wannie i posługacz lał na człowieka wiadro gorącej wody, którą czerpał z wielkiego kotła stojącego na ogniu, a kiedy gość się namydlił, spłukiwał go drugim wiadrem – zmusiłem Billa, żeby wziął kąpiel w ubraniu.

– Jezu – zaskomlił, kiedy po wszystkim wyszliśmy na zewnątrz. – Jestem cały mokry, mogę od tego umrzeć.

Przypomniałem mu, że mamy ciepły sierpniowy poranek i że za chwilę będzie suchy.

– Chodź, dostaniesz kubek kawy na rozgrzewkę.

Zabrałem go do kuchni na otwartym powietrzu, prowadzonej przez tę krzepką babę, która przywitała nas słowami:

– Jak się masz, Billy, zastanawiałam się już, co się z tobą dzieje.

– To wy się już znacie? – pytam, patrząc na jedno i na drugie.

– To jest ten, o którym ci mówiłam.

– To ten twój kawaler?

– Ty mu powiedz, Billy – zwraca się do mojego brata, ale ten tylko siedzi jak zmokła kura.

– To mój brat – mówię bez radości. – Daj mu kawy i fasoli.

– Nell – odezwał się teraz Bill – gdybyś mogła doprawić mój kubek kropelkami, byłbym ci bardzo wdzięczny.

Kropelkami niektórzy nazywali w owym czasie whisky, może dlatego, że brzmiało to jak lekarstwo i było w związku z tym słowem nadającym się do użycia w obecności dam i dzieci.

– Nie rób tego, Nell – wtrąciłem się. – Dopiero co go umyłem i teraz zabieram go do golenia.

Na to ona wali cynowym talerzem z fasolą o deskę wspartą na dwóch beczkach, ale robi to tak zręcznie, że nic się nie przelało.

– Nie chcę, żeby się golił – mówi. – Myślę, że wygląda bardzo przystojnie z zarostem, jak prezydent Grant.

– Strasznie się rządzisz.

Spiorunowała mnie swoimi małymi niebieskimi oczkami osadzonymi w wielkiej czerwonej twarzy.

– Może on i jest twoim bratem, i jeżeli tak, to przypadła mu cała uroda w rodzinie, ale tak się składa, że jest moim wybranym.

– Niech mnie diabli.

– Nie zniosę przekleństw w moim przedsiębiorstwie – mówi ona. – Jeszcze raz coś takiego usłyszę i wytrę tobą podłogę.

– Nie masz tu podłogi – stwierdzam głęboko urażony. – A jeszcze niedawno sama się wyrażałaś.

Przez chwilę mierzyliśmy się wzrokiem, po czym ona odwraca głowę, spluwa długą brązową strużką tuż obok kubka z kawą i mówi już milszym głosem:

– Odważny z ciebie kurdupel! Ale chyba mam miękkie serce dla braci Crabbów.

Nie chciałem się z nią bić, więc zgoda mi odpowiadała.

– W porządku – mówię. – Zostawiam brata w twoich sprawnych dłoniach, Nell, bo jestem umówiony. Uważam tylko, że nie powinien na razie więcej pić. Myślę, że powinien zjeść fasolę.

Chciałem jej zapłacić, ale Nell się nie zgodziła.

– Jak by to wyglądało, gdybym wzięła za jego żarcie? – A do Billa mówi: – Trzymałam dla ciebie ten befsztyk, Billy, ale zaczynał chodzić, więc go zjadłam.

– Cholera – mówi Bill i jemu, rzecz jasna, nie zwróciła uwagi. – To był wspaniały kawał wołowiny, ukradłem go Jake'owi Shroudy'emu, kiedy wyszedł na ulicę zobaczyć, kogo zastrzelono.

Nell mruga do mnie nad jego głową, którą pochylił ku fasoli, i powiada słodkim głosem:

– Najdelikatniejszy, jaki miałam w ustach, kochanie, tylko troszkę już zalatywał.

Zostawiłem tę gruchającą parkę i udałem się do Numeru 10, który był w połowie dnia zatłoczony jak zwykle, przez co rozumiem, że znajdowało się tam z tuzin osób, bo nie był to lokal obszerny. Przy stoliku toczyła się gra z udziałem trzech uczestników. Jeden z nich zajmował ulubione miejsce Dzikiego Billa, z którego widać było frontowe i tylne drzwi, a za plecami miało się tylko ścianę. Jednym z graczy był Carl Mann, współwłaściciel saloonu, a obok niego siedział człowiek nazwiskiem Jerry Lewis i kapitan W. R. Massie, który podobnie jak stary Sam Clemens pływał po Missisipi.

Wyszedłem z powrotem na zewnątrz i oparłem się o surowe deski ściany. Jak już powiedziałem, wiadomość, że mój brat ma narzeczoną, sprawiła mi wielką ulgę, chociaż było dla mnie zagadką, co ona w nim widzi: ona – właścicielka dobrze prosperującego interesu, a on się nawet nie myje, jeżeli ja go nie zmuszę, ale byłem daleki od tego, żeby zaglądać w zęby darowanemu koniowi. Zacząłem teraz myśleć, że skoro Bill ma Nell, która się o niego troszczy, to ja mam wolną rękę, żeby zrobić coś dla siebie. Jeżeli Kolorado Charley będzie zadowolony z mojej pracy w niepełnym wymiarze godzin, to może zaproponuje mi coś lepszego w swojej operacji pocztowej. Niewątpliwie spotkanie z Dzikim Billem Hickokiem przyniosło mi szczęście.

I w tym momencie zobaczyłem go, jak kroczy ulicą, wysoki i godny, w lśniąco białej koszuli (widocznie nie spał w niej na wozie), surducie à la książę Albert, w szerokim sombrerze, z pewnością siebie, która mu towarzyszyła, kiedy był najbardziej budzącym lęk człowiekiem na całym pograniczu, z oczami jak u orła.

Ale nie poznał mnie, póki prawie nie podszedł do drzwi Numeru 10.

– Przyjacielu – mówi, mrugając, jakbym spadł z nieba. – Szukałem cię. Podejdź no na chwilę. – Idzie na róg budynku, a kiedy i ja tam podchodzę, mówi: – Chcę cię prosić o przysługę.

– Co tylko zechcesz, Bill.

Wtedy on sięga do wewnętrznej kieszeni surduta, gdzie, jak pamiętam, nosił zapasową broń, przydatną na wypadek kłopotów przy pokerowym stole, kiedy niewygodnie było sięgać po broń przy pasie, ale tym razem wyciągnął nie pistolet, tylko zwitek papierowych pieniędzy, które nie cieszyły się w tamtym czasie wielką popularnością na Zachodzie, zwłaszcza wśród graczy, którzy woleli monety, bo można je było wziąć na ząb i sprawdzić, czy to srebro, czy ołów.

Rozejrzawszy się, czy nikt nas nie widzi, Dziki Bill podaje mi zwitek w zaciśniętej dłoni i mówi:

– Schowaj to, zanim ktoś zobaczy.

Zrobiłem, jak mi kazał, bez liczenia, chociaż przypomniałem, że nie mając broni, nie mógłbym skutecznie bronić tych pieniędzy.

– Patrząc na ciebie, nikt się nie domyśli, że możesz mieć przy sobie takie pieniądze.

– Czy myślisz, że będę ich lepiej pilnował niż ty sam?

Dziki Bill spogląda na nie heblowane deski chodnika, rzecz u niego nietypowa, bo pod naszymi stopami nie ma nic ciekawego.

– Mam uczucie, że moje dni są policzone. Nie mogę się od niego uwolnić. – Tu podniósł głowę, spojrzał na wysokie bezchmurne niebo tego sierpniowego dnia na Terytorium Dakoty, które przypomniało mi inny czerwcowy dzień nad Tłustą Trawą, i powiedział: – Jak na człowieka wypada kolej, to trzeba się zbierać. – Wzruszył ramionami. – Ten zwitek sobie odłożyłem. Nawet Charley Utter o nim nie wie. Jeżeli wkrótce, jak podejrzewam, wybije moja godzina, proszę cię, żebyś wziął sobie z tego zwitka na przejazd koleją do Cincinnati w Ohio i z powrotem, a także na wszelkie inne wydatki, jakie poniesiesz, nie bądź skąpy, ale też nie szalej, i przekaż resztę do rąk własnych mojej małżonki, pani Jamesowej Butlerowej Hickokowej, z pozdrowieniami od jej zmarłego kochającego męża, zwanego Dzikim Billem. Czy możesz mi to obiecać, przyjacielu?

– Pewnie, że mogę, Bill – mówię, chociaż nie biorę tego

poważnie. Wepchnąłem zwitek do kieszeni spodni, gdzie został bezpiecznie dociśnięty moim indiańskim nożem, którego ostrze zawinąłem w kawałek skóry, żeby się nie skaleczyć, bo nie miałem pasa, za którym mógłbym go nosić, tylko ten kawałek linki. – W takim razie daj mi lepiej jej adres.

– Jest w wozie – mówi Dziki Bill – ale i tak nie miałbyś kłopotów z odnalezieniem jej. Ona jest sławna. – Zmarszczył czoło i przygładził wąsy. – Jesteś pewien, że możesz to dla mnie zrobić? To daleka droga, ale i tak powinieneś zobaczyć resztę tego kraju, zanim gdzieś osiądziesz. Możliwe, że nie spodoba ci się na Wschodzie, mnie się tam niezbyt podobało, ale cieszę się, że zobaczyłem, jak tam jest, kiedy razem z Codym podróżowaliśmy z tym przedstawieniem. Jesteś Amerykaninem i powinieneś zobaczyć, gdzie żyje większość twoich rodaków, a żyją naprawdę blisko siebie.

W jego głosie brzmiała taka melancholia, że postanowiłem zmienić temat na coś lżejszego.

– Czy zwróciłeś uwagę, że prawie wszyscy mężczyźni na zachód od St. Louis mają na imię albo Bill, albo Jack?

Przyniosło to pożądany efekt. Dziki Bill zastanawiał się nad tym przez chwilę, a potem odchylił głowę i ryknął śmiechem.

– Zabawny z ciebie facet, mój mały przyjacielu, nie da się tego ukryć. – Ta myśl rozbawiła go jeszcze bardziej, wkroczył więc do Numeru 10 w dobrym nastroju, jak zwykle przyciągając spojrzenia wszystkich obecnych. Nikt nie zwrócił uwagi na mnie idącego z tyłu.

Powtórnie zlustrowałem mały tłumek, ale nadal nie dostrzegałem nikogo, kto mógłby zagrozić czyjemuś życiu oprócz własnego, jeżeli nadal będą tyle pić. Wielu nie miało nawet widocznej broni, co nie znaczy, że nie mieli czegoś schowanego, ale wówczas zrobienie z tego użytku zajęłoby im więcej czasu, a wtedy nawet w niepełnej formie Dziki Bill zdążyłby opróżnić pięć bębenków w ich życiowo ważne organy.

Prawie wszyscy, poza jednym czy dwoma, odwrócili się wkrótce do baru, plecami do gry. Skoro mowa o plecach, to

Dziki Bill usiadł na wolnym stołku, generalnie zwracając się plecami do świata. Zwykłe jego miejsce od strony ściany zajmował niejaki Charley Rich. Dziki Bill uznał, że jest to sytuacja przejściowa, bo powiedział:

– Zamieńmy się miejscami, Charley. Siedzisz na moim.

Rich zachichotał.

– Sam wiesz, Bill, że nie ma w Deadwood odważnego, który chciałby do ciebie strzelić, nawet od tyłu.

Dziki Bill został więc na miejscu, ale po chwili znów zaproponował zmianę miejsc, na co Rich tylko wzruszył ramionami, wpatrując się w karty, które przed chwilą dostał, a kapitan Bill Massie powiedział z dobroduszną niecierpliwością:

– Daj spokój, Bill, chcę się odegrać za wczorajszy wieczór.

Trzecim graczem był jak poprzednio Carl Mann, który też nie wykazał zainteresowania tematem.

Tak więc Dziki Bill przystąpił do gry bez dalszych skarg, może dlatego, że liczył na moją czujną obecność za swoimi plecami. Mówię to z poczuciem winy, które dręczy mnie do dzisiaj, ilekroć przypomni mi się tamto wydarzenie. Aż do tej chwili nie miałem odwagi opowiedzieć o swojej roli, czy może raczej jej braku, w tym, co się zdarzyło drugiego sierpnia 1876 roku w saloonie Numer 10. Kiedy relacjonowałem pierwszą część mojego życia temu R. F. Snellowi, skłamałem i powiedziałem, że nie widziałem Dzikiego Billa Hickoka od czasu naszego spotkania w Cheyenne kilka miesięcy wcześniej. Postąpiłem tak, bo wstyd mi było wyznać prawdę, nawet trzy czwarte stulecia później. Ale oto ona, myślcie sobie, co chcecie.

Dziki Bill przegrywał tego wieczoru rozdanie za rozdaniem i kapitan Massie odegrał się z nawiązką, aż w końcu Dzikiemu Billowi skończyła się gotówka, więc obrócił się na stołku, żeby mnie przywołać. Spodziewałem się, że zażąda, abym mu zwrócił jego zwitek albo przynajmniej jakąś jego część, ale on chciał, żebym przyniósł mu piętnaście dolarów z baru od Harry'ego Sama Younga.

Idę więc do Harry'ego, on się zgadza i mówi, że sam przyniesie pieniądze, i kiedy to robi, otwierają się drzwi i wchodzi ten zezowaty Jack McCall, któremu Dziki Bill poprzedniego wieczoru postawił kolację. Ten McCall niewart był spojrzenia, chyba że chciało się zobaczyć portret stuprocentowego pechowca, nie zwracałem więc na niego uwagi, kiedy przemykał się wzdłuż baru, tym bardziej że był jeżeli nie bliskim przyjacielem, to w każdym razie znajomym Dzikiego Billa, który na dodatek okazał mu ostatnio dobre serce.

Zamiast więc pilnować tego McCalla, patrzyłem za jego plecami na tylne drzwi, przez które przed chwilą wszedł krzywonogi jegomość z rudymi wąsami, ukazując konia przywiązanego blisko wejścia, jak dla szybkiej ucieczki, co mnie zaniepokoiło. Ale, jak się okazało, człowiek ten nie był niebezpieczny, chciał się tylko napić whisky w barze.

Moją uwagę zwrócił Dziki Bill, który z pewnym ożywieniem zwrócił się do kapitana rzecznego Massiego:

– Wykończyłeś mnie w tym rozdaniu!

I dokładnie w tym momencie Jack McCall, znajdujący się teraz tuż za stołkiem Dzikiego Billa, zaklął głośno i z tak bliska, że prawie dotknął go lufą, strzelił Dzikiemu Billowi w tył głowy, tuż pod rondem sombrera, które spadło przy rzucie ciała do przodu, po czym Bill spadł ze stołka do tyłu i zwalił się na podłogę jak ścięte drzewo.

Nadal obrzucając przekleństwami swoją ofiarę, Jack McCall skierował dymiącą broń ku wszystkim wokół.

– Macie tu za swoje, sukinsyny! – krzyczał, naciskając raz za razem na spust, ale jego broń zacięła się po tym jednym tchórzliwym strzale, który zabił największego ze wszystkich rewolwerowców, i więcej nie wystrzeliła, odrzucił ją więc, a wtedy ja skoczyłem na niego, ale on szybciej podbiegł do tylnych drzwi i zanim się tam znalazłem, wskoczył na tego przywiązanego tam konia i chciał odjechać, ale popręg był rozluźniony i nie dojechał daleko, bo siodło ześlizgnęło się z konia, a on wylądował na ziemi.

W tym momencie prawie go miałem, ale potknąłem się

o coś twardego w tych swoich miękkich indiańskich mokasynach i na chwilę okulałem, co dało mu przewagę. Byliśmy teraz na głównej ulicy i ludzie wybiegający z Numeru
10 przyłączyli się do pogoni, krzycząc: „Dziki Bill nie żyje!",
„To on zabił Dzikiego Billa, łapcie tego małego skurwiela!"
i tym podobne rzeczy. McCall wciąż miał nad nami przewagę, ale zrobił głupio, wskakując do jednego ze sklepów, jak
się okazało – jatki Jake'a Shroudy'ego (gdzie mój brat ukradł
ten befsztyk, który podarował Nell). Wbiegłem do środka
i zapędziłem tchórzliwego skunksa w kąt, gdzie schował się
za wołową półtuszą wiszącą na haku. Chociaż raczej nieduży,
był jednak większy ode mnie, ale i tak wyciągnąłem go z kąta
i sięgnąłem po nóż, żeby wypruć mu flaki, niestety reszta
przybyłych powstrzymała mnie, rzekomo w imieniu prawa,
które w Deadwood w owym czasie nie funkcjonowało.

Jeżeli się zastanawiacie, dlaczego zemsta wydała mi się
ważniejsza niż stan zdrowia Dzikiego Billa, dlaczego ściga-
łem McCalla, zamiast sprawdzić, czy mój przyjaciel żyje i czy
można mu pomóc, mogę tylko powiedzieć, że do tego czasu
widziałem w swoim życiu dość gwałtownych śmierci, żeby
rozpoznać takową z odległości paru stóp. Jak człowiek dostał w głowę z bliskiej odległości ciężkim ołowianym poci-
skiem, jakich wtedy używano, to nie ulegało wątpliwości,
że jest trupem.

I można było uważać, że to moja wina. Wiedziałem, że
Kolorado Charley niewątpliwie tak to potraktuje, mogłem
więc chociaż schwytać zabójcę. Kiedy to zrobiłem, ale nie
pozwolono mi załatwić go na miejscu, pogrążony w smutku
wróciłem do Numeru 10. Inni zabrali McCalla gdzieś, gdzie
go zamknęli, bo w mieście nie było więzienia.

Saloon był już nieczynny w oczekiwaniu na lekarza i musiałem przekonać Harry'ego Younga, w takim stanie, w jakim był, żeby mnie wpuścił. Następną osobą, którą zobaczyłem w środku, był kapitan Bill Massie, z przedramieniem
owiniętym zakrwawioną chustką. Kula, która zabiła Dzikiego Billa, przeszła przez jego mózg i trafiła w przegub
siedzącego po drugiej stronie stołu Massiego.

Ciało Dzikiego Billa leżało na boku, z kolanami zgiętymi w takiej samej pozycji, jaką przyjęły podczas gry. Z kałuży krwi dookoła można było sądzić, że stracił każdą najdrobniejszą kroplę krwi, jaka płynęła w żyłach jego wysokiego ciała. Jego palce również pozostawały zgięte w taki sposób, jakby trzymał jeszcze swoje ostatnie karty, ale karty leżały na stole: asy pik i trefl oraz dwie czarne ósemki, układ znany odtąd jako Karta Nieboszczyka.

W końcu wpadł ubrany w fartuch golibroda, którego zakład odwiedziłem poprzedniego dnia za pieniądze otrzymane od Dzikiego Billa. Okazało się, że jest również miejscowym lekarzem, co niekoniecznie było takie głupie, jak się wydaje, bo fryzjerzy musieli wiedzieć, jak tamować krew, używać bandaży itd., a doktor Peirce zachowywał się przy zwłokach, jakby wiedział, co do niego należy.

Niedługo po nim zjawił się Charley Utter. Upłynęło trochę czasu, zanim do mnie podszedł, i gdybym chciał, mógłbym go unikać tego wieczoru, ale jak już powiedziałem, uważałem, że zawiniłem, więc jak tylko wyniesiono Dzikiego Billa, żeby przygotować go do pochówku, zapewne do zakładu fryzjerskiego, podszedłem do Uttera, który rozmawiał z Carlem Mannem.

– W porządku, Charley – mówię – jak chcesz, możesz mnie zastrzelić.

– Słyszałem, co się stało. Nie mogłeś na to nic poradzić, jeżeli usiadł tak, jak usiadł. Nie można pomóc komuś, kto uznał, że wybiła jego godzina. – Kiwnięciem głowy zakończył sprawę i wrócił do praktycznych szczegółów związanych z pogrzebem. To był cały Charley i dlatego był tak dobrym biznesmenem. A następnego dnia urządził Dzikiemu Billowi należyte pożegnanie w obozie, gdzie obaj mieszkali.

Trumna została pospiesznie zbita z sosnowych desek, jakich używano do obijania sklepów w Deadwood, ale nadano jej godny wygląd, pokrywając ją czarną materią z zewnątrz i wykładając białą od środka. Sam Dziki Bill wyglądał ładnie, jego długie włosy umyto z krwi i uczesano, a wielkie wąsy ułożyły się po śmierci w bardziej pogodną linię niż ten melancholijny zarys, który przybrały w ostatnim okresie. Prawie nie było widać otworu od kuli, która wyszła przez policzek, wyglądał jak małe zadrapanie. Doktor Peirce okazał się również doświadczonym przedsiębiorcą pogrzebowym, dzięki rozległej praktyce w Deadwood. Podobno nawet przebrał Dzikiego Billa w czystą bieliznę, chociaż według mnie był to raczej pomysł Charleya. Dziki Bill Hickok nie udał się na tamten świat nieuzbrojony: przy ciele spoczywała jego strzelba Sharpsa. Natomiast jego słynne sześciostrzałowce z rękojeściami wykładanymi macicą perłową ktoś musiał zwędzić między jego śmiercią a pogrzebem, bo nie pochowano go z nimi i nikt ich już potem nie widział.

Pogrzeb zgromadził niemały tłum ludzi, włącznie z moim bratem Billem, z jego wielką narzeczoną Nell, i jedno mogę powiedzieć na jej korzyść: utrzymała go w trzeźwości, tak że zachowywał się z powagą stosowną do okoliczności, chociaż bez alkoholu we krwi zaczynał wyglądać blado i mizernie.

Z chwilą, gdy Dzikiego Billa opuszczono do grobu na zboczu góry, zebrani tłumnie rzucili się do saloonów w mieście i gdybym im nie umknął z drogi, pewnie by mnie stratowali. Po paru sekundach na miejscu został tylko Charley Utter i w pełnej szacunku odległości ja. Charley podniósł kamień i w ziemię mogiły wbił nim na sztorc deskę. Kiedy skończył, podszedłem do miejsca, skąd mogłem przeczytać wycięty, a właściwie wyskrobany końcem noża napis. Nie potrafię po tylu latach zacytować go dosłownie, ale pamiętam, że był tam wiek Dzikiego Billa i data śmierci z ręki Jacka McCalla, a także słowa Charleya Uttera: „Żegnaj, wspólniku. Do zobaczenia w Krainie Wiecznych Łowów".

Szczerze mnie wzruszył ten dowód uczucia. Ci dwaj byli naprawdę dobrymi przyjaciółmi, nie tak jak ja z Dzikim Billem, którego znałem od lat, ale muszę przyznać, nie tak blisko. Prawdę mówiąc, w głębi serca byłem do niego na ogół nastawiony krytycznie, może głównie z powodu zazdrości, chociaż w sumie zawdzięczałem mu to i owo. Inaczej było z Custerem, którego nigdy specjalnie nie lubiłem, ale widząc jego śmierć, musiałem przyznać, że była w nim jakaś wielkość, której istnienia nie podejrzewałem, kiedy go najbardziej nienawidziłem. Wątpię, żebym kiedykolwiek mógł zaprzyjaźnić się z Custerem, nawet w najlepszych czasach, i tak po prawdzie, co on mógł we mnie widzieć? Ale z Dzikim Billem mogło być inaczej. Właściwie o przyjaciołach mogłem mówić tylko, kiedy żyłem wśród Czejenów, ale i tam prędzej czy później odzywała się rasa, nawet w przypadku Skóry Ze Starego Szałasu, który zresztą był mi bardziej ojcem niż przyjacielem. Po prostu nie byłem Indianinem, ale i wśród białych nie wypadałem najlepiej.

Charley stał sam na sam ze swoimi myślami, ale kiedy się odwrócił, żeby wracać do obozu, zauważył mnie. W odróżnieniu od tego, jak się zachował w saloonie Numer 10 bezpośrednio po śmierci Dzikiego Billa, teraz zmrużył oczy z prawdziwą złością i położył dłoń na kolbie pistoletu, który miał na biodrze.

– Jak cię jeszcze raz zobaczę, to cię zabiję – powiedział.

– Co? – Nie byłem na to przygotowany.

– Słyszałeś mnie.

– Powiedziałeś, że nie masz do mnie pretensji – przypomniałem mu.

– Nie stałem wtedy nad jego grobem – odparł Charley Utter. – Niech cię diabli.

– Dobrze, zasłużyłem na to, przyznaję, i masz prawo uważać, że zawiniłem. Sam tak uważam – stwierdziłem. – I tak zresztą opuszczam Deadwood czym prędzej, żeby dotrzymać obietnicy, którą złożyłem Dzikiemu Billowi niecałą godzinę przed jego śmiercią, że pojadę do Cincinnati i odwiedzę jego żonę. Chciałem cię jeszcze o coś spytać: widziałem, jak przed zabiciem trumny obcinałeś pukiel włosów Billa, i doktor Peirce powiedział, że to dla pani Agnes. Wiem, że nie masz o mnie zbyt wysokiego mniemania, ale czy powierzyłbyś mi przekazanie go jej?

Charley wyciągnął pistolet.

– Na Boga, chyba cię jednak zabiję. Ty mały śmierdzielu, masz czelność stać tu i łgać w żywe oczy przy tak smutnej okoliczności?

Z wściekłości oczy wychodziły mu z głowy i uznałem, że długo nie utrzyma palca na spuście, nie próbowałem go więc przekonać, że najpierw powinien zastrzelić Jacka McCalla, ale odszedłem, jak mi kazał, i nie oglądając się za siebie, opuściłem miasto najkrótszą drogą. Podejrzewałem, że mój brat z Nell są w którymś z saloonów, ale nie miałem czasu na pożegnania.

Ledwo wyszedłem z miasta na szlak, zmieniony teraz w wyboistą drogę z głębokimi koleinami wyżłobionymi przez ruch wywołany gorączką złota, kiedy usłyszałem za sobą szczekanie i odwróciwszy się, zobaczyłem tego żółtego psa, który poprzednio trzymał z moim bratem Billem, ale teraz wybrał mnie. Ucieszyłem się z jego towarzystwa, choć nie mogłem natychmiast spełnić jego oczekiwań jako źródło żarcia, bo sam nie miałem nic do jedzenia na długą drogę do Laramie, najbliższego białego miejsca. Prawdę mówiąc, miałem niewiele więcej środków, niż kiedy przybyłem do Deadwood przed paroma dniami, prócz zwitka banknotów, które miałem dostarczyć pani Hickok na drugim końcu kontynentu.

...Ale, jak się okazało, tego też nie miałem. Przeszukałem się ze cztery albo i pięć razy, jednak nie byłem już tymczasowym właścicielem tego skarbu, który Dziki Bill odłożył dla swojej wdowy. Widocznie zgubiłem go w czasie tej pogoni za Jackiem McCallem, może kiedy wyciągałem nóż. A może ktoś mnie obrobił, choćby i podczas pogrzebu, bo w tamtych czasach roiło się od podłego elementu, na który trzeba było nieustannie mieć oko, może zresztą dotyczy to wszystkich czasów.

Tak więc wyglądał prawdziwy koniec Dzikiego Billa Hickoka, który, niestety, nie pojawi się już w mojej opowieści. Był to trzeci z ważnych w moim życiu ludzi, którzy zmarli w ciągu niespełna miesiąca, i jedyny, wobec którego miałem poczucie winy. Nigdy nie wiedziałem, ile było w tym zwitku, bo nigdy go nie przeliczyłem, ale zamierzałem zawieźć pewną sumę pieniędzy pogrążonej w żalu pani Agnes, jak tylko coś zarobię, żeby dotrzymać obietnicy.

Później doszły do mnie słuchy o tym, co się stało z Jackiem McCallem, który natychmiast był sądzony za morderstwo z zimną krwią, popełnione na oczach wielu świadków, ale został uniewinniony przez sąd złożony z poszukiwaczy złota w Deadwood, a niektórzy z nich nawet wiwatowali na jego cześć po ogłoszeniu wyroku. I tak, mimo pogróżek przyjaciół Dzikiego Billa, morderca wyjechał z miasta cały i zdrowy.

Wkrótce jednak uznano, że ta pierwsza rozprawa była nielegalna, ze względu na nielegalność samego Deadwood jako miasta, bo znajdowało się na terenie indiańskiego rezerwatu! Co było naprawdę śmieszne, bo nie byłoby tam ani jednego Amerykanina, włącznie z generałem Custerem, gdyby traktat broniący im tam wstępu nie został złamany, kiedy odkryto złoto w Czarnych Wzgórzach, na ziemi, która miała pozostać we władaniu Siuksów do końca świata.

W każdym razie po kilku tygodniach Jack McCall został powtórnie aresztowany i osądzony w Yankton, i tam drania powiesili. Nikt się nigdy nie dowiedział, dlaczego to zrobił, a jego własne tłumaczenie było bezczelnym łgarstwem, bo wcale nie miał brata, którego Dziki Bill mógłby zabić. Prawdopodobnie został wynajęty przez ludzi obawiających się, że Dziki Bill Hickok mógłby zaprowadzić porządek w tym mieście bezprawia, jakim było Deadwood. Oto jeszcze jeden przykład, jak rzeczywistość może się różnić od tego, co być powinno.

Powiem wam teraz, co mi chodziło po głowie, bez poważniejszych szans na spełnienie. Myślałem o tym, żeby odnaleźć i pocieszyć panią Elizabeth Custer. Z całym należnym szacunkiem.

3. BAT MASTERSON

Podobnie jak wszystkie moje zamiary co do Custerów (jak wtedy, kiedy chciałem zabić generała George'a A.), tak i ten musiał poczekać na wykonanie. Chwilowo znajdowałem się na szlaku do Fortu Laramie, mając tylko to ubranie, co na grzbiecie, z indiańskim nożem jako jedyną bronią i z nie lepszymi perspektywami, niż kiedy wkraczałem do Deadwood. Kiedy ją ostatni raz widziałem, pani Libbie Custer przebywała w Forcie Abraham Lincoln na Terytorium Montany, z którego jej mąż wyruszył, żeby już nigdy nie być widzianym wśród żywych. To nie była odpowiednia chwila, żeby się tam udawać, jadąc setki mil przez tereny, na których wojna między wrogimi Indianami a armią Stanów Zjednoczonych na pewno się nie zakończyła po zwycięstwie Indian nad Tłustą Trawą, a Piąty Pułk Kawalerii posuwał się na północ tą samą mniej więcej trasą, którą ja wędrowałem na południe, jak stwierdziłem, kiedy wreszcie dotarłem do Laramie, ale w tamtych czasach łatwo było przeoczyć nawet duże zbiorowisko ludzi albo zwierząt na tych rozległych przestrzeniach, nie upstrzonych jeszcze tablicami reklamowymi i plakatami Burma-Shave, które pojawiły się później wraz z hot dogami i cieknącymi lodami wytryskującymi z maszyny.

Takie smakołyki przychodzą mi do głowy, bo byłem wówczas w takiej samej potrzebie znalezienia czegoś do jedzenia, jak kiedy doszedłem do Deadwood, albo niewątpliwie byłbym, gdyby nie mój nowy karmiciel, a mianowicie ten pies, który porzucił dla mnie towarzystwo mojego brata Billa i który, jak dotąd, pozostawał bezimienny. Moje doświadczenie z tym typem zwierząt zrodziło się głównie, gdy przebywałem wśród Czejenów, którzy zawsze mają wokół siebie sporo psów, ale z reguły nie zaprzyjaźniają się z nimi i nie nadają im imion. Wykorzystują psy do pracy, każąc im ciągnąć małe *travois*, a co pewien czas, zazwyczaj podczas jakiejś uroczystej okazji, dają psu w łeb, opalają z sierści, gotują i zjadają. Z punktu widzenia czerwonoskórego nie jest to okrutne, tylko praktyczne, i moje stanowisko w tej sprawie było jak zwykle podzielone: będąc wśród Indian, jadłem psy, kiedy mnie częstowano, ale wśród białych nigdy by mi to nie przyszło do głowy.

Jednak co teraz, kiedy natychmiast po wyjściu z miasta poczułem wielki głód, a nie miałem broni, żeby zdobyć mięso, jak również nie miałem okazji, żeby kupić, użebrać, pożyczyć albo ukraść choćby talerz fasoli? Jeżeli nigdy nie byliście w podobnej sytuacji, to nie wiecie, co to znaczy, jak trzeba osobiście złapać albo znaleźć każdy kęs, zanim włożycie go do ust. Oczywiście możecie wyszukać sprężystą gałąź i zrobić z niej za pomocą sznurowadła łuk, potem znaleźć krzemień, odłupać z niego ostry wiór i przywiązać go do prostego patyka, a potem tak zrobioną strzałą powalić jelenia albo antylopę i po problemie. Oceniam, że dokonanie tego zajęłoby nie więcej niż miesiąc czy dwa. Albo moglibyście nałapać sobie ryb trójzębem, jeżeli w potoku, na który trafiliście, byłyby jakieś ryby. Nawiasem mówiąc, Czejenowie byli jednym z niewielu plemion z Równin, które łowiły i jadły ryby. Była to pamiątka z dawnych czasów, kiedy mieszkali w krainie jezior przed pojawieniem się koni. Ale ryby nie zawsze można znaleźć.

Tymczasem, jak się okazało, nie miałem się na co uskarżać z tym psem, o czym po raz pierwszy przekonałem się, kiedy zaraz na początku drogi pobiegł gdzieś przed siebie i ledwo pomyślałem, że już go więcej nie zobaczę, wrócił z zębami zatopionymi w karku bezwładnie zwisającego królika, wystarczającej wielkości dla nas obu po upieczeniu nad małym ogniskiem (naprawdę małym, bo nigdy nie wiadomo, kogo ogień może przywabić). W ten sposób dowiódł, i w dalszej drodze potwierdził, że jest prawdziwym wspólnikiem, łapiąc dla nas do samego Laramie czerwone mięso, króliki, pieski preriowe i im podobne, wybierając wszystko, co miało włosy, a to znaczy, że cofał się, szczekając, na widok grzechotników, które musiałem zabijać osobiście za pomocą noża i rozwidlonego kija, choć nie miał nic przeciwko spożywaniu rezultatu, który po upieczeniu jest całkiem jadalny, ale jak się nim częstuje białą kobietę, lepiej mówić, że to kurczak. Tak czy inaczej, widząc rodzaj współpracy, jaka się między nami ustaliła, nazwałem go Wspólnik.

W Forcie Laramie nie mówiono o niczym innym, jak o wspomnianym już Piątym Pułku Kawalerii, który wyruszył stąd w lipcu przeciwko Czejenom, zbiegłym z pobliskiej agencji Czerwonej Chmury, żeby dołączyć do wrogich Indian w rejonie Little Bighorn. Nad potokiem Pióropusz Wojenny William F. Cody, zwany Buffalo Billem, który porzucił na krótko swoją zawodową już karierę organizatora widowisk na Wschodzie, żeby zostać zwiadowcą armii, stoczył, rzekomo osobiście, walkę z Czejenem imieniem Żółta Ręka. Od początku krążyło wiele wersji tego zdarzenia, poczynając od ludzi podających się za naocznych świadków, aż do najbardziej barwnej, pochodzącej od samego Cody'ego, który miał odbyć walkę na noże, zakończoną podniesieniem do góry krwawego skalpu Żółtej Ręki i okrzykiem: „Pierwszy skalp dla Custera!" Jest to, oczywiście, wersja przytaczana w brukowych powieściach i późniejszych pokazach ruchomych obrazów. W późniejszych latach dobrze poznałem Cody'ego, ale nie było mnie przy tym zdarzeniu, w którym, jak słyszałem, wystąpił w jednym ze swoich teatralnych kostiumów: czerwono-czarnym aksamitnym meksykańskim stroju ze srebrnymi guzikami i koronkami oraz w ogromnym kapeluszu z szerokim rondem, jakie noszą na południe od granicy, nie mogę więc w tej sprawie zabierać głosu poza stwierdzeniem, że wiele osób, w tym rodzona siostra Żółtej Ręki, zarzekało się, że nic podobnego się nie zdarzyło. Wspominam o tym, ponieważ było to typowe dla wszystkich słynnych historii z Dzikiego Zachodu. Człowiek nie wiedział, co jest prawdą, jeżeli sam nie był przy czymś obecny, jak ja przy wielu dobrze znanych wydarzeniach, a ja nigdy nie twierdzę czegoś, za co nie mogę ręczyć, jak w przypadku walki Cody'ego z Żółtą Ręką. Zwłaszcza trudno jest ustalić, co jest, a co nie jest prawdą w związku z Billem Codym, jednym z największych mistrzów łgarstwa, jacy chodzili po ziemi w czasach, kiedy konkurencja była nie byle jaka.

Już słyszę, jak niektórzy z was mówią: „Której ty, staruszku, możesz być ostatnim żywym przykładem". Jeżeli tak, to posłuchajcie tego, co wam mówię, a potem porównajcie to z faktami, jeżeli możecie.

Mój problem przez większość życia polegał na tym, że nikt mnie nie słuchał. Przypomnijcie sobie, jak Dziki Bill nie pozwolił mi opowiedzieć o śmierci Custera nad Tłustą Trawą. Dalej było tak samo. Zajęty w Deadwood moim bratem Billem, a potem uczestnicząc w ostatnich dniach Hickoka na tej ziemi, nie spotkałem się z opowieściami o wybiciu przez Siuksów i Czejenów większości Siódmego Pułku Kawalerii, ale w Laramie był to wciąż główny temat i, rzecz jasna, nikt nie przedstawiał argumentów czerwonoskórych, a już na pewno nie oswojeni Indianie, znani jako Kręcący Się Koło Fortów, ponieważ wielu z nich to właśnie robiło, żebrząc o whisky *et cetera*. Zdecydowanie nie było to miejsce na ujawnianie mojej zażyłości z czejeńskimi wojownikami, ale mogłem, i próbowałem, powiedzieć paru osobom, że dobrze znałem Custera, zaczynając od tego, z intencją, żeby opowiadać dalej, ale wszyscy mieli powyżej uszu oszustów, którzy zdążyli się już pojawić w niespełna dwa miesiące od wydarzenia, twierdząc, że ocaleli z bitwy nad Little Bighorn. Zresztą i tak wszyscy chcieli rozmawiać tylko o tym, jak to już nie ma co zwlekać z wytępieniem wszystkich co do nogi Indian w kraju. Próbowaliśmy się z nimi dogadywać i patrzcie, co się stało! Najbardziej zdecydowanie, jak zawsze, wyrażali ten pogląd osobnicy tak pijani, że ledwo mogli ustać na nogach, a co dopiero walczyć z dzikimi.

Razem ze Wspólnikiem nie zagrzaliśmy długo miejsca w Laramie. Po pierwsze, ze względu na wielki ruch pies nie miał na co polować ani w forcie, ani w okolicy, a ja nadal nie miałem ani centa, jako że Charley Kolorado, słusznie zresztą, nie zapłacił mi za pilnowanie Billa w dniu jego śmierci. Znów, jak zwykle, poszukiwałem intratnego zajęcia i pomyślałem, że łatwiej będzie znaleźć coś w mieście Cheyenne, które rozwijało się podczas mojej ostatniej wizyty na wiosnę i teraz zapewne rozrosło się jeszcze bardziej, bo tak to się działo w tamtych czasach i w tamtych miejscach.

Kiedy doszliśmy tam ze Wspólnikiem, rzeczywiście zobaczyłem miasto, liczące jakieś piętnaście tysięcy dusz, z najróżniejszymi sklepami, miejscami do jedzenia, salami tańca, teatrzykami, szulerniami, domami publicznymi, krótko mówiąc, ze wszystkim, co mężczyźni naprawdę lubią, a nie z tym, co lubić powinni. To drugie miało przyjść później, w zgodzie z naturalnym biegiem ludzkich spraw, związanym zazwyczaj z napływem szacownych kobiet, takich jak matki, nauczycielki i dewotki, osób, które uważają, że życie powinno być czymś więcej niż tylko zaspokajaniem najniższych popędów, co odpowiada prymitywnym mężczyznom. Dotyczyło to zresztą niejednej ze znanych mi ladacznic, które zawsze gromadziły pewien fundusz na czas, kiedy przestaną pracować zawodowo, znajdą jakiegoś dobrego, przyzwoitego człowieka i założą rodzinę. Co więcej, niektóre z nich tak właśnie zrobiły.

Pod pewnymi względami nie byłem dużo lepiej przystosowany do cywilizacji niż pierwszy lepszy Indianin, z tą różnicą, że byłem biały, i dlatego, jeżeli stawałem się celem nienawiści i pogardy ze strony ludzi cywilizowanych, to ze względów wyłącznie osobistych, a nie ogólnych. Prócz tego miałem za sobą okresy spędzone w przyzwoitym towarzystwie, poczynając od czasu, kiedy zostałem adoptowany przez wielebnego Pendrake'a i jego małżonkę i kiedy to, po raz pierwszy i ostatni, zostałem poddany formalnemu nauczaniu. Potem był okres, kiedy zająłem się handlem w Denver z Boltem i Ramirezem i wydawało mi się, że będę prowadził życie rodzinne z moją przybyłą ze Szwecji żoną Olgą, ale ona i nasz synek Gus zostali porwani przez Indian, do których i ja kilka razy przystałem, nie z wyboru, tylko zrządzeniem losu, wiedziałem bowiem, że barbarzyństwo nie ma przed sobą przyszłości, niezależnie od tego, jak bywa czasami pociągające.

Patrząc na główną ulicę Cheyenne, doszedłem do wniosku, że muszę sobie zbudować bardziej dochodowe życie niż dotychczas. Miałem stanowczo dość głodu, nędzy, brudu i braku jakiejkolwiek osłony przed żywiołami, bardzo kapryśnymi tego lata w mojej części globu, z ulewami i gradobiciem.

– Wspólniku – mówię do mojego czworonożnego przyjaciela, który zmarzł i przemókł razem ze mną – musimy jakoś włączyć się do tego dobrobytu. – Był dobrym słuchaczem, ale jako pies nie rozumiał, w odróżnieniu ode mnie, że ci odwiedzający pałace rozkoszy goście nie są wiele bogatsi niż ja, tylko lepiej potrafią nadrabiać miną.

Kiedy tak sobie stałem i rozmyślałem, trzymając się na wszelki wypadek z daleka od zamożniej wyglądających przechodniów, mój Wspólnik podszedł do wyelegantowanego jegomościa w meloniku, ze szpilą w krawacie i laską o złoconej główce. Wspólnik był jak najbardziej przyjazny, ale obawiałem się, że ktoś tak ubrany może sobie Bóg wie co pomyśleć na widok podchodzącego kundla i zdzielić go laską, zbliżyłem się więc, żeby pomóc przyjacielowi w razie potrzeby.

Jednak ten osobnik, noszący standardowe w owych czasach sumiaste wąsy, uśmiechnął się najpierw do psa, a potem do mnie.

– Wygląda, jakby się trochę przegłodził – powiada.

– To możliwe – mówię. – Właśnie przyszliśmy szlakiem z Laramie, a po drodze trudno o zwierzynę.

– Dużo ludzi poszło tą drogą za złotem – mówi on. – Ja też w tym celu tu przyjechałem, ale zanim zdążyłem się wyekwipować na drogę do Deadwood, ludzie zaczęli stamtąd wracać. Słyszę, że wszystkie lepsze działki są już zajęte i że żyła jest już coraz cieńsza.

– Ja też stamtąd idę – powiedziałem. Właśnie zastanawiałem się, czy mówić coś dalej, kiedy on mnie pyta, czy byłem w Deadwood, kiedy zastrzelono Billa Hickoka.

– Może i byłem – odpowiadam ostrożnie.

Nieznajomy uśmiechnął się pod swoim czarnym wąsem.

– A co to za odpowiedź? Albo tam byłeś, albo nie.

Swoim sposobem wyrażania się i pięknym strojem daleko odbiegał od typów, z którymi zazwyczaj miałem do czynienia. Prawdę mówiąc, sprawiał wrażenie przybysza ze Wschodu, jednego z tych pisarzy, co to przyjeżdżają na Zachód w poszukiwaniu barwnych tematów, żeby je potem opisywać dla wielkomiejskich lalusiów. Sam nie wyglądał na maminsynka, będąc krzepko zbudowany mimo średniego wzrostu i mówiąc wprost, jak przystało mężczyźnie. Uznałem jednak, że mój nowy znajomy jest zielony w sprawach Pogranicza i wobec tego nadaje się na słuchacza mojej opowieści, i to nie tylko o Dzikim Billu, ale także o Custerze i całej reszcie. Zacząłem już mówić, ale on powiedział, że chętnie przepłukałby sobie gardło i że mnie też z ochotą postawi.

Wspólnik już spuszczał głowę i długi nos, patrząc na mnie spode łba, bo na swój psi sposób przewidywał dalszy bieg wypadków.

– Przykro mi – powiadam do niego – ale saloony i domy gry są tylko dla istot dwunożnych, prawdopodobnie na ich zgubę. Masz szczęście, że zostajesz przed drzwiami. Zaczekaj tu na mnie, a jak zobaczysz kogoś z bronią w ręku, uciekaj i schowaj się.

– Widzę, że bardzo go lubisz – stwierdził mój nowy znajomy.

– Przyjaciele, niezależnie od rasy, bardzo się przydają tutaj, gdzie człowiek jest często przypierany do ściany – powiedziałem z ważną miną, kiedy wchodziliśmy do dużego, szykownego lokalu, do którego nigdy nie odważyłbym się wejść ubrany tak jak teraz, i na pewno by mnie nie wpuszczono, gdyby nie to, że wielki, nieprzyjemnie wyglądający jegomość z coltem, który stał w drzwiach, rozpoznał mojego towarzysza i z szacunkiem kiwnął mu głową, z czego wywnioskowałem, że mój dobroczyńca zostawiał w tym miejscu sporo pieniędzy. A było to coś naprawdę ogromnego, łącząc pod jednym dachem normalny teatr, hotel, salę gier i pełen lśniącego mosiądzu, luster i wielkich żyrandoli bar, w którym zasiedliśmy, i mój przyjaciel powiedział barmanowi, żeby dał nam butelkę.

Zaczął nalewać sobie na trzy palce i wychylać jednym haustem, a ja zastanawiałem się, czy on wie, co robi, bo mówiono mi kiedyś, że alkohol silniej działa w wyżynnym powietrzu Zachodu niż na poziomie morza na Wschodzie. Ja byłem bardziej wstrzemięźliwy, ze względu na niewielką ilość pożywienia w żołądku. Nie miałem jednak nic przeciwko temu, żeby on się upił, bo dzięki temu mógł być mniej podejrzliwym słuchaczem.

Ale to nie on się zalał, tylko ja, ze względu na pusty żołądek właśnie. Już drugą kolejkę odczułem, a po trzeciej całe to lśniące otoczenie zatraciło wyraźne kontury i coraz bardziej czułem się tak, jakbym oglądał świat z głową zanurzoną w potoku.

Tymczasem mój towarzysz pił bez żadnego widocznego skutku, w każdym razie jak na mój zmącony wzrok. Ta sytuacja nie powstrzymała mnie jednak nie tylko od opowiedzenia prawdy o ostatnich dniach Dzikiego Billa, ale nawet od lekkiego jej upiększenia. Dlaczego to zrobiłem, skoro fakty same przez się były tak niezwykłe? Cóż, pamiętajcie, jak marnie wypadłem jako ochroniarz, nie było się czym chwalić. Ale po co w ogóle się chwalić? Dlatego, że ludzie Zachodu zawsze tak mówią w obecności przybyszów ze Wschodu. Oni tego oczekują i człowiek robi to z obowiązku wobec krajobrazu, ale głównym powodem jest to, że można wmówić, co się chce, frajerowi, który podróżuje salonką i nigdy nie zjadł posiłku inaczej niż nożem i widelcem. Poza tym byłem pijany.

Po upływie tylu lat i po całej whisky wypitej tamtego dnia nie pamiętam, co dokładnie naopowiadałem, dość że wyszedłem na bohatera, chociaż nie powstrzymałem Jacka McCalla od zabicia Dzikiego Billa strzałem z tyłu. Może mój pistolet nie wypalił, choć nie miałem wtedy żadnego pistoletu. Przynajmniej było w tym jakieś ziarno prawdy, w odróżnieniu od większości relacji naocznych świadków w tamtych czasach, i mój przyjaciel słuchał życzliwie, nalewając mi dwa razy rzadziej niż sobie, przy czym on pozostawał zupełnie trzeźwy.

– Nigdy nie miałem przyjemności poznania Dzikiego Billa osobiście – stwierdził w pewnym momencie – i żałuję, że już nie będę miał do tego okazji.

– Cóż, proszę pana – mówię na to – mogę panu opowiedzieć wszystko, co zechce pan usłyszeć. I to nie tylko o Billu Hickoku. Znałem ich wszystkich, generała Custera i jego uroczą małżonkę. – Była to prawda, bo miałem pewien osobisty kontakt z generałem, chociaż panią Libbie widziałem tylko raz. – I starego Kita Carsona. – To już było na granicy prawdy, bo nasze jedyne spotkanie twarzą w twarz polegało na tym, że zatrzasnął mi drzwi przed nosem, kiedy przyszedłem na żebry. Ale potem popełniłem wielki błąd i wykorzystałem historyjkę mojego brata Billa o innym słynnym rewolwerowcu. – Myślę, że spośród osób żyjących najlepiej znam Wyatta Earpa, o którym może pan słyszał. Prawdę mówiąc, to ja go nauczyłem większości tego, co umie.

Earpa spotkałem tylko raz przelotnie w czasie polowania na bizony i ogłuszył mnie wtedy lufą pistoletu, sądząc, że go obraziłem. Zdobywał później sławę jako strażnik prawa w takich osadach hodowców bydła w Kansas, jak Ellsworth i Wichita. Nigdy nie słyszałem, żeby dotarł w te okolice, uznałem więc, że mogę bezpiecznie trochę zełgać.

– Naprawdę? – spytał mój przyjaciel od kieliszka, a w jego błękitnych oczach błysnęło coś, co wziąłem za wyraz podziwu. Odstawił na chwilę szklankę, sprawdzając swój wygląd w lustrze za barem i poprawiając z lekka kąt swojego melonika, z laską o złotej gałce niezmiennie ściśniętą pod pachą. – Sam poznałem pana Earpa i zawsze się zastanawiałem, jak został tak znakomitym strzelcem.

Powinienem był w tym miejscu zamilknąć, ale alkohol odebrał mi cały rozsądek, brnąłem więc dalej.

– Spotkał go pan, mówi pan? Więc jeżeli się to jeszcze kiedyś zdarzy, niech go pan spyta, kto go nauczył posługiwać się sześciostrzałowcem. – Uśmiechnąłem się głupio. – Rzecz jasna, przy reputacji, jaką od tego czasu zdobył, może nie chcieć się do tego przyznać.

– Chętnie to zrobię – mówi mój przyjaciel. – Zamierzam niedługo wrócić do Dodge. Postanowiłem nie tracić czasu na wyprawę do Deadwood.

– Czy tam teraz przebywa poczciwy Wyatt? – pytam. – Cóż, ja się w tamte strony nie wybieram.

– A jakie nazwisko powinienem wymienić?

– Nazywam się Jack Crabb – mówię. – A mogę spytać, jak brzmi pańskie nazwisko? – Wymiana nazwisk między białymi należała do dobrych manier i ta wymiana uprzejmości zawsze mnie cieszyła, ale u Indian spytanie człowieka o imię dowodzi braku wychowania, bo może się to skończyć wykorzystaniem go do złych czarów, żeby zaszkodzić właścicielowi imienia, i dlatego lepiej spytać osobę trzecią. Ja też powinienem tak zrobić w tym przypadku.

– Masterson – mówi mój towarzysz, dotykając gałką laski ronda kapelusza. – Miło mi pana poznać, panie Crabb.

– Wystarczy Jack.

– Dobrze, Jack. Ci, z którymi piję, zazwyczaj mówią do mnie Bat.

– Pan jest Bat Masterson?

– Do usług – odpowiada, ponownie salutując laską.

– Co za głupiec ze mnie, panie Masterson. Proszę zapamiętać, że przyznałem to, zanim mnie pan zabił.

To go rozśmieszyło.

– Nie mam zamiaru cię zabijać, Jack. Nie odważyłbym się sięgnąć po broń przeciwko komuś, kto uczył strzelać Wyatta Earpa.

Tak jak byłem pijany, tak natychmiast prawie zupełnie wytrzeźwiałem.

– A, to był żart, panie Masterson. Wiedziałem, że pan

się na tym pozna. – Wziąłem bardzo głęboki oddech, żeby przewietrzyć nieco opary alkoholu, i postanowiłem trzymać się faktów. – Zetknąłem się kiedyś z panem Earpem przy polowaniu na bizony, ale nigdy nie był moim przyjacielem. Natomiast najprawdziwszą prawdą jest to, co mówiłem o Dzikim Billu, bo byłem świadkiem jego śmierci, a poznałem go kilka lat wcześniej, jeszcze w Kansas City, gdzie naprawdę udzielił mi lekcji strzelania, których nigdy nie zapomnę.

Nie wiem, czy Bat mi wierzył czy nie, ale ponieważ to się rzeczywiście wydarzyło, udało mi się pozyskać jego pełną szacunku uwagę, skoro tylko zacząłem mówić fachowo o bardziej technicznych aspektach zdarzenia i o użytej broni, bo podobnie jak Dziki Bill i każdy rewolwerowiec, którego spotkałem, Masterson był zafascynowany narzędziami swojego rzemiosła i nic dziwnego, skoro od tego zależało życie lub śmierć. Kłopoty Dzikiego Billa zaczęły się, kiedy ta jego obsesja uległa osłabieniu i zajął się zarabianiem pieniędzy na swoje małżeństwo.

Bat cieszył się zasłużoną sławą znakomitego strzelca, ale jest to równie dobry moment jak każdy inny, żeby powiedzieć wam coś, o czym mało kto wie i czego ja też nie wiedziałem, siedząc wtedy w barze McDaniels Variety: niewykluczone, że Bat przez całe swoje życie nie zabił nikogo w pojedynku rewolwerowym. Mówiłem już, że to, co się liczyło na dawnym Zachodzie, a może zawsze i wszędzie, to wyobrażenie, jakie o człowieku mieli inni. Bat strzelał wyśmienicie z każdego rodzaju broni palnej i był odważnym człowiekiem, który nigdy – czy to z odznaką szeryfa, czy bez – przed nikim się nie ugiął i pomimo niewysokiego wzrostu i, jak widzieliście, spokojnych, dżentelmeńskich manier, budził swoją postawą respekt. Nie zabił trzech tuzinów ludzi, jak głosi legenda, ani po schwytaniu kilku meksykańskich bandytów nie odciął im głów i nie przywiózł w worku, żeby odebrać nagrodę. Jako strażnik prawa rzadko korzystał z broni. Nie musiał: był Batem Mastersonem. Czy chcę przez to powiedzieć, że samo nazwisko wystarczało? Musicie przyznać, że było to dobre nazwisko, choć może nie tak oczywiste jak Dziki Bill. Podobnie jak w przypadku tego ostatniego nie było to prawdziwe imię jego właściciela, tak samo zresztą jak używane przez niego imiona William Barclay. Ten słynny rewolwerowiec, który rzadko dobywał broni, urodził się jako Bartholomew Masterson. Nie widziałem też nigdy, żeby kogoś walnął w głowę tą swoją laską ze złotą gałką. Używał jej raczej ze względu na to, że lekko kulał na skutek rany odniesionej w starciu o względy pewnej ladacznicy, która to awantura dała początek jego sławie. Działo się to w sali tańca w Teksasie, a jego przeciwnikiem był sierżant nazwiskiem King. Wywiązała się strzelanina z udziałem wielu osób i trudno było stwierdzić, kto postrzelił kogo, dość że ten King został zabity, a Bat mógł zostać kobietą, gdyby kula trafiła go choć odrobinę niżej. Zdarzyło się to zaledwie pół roku wcześniej i Bat nadal lekko utykał.

Myślę, że ze wszystkich sławnych postaci, które spotkałem w tamtych czasach w świecie białych, najbardziej szanowałem Bata Mastersona, bo nie tylko nigdy się nie chwalił, co można też powiedzieć o Dzikim Billu i paru innych, ale w przeciwieństwie do nich, nigdy nie traktował poważnie pochlebstw wygłaszanych przez inne osoby, a to jest już cecha człowieka prawdziwie zrównoważonego. Kiedy na przykład jakiś dziennikarski lizus pytał go, czy to prawda, że zastrzelił tylu a tylu ludzi, Bat potrafił spytać, czy rachunek ma obejmować Meksykanów i Indian, i na tym poprzestać. Był również mistrzem w sztuce przetrwania bez rezygnacji z zasad, co do mnie szczególnie przemawiało, bo sam się za takiego uważałem. Fakt, że rzadko sięgał po broń i pozbawił życia niewielu, jeżeli w ogóle to zrobił, wyróżniał go jeszcze bardziej.

Macie prawo spytać, co takiego dostrzegł we mnie, że zechciał się ze mną choć na krótko zaprzyjaźnić, na co musiałbym odpowiedzieć, że moje towarzystwo widocznie go bawiło, podobnie jak innych z tego czy innego powodu, czasami może tylko dlatego, że byłem od nich niższy, a miałem żywy temperament, która to kombinacja często budzi wesołość, bo mały osobnik wydaje się niegroźny, ale powiedziałbym, że odnosił się do mnie z pewnym szacunkiem. Nie twierdzę, że zawsze wierzył we wszystko, co mówię, po tej wielkiej wpadce na początku, ale myślę, że przyjął za prawdę przynajmniej część tego, co mu opowiedziałem o Dzikim Billu, ze względu na liczbę szczegółów, i niewątpliwie przekonał się, kiedy moja znajomość ich języka okazała się przydatna, że miałem związek z Czejenami.

Tak więc tutaj, w McDaniels Variety, przeszliśmy w końcu do części jadalnej, gdzie wytrzeźwiałem do reszty przy wielkim befsztyku z dodatkami, dużą ilością kawy i kilkoma kawałkami ciasta, wszystko, rzecz jasna, na koszt Bata. Kiedy zobaczył, że zostawiam spory kawałek mięsa, spytał, czy jest za twardy, czy co, a ja powiedziałem, że jestem to winien swojemu psu za mięso, jakie mi dostarczał w drodze.

– Szanuję ludzi, którzy spłacają swoje długi – mówi Bat – a ja często się zakładam. Tym się właśnie zajmuję, odkąd wylądowałem w Cheyenne, ujeżdżam, jak to mówią, tygrysa i co nieco wygrałem. Kupmy twojemu psu osobny befsztyk. – I posłał kelnera do kuchni po tym, jak mu wytłumaczyłem, że ma zostawić cebulę i wszystko, co nie jest mięsem, a nawet może go nie smażyć.

Kiedy podano befsztyk, wynieśliśmy go z Batem na talerzu na dwór, żeby znaleźć Wspólnika, który znajdował się nadal tam, gdzie go zostawiłem, ale nie leżał spokojnie, bo kilku podpitych drągali, którzy wyszli z pobliskiego saloonu, na widok psa postanowiło się zabawić. Drażnili go i usiłowali kopać swoimi ciężkimi buciorami, co na pewno by mu zaszkodziło, gdyby im z wielką zręcznością nie umykał.

Miałem już w ręku swój indiański nóż do skórowania i byłbym go użył, gdyby Bat nie zwrócił się do największego z tych jegomości, który był od niego o dobrą głowę wyższy i ze czterdzieści funtów cięższy.

– Na twoim miejscu bym tego nie robił – powiedział.

– O, nie robiłbyś – warknął ten wielki drab i znów zamachnął się na Wspólnika buciorem, w którym z powodzeniem zmieściłyby się obie moje stopy. – Powiedz mi, dlaczego byś tego nie robił, zanim tobie dokopię?

Tymczasem jeden z jego kompanów spojrzał i momentalnie trzeźwiejąc, szturchnął go łokciem.

– On by tego nie robił, bo to Bat Masterson.

– O słodki Jezu – zaskomlił natychmiast drab. – Przepraszam pana, panie Masterson. Po alkoholu zupełnie głupieję. Nieodpowiedzialny ze mnie sukinsyn, co każdy panu potwierdzi, ale nie chciałem zrobić nic złego.

– Miło było pana poznać – mówi Bat i nie zwraca więcej uwagi na tę bandę, która z kapeluszami w rękach oddala się, mamrocząc przeprosiny.

Wspólnik też się nie przejął całym zajściem. Nos miał pełen zapachu mięsa i niewątpliwie rzuciłby się na nie ze smakiem, nawet gdyby go z drugiej strony kopano. W tej sytuacji, kiedy nic mu nie przeszkadzało, pochłonął ten wielki befsztyk za jednym zamachem, z wyjątkiem kości, którą chrupał sobie, jakby to było kruche ciasteczko.

Bat udał się do Złotej Sali, jak w McDaniels Variety nazywała się sala gier, i tam ujeżdżał tygrysa, czyli grał w faraona, i wygrał tyle, że sprawił mi przyzwoite ubranie na czas, aż znajdę jakieś płatne zajęcie, a nawet zaproponował, że zapłaci za mój nocleg, ale żaden hotel nie chciał przyjąć psa, kupiłem więc za dodatkowo pożyczone pieniądze namiot i razem ze Wspólnikiem wyszliśmy za granice miasta, gdzie rozbiłem obóz nad strumykiem.

Po kolejnym dniu i sesji przy karcianym stoliku, w której wreszcie lekko przegrał, Bat, wykazujący w grze taki sam spryt jak w innych sprawach, uznał, że kończy mu się szczęśliwa passa i że jest to odpowiednia chwila na powrót do Dodge City. Znałem to miasto sprzed kilku lat i nie lubiłbym go, nawet gdybym nie został tam postrzelony w plecy przez kogoś, czyjej tożsamości nigdy nie udało mi się ustalić. Było to w ciężkich czasach paskudne miejsce, pełne kowbojów nawet wtedy, kiedy nie brakowało jeszcze łowców bizonów, którzy potrafili się nimi zająć.

– A cóż takiego jest w tym mieście? – spytałem mojego

przyjaciela. – Dzisiaj jest tam tylko bydło, prawda? Ja tam jestem łowcą bizonów i nie cierpię kowbojów, nawet kiedy są trzeźwi.

– Czasy się zmieniają, Jack. – Bat wytarł obie połowy wąsów chustką, którą wyjął z rękawa, po czym schował ją z powrotem i pociągnął łyk ze swojej szklanki. – Ja sam chadzałem na bizony, ale teraz już ich prawie nie ma, a poza tym trzeba budować miejsca odpowiednie dla kobiet i dzieci, miejsca z kościołami i szkołami. Nie może być tak, żeby cały kraj zajmowały tylko bizony. – Roześmiał się. – Tak samo, jak miasto nie może żyć tylko z gry w karty, z picia i ladacznic. – Pociągnął jeszcze łyk whisky i mówi: – To jest drugi powód, dla którego chcę wrócić do Dodge City: wolę tamtejsze kobiety.

Teraz ja się roześmiałem.

– Czy ja dobrze słyszę, Bat? Należy skończyć z tym, co lubisz, ale przedtem chcesz się tym nacieszyć do woli?

– Trafiłeś w dziesiątkę, Jack, stary chłopie. Może chcesz się ze mną zabrać? Myślę o otworzeniu tam interesu, czegoś w rodzaju tutejszego McDanielsa. Możesz nie lubić tych kowbojów, którzy z rykiem zjeżdżają do Dodge, ale na końcu drogi dostają wypłatę, a ich pieniądze są tak samo dobre jak każde inne, tylko łatwiejsze do wyłuskania.

Nie miałem chwilowo żadnych innych propozycji, to było pewne, i chciałem zwrócić Batowi dług, który urósł tymczasem do okrągłej sumki piętnastu, dwudziestu dolarów.

– Mogę się też zgłosić na posadę szeryfa w okręgu Ford – dodał Bat. – To jest pomysł Wyatta, nie mój, ale nie wiem, czy nie jestem za młody.

Sądziłem, że jest w moim wieku, jeżeli nie starszy, ale kiedy go spytałem, powiedział, że ma dwadzieścia dwa lata.

– Jestem więc o parę lat starszy od ciebie – powiadam. – Ale nie mów mi, że jestem starszy od Wyatta Earpa.

– Będę musiał – powiada Bat. – O ile wiem, on ma dwadzieścia osiem lat.

Wspominam o tym tylko dlatego, żeby wykazać, że w tamtych czasach, kiedy wszędzie było pełno broni, niektórzy ludzie dojrzewali szybciej niż inni, ale ja, który w pierwszych trzech dziesiątkach lat przeżyłem tyle samo, jeżeli nie więcej niż ci młodzi ludzie, uważałem ich za starszych, co mogło wynikać wyłącznie z mojego wzrostu. Nawet kiedy już dożyłem osiemdziesiątki, skłonny byłem uważać, że jestem młodszy od każdego, kto jest ode mnie wyższy. Może dlatego tak długo żyłem.

I tak następnym portem, do którego miałem zawinąć, okazało się Dodge City. Musiałem przedtem podjąć bolesną decyzję co do Wspólnika. Nie uważałem, żeby Dodge City było odpowiednim miejscem dla psa, który pochodził z terenów podgórskich. Tam nie musiał polegać na mnie, jeżeli chodziło o jego wyżywienie, ale wątpiłem, czy na płaskich równinach Kansas udałoby mu się znaleźć jakąś drobną zwierzynę, której nie przepłoszyły tysiące dudniących racic bydła pędzonego z Teksasu, a poza tym jakiś cholerny kowboj, widząc go na prerii, mógłby go zastrzelić jako kojota, bo bardzo przypominał to stworzenie kształtem i barwą, zwłaszcza kiedy przemykał się wśród trawy. Prócz tego przyznaję, że nie chciałbym na stałe mieszkać w namiocie, gdybym mógł sobie pozwolić na coś lepszego w mieście, a Wspólnik nie należał do tych zwierząt domowych, które można by tolerować na terenach cywilizowanych. Ja już się przyzwyczaiłem do jego zapachu, ale nie można było wymagać tego od innych i, rzecz jasna, Wspólnik przez całe życie załatwiał się tam, gdzie mu było akurat wygodnie.

Nie jestem zbyt dumny ze sposobu, w jaki go oszukałem, kiedy nadszedł czas rozstania, ale chociaż Wspólnik był bardzo zmyślny jak na zwierzę, to nigdy nie miałem pewności, co on w danej chwili rozumie, a czego nie, odwołałem się więc do tego, co, jak wiedziałem, mieści się w jego zdolnościach umysłowych, czyli do spraw jedzenia. Kiedy wstałem tamtego dnia rano, powiedziałem mu, że nie mamy nic do jedzenia, co zademonstrowałem, przetrząsając namiot i pokazując puste ręce. Wspólnik wykonał swoim długim nosem ruch, który można było uznać za potakujący, i potruchtał w stronę pobliskich zalesionych wzgórz.

Ja zaś skierowałem się w stronę przeciwną, żeby wraz z Batem Mastersonem udać się do Dodge. Niezależnie od tego, po jakim czasie Wspólnik zorientuje się, że ja już nie wrócę, nie będzie mu groził głód, a to była kwestia podstawowa w takim życiu jak jego. Byłem mu wdzięczny za towarzystwo, ale ostatecznie był tylko psem, a to znaczy, że odczuwał głód stale, a inne potrzeby tylko w okresie rui. Nie potrafił mówić ani śmiać się, używać narzędzi ani mieć wiary czy wyznania, zabijał więc tylko, żeby jeść. Lubiłem Wspólnika i wiedziałem, że będzie mi go brak, ale że nie mogłem mu tego wszystkiego wytłumaczyć, to uciekłem, tak jak uciekłem. Powodem, dla którego zwinąłem namiot i sprzedałem w mieście, były nie tylko pieniądze. Nie chciałem, żeby Wspólnik pilnował go do końca życia.

4. DODGE CITY

Większość historii, które słyszeliście o Dodge City, zdarzyła się na odcinku kilku przecznic na Front Street, przebiegającej równolegle do szlaku na Santa Fe: saloon Alhambra, jedna więcej kombinacja baru, salonu gier i restauracji, której właścicielami byli Pete Beatty i „Pies" Kelly, dawniej zwany Chartem, jedno i drugie od hodowanych przez niego chartów; hotel Dodge House; słynny sklep z towarami mieszanymi Wrighta i Beverly'ego; saloony Długa Gałąź, Alamo i Wesoła Dama oraz opera. To była elegancka strona ulicy.

Po południowej, czyli gorszej stronie mieściły się podrzędniejsze saloony i szulernie, tańsze hotele i rzecz jasna – burdele. Jeden z najbardziej znanych, który z powodu koloru szyby w drzwiach wejściowych użyczył nazwy podobnym instytucjom, nazywał się Czerwona Latarnia.

Teraz, pod koniec lat siedemdziesiątych, kowboje mieli miasto dla siebie, albo mieliby, gdyby lokalni przedsiębiorcy nie postanowili, że owszem, chcą pieniędzy od Teksańczyków spragnionych whisky i rozrywki po długiej wędrówce, ale chcą ją dostawać w spokoju i bez śmiercionośnej wybujałości niedawnych czasów, i dlatego wybranymi albo wynajętymi obrońcami prawa było kolejno wielu ludzi o znanych nazwiskach z wyjątkiem Dzikiego Billa Hickoka: Bat Masterson oraz jego bracia Ed i Jim, Charlie Bassett, Bill Tilghman, Tajemniczy Dave Mather (podobno potomek kaznodziei nazwiskiem Cotton, który w dawnych czasach palił wiedźmy w Massachusetts) i, oczywiście, Wyatt Earp. Ten ostatni, mimo że skupił na sobie największą uwagę późniejszych kronikarzy, był spośród wymienionych postacią najpośledniejszą. Podczas pobytu w Dodge nikogo nie zabił i nigdy nie pełnił wyższej funkcji niż pomocnik marszala, ale jego osiągnięcia były zwykle wielce wyolbrzymiane przez tych, którzy o nim pisali na podstawie jego własnych przechwałek.

Bat dotrzymał słowa i kiedy wspólnie z Benem Springerem otworzył lokal taneczny Samotna Gwiazda, otrzymałem w nim posadę barmana. Nosiłem pasiastą koszulę z zarękawkami i zapuściłem szerokie wąsy, które okazały się nieco bardziej rude niż moje włosy na głowie. Samotna Gwiazda, jak można było wywnioskować z nazwy, miała przyciągać kowbojów przybyłych ze stanu posługującego się tym herbem. Nie każdy, kto zarabiał na życie pędzeniem bydła, musiał być rodowitym Teksańczykiem – znajdowali się między nimi Meksykanie, Indianie, mieszańcy, a nawet kolorowi, urodzeni jako niewolnicy – ale Samotna Gwiazda stanowiła odpowiadający wszystkim symbol, bo czasem ludzie pochodzący z innych stron mieli więcej sentymentu dla Alamo, Sama Houstona i temu podobnych niż ci, którym z urodzenia przysługiwało do tego prawo, zwłaszcza jeżeli byli pijani, a na trzeźwo się ich właściwie nie widziało, gdy człowiek pracował w takim miejscu jak Samotna Gwiazda. Również, w dziesięć lat po tym wydarzeniu, wyrażali niezadowolenie z wyniku wojny między stanami i jak zwykle nie wszyscy z nich z równym zapałem brali w niej udział.

Bat zapożyczył pewne pomysły od McDanielsa z Cheyenne i Samotna Gwiazda była jednym z najbardziej ambitnych przedsiębiorstw na południe od szlaku, oferując duży parkiet do tańca, wszystkie rodzaje gier hazardowych, scenę dla występów *variétés*, podium dla orkiestry udekorowane flagami i odpowiednią liczbę dziewcząt, które mogły tańczyć na scenie, pokazując podwiązki, lub z klientami na parkiecie, a także podejmować ich prywatnie w pokojach na piętrze. Chociaż nierząd nie był obowiązkowy dla kobiet, które tam pracowały, stanowił on, można powiedzieć, zalecenie i jedyny sposób na godziwy zarobek. Chcę tylko podkreślić, że nie stosowano tam przymusu ani białego niewolnictwa.

Byli tacy, którzy uważali handel własnym ciałem za degradację płci pięknej, ale poza kaznodziejami niewielu mężczyzn podzielało ten pogląd, jeżeli nie dotyczyło to ich własnej córki, siostry, żony albo matki. W czasach, o których mówię, na Zachodzie funkcjonowało normalne rozróżnienie między porządnymi kobietami i wprost przeciwnie, ale jeżeli człowiek nie skorzystał z upadłego anioła, to mógł nigdy nie mieć kobiety ze względu na to, że tych porządnych nie było zbyt wiele. Tak więc Dziki Bill Hickok, Bat Masterson i większość pozostałych utrzymywali trwające dłużej niż jedną noc intymne związki z kobietami lekkiego prowadzenia, i to samo dotyczyło Wyatta Earpa.

Pracując w Samotnej Gwieździe, poznałem dość dobrze tamtejsze dziewczyny i nie wszystkie można było po dokładniejszych oględzinach nazwać pięknymi, ale wszystkie wiedziały, jak się przypodobać mężczyźnie, i nierzadko najlepiej robiły to te najmniej pociągające z twarzy lub kształtów, takie jak Zezowata Kitty, Tillie Żelazna Szczęka czy Liz Wielki Tyłek, do których chłopy mogłyby się ustawiać w kolejce. Domyślam się, że potrafiły rozbudzić w mężczyźnie lepsze wyobrażenie o sobie, niż miał przed przyjściem do nich, a czegóż więcej można od kobiety oczekiwać.

Zarabiałem nieźle jako barman w Samotnej Gwieździe, gdzie niezależnie od płacy kowboj, który wygrał w faraona albo w kości, mógł ci postawić drinka i wtedy pociągało się ze szklanki z zimną kawą, a brało się od niego jak za whisky. Inni dawali sowity napiwek, jeżeli się wysłuchało, jak to obedrą żywcem ze skóry pierwszego napotkanego brylantyniarza, bo jeden z nich oszukał ich przy sprzedaży konia, albo jak to żaden Jankes nie potrafi stanąć naprzeciwko Johna Wesleya Hardina, słynnego wówczas rewolwerowca z Teksasu, który, o ile wiem, siedział wtedy gdzieś w Teksasie w więzieniu i nigdy nie miał okazji zmierzyć się z Batem albo Wyattem, chociaż admiratorzy Hardina twierdzili, że kiedyś przed laty w Abilene wyciągnął broń szybciej niż nie kto inny, tylko Dziki Bill „Heycox", jak go nazywali. Jeżeli tak, byłby to pierwszy tego rodzaju przypadek, ale nie mówię, że coś takiego nie mogło się zdarzyć, bo nie byłem świadkiem tego wydarzenia, a to jest jedyny sposób, żeby sprawdzić to, co ludzie opowiadają o pojedynku. Trudno polegać na słowach jakiegoś mętnookiego kowboja, który mówi o Johnie Wesleyu tak, jakby to był jego najbliższy kompan.

Wracając do dziewczyn z Samotnej Gwiazdy, to myślę, że największe powodzenie miały te, które pozwalały klientowi takiemu jak ten, przez czas, kiedy był z nimi w łóżku, uwierzyć, że on jest J. W. Hardinem albo może jego kuzynem Manningiem Clementsem, również cieszącym się reputacją wielkiego zabijaki.

Niektóre dziewczyny były tak ładne, że człowiek się zastanawiał, dlaczego one to robią, dopóki nie pomyślał, ile zarabiają i jaką mają alternatywę: wyjść za jakiegoś kmiota jak ich tata, harować w domu między rodzeniem dzieci i umrzeć młodo albo gnieździć się gdzieś w kamienicy (bo niektóre były Irlandkami z Bostonu i Nowego Jorku, które w poszukiwaniu szczęścia przyjechały na Zachód), gdzie miały te same minusy i na dodatek paskudne powietrze. Samotna Gwiazda Bata Mastersona nie była miejscem, w którym gość, choćby najbogatszy, mógł poniewierać albo maltretować przedstawicielkę płci pięknej tylko dlatego, że płacił za jej względy.

Żyłem w przyjaźni ze wszystkimi dziewczętami, a do dwóch czułem szczególną sympatię. Do jednej dlatego, że wyglądała tak młodo, a do drugiej dlatego, że wydawała się taka stara i zmęczona (tymczasem okazało się, że ta mała skończyła trzydziestkę, a ta druga była tylko o dwa lata starsza i w końcu uskładała dość pieniędzy, żeby otworzyć własny burdel przy tej samej ulicy), i do obu zdarzało mi się odesłać kowboja, który nie wydał jeszcze wszystkich swoich dolarów przy barze albo przy grze w monte czy w pokera. Te kobiety były dla mnie bardziej jak siostry niż jak osoby, które budzą pożądanie, i w ten sposób przez jakiś czas tkwiłem pośrodku całej tej cielesności, sam będąc abstynentem zarówno w sprawach płci, jak i alkoholu, bo rozlewając tyle tej whisky, nie mogłem znieść jej zapachu, kiedy przychodziło do wypicia samemu. Chyba nigdy w życiu nie prowadziłem się tak cnotliwie jak wtedy, gdy pracowałem w tym przybytku rozpusty, pijąc tylko kawę, i choć miałem dość pieniędzy, żeby zafundować sobie dobry befsztyk i przyzwoite mieszkanie, mieszkałem w dziesięciopokojowym baraku z przeciekającym dachem, który miał czelność nazywać się hotelem, i jeżeli nie udało mi się wycyganić darmowego posiłku w Samotnej Gwieździe, odżywiałem się wieprzowiną z mamałygą, jak jakiś nędzarz. Odkładałem pieniądze na lepsze rzeczy.

Uznałem, że czas najwyższy coś ze sobą począć, bo inaczej nadal będę błąkać się po kraju, wpadając w coraz to nowe tarapaty, jak mi się to zdarzało przez całe moje dotychczasowe życie, nie mając z tego nic, podczas gdy tymczasem cywilizacja robiła postępy. O dziesięć lat ode mnie młodszy Bat Masterson był współwłaścicielem kwitnącego przedsiębiorstwa, a jesienią siedemdziesiątego siódmego roku ubiegał się o stanowisko szeryfa okręgu Ford, współzawodnicząc z Lanym Degerem, dotychczasowym marszalem miasta, trzystufuntowym zbójem, który kiedyś aresztował Bata, kiedy ten wystąpił w obronie jakiegoś bitego przez Degera na ulicy słabeusza. To jeszcze jeden przykład elegancji Bata: zamiast postąpić tak, jak by na jego miejscu zrobił ktoś bardziej krewki, nie zastrzelił Degera, tylko zemścił się, łojąc mu tłuste dupsko w wyborach.

W tamtych latach Dodge było na Zachodzie stolicą bydła i w rekordowym roku siedemdziesiątym ósmym półtora tysiąca ludzi przepędziło z Teksasu przeszło ćwierć miliona bydła długorogiego. Taki tłum zagrażał spokojowi miasta nie tylko ze względu na niesfornych pastuchów, ale także dlatego, że ich pieniądze przyciągały prawdziwych przestępców. Powiedziawszy to, powinienem dodać, że w przypadku

wielu ówczesnych obwiesiów sytuacja była wielce skomplikowana. Osobnik mógł być złodziejem, a nawet mordercą
w jednym miejscu, podczas gdy w innym ludzie uważali go
za podporę społeczeństwa. Weźmy na przykład człowieka
nazwiskiem Dave Rudabaugh, który miał reputację *desperado* i obrabował kilka pociągów, za co Bat urządził na niego obławę. Rudabaugh uniknął kary, wydając pozostałych
członków swojego gangu, po czym przysiągł, że kończy
z przestępczym życiem, i przeniósł się do Las Vegas w Nowym Meksyku, gdzie został policjantem! Potem jednak ponownie zszedł na złą drogę i prowadził żywot rozbójniczy,
póki rozwścieczony tłum w Starym Meksyku nie uciął mu
głowy, którą zatknął na drągu pośrodku rynku.

Bat pełnił funkcję szeryfa całego okręgu Ford, który obejmował miasto Dodge, ale zasadniczy obowiązek utrzyma-
nia porządku w mieście należał do naczelnego marszala,
którym wcześniej był gruby Deger, ale kiedy Bat pobił go
w wyborach na urząd szeryfa, Deger dostał wymówienie,
a jego posadę przejął brat Bata Ed, a że młodszy brat Jim
był pomocnikiem marszala, utrzymanie porządku w okresie świetności Dodge zostało zdominowane przez rodzinę
Mastersonów, a nie przez Wyatta Earpa, jak może słyszeliście.

Działając jako zaledwie jeden z pomocników marszala,
Wyatt był znany z tego, że bijał awanturujących się kowbojów albo pięściami, albo łamiąc na ich głowach lufę swojego
colta (tak jak to zrobił ze mną wtedy podczas polowania na
bizony). Ale niewątpliwie lepsze to niż śmierć.

Jest jeszcze jedna rzecz, którą muszę sprostować: przy
całym zamieszaniu, jakie mogą spowodować gromady zabi-
jaków w takiej sytuacji, za czasów Bata Mastersona w Dodge
i okolicy zdarzyło się tylko siedem zabójstw. Śmiertelne po-
jedynki rozgrywające się co kilka minut w filmowych wersjach życia na Pograniczu wymyślili załgani pismacy ze
Wschodu w rodzaju Neda Buntline'a, znanego oszusta, i tra-
dycja ta jest kontynuowana do dzisiaj przez podobnych mu
osobników. Ale ludzie w rodzaju Wyatta Earpa nie prote-

stują, kiedy się z nich w druku robi bohaterów, a ktoś taki jak Bill Cody potrafi zbudować na tym intratny interes.

Chcę tu jeszcze dopowiedzieć, że co jakiś czas dochodziło oczywiście do rozlewu krwi i ktoś padał trafiony, a nieraz i zabity, ale nigdy w wyniku uczciwego i równego pojedynku. Możecie mi wierzyć, że kiedy w grę wchodzi życie albo śmierć, nie ma miejsca na uczciwość i równe szanse.

Opowiem wam teraz o dwóch gwałtownych śmierciach, które zdarzyły się w Dodge za moich czasów pod koniec lat siedemdziesiątych, bo obie dotyczyły mnie osobiście. Odkąd zacząłem pracować u Bata, a zwłaszcza po tym, jak on został szeryfem, nie spędzałem już w jego towarzystwie tyle czasu co w Cheyenne, bo miał lepsze rzeczy do roboty, i przez jakiś czas częściej widywałem jego brata Eda, który był o rok starszy i miał wyjątkowo pogodne usposobienie. Jako pomocnik marszala, a później marszal, Ed należał do tych dobrotliwych policjantów, którzy uśmiechają się do przechodzących dzieci i w czasie obchodu przystają na pogawędkę ze sklepikarzami. Wszyscy lubili Eda, ale bardziej nadawałby się on do miasta przeznaczonego dla porządnych kobiet i dzieci, jakim Dodge stało się niewiele lat później, kiedy przyszło umiarkowanie, i saloony – możecie wierzyć lub nie – przerobiono około roku tysiąc osiemset osiemdziesiątego piątego na cukiernie.

W Dodge City z roku siedemdziesiątego ósmego lepiej było budzić szacunek niż sympatię, a nawet lepiej niż strach, bo człowiek, który boi się drugiego, może wypić tyle, że go zaatakuje i komuś może się stać krzywda. Jeżeli natomiast ktoś wzbudza wielki respekt, tak jak Bat, to nikt nie wie, do czego ktoś taki jest zdolny. Zaczyna działać na jego korzyść wyobraźnia, a wyobraźnia normalnego mężczyzny, poza lubieżnością, obraca się głównie wokół siły, wokół tego, kto ją ma, a kto nie.

W Dodge obowiązywało parę zasad zachowania w miejscach publicznych. Nie wolno było jeździć konno po chodnikach ani wjeżdżać do lokali, czyli do saloonów. Broń palną mogli nosić tylko policjanci i żołnierze na służbie, a wszyscy wjeżdżający do miasta musieli ją zdać w pierwszym miejscu, w którym się zatrzymali: saloonie, sklepie, hotelu i tak dalej, albo opuszczający miasto po odebraniu broni. Publiczne użycie broni palnej było zabronione, z wyjątkiem Czwartego Lipca, Bożego Narodzenia, Nowego Roku i wigilii tych świąt. Publiczne nadużycie alkoholu traktowano poważnie tylko wtedy, jeżeli osobnik w takim stanie usiłował odzyskać broń albo naruszył porządek lub moralność, na przykład oddając mocz do jednej z beczek z wodą, które stały co kawałek na drewnianych chodnikach na wypadek pożaru.

Kiedy Ed Masterson dowiadywał się, że ktoś złamał któryś z tych zakazów, zawsze wkraczał do akcji, ale w odróżnieniu od wielu innych stróżów porządku nigdy nie szukał pretekstu, żeby kogoś zamknąć. Ed był człowiekiem wyznającym zasadę: żyj i daj żyć innym – w miejscu, gdzie obowiązywało prawo: zabij albo zgiń. W końcu przelał więcej krwi, swojej i cudzej, niż jego brat Bat, który mimo to przeszedł do legendy, podczas gdy o Edzie zapomniano. To samo dotyczy Virgila Earpa i jego brata Wyatta.

Ed Masterson często zaglądał do Samotnej Gwiazdy, zarówno podczas swoich obchodów po mieście, jak i po pracy. Poznałem go dość dobrze, przez co rozumiem to, że rozmawialiśmy na zwykłe tematy bliskie sercu mężczyzny, jak dawne dni polowań na bizony, najnowsze odkrycia złota albo srebra, konie, broń, whisky i kobiety.

Jeżeli chodzi o te ostatnie, mogliście wywnioskować z moich dotychczasowych uwag, że wszystkie kobiety mieszkające w Dodge były ladacznicami. Otóż, jeżeli chodzi o Deadwood, nie byłoby to dalekie od prawdy, ale w Dodge City mieszkały też inne, tyle że w mojej sytuacji nie miałem wiele okazji, żeby się natknąć na stadko nauczycielek albo dewotek, które nie odwiedzały saloonów. W tamtych czasach uważano, że szanujące się kobiety nie powinny zdradzać upodobania do silnych trunków ani do seksu, nawet jeżeli miały dziesięcioro dzieci. A mężczyzna też nie powinien zażywać z nimi przyjemności, bo od tego były ladacznice. Tego wieczoru, o którym mowa, pewien jegomość nazwiskiem Bob Shaw oskarżył w Samotnej Gwieździe niejakiego Dicka Moore'a o to, że ten pozbawił go nieuczciwymi metodami czterdziestu dolarów. Kłopot polegał na tym, że Shaw był nie tylko w stanie upojenia, sprawiającym, że cała reszta świata była współwinna jego krzywdzie, ale na dodatek wywijał pistoletem, który zgodnie z prawem powinien był oddać przy wejściu do lokalu. Trzymałem pod barem pałkę i fuzję, ale nie chciałem go zabić ani nawet poważnie zranić. Z drugiej strony nie podobał mi się też pomysł, żeby zbyt słabym uderzeniem tylko go rozzłościć, poprosiłem więc cicho człowieka imieniem Frank, pracującego również w barze, żeby sprowadził marszala Mastersona, zanim sprawy wymkną się spod kontroli.

Tymczasem puściłem w stronę Shawa butelkę, mówiąc mu, żeby się napił na koszt firmy, bo darmowa whisky czasami chwilowo człowieka uspokaja. Jednakże moja propozycja jeszcze bardziej rozdrażniła Shawa, który przeniósł lufę pistoletu z Dicka Moore'a na mnie i poradził mi obelżywymi słowami, żebym się nie wtrącał, jeżeli sam nie chcę skończyć nafaszerowany ołowiem.

Przesuwałem się ostrożnie za barem w stronę strzelby, nie poruszając żadną, widoczną dla Shawa, częścią swojej osoby, kiedy wkroczył Ed Masterson i grzecznie poprosił Shawa, żeby oddał broń.

– Mam zamiar zabić tego sukinsyna – mówi Shaw, mając na myśli, ku mojej uldze, Dicka Moore'a, na którego z powrotem skierował swój pistolet – a jeżeli spróbujesz mnie powstrzymać, to i ciebie zastrzelę, ty sukinsynu.

Ed wyciągnął na to swój pistolet, podszedł i palnął Shawa lufą w głowę.

Wiedziałem, co robię, kiedy nie zdecydowałem się ogłuszyć łobuza pałką, bo tak jak się obawiałem, Shaw miał zbyt grubą czaszkę i cios pogłębił tylko jego urazę do świata. Odwrócił się i strzelił do Eda z bliska pod łopatkę, paraliżując całe jego prawe ramię – to najoględniejsze określenie. Taki strzał mógłby zabić każdego, ale nie Mastersona. Padając na podłogę, zalany krwią Ed przerzuca spokojnie colta do lewej ręki i pakuje w Shawa dwie kule, w ramię i w nogę, ten jednak, zanim padł, zdążył trafić Dicka Moore'a w okolice krocza, a Frank, który sprowadził marszala i zaglądał do środka przez uchylone drzwi, został trafiony ostatnią przypadkową kulą w lewą rękę.

Jeżeli kiedykolwiek słyszeliście dwie czterdziestki piątki, strzelające raz po raz w zamkniętym pomieszczeniu, to wiecie, że ich odgłos dźwięczy potem w uszach przez kilka minut, a przy stosowanym wówczas czarnym prochu dymu było tyle co z wielkiego ogniska, i muszę przyznać, że stałem przez chwilę oniemiały i nie zareagowałem tak szybko jak po zabójstwie Dzikiego Billa, ale na szczęście Ed nie potrzebował pomocy i nadal panował nad sytuacją. Leżąc w kałuży krwi, trzymał na muszce Shawa, który też upadł, ale nie został zabity, jak również kilku jego przyjaciół, w przeciwnym razie mogących szukać zemsty.

Żeby wam pokazać, jakim człowiekiem był Ed Masterson, wystarczy powiedzieć, że po dwóch tygodniach w łóżku resztę rekonwalescencji przechodził, pełniąc swoje obowiązki.

Wkrótce potem Ed objął stanowisko głównego marszala miasta. Dodge City wkroczyło w okres, który później, jak już wspomniałem, uczynił je tak sławnym, ale dla mnie szczególny urok tego miasta wiązał się z rozrywką. I nie mam na myśli tej podrzędnej, dostępnej wszędzie indziej, ale rozrywkę wysokiej klasy, przybywającą ze Wschodu, na czele z wielkim Eddiem Foyem, słynnym w całym kraju, który potrafił jak nikt inny na świecie tańczyć i śpiewać, a jego stroje i sztuczki były tak zabawne, że człowieka brzuch bolał ze śmiechu. Teatrzyk, w którym występował, nazywał się Comique, co naturalnie nieokrzesane gbury (do których wówczas i ja się zaliczałem), zapełniające widownię, wymawiały tak, jak się pisze. Było to moje pierwsze zetknięcie z tym, co później nazwano przemysłem rozrywkowym, a co wywarło na mnie trwałe wrażenie, i w swoim czasie opowiem wam o mojej własnej karierze w innej formie tegoż.

Teraz jednak wrócę do Eda Mastersona, który podjął obowiązki marszala na długo przedtem, zanim zaleczyła się jego rana po strzale Boba Shawa, i był równie przyjacielski i życzliwy ludziom jak dawniej, mimo że omal nie zginął. W odróżnieniu od swojego brata, Ed często obrywał, pełniąc obowiązki stróża prawa. Mogło się to zdarzyć nawet w sądzie, jak wtedy, kiedy niejaki Jim Martin, oskarżony o kradzież konia, dostał ataku szału, pobił prokuratora, połamał mnóstwo mebli i rozciął Edowi nos, zanim został ogłuszony lufą jego czterdziestki piątki.

Innym popularnym wówczas saloonem, który sąsiadował z Samotną Gwiazdą, była Wesoła Dama i tam przed rokiem odbyło się zebranie polityczne, które mianowało Bata szeryfem. Pewnego wieczoru w kwietniu roku siedemdziesiątego ósmego Ed i Nat Haywood, jego pomocnik, weszli do Wesołej Damy, gdzie pół tuzina pastuchów z tej samej grupy piło tęgo i robiło normalny jak na kowbojów hałas, czyli większy niż cały konwent kaznodziejów, ale nie było w tym nic złego, chociaż człowiek był nieco zmęczony, jeżeli musiał tego słuchać przez cały wieczór. Właśnie wyszedłem z pobliskiej Samotnej Gwiazdy, żeby złapać chwilę wytchnienia i łyk świeżego powietrza, wolnego od dymu tytoniowego, oparów whisky i potu.

Akurat z Wesołej Damy wyszedł Ed Masterson i podszedłem do niego, żeby porozmawiać.

– Słuchaj, Ed – mówię – od pewnego czasu myślę nad otworzeniem interesu i zbieram pieniądze, ale nie mam jeszcze tyle, żeby uruchomić go w pojedynkę.

Ed przypominał z wyglądu Bata, z tymi samymi ciemnymi włosami i wąsami, ale miał nieco delikatniejsze rysy i w jego spojrzeniu było zawsze coś jakby smutek.

– Chodzi mi o to – ciągnąłem – żeby otworzyć własny interes, jak zwykle z grami hazardowymi, alkoholem, restauracją, naturalnie z kobietami, ale główną atrakcją byłaby w nim rozrywka. Jestem pewien, że to ma przyszłość, ale żeby to chwyciło, trzeba mieć prawdziwe talenty, a to znaczy, że należy je sprowadzić z daleka, ze Wschodu albo z San Francisco. – Ed słuchał uważnie, jak to miał w zwyczaju. – Pomyślałem, że wspomnę ci o tym na wypadek, gdybyś chciał zająć się ze mną tym przedsięwzięciem, bo potrzebny mi jest przynajmniej jeden wspólnik.

Ed uśmiechnął się powoli.

– Powinieneś porozmawiać z Batem. To on ma głowę do interesów.

Nie przyznałem się, że już rozmawiałem z Batem, któremu pomysł się nie spodobał. Może dlatego, że miał już Samotną Gwiazdę i uznał mój lokal za konkurencję albo podejrzewał, że nie dam sobie rady. Muszę przyznać, że Bat nadal uważał mnie za osobnika nieco podejrzanego.

– Bat ma własne plany – mówię. – Chcę tylko, żebyś miał to na uwadze. I nie oczekuję dużej inwestycji od ciebie osobiście, ale twoje dobre nazwisko i nieskazitelna reputacja w mieście pozwoliłyby mi uzyskać pożyczkę z banku.

W tym momencie Nat Haywood wychodzi szybkim krokiem z Wesołej Damy i mówi do Eda:

– Walker nie oddał broni. Przekazał ją Jackowi Wagnerowi.

Ed pokręcił głową, ale nie przejął się zbytnio.

– Jeden z pracowników Alfa Walkera miał pełny futerał pod pachą – powiedział do mnie. – Zabrałem mu broń i oddałem Alfowi, żeby ją zdał. Powinien być mądrzejszy. – Razem z Natem skierował się na powrót do Wesołej Damy, a ja wróciłem do swojej pracy za barem.

Parę minut później ktoś wrzasnął coś przez drzwi Samotnej Gwiazdy, ale wokół mnie panował taki hałas, że nie dosłyszałem słów i nie dostrzegłem powodu do niepokoju. Krzyki były czymś zwykłym w saloonach Dodge i dopóki nie padło słowo: „Pożar!", nie zwracano na nie większej uwagi. Ale za chwilę ta sama osoba albo inna wpada z taką energią, że tłum trochę przycichł i usłyszałem:

– ...z tak bliska, że zapaliło się na nim ubranie!

– Kto? – pytam.

– Marszal, do cholery. Ed Masterson! Umiera!

Upuściłem trzymaną w ręku butelkę, która stłukła się, spadając na podłogę i ochlapując mi buty whisky. Wybiegłem z Samotnej Gwiazdy, przepychając się między pijący-

mi, i na ulicy natknąłem się na drugi tłum – wszyscy roz-
prawiali o strzelaninie w Wesołej Damie i przedstawiali
różne jej wersje.

– Gdzie on jest?! – wrzeszczę. – Gdzie jest Ed?!

– Poszedł na drugą stronę! – odpowiada mi ktoś.

Poczułem się trochę lepiej. Było mało prawdopodobne,
żeby umierający człowiek przeszedł dwieście jardów. Kierował się do biura marszala.

– Dlaczego mówili, że nie żyje? – rzuciłem w tłum pytanie.

Odpowiedział mi wysoki kowboj, przesunąwszy w gębie
prymkę tytoniu.

– Jeżeli nie jest trupem, to nie wiem, kto jest. Ma w sobie dziurę, w którą można wetknąć pięść. Ed chciał odebrać
Jackowi Wagnerowi broń, a Jack przyłożył do niego lufę i pociągnął za spust. Na Edzie od prochu zapaliła się marynarka.

– I odszedł?

– Odszedł – powiedział ktoś inny. – Nie mam pojęcia, jak
mógł ustać na nogach. Najpierw trafił Wagnera w brzuch,
a potem, kiedy Alf Walker próbował się wtrącić, wpakował
mu kulę w płuco i dwie w rękę.

– Widziałem, jak Ed wchodził do Hoovera – dodał inny
głos.

Był to jeszcze jeden ze znanych saloonów nie mieszczą-
cych się w czerwonej dzielnicy Dodge. Przebiegłem na drugą stronę placu i wpadłem do środka.

Ed Masterson leżał na podłodze. Z jego surduta unosiła
się jeszcze smużka dymu. Obok niego klęczał barman, George Hinkel.

Pochyliłem się nad leżącym.

– Ed... – zacząłem.

Ed spojrzał na mnie tymi swoimi smutnymi ciemnymi
oczami.

– Koniec ze mną, Jack – powiedział tylko i stracił przy-
tomność, żeby jej już nigdy nie odzyskać.

Wkrótce umarł też Jack Wagner, ale Alf Walker, szef
kowbojów, zdołał się wylizać ze swoich ran. Nat Haywood

tłumaczył się, że nie pomógł Edowi Mastersonowi, bo Walker trzymał go na muszce. Niektórzy mówili, że Nat zwyczajnie stchórzył i uciekł, ale w podobnych sprawach człowiek nie zna prawdy, jeżeli nie był na miejscu, a może i wtedy nie zawsze. W każdym razie Nat czym prędzej opuścił miasto, co oznaczało, że w policji otworzyły się dwa wakaty. Znana w owym czasie postać, Charlie Bassett, zastąpił Eda Mastersona na stanowisku głównego marszala Dodge City. Co do posady Nata Haywooda jako jego zastępcy, to przypadła ona jegomościowi nazwiskiem Wyatt Earp, i było to najwyższe stanowisko, jakie Wyatt kiedykolwiek osiągnął jako strażnik pokoju w Dodge, wbrew wszystkim łgarstwom, jakie on sam i jego lizodupy później rozpowszechniali.

Może chcielibyście wiedzieć, jak zareagował na śmierć brata Bat Masterson? Na ten temat też krążyło wiele kłamstw. Bat niewątpliwie bardzo przeżył śmierć Eda, ale nie wpadł w szał i nie wystrzelał kupy ludzi. Nie zastrzelił z tego powodu nikogo. Kiedy Alf Walker wydobrzał, tak że zdołał się utrzymać w siodle, pozwolono mu spokojnie wrócić do Teksasu. Nie można mu było udowodnić, że trzymał Nata Haywooda na muszce, bo sam Nat uciekł, a większość świadków stanowili pracownicy Alfa, nie oskarżono go więc o żadne przestępstwo. Jack Wagner zapłacił życiem za to, co zrobił, i całe to smutne wydarzenie zostało zamknięte. Bat był wybranym w majestacie prawa szeryfem okręgu i jako taki musiał się prawu podporządkować. Mimo to może się komuś wydać dziwne, że jeden z budzących największą grozę rewolwerowców swojego czasu nie próbował się mścić, ale jak już mówiłem, Bat Masterson był człowiekiem rozsądnym. Poza tym zawsze uważał, że jego brat zbyt często głupio ryzykuje. Gdyby to Bat odebrał broń Jackowi Wagnerowi, Wagner nigdy by się nie odważył wziąć jej z powrotem. Wyatt Earp ogłuszyłby Wagnera od razu na początku, a Dziki Bill zastrzeliłby go i miał spokój.

I tak w sposób oczywisty pomysł wciągnięcia Eda w moje plany biznesowe nie doszedł do skutku, a zresztą i tak wkrótce dawny wspólnik Bata, Ben Springer, otworzył teatrzyk

Comique, który bardzo przypominał to, co mnie chodziło po głowie, i niedługo potem otwarto konkurencyjne Variétés Hama Bella, które podkupiło z Comique Dorę Hand, uważaną za najpiękniejszą kobietę na zachód od Missisipi, która podobno pochodziła z dobrej bostońskiej rodziny i śpiewała w operze przed koronowanymi głowami Europy. Bardzo prawdopodobne jest to, że jakiś tuzin mężczyzn przypłacił życiem walkę o jej względy, bo kobiety takie jak ona należały do rzadkości w miejscach spędu bydła.

Może nie było to najzupełniej zgodne z prawdą, kiedy niedawno wspomniałem, że w tej fazie swojego życia powstrzymywałem się od wszelkich kontaktów z płcią przeciwną: chodziło mi o to, że robiłem to nie częściej, niż było to absolutnie konieczne dla zdrowia. Ten związek wojowników u Czejenów, zwanych Odwrotnymi, miał niewątpliwie rację, nie tracąc energii na działalność seksualną w okresie przygotowania do wojny, ale chociaż żyłem w dość gwałtownej części świata, ja sam byłem usposobiony bardzo pokojowo, kiedy mieszkałem w Dodge City. Chodziłem wprawdzie z ukrytym derringerem, żebym nie był zupełnie bezbronny w spotkaniu z kimś zbyt pijanym albo zbyt szalonym, żeby z nim dyskutować, ale poza tym broni nie nosiłem, wierząc, że wszyscy ci sławni lokalni rewolwerowcy zrobią co do nich należy. Powiem jedno: zasady etyki nie pozwalały mi być klientem w miejscu pracy, nigdy więc nie wykraczałem poza kontakty czysto zawodowe z kobietami zatrudnionymi w Samotnej Gwieździe, poza czymś, co można nazwać braterskim uczuciem do dwóch wspomnianych dziewczyn, które zwierzały mi się ze swoich kłopotów.

Nigdy natomiast nie przeżyłem w dorosłym życiu czegoś, co można by nazwać prawdziwym romansem. To znaczy miałem i białą, i indiańską żonę, i chociaż bardzo je kochałem, to uważam, że małżeństwo było po prostu czymś praktycznym, nadającym sens domowi i rodzinie, którą miałem zarówno w świecie białych, jak Czejenów. To nie ja ani moje żony, ale wypadki doprowadziły do końca tych małżeństw. Kochałem, ale nie byłem zakochany w taki sposób jak ci mężczyźni, którzy zabijali się o Dorę Hand. Nie śpieszyło mi się, żeby pójść w ich ślady, ale kiedy po raz pierwszy usłyszałem ją, jak śpiewa, pomyślałem, że chyba czegoś mi w życiu brak, i zacząłem odczuwać do niej wielką słabość. Zdarzało mi się to już wcześniej, kiedy byłem chłopcem, w stosunku do mojej białej macochy, pani Pendrake, a potem znów czułem to – i nie przestałem czuć – do pani Libbie Custer, ale w obu przypadkach było to nierealistyczne, a w ostatnim jeszcze i odległe. Dora Hand natomiast była tu i teraz, a ja byłem dorosły i miałem dobrą pracę, jako że zajmowałem wówczas stanowisko głównego barmana w Samotnej Gwieździe, co oznaczało, że mogłem sobie brać wolne, żeby często oglądać jej występy.

Rzecz jasna, w swoim zachwycie dla tej damy nie byłem osamotniony. W promieniu wielu mil od Dodge na prerii nie ocalał ani jeden kwiat, wszystkie zostały zerwane i posłane za kulisy dla Dory. Na jakiś czas znikły też ze sklepów wszystkie eleganckie bombonierki sprowadzane ze Wschodu, podobnie jak parfumy, czy jak to się tam nazywa, koronkowe chusteczki i inne ozdóbki, ale nie nieprzyzwoite, jak jedwabne podwiązki, bo to, co może najbardziej wyróżniało Dorę, to była jej regularna obecność na niedzielnych nabożeństwach w małym kościółku w szacownej dzielnicy północnej, gdzie jej zachwycający śpiew podziwiały pozostałe członkinie kongregacji, żony lepszego elementu spośród kupców, które nie odnosiły się do niej wrogo, jak by to było w przypadku każdej innej młodej i pięknej kobiety, zwłaszcza występującej na scenie, co stanowiło specjalną kategorię wtedy i teraz.

Nie było w Dodge City nikogo, kto nie zachwycałby się panną Dorą Hand, a większość mężczyzn, z waszym sługą włącznie, wręcz ją adorowała. Stanowiła idealny okaz płci pięknej, taki rodzaj damy, która sprawia, że przeciętny chłop czuje się brudny i cuchnący nawet bezpośrednio po corocznej kąpieli (niektórym kowbojom to się zdarza), i znałem mężczyzn, którzy twierdzili, że po raz pierwszy od wielu miesięcy zmienili bieliznę tylko po to, żeby pójść posłuchać jej śpiewu, a nawet kupili sobie skarpety.

Nikt nigdy nie czuł się bardziej niezręcznie w obecności damy niż nieokrzesany typ w tamtych czasach i miejscach, który wolałby stoczyć walkę z zawodowym mordercą swojej płci, niż spróbować odezwać się do przyzwoitej niewiasty, chociaż kobiety lekkich obyczajów z Samotnej Gwiazdy twierdziły, że to samo dotyczy i ladacznic, tyle że w tym ostatnim przypadku nie czuli się zawstydzeni. Gdybym chciał zajmować się plotkami, mógłbym puścić w obieg niektóre historie zasłyszane od dziewczyn, które miały wielce niepochlebną opinię o mężczyznach, co im nie przeszkadzało w nieustannym rozglądaniu się za jakimś dobrym kandydatem na męża i nie zawsze bez powodzenia: zresztą prędzej czy później i tak wszystkie wychodziły za mąż, a jeżeli jacyś mężczyźni w ogóle przyznawali się, że poślubili byłe kobiety pracujące, to niezmiennie przysięgali, że są to najlepsze żony.

Nie twierdzę, że miałem gładki język gada salonowego albo wielkomiejskiego bawidamka, ale moje chłopięce lata, spędzone pod jednym dachem z panią Pendrake, która czytała mi wiersze, dawały mi zdecydowaną przewagę nad większością mężczyzn w Dodge. Miałem też więcej od nich sprytu i byłem gotów na większe poświęcenia. Posunąłem się do tego, że zacząłem chodzić w niedzielę do kościoła, czego nie robiłem od czasu, kiedy jako chłopiec musiałem wysłuchiwać nie kończących się kazań wielebnego Pendrake'a, za co jedyną rekompensatę stanowiło siedzenie obok pani Pendrake i wdychanie jej kwietnego zapachu.

Zajęło mi kilka niedziel, zanim stosując sposoby podobne do tych, które stosowali Czejenowie przy podchodzeniu zwierzyny, udało mi się zająć miejsce w ławce obok panny Hand. Wiele kobiet i mężczyzn chciało siedzieć koło niej jako znakomitości, ale wreszcie którejś niedzieli zdołałem usiąść z jej lewej strony, odpychając w tym celu paru regularnych bywalców i wywołując niechrześcijańskie uczucia.

Odczekałem do zakończenia drugiego hymnu i w krótkiej przerwie, kiedy usiedliśmy, przeprosiłem za swoją ochrypłą interpretację.

– Och – miło odpowiedziała panna Hand spod swojego wielkiego czepka, zwracając na mnie promienne oczy – uchu Pana miłe są wszystkie głosy.

– Chwała Bogu – odrzekłem. Nie chciałbym, żebyście pomyśleli, że popełniałem świętokradztwo, bo fakt, że rzadko zaglądałem do kościoła, nie znaczy, że kiedykolwiek w życiu byłem ateistą. Wszyscy mamy Stwórcę, który pewnego dnia weźmie nas z powrotem do siebie, i ten, który nigdy nie miał domu za życia, otrzyma dom Tam.

Prawdą jednak jest, że nie znalazłbym się w tej ławce, ani w ogóle w kościele, gdyby nie panna Dora Hand. I tak zresztą nie słuchałem kazania, bo żargon religijny nigdy do mnie nie przemawiał. Za dużo się go nasłuchałem od mojego taty i od wielebnego Pendrake'a. Katolicy mają dużo racji, używając łaciny, której nikt nie rozumie i która dlatego wydaje się językiem bardziej stosownym dla Boga niż nawet najbardziej napuszona staromodna angielszczyzna.

Zamiast tego rozmyślałem nad sposobami zbliżenia się do panny Hand bez wzbudzania podejrzeń, że mam jakieś nieczyste zamiary. Wymyśliłem w końcu podejście, które uznałem za bezbłędne. Zachowywałem się tak, jakbym nie wiedział, że jest sławna. To natychmiast odróżniło mnie od wszystkich, których spotykała w Dodge. Posunąłem się jeszcze dalej: udałem, że jestem przeciwnikiem wszelkiej profesjonalnej rozrywki.

– Och – mówi na to ona, przepięknie wydymając swoje delikatne różowe usteczka – muszę powiedzieć, że jest pan bardzo zasadniczy.

Po nabożeństwie wyszliśmy razem. Udało mi się wymanewrować innych, którzy chcieli się do niej zbliżyć, i zarobiłem w ten sposób kilka kolejnych ponurych spojrzeń. Błędnie uznałem, że ostentacyjnie duża suma rzucona na tacę zrównoważy niechęć, jaką wywołałem: zdarza mi się traktować pieniądze zbyt cynicznie. Na przykład panna Hand, która pewnie w tym czasie zarabiała więcej od najbogatszych kupców w Dodge, nie przychodziła do kościoła w celach merkantylnych.

Tak czy inaczej ściągnąłem usta na świętoszkowatą modłę i powiadam:

– Lepiej przesadzić w stronę pobożności niż w stronę rozpusty. – Było to coś z repertuaru wielebnego Pendrake'a, czego, mam nadzieję, nie przekręciłem.

– To prawda, że sztuka, czy może powinnam raczej powiedzieć: jej wykonawcy – mówi ona, opuszczając te swoje pióropusze rzęs – kojarzą się z niemoralnością i pewnie nie zawsze niezasłużenie, ale są wśród nas i tacy, którzy robią, co mogą, żeby naprawić ten obraz.

– Czy słusznie wnioskuję z pani uwagi – mówię, zadziwiając samego siebie tym wytwornym zwrotem – że ma pani jakiś związek, niewątpliwie odległy, ze sferą rozrywki?

– Obawiam się, że muszę się do tego przyznać – odpowiedziała panna Hand i otworzyła swoją małą parasolkę dla ochrony przed palącymi promieniami kansaskiego słońca, nie zatrzymując się i nie gubiąc kroku, tak jak to robią podobne do niej osoby podczas śpiewu na scenie. – Mam nadzieję, że słysząc to, nie jest pan zaszokowany.

– Zacząłem już zmieniać zdanie – mówię, po czym przedstawiliśmy się sobie. – Prowadzę życie ograniczone do spotkań z tymi, ee, z tymi, którzy kupują Dobrą Książkę.

– Czy jest pan sprzedawcą Biblii, panie Crabb?

Nagle tam, na drodze z kościoła, dopadły mnie wyrzuty sumienia i nie chcąc dalej łgać, powiedziałem zgodnie z prawdą:

– Jestem synem duchownego.

Jakieś stare babsko, dreptające cały czas za nami, nie mogło dłużej znieść tego, że monopolizuję Dorę Hand, i wcisnęło między nas swoją obfitą postać wystrojoną we wszystko, co miało najlepszego.

– Dora, czy zobaczymy cię w Kole Dobroczynności? – pyta.

Panna Hand uśmiecha się wdzięcznie.

– Oczywiście, Martha. Czy kiedyś nie przyszłam?

Pozwoliła mi odprowadzić się do domu i okazało się, że mieszka niedaleko, w małym domku na zapleczu hotelu Western.

– Panno Hand – mówię – ta przemiła rozmowa sprawiła mi wielką przyjemność. Zastanawiam się, czy nie posunę się zbyt daleko, jeżeli wyrażę nadzieję, że moglibyśmy znów porozmawiać po nabożeństwie w następną niedzielę. Bardzo bym pragnął dowiedzieć się czegoś bliższego o pani karierze artystycznej.

Uśmiechnęła się zupełnie inaczej niż do tamtej baby z kościoła. Można by powiedzieć, że był to uśmiech krzywy, tyle że nie było w nim cienia złośliwości.

– A czy do tego czasu będę pana widywać co wieczór w pierwszym rzędzie teatru, panie Crabb?

Roześmiałem się i tupnąłem nogą, zawstydzony i jednocześnie ucieszony.

– A to ci dopiero! To znaczy, że stamtąd, przez światła rampy, widzi pani ludzi na widowni?

– Musiałabym być ślepa, żeby pana nie zauważyć, Jack, przy tych owacjach, jakie pan robi po każdym numerze.

– Panno Hand, jestem pokonany. Powiem tylko, że nie kłamałem, kiedy mówiłem, że jestem synem kaznodziei, natomiast nie sprzedaję Biblii. Jestem głównym barmanem w Samotnej Gwieździe, lokalu, który według pani standardów nie plasuje się zapewne zbyt wysoko. Ale rzeczywiście pójdę znów do kościoła, jeżeli będę mógł potem z panią porozmawiać.

– Jack – na to ona i autentycznie musnęła mój rękaw swoimi smukłymi palcami w gołębioszarych rękawiczkach. – Sądzę, że nie powinniśmy robić z chodzenia do kościoła przedmiotu umowy. Ale, oczywiście, zawsze z przyjemnością pana tam zobaczę.

Nie można tego nazwać uroczystymi zaręczynami, ale było to już coś i powiadam wam, że cały tydzień czekałem na to niedzielne nabożeństwo, co było dla mnie czymś niezwykłym, bo w czasach, gdy mieszkałem u wielebnego Pendrake'a, nienawidziłem tych okazji jeszcze bardziej niż szkoły.

Tymczasem zły los sprawił, że nigdy już nie zobaczyłem Dory Hand żywej.

Przez cały tydzień nie chodziłem do Variétés, wstydząc się, że zostałem przyłapany na przeinaczaniu faktów. Naprawdę chciałem, bez względu na to, jaki charakter przybierze nasz związek w przyszłości, i niezależnie od tego, jak słaby miałby on być z jej strony, żeby wydobył on ze mnie wszystko, co najlepsze. Postanowiłem w następną niedzielę słuchać kazania, nie popisywać się tym, ile daję na tacę, i nie rozpychać się wśród wiernych. To mogłoby się stać początkiem mojej transformacji w kogoś lepszego, a przynajmniej tak wtedy myślałem.

Teraz muszę zrobić coś, co może się wydawać objazdem, ale okaże się, że tak nie jest. Wśród awanturników, którzy w owym czasie ściągali z Teksasu na miejsca spędu bydła w Kansas, był niejaki Jim Kennedy i przepraszam za wyrażenie, ale nie ma na niego lepszego określenia jak parszywy młody sukinsyn. On sam przestawał z kowbojami z Równin, ale jego tata, Mifflin Kennedy, był wspólnikiem Richarda Kinga, właściciela największego wtedy i teraz rancza na świecie, o powierzchni większej od niejednego małego kraju. Bogaty, młody i przystojny Kennedy robił właściwie wszystko, co chciał, a jeżeli się to ludziom nie podobało, strzelał do nich, jeżeli byli nieuzbrojeni, a najchętniej, kiedy się do niego odwrócili plecami. Tak się zachowywał gdzie indziej, ale jak tylko pokazał się w Dodge, nosząc wbrew prawu rewolwer, natychmiast wezwałem Wyatta Earpa. Wyatt najpierw palnął bezczelnego łobuza lufą pistoletu, a potem wsadził go do aresztu. A miesiąc później marszal Charlie Bassett aresztował go powtórnie za awanturnictwo.

Kennedy, który szedł przez życie, nie napotykając sprzeciwu wobec swoich zachcianek, oburzył się na takie potraktowanie i poszedł na skargę do burmistrza, wspomnianego już Psa Kelleya, będącego również właścicielem saloonu Alhambra, na najbardziej ruchliwym odcinku Front Street. Pies nie przejął się Kennedym, który kazał swoim ludziom nazywać się Ćwiekiem, jakby był jakimś twardzielem, a nie zawołanym tchórzem, i zapowiedział mu, że jak następnym razem przeskrobie coś w Dodge, stróże prawa nie będą dla niego tak łagodni.

Kennedy był zbyt tchórzliwy, żeby zmierzyć się z kimś równym sobie, ale rzucił się z pięściami na starszego i szczupłego Kelleya, który jednak spuścił mu takie lanie, że Kennedy ledwo opuścił miasto o własnych siłach, przysięgając, że się odegra.

Ze względu na jakieś schorzenie, nie mające nic wspólnego z tym drobnym incydentem, burmistrz udał się do wojskowego szpitala w pobliskim Forcie Dodge i na czas swojego tam pobytu udostępnił swój niewielki dom dwóm wybitnym artystkom, pannie Fanny Garretson z teatru Comique i pannie Dorze Hand. To tam właśnie odprowadziłem tę ostatnią po kościele, co pozwala nam wrócić do tematu.

Około czwartej rano w następny piątek tych mieszkańców hotelu Western, którzy nie byli zbyt pijani, żeby się ocknąć, obudziły cztery wystrzały dobiegające z uliczki za hotelem. Wyatt Earp i młodszy brat Bata, Jim Masterson, mający tego dnia służbę patrolową, przybiegli na miejsce wypadku.

Drzwi do małego domku Psa Kelleya były podziurawione kulami. W środku Wyatt i Jim znaleźli Fanny Garretson w koszuli nocnej, na podłodze, roztrzęsioną i zapłakaną. W łóżku Kelleya leżała Dora Hand, zabita strzałem w białą pierś.

Jakiś nocny marek, słysząc strzały, wyjrzał na ulicę i zobaczył Jima Kennedy'ego wyjeżdżającego z miasta na złamanie karku. To musiał być on. Chciał zabić burmistrza Kelleya i strzelał nad ranem przez drzwi, nie wiedząc, że Psa nie ma w domu, a zamiast niego są dwie kobiety.

Nie będę opisywał swoich uczuć, kiedy usłyszałem tę okropną wiadomość, powiem tylko, że wszystkie moje impulsy, żeby się wznieść na wyższy poziom moralny, zostały zapomniane wraz ze śmiercią tej uroczej, bogobojnej, uczęszczającej do kościoła młodej damy. Myślałem tylko o tym, żeby przelać krew Kennedy'ego, ale w dążeniu do tego celu miałem wielu konkurentów. Cała męska ludność Dodge błagała Bata, żeby włączył ich do obławy, którą zorganizował, ale mając już Wyatta Earpa, Charliego Bassetta i Billa Tilghmana, Bat odmawiał drobniejszym płotkom.

Na moje nalegania odpowiedział z tym swoim lekkim uśmieszkiem, który miał dla mnie nawet w takich chwilach.

– Przykro mi, Jack – mówi – ale to jest robota dla zawodowców.

– Możesz mnie zrobić swoim zastępcą!

– Posłuchaj, Jack – mówi Bat – nie chciałbym cię urazić, ale cokolwiek robiłeś, zanim się poznaliśmy, to w Dodge zajmujesz się wyłącznie nalewaniem whisky. Czy ty w ogóle masz jakąś broń? Albo konia, jeżeli o to chodzi? Ludzie Kennedy'ego będą chcieli mu pomóc. Jest ich w mieście ze dwa tuziny i ktoś mówił, że już siodłają konie.

– Niechby nawet cały Teksas próbował ratować tego skunksa – mówię, dysząc zemstą. – To nie jest bitwa pod Alamo. Ta dama, którą zabił, była moją dobrą przyjaciółką.

Bat przymrużył prawe oko.

– Cóż, Jack, wielu mężczyzn może to powiedzieć. Miałem nadzieję, że nie była to uwaga na temat jej prowadzenia się, bo tego bym nie zniósł nawet od Bata Mastersona.

– Do diabła, Bat – mówię – ja muszę go dopaść.

Bat przestał się uśmiechać.

– Jack – powiada – nigdzie nie jedziesz.

Co miałem począć w tej sytuacji? Do dziś żałuję, że nie pożyczyłem albo nie ukradłem konia (choć za to drugie można było zawisnąć na stryczku), nie pojechałem za Kennedym i nie zabiłem go, najlepiej w sposób nie tak miłosierny jak strzał w głowę. Bat i jego grupa pościgowa słynnych rewolwerowców wytropiła bowiem drania i ujęła go, raniąc tylko w rękę. Sprowadzili go i postawili przed sędzią, który wypuścił go z braku dowodów!

Pamiętacie pewnie, że Jack McCall, który z zimną krwią zamordował Dzikiego Billa, został zwolniony przez pierwszą ławę przysięgłych, i że Walker, który dał Wagnerowi broń, użytą do zabicia Eda Mastersona, też został wypuszczony na wolność. Jeżeli więc myślicie, że na dawnym Zachodzie sprawiedliwość była w większym poważaniu niż w waszych czasach, to się mylicie.

Bogaty tatuś Jima Kennedy'ego zjawił się osobiście i zabrał go do Teksasu, gdzie chroniła go cała armia kowbojów i gdzie jeszcze paru ludziom strzelił w plecy, aż wreszcie wybiła i jego godzina, i ktoś, niestety nie ja, załatwił tego podłego sukinsyna.

Dora Hand miała najokazalszy pogrzeb w historii Dodge.

Co do mnie, to miałem już dość tego miasta i byłem gotów do dalszej drogi, tylko nie wiedziałem dokąd. Zgromadziłem pewną sumę pieniędzy, które właściwie powinienem zawieźć pani Agnes Lake Thatcher Hickok do Cincinnati w zastępstwie tego zgubionego rulonu, który mi wręczył Bill, ale – pomyślcie o mnie, co chcecie – nie dojrzałem jeszcze do tej decyzji. Tymczasem Bat Masterson zlecił mi zadanie specjalne, które zmusiło mnie do zmiany kierunku i ponownego spotkania z Indianami.

5. LUDZIE W HOOSEGOW

Nie wspominałem od pewnego czasu o Czejenach – to znaczy o tym, co się z nimi działo po wielkiej bitwie nad Tłustą Trawą – ale z tego nie wynika, że znikli z powierzchni ziemi, jak by sobie tego życzyło wielu białych. Oni, a także ich sojusznicy Siuksowie i Arapaho po walce z Custerem rozdzielili się na wiele grup i rozsypali po terytoriach Montany i Dakoty. Wrodzy Indianie nie zaprzestali walki i w pewnym momencie podeszli nawet pod Deadwood i Smukłe Szczyty, ale trzej generałowie, zwani przez nich Trzy Gwiazdy (Crook), Niedźwiedzi Płaszcz (Miles) i Chora Ręka (Mackenzie), rozbili ich w proch, wszystkich z wyjątkiem Siedzącego Byka, który wylądował w Kraju Babci (Kanada) – i nawet wielki Oglala Szalony Koń poddał się i zgłosił w agencji, gdzie niebawem rozstał się z życiem w bójce, wyjaśnienie której zależało nie tylko od rasy wyjaśniającego, ale także od przynależności do określonej frakcji w obrębie tej rasy. Nie było mnie przy tym, nie mam więc na ten temat nic do powiedzenia, może jedynie to, że w sprawę zamieszany był albo jego najbliższy przyjaciel, albo najgorszy Judasz, niejaki Mały Wielki Człowiek. Nie byłem to ja, tylko inny Oglala, i jego imię, chociaż tłumaczy się tak samo, pochodziło z języka Siuksów, a moje z czejeńskiego. Zdaje się, że już o tym mówiłem, ale ludzie nie zawsze słuchają i potem takie rzeczy mylą. Jeżeli trudno wam zrozumieć różnicę, pomyślcie, jak w Europie, dokąd udałem się z pokazem Cody'ego (o czym wkrótce), pewna Francuzka powiedziała Pertygrandum czy coś takiego na Małego Wielkiego Człowieka, a w Niemczech jakiś wąsaty i obwieszony medalami książę powiedział mi, że w jego języku to brzmi jak Klynergrossman. To samo imię, różne języki.

Tępy Nóż, uważany przez niektórych za największego wodza czejeńskiego, poddał się wreszcie wiosną siedemdziesiątego siódmego roku i natychmiast tego pożałował, bo on i jego ludzie, chociaż byli Czejenami Północnymi, zostali dołączeni do swoich południowych kuzynów w rezerwacie na Terytorium Indiańskim, które później stało się stanem Oklahoma, ale przez takich jak ja było nazywane Narodami od innych plemion, które tam mieszkały, wypędzonych przed laty z ich naturalnych ojczyzn na południowym wschodzie, takich jak Czirokezi i inni.

Kiedy się zastanowić, jak władze traktowały Indian, a rzadko traktowały ich lepiej niż absolutnie podle, dostrzega się chwilami przebłysk wspaniałego pomysłu w rodzaju: Dlaczego ci ludzie nie mieliby się ucieszyć z połączenia w jedną wielką, szczęśliwą rodzinę Czejenów? Mogła również pojawić się myśl, że taki związek osłabi wojowniczość Indian z Północy, bo ci z Południa zostali już od pewnego czasu spacyfikowani.

Niezależnie od powodów, dla których ich tam skierowano, ludzie Tępego Noża uznali, że miejsce nie nadaje się do życia. Zwierzynę dawno przepłoszono, a zresztą nie mieli polować, tylko dostawać przydziały żywności od rządu, które zwykle były niewystarczające z powodu korupcji, znanej od niepamiętnych czasów wśród tych, którzy mają dostęp do funduszy publicznych. Również teren i klimat – na co Indianie, żyjący w tak ścisłym związku z przyrodą, są bardzo wrażliwi – okazały się na tych gorących i wilgotnych nizinach zupełnie nieodpowiednie dla ludzi od dawna mieszkających w okolicach podgórskich. Czejenowie Północni zapadali na całkiem do tej pory nie znane wśród nich choroby. Nie wspominając o śmiertelnej chorobie wynikającej ze zbyt wielu klęsk.

I tak po roku wyszli z rezerwatu i skierowali się na północ, co było surowo zabronione, ruszył więc za nimi oddział wojska i rozpoczęła się długa wyprawa, w czasie której około trzech setek Czejenów, w czym tylko od sześćdziesięciu do siedemdziesięciu wojowników, przez wiele tygodni i na odcinku setek mil odpierało nieustanne ataki armii amerykańskiej.

Straciłem wszelki kontakt z ludźmi, którzy byli mi bliższi niż przedstawiciele mojej naturalnej rasy, bo spędziłem z Indianami te lata, w których człowiek chłonie większość tego, co będzie mu towarzyszyć przez całe życie, a mój pobyt w grupie Skóry Ze Starego Szałasu był bardziej nasycony wydarzeniami niż wszystkie okresy wśród białych, łącznie z tym, który przeżyłem z żoną i dzieckiem, choć trwał zaledwie parę lat, i poza tym, jak już wspominałem, Olga była Szwedką i chociaż mówiła po angielsku pewnie lepiej ode mnie, to myślała, jak sądzę, w swoim ojczystym języku, z którego nie nauczyłem się ani jednego słowa poza toastem „skoal", przepijanym do wszystkich ładnych dziewczyn.

Prawdę mówiąc, wolałem nie myśleć o sytuacji Indian, która po zwycięstwie nad Custerem była dla nich jednym pasmem klęsk, bo nie mogłem nic dla nich zrobić. Odkąd powiedziałem Dzikiemu Billowi Hickokowi, że byłem świadkiem bitwy nad Little Bighorn, a on mi nie uwierzył, nie wspominałem o tym nikomu, bo doskonale wiedziałem, że gdyby mi ktoś uwierzył, musiałby przyjąć do wiadomości fakt, że uratował mnie jeden z tych Indian, którzy wycięli w pień wszystkich znajdujących się tam białych, a coś takiego trudno było wtedy ludziom wytłumaczyć.

Ale potem nagle pojawiła się szansa. W połowie września siedemdziesiątego ósmego roku wędrujący na północ zbiegli z rezerwatu Czejenowie znaleźli się w odległości dwudziestu mil od Dodge City, napadając na małe osady i rancza, a także zabijając kuriera z pocztą, który pechowo się na nich natknął. Wzbudziło to lokalną panikę, wystarczająco silną, żeby oderwać mieszkańców od picia, hazardu i ladacznic, a że w pobliskim forcie żołnierzy było tyle co nic, wezwano posiłki, podczas gdy tymczasem skrzyknęli się cywilni ochotnicy, żeby ratować stolicę cywilizacji przed barbarzyńcami.

Ja nie wziąłem udziału w tej wyprawie. Wciąż nie mogłem dojść do siebie po śmierci Dory Hand. Gdyby Bat pozwolił mi uczestniczyć w pościgu za Jimem Kennedym, ten ostatni by nie żył. Tak więc Kennedy uniknął kary i wrócił do Teksasu, ale Czejenom nie pozwalano na powrót do ich kraju, który im odebrano. Nie dostrzegłem w tym żadnej sprawiedliwości, pozostałem więc na swoim stanowisku za barem, nalewając whisky tym licznym, którzy pozostali w mieście, bo mówiąc, że w odruchu obrony miasta całkowicie zrezygnowano z występków, wyraziłem się nieprecyzyjnie. Jeżeli chodzi o picie, to byli tacy, którzy by nie przerywali nawet wtedy, gdyby ich w tym czasie żywcem skalpowano.

Niebezpieczeństwo wkrótce ustąpiło, bo Indianie przesunęli się dalej na północ, i wydawało się, że to kończy sprawę lokalnie, ale w lutym następnego roku Bat wpadł któregoś dnia do Samotnej Gwiazdy i powiedział mi, że gubernator stanu Kansas polecił mu odebrać z Fort Leavenworth pół tuzina więzionych tam przez wojsko Czejenów, żeby postawić ich przed cywilnym sądem okręgu Ford za zbrodnie popełnione w okolicach Dodge.

Wiadomość ta bardzo mnie poruszyła. Ci Indianie najpewniej zostaliby zlinczowani, gdyby sprowadzono ich tutaj jako zwykłych przestępców.

– Kogo bierzesz ze sobą? – spytałem Bata, a on wymienia kilku pomocników, w tym swojego brata Jima i Charliego Bassetta. – Czy któryś z was zna ich język?

– Ja nie – mówi Bat.

– Przydałby ci się tłumacz.

– Ty? – pyta Bat z tym swoim krzywym uśmieszkiem.

– Do licha, Bat – mówię. – Potraktuj mnie choć raz poważnie. Ja naprawdę mówię po czejeńsku. – I zatrajkotałem w tym języku.

Uśmiechnął się szerzej, wychylił szklaneczkę whisky i poprawił melonik.

– Posłuchaj, Jack. Skoro sam nie znam tego języka, to skąd mogę wiedzieć, że to, co powiedziałeś, było po czejeńsku?

– Czy mógłbym okłamać Bata Mastersona?

Powtórzę jeszcze raz, że Bat miał mniej przewrócone w głowie niż inni w tamtych czasach, ale pochlebstwo działało czasem i na niego.

– Dobrze – powiada – ale nie mogę ci nic zapłacić. Tylko zwrot kosztów.

Zgodziłem się na taką umowę, mimo że oznaczało to również utratę mojej płacy w Samotnej Gwieździe, były to bowiem czasy przed płatnymi urlopami i zwolnieniami lekarskimi, ale ja miałem odłożoną sumkę, o której już wspominałem, i nie robiłem tego z myślą o zarobku.

I tak ja, Bat oraz czterech pomocników pojechaliśmy do Fort Leavenworth, gdzie wojsko przekazało nam siedmiu czejeńskich więźniów. Byli okutani w swoje koce, a ich mroczne oblicza nie zdradzały żadnych uczuć mimo nieprzyjemnej sytuacji, w jakiej się znajdowali. Mieli kajdany na rękach i nogach. To na podstawie takiej powściągliwości w okazywaniu emocji biali uważali czerwonoskórych za pozbawionych uczuć innych niż żądza krwi. Tymczasem prawda była taka, że Indianie nie chcieli dać wrogom satysfakcji przez ujawnienie swojego cierpienia.

Wróciliśmy do Dodge pociągiem, zajmując pół wagonu, a ponieważ Czejenowie nie sprawiali żadnych kłopotów, strażnicy prawa większość czasu poświęcali powstrzymywaniu ciekawskich pasażerów i odpędzaniu wzburzonych tłumów, które zbierały się na licznych stacjach, aby wyciągnąć z pociągu i powiesić bezbronnych teraz wojowników. Na podstawie swojego przeszło stuletniego doświadczenia mogę stwierdzić, że najbardziej żądni zemsty są zwykle ci, którzy sami nie doznali żadnej szkody od osoby będącej przedmiotem ich nienawiści: możliwe, że czują się dotknięci brakiem zainteresowania ze strony tych, którzy robili okropne rzeczy innym, nie znanym im nawet ludziom.

Bat Masterson sprawdzał się najlepiej w sytuacjach, kiedy mógł wykorzystać swój osobisty autorytet, nie stosując siły ani nawet nie grożąc jej użyciem, nawet nie podnosząc głosu bardziej, niż to było konieczne, kiedy stał w drzwiach wagonu i zwracał się do tłumu na platformie. Ta metoda sprawdzała się na większości stacji, ale w Lawrence agresja tłumu osiągnęła taki poziom, że Bat musiał ogłuszyć najbliżej stojącego, który jednak okazał się miejscowym marszalem, wobec czego Bat wylądował w areszcie. W końcu jednak dotarliśmy do Topeki, gdzie oczekiwał nas tysiąc ludzi i kryty wóz do przewiezienia więźniów na noc do aresztu, co odbyło się wśród wrzasków i przepychanek, ale Indianie zostali obronieni przez naszą grupę z Dodge i miejscowych pomocników szeryfa z okręgu Shawnee.

Ponieważ jak dotąd nie było takiej potrzeby – robili to, co im kazano – nie odezwałem się do Czejenów ani słowem, nie zważając na to, co Bat mógł sobie pomyśleć o moim milczeniu, a powód był taki, że żaden z nich by mi nie uwierzył, gdybym się odezwał w ich własnym języku. Z ich punktu widzenia należałem do wrogów, przez których byli więzieni. W ich rozumieniu nie miałoby najmniejszego sensu, gdybym żywił do nich przyjazne uczucia. Jeśli tak było, to dlaczego ich nie uwolniłem? Miałem z tym prawdziwy kłopot i podczas gdy policjanci powstrzymywali tłumy, ja usiłowałem znaleźć jakieś rozwiązanie.

Wymagało to wielkiej delikatności. Na pewno nie mogłem okazać żadnej moralnej słabości. Postanowiłem zacząć od tego, którego imię tłumaczyło się jako Dzika Świnia. Obok Tępego Noża był on głównym wodzem tych, którzy wywędrowali na północ z Narodów. Powiedziano nam, że w Forcie Leavenworth pchnął się nożem i ma nie wyleczoną ranę, ale nikt teraz nie kazał mu odchylić koca, żeby ją obejrzeć.

W normalnych czasach samobójstwo było wśród Czejenów czymś niezwykłym, chociaż Bat opowiadał w związku z tym, że kiedy w siedemdziesiątym czwartym został wraz z innymi łowcami bizonów napadnięty przy Murach Adobe przez bandę Quanaha Parkera złożoną z Komanczów, Kiowa, Arapaho i Czejenów Południowych, młody wojownik

107

tych ostatnich, imieniem Kamienne Zęby, strzelił sobie w głowę, kiedy został ciężko ranny dwoma pociskami z wielkiej strzelby na bizony Sharpsa.

Fakt, że Dzika Świnia nie odebrał sobie życia, mógł świadczyć, że wcale o to mu nie chodziło, bo jako doświadczony wojownik na pewno umiał się posługiwać ostrym narzędziem. Na wszelki wypadek indiańscy więźniowie w areszcie okręgu Shawnee nie otrzymali żadnych przyborów do pokrojenia już z wyglądu twardego mięsa, którym ich karmiono, i nie próbowałem przerywać Dzikiej Świni, kiedy przeżuwał swój posiłek, z apetytem jak i cała reszta, z czego wywnioskowałem, że przynajmniej chwilowo postanowił pozostać wśród żywych.

Dla wygody strażników siedmiu Czejenów trzymano w jednej dużej celi, używanej zwykle jako tymczasowy areszt dla pijaków, i wszyscy siedzieli na podłodze, nie odzywając się nawet do siebie, w każdym razie nie wtedy, kiedy byli obserwowani, a byli prawie przez cały czas ze względu na obawę samobójstwa.

Chciałem im coś podarować, ale byłem mocno ograniczony w swoich możliwościach. Ulubione dary, takie jak mąka, kawa i inne rzeczy do jedzenia, na nic by im się teraz nie przydały, bo wymagały gotowania, a palić im nie pozwalano ze względu na możliwość pożaru, odpadał więc i tytoń.

W końcu, znając tę słabość Indian, wybrałem cukier. Kupiłem w sklepie głowę cukru, kiedy poszliśmy z Batem do miasta na obiad, a po powrocie poprosiłem strażników w więzieniu, żeby pozwolili mi porozmawiać z więźniami, na co się zgodzili, rozbroiwszy mnie najpierw z wszelkiej broni.

Żaden z Czejenów nie zwrócił na mnie najmniejszej uwagi, kiedy wszedłem do celi, wszyscy patrzyli prosto przed siebie, zawinięci w swoje brudne koce. Nie mieli na sobie piór ani innych ozdób i żaden z nich nie wyglądał młodo. Ludzie innej rasy niż wasza – niezależnie od tego, do jakiej należycie – zawsze wydają się do siebie podobni, co wszyscy wiedzą, ale nie lubią, kiedy się to stosuje do ich własnego typu. Kiedy się jednak żyje wśród innych, natychmiast zaczyna się ich rozróżniać jak swoich, a potem, kiedy się od nich odejdzie, różnice znów się zacierają. Mówię tak, bo to samo i mnie się zdarzyło. Kiedy odebraliśmy tych ludzi w Leavenworth, nie rozpoznałem żadnego z nich, co przy wszystkich moich bliskich związkach z Czejenami nie było dziwne, gdyż grupa Skóry Ze Starego Szałasu przeważnie wędrowała osobno, z powodów, które wcześniej wyłuszczyłem, i nie trzymała się zbyt blisko z innymi, poza specjalnymi okazjami, jak w wiosce Czarnego Kotła nad Washitą i potem nad Tłustą Trawą, przy czym w obu wypadkach zostaliśmy napadnięci przez Custera. A w wielkich zgromadzeniach z udziałem tysięcy nie poznaje się zbyt wielu osób, tak samo jak podczas wizyty w St. Louis lub Chicago.

Kiedy jednak teraz wszedłem do celi więziennej i spojrzałem na Dziką Świnię, nagle dostrzegłem coś, czego nie widziałem wcześniej – wydało mi się, że rozpoznaję w nim jednego z chłopców, z którymi wychowywałem się w dzieciństwie. Bawiliśmy się razem małymi łukami i strzałami, konikami zrobionymi z drewna lub z gliny i wraz z innymi siadaliśmy wokół Skóry Ze Starego Szałasu, żeby słuchać przykładnych opowieści o wielkich wydarzeniach z przeszłości Czejenów, takich jak ta o Małym Człowieku, po którym otrzymałem imię, kiedy dobrze się spisałem w wyprawie po konie Kruków. Jednak dwie rzeczy mnie zastanawiały: po pierwsze, jeżeli go znałem jako chłopaka, to gdzie się podziewał później? Bo dołączałem do grupy jeszcze parokrotnie, byłem z nimi nad Washitą, ale nie pamiętam, żebym widział Dziką Świnię. Nie wspominając już o tym, że skoro w tym samym czasie byliśmy chłopcami, to jak to się stało, że on wygląda tak staro, podczas gdy ja uważałem się za człowieka wciąż jeszcze całkiem młodego. To ostatnie powiedziałem, żeby was rozśmieszyć, bo w owych czasach uważano mnie za dość starego, zbliżałem się do czterdziestki i miałbym przed sobą jakiś rok życia, gdybym był równie nieostrożny jak Dziki Bill i grał w karty, siedząc plecami do drzwi.

Powiem wam o Indianach jedną rzecz: w pewnych sprawach najlepiej mówić od razu, o co chodzi, kiedy na przykład człowiek jest głodny albo zziębnięty, musi oddać mocz albo ma jakąś inną potrzebę naturalną, trzeba to po prostu powiedzieć. Etykieta tego nie zabrania. Jednak o pewnych sprawach, takich jak czas, nie rozmawia się otwarcie nawet między członkami rodziny i osobami bliskimi, bo to może być niegrzeczne. Próbując zrozumieć, dlaczego tak się dzieje, pomyślałem, że czas należy do wszystkich i do wszystkiego i nikt i nic nie ma prawa przywłaszczać sobie żadnej jego części, tak więc kiedy ktoś mówi o przeszłości tak, jakby istniała właśnie jedna jej wersja, na którą wszyscy się godzą, można go potraktować jak człowieka, który kradnie ducha innych ludzi, co u Czejenów zawsze było surowo wzbronione. Mogłeś strzelić do człowieka i umierającemu zedrzeć skalp, ale jeżeli poczułeś do niego w tej sytuacji litość, to chciałeś mu również ukraść ducha, a to już było nie w porządku.

Tak więc, czy Dzika Świnia był dorosłą wersją chłopca, którego kiedyś znałem, czy nie, to nic o tym nie wspomniałem. Zamiast tego przykucnąłem, odwinąłem z papieru głowę cukru i wręczyłem mu ją. Nie powiedziałem, że to prezent dla wszystkich, bo to również byłoby nietaktem. Indianie instynktownie dzielą się wszystkim, co dostają, z wyjątkiem whisky.

Dzika Świnia przyjął prezent, nie patrząc ani na mnie, ani na cukier.

– Będę mówił za ciebie, kiedy tylko zechcesz coś powiedzieć Amerykanom – odezwałem się do niego po czejeńsku.

Spojrzał na mnie swoimi czarnymi błyszczącymi oczami.

– Czy możesz mi powiedzieć, dlaczego nas tu trzymają? Nikt ich nawet nie poinformował, za co zostali aresztowani.

– Biali ludzie z Kansas postawią was przed sądem za morderstwo i używanie kobiet bez ich zgody. – Dzika Świnia wzruszył ramionami pod swoim czerwonym kocem i nic nie powiedział, ale niektórzy inni zaszemrali. – Możecie nie przyznawać się do tych rzeczy, niezależnie od tego, czy je robiliście czy nie. Nie można was zmusić, żebyście mówili na swoją szkodę.

– W tym nie ma sensu – mówi Dzika Świnia.

Spróbowałem mu to wytłumaczyć, chociaż nie byłem prawnikiem.

– Amerykanie przywieźli to z wyspy Babci, skąd większość z nich początkowo przyjechała. Nie możesz mówić na swoją szkodę, bo twoi wrogowie mogli to z ciebie wymusić torturami. – Zauważyłem, że mówię jak do ściany: Czejenowie nie mieli nic przeciwko torturom, które wydawały im się czymś normalnym. – Uwierz mi na słowo. Nie ma znaczenia, czy popełniliście te zbrodnie czy nie. To oni muszą udowodnić, że jesteście winni. Możecie w ogóle nic nie mówić.

Dzika Świnia ściągnął brwi, sieć zmarszczek pokryła jego wysmaganą wiatrami twarz.

– Ja nic nie powiedziałem, ci inni też, a jednak tu jesteśmy.

– Mówienie czegoś nie ma nic wspólnego z aresztowaniem. To dotyczy tylko procesu, kiedy staniecie przed sędzią, jednym człowiekiem, który jest wodzem całej sprawy, a może też przed ławą przysięgłych, rodzajem rady, która słucha oskarżeń przeciwko wam i podejmuje decyzję, czy jesteście winni czy nie. Mogą uznać, że nie jesteście winni, i wtedy nie można was ukarać.

Dzika Świnia nadal trzymał białą głowę cukru w swojej ciemnej dłoni. Pokręcił głową.

– Mówisz językiem Ludzi bardzo wyraźnie, trudności nie biorą się więc z tego, jak mówisz. Ja przez całe swoje życie nie potrafię zrozumieć Amerykanów. Wolę teraz tych, którzy są zwyczajnie źli, bo przynajmniej wiadomo, że wszystko, co mówią, to kłamstwa, i że jak się ich nie zabije od razu, to zabiorą ci wszystko, łącznie z życiem. Kłopot jest z tymi innymi. Po co brać do niewoli człowieka, jeżeli potem inni ludzie, zasiadający w radzie, mogą uznać, że nie było powodu, żeby tego człowieka więzić?

– Spróbuj tego cukru – mówię, żeby odwrócić jego uwagę od zadawania pytań, na które nie umiałem odpowiedzieć. Ale to był błąd.

– To nie jest prezent, jeżeli mi mówisz, co mam z nim robić. Widocznie nadal należy do ciebie.

– Chciałem tylko być uprzejmy, tak jak nas zawsze uczył Skóra Ze Starego Szałasu. – Zdawało mi się, że dostrzegłem mały błysk w jego oku, ale nic nie odpowiedział. Muszę tu wyjaśnić, że to, co oddaję po angielsku, nie jest dosłownym tłumaczeniem z czejeńskiego, gdzie nie mówi się „uprzejmy", tylko coś w rodzaju „tak jak być powinno" albo „tak jak człowiek powinien się zachować", ale było prawdą, że Czejenowie przestrzegali dobrych manier i w tym duchu wychowywali swoje dzieci, jeżeli rozumiecie, że to nie musi oznaczać odstawiania małego palca, kiedy się pije z filiżanki, albo poklepywania ust serwetką czy świadomości, że nie ma nic złego w beknięciu sobie po jedzeniu. W odróżnieniu od niektórych znanych mi białych ludzi Czejenowie nie obrzucają obelgami kogoś, z kim łamią chleb, i nie obrażają gościa, który wszedł do ich tipi.

– Świat białych może ci się wydawać niezrozumiały – mówiłem dalej – ale jesteś teraz w ich rękach i musisz się postarać ich zrozumieć. Jest jeszcze jedna sprawa, która może ci się wydać dziwna: zgodnie z prawem muszą ci przydzielić człowieka, który będzie przemawiał w twojej obronie. Nazywa się adwokat. Możesz to uznać za inny przykład ich szaleństwa. Dlaczego ci sami ludzie, którzy cię oskarżają o złe czyny, pomagają ci im zaprzeczać? Ma to swój powód i może kiedyś Ludzie, szczególnie młodzież, będą się o tym uczyć w szkole.

– Mam nadzieję, że nie – mówi Dzika Świnia z wyrazem uporu na twarzy, jakby wyżłobionym w kamieniu, do którego tylko Indianin ma odpowiednie kości twarzy. – Już teraz uczą się za mało o właściwych obowiązkach Człowieka: polowaniu i wojnie.

– Czasy się zmieniły, odkąd ty i ja byliśmy chłopcami – powiedziałem mu. – Wkrótce nie będzie już żadnej zwierzyny, tylko oswojone bydło, a co do wojny, to sam widzisz, że i ona jest sprawą przeszłości, bo nie można jej wygrać.

– Ale można zginąć w walce, jak przystało mężczyźnie.

– Jakoś widzę, że ty nie zginąłeś. – Niczego nie owijałem w bawełnę. Nie robię tajemnicy ze swojej sympatii dla Czejenów, ale w sprawach poważnych zawsze staram się być uczciwy. Nikt nie zaprzeczy, że zwycięstwo niekoniecznie oznacza stuprocentową słuszność moralną, ale to samo można powiedzieć o porażce. Z drugiej strony utarcie człowiekowi nosa nie daje zbytniej satysfakcji, kiedy jest to bezbronny więzień opatulony w koc i siedzący na podłodze w więzieniu zbudowanym na ziemi, na której, jak daleko sięga pamięcią, jego współplemieńcy żyli w warunkach swobody, szybko więc dodałem: – Myślę, że nie zginąłeś, bo gdybyś to zrobił, nie byłoby nikogo, kto troszczyłby się o kobiety i dzieci, a co to byłby za świat bez Ludzi?

Po raz pierwszy spojrzał na mnie, jakbym był kimś zasługującym na jakiekolwiek zainteresowanie.

– Nagle powiedziałeś świętą prawdę – odezwał się zagadkowo. – Jesteś więc znów białym. Robiłeś to przez całe życie.

– Cholera, więc mnie rozpoznałeś! – wykrzyknąłem zaszokowany po angielsku, ale zaraz powtórzyłem to po czejeńsku, bez „cholery", której oni nie mają.

– Widziałem cię, kiedy obaj byliśmy dziećmi – powiada Dzika Świnia. – Trudno nie zauważyć kogoś z czerwonymi włosami i tak bladą twarzą, z wyjątkiem sinych cętek. – Miał na myśli moje piegi, które w dzieciństwie były bardziej widoczne. – Ale mimo twojego wyglądu, kiedy byliśmy chłopcami, uważałem cię za Człowieka.

Jak już mówiłem, nie pamiętam, żebym go widział później, i mógłbym przysiąc, że jako dorosły nie był członkiem grupy Skóry Ze Starego Szałasu. Nie będę się wdawał w to, ile wysiłku włożyłem w wyciągnięcie z niego jego historii, przy indiańskiej niechęci do historii w rozumieniu białych, a także do wścibskich pytań, ale w końcu dowiedziałem się, że był w tym wielkim obozie nad Washitą i widział mnie z daleka, ale nie podszedł, żeby porozmawiać. Nigdy się nie dowiedziałem, dlaczego jego ojciec oddzielił się od grupy, i nie pytałem na wypadek, gdyby to była jakaś delikatna przyczyna w rodzaju kłótni ze Skórą Ze Starego Szałasu o kobietę, może o jego własną mamusię.

– Ja też cię pamiętam – mówię – ale tylko z dzieciństwa. Byłeś lepszym jeźdźcem ode mnie. – Ja lepiej strzelałem z łuku, ale o tym nie wspomniałem. – Szkoda, że nie porozmawiałeś ze mną, kiedy mnie później widziałeś.

– Dlaczego? – pyta, nagle sztywniejąc, chociaż i przedtem nie był zbyt rozluźniony.

– Dobrze jest podtrzymywać przyjaźń.

– Ty nie jesteś moim przyjacielem – powiedział Dzika Świnia. – W przeciwnym razie już byś nie żył albo siedziałbyś tu ze mną w więzieniu. Jesteś białym człowiekiem i byłeś nim przez cały czas. Jak tylko podrosłeś wystarczająco, że mogłeś uciec od Ludzi, zrobiłeś to.

– To dlaczego wróciłem i ożeniłem się z kobietą spośród Ludzi, miałem z nią dziecko i żyłem z grupą Skóry Ze Starego Szałasu, a potem byłem w obozie nad Washitą, kiedy napadli nań żołnierze?

– Nie spodziewaj się ode mnie odpowiedzi na takie pytania – powiedział Dzika Świnia, ale jego mina zdradzała, że dałem mu do myślenia. Indianie dużo rozmyślali, wbrew temu, co można by sądzić na podstawie ich trybu życia, jeżeli myślenie jest odpowiednią nazwą czynności, która wykorzystuje nie tylko rozum, ale nawet może przejść w sen.

– Prawda jest taka, że mam, oczywiście, białą skórę, miałem białą matkę i białego ojca, długo żyłem wśród białych i żyję wśród nich teraz. Ale żyłem też i walczyłem jako Człowiek.

– Powinieneś się zdecydować, kim jesteś – mówi Dzika Świnia, wreszcie stawiając głowę cukru na podłodze obok siebie. – Nie możesz być jednym i drugim, a ja nie mogę uważać za przyjaciela kogoś, kto należy do tych, którzy wyrządzili nam tyle zła.

– To dlatego, że nie widzisz tego, czego nie możesz dotknąć. – W ten sposób zarzuciłem mu, że jest słabego ducha. To bardzo poważny zarzut pod adresem Indianina i on to wiedział. – Ludzie zabili mojego ojca, i to nie w prawdziwej walce, tylko dlatego, że wpadli w szał po wypiciu whisky. Co można zrobić dziecku gorszego jak zabić mu ojca? A jednak żyłem wśród nich z własnej woli jako chłopak i później jako dorosły.

Widziałem, że ten argument do niego przemówił, ale był dumnym człowiekiem w poniżającej sytuacji i to ja miałem nad nim władzę, nie oczekiwałem zatem przeprosin ani ciepłego gestu, zmieniłem więc temat, żeby zmierzać do swojego celu.

– Możesz mi wierzyć albo nie, ale chcę ci pomóc. Prawo białego człowieka ma dużo wspólnego ze słowami. Im lepiej je rozumiesz, tym więcej masz siły, żeby się bronić. Ludzie, którzy ustalają prawa, wiedzą o tym i dlatego często zapisują je w taki sposób, żeby nikt poza nimi ich nie rozumiał. – Ale teraz wkraczałem na teren całkowicie dla niego obcy. Czejenowie w najmniejszym stopniu nie posiadali tej cechy wyższej cywilizacji, która decyduje, że oszustwo stanowi zasadniczy element stosunków między ludźmi, i jedyny sposób, żeby wyjść na swoje, to być równie chytrym jak ci, z którymi współzawodniczysz, czyli wszyscy. – Ten adwokat, o którym mówiłem wcześniej. Muszą go wam przydzielić, ale pewnie nie będzie znał waszego języka, a tłumacz, którego znajdą – bo to też do nich należy – może tłumaczyć źle. Pewnie wiesz o kłopotach, jakich Frank Grouard narobił Szalonemu Koniowi?

– Szalony Koń, chociaż Oglala, miał żonę z plemienia Ludzi – stwierdził wyniośle Dzika Świnia.

Uznałem, że dobrze wie, o czym mówię, bo Indianie bez poczty, telegrafu czy służby semaforowej – nie wierzcie w te sygnały dymne, którymi można przekazywać skomplikowane wiadomości – zawsze wiedzą o wszystkim, co ich dotyczy, choć nie potrafię wyjaśnić w jaki sposób. Wiem tylko, że w przypadku Skóry Ze Starego Szałasu działo się to za pośrednictwem snów. W każdym razie nawiązywałem do błędu, jaki popełnił Grouard, mieszaniec służący jako zwiadowca przy wojsku, kiedy tłumaczył słowa Szalonego Konia do białego oficera, błędu, za który Szalony Koń zapłacił życiem, tyle że Grouard zrobił to umyślnie, bo to był zły człowiek.

– Mam nadzieję, że wyraziłem się jasno – powiadam. – Zrobię dla was, co będę mógł. Będę słuchał wszystkiego, co mówią Amerykanie, i przekażę wam to. Dopilnuję też, żebyście dostali dobrego adwokata. Jak władze będą chciały dać wam niedobrego, sam opłacę innego.

Składając takie obietnice, podziwiałem jednocześnie własną szlachetność – nie ze względu na pieniądze, ale głównie dlatego, że przy oskarżeniu Czejenów o zbrodnie w okolicy i świeżej pamięci masakry Custera każdy biały, który nie byłby za ich powieszeniem, ryzykował, że sam zawiśnie.

Dzika Świnia ściągnął mnie z obłoków.

– Rób, co uważasz za stosowne dla siebie, ale nie myśl, że robisz coś dla nas.

Tak się złożyło, że jedynym miastem, w którym nie witał nas wrogi tłum, było Dodge, gdzie ludzie mieli lepsze rozrywki, czyli whisky, hazard i ladacznice. Nikt też nie zwrócił najmniejszej uwagi na wizytę, którą złożyłem oczekującym na proces Indianom w więzieniu okręgu Ford, ale na wszelki wypadek, gdyby ktoś się zainteresował w jakiś nieprzyjemny sposób, uzbroiłem się w peacemakera, którego zatknąłem sobie za pas. Nagle na ulicy natknąłem się na pomocnika marszala Earpa.

Spojrzał na broń, a potem na mnie.

– Czemu to robisz? – spytał.

Zbyt długo się zastanawiałem, o co mu chodzi, a chodziło o zakaz noszenia broni w obrębie miasta, i znowu – jak przed laty na pastwisku bizonów – palnął mnie w łeb lufą pistoletu. Tym razem jednak udało mi się nieco odchylić i nie zostałem ogłuszony, tylko potłuczony.

– Niech cię diabli, Wyatt – mówię, bo teraz już się znaliśmy.

– Niech cię diabli, Jack – odpowiada Earp i prowadzi

mnie do urzędnika, który skazał mnie na pięć dolarów za wykroczenie i drugie pięć za stawianie oporu, z czego każdy z nich dostał swoją dolę.

Zaraz potem zdarzył mi się inny nieprzyjemny incydent. Paskudnie rozbolał mnie ząb i w końcu musiałem pójść do dentysty, choć wolałbym dać się oskalpować, ale doktor okazał się dobrym fachowcem. Nie było to całkiem bezbolesne, ale dał mi sporego kielicha whisky, potem sam golnął dwa lub trzy i odwracając się często od swojej pracy, żeby się wykasłać, wyrwał mi chory ząb jednym zdecydowanym szarpnięciem.

Po wszystkim nalał mi jeszcze jednego, sobie też i w rezultacie wdaliśmy się w pogawędkę, jako że żaden inny pacjent nie czekał, i tak zeszliśmy na sprawę zabójstwa panny Dory Hand.

Ten dentysta, między atakami rwącego kaszlu, wspomniał o tłumach na pogrzebie, a potem ze śmiechem dodał, że przyszli chyba wszyscy, którzy z nią spali.

Ze względu na prawo zostawiłem broń w Samotnej Gwieździe, ale uprzedziłem go, że pójdę po nią i wrócę, żeby go zabić.

Biegnąc ulicą, spotkałem nie kogo innego, tylko samego Bata Mastersona, i wiem, że głupio zrobiłem, zwracając się do niego, ale byłem wtedy całkiem skołowany.

– Bat – mówię, dysząc ciężko z powodu biegu i stanu moich uczuć – pożycz mi swoją broń pronto.

On mnie, oczywiście, pyta, po co.

– Nie mogę do tego dopuścić – mówię. – Ta kobieta była świętą. Nie pozwolę, żeby kaszlący, zapijaczony, parszywy sukinsyn kalał jej dobre imię. – Bat wyciąga ze mnie dalsze szczegóły, a ja wściekam się coraz bardziej. – Chodzi o pannę Dorę Hand – mówię. – Tylko dlatego, że występowała jako artystka przed publicznością! Ta zacna dama spędzała każdą niedzielę w kościele. Zabiję go.

– Posłuchaj mnie, Jack – zaczął Bat ostrożnie, pociągając swój długi wąs – nie pożyczę ci broni i nawet, gdybyś ją zdobył gdzie indziej, będziesz musiał najpierw zmierzyć się ze mną. Gdybyś przeczytał tabliczkę na drzwiach tego dentysty, zobaczyłbyś nazwisko John Holliday. Nie wiem, gdzie mieszkałeś do tej pory, że nie słyszałeś o Docu Hollidayu, a oprócz tego... zaczekaj! Zachowujesz się, jakbyś nie wiedział, że zmarła panna Hand była nie tylko znakomitą śpiewaczką i osobą religijną, ale robiła też w życiu inne rzeczy. Nie da się jej zaszufladkować do jakiejś jednej kategorii. Na przykład faktycznie nazywała się nie Dora Hand, tylko Fanny Keenan.

W miarę jak mówił, przechodziłem od morderczego gniewu do, cóż, nie bardzo wiem, jak nazwać ten stan umysłu, powiedzmy do dezorientacji. Nie potrafiłem jeszcze pogodzić się z faktem, że byłem aż tak zwiedziony tym jej anielskim głosem i uroczym wyglądem na scenie, a także wrażeniem, jakie sprawiała w kościele, ale może to nie była cała prawda o niej. Tak więc przynajmniej w tej sprawie możecie mnie nazwać barmanem, który choć raz wiedział mniej niż jego klienci, mnie, który zawsze miałem wysokie wyobrażenie o swoim zdrowym rozsądku.

Zwiesiłem głowę.

– Słyszałem, że Doc Holliday zabił wielu ludzi – mówię. – Jakoś nie dotarła do mnie wiadomość, że jest w Dodge, nie wiedziałem też, że jest dentystą i suchotnikiem.

Bat pociągnął nosem.

– Nie lubię go, ale jak dotąd nic w moim okręgu nie zmalował, a oprócz tego jest przyjacielem Wyatta.

Jeżeli chodzi o przyjaźń, to była moja i Bata, który prawdopodobnie uratował mi życie w tym przypadku, bo Holliday był równie wprawny w zabijaniu pistoletem i nożem jak w wyrywaniu zębów, dalej Bata i Wyatta Earpa oraz Wyatta z Hollidayem. Earp i ja nie przypadliśmy sobie do gustu, podobnie jak ja i Holliday, którego nawiasem mówiąc, nigdy już nie widziałem w Dodge, ale – o czym opowiem w swoim czasie – spotkałem później w Tombstone, tyle że on mnie już wtedy nie pamiętał. Można by pomyśleć, że nietrudno zapamiętać kogoś, kto wybiega z twojego gabinetu, krzycząc, że wróci i cię zastrzeli, ale takie zdarzenia były widocznie czymś powszednim w życiu Doca Hollidaya, który spędzał większość czasu na grze w karty i zabijaniu ludzi, a nie na wyrywaniu zębów.

Wspominałem już, że miałem powyżej uszu tego miasta i byłbym gotów wracać do Indian, gdyby Czejenowie mnie przyjęli, ale spotkanie z nimi w więzieniu okręgu Ford nie zachęciło mnie do tego. Dotrzymałem słowa danego Dzikiej Świni i wynająłem im adwokata, który był tak sprytny, że doprowadził do przeniesienia rozprawy z Dodge City do Lawrence, z powodu możliwości lokalnego uprzedzenia, chociaż, jak mówiłem, nie zauważyłem, żeby w Dodge kogoś to obchodziło, podczas gdy w Lawrence przywitał nas wtedy największy tłum, który pewnie by zlinczował Indian, gdyby Bat nie opanował sytuacji. Może więc pomysł nie był najlepszy? Otóż nie. Jeżeli macie jakieś pojęcie o prawie, sztuka polega na tym, żeby się przenosić z miejsca na miejsce. Nie na darmo adwokaci tyle mówią o wykonywaniu ruchów. Zanim Czejenów sprowadzono powtórnie do Lawrence, jego mieszkańcy zdążyli już zapomnieć o całej sprawie i zajęli się czymś zupełnie innym, tym razem więc Indianie, Bat, jego pomocnicy i ja zajechaliśmy tam, nie wywołując zamieszania. Po kilku jeszcze miesiącach, które Indianie spędzili w więzieniu, i wydatkach dla mnie, obrońca uzyskał umorzenie sprawy z braku dowodów.

W końcu ci Czejenowie wraz z innymi, którzy przeżyli długi marsz na północ z rezerwatu Narodów, uzyskali swój rezerwat nad rzeką Język, niedaleko miejsca, gdzie uczestniczyli w rozgromieniu Custera, można więc powiedzieć, że odnieśli jeszcze jedno zwycięstwo, płacąc, jak zwykle, ogromną cenę.

Dzika Świnia, Stary Kruk, Wielka Głowa i reszta nigdy nie zaczęli okazywać mi większej przyjaźni w czasie tych paru miesięcy, kiedy regularnie przyjeżdżałem do Lawrence, żeby ich odwiedzać, i niczego innego się nie spodziewałem. Starałem się nie myśleć o czerwonoskórych poza tą jedną sprawą, bo mój ograniczony umysł nie potrafił sobie wyobrazić, jak farmerzy i koczownicy mogą zamieszkiwać ten sam teren bez konfliktu ani jaki los czeka pokonanego w tym sporze, a nie będzie nim ten, który zakotwiczył się w jednym miejscu, zbudował dom i zasiał zboże. Jeżeli nawet niektórzy z tych ludzi zostaną zamordowani, to zza wody przypłyną na ich miejsce nowi, nie dając szansy Otom, żeby użyć popularnej wówczas sarkastycznej nazwy, wziętej z wiersza pana Aleksandra Pope'a, który czytałem jako chłopiec z moją przybraną matką, panią Pendrake:

> *Oto biedny Indianin! Z umysłem*
> *nauką nie tkniętym,*
> *Widzi Boga w obłokach, słyszy w wietrze*
> *świętym.*

Niektórzy pismacy nazywali też Siedzącego Byka „Na Pół Leżącym Panem Krową". Nie dość, że Indianie utracili swoją ojczyznę, to jeszcze się z nich wyśmiewano, co było podłe, ale nie dotykało ich tak bardzo, jak moglibyście pomyśleć, bo nie potrafili czytać i większość tego do nich nie docierała, a poza tym mieli całkiem wysokie wyobrażenie o sobie, którego nie podważyło to, że ulegli przeważającej sile.

Z drugiej strony teraz już niektórzy z nich zaczynali rozumieć, że dobrze by było, gdyby ich dzieci nauczyły się poruszać w świecie rządzonym przez białych, a przynajmniej czytać, pisać i rachować – żeby nie dać się tak łatwo oszukiwać handlarzom, urzędnikom państwowym i innym nieuczciwym Amerykanom – chociaż stało to w sprzeczności ze wszystkimi zasadami życia wojownika, żeby zdobyć pewną znajomość umiejętności, dzięki którym biali ludzie regularnie się odżywiają, nie marzną i nie mokną, a mianowicie orki, siania, hodowli bydła, kopania studni, wznoszenia budowli na stałe zakotwiczonych w ziemi, zamiast głodować, kiedy brakuje zwierzyny, cierpieć pragnienie w czasie suszy i marznąć każdej zimy.

Dwie grupy białych ludzi chciały Indianom pomóc. Jedni czynili to z powodów praktycznych, bo jeżeli ktoś nie miał sumienia, żeby ich wytępić do nogi, to co z nimi począć? Drudzy byli to zazwyczaj ludzie religijni, którzy widzieli w czerwonoskórych, podobnie jak w czarnych oraz w żółtych Chińczykach, pracujących przy budowie kolei, swoich stworzonych przez Boga współbraci, co oznaczało, że wszyscy oni powinni być dobrze traktowani i wychowywani na wzór białych. Na wypadek, gdybyście uważali, że powyższa teoria jest wyłącznie wyrazem arogancji, warto pamiętać, że biali dokonali podboju wszystkich tych ludów na całym świecie, na dobre czy na złe, do nich więc prawem silniejszego należała decyzja, i czy to nie lepiej, jeżeli niektórzy wnosili do tego procesu trochę łagodności? Jeżeli kiedykolwiek widzieliście w akcji ludzi pozbawionych sumienia, to wiecie, co mam na myśli.

Niech to posłuży za wprowadzenie do następnej fazy mojego życia. Wszystko zdarzyło się przez ten kościół, do którego chodziła panna Dora Hand. Znalazłem się tam po jej przedwczesnej śmierci, która wywarła na mnie wrażenie nieproporcjonalne do niewielkiego stopnia mojej z nią znajomości, a i tak musiałem w końcu przyznać, że moje wyobrażenie o tej damie było nie całkiem zgodne z rzeczywistością. Jednak kryjące się za tym poczucie wdzięku, dobroci i łagodności, ucieleśnionych w kobiecie, nie zostało zdyskredytowane. Przeszedłem przez to już kiedyś z panią Pendrake i chociaż wtedy moje iluzje także legły w gruzach, i to powodując większy szok ze względu na mój młody wiek, to jednak, kiedy chodzi o pewne przekonania, jestem człowiekiem upartym.

Poszedłem więc w niedzielny poranek do kościoła, nie żeby spotkać kobiety, ale żeby znaleźć się w atmosferze, w której to one dominują, a nie są ladacznicami jak wszystkie moje znajome pracujące w Samotnej Gwieździe. Rzecz jasna w kościele byli także mężczyźni, ale zdawało się, że należeli oni do dwóch kategorii: albo osobników zniewieściałych, dla których kościół był tym, czym saloon dla kowboja, albo kupców, których na nabożeństwo zaciągnęły żony, a oni choć wiedzieli, że chodzi o dobro ich duszy, byli mimo to śmiertelnie znudzeni szczegółami. Prawdę mówiąc, kaznodzieja strasznie nudził, nie dysponując ani barwną retoryką mojego taty, ani podniosłym tonem wielebnego Pendrake'a, zaczerpniętym z Pisma.

Po kilku niedzielach damy z kościoła zaczęły patrzeć na mnie życzliwiej niż za życia panny Hand, a dwie z nich podeszły po nabożeństwie i powiedziały, że są zaszczycone, mogąc mnie powitać w swoim zgromadzeniu, i mają nadzieję ujrzeć mnie w najbliższą sobotę, jeżeli dopisze pogoda, na swoim pikniku z lemoniadą i domowymi wypiekami, połączonym ze zbiórką na szkołę misyjną dla Indian, prowadzoną przez ich macierzysty kościół, którego nie zamierzam wymieniać z nazwy, bo może działa do dzisiaj, a nie chciałbym urazić uczuć jego wyznawców przez to, co tu mówię, co jest prawdą i wcale nie tylko negatywną.

W sobotnie popołudnie stawiłem się zgodnie z zaproszeniem i muszę przyznać, że z wielkim zadowoleniem znalazłem się w otoczeniu dam w bardziej kolorowych strojach niż te, które nosiły do kościoła. Niektóre z nich były naprawdę ładne, a wszystkie demonstrowały dobre maniery, wykonując te drobne gesty paluszkami, nachylając głowy, sznurując usta i spuszczając oczy, co charakteryzuje osoby z wyższych sfer w przeciwieństwie do rozdziawionych gąb, dłubania w nosie i drapania się po tyłku, co oglądałem na co dzień.

Jedna z dam, które mnie zaprosiły, podchodzi i przedstawia się jako pani Homerowa Epps. Była osobą sporych rozmiarów, poszerzoną jeszcze przez swoją wymyślną suknię, i wyższą ode mnie o parę piędzi.

– Mój mąż – powiada – jest prezesem Merchants National.

Tak się nazywał miejscowy bank.

Podałem jej swoje nazwisko, a że wyglądała, jakby czekała na to, że i ja wymienię swój zawód, powiedziałem jej, że w tym towarzystwie muszę przeprosić, ale że pracuję w branży rozrywkowej.

Ona odpowiada mi tolerancyjnym uśmiechem, angażującym najwyżej jeden z jej licznych podbródków.

– Nie musi pan przepraszać, panie Crabb. Zdaję sobie

sprawę, że był pan zawodowo związany z naszą drogą zmarłą Dorą Hand. Kiedy zobaczyłyśmy pana po raz pierwszy, martwiłyśmy się, że reprezentuje pan inne wyznanie i przyszedł tutaj, żeby ją od nas odciągnąć. Ale teraz widzę, że wasze kontakty miały charakter czysto zawodowy. Człowiek nigdy nie wie, jakie wrażenie zrobi na ludziach. Ja tu się obawiam, że zostanę rozpoznany jako barman w skrzyżowaniu tancbudy z burdelem, podczas gdy panie z kościoła niepokoją się, że mogę być przedstawicielem konkurencyjnego wyznania.

– Nasza znajomość miała też charakter osobisty, proszę pani – powiedziałem z namaszczeniem, ale w zgodzie z prawdą. – Panna Hand i ja mieliśmy wspólne zainteresowania duchowe.

Dołączyły do nas inne panie i pani Epps przedstawiła mnie im wszystkim. Nie widziałem żadnych mężczyzn poza kaznodzieją, który wystawił stół z zimnymi napojami, a także swoją wychudłą małżonkę i trójkę czy czwórkę biednie ubranych dzieciaków. Wszyscy oni opychali się ciastem i w odróżnieniu od pani Epps i niektórych innych kobiet wyglądali, jakby bardzo tego potrzebowali, bo składali się głównie ze skóry i kości. Głoszenie Słowa Bożego na Pograniczu nie było najlepszą drogą do bogactwa.

Wszystkie osoby, które ze mną rozmawiały, okazywały żal z powodu śmierci panny Hand i wyrażały nadzieję, że mimo to będę uczestniczył w nabożeństwach. Pewna niewysoka kobieta, ostronosa, z ptasimi oczkami, ubrana w błyszczącą zieloną suknię, przedstawiła się jako żona Johna Teasdale'a i stwierdziła, że chociaż nie jest Dorą Hand, to jednak wszyscy uważają ją za sopranistkę, która powinna występować na scenie.

– Niewątpliwie, proszę pani – mówię na to.

– A zatem – powiada ona – może mógłby mnie pan polecić panu Bellowi z Variétés albo panu Springerowi z Comique.

– Po czym przechyla głowę na bok, zupełnie już jak wróbel, i uśmiecha się zalotnie.

Nie znoszę sprawiać zawodu komuś, kto ma wielkie nadzieje, sam parę razy takie miałem, powiedziałem więc, że pomyślę nad sprawą, co ją na razie zadowoliło. Z tego, co wiedziałem, mogła sobie być najlepszą śpiewaczką na świecie, ale ochłonąwszy z mojego oczarowania Dorą Hand, nabrałem pewności, że żadna stuprocentowo przyzwoita kobieta, a taką niewątpliwie była pani Teasdale, nie ma szans na zostanie zawodową artystką w tym czasie i miejscu. Dziewczyna albo szła na scenę, albo zostawała w domu i była czyjąś żoną, matką lub starą panną, i skoro mowa o tych ostatnich, właśnie podeszła wysoka i szczupła młoda dama.

– To jest moja najstarsza – mówi pani Teasdale z uśmieszkiem, który ma zjednać słuchacza jako sojusznika przeciwko obecnej osobie trzeciej, mimo że w tym przypadku dopiero co mnie poznała, a ta druga osoba była jej córką. – Amanda – mówi – jest z tych poważnych... Amanda, to jest pan Crabb. Działa w świecie rozrywki.

Zachowanie dziewczyny szło w parze z jej skromnym strojem.

– Pan zna język Czejenów – stwierdziła po prostu mocnym, chociaż nie donośnym głosem.

– Tak – mówię. – To prawda. Ale jak to pani poznała z mojego wyglądu? – Ta uwaga miała być żartobliwa, ale ona odpowiedziała równie rzeczowo, jak mówiła wszystko.

– Powiedziano mi, że tłumaczył pan dla czejeńskich więźniów trzymanych w więzieniu okręgu Ford. Zaraz wyjaśnię, dlaczego mnie to interesuje.

– Miejmy nadzieję, że pana Crabba też to zaciekawi – wtrąciła się jej matka i znów posłała mi porozumiewawcze spojrzenie. – Ostrzegałam pana, panie Crabb, że ona jest poważna. Chciałaby nawet, żeby kobiety miały prawo głosu.

Amanda zignorowała ją, będąc jednym z tych dzieci zupełnie niepodobnych do swoich rodziców, którzy normalnie powinni być dla nich wzorem. Patrzyła na mnie tymi głębokimi oczami, które wydawały się większe, niż były w rzeczywistości, z powodu bladości skóry i delikatnej, ale wydatnej budowy kości jej twarzy.

– Potrzebujemy w szkole tłumacza znającego czejeński – powiedziała.

– To w szkole publicznej w Dodge są czejeńscy uczniowie? – spytałem zdumiony.

– Oczywiście, że nie – odpowiedziała zniecierpliwiona. – Chodzi o szkołę misyjną. Tę, na którą zbieramy dziś fundusze.

– Cóż, panie Crabb – wtrąciła się pani Teasdale. – Muszę opowiedzieć przyjaciółkom o pańskiej obietnicy pokierowania moją karierą śpiewaczą. Niech pan nie pozwoli Amandzie zanudzić się tymi jej dzikusami. – Zachichotała. – To w gruncie rzeczy dobra dziewczyna.

Kiedy pani Teasdale odeszła, Amanda uśmiechnęła się znacznie bardziej ironicznie niż jej mamusia.

– Tak naprawdę wcale nie jestem dobra, panie Crabb. Zadam panu jedno pytanie. Czy biegła znajomość języka czejeńskiego wiąże się z troską o dobro Indian?

– Opowiem pani, skąd znam ten język – zacząłem, ale ta zasadnicza młoda dama, która miała niewiele ponad dwadzieścia lat, przerwała mi od razu na wstępie.

– To nie ma znaczenia – mówi. – Chcę tylko wiedzieć, czy chciałby się pan przyczynić do wydźwignięcia Indian z żałosnego położenia, w jakim się dzisiaj znajdują, położenia, śpieszę dodać, w jakim się znaleźli głównie z winy nas, białych. – Stwierdzeniu temu towarzyszył gest jej długiego, białego palca wskazującego z krótko przyciętym paznokciem.

Nie poczułem się urażony, ale nie miałem też zamiaru pozwolić, żeby ta dziewczyna mną komenderowała.

– To, co chcę powiedzieć, jak najbardziej wiąże się z tematem, panienko. Zostałem wychowany głównie przez Czejenów, mam dla nich bardzo wiele sympatii i życzę im jak najlepiej. I żałuję, że nie mam możliwości przywrócenia im ich ojczystych terenów.

Amanda zmarszczyła brwi i pokręciła głową.

– Traci pan czas, panie Crabb. Szkoda go na opłakiwanie przeszłości, która odeszła raz na zawsze. Indianie muszą stawić czoło teraźniejszości i przyszłości. Nie mogą już być myśliwymi i wojownikami, ale mają zdolności nie mniejsze niż przedstawiciele każdej innej rasy. To, że ich sposób życia stał się przestarzały, nie oznacza, że powinno się to odbić na nich negatywnie. Mogą się nauczyć nowych zasad. Wszyscy – czytać, pisać i rachować. Mężczyźni – jak uprawiać ziemię. Kobiety – sztuki prowadzenia domu, znanej ludziom cywilizowanym, którzy nie są, i to należy z naciskiem podkreślić, wyżsi moralnie.

Powiedziała to wszystko swoim zwykłym, beznamiętnym, pozornie spokojnym tonem, ale zaczynałem wyczuwać pod nim autentycznie mocne uczucia.

– Cóż, powiem tylko, że będę dumny, mogąc w miarę swoich sił pomóc. Jeżeli chce pani, żebym posłużył za tłumacza, tak jak między ludźmi Dzikiej Świni a sądem, chętnie to zrobię bez żadnej zapłaty.

Nadal wpatrywała się we mnie swoimi wielkimi modrymi oczami, ale teraz zamrugała, co uznałem za pewne złagodzenie tonu.

– Bynajmniej nie oczekujemy, że będzie pan pracował za darmo. Zapewnimy panu mieszkanie, wyżywienie i pobory w wysokości... – Tu wymieniła sumę tak niską, że po tylu latach nawet nie pamiętam, ile to było, ale nie miało to większego znaczenia, bo powtórzyłem, że nie oczekuję zapłaty, mając wystarczający dochód z mojego ówczesnego zajęcia.

Delikatne płatki jej bladego nosa zadrżały z lekka, jakby zwęszyła coś nieprzyjemnego.

– Będzie pan musiał zrezygnować z pracy w barze – powiedziała, ujawniając, że wie o mnie więcej niż jej mamusia. – Prowadzimy szkołę z internatem w... – Tu wymieniła miejscowość, ale jej nazwy nie ujawnię z powodów, które okażą się oczywiste.

Mogłem w tym miejscu zakończyć dyskusję, jeżeli nie chciałem zrezygnować z zyskownego zajęcia, polegającego na nalewaniu whisky kowbojom, którzy im więcej pili, tym więcej zamawiali, i przejść do kościelnej szkoły z internatem dla Indian za pensję niższą od tej, którą kolorowy facet, były niewolnik, dostawał w Samotnej Gwieździe za zamiatanie. A mogłem wkrótce odłożyć następną fortunkę i znów zacząć myśleć o uruchomieniu własnego interesu. Mogłem zostać kimś takim jak Pies Kelley, burmistrz i biznesmen, i poślubić młodą przyszłą panią Epps albo panią Teasdale i spłodzić z nią córkę taką jak Amanda, która przy całej swojej zasadniczości była nie tylko młodą, ale również ładną dziewczyną, choć wprawdzie mogłaby trochę przybrać na wadze, a także uświadomić sobie, co ją tak naprawdę gryzie.

Ale jak już powiedziałem, miałem dość tego Dodge, z którym się na co dzień stykałem, i powoli docierało do mnie, że bywanie w tym kościele nie jest satysfakcjonującą alternatywą, bo nic mnie nie łączyło z tymi ludźmi poza Amandą, jeżeli chodzi o jej zaangażowanie w sprawy Indian. Zdawałem sobie również sprawę z jej kobiecości, zapewne bardziej niż ona sama w tym czasie. Przez całe życie zdradzałem wielką słabość do płci pięknej, co nie powinno już być tajemnicą dla czytelników tej mojej biografii. Młode białe kobiety potrafią być męczące ze względu na przesadne oczekiwania, ale uważam się za szczęśliwego, że je znałem w odpowiednim czasie, prawdę mówiąc, dawno temu, bo kiedy mężczyzna przekroczy dziewięćdziesiątkę, może liczyć wyłącznie na towarzystwo pielęgniarek.

Tak czy inaczej, przyjąłem pracę proponowaną mi przez Amandę i w ten sposób wdałem się w dzieło przerabiania Indian na białych ludzi.

6. KSZTAŁCENIE
CZERWONEGO CZŁOWIEKA

Nie pożegnałem się z Batem Mastersonem, bo on sam wcześniej wyjechał z Dodge bez pożegnania ze mną i udał się do Leadville w Kolorado, gdzie ostatnio znaleziono srebro. Podobnie jak podczas gorączki złota, kiedy wybierał się do Deadwood, a dotarł tylko do Cheyenne, jego celem był hazard, a nie poszukiwanie metali. Wędrując po Zachodzie, nie byłem w owych czasach wyjątkiem. Wszyscy tak robili, to znaczy wszyscy, którzy nie osiedli gdzieś na stałe i nie próbowali wziąć się do uprawy roli i wychowania dzieci, powinienem więc chyba powiedzieć wszyscy, którzy nie przyczyniali się do ucywilizowania tego kraju, czyli wszyscy, którzy, za przeproszeniem, nie potrafili usiedzieć spokojnie na tyłku. Niewątpliwie należał do nich Wyatt Earp, który też wyjechał z Dodge – on do Tombstone w Arizonie, dokąd wkrótce podążył za nim bezbolesny, ale śmiercionośny i suchotniczy dentysta Doc Holliday.

Ja i Amanda pojechaliśmy do tej szkoły misyjnej koleją i w końcu wysiedliśmy w miasteczku, gdzie czekał na nas stary kolorowy człowiek z wozem. Amanda bez wahania wdrapała się na górę i usiadła obok niego, co wywołało spojrzenia pozostałych osób na peronie i z okien odjeżdżającego pociągu, bo białej kobiecie nie wypadało tak się pospolitować z człowiekiem ciemniejszej rasy, co obejmowało również Meksykanów.

W pociągu nie siedziała obok mnie, ale na miejscu obok siebie rozłożyła różne pakunki, a ponieważ zapłaciłem u fryzjera za kąpiel, miałem nadzieję, że nie chodziło o mój zapach. Rezultat jednak był taki, że nie mogliśmy porozmawiać. W ówczesnych wagonach panował ogłuszający hałas od lokomotywy i trzeba było uważać na iskry wpadające przez okno, jak również na te, które już zgasły. Kiedy dojechaliśmy na miejsce, ja byłem cały w sadzach, podczas gdy Amanda, ze swoją bladą cerą i złotymi włosami wyglądała, o dziwo, nienagannie.

W końcu dotarliśmy do szkoły, wytrząsłszy się przez kilka mil na tym wozie, przy czym ja nie jechałem na siedzeniu z woźnicą i Amandą, bo nie zostałem zaproszony, ale w skrzyni wozu razem z bagażem i mnóstwem worków z zaopatrzeniem, które woźnica zakupił w mieście. Szkoła składała się z jednego dużego, otynkowanego piętrowego budynku i kilku mniejszych, też porządnie wyglądających, w pewnej odległości stała stara stodoła i pasło się parę sztuk bydła, a jeszcze dalej ciągnęły się rozkołysane wiatrem pola zboża. Teren między budynkami pokrywałby zwykły w tej części świata pył, ale że w nocy padało, zmienił się w też dość pospolite błoto.

Wóz dowlókł się powoli przed główny budynek i zatrzymał się z mlaśnięciem. Amanda zeszła w błoto i zatoczyła koło swoją białą rączką.

– To jeszcze nie jest dokończone – powiedziała. – Jeden z projektów, nad którym chłopcy pracują, przewiduje założenie trawnika, ale jak wiesz, trzeba czasu, zanim nasiona wykiełkują, a Indianie są niecierpliwi.

Przytaknąłem, chociaż nie miałem pojęcia o sianiu trawy, i dodałem:

– Jeżeli chodzi o rośliny, to oni zrywają to, co rośnie samo.

Amanda zmarszczyła brwi, co zdarzało się jej bardzo często.

– Zadania mamy przydzielone. – Wskazała zgrabną główką budynek przed nami. – To jest internat, lewa strona chłopcy, prawa dziewczęta.

Jak później stwierdziłem, budynek miał dwa oddzielne wejścia i był przedzielony ścianą. Żeby przejść z jednej strony na drugą, należało wyjść na zewnątrz i wejść drugimi drzwiami od frontu albo z tyłu.

Amanda powiedziała mi, że zostanę zaprowadzony do swojego pokoju później, bo teraz jest czas kolacji i chociaż sporo się spóźniliśmy, to nie powinniśmy spóźniać się jeszcze bardziej, po czym ruszyła przez błoto, brudząc sobie buciki i rąbek sukni, musiałem więc pójść w jej ślady, nie bacząc na stosunkowo nowe buty, i tak dobrnęliśmy do parterowego budynku, który jak się okazało, mieścił jadalnię i kuchnię.

Jak dotąd nie widzieliśmy żywej duszy, ale tam cała szkoła siedziała przy długich stołach w wielkim pomieszczeniu z gołymi ścianami z desek, wszystko śniadzi, czarnowłosi młodzi Indianie, co biorąc pod uwagę moje doświadczenie, nie byłoby samo w sobie niczym dziwnym, gdyby nie to, że nigdy nie widziałem tak wielu przedstawicieli tej rasy siedzących w równych rzędach, i to na krzesłach, a nie na ziemi. Było w nich jeszcze coś niezwykłego: wszyscy mieli jednakowe ubrania z podziałem według płci, dziewczęta perkalowe suknie w granatowy wzór, a chłopcy niebieskoszare mundury wojskowe z krótkimi kurtkami zapinanymi pod szyję i marynarskimi lampasami na spodniach. W dodatku wszyscy, chłopcy i dziewczęta, zostali krótko ostrzyżeni. Jakby tego było mało, nie odzywali się do siebie, a Indianie nie są z natury milczący, kiedy znajdują się we własnym gronie, a tym bardziej przy jedzeniu, czemu zawsze towarzyszy wielkie ożywienie. Biorąc pod uwagę stosunkowo rzadkie okazje, kiedy mogą liczyć na dostatek pożywienia, zazwyczaj rzucali się na nie jak wilki albo niedźwiedzie. Tymczasem ci chłopcy i dziewczęta wyglądali, jakby siedzieli na lekcji, a nie przy posiłku, z plecami sztywno przyciśniętymi do oparć krzeseł i z twarzami bez wyrazu.

Na czele każdego stołu, przeznaczonego albo wyłącznie dla chłopców, albo dla dziewcząt, siedziała biała osoba z personelu, a na końcu sali, prostopadle do wszystkich innych, stał krótszy stół, za którym siedział łysy, brodaty osobnik, mniej więcej pod sześćdziesiątkę. Nie miał owłosienia na

czaszce, ale bujna siwa broda całkowicie skrywała jego kołnierzyk i krawat. Zachowywał marsowy wyraz twarzy, kiedy sytuacja nie wymagała innego, i dlatego, widząc go po
raz pierwszy, można było go uznać za człowieka nieprzyjemnego, ale potrafił też być bardzo miły, jak wtedy, kiedy
Amanda Teasdale przyprowadziła mnie do niego, a on wstał,
grzecznie uśmiechnięty, podczas gdy Amanda przepraszała
za spóźnienie, ale powiedziała też, że jest szczęśliwa, mogąc przekazać pieniądze zebrane przez członków jej Kościoła
w Dodge, gdzie również znalazła tłumacza z języka czejeńskiego, którego szkoła szukała.

– Panie majorze – powiedziała ku mojemu zdziwieniu,
bo starszy pan był w cywilu i uznałem go za kaznodzieję –
to jest pan Jack Crabb.

Potrząsnął moją ręką, jakby to była rączka pompy, ale
tylko dwukrotnie.

– Panie Crabb – powiada – cieszymy się, że pan do nas
zawitał. Zechce pan usiąść? – Usiadł sam, a kiedy ja i Amanda poszliśmy w jego ślady, zauważyłem, że nie ma przed
nim jeszcze nakrycia, co przyjąłem z ulgą, bo byłem już
porządnie głodny. – Z początku może się to panu wydać
paradoksem – mówił dalej – kiedy powiem, że pańska bie-
głość w języku czejeńskim jest nam potrzebna, żeby oduczyć
naszych uczniów posługiwania się tym językiem. – Uśmiechnął się, jakby znaczenie jego słów było oczywiste.

– Panie majorze – powiadam – byłbym wdzięczny, gdyby mógł mi pan to nieco bliżej wyjaśnić.

Uniósł swoje nadal ciemne brwi, wyrażając zdziwienie,
ale odpowiedział z ojcowską cierpliwością:

– To proste, kiedy się wyjaśni, jak mawiałem do swoich
chłopców w Dziesiątym Pułku Kawalerii. – Oczy mu rozbłysły.

– To byli Murzyni. – Wykonał uroczysty gest brodą. –
Naszym celem tutaj jest wytępienie nieszczęsnych dzikusów – odczekał chwilę z uśmiechem na twarzy, żeby prowo-
kacyjny charakter tych słów został doceniony – i zastąpie-
nie ich ludźmi cywilizowanymi, musimy więc zacząć od

podstaw, a chyba się pan zgodzi, że język jest tutaj najważniejszy. – Nie czekał na moją odpowiedź, co i lepiej, bo zupełnie nie miałem pojęcia, do czego ani po co on zmierza. – Wygląda na paradoks, że chcąc przekonać człowieka do rezygnacji z jego dotychczasowego języka i przyjęcia nowego, trzeba najpierw zwrócić się do niego w jego własnym języku, bo inaczej nie zrozumie samej idei. – Tu major mrugnął. – Wiem coś o tym, bo próbowaliśmy. Ale uczymy się i dlatego pan się tutaj znalazł.

Przez cały ten czas w jadalni panowała martwa cisza i nie zauważyłem, żeby ktoś przynosił jakieś jedzenie. Kiedy wchodziłem, poczułem jakieś zapachy, ale teraz i one zanikły. Uznawszy, że posiłek czeka, aż skończymy tę rozmowę, odpowiadałem krótko, jak się odpowiada na trafne spostrzeżenie.

– Tak jest, proszę pana – powtarzałem.

– Panie Crabb – powiedział major – zanim zacząłem głosić Ewangelię, służyłem przez wiele lat w wojsku jako oficer i przywykłem, żeby mówiono do mnie „panie majorze". Cały mój personel przestrzega tej zasady i byłoby niezręcznie, gdyby pan zwracał się do mnie inaczej. Prawda, że to nie jest instytucja wojskowa, ale jest pan moim podwładnym.

W rzeczywistości powiedział to w bardzo miły sposób. Nie chciałbym stwarzać wrażenia, że major był złym człowiekiem, chociaż można by go nazwać durniem.

– Nie mam nic przeciwko temu, panie majorze – mówię. – Rozumiem, że woli pan być nazywany majorem niż wielebnym.

Wymierzył we mnie palec.

– Święta racja, panie Crabb! Wyjaśnienie jest proste: gdybym był tylko proboszczem wygłaszającym raz na tydzień kazanie, a w przerwach nawiedzającym starych i chorych, tytuł „wielebny" byłby oczywiście bardziej odpowiedni. Ale kierowanie tą szkołą ma więcej wspólnego z dowodzeniem pułkiem. Również w sferze języka „major" ma bardziej dynamiczne konotacje niż ten drugi tytuł.

Amanda siedziała obok mnie, słuchała tego wszystkiego i chociaż, sądząc po jej stosunku do mnie, zawsze miała swoje zdanie, tym razem nie zabierała głosu. Częściowo, żeby się z nią podrażnić, a częściowo przez grzeczność, objąłem ją swoją następną uwagą:

– Panie majorze, zastanawiam się, czy moglibyśmy dostać coś do jedzenia. Jechaliśmy z panną Teasdale pociągiem i przez cały dzień nie mieliśmy nic w ustach. – Amanda nie należała do kobiet, które troszczą się o posiłki czy w ogóle o nich pamiętają, a pociąg, który w tamtych czasach, przed wprowadzeniem wagonów restauracyjnych, zatrzymywał się w porach posiłków na dłużej, żeby pasażerowie mogli się najeść w mieście, tym razem tego nie robił z powodu opóźnienia.

– Ach tak – mówi major, jakby go to zdziwiło. – Niestety, skończyliśmy posiłek parę minut temu. – Odsunął połę surduta i sięgnął do kieszonki kamizelki, z której wydobył wielką srebrną cebulę. – O szóstej trzydzieści dokładnie. O tej godzinie sprzątnięto ze stołów. Gdyby nie państwa przybycie, bylibyśmy już po modlitwie i uczniowie by wyszli. Obawiam się, że będzie pan musiał zaczekać do jutrzejszego śniadania, panie Crabb. Zasiadamy tu do posiłków o ściśle określonych porach i nie jadamy między posiłkami. Może się to wydać zbyt surowe, ale ma swoje uzasadnienie. Indianin w swoim stanie naturalnym jest istotą gnuśną, nie znającą kierunku, porządku ani zasad. Żyje tak, jak wiatr powieje, od przypadku do przypadku, je, kiedy ma jedzenie, pości, kiedy go nie ma, jak zwierzę, a nie jak istota ludzka. Ale on nie jest zwierzęciem, panie Crabb. Jest człowiekiem równie cennym w oczach Boga jak każdy inny. Pogardzanie nim to grzech. Naszym obowiązkiem jako chrześcijan jest pomagać mu w osiąganiu godności dziecka Bożego.

Powinienem tutaj powiedzieć, że major był szczery w swoich przekonaniach i jego zainteresowanie czerwonym człowiekiem wynikało autentycznie z jego przekonań religijnych. Nie chował wpłat na szkołę do własnej kieszeni, nigdy nie wykorzystywał cieleśnie uczennic ani osób z personelu, jak to się działo w innych instytucjach tego typu (nie był też *heemaneh*), i nigdy nie zdradzał ambicji do zajęcia wyższego stanowiska ani w dziedzinie edukacji ogólnie, ani w swoim Kościele.

Niemniej jednak nie spodobał mi się pomysł, żeby obywać się bez jedzenia cały dzień i całą noc w imię nie moich przekonań, i pewnie bym natychmiast zrezygnował z tej pracy, gdyby nie to, że znajdowałem się w nie znanej mi okolicy bez broni i transportu.

Wreszcie major wstał, a za nim wszyscy obecni (nigdy dotąd nie widziałem Indian robiących coś na komendę!) i wygłosił głośną i wyraźną, ale bardzo nudną modlitwę, która ciągnęła się bez końca, po czym uczniowie ustawili się, stół za stołem, w szyku wojskowym. Indianie zawsze byli zaciekawieni tym, co się dzieje wokół nich – jest to konieczne, jeżeli się żyje na łonie przyrody. Tymczasem ci młodzi ludzie nie zwracali najmniejszej uwagi na siebie nawzajem i na swoje otoczenie, a sądząc z wyrazu ich twarzy, czy raczej jego braku, nie myśleli też o niczym innym. Wyglądali jak zaczarowani, co samo w sobie nie byłoby niczym niezwykłym u czerwonoskórych, którzy na przykład podczas Tańca Słońca wpadali w trans i nie czuli bólu przy przeszywaniu skóry na piersi rzemieniami, a następnie ich wyrywaniu.

Każda grupa, czy raczej pluton, była dowodzona przez białą osobę, która siedziała przy danym stole, i teraz zauważyłem, że większość z nich stanowiły kobiety, nawet jeżeli była to grupa chłopców. Major dokonał prawdziwego cudu, rzucając na indiańskich chłopaków taki czar, że podporządkowali się kobiecie jakiejkolwiek rasy.

Potem, już bez słowa, major dziarskim krokiem wymaszerował z jadalni, a za nim w kolumnie dwójkowej cała reszta szkoły. Miałem nadzieję, że przyjeżdżając tutaj, nie popełniłem ciężkiej pomyłki, bo było mi to wszystko najzupełniej obce, nawet ci Indianie, sądząc po ich zachowaniu i wyglądzie.

– No dobrze – zwróciłem się do Amandy – gdzie ja tu dostanę coś do zjedzenia? Chociaż należała do osób zawsze zajętych czymś swoim, potrafiła zareagować na autentyczne oburzenie.

– Zabiorę cię do kuchni – powiedziała bez dodatkowych komentarzy i poprowadziła mnie na drugi koniec budynku. Następnego dnia, kiedy dopasowałem się do wyznaczonych godzin, dowiedziałem się, jak to wszystko działa. Uczniowie przyprowadzeni na posiłek ustawiali się w kolejce na końcu kuchni, zabierali swoje tace, z którymi szli do stołów w jadalni, i po posiłku, na co mieli siedemnaście minut, maszerowali grupami z powrotem do kuchni, żeby zostawić tace w części, w której stały wielkie kadzie do mycia naczyń, po czym wracali do jadalni i siedząc, czekali, aż major każe im wstać do modlitwy.

Przeszliśmy z Amandą obok parujących kadzi, w których kilka młodych Indianek myło tace i nakrycia, podczas gdy inne wycierały je workami po mące, i zbliżyliśmy się do wielkiego pieca z cegły, wbudowanego w tylną ścianę, przy którym pokaźnych rozmiarów niewiasta rasy kolorowej, z głową obwiązaną niebieską chustką, zabierała się do podniesienia wielkiej drewnianej szufli, pełnej bochnów wyrośniętego ciasta, i zapełnienia nimi rusztów nad rozżarzonym paleniskiem, skąd biło takie gorąco, że czuło się je na twarzy z odległości dziesięciu stóp. Na nasz widok kobieta skrzywiła się.

– Muszę wstawić ten chleb do pieca – powiedziała.

– Ciociu – zacząłem, używając powszechnej wówczas formy – jestem bardzo głodny. Zastanawiam się, czy...

– Nie jestem twoją ciocią, mały człowieku – odparła opryskliwie, wymawiając tę „ciocię" jak jakaś Angielka – i będę ci wdzięczna, jeżeli będziesz się do mnie zwracał nie inaczej jak po nazwisku. – Cały czas trzymała tę załadowaną łopatę, co przekraczałoby moje siły, ale ona była o głowę ode mnie wyższa i dwa razy szersza.

– Tak jest, proszę pani – mówię pośpiesznie. – Nie chciałem pani urazić. Będę używał pani nazwiska, jak tylko je poznam.

– To jest pani Stevenson – powiedziała Amanda, mierząc mnie krytycznym spojrzeniem.

– Przepraszam panią, pani Stevenson. Jestem człowiekiem nieokrzesanym, bo obracałem się wśród gburów i nicponi.

Wielka kucharka przyjrzała mi się przez chwilę.

– Poczęstuję pana pysznym ciepłym chlebem, jak pan chwilę zaczeka – oświadczyła.

– Bardzo dziękuję, pani Stevenson.

– Nie musi pan co chwilę powtarzać mojego nazwiska – powiedziała i wreszcie wsunęła tę łopatę pełną chlebów do pieca.

Tak się złożyło, że nigdy nie poznałem jej imienia, chociaż przy różnych okazjach spotykałem jej męża, bo on też mówił o niej pani Stevenson. Major zatrudnił ją do tej pracy, ponieważ jej mąż służył pod nim w Dziesiątym Pułku Kawalerii. Stevensonowie mieszkali niedaleko szkoły w miasteczku, które – podobnie jak wszyscy szeregowcy tego pułku – było stuprocentowo murzyńskie. Spotykało się takich miejscowości więcej, najbardziej znana z nich nazywała się Nicodemus. Zakładali je byli niewolnicy, którzy przybywali na północ, żeby się tu urządzić, i uważali, że lepiej na tym wyjdą, jeżeli będą się trzymać razem. Hezekiah Stevenson należał do najzamożniejszych obywateli miasteczka ze swoją wojskową emeryturą, dobrze prosperującym magazynem zboża i pasz oraz posadą poczmistrza.

Ten jej mąż był chyba jedyną osobą, którą pani Stevenson szanowała. Większość pozostałych ludzi uważała za głupców, ale do mnie miała słabość, bo bardzo lubiłem jedzenie, które ona chętnie przyrządzałaby dla wszystkich, gdyby tylko komuś, począwszy od majora, smakowało, ale nikt go nie lubił, zwłaszcza uczniowie, którzy woleli wszystko gotowane tak długo, aż się rozpadało, co dotyczyło nawet świeżych warzyw, które hodowali w szkolnym ogrodzie, bo w tamtych czasach był to jedyny sposób gotowania znany Indianom i to lubiły ich dzieci. Chociaż Indianie jadali czasem mięso całkiem surowe, na przykład wątrobę ze świeżo upolowanego zwierzęcia, to jedyną alternatywą było jedzenie gotowane godzinami, może z dodatkiem czegoś w rodzaju chleba, który nauczyli się robić od białych, a który składał się z mąki z wodą, pieczonej w wysmarowanym tłuszczem rondlu.

Prawdą jest, że lubiłem ten rodzaj chleba i rozgotowane mięso, jakie jadałem z Czejenami, ale że urodziłem się głodny, to smakowało mi prawie wszystko, co mi dawano do jedzenia przez całe życie, choć nigdy byście tego nie powiedzieli, patrząc na mnie, bo niezależnie od tego, ile jadłem, nigdy nie udało mi się przytyć choćby o funt. Zdaje się, że stanowiłem wyzwanie dla pani Stevenson, której mąż i pięcioro dzieciaków reprezentowało wagę ciężką. Robiłem tak, że w porach posiłków nabierałem tylko niewielką ilość jedzenia na swoją tacę, bo jako członek personelu i jeden z nielicznych mężczyzn byłem zobowiązany do siedzenia przy stole chłopców. Potem, po odprowadzeniu swojej grupy, wracałem do kuchni i dostawałem coś specjalnego, co pani S. ugotowała dla siebie, ale czym chętnie dzieliła się ze mną: zapiekanką z serem, szynką wiejską z sosem rybnym, pieczonym kurczakiem, pieczoną mamałygą, warzywami na ostro, a także różnymi jarzynami w śmietanie, pochodzącej z małego stada krów utrzymywanego przez szkołę.

W kuchni pomagały pani Stevenson indiańskie uczennice w ramach nauki tego, co nazywano gospodarstwem domowym, i miała ona, jak rozumiem, nauczyć je gotowania na sposób białych (co w jej przypadku oznaczało na sposób czarnych, ale przecież Indianie nazywali Murzynów Czarny Biały Człowiek), jednak jak mi mówiła, po krótkim czasie zrezygnowała z tego beznadziejnego zadania, bo Indianki były za mało rozgarnięte, żeby przyswoić sobie coś z cywilizacji. Pani Stevenson była dobrą kobietą i traktowała mnie po matczynemu, ale miała w sobie sporo tego, co dzisiaj, w latach pięćdziesiątych, nazywają przesądami rasowymi, bo w latach siedemdziesiątych ubiegłego wieku większość ludzi, którzy sami nie byli Indianami i nie mieli, tak jak ja, szczególnego doświadczenia z nimi, tak właśnie patrzyła na czerwonych ludzi. I oczywiście jej mąż jako weteran kawalerii Stanów Zjednoczonych nie mógł być miłośnikiem Indian, zwłaszcza po ostatniej bitwie Custera. Zostałem zakwaterowany we własnym pokoju na górnym piętrze męskiej części tego dużego budynku, który Amanda pokazała mi zaraz po przyjeździe, za dużą sypialnią zastawioną metalowymi łóżkami, w nogach których stały małe kuferki typu wojskowego, a za każdym łóżkiem, pod ścianą, stał wieszak na ubranie.

Mój pokój był lepszy od tego, w którym mieszkałem w hotelu w Dodge City, z łóżkiem takim jak u chłopców, z drewnianą skrzynką jako podstawą pod miednicę, która podobnie jak dzbanek i lusterko nie była popękana, w odróżnieniu od nocnika pod łóżkiem, i z podniszczoną komodą.

Amandzie nie było wolno wchodzić do męskiej części budynku, zostałem więc tam zaprowadzony przez jednego z nauczycieli, człowieka nazwiskiem Charlevoix, z iksem na końcu, który bym wymawiał, gdybym zobaczył to nazwisko napisane, ale jako że je tylko słyszałem, uznałem, że gość nazywa się Charlie Vaw, i nazwałem go parę razy grzecznie panem Vaw, zanim mnie nie objaśnił co do francuskiego pochodzenia swojego nazwiska. Twierdził, że pochodzi od jednego z tych francuskich traperów odkrywców, którzy przemierzyli prawie cały Zachód, zanim pierwszy Anglik postawił tu nogę, i zwykle dobrze żyli z Indianami, biorąc nawet żony z plemion, z którymi się zetknęli. On na przykład dopuszczał, że miał prababkę czerwonej rasy, co może i było prawdą, ale on sam przyjechał ze Wschodu, nie znał ani jednego słowa w żadnym indiańskim języku i był blondynem z jasnymi oczami, więc licho wie. Przeniósł się na Zachód ze względu na zdrowie, bo miał słabe płuca czy coś takiego.

Charlevoix wyjaśnił mi, że wprawdzie muszę wchodzić do siebie po schodach, ale za to mam mniej chłopaków do pilnowania niż on na parterze.

– Ale ja nie jestem nauczycielem – mówię, myśląc, że zaszła pomyłka. – Zostałem tu zatrudniony jako tłumacz.

– Zgadza się – mówi on. – Przynajmniej będzie pan mógł do nich mówić i rozumieć, co oni odpowiadają.

Trzeba było dalszych wyjaśnień, żebym w końcu zrozumiał, że oczekuje się ode mnie kontrolowania chłopców na moim piętrze, to jest pilnowania, żeby przestrzegali przepisów szkolnych co do wyglądu i zachowania, a to obejmowało utrzymanie porządku i czystości oraz powstrzymywanie się od hałasów i dokazywania, w czym młodzież płci męskiej wszystkich ras znajduje wielką przyjemność, zwłaszcza tuż przed osiągnięciem dojrzałości.

Powiadam wam, że byłem w tej szkole zaledwie od paru godzin, a chciałem uciekać z niej po raz drugi. Nie miałem żadnego doświadczenia z dużymi dziećmi, moje własne białe dziecko zostało uprowadzone przez Indian, kiedy miało dwa latka, a dziecko, które miałem z moją czejeńską żoną Promykiem Słońca, znikło razem ze swoją mamą po bitwie nad Washitą.

Miejsce chwilowo było puste, bo po kolacji chłopcy, którzy nie mieli wieczornych zajęć na farmie, i dziewczęta nie zatrudniane w kuchni albo przy innych domowych pracach, jak pranie i prasowanie, musieli wracać do klas, gdzie odrabiali lekcje. Major prowadził szkołę w taki sposób, żeby była samowystarczalna, wykorzystując pracę uczniów, bo nigdy nie starczało pieniędzy na nic poza pensjami nauczycieli, a prawdę mówiąc, nikt z nas nie otrzymywał zapłaty pełnej i w terminie. Myślę, że sam major w ogóle nie brał pieniędzy.

– Dobrze, że mamy w panu jeszcze jednego mężczyznę – powiedział Charlevoix. – Nie było kim obsadzić górnego piętra i pozbawieni nadzoru chłopcy robili tutaj, co chcieli. – Uniósł swoje cienkie brwi i zaśmiał się smutno. – Pewno nie będą zadowoleni, kiedy pana zobaczą. Ale, jak mówię, przynajmniej może się pan z nimi porozumieć, bo to są Czejenowie. Nikt z nas nie zna ich języka ani, prawdę mówiąc, języka żadnego innego plemienia. – Rozgoryczony wzruszył ramionami. – Ale major i tak wymaga, żeby nauczyciele mówili wyłącznie po angielsku. Jak uczniowie mają się nauczyć angielskiego, jeżeli się ich nie zmusi do mówienia w tym języku? Jest w tym jakaś racja, ale ci chłopcy, o ile wiem, nie nauczyli się dotąd ani jednego słowa i nie możemy się nawet dowiedzieć, o co chodzi. Czy uczymy ich niewłaściwie? Może pan się tego dowie.

Powiedziałem, że już po raz drugi zastanawiam się, czy nie popełniłem błędu, przyjmując tę pracę, zanim dowiedziałem się o niej czegoś bliższego, ale to, co od niego usłyszałem, podrażniło moją ambicję. Nieczęsto w moim dotychczasowym życiu zdarzało się, żeby mnie traktowano jako kogoś, kto wie coś pożytecznego, a tu zapowiadało się, że będę mógł pomagać obu stronom. Przyznaję też, że chętnie dokonałbym czegoś, co zaimponowałoby Amandzie.

Przełożyłem więc zawartość swojego sakwojaża do komody, a Charlevoix wyjął zegarek i stwierdziwszy, że chłopcy zaraz wrócą, zszedł na dół.

Miał rację, bo wszystko tutaj działo się zgodnie z planem, co było bardziej zadziwiające dla Indian, niż byłoby w przypadku białych uczniów, bo sam pomysł mierzenia czasu za pomocą małych maszynek noszonych w kieszeni wydawał im się czymś dziwacznym. Nigdy nie spotkałem Indianina, który potrafiłby zrozumieć, jak, powiedzmy, piąta po południu w zimie, kiedy niebo jest ciemne, może mieć coś wspólnego z tą samą godziną w jasny letni dzień.

Tymczasem, pędząc po schodach na łeb, na szyję, wpadli młodzi ludzie, którzy mieszkali na piętrze. Nie znajdowali się już w takim stanie odrętwienia, w jakim siedzieli w jadalni, ale śmiali się, przekrzykiwali i z ożywieniem rozmawiali, jak zwykle robią to osoby w ich wieku niezależnie od rasy, plus fakt, że chłopcy byli przez cały dzień skrępowani zakazami, których nie rozumieli, ale musieli ich przestrzegać, a teraz wreszcie byli wolni do rana.

Rozumiałem ich, ale miałem zadanie do wykonania, kiedy więc uznałem na słuch, że wszyscy są na miejscu, wyszedłem z drzwi swojego pokoju i odczekawszy chwilę, aż gwar ucichnie, zabrałem głos.

Chociaż odezwałem się po czejeńsku, chłopcy natychmiast zapadli w trans znany mi z jadalni, co było dość komiczne, bo większość zrzuciła już swoje mundury i stała prawie goła, tylko w przepaskach, które nosili zamiast gatek, a które, jak się później dowiedziałem, otrzymali, ale nigdy nie wyjęli z szafek, bo nie mieli pojęcia, do czego to służy.

– Czy to możliwe – spytałem – że Ludzie, mieszkając wśród białych, zapomnieli swojego języka, który jest najlepszym ze wszystkich języków, bo mówią nim najdzielniejsi ze wszystkich mężczyzn?

Chłopcy wpatrywali się we mnie i po chwili odezwał się najwyższy z nich:

– Używamy swojego języka między sobą przez cały czas. – Miał brązową twarz ze skośnymi oczami i wysokimi kośćmi policzkowymi, która powinna być obramowana długimi włosami, a tutaj stał w przepasce biodrowej i z głową krótko ostrzyżoną, jak jakiś biały urzędnik z banku, dziwna kombinacja.

Teraz, kiedy przełamał pierwsze lody, również reszta wyszła z odrętwienia, ale pozwalali mówić jemu, podobnie jak dorośli Czejenowie pozwalali w Dodge mówić w swoim imieniu Dzikiej Świni. To była sprawa grzeczności. Ludzie żadnej innej poznanej przeze mnie rasy nie przejawiali takiej niechęci do ślepego posłuszeństwa wobec swoich przywódców jak Indianie, którzy z natury mają temperament anarchistyczny, będąc jednocześnie niezwykle uprzejmi i pełni szacunku.

– Cieszę się, że to słyszę – odpowiedziałem mu – bo już się bałem, że jakiś oszust ukradł wam języki.

Po czejeńsku słowo „oszust", *veho*, oznacza też białego.

Chłopak, którego imienia mogę tu użyć, choć poznałem je dopiero później... otóż Wychodzący Wilk zastanawiał się chwilę ze zmarszczonym czołem.

– Ale ty sam jesteś biały – powiada. – Czy to znaczy, że jesteś oszustem? A jeżeli tak, to może chcesz nas oszukać za pomocą tego słowa, żebyśmy nie mogli tak nazwać ciebie?

141

– Może i nie nauczyłeś się wiele, odkąd tu jesteś – powiadam ze śmiechem – ale zdaje się, że zacząłeś myśleć jak biały.

– Chyba nie – mówi on – bo wtedy rozumiałbym, dlaczego zaczynasz znajomość od obrażania mnie, a tego nie chcę rozumieć. Tak samo jak nie chcę wiedzieć, skąd i dlaczego tak dobrze znasz nasz język, bo nie widzę innego powodu, jak żeby nas oszukiwać.

Nakręcał się coraz bardziej, a w wieku lat szesnastu czy siedemnastu był o głowę wyższy ode mnie. Jeżeli o to chodzi, to w jego grupie chłopców powyżej dwunastego roku życia prawie wszyscy byli wyżsi ode mnie, a przewagę liczebną mieli większą niż Indianie nad Siódmym Pułkiem Kawalerii nad Tłustą Trawą. Jednak ja miałem broń i postanowiłem ją wykorzystać.

Podciągnąłem nogawkę spodni i odsłoniwszy cholewę buta, wyjąłem zza niej nóż, który nosiłem od czasu ostatniego pobytu w obozie Skóry Ze Starego Szałasu.

Na jego widok Wilk cofnął się o krok, ale zaraz z typowo indiańską brawurą zrobił dwa kroki do przodu, żeby pokazać, jak jest odważny, choć nie ma broni.

– Weź – mówię, trzymając nóż za czubek ostrza i kierując owiniętą w surową skórę rękojeść w jego stronę. – To prezent dla ciebie.

Wilk spojrzał na nóż, a potem wpatrzył się we mnie. Był to tylko stary nóż do obdzierania zwierząt ze skóry, ale nie ulegało wątpliwości, że nie jest dziełem białego człowieka.

– Dlaczego to robisz? – spytał Wilk.

Muszę powiedzieć, że to pytanie mnie zdenerwowało.

– Jesteś młodym chłopcem, który nie umie się zachować – odpowiedziałem, co znaczyło, że jest źle wychowany, i było dość mocnym zarzutem, także pod adresem jego rodziców.

Ale Wychodzący Wilk wolał pominąć ten aspekt sprawy i powiedział:

– Nie wolno nam tutaj mieć noży ani żadnej innej broni. Musisz to wiedzieć, skoro jesteś jednym z nich.

Nie mogłem zachęcać ich do łamania przepisów, zwłaszcza tak rozsądnych jak ten.

– Dopiero tu przyjechałem – mówię – i nie znałem tego prawa, ale myślę, że jest słuszne, bo synowie Ludzi mogliby pokaleczyć Paunisów albo innych dawnych wrogów, a także na odwrót.

– Tutaj nie walczymy między sobą – powiedział mi Wilk – bo wszyscy jesteśmy w tej samej sytuacji. – Pozostali chłopcy pomrukiem przytaknęli. Napięcie w nich opadło, odkąd się przekonali, że nie mam zamiaru rzucić się na nich z nożem.

– Chodzi ci o to, że jesteście w tej samej szkole?

– Chodzi o to, że biali ludzie mówią nam, co mamy robić.

– Ale że biali prowadzą wszystkie szkoły, o których słyszałem, a Indianie jak dotąd żadnej, to spróbujcie tu wytrzymać tak długo, aż się nauczycie dosyć, żeby założyć własną szkołę, prowadzoną przez Indian, a zwłaszcza przez Ludzi, którzy, jak każdy wie, są najmądrzejsi. – Odczekałem, aż to do nich dotrze, a potem mówię: – Dostałem ten nóż od Kobiety Cielę Bizona, żony Skóry Ze Starego Szałasu, kiedy po raz ostatni mieszkałem w jego obozie po bitwie nad Tłustą Trawą. Urodziłem się jako biały, ale wychowywałem się wśród Ludzi. Przyjąłem tę pracę, żebyście mieli kogoś, kto trzyma waszą stronę i zna wasz język, ale nie mam do was pretensji, że mi nie dowierzacie. – Podszedłem do drzwi swojego pokoju i wbiłem ostrze noża we framugę, tak żeby sterczał w niej pod kątem. – Ten nóż jest teraz twój. Przepisy nie pozwalają ci go nosić, zostawimy go więc tutaj, gdzie będziesz mógł zawsze na niego patrzeć. Daję mu teraz imię Zaczarowany Nóż. Jego opieka rozciąga się na nas wszystkich.

Wykorzystany w ten sposób jako, można powiedzieć, talizman, nóż sprawdzał się lepiej niż jako zwykły prezent. Indianie lubili przedmioty, które można było widzieć, ale ich znaczenie wykraczało poza sens materialny, podobnie jak robimy my wszyscy, kiedy chodzi o sztandary, krucyfiksy, a w przypadku niektórych – pieniądze.

143

Nie twierdzę, że czejeńscy chłopcy natychmiast zaakceptowali mnie jako swojego brata, ale począwszy od tej chwili, nie byli już do mnie nastawieni nieprzyjaźnie i stopniowo zaczęli mnie darzyć zaufaniem, chociaż byłem dorosły i niewątpliwie należałem do personelu szkoły, w której znaleźli się wbrew własnej woli, mimo jak najbardziej słusznych przyczyn tego stanu rzeczy, z których główną było życzenie ich rodziców. Nie wzięto ich do tej szkoły siłą. A kiedy się pomyśli, że ich ojcowie wywodzili się spośród wrogich dzikusów, którzy toczyli wojnę z kawalerią Stanów Zjednoczonych, nie umieli czytać ani pisać i liczyli na palcach, to trzeba przyznać, że wysyłając swoich synów i córki, żeby zdobywali wiedzę białych ludzi, dokonali niezwykłego wyczynu.

Jak już wspomniałem, póki major mi tego nie powiedział, nie wiedziałem, że moja praca miała charakter tymczasowy i polegała na wykorzystaniu czejeńskiego do nauczenia chłopców angielskiego, tak więc im lepiej wykonywałbym swoje zadanie, tym krócej byłbym zatrudniony. Było to, nawiasem mówiąc, typowe dla majora i mogłoby mnie dziwić u człowieka wojskowego, gdyby nie to, że byłem już wystarczająco obeznany z oficerami, żeby wiedzieć, że jeżeli chodzi o zdrowy rozsądek, to prędzej można go szukać u prostego kowboja. Nie mówi się człowiekowi, że im lepiej będzie wykonywał swoją pracę, tym szybciej ją straci, chyba że jest lekarzem.

Rozumiałem jednak, że młodzi Indianie muszą jak najlepiej opanować angielski, jeżeli mają do czegoś dojść albo choćby przetrwać w nadchodzących latach, bo plemiona z Równin nie miały innych możliwości związania końca z końcem, jak tylko przez uczenie się od białych, a tego nie da się zrobić, znając tylko czejeński.

Nie mogłem natomiast zrozumieć, dlaczego nie można tego osiągnąć bez rezygnacji z własnego języka, czego domagał się major, a co do czego zgadzali się z nim wszyscy nauczyciele włącznie z Amandą.

W szkole znajdowali się przedstawiciele różnych innych

plemion: Paunisi, Kiowa, Komancze, Omaha i wszyscy poczynili jakie takie postępy w angielskim. Tylko czejeńscy chłopcy byli maruderami i uważali, że opierając się, bronią honoru plemienia. Czejeńskich dziewcząt nie było, czuli się więc osamotnieni, mając teraz tylko mnie, a przede mną stało skomplikowane zadanie: powinienem zachęcić ich do nauki angielskiego, będąc po ich stronie w sprawie zachowania ich języka ojczystego. Miałem jednak pewną szczególną przewagę nad wszystkimi, bo byłem jedyną osobą znającą oba języki i tłumacząc każdej ze stron, mogłem przedstawiać to, co chciałem, jako opinię drugiej strony. Nie, żebym pierwszy odkrył tę władzę, ale niewątpliwie jako jeden z niewielu nie wykorzystywałem jej wyłącznie w interesie białych. Tłumacze zatrudniani przez rząd na konferencjach traktatowych zazwyczaj mówili obu stronom to, co te chciały usłyszeć, niezależnie od tego, co druga strona rzeczywiście powiedziała, ale za każdym razem przegrywali Indianie, bo chodziło o ich ziemię, a tłumacze byli opłacani przez rząd. Ja tutaj dostawałem swoją, niewielką wprawdzie, pensję od szkoły, ale nie przyjechałem tu dla pieniędzy.

A wyglądało to następująco. Najpierw jednak muszę powiedzieć, że doglądałem tych czejeńskich chłopców przez większą część dnia. Pilnowałem, żeby wstali, umyli się i ubrali, tak żeby na czas pomaszerować do jadalni na śniadanie (powinni też ścielić łóżka, ale poza sobotnim porankiem, kiedy major przeprowadzał inspekcję w duchu wojskowym, odpuszczałem im to jako zadanie niewarte związanego z tym wysiłku), siedziałem w czasie posiłków na czele stołu, mając oko na właściwe zachowanie, a potem prowadziłem ich do budynku szkolnego, gdzie moi chłopcy mieli osobną klasę, żeby nie przeszkadzać pozostałym uczniom, którzy już znali angielski. Oznaczało to, że zgodnie z regulaminem nigdy nie mieli kontaktu z dziewczętami, co starsi chłopcy uważali za ograniczenie, o czym opowiem dalej.

Pierwszego dnia rano przed lekcjami przyszedł major

i przemówił do klasy. Po każdym zdaniu czy dwóch robił przerwę na tłumaczenie.

– Cóż to za ulga – mówi, stojąc w wojskowej postawie, z siwą brodą, życzliwie uśmiechnięty – móc do was mówić i mieć pewność, że będziecie w pełni rozumieć to, co do was mówię.

Pamiętajcie, że moją wersję, którą tu przytaczam po angielsku, ci młodzi ludzie słyszeli po czejeńsku.

– Słuchajcie tego, co mówię. Jestem tu wodzem i nazywają mnie Złoty Liść.

Odnosiło się to do oznaki stopnia majora na mundurze.

– Nareszcie mogę wam wytłumaczyć, co jest naszym celem tu w szkole – mówił dalej major. Uniósł ramiona, jakby obejmował rzeszę ludzi. – Chcemy wam wyłącznie pomóc. Miejcie to zawsze na uwadze i ilekroć będzie się od was wymagać rzeczy, które się wam nie będą podobać, albo zabraniać czegoś, na co macie ochotę, musicie być posłuszni, bo wszystko to będzie zawsze dla waszego dobra.

Zatrzymał się, a ja przetłumaczyłem to następująco:

– Słusznie okazujecie mi szacunek, jaki młodzi ludzie powinni żywić dla swoich przełożonych, bo w ten sposób okazujecie też szacunek swoim rodzicom, którzy was tu przysłali.

– Pan Crabb – mówił major dalej – będzie wam tłumaczył wszystko, czego nie rozumiecie, ale musicie natychmiast zacząć używać angielskich słów i zdań, które jak sądzicie, znacie, nawet jeżeli zdarzy się wam robić błędy. To jedyny sposób, żeby się nauczyć języka.

Moje tłumaczenie:

– To jest Mały Wielki Człowiek. Spędził dzieciństwo wśród Ludzi, którzy na zawsze pozostali w jego sercu. Pomoże wam zrozumieć białych i ich obyczaje o tyle, o ile jest to możliwe. Jeżeli spróbujecie, nauczycie się ich języka szybko, bo jako Ludzie jesteście bardzo zdolni i będziecie chcieli pokazać, że mówicie po angielsku dużo lepiej niż uczniowie z innych plemion. Gdyby to się wam nie udało, przynieślibyście wstyd swoim rodzicom.

Major słuchał mnie z uśmiechem, a kiedy skończyłem, kiwnął w zamyśleniu brodą i zauważył:

– To ciekawe, że wyrażenie pewnych myśli po czejeńsku zajmuje więcej czasu niż po angielsku i *vice versa*. – Potem zwrócił się ponownie do chłopców: – Wyglądacie na grupę inteligentnych młodych mężczyzn i jestem przekonany, że doskonale dacie tu sobie radę. Kiedy wreszcie wrócicie do swojego plemienia, będziecie wykształconymi chrześcijańskimi dżentelmenami i wasi rodzice będą z was dumni.

To oddałem prawie dosłownie, włącznie z częścią chrześcijańską, bo Indianie z zasady akceptują wszystko, co wiąże się z religią.

– A teraz – powiedział major – jeżeli macie jakieś pytania, chętnie na nie odpowiem. – Po czym zwrócił się do mnie: – Dzięki panu spadł nam kamień z serca, panie Crabb. Niemożność porozumienia się to wielka niedogodność.

Przekazałem chłopcom sprawę pytań i dodałem, że zadający pytanie powinien grzecznie wstać.

Nie było dla mnie zaskoczeniem, kto zrobił to pierwszy.

– To jest Wychodzący Wilk – przedstawiłem go majorowi.

Major wzniósł oczy ku niebu.

– To jest pańskie następne zadanie: musi pan zastąpić te dziwaczne imiona prawdziwymi. Ci biedacy mają przed sobą trudną drogę. Trzeba ich było zobaczyć, kiedy tu przyjechali, w legginsach i brudnych kocach.

Pomyślałem sobie, jak tata Wilka, sam nazwany od jakiegoś zwierzęcia, zareagowałby na widok syna, który zjawiłby się w domu w cudacznym garniturze, krótko ostrzyżony i przedstawiłby się jako Horace Cooper albo, jak to robiono w niektórych z tych szkół, nazwiskiem kogoś sławnego, na przykład Thomas Jefferson.

– Masz teraz głos – zwróciłem się do Wilka.

Jego pytanie do majora brzmiało:

– Jak to się dzieje, że ma pan tyle włosów na twarzy, a nic na czubku głowy, gdzie jest ich miejsce?

Przekazałem to następująco:

– Jesteśmy panu wdzięczni za tę szansę i obiecujemy

przykładać się do nauki. Mamy jednak nadzieję, że pan i cały personel szkoły okażecie nam cierpliwość. Niełatwo jest dokonać tak wielkiej zmiany w życiu natychmiast.

Major spoglądał na Wilka z sympatią.

– Chłopiec dobrze mówi – powiedział do mnie. – Gdyby się udało wpoić im dyscyplinę, można by z nich zrobić świetny, czysto indiański pułk. To najlepsi jeźdźcy świata, a mówi to panu stary kawalerzysta. Jak pan wie, służyłem w Dziesiątym Pułku Kawalerii. Murzyni. Bardzo dobrzy żołnierze.

– Teraz mówię ja – zwróciłem się do Wilka. – Nie mam do ciebie pretensji, że jesteś nieobytym młodym człowiekiem, ale twoje pytanie było niegrzeczne i nie przetłumaczyłem go Złotemu Liściowi. Ponieważ jednak wierzę, że nie zachowałeś się tak celowo, odpowiem ci ogólnie. Niektórzy uważają, że biali ludzie często z wiekiem tracą włosy dlatego, że przez całe życie chodzą w kapeluszach, inni twierdzą, że to skutek krótkiego strzyżenia. Ja uważam, że dzieje się tak, jak sobie tego życzy Wszechobecny Duch, który w tym wypadku chce, żeby włosy rosły na twarzach białym, a Indianom nie.

– Wiem, że nad Tłustą Trawą jeden z naszych oskalpował jakiegoś żołnierza z brody – powiada Wilk, który w swoim schludnym mundurze i z krótko ostrzyżoną głową nadal stał.

– To był Drewniana Noga – mówię. Odciął zabitemu adiutantowi Custera, W. W. Cooke'owi, jeden z bokobrodów. – Ale to nie jest dobry pomysł, żeby rozmawiać o tym tutaj.

– A dlaczego? – spytał Wilk. – Rozumieją nas tylko inni Ludzie, a im to nie przeszkadza.

Reszta chłopców wybuchnęła śmiechem, usłyszawszy tego typu indiański żart.

Zaczynał sobie za dużo pozwalać, co też mu powiedziałem i kazałem siadać. Posłuchał mnie.

Major, całkowicie nieświadomy, przyłączył się do ogólnej wesołości.

– Widzę, że kiedy się ich bliżej pozna, są wesołą gromadką. Nie mogę się doczekać, kiedy będę mógł rozmawiać z nimi bezpośrednio. Bez obrazy pana, panie Crabb, pańska pomoc jest tu niezastąpiona, ale niewątpliwie w języku Indian nie można wyjść poza najbardziej prymitywne pojęcia. A jednak wiemy, że wszyscy ludzie są równi przed obliczem Pana. Czerwony człowiek jest równie uzdolniony jak wszyscy inni, kiedy zapozna się z potęgą słowa, poczynając od Słowa Bożego, zapisanego w Ewangeliach.

Rzecz jasna, nie tłumaczyłem tych uwag chłopcom pochodzącym z plemienia, w którym mężczyźni znani byli z zamiłowania do oratorskich popisów, zwykle ciągnących się godzinami. A jeżeli major odwoływał się do Biblii, to zdaje się, że pisali ją Hebrajczycy, którzy raczej nie znali angielskiego. Nie wiem, czy kiedykolwiek wspominałem, że mój stary tata, który uznał się za kaznodzieję, uważał, że Indianie mogą być tym zaginionym plemieniem Izraela wymienionym w Księdze Mormonu, której jednak nie czytał, będąc analfabetą nawet w swoim własnym języku. Ale, jak się przekonałem w swoim, liczącym już dobrze ponad sto lat życiu, słowa można wykręcać na różne sposoby.

7. AMANDA

Nie mam zamiaru opowiadać dzień po dniu o moim pobycie w tej szkole i tłumaczeniu w rodzaju tego, którego przykład dałem, bo wszystkie inne były do niego podobne. Powiem na wstępie, że ci czejeńscy chłopcy nigdy nie nauczyli się angielskiego albo, jeżeli się nauczyli, to nie dawali tego po sobie poznać, bo kiedy się do nich zwracano choćby w najprostszych słowach, to nigdy nie odpowiadali i żaden z nich nie odezwał się w mojej obecności ani słowem po angielsku. Zastanawiałem się, co by się stało, gdyby ich poddać próbie, mówiąc, że ci, którzy chcą na obiad wołowinę, muszą to zgłosić po angielsku – gdyż wszyscy ci chłopcy przepadali za mięsem, które występowało w szkolnym jadłospisie nader rzadko, jako że podobne szkoły i rezerwaty były zaopatrywane przez rząd, co oznaczało, że poważna część produktów znikała tajemniczo, nie docierając na miejsce.

Albo, na przykład, co by się stało, gdyby zawołać: „Pali się!" Rzecz jasna, nigdy tych testów nie przeprowadziłem, bo w zasadzie byłem po stronie młodych Czejenów, choć już wtedy rozumiałem, że jest to rodzaj uczuciowości działającej na szkodę tych, którym, jak nam się wydaje, pomagamy. Oczywiście dopiekałem im w tej sprawie, powtarzając:

– I co z tego macie wy albo wasze plemię, że chodzicie do szkoły i niczego się nie uczycie?

– Ależ uczymy się tego, co biały człowiek uczy, bo ty nam to tłumaczysz – słyszałem w odpowiedzi od Wychodzącego Wilka albo Idącego na Końcu, albo Zawsze Spoconego, którym nawiasem mówiąc, major nadał nazwiska Patrick Henry, John Hancock i Anthony Wayne, chociaż nikt oprócz niego tak ich nie nazywał, a on sam nie potrafił ich od siebie odróżnić.

Czułem się wtedy paskudnie, bo wcale nie tłumaczyłem tego, co mówili nauczyciele historii i geografii, a na lekcjach arytmetyki słowa i tak były najmniej ważne. Co do angielskiego, to uczyła go panna Dorothea Hupple, jedna z tych młodych kobiet, które sprawiają wrażenie postarzałych i zasuszonych. Jej sposób nauczania wydawał mi się dość rozsądny i chyba miała pewne sukcesy z innymi uczniami, zwłaszcza z dziewczętami, którym nie przeszkadzało to, że uczy je kobieta.

Zaczęła od wskazywania różnych części swojej osoby i nazywania po angielsku włosów, ucha, oka, nosa i tak dalej. Usłyszawszy słowo, klasa miała je powtórzyć, ale oni wypowiadali chórem słowa czejeńskie. Nawet ja dałem się początkowo nabrać, że przejdą potem na słowa angielskie, które im podpowiem w ślad za Dorotheą, ale ani im to było w głowie. Kiedy wreszcie powiedziałem im, żeby przestali, bo przez tydzień nie dostaną mięsa, Idący na Końcu przypomniał mi, że nikt, z personelem włącznie, nie jadł mięsa od pięciu dni (pani Stevenson groziła nawet, że zrezygnuje z pracy), a Wilk chciał, żeby kobieta *veho* wskazała intymną część swojej anatomii i nazwała ją po angielsku.

– A może białe kobiety nic tam nie mają? – spytał.

Musiałem wszystko to ukrywać przed Dorotheą, bo chociaż te łobuzy doprowadzały mnie chwilami do szału, byłem bardziej po ich stronie nie tylko ze względu na moje wychowanie, ale również ze względu na własne szkolne wspomnienia z czasów, kiedy mieszkałem u państwa Pendrake. Nienawidziłem szkoły. Różnica polegała na tym, że jako nie-Indianin wiedziałem, że nie mam racji, od czego szkoła nie stawała się sympatyczniejsza, ale była w tym myśl o przyszłości, koncept bardzo trudny dla czerwonoskórych, choćby słownie uznawali jego znaczenie. Oni myśleli, że będą mogli pozostać w pełni Indianami, mimo że wszystkie fakty świadczyły o czymś przeciwnym. Byli w tym godni podziwu i beznadziejni.

Gdyby to Amanda uczyła angielskiego, takie rzeczy nie potrwałyby długo: nie wiem, czy chłopcy nauczyliby się czegoś więcej, ale musiałbym wyjaśnić, co się z nimi dzieje, co naprawdę mówią po czejeńsku i tak dalej, ale Dorothea Hupple, wyobraźcie sobie, zaczęła zdradzać do mnie słabość. Należała do tych starych panien, które przyjeżdżały na Zachód, żeby znaleźć męża, bo ze względu na niedostatek przyzwoitych kobiet szanse były tu większe. Tymczasem utknąwszy w tej szkole, nie korzystała z tej przewagi, bo wszystkie inne nauczycielki jechały na tym samym wozie, a z mężczyzn major był wdowcem, zbyt pochłoniętym swoją misją, żeby zauważać kobiety; John Bullock, który uczył wszystkich chłopców, włącznie z moimi, podstaw uprawy ziemi, sam był farmerem i mieszkał z żoną i dziećmi, z których kilkoro było już w tym wieku, że pomagało mu w gospodarstwie na ziemi przyległej do gruntów szkoły; Klaus Kappelhaus, nauczyciel arytmetyki, był Niemcem, świeżo przybyłym ze Starego Kraju, i chociaż wysławiał się po angielsku gramatycznie, to akcent miał taki, że mało kto go rozumiał, a jego skrzeczący głos napawał Dorotheę lękiem. Był jeszcze Charlevoix, prawdopodobnie *heemaneh*, sądząc ze spojrzeń, jakimi obrzucał chłopców w łaźni, chociaż kiedy spytałem moich chłopców, nie wymieniając nazwisk, czy ktoś ich zaczepiał, powiedzieli, że nie, bo gdyby tak było, spuściliby mu porządne lanie, chyba że włożyłby suknię, a wtedy traktowaliby go dobrze, zgodnie z czejeńską tradycją.

Dość, że Dorothea, jak już wspomniałem, upodobała sobie mnie i nigdy nie robiła problemów z brakiem postępu moich chłopców w angielskim, a także zawsze przyjmowała moje naciągane wyjaśnienia i cenzurowane tłumaczenia.

Ja natomiast interesowałem się Amandą Teasdale, chociaż nie w taki nieprzytomny sposób jak w przypadku Dory Hand. Amanda nie była nauczycielką, chyba że kogoś z konieczności zastępowała, ale pomagała majorowi w prowadzeniu szkoły i tam, gdzie pozwalał jej rządzić, wszystko szło dobrze, póki znów nie wziął spraw w swoje ręce, bo chociaż chodził z głową w chmurach, to nie mógł znieść, że kobieta ma zbyt dużą władzę, czym nie różnił się od większości białych mężczyzn i wszystkich znanych mi Indian, na przykład moich chłopców, którzy uważali, że nawet biedna Dorothea Hupple wykazywała właściwą białym kobietom tendencję do rządzenia. Nie, żebym ja sam był jakimś radykałem w tym względzie, powiem szczerze, chociaż nigdy nie lubiłem być niczyim popychadłem niezależnie od płci i rasy, ale nigdy też nie czułem niechęci do osoby, ktokolwiek to był, która coś wie albo robi lepiej ode mnie. Oportunista taki jak ja nie może sobie pozwolić na inne podejście.

Amanda na przykład była wykształconą osobą, która nie tylko ukończyła pełną szkołę, ale na dodatek uczęszczała do damskiego college'u, niewiele więc rzeczy w dziedzinie wiedzy pozostało dla niej tajemnicą. W mojej opinii, ale nie w jej, bo jednym z rzucających się w oczy skutków wykształcenia było w jej przypadku niezadowolenie. Twierdziła, że kobiet nie uczy się ważnych przedmiotów, takich jak greka, łacina i tego rodzaju matematyki, który nazywa się rachunkiem różniczkowym, a tylko rysowania, gry na pianinie i czytania powieści. Ponieważ te ostatnie wydały mi się przyjemniejsze, zastanawiałem się, dlaczego ona wolałaby się uczyć martwych języków i liczenia poza sensownymi sumami wystarczającymi większości ludzi, ale byłem pewien, że gdybym to powiedział, stałoby się to jeszcze jednym dowodem mojej ignorancji, wobec czego milczałem.

Poznałem Amandę trochę bliżej podczas tej mojej pracy w szkole, bo ona też lubiła porozmawiać z mężczyzną, z tą jednak różnicą, że ona nie szukała męża. Prawdę mówiąc, kiedy się lepiej poznaliśmy, wyznała mi, że jest przeciwna zamążpójściu, w każdym razie jeżeli o nią chodzi, bo to jest gorszy rodzaj białego niewolnictwa niż praca w Samotnej Gwieździe, gdyż tam się kobietom przynajmniej płaci i mogą odejść, kiedy chcą.

Muszę przyznać, że było to dla mnie coś nowego, ale nigdy nie wdawałem się z nią w dyskusję na ten temat, bo co ja mogę powiedzieć komuś, kto chodził do college'u? Miałem jednak pewne doświadczenie z ladacznicami i mógłbym jej powiedzieć, że sprawa jest nieco bardziej skomplikowana, bo te kobiety, które znałem, na ogół chciały wyjść za mąż, a te, które to zrobiły, wydawały się szczęśliwsze niż przyzwoite niewiasty w tej samej sytuacji, tłumaczcie to sobie, jak chcecie. Moja teoria mówi, że w swoim życiu zawodowym poznawały mężczyzn od najgorszej strony, w małżeństwie mogły więc odkrywać tylko ich dobre strony. Co zaś do mężów, to cóż, nie mieli powodu, żeby wymykać się z domu na dziwki.

Z reguły widywałem Amandę w sobotnie popołudnia, bo to był jedyny czas wolny od zajęć szkolnych, chociaż ja miałem niewiele do roboty w określone dni tygodnia, kiedy chłopcy uczyli się uprawy ziemi u Johna Bullocka, który był człowiekiem małomównym i uczył, demonstrując, jak korzystać z pługa, jak składać siano i tak po kolei, a moi chłopcy – z tego, co mówił John – byli w tym całkiem pojętni, kiedy im się chciało, ale czasem popadali w jakiś czejeński nastrój, który widywałem, żyjąc wśród tego plemienia, tyle że kiedy byli wśród swoich, zdarzało się im to indywidualnie, a nie całej grupie naraz. Wyglądało to, jakby duchem udali się w całkiem inne miejsce, pozostawiając tu tylko ciała. Kiedy popadali w ten stan, nic nie można było z nimi zrobić.

Ale wracajmy do Amandy. Nie wydawało mi się, żeby można było liczyć na jakieś rozrywki na tej płaskiej bezdrzewnej równinie, która pod ręką takich ludzi jak John Bullock przekształcała się w żyzne grunta uprawne. Najbliższe białe osiedle to był właściwie przystanek kolejowy niewart długiego marszu, tym bardziej że nie było tam nic do roboty poza oglądaniem przyjazdów i odjazdów nielicznych pociągów, czym zajmowali się tamtejsi mieszkańcy. Tymczasem Amanda odkryła, że w odległości pięciu mil można znaleźć strumyk z ładnym zakolem ocienionym drzewami bawełnianymi.

Wyprawiała się tam sama, co było jeszcze jedną rzeczą

różniącą ją od młodych dam z tamtych czasów, ale już nie tak niebezpieczną jak przed laty, kiedy w okolicy krążyli dzicy Indianie. Nie udawałem, że wybrałem się z nią dla jej bezpieczeństwa, co mógłbym zrobić w przypadku innej kobiety, ale Amanda nie przyjmowała do wiadomości, że może w czymkolwiek potrzebować męskiej pomocy. Nigdy dotąd nie spotkałem podobnej niewiasty, bo nie była przy tym typem Calamity Jane, ubierającej się i zachowującej po męsku, przeklinającej, żującej tytoń, spluwającej i pracującej przy obdzieraniu mułów ze skóry. Nawet na te wycieczki wybierała się w swej zwykłej długiej sukni i wysokich bucikach zapinanych na guziki.

Kiedy po raz pierwszy wprosiłem się do towarzystwa, byłem zdziwiony, że się zgodziła, bo od czasu przyjęcia mnie do pracy nigdy nie okazała mi nawet cienia zainteresowania, ale może była pod wrażeniem nowości sytuacji, a poza tym, zajmując tak niską pozycję w hierarchii służbowej, nie mogłem w niczym podważyć jej autorytetu.

Na pierwszym spacerze minęliśmy pola Bullocka bez słowa z jej strony i dlatego myślałem, że ja też powinienem milczeć, ale w końcu przyszło mi do głowy, że może ona przez grzeczność czeka, aż ja zacznę rozmowę. Towarzystwo przyzwoitych kobiet zawsze wprawiało mnie w zakłopotanie.

– Zboże pana Bullocka ładnie wyrosło – powiedziałem wreszcie, mając na myśli pole dorodnej pszenicy, które właśnie minęliśmy. Od tego miejsca aż po horyzont rosła bizonia trawa, równa jak jezioro. – To mi przypomina moje młode lata. Przejeżdżałem tędy wozem jako dzieciak i nikt by wówczas nie pomyślał, że kiedyś będą tu pola uprawne.

Amanda kiwnęła głową, ale milczała. Powinienem powiedzieć, że szliśmy obok siebie jej tempem, które było całkiem żwawe, i chociaż w tych okolicach nie zbudowano jeszcze dróg, posuwaliśmy się szlakiem wydeptanym od stuleci przez bizony i inne nie żyjące już zwierzęta, bo preria nigdy nie była całkowitym bezdrożem, nawet dla białych.

– W tamtych czasach – mówiłem – można było natknąć się na stado bizonów, które wypełniało cały świat, albo można było całymi tygodniami nie zobaczyć nawet jednego, i przez większość czasu w ogóle nie widziało się Indian, a potem nagle zjawiała się ich grupka, zawsze wyrastająca jakby spod ziemi, mimo że człowiek widział na wiele mil wokół.

Amanda znowu kiwa głową, jakby nie bardzo słuchała, a potem zadaje pytanie:

– Proszę mi powiedzieć, czy pańscy chłopcy robią postępy w angielskim?

– Jakoś sobie radzą. Zapewne robią wszystko, czego można od nich oczekiwać. – Zwłaszcza jeżeli się nie ma żadnych oczekiwań, nie dodałem.

– Dlaczego są tacy trudni? Przecież nie jesteśmy ich wrogami. – Powiedziała to z pełnym przekonaniem, nie bez zniecierpliwienia.

– To wiąże się z ich męskością. Nie mogą jej dowieść na wojnie i podczas pobytu w szkole nie mogą nawet polować.

– Nie chcę się doszukiwać wad u Indian – Amanda na to – ale musimy ich przekonać, że przelewanie krwi nie ma nic wspólnego z męskością.

Mówiła to oczywiście osoba nie należąca do płci męskiej. Gdyby to ona stworzyła ludzi, byliby sympatyczniejsi od tych, których wyprodukował Pan Bóg.

– To zajmie trochę czasu – powiedziałem.

– Ale musimy to zrobić i zrobimy – stwierdziła Amanda stanowczo, zaciskając blade wargi.

Marsz jej tempem w palącym słońcu wytwarzał w człowieku masę ciepła, więc oblewałem się potem, ale patrząc na Amandę, nikt by się nie domyślił, że jest upał, choć nie miała parasolki jak damy w mieście ani nawet kapelusza. Może chroniło ją bogactwo złotych włosów, bo czoło miała nie tknięte opalenizną. Widać to było zwłaszcza wtedy, kiedy stanęła obok pani Stevenson, która kiedyś rozpromieniła się przy mnie na jej widok i powiedziała: „Kochanie, bielszych od ciebie chyba już nie robią". Co wcale nie znaczy, że wyglądała na chorowitą. Podobała mi się i to tym bardziej, im dłużej ją znałem. Nie miałem jednak wobec niej żadnych zamiarów poza tymi wspólnymi spacerami, bo po paru pierwszych przestała zwracać na mnie uwagę, a ja nie przywykłem zalecać się do damy bez jakiegoś sygnału z jej strony, że nie jestem uważany za natręta. Amanda, jak się wydawało, akceptowała moje towarzystwo bez oporów, ale miałem uczucie, że gdybym nie pokazał się którejś soboty, kiedy wyruszała, nie obejrzałaby się, żeby sprawdzić, czy za nią idę. Jak dotychczas mój związek z tą dziewczyną był jakiś dziwny, niepodobny do wszystkich innych, jakie mi się zdarzyły, ale uważałem, że wynika to z jej uprzywilejowanego życia w rodzinie bogatej i kulturalnej, w porównaniu z moją sytuacją. Nie było żadnego powodu, żeby się mną zainteresowała, chyba że chciałaby posłuchać historii z mojego barwnego życia, ale nigdy nie przejawiała ciekawości co do tego, w jaki sposób poznałem tak biegle język czejeński. Co zaś do mojego udziału w bitwach i zażyłości z rewolwerowcami, to wspomniałem już o jej niechęci do rozlewu krwi, niewiele więc moich opowieści mogłoby sprawić jej przyjemność. Tak w każdym razie myślałem, wyłączając moje znajomości z ladacznicami, które nie były aż tak szerokie, wziąwszy pod uwagę czasy i miejsce. Jednak nawet gdyby było inaczej, to nie z Amandą Teasdale chciałbym na ten temat rozmawiać. W tamtych czasach mężczyzna nie mówił o seksie z osobą płci żeńskiej, a już na pewno nie z osobą szacowną, na przykład swoją małżonką, jeżeli taką miał, albo z ukochaną, ani nawet z taką, którą mógł kupić, choć w towarzystwie tej ostatniej mógł w rozsądnych granicach posługiwać się językiem wulgarnym. Chcę powiedzieć, ryzykując posądzenie o niedelikatność, że mężczyzna zabierał się do rzeczy bez wstępów, chyba że powstała różnica zdań co do ceny. Muszę więc przyznać, że byłem zdumiony i zaszokowany, kiedy podczas jednego ze spacerów Amanda spytała mnie jak gdyby nigdy nic:

— Dlaczego mężczyźni chodzą do prostytutek?

Żeby ukryć zażenowanie, odwołałem się do humoru.

— Cóż — powiedziałem — jeżeli nie chce pani, żeby przelewali krew, to co innego im pozostaje?

Powinienem nadmienić, że Amanda nigdy nie okazała

poczucia humoru i teraz też pozostała wierna sobie. Nie zdradzając się niczym, że słyszała moją odpowiedź, poszukała jej sama.

– Czy potrzeba dominacji nad kobietą jest tak silna, że gotowi są zapłacić komuś, kto ją zaspokoi?

Nie byłem pewien, o co jej chodzi, ale biorąc pod uwagę swoją żartobliwą odpowiedź, uznałem, że winien jej jestem nieco tolerancji.

– Cóż – mówię – jeżeli ta sprawa rzeczywiście panią interesuje, nietrudno ją wyjaśnić. Kiedy kowboj zjeżdża ze szlaku, chce zażyć trochę przyjemności za pieniądze, na które tygodniami ciężko pracował, upija się więc, gra w karty i kupuje sobie parę chwil z kobietą. Na pewno wolałby mieć do czynienia z bezpłatnym egzemplarzem tej ostatniej, ale przecież nie zna żadnych przyzwoitych kobiet w mieście, do którego przypędził bydło, i nie będzie w nim wystarczająco długo, żeby poznać jakąś sympatyczną dziewczynę w sposób zgodny ze wszystkimi zasadami, a gdyby mu się to udało, to ona nie zgodziłaby się na to, o co mu chodzi, póki by się nie pobrali. – Wszystko to powinno być tak oczywiste dla każdej dorosłej osoby, że zastanawiałem się, po co ja to mówię. Tym razem Amanda słuchała.

– Mój ojciec nie jest kowbojem – powiedziała, kiedy skończyłem.

I znów zbiła mnie z tropu. Pomyślałem, że musiałem się przesłyszeć. Młode kobiety nie mówiły o swoim ojcu i o seksie w tym samym zdaniu. Jak już wspomniałem, o tym drugim nie mówiły w ogóle, zwłaszcza do kogoś, kogo ledwo znały. Teraz jednak mieliśmy już przed sobą zagajnik drzew bawełnianych nad zakolem tego potoku i trzeba wiedzieć, co to jest preria, żeby zrozumieć, jak miły jest widok drzew po długiej wędrówce przez wyłącznie poziomy krajobraz, po którym nieustannie hula wiatr. Wszystko to ożywiło we mnie wspomnienia wczesnych lat chłopięcych i podróży krytym wozem. Tęskniłem też za tym, żeby się napić wody.

– Jesteśmy na miejscu – mówię.

Ale Amanda nie dała za wygraną.

– Terroryzował moją matkę przez całe jej dorosłe życie, terroryzuje moje siostry i, rzecz jasna, kobiety, które pracują u niego w banku. I tego jest mu jeszcze mało. Chyba zrozumiałem, co chce powiedzieć, ale to nie znaczy, że chcę się dowiedzieć czegoś więcej na temat, który uważałem za niesmaczny.

– Panno Amando – powiadam – myślę, że mówi to pani do niewłaściwej osoby.

– Ale pan pracował w takim miejscu.

– W Samotnej Gwieździe? – Pokręciłem głową. – Wątpię, żeby tam chodził. Za bardzo by się wyróżniał wśród tej hołoty. – Powiedziałem tak, żeby jej sprawić przyjemność. Przychodzili tam bardzo różni mężczyźni, żeby się napić albo popatrzeć na tańczące dziewczęta, niektórzy wyglądali na kupców lub bankierów. Nie każdy szedł na górę z kobietą pracującą, ale i tak mógł skorzystać z dyskretnych schodów od tyłu, tych samych, którymi schodziło się do pisuaru. Tak czy owak nie znałem jej papy.

– Śledziłam go – stwierdziła rozstrzygająco. – I on nie pije, bo ma kłopoty z żołądkiem.

Czułem się naprawdę głupio.

– Nie powinienem tego słuchać – mówię. – Lepiej by pani porozmawiała z tym kaznodzieją w Dodge.

– Dlaczego? – spytała Amanda. – Czy on też jest tam klientem?

– Kaznodzieja?

– Jest przecież mężczyzną, czy nie?

– Niektórzy z nas są skazani na to określenie – odpowiadam z uśmiechem, choć zaczynam podejrzewać, że nie wszystko jest z nią w porządku. – I nic nie możemy na to poradzić.

– Nie wierzę w to – mówi, wysuwając dolną szczękę. – Żaden człowiek nie musi zachowywać się jak zwierzę.

– Wobec tego, za przeproszeniem, nie spotkała pani takich ludzi, jakich mnie zdarzało się spotykać – powiedziałem. – Jeżeli chodzi o krwiożerczość, to żadne zwierzę nie może się z nimi równać.

Doszliśmy teraz nad brzeg wody w cieniu drzew i nie mogłem się doczekać, kiedy zwilżę sobie gardło wodą ze strumyka, który płynął leniwie i miał o tej porze roku zaledwie kilka jardów szerokości w swoim normalnym korycie, a na zakręcie był zapewne głębszy i w cieniu drzew chłodniejszy niż na płyciznach w pełnym słońcu. Co nie znaczy, że ciepła woda nie jest lepsza niż żadna, kiedy upał dokuczy. Źródła wody stają się bardzo cenne, kiedy się podróżuje przez prerię.

– Nie uważam, żeby brak samokontroli był czymś wrodzonym – stwierdza Amanda. – To jest folgowanie sobie, i mężczyzn się do tego zachęca.

Może i miała rację, ale dla mnie nigdy nie miało większego znaczenia, na podstawie jakiej teorii człowiek jest zły, i kiedy mówię zły, mam na myśli morderstwa, rabunki i tak dalej, a nie nadużywanie kobiet i whisky, tylko to, co muszę robić dla obrony własnych interesów, a to również obejmowało bliskie mi osoby, i niech mnie licho, jeżeli nie miałem stanąć przed tym problemem wcześniej, niż się spodziewałem.

Normalnie napiłbym się, kucając i czerpiąc wodę garściami, ale w obecności damy wydawało mi się to zbyt prostackie, podobnie jak picie z kapelusza, co nawiasem mówiąc, było dobrym sposobem na ochłodzenie się przez nałożenie kapelusza po wypiciu jego zawartości i pozwolenie, żeby resztki wody ściekały po twarzy i karku. Sami widzicie, jak nieokrzesanym osobnikiem byłem w tamtym czasie, ale rzecz w tym, że stale nad sobą pracowałem.

Podczas gdy ja rozważałem tę kwestię, Amanda zaś rozwodziła się nad wadami mężczyzn, usłyszałem konia zbliżającego się z odległości około ćwierć mili. Usłyszałbym go dużo wcześniej, gdyby wiatr wiał w moim kierunku, a nie odwrotnie. Szedł krokiem zdradzającym, że jest bardzo zmęczony po ostrej jeździe. W filmach konie pędzą pełnym galopem całymi milami, ale w życiu tego nie potrafią. Nie mogą też opić się wody (co zrobią, jeżeli się ich nie powstrzyma, i padną), póki trochę nie ochłoną, i ten był powstrzymywany przez swojego jeźdźca, żeby nie gnał co sił do wody, którą już zwęszył. Od pewnego czasu nie miałem własnego wierzchowca, ale te parę lat spędzonych w saloonie za barem nie pozbawiło mnie słuchu ani znajomości koni, w czym ćwiczyli mnie Czejenowie.

Kiedy odgłos kopyt zbliżył się na odległość stu jardów, uznałem, że Amanda słyszy je równie dobrze jak ja, nie stwierdzałem więc rzeczy oczywistej, chciałem się natomiast napić wody, zanim zdyszany koń wetknie do strumienia swój okręcony rzemieniami pysk.

– Przepraszam – powiedziałem, kucając nad brzegiem – ale bardzo chce mi się pić, a oni tu za chwilę będą.

Amanda zrobiła minę, jakby nie wiedziała, o czym mówię. Zaczerpnąłem garścią wody i zacząłem ją chłeptać, co robiłem setki razy, jeżeli nie przypadałem do strumienia i nie piłem jak zwierzę, ale nigdy dotąd nie zwróciłem uwagi, jakie zwierzęce odgłosy temu towarzyszą. Na koniec otarłem usta bandaną, którą miałem w rękawie jako chustkę, a nie zwyczajnie ręką.

Teraz jeździec był już wśród drzew, ale Amanda nadal nic nie zauważyła.

– Mamy gościa – powiedziałem.

Wreszcie się odwróciła. Wyprostowany w siodle mężczyzna dosiadał wielkiego gniadosza, który, tak jak się spodziewałem, wyglądał na zmęczonego niedawnym wysiłkiem i rwał się do wody.

– Szanowanie – powiedział jeździec grzecznie i nawet dotknął ronda kapelusza, który naciągnął tak nisko, że widziałem jedynie dwoje błyszczących oczu i wielkie wąsy, jakie zdobiły wtedy twarze wielu mężczyzn, włącznie ze mną.

Odpowiedzieliśmy na powitanie, a Amanda dodała nawet ładny uśmiech, którego nie znałem, bo zwykle kąciki jej ust były opuszczone w dół. Gość miał zatknięte za pasem dwa pistolety bez futerałów, a przy jego prawym kolanie wystawała z pochwy kolba strzelby. Sądząc po rękojeści, nóż za cholewą jego prawego buta miał pokaźne rozmiary. Podczas gdy taksowałem go spojrzeniem, on robił to samo ze mną i przekonał się, że nie mam żadnej widocznej broni. Faktem jest, że nie miałem też żadnej ukrytej. Małego derringera, którego nosiłem w Dodge, odsprzedałem jednemu z barmanów. Potrzebując przed wyjazdem z miasta każdego centa, ze względu na marną płacę, jaką oferowała szkoła, sprzedałem również jakiemuś kowbojowi swojego colta. A mój indiański nóż tkwił wbity we framugę drzwi w internacie. Miałem na sobie swoje najlepsze ubranie, czarny surdut, tasiemka pod szyją i tak dalej, bo tak się człowiek ubierał, towarzysząc kobiecie nawet na pylistym szlaku, a o strojach sportowych nikt jeszcze nie słyszał.

Może ktoś spytać, dlaczego w ogóle poruszam sprawę broni, skoro jakiś człowiek zatrzymał się, żeby napoić konia w ogólnie dostępnym strumieniu. Zaraz odpowiem. Ten człowiek przyjechał z zachodu, a było wczesne popołudnie i słońce stało wysoko za jego plecami, co znaczy, że nie świeciło mu w oczy, a mimo to miał kapelusz tak naciśnięty na czoło, że prawie nie widziało się jego twarzy. Zauważyłem nawet, że wjeżdżając między drzewa, naciągnął kapelusz jeszcze głębiej, jak to robi człowiek, który nie chce być rozpoznany. Może ktoś powiedzieć, że to pewnie był jego osobisty fason, na co odpowiem, jasne, tylko że on miał cztery rodzaje widocznej broni, a ja nie miałem żadnej, ale za to miałem kobietę pod swoją opieką. Bo zmierzywszy mnie wzrokiem, żeby sprawdzić stan mojego uzbrojenia, przybysz przeniósł wzrok na Amandę i bardzo powoli obejrzał ją od stóp do głów, tym razem nie w poszukiwaniu broni.

Takie zachowanie wobec kobiety znajdującej się w towarzystwie innego mężczyzny było normalnie prowokacją pod adresem tego ostatniego, jeżeli był uzbrojony. W tym przypadku jeździec traktował mnie jak powietrze, bo byłem bez broni.

Amanda, mimo ciągłych tyrad przeciwko mężczyznom w sensie ogólnym, nie dostrzegała nic niebezpiecznego w tym osobniku i uśmiechała się do niego. Nie zdawała sobie sprawy, że komuś jego pokroju mogło się to wydać czymś nieskromnym, podobnie jak fakt, że miała gołą głowę. Jeździec w końcu pozwolił swojemu koniowi podejść do strumienia i napić się wody, ale stanął pod takim kątem, że miał nas na oku, nie obracając się zbyt mocno w siodle.

– Myślę, mała, że wezmę cię na przejażdżkę – mówi, odsłaniając w uśmiechu żółte zęby z brązowymi zaciekami. – Co ty na to?

Nie było najmniejszej wątpliwości co do jego zamiarów, ale niech mnie licho, jeżeli Amanda nadal miło się do niego nie uśmiechała.

– Nie, dziękuję – powiada. – Ten spacer to jedyne moje ćwiczenie w ciągu całego tygodnia i bardzo go sobie cenię.

Nie byłem szczególnie zadowolony, że w swoich uwagach w ogóle nie wspomniała o mnie, chociaż jak dotychczas na nic się nie przydałem.

Człowiek na koniu stał się już całkiem nieprzyjemny.

– Nie pyskuj mi tu, mała suko. Kiedy mówię, że coś zrobię, to znaczy, cholera, że zrobię. – Po czym przeklina dalej, czego nie mogę znieść w obecności damy. Tyle że on jest uzbrojony po zęby i siedzi na koniu.

Nigdy nie należałem do tych, którzy ryzykują w beznadziejnych sytuacjach, i nie wiem, co bym zrobił, gdyby Amandy tam nie było – choć gdyby jej nie było, ten akurat problem by się nie pojawił. Tymczasem Amanda tam była, a ten bydlak ją obraził i niewątpliwie posunąłby się dalej, gdyby mu tylko przyszła ochota. Podwinąłem więc rękawy i powiadam, może głupio, ale nic lepszego nie przyszło mi do głowy:

– Złaź tutaj i walcz jak mężczyzna.

On na to parska śmiechem i dalej sypie przekleństwami.

– Gdzie jest ten mężczyzna, z którym mam się bić? – pyta i zanosi się śmiechem, który jest samym głosem, bez żadnego odbicia na twarzy, po czym wyciąga zza pasa jeden z pistoletów, ale jeszcze z niego nie mierzy, trzyma go tylko w zaciśniętej dłoni opartej na kuli siodła.

Zanim zdążyłem spróbować czegoś innego, cokolwiek to mogło być, Amanda podeszła do konia jakimś dziwnym krokiem, jakiego nigdy wcześniej u niej nie widziałem, a prawdę mówiąc, u żadnej kobiety, bo dziewczyny z saloonu podchodziły do mężczyzn ze znacznie mniejszą płynnością. Tak czy owak zorientowałem się ku swojemu zdumieniu, że ona go kokietuje.

– Niech pan nie będzie taki niecierpliwy – powiada wolnym, niskim głosem, jakiego też nigdy u niej nie słyszałem, do pary z tym wężowym krokiem. – Nie powiedziałam nie.

Nie mogłem wtedy wiedzieć, czy całkowicie zwątpiła we mnie i robiła to, żeby uniknąć jeszcze gorszego losu, czy też grała na zwłokę, dając mi szansę wypróbowania jakiejś bardziej skutecznej taktyki, ale w tamtej chwili nie myślałem o żadnej z tych możliwości ani o niczym innym, bo ogarnęła mnie wściekłość, że ta wspaniała dziewczyna poniża się przed takim śmierdzielem. Rzuciłem się więc na niego, a on podniósł pistolet i strzelił, mierząc mi prosto w serce. Byłbym już trupem, gdyby nie to, że Amanda wyciągnęła ten wielki nóż zza jego cholewy i wbiła mu go przez but w łydkę akurat w chwili, kiedy naciskał spust, od czego drgnęła mu ręka i pocisk, zamiast trafić mnie w serce, przeszedł między moimi żebrami a lewą ręką, dziurawiąc mój jedyny surdut, ale oszczędzając ciało.

Koń spłoszył się i stanął dęba, jakby to on został zraniony, i obrócił się, obalając Amandę na ziemię. Opryszek miał jeszcze strzelbę i drugi pistolet, a ja byłem nie uzbrojony i niewątpliwie zostałbym przez niego podziurawiony, bo trzymał palec na spuście, kiedy z okrzykiem wojennym, znanym mi z dawnych czasów, pojawiła się znikąd naga brązowa postać, skoczyła na grzbiet konia za jeźdźcem, chwyciła go za brodę, odchyliła głowę i poderżnęła mu gardło od ucha do ucha. Tryskając krwią z przeciętej szyi, ciało zgubiło kapelusz i zwaliło się z konia na ziemię tuż obok wstającej po upadku Amandy, obryzgując ją krwią.

Odziany tylko w przepaskę dzikus zeskoczył z konia, ukląkł i przejechał nożem wokół czaszki trupa, którego mętniejące prawe oko było jeszcze otwarte, a lewa noga jeszcze podrygiwała, zerwał mu skalp z tym odgłosem, którego się nie zapomina, jeżeli się go raz słyszało, podniósł ociekający krwią strzęp i powtórnie wydał ten mrożący krew w żyłach czejeński okrzyk.

Był to Wychodzący Wilk. Teraz pojawili się jego towarzysze: Zawsze Spocony i Idący na Końcu. Powinienem czuć się zawstydzony, że nie wyczułem ich obecności za drzewami, ale byłem zbyt pochłonięty swoimi problemami. Na pewno nie miałem powodów do dumy. Najpierw moją skórę uratowała Amanda, a teraz ten indiański chłopak.

Skoro mowa o Amandzie, to znów leżała na ziemi. Widocznie zemdlała, kiedy zwaliło się obok niej to krwawiące ciało albo kiedy Młody Wilk zrywał mu skalp. Ukląkłem przy niej i zacząłem wycierać ją z krwi swoją wilgotną bandaną, na co ona ocknęła się, zobaczyła, co robię, i z oburzeniem odepchnęła moją rękę, jakbym korzystając z okazji, dobierał się do niej wbrew jej woli. Potem zauważyła chłopaków w przepaskach biodrowych, słuchających przechwałek Wilka na temat jego wyczynu, co jest standardową indiańską procedurą w przypadku zwycięstwa, i chociaż nie mogła rozumieć jego pogańskich słów, to chwytała ich ducha i omal znów nie zemdlała.

Pomogłem jej wstać, tym razem bez protestów z jej strony. Trzymała mnie nawet mocno za ramię. Jednak jak tylko stanęła pewnie na nogach, odrzuciła moją pomoc, spojrzała na ciało, z którego gardła wciąż płynęła krew, a na głowie zamiast włosów była krwawa łata, i naskoczyła z furią na Wychodzącego Wilka.

– Zabiłeś go! – zapiszczała. – Ty niedobry, niedobry chłopcze, zabiłeś człowieka.

– Postąpiłeś słusznie – przetłumaczyłem to na czejeński. – Kobieta jest bardzo zadowolona, że uratowałeś ją przed niewłaściwym potraktowaniem przez złego człowieka.

Amanda pokrzyczała jeszcze trochę, ale spojrzawszy ponownie na trupa, pobiegła za największe drzewo i, jak sądzę, zwymiotowała.

Wilk pokazał mi swoją broń, której nie spieszył się otrzeć z jaskrawoczerwonej krwi.

– Miałeś rację – powiedział. – Ten nóż ma silne czary.

165

Żeby uczcić to wielkie zwycięstwo, daję ci w prezencie skalp twojego wroga. – Po czym wręczył mi to oślizgłe coś, kłąb włosów tak brudnych, że wolałbym je złapać za ten krwawy koniec.

Był to objaw rzadkiej hojności, za który podziękowałem mu i obiecałem, że dołączę dar do mojego zawiniątka z czarami, osobistej i zazwyczaj tajnej kolekcji talizmanów, jakie Indianin trzyma dla obrony przed złymi duchami, a to dlatego, żeby z góry wytłumaczyć, dlaczego już nigdy tego skalpu nie zobaczy, bo postanowiłem z powrotem przykleić go na czaszkę trupa, póki była wilgotna, żeby uniknąć niewygodnych pytań przed pogrzebaniem ciała.

Tymczasem musiałem zwinąć to paskudztwo skórą do środka i schować do kieszeni, bo właśnie wracała Amanda z twarzą bledszą niż zwykle. Pobyt za drzewem uwolnił ją także od części wcześniejszych emocji i tym razem zwróciła się surowo do trójki chłopców.

– Co robiliście poza terenem szkoły bez pozwolenia? I co robicie bez mundurów?

– Niech pani da spokój, Amando – powiedziałem do niej. – Chłopak przed chwilą uratował pani cnotę, a mnie życie.

Teraz jej gniew zwrócił się przeciwko mnie.

– Skąd pan to wie? Dałabym sobie z nim radę. Kobiety mają takie historie z mężczyznami przez całe życie. Wcale się go nie bałam.

– To prawda, sam widziałem – przyznałem. – To było znakomite, ten cios nożem w nogę. Jestem ogromnie wdzięczny, bo dzięki temu mnie nie trafił. To pani pierwsza uratowała mi życie.

Uważałem, że jest niesamowita – młoda dziewczyna z dobrego domu dała sobie tak dobrze radę w obliczu przemocy. Ale Amanda nie dała się tak łatwo uspokoić.

– Nie trzeba było go zabijać!

Wilk tymczasem znalazł pistolety upuszczone przez zabitego i nóż myśliwski, który odrzuciła Amanda. Przeprosiłem ją na chwilę i zwróciłem się do Wilka po czejeńsku:

– Zdobyłeś tę broń w walce, ale nie jesteś teraz wśród

166

Ludzi. Jesteś chłopcem i uczniem w szkole białego człowieka i nie wolno ci mieć tej broni. To samo dotyczy strzelby przy koniu, ale postaram się, żeby zatrzymano je dla ciebie do dnia, kiedy skończysz szkołę i będziesz jechał do domu. Ściągnął brwi, ale zaraz się rozpogodził.

– To znaczy, że niedługo pojedziemy do domu? – spytał z wyraźną radością w czarnych oczach.

– Nie wiem kiedy, ale któregoś dnia pojedziecie do domu. A dokąd mielibyście iść po skończeniu szkoły?

– Myśleliśmy, że będziemy zabici – mówi beznamiętnie Wilk. Co pokazuje, jak rozumują czerwonoskórzy: biali ludzie zadali sobie trud, żeby zorganizować szkołę, i męczą się miesiącami, żeby takich chłopców jak on czegoś nauczyć, a wszystko po to, żeby ich na końcu zabić. Ale musicie wiedzieć, że oni widzieli, jak biali tysiącami zabijali bizony dla samych skór, zostawiając na ziemi dobre mięso, żeby zgniło, a potem odsyłali gdzieś skóry, nie robiąc z nich żadnego widocznego użytku. I zbudowali hałaśliwą, brudną drogę żelazną, po której wozy mogą jeździć tylko w linii prostej, i jeżeli coś leży na drodze, nie można tego ominąć. Noszą też spodnie w jednym kawałku, z nogawkami połączonymi z kroczem, tak że kiedy biały chce oddać mocz, musi rozrywać szew z przodu, a żeby oddać kał, musi zsuwać cały strój. Indianin znajdował tysiące przykładów na to, że świat białych jest bez sensu, a nie ostatnim z nich było to, że pozwalali się rządzić kobietom.

Koń zabitego nie spłoszył się na skutek całego zamieszania i utraty pana, oddalił się tylko o kilka kroków i stał spokojnie. Wyjąłem z olstra winczestera, a skoro już tam byłem, to zajrzałem do juków i pierwszą rzeczą, którą znalazłem, był złożony plakat z dziurami po gwoździach. Kiedy go rozłożyłem, dowiedziałem się, że niejaki Elmo Cullen jest poszukiwany za morderstwo i napad z bronią w ręku. Bank z Grand Island w stanie Nebraska oferował pięćset dolarów za dostarczenie go żywego lub umarłego. Cullen został opisany jako osobnik wzrostu pięciu stóp i dziesięciu cali, ważący sto sześćdziesiąt pięć funtów, w wieku lat trzydziestu jeden, „cera śniada, duże, obwisłe, brudnorude wąsy, ciemnorude włosy, poza tym prawdopodobnie ogolony, nogi krzywe".

Zabrałem plakat do leżącego na ziemi ciała, które mogło przecież należeć do łowcy nagród ścigającego Cullena. Na temat nóg trudno było coś powiedzieć w jego stanie, ale reszta opisu jakby pasowała.

Wręczyłem plakat Amandzie, która nadal narzekała.

– Wygląda na to, że szkoła zarobiła jakieś pieniądze – powiedziałem.

Chyba można zaliczyć na jej dobro, że chociaż zwykle walczyła o pieniądze na ten cel, to teraz nie zmieniła melodii, a nawet rzuciła coś na temat krwawych pieniędzy. Muszę jednak powiedzieć, że kiedy przy pomocy chłopców przerzuciłem ciało przez konia, żeby je odwieźć do szeryfa w mieście, Amanda przystała na moją uproszczoną wersję wydarzenia – wyraźna obrona jej cnoty przeze mnie przed uzbrojonym bandytą, któremu zdołałem zza cholewy wyciągnąć jego nóż myśliwski, samemu omal nie zostając trafionym w serce, na dowód czego mogłem pokazać dziurę w surducie.

Nie mieszałem do tego czejeńskich chłopców, bo mogli się tylko spodziewać kłopotów za napad na białego, choćby i przestępcę zagrażającego dwojgu innych białych. W każdym razie wolałem nie ryzykować. W wersji na użytek szeryfa chłopcy w strojach na szkolne przedstawienie pomogli nam tylko przywieźć ciało, które na pewno należało do Cullena, bo w jednej z jego kieszeni szeryf znalazł pomięty list od jego starej matki z Missouri z prośbą o pieniądze oraz nieprzyzwoitą fotografię, zrobioną zapewne w domu gdzieś pod czerwoną latarnią, z dedykacją „Kohanemu Elmo", naskrobaną między rozłożonymi udami modelki i podpisem Saginaw Sal.

Koń, jak się okazało, należał do człowieka, którego Cullen zabił przed bankiem podczas napadu w Nebrasce, i należało go zwrócić wdowie. Przy nieboszczyku nie znaleziono ani centa z pieniędzy ukradzionych przez niego z banku.

Podejrzewam, że szeryf uważał za możliwe, że to ja się nimi zająłem. Domagał się pięćdziesięciu dolarów z nagrody za koszty identyfikacji, telegrafowanie do Grand Island i tak dalej, na co się zgodziliśmy, a reszta została przekazana majorowi na szkołę przeze mnie, ale w imieniu Wychodzącego Wilka, który nie żądał żadnego udziału w gotówce, bo nadal nie rozumiał, jak ważne miejsce zajmują pieniądze w cywilizacji, a tego on i pozostali chłopcy nie nauczyli się na lekcjach.

Weźmy historię, której uczyła kobieta z małymi jak szparki oczami i mamroczącym głosem, niejaka panna Gilhooley, czego chłopcy nie potrafili mimo moich starań wymówić lepiej jak Grrr-hu. Nie będę wdawać się w szczegóły, jak im przekazywałem to, czego uczyła na lekcjach, bo chociaż nie tłumaczyłem dosłownie, to jednak trzymałem się faktów, i przy okazji sam poduczyłem się nieco historii. To jednak, co wracało od Indian, kiedy mieli odpowiedzieć na pytania, trudno było rozpoznać.

Wszystko to odbywało się ustnie, bo pisać, rzecz jasna, nie umieli. Oto Wojna o Niepodległość w wersji Stojącego Jak Niedźwiedź: George Washington ukradł konia i jeździł na nim, mówiąc Amerykanom, że wszyscy dostaną nowe czerwone kurtki, jeżeli zgodzą się nie pić więcej herbaty. Napili się więc whisky i zaczęli się bić. Idący na Końcu powiedział, że wojna secesyjna wybuchła z powodu wielkiej kłótni o kobietę między Abrahamem Lincolnem, który był Czarną Bladą Twarzą, a prezydentem Grantem. Można powiedzieć, że nie przejmowali się specjalnie historią białych, bo nie widzieli w niej żadnego związku ze swoim własnym życiem, ale to, czego uczyła ich na geografii wielka i krzepka kobieta Bertha Wadleigh, poruszyło chłopców, zwłaszcza kiedy zawiesiła nad tablicą na dwóch gwoździach i rozwinęła drukowaną na płótnie mapę, która wzbudziła ich podziw, gdyż uznali ją za kolorową ozdobę. Kiedy jednak powiedziała, że jest to obraz części świata, na której mieszkamy, w tym przypadku Ameryki Północnej, Czejenowie uznali, że kłamie, choć nie mogli zrozumieć, z jakiego powodu, bo chodząc po tej samej ziemi co oni, nie miała żadnej korzyści z opowiadania, że jest to wiszący na ścianie kawał materiału.

Sprawa ta tak ich oburzyła, że obawiałem się z ich strony kłopotów, wytłumaczyłem im więc, że panna Wadleigh jest wariatką, której przydzielono to głupie zajęcie, żeby ją czymś zająć w nieszkodliwy sposób, podobnie jak Indianie miłosiernie postępują ze swoimi pomyleńcami. Znów więc nie przyczyniałem się do wykonywania zadań szkoły i miałem wyrzuty sumienia, zwłaszcza jeżeli chodzi o lekcje religii, które prowadził sam major. Chłopcy bez kłopotów przyjmowali Niepokalane Poczęcie, a także zmartwychwstanie Jezusa oraz wszystko z dziedziny cudowności, jak chodzenie po wodzie, przemienienie wody w wino i tak dalej, ale zupełnie nie potrafili zrozumieć istoty wiary chrześcijańskiej, tego, że Bóg, który rządzi całym światem, mógł pozwolić złym ludziom na ukrzyżowanie swojego Syna, i wszelkie próby tłumaczenia im, że chodziło o uwolnienie ludzi od grzechów, czyniły tylko sprawę bardziej niewiarygodną. Bo dlaczego Bóg nie zniósł grzechu?

Widzę, że odszedłem od dokończenia opowieści o zdarzeniu z tym poszukiwanym Elmo Cullenem i jego następstwach. Jak to się stało, że chłopcy znaleźli się tam nad strumieniem, przez co mogli nam pomóc? Niewątpliwie złamali szkolny regulamin, jak stwierdziła Amanda, bo w sobotnie popołudnia nie mieli lekcji, ale powinni pozostawać na terenie szkoły i zajmować się sportem, co oznaczało głównie baseball, bo tylko taki sprzęt jak na razie szkoła posiadała, i to w niewystarczającej ilości.

Kiedy złamał się jedyny kij, chłopcy używali stylisk od siekiery i innych narzędzi, ale gorzej było z piłką, która przestała nadawać się do gry, a próby z namiastkami drewnianymi albo ze zwiniętej skóry nie były zadowalające. Zresztą i tak w grze brało udział tylko osiemnastu graczy, co oznaczało, że reszta uczniów nie miała nic do roboty i mogła się tylko przyglądać, a to szybko nudziło się Czejenom, którzy wykorzystując okazję, wymykali się na prerię i bawili w wojnę, dopóki nie pojawił się Cullen, a z nim okazja, żeby zabić kogoś naprawdę.

Mimo moich prób wytłumaczenia ich sposobu myślenia Amandzie, nie mogę powiedzieć, że w końcu zaaprobowała to, co się stało, mimo że zrobił to major, który służył w wojsku w wojnie domowej i potem w walkach z Indianami, widział niejedną gwałtowną śmierć i nawet jako chrześcijanin nie miał nic przeciwko zabijaniu wrogów w dobrej sprawie.

Niewiele mówiłem o innych uczniach, a niektórzy z nich mieli znacznie lepsze od moich chłopców wyniki w przyswajaniu tego, czego ich uczono, i większość opanowała jako tako angielski, zwłaszcza dziewczęta. Nie chciałbym, żebyście pomyśleli, że szkoła była absolutną porażką. Za moich czasów przynajmniej jeden chłopak – z plemienia Osagów, jeśli dobrze pamiętam – pracował potem wśród swoich jako lekarz, paru innych zostało kaznodziejami w swoich plemionach, a kilka dziewcząt uczyło w szkołach dla Indian lub było pielęgniarkami w szpitalach na terenie rezerwatów. Nie słyszałem, żeby ktoś zdobył stanowisko w świecie białych. Sądzę, że praktyczne umiejętności gotowania, a dla chłopców orki, podkuwania koni, zbierania siana i tym podobne mogły się przydać, kiedy po powrocie do domu uczniowie próbowali swoich sił jako farmerzy.

Jak już wspominałem, dla Indianina z wojowniczego plemienia przechwalanie się okrutnymi czynami było czymś zwykłym i nie uważano tego za samochwalstwo, jak by to było wśród białych, może dlatego, że nigdy nie spotkałem czerwonoskórego, który kłamałby w tych sprawach, podczas gdy słuchając przechwalającego się Amerykanina, od razu podejrzewamy go, że blaguje, bo w przeciwnym razie nie musiałby sam się chwalić. Nic więc dziwnego, że młody Wychodzący Wilk nie krył przed uczniami swojego wyczynu, nie bacząc na to, że nie znał ani jednego słowa w żadnym języku poza czejeńskim. Nie wiem, czy wspominałem o pewnym szczególnym fakcie związanym z Indianami: otóż każde najmniejsze plemię miało swój własny język, często niezrozumiały dla najbliższych sąsiadów, w związku z czym wynaleziono język gestów. Ale słowa i tak nie były ważne dla młodych ludzi, których znałem, niezależnie od ich rasy. Domyślam się, że inni uczniowie dowiedzieli się o zabiciu białego desperado nie gorzej, niż gdyby im to opowiedziano, co chłopców przepełniło zazdrością, a dziewczęta podziwem, i o to właśnie chodziło. Dopilnowałem, żeby magiczny nóż wrócił na swoje miejsce we framudze moich drzwi i nie opuszczał go inaczej niż w sytuacji śmiertelnego zagrożenia.

Jeżeli chodzi o czejeńskie dziewczęta, to były one znane z cnotliwości, więc zaloty do którejś z nich mogły trwać równie długo i wymagać przestrzegania równie wielu reguł jak zabiegi pana Johna Longwortha Whitfellowa z Bostonu o względy panny Millicent Chutney. Chłopcy jednak nie mieli obowiązku otaczać taką samą troską czci kobiet z innych plemion (jak młodzieńcy z trzech głównych religii wobec niewiast innej wiary), wobec tego dziewczęta, wśród których nie było Czejenek, stanowiły zwierzynę łowną, podobnie jak dla młodzieńców z innych plemion. I stąd wzięła się murowana ściana między dwiema częściami internatu oraz osobne wejścia. Rozdział według płci obowiązywał również podczas posiłków i rozrywek, ponieważ major wyznawał teorię, że nic tak nie opóźnia postępów cywilizacji wśród młodych barbarzyńców jak dostęp do siebie osobników płci męskiej i żeńskiej przed należytym ślubem w obliczu chrześcijańskiego duchownego, a nie w jakimś pogańskim związku, w jakim ci młodzi ludzie zostali spłodzeni przez swoich rodziców.

Mówiłem już, że do nielicznych mężczyzn w personelu szkoły należał jeszcze uczący arytmetyki Niemiec, niejaki Klaus Kappelhaus. Miał on również nadzór nad parterem internatu i chociaż, o ile mogłem zrozumieć, wyemigrował ze swojego kraju, żeby uniknąć służby wojskowej, to utrzymywał wśród swoich chłopców jeszcze surowszą dyscyplinę, niż tego wymagał major. Wymagał od nich między innymi czyszczenia butów na komendę co wieczór przed pójściem do łóżek, a rano po pobudce deklamowania na pamięć długich fragmentów Deklaracji Niepodległości, preambuły do konstytucji, pożegnalnego przemówienia generała George'a Washingtona do żołnierzy i tak dalej, czego sam Klaus nauczył się na pamięć, kiedy ubiegał się o obywatelstwo. Wierność jego pamięci większość ludzi musiała przyjmować na wiarę, bo przy jego akcencie i tak nie było wiadomo, co mówi.

Na ogół trzymałem się od Klausa z daleka, bo jak każdy znany mi osobnik, którego trudno zrozumieć z powodu akcentu, wady wymowy czy rany w usta, lubił strasznie dużo gadać. Jednak tego akurat wieczoru, kiedy chłopcy powinni byli leżeć już w łóżkach (choć w moim przypadku, jako że nie byłem Niemcem, nie przestrzegałem rygorów zbyt ściśle, byleby tylko ze względów bezpieczeństwa pogaszono wszystkie lampy i świece), zszedłem na dół, żeby zapalić przed domem, też ze względów bezpieczeństwa, bo kiedy na zakończenie dnia siadałem samotnie z fajką w zębach, zdarzało mi się przysypiać i paląca się fajka spadała mi na kolana, rozsypując iskry. Ostatecznie zbliżałem się do poważnego wówczas wieku czterdziestu lat, co kiedy spoglądam wstecz, stanowiło niewiele więcej niż jedną trzecią mojego życia, ale kto to mógł wtedy wiedzieć?

Stałem tam więc, pykając sobie fajkę i patrząc na robaczki świętojańskie błyskające nad małym spłachetkiem trawy, która w końcu wyrosła, ale musiała być często podlewana przez uczniów, co uważali za głupotę, bo nie było to nic jadalnego, a susza utrzymywała się w tych okolicach prawie stale.

– Check – odezwał się ktoś do mnie ostrym szeptem i jeszcze zanim się obejrzałem, zrozumiałem, że tak brzmi moje imię w wykonaniu Klausa Kappelhausa, i dobrze się stało, bo poza robaczkami świętojańskimi niewiele światła dochodziło z zachmurzonego nieba i nic z budynku za jego plecami. (Moje imię i nazwisko w wersji Klausa brzmiało Check Grobb.)

– Właśnie wracałem – mówię, wytrząsając resztki tytoniu o obcas buta.

– Check – mówi Klaus – szy którasz twoja chłopaka kradnie sze do szewszyn? – Specjalnie robię to łatwiejsze do zrozumienia niż w rzeczywistości. Wierzcie mi, kiedy mówię, że każde jego odezwanie się to była łamigłówka.

– Nie sądzę, Klaus – odpowiadam mu – bo trzymam drzwi otwarte i mam naprawdę lekki sen. – I dodaję: – Każdy taki musiałby zejść na dół, minąć piętro Charlevoix, przejść przez twoje i wejść do dziewcząt nie zauważony przez Berthę Wadleigh. – Pilnująca parteru u dziewcząt Bertha była osobą tak masywną, że nawet Klaus czuł się w jej obecności niepewnie, bo przy swojej krzepie mogła go bez trudu roznieść w uczciwej walce.

– Check – mówi Klaus – szewszyna mieć przecieradło.

Nie bardzo wiedziałem, o co mu chodzi.

– To na pewno nie od pani Stevenson – mówię. – Może same coś ugotowały.

– Check – mówi Klaus – ona szpuszci przecieradło przez okno.

Przez chwilę nadal nie rozumiałem. Potem do mnie dotarło.

– Mówisz, że dziewczyna spuszcza przez okno powiązane prześcieradła?

– Właśnie! On sze wspina.

– Widziałeś go, jak to robi?

Było za ciemno, żeby widzieć dokładnie wyraz jego twarzy, ale wyczułem, że pytanie go zaskoczyło.

– Nie, nie fidzialem, jak sze fikajo, i fcale nie chce!

Klaus nie zawsze rozumiał amerykańskie wyrażenia i uznał, że miałem na myśli coś więcej niż wspinanie się po prześcieradle. Wyjaśniłem mu sprawę i spytałem, czy dziś też wywieszono linę.

– Sztylu. – Chodziło mu o tył budynku, skąd przyszedł, kiedy ja wychodziłem od frontu.

Wobec tego przeszliśmy przez sień do tylnych drzwi. Noc nie była z tamtej strony jaśniejsza, ale wykorzystując sztuczkę polegającą na tym, że nie patrzy się bezpośrednio na przedmiot zainteresowania, ale obok niego, dostrzegłem

174

długą, skręconą niby-linę z powiązanych nie prześcieradeł, bo uczniom ich nie dawano i przynajmniej moi chłopcy nie korzystaliby z nich, nawet gdyby im wytłumaczyć, do czego służą, ale z koców, i zwisającą z okna na górnym piętrze u chłopaków prawie do ziemi. A po stronie dziewcząt druga taka lina zwieszała się z okna na pierwszym piętrze.

Musiałem wyciągnąć stamtąd tego młodzieńca, ktokolwiek to był, zanim sprawa dojdzie do majora, który był stanowczo przeciwny jakiejkolwiek działalności seksualnej w ogóle, a w przypadku swoich uczniów zaaplikowałby, jak podejrzewałem, pluton egzekucyjny. W najlepszym razie wyrzuciłby winowajców ze szkoły, a oni wróciliby do swoich jako ci, którzy zhańbili swoje plemię przed białymi. Tak na pewno widzieliby to Czejenowie.

– Wdrapię się na górę – powiedziałem do Klausa – bo inaczej Bóg wie jak długo on tam będzie siedział.

Zanim przystąpiłem do wspinaczki, wydusiłem z Klausa obietnicę, że pozwoli mi ukarać winowajcę po mojemu i nie powie nic ani majorowi, ani nikomu z personelu, co nie było łatwe przy jego stosunku do dyscypliny. Przyznaję, że wykorzystałem złą sławę moich chłopców jako okrutników, ostatecznie Klaus uciekł ze starego kraju, żeby uniknąć wojny.

Wspiąłem się więc po linie z koców, co okazało się najłatwiejszą częścią mojej misji, i przetoczyłem się przez parapet. Teraz moje oczy przywykły już do ciemności i co nieco widziałem w mroku, ale tego, którego szukałem, i tak łatwo było zlokalizować, bo stękał niczym zwierzę podczas rui. Nie będę was trzymać w niepewności dłużej, niż sam byłem, bo od razu podejrzewałem, że to będzie Wychodzący Wilk, który zabijając człowieka, zdobył podziw indiańskich dziewcząt i był dla nich tym, czym dla białych panienek popularny aktor, a żaden osobnik płci męskiej nie potrafi się oprzeć takiej okazji.

Podchodzę więc do miejsca, gdzie on pokrywa tę dziewczynę, której prawie nie widzę, i możliwie jak najciszej przedstawiam się i mówię mu, żeby wyszedł.

Wilk jednak nie przerwał swojego zajęcia, nie zmienił nawet rytmu, tylko szybko dysząc, mówi, że mogę sobie wziąć w prezencie dowolną dziewczynę z pokoju, bo one wszystkie należą do najdzielniejszego wojownika w całej szkole, czyli do niego.

Widzę, że potrzebne są zdecydowane kroki, zamierzam się więc i daję mu takiego kopniaka w ten jego goły tyłek, że opadł bezwładnie na dziewczynę, a ja chwytam go za gardło i stawiam na nogi. Próbował się wyrywać, jako że czejeńscy chłopcy są dobrzy w zapasach, ale ponieważ nigdy nie rozumieli zasad walki na pięści, bez trudu trafiłem go prawym hakiem w tę szklaną szczękę, którą mają wszyscy Indianie (w przeciwieństwie do granitowych czaszek), i Wilk zwalił się na podłogę jak martwy.

Wciągnąłem improwizowaną linę do środka, owinąłem ją dookoła jego piersi pod pachami i mocno związałem. Potem zdjąłem swój pasek od spodni i opasałem jego ciało na wysokości bioder razem z rękami, żeby nie uniosły mu się do góry, kiedy go będę opuszczał z okna. W końcu, wykorzystując parapet jako oparcie, spuściłem go powoli, aż zawisł tuż nad ziemią, gdzie Klaus mógł go odwiązać.

Podczas gdy byłem pochłonięty tym wysiłkiem, moje spodnie, zbyt luźne, żeby się utrzymać bez paska lub szelek, zaczęły zjeżdżać w dół i kiedy się wyprostowałem, gotów zjechać po linie w ślad za uwolnionym już od niej Wilkiem, spodnie opadły mi do kostek akurat w chwili, kiedy do sali wkroczyła delegacja kobiecej części personelu z zapalonymi lampami naftowymi z imponującą postacią Berthy Wadleigh na czele. Okazało się, że Dorothea Hupple, opiekunka tego piętra, obudziła się w swoim pokoju, słysząc odgłosy wydawane przez Wilka, i przestraszona zeszła na dół po pomoc jeszcze przed moim pojawieniem się na scenie.

Teraz Wilk był uratowany, ale ja wpadłem w kłopoty, tym bardziej że nie miałem nic pod spodem, bo było za gorąco na długie kalesony, a nie znalazłem jeszcze czasu, żeby udać się do sklepu w mieście i kupić sobie letnią bieliznę. Szkoda, że nie miałem przepaski na wzór czejeński! Możecie więc

sobie wyobrazić, jak to wyglądało w sypialni pełnej indiańskich dziewcząt, które pewnie nie spały przez cały czas, ale
dopiero teraz zaczęły chichotać i trajkotać.

Na mój widok Dorothea Hupple wydała okrzyk i omal
nie upuściła lampy, natomiast gruba Bertha ruszyła na mnie
niczym rozwścieczony byk, mając zresztą podobne rozmiary.

– Zaczekajcie – powiedziałem, podciągając spodnie –
mogę... – Ale na tym skończyłem, Bertha bowiem przerzuciła lampę do lewej ręki i wyrżnęła mnie w szczękę pięścią
wielkości szynki. Padłem jak długi.

Stojąc nade mną w świetle lampy, Bertha sztyletowała
mnie wzrokiem.

– Ty zezwierzęciały kurduplu! Major wsadzi cię za to do
więzienia!

Przeturlawszy się po podłodze, uniknąłem kopniaka
wielką stopą w rannym pantoflu i zerwałem się, zanim
wymierzyła mi następnego, cały czas ściskając w pasie
spodnie, żeby mi znów nie opadły. Bertha i pozostałe kobiety były ubrane tak, jak szanujące się niewiasty ubierały się
w tamtych czasach do łóżka, czyli nie mniej skromnie i obficie niż za dnia, na co jeszcze wkładały szlafroki, ale wszystkie poza Berthą zachowywały się, jakbym je przyłapał nago.

– Zaczekaj – mówię do Berthy i do reszty. – To nie jest
tak, jak wygląda. – Zaraz jednak pomyślałem, że nie po to
zadałem sobie tyle trudu, ratując Wilka, żeby go teraz wydać. – Spytajcie tych dziewcząt, czy którąś z nich choć tknąłem. – To było wszystko, co mi przyszło do głowy, ale nie na
wiele mi się to przydało, bo Bertha rozwodziła się nad tym,
jak to weszła akurat na czas, żeby mi uniemożliwić dokonanie gwałtu. Ta dziewczyna, którą obrabiał Wilk i której wreszcie mogłem się przyjrzeć, obciągnęła nocną koszulę i jako jedyna w całej sali udawała, że twardo śpi. Należała, zdaje się,
do plemienia Kiowa. Jeżeli tak, to Wilk nie znał ani jednego
słowa w jej języku, ale nie było mu to widać potrzebne.

– Dorothea, biegnij po majora i powiedz mu, żeby wziął
broń – mówi Bertha.

– Chce mnie pani zastrzelić? – pytam.

– Ty podły kurduplu – odpowiada Bertha, wysuwając w moim kierunku swoją wielką kwadratową szczękę, ale nawet nie myślałem o tym, żeby się jej zrewanżować ciosem za cios, bo nie chciałem uszkodzić sobie ręki. – Myślisz, że ci wszystko wolno dlatego, że to są tylko indiańskie dziewczęta?

Mógłbym jej powiedzieć, że miałem kiedyś czejeńską żonę i dziecko, które było w połowie Indianinem, ale kiedy ludzie są tak rozwścieczeni, nie chcą poznawać powodów, dla których powinni się uspokoić, więc zmilczałem. Na pewno jednak nie miałem zamiaru znosić dalszych obelg, choć byłem raczej spokojny, że major mnie nie zastrzeli.

Przerzuciłem nogi przez parapet i zjechałem po linie z koców, przytrzymując spodnie jedną, a hamując drugą ręką i kolanami. Znalazłem się na dole, zanim damy wybiegły z sypialni.

Pod oknem wciąż jeszcze stał Klaus z półprzytomnym Wychodzącym Wilkiem. W skrócie wyjaśniłem pierwszemu z nich, co się stało, i odebrałem od niego swój pasek. Za bardzo się spieszyłem, żeby czekać, aż Klaus wydusi coś z siebie w tej swojej szwabskiej angielszczyźnie, ale od Wilka uzyskałem obietnicę, że nic nie powie o wydarzeniach tego wieczoru, czego pewnie i tak by nie zrobił.

– Przykro mi, że musiałem cię uderzyć – powiedziałem. – Teraz muszę już iść.

Jako Indianin rzucił mi tylko w odpowiedzi:

– Słyszałem cię.

Wiedział, że gdybym chciał powiedzieć coś więcej, to zrobiłbym to. Skoro ja nie rozwijałem tematu, to jemu też nie wypadało.

Opuściłem szkołę w środku nocy, kończąc mój pobyt tam w atmosferze skandalu.

Jedno wam powiem: nie odszedłbym w ten sposób, akceptując piętno hańby, gdyby nie jeden wzgląd. Zostałbym i bronił się, i to nie zdradzając Wychodzącego Wilka, bo w potrzebie nie brak mi pomysłów, ale wiedziałem, że jest jedna osoba, która nie uwierzy w ani jedno moje słowo. Nie potrafiłbym znieść pogardy Amandy Teasdale.

8. BUFFALO BILL NADCIĄGA Z POMOCĄ

Pokpiwałem sobie z akcentu Klausa Kappelhausa, ale podczas mojej pospiesznej ucieczki ze szkoły okazał się tak przyjazny, że pożyczył mi wszystkie pieniądze, jakie miał przy sobie tego wieczoru, co w połączeniu z moimi własnymi drobniakami pozwoliło mi następnego ranka (większość nocy zajęła mi wędrówka do miasta) kupić bilet na pociąg do Dodge City, z którym, jak sądziłem, pożegnałem się już na zawsze, ale teraz doszedłem do wniosku, że jest jedynym miejscem, gdzie mam jakieś znajomości, a właśnie straciłem pracę i miałem tylko to ubranie co na grzbiecie, choć na szczęście odzyskałem pasek i przynajmniej nie opadały mi spodnie.

Znalazłszy się w Dodge, poszedłem prosto do Samotnej Gwiazdy, gdzie wieczorne rozrywki kwitły, jeżeli to jest odpowiednie słowo, w najlepsze. Szczerze się wzruszyłem, kiedy Długonoga Lulu, jedna z tych dziewczyn, z którymi byłem najbardziej zaprzyjaźniony, wrzasnęła na mój widok i zeskoczywszy z kolan jakiegoś półprzytomnego kowboja, którego właśnie obmacywała – jednak nie w celach erotycznych, tylko w poszukiwaniu pieniędzy – podbiegła do mnie i serdecznie mnie uściskała.

– Jack, niech mnie licho, jeżeli to nie ty. Słyszeliśmy, kotku, że załatwili cię Indianie.

Zrobiło mi się ciepło na sercu, kiedy poczułem znajomy zapach tanich perfum, połączony z oparami jeszcze gorszej whisky, kiepskich cygar i spoconych kowbojów. Usiłowałem usłyszeć, co mówi Lulu, poprzez śmiech, krzyki, sprośne porykiwania i orkiestrę, która zgodnie z wiekową tradycją grała tym głośniej, im gorszych miała muzyków, bo wszyscy dobrzy byli zatrudnieni w Comique albo Variétés. Fakt, że Samotna Gwiazda, która zaczęła schodzić na psy już kilka miesięcy temu, kiedy z niej odchodziłem, stanowiła dla mnie jedyną namiastkę domu, mógł być powodem do zażenowania, nie takim jednak jak moje ostatnie chwile w szkole dla Indian, cieszyłem się więc, że znów tu jestem, że wychylam kilka szklaneczek na koszt firmy i słucham ostatnich nowości. Pierwszą, którą obwieściła mi Lulu, było to, że moja druga przyjaciółka Belle, zwana też ze względu na swój zwykły wyraz twarzy Skrzywioną Belle, jedna z tych dwóch, które wyglądały dużo starzej, choć tak nie było, wyszła za mąż za jakiegoś „wędrownego artystę", ale nie takiego z orkiestry, tylko komiwojażera sprzedającego jakieś błyskotki, nie wiem jakie, bo Lulu też nie wiedziała. Ostatnia wiadomość od nich przyszła z Denver, skąd Belle przysłała ręcznie kolorowaną kartkę pocztową z bukietem kwiatów, bardzo podziwianą przez Lulu, która, jak twierdziła, doliczyła się na niej przynajmniej tuzina kolorów, ale dość ubogą w treść: „Jezdeśmy tutaj. Jezd fajnie. Tfoja pszyjaciółka Bel".

Oddałem pocztówkę Lulu, która wsunęła ją gdzieś pod ubranie i z tego samego miejsca wyciągnęła zwitek pieniędzy.

– Słuchaj, Jack, nie chcę bynajmniej urazić twoich uczuć, ale może przyda ci się parę dolarów.

– Czy wyglądam już na kogoś w potrzebie? – spytałem, pocierając jednodniowy zarost. Byłem niewątpliwie brudny po tej ostatniej podróży pociągiem i wciąż jeszcze czułem w ustach popiół, który wpadał przez okno. I znów dokuczał mi głód. Ten pociąg zatrzymywał się w porach posiłków, ale starczyło mi tylko na kubek kawy i kawałek czerstwego chleba w południe. Dodałem więc pospiesznie: – Ale to bardzo ładnie z twojej strony, Lulu, póki nie wrócę do pracy. – Przyjąłem to, co mi dała, bez patrzenia, bo wręczyła mi to bardzo dyskretnie, pod barem, żeby nie wyglądało, że jestem mężczyzną na utrzymaniu ladacznicy, co stanowi dno upadku.

– Na jak długo chcesz – mówi Lulu. Po paru latach w zawodzie nadal mogłaby uchodzić za osiemnastolatkę, gdyby zmyła z siebie szminkę i ubrała się jak przyzwoita dziewczyna. Uwiesiła się na moim ramieniu. – Belle i ja długo płakałyśmy, kiedy usłyszałyśmy, że zabili cię ci przeklęci Indianie.

– Nie zabili mnie, jak sama widzisz, Lulu. Nic mi się nie stało.

– Mam nadzieję, że paru załatwiłeś – rzuciła z nienawiścią.

– Chyba nie wyraziłem się jasno – powiedziałem. Ale żeby to zrobić, musiałbym się wdać w wyjaśnienia na temat szkoły, a jak na razie była to dla mnie sprawa zbyt bolesna. – Daj spokój z tymi Indianami – mówię. – W ogóle nie miałem z nimi do czynienia. Wyjeżdżałem w sprawach osobistych. Do, hm, St. Louis.

Lulu wydęła wargi.

– Mogłeś przysłać pocztówkę. Wiesz, jak lubię je dostawać.

– Przepraszam cię, Lulu.

– Nieważne, co jest na nich napisane. I tak nie umiem czytać.

– Następnym razem będę o tym pamiętał. Teraz coś przekąszę, a potem się upiję.

Lulu ścisnęła mnie za ramię z autentyczną czułością.

– Mógłbyś pójść do fryzjera i wziąć prędzej czy później kąpiel.

To mną wstrząsnęło, biorąc pod uwagę higienę niektórych gości odwiedzających jej łóżko, choćby i na krótko.

– Tak jest, proszę pani. I jeszcze raz dziękuję za pożyczkę. – Nie chciałem odrywać jej na zbyt długo od pracy, jako że prostytucja jest płatna akordowo.

– Jack, czy wiesz, kto jest znowu w Dodge? Bat.

– Bardzo miło mi to słyszeć – mówię. – A teraz idę do tej

kąpieli. – Co też zrobiłem, wychyliwszy najpierw szklaneczkę whisky, pierwszą od miesięcy, bo major nie tolerował żadnych napojów wyskokowych na terenie szkoły, nawet wśród personelu męskiego, żeby uczniowie się do nich nie dobrali, i w tym wypadku miał całkowitą rację. Po tej pierwszej szklaneczce zaliczyłem kilka kolejnych i kiedy skierowałem się na drugą stronę ulicy, czułem się już całkiem nieźle, bo inaczej nie przyjąłbym z taką gotowością zaproszenia Bata Mastersona, żeby udać się z nim do Oglala w Nebrasce i uwolnić z więzienia niejakiego Billy'ego Thompsona.

Ale po kolei. Zanim jeszcze dotarłem do fryzjera, kogóż spotykam na ulicy, jak nie samego Bata, jak zawsze eleganta w każdym calu, tyle że już bez tej laski ze złotą gałką, którą przestał nosić od chwili wyleczenia rany nogi.

– Bat we własnej osobie – mówię. – Dumny jestem, że znów cię widzę. Ja też wyjeżdżałem z miasta i...

Bat nie pozwolił mi dokończyć. Nie sądzę, żeby wiedział, gdzie byłem, albo żeby go to interesowało, nie chciał też opowiadać o Leadville, gdzie się oddawał hazardowi, kiedy ostatnio o nim słyszałem, ani dlaczego wrócił po przegranych wyborach na powtórne objęcie stanowiska szeryfa okręgu Ford. Bat nie był za bardzo lubiany w Dodge. Szacownym obywatelom, jak ci z kościoła, do którego chodziła Dora Hand, nie podobały się jego kontakty z podejrzanymi typami, wśród których najbardziej znani byli bracia Ben i Billy Thompsonowie. A teraz Bat proponuje mi wprost na ulicy przed saloonem Alhambra Doga Kelleya, żebym z nim pojechał do Oglala i pomógł uciec Billy'emu Thompsonowi z więzienia, gdzie znalazł się na skutek udziału w jednej z licznych awantur i teraz był ranny, aresztowany i zagrożony linczem przez miejscowych przyjaciół człowieka, którego zastrzelił.

Gdybym był trzeźwy, w ogóle nie rozważałbym tej propozycji, choć tyle zawdzięczałem Batowi Mastersonowi, bo Billy Thompson był jednym z tych Teksańczyków, których nie trawi nikt poza najbliższymi krewnymi. Bat też nie lubił Billy'ego i znosił go wyłącznie ze względu na jego brata

Bena, którego lubił, podobnie jak tolerował Doca Hollidaya jako przyjaciela Wyatta Earpa. Przyjaźń wiele znaczyła dla Bata i nie mogę odrzucić tej zasady, której sam wiele zawdzięczam, ale to pewne, że może być ona źródłem kłopotów.

Ben Thompson miał za sobą życie prawie równie burzliwe jak ja, był bowiem oficerem w kawalerii konfederatów, potem służył jako major w armii Maksymiliana, francuskiego cesarza Meksyku, który faktycznie był Austriakiem – nie każcie mi tego wyjaśniać. Kiedy Maks został obalony i rozstrzelany, Ben wrócił do Stanów, gdzie grał na pieniądze w różnych miastach i został współwłaścicielem saloonu Bycza Głowa w Abilene, tylko że szyld nad wejściem przedstawiał nie rogaty łeb, ale olbrzymią byczą pytę, i nikt inny, tylko Dziki Bill Hickok, który był tam wtedy marszalem, uznał to za obrazę moralności i kazał szyld zmienić. Ben nigdy nie zaczepiał Dzikiego Billa, nawet wtedy, kiedy ten zastrzelił jego wspólnika, ale był naprawdę niebezpiecznym osobnikiem, który stale wszczynał jakieś burdy, a teraz z bratem Billym wdali się w Ellsworth w strzelaninę z jakimiś swoimi wrogami i w rezultacie zginął szeryf, a oni zbiegli.

Ben był jeszcze jednym przykładem człowieka, który czasami występuje po stronie prawa, ale zdarza się, że i po przeciwnej. Bat uważał go za najlepszego strzelca ze wszystkich, którzy kiedykolwiek mieli w ręku rewolwer. Możecie sobie wyobrazić nerwy Bena Thompsona na podstawie jego zasady walki: zawsze pozwalał przeciwnikowi oddać pierwszy strzał. Twierdził, że na skutek nadmiernego pośpiechu ludzie najczęściej pudłują, a gdy on strzela drugi, może się powołać na prawo do samoobrony.

Dlaczego jednak Bat Masterson gotów był narażać się przez przyjaźń z Benem Thompsonem? Z najważniejszego na świecie powodu, wtedy i teraz: Ben uratował mu życie. Przyszedł mu z pomocą, kiedy Bat leżał zraniony w Sweetwater w Teksasie i prawdopodobnie zostałby zamordowany przez przyjaciół swego przeciwnika.

Chociaż byłem dość pijany, a przez wzgląd na moją własną przyjaźń z Batem nawet po trzeźwemu spełniłbym każdą jego prośbę, to jednak spytałem, dlaczego Ben Thompson sam nie jedzie do Oglala na pomoc bratu? Odpowiedź brzmiała, że Ben nie ma prawa pokazywać się w tej części Nebraski do końca życia. Nigdy się nie dowiedziałem, co on tam nawyczyniał, ale każde pojawienie się Thompsonów generalnie zwiastowało kłopoty. Natomiast Billy postrzelał sobie w saloonie Odpoczynek Kowboja z niejakim Tuckerem o względy ladacznicy znanej jako Duża Alice. Billy odstrzelił Tuckerowi lewy kciuk i trzy dalsze palce, po czym Tucker upadł za barem, jednak kiedy Billy się odwrócił, chcąc chwiejnym krokiem wyjść z lokalu, Tucker podniósł się z obrzynkiem dubeltówki i wygarnął mu z obu luf w plecy, ponieważ jednak celował nie najlepiej, jako że z jednej ręki pozostał mu w zasadzie krwawy kikut, tylko część śrutu dotarła do celu, co oznaczało złą wiadomość dla świata: Billy miał jeszcze przez jakiś czas zachować swoją podłą skórę, chociaż chwilowo lizał się z ran w pokoju hotelowym pod okiem miejscowego szeryfa, od którego – jako od przyjaciela Tuckera – oczekiwano, że będzie zajęty czymś innym, kiedy przyjdą Billy'ego linczować.

W drodze do Nebraski zacząłem się martwić przyjęciem, jakie może czekać delegację poparcia dla osobnika tak nie lubianego w Oglala jak Thompson, ale kiedy wreszcie zebrałem się na odwagę i ryzykując, że Bat może mnie uznać za tchórza, spytałem, jak wyglądają nasze szanse, Bat jeszcze raz zademonstrował tę swoją bystrość umysłu, która dawała mu przewagę w każdej sytuacji.

– Jack – mówi – jedyny problem w tym, czy Ben ma tyle gotówki, ile oni zażądają.

– Jak to?

– Gdyby im się spieszyło do zabicia Billy'ego, dawno by już to zrobili. Powieszą go tylko w ostateczności, jeżeli Ben nie zgromadzi dość pieniędzy, żeby ich opłacić.

To był cały Bat. Powinienem był wiedzieć, że nie brałby mnie ze sobą, gdyby spodziewał się strzelaniny, tymczasem potrzebny był mu ktoś życzliwy, z kim mógłby się napić.

Ponieważ nie miałem jego odporności na alkohol, przez większość czasu byłem pod wpływem i nie pamiętam dobrze naszej wizyty w domu Tuckera poza tym, że „bezpalcy", jak go nazywał Bat w rozmowach ze mną, miał wielki bandaż na tym, co zostało z jego lewej ręki, ale nie był wściekły ani na Bata, ani na mnie i sprawiał wrażenie gotowego do zawarcia ugody.

Kiedy dojrzał do wymienienia sumy, przywołał Bata bliżej ruchem zdrowej ręki i wymamrotał liczbę, której nie usłyszałem. Bat skinął głową, podziękował mu i powiedział, że zatelegrafuje do Bena i wróci. Zaledwie jednak znaleźliśmy się za drzwiami, Bat stwierdził co innego.

– Ben nie ma tyle pieniędzy. Będziemy musieli uwolnić Billy'ego za darmo.

Mój spokój umysłu natychmiast się ulotnił, kiedy pomyślałem, że może jednak ołów będzie fruwać, ale znów nie doceniłem pomysłowości Bata. Odczekał do wieczora, kiedy wszyscy w mieście, włącznie z szeryfem, który występował w roli skrzypka, pójdą do szkoły na tańce, wszyscy z wyjątkiem jednego z pomocników szeryfa, pilnującego Thompsona w hotelu, i podczas gdy ja czekałem na dole, Bat postawił kilka kolejek temu pomocnikowi, młodemu człowiekowi, który niedawno przyjechał ze Wschodu i nie zdążył wyrobić sobie zdolności do picia, jaką miał Bat. Poza tym to, co uchodziło za whisky w Oglala, gdzie indziej było stosowane jako rozpuszczalnik. Nie wspominając już o jej właściwościach leczniczych jako środka przeczyszczającego dla koni.

Tak czy inaczej, pomocnik w końcu padł na podłogę i tam pozostał, a wtedy Bat gwizdnął na mnie, więc pomogłem mu zabrać Billy'ego z łóżka i znieść go na dół. Billy klął z bólu przy każdym wstrząsie w drodze na stację kolejową, gdzie wkrótce jakiś pociąg zatrzymał się dla nabrania wody. Bat wszystko to skrupulatnie wyliczył i umieściliśmy nasz ładunek w wagonie, nie zwracając najmniejszej uwagi w mieście ze względu na tańce i prawie żadnej w pustawym pociągu.

Posadziwszy Billy'ego, który osunął się na ławkę i zajął dostarczoną przez Bata butelką, rozsiedliśmy się i my, po czym poruszyłem sprawę przetransportowania Thompsona do Dodge, biorąc pod uwagę, że nie było jeszcze bezpośredniego połączenia kolejowego między tymi miastami. Musieliśmy korzystać z kombinacji pociągów i dyliżansów.

Bat podaje mi drugą butelkę, w którą się przewidująco zaopatrzył, i mówi z uśmiechem:

– Umówiłem się z Billem Codym, który jest teraz u siebie w North Platte. Będziemy tam za godzinę.

– Z Buffalo Billem?

– We własnej osobie – mówi Bat.

– A dlaczego niby miałby nam pomóc?

– Bo go o to poprosiłem – mówi Bat, pociągając z butelki. – Telegraficznie.

– Żeby pomógł w ucieczce komuś oskarżonemu o przestępstwo?

Bat wycelował węższy koniec butelki, jakby to był rewolwer.

– Bill Cody lubi, jak się coś dzieje – powiada. – A że mieszka tam teraz z małą kobietką, mogę się założyć, że się nudzi.

Niezależnie od tego, ile razy okazywało się, że Bat ma rację, byłem jak zwykle sceptyczny. Choćby dlatego, że kiedy nasz pociąg dojechał do North Platte, dochodziła druga w nocy i wysiedliśmy w ciemnościach, dźwigając na ramionach Billy'ego, który wydawał się dwukrotnie cięższy niż przedtem i jeszcze bardziej niesympatyczny, w miejscu, gdzie żaden z nas nie znał drogi, nawet gdybyśmy widzieli coś poza oświetlonym saloonem naprzeciwko stacji. I tam właśnie Bat nas poprowadził.

Wnosimy więc Billy'ego przez wahadłowe drzwi i składamy go na najbliższym krześle, i niech mnie licho, przy barze stoi Buffalo Bill, który nie dość, że nie śpi o tak późnej porze, to peroruje z ożywieniem w otoczeniu gromady kowbojów. Na nasz widok unosi szklankę, podchodzimy i wymieniamy uściski dłoni. Cody był urodziwym mężczyzną, najprzystojniejszym, jakiego w życiu spotkałem, przeszło sześć stóp wzrostu, muskularny i sprawny, z włosami do ramion, wąsami i kozią bródką, niegdyś rudawą, a później śnieżnobiałą. Rondo wielkiego kapelusza podwijał z jednej strony, a jego kurtka z białej jeleniej skóry była obficie wyszywana paciorkami i miała trzy razy więcej frędzli niż normalnie. Jego lśniące miękkie buty z cielęcej skóry sięgały do pół łydki. Na pasie z wielką klamrą nie miał żadnej broni. Cody nigdy nie był rewolwerowcem i rzadko chodził z bronią poza swoimi występami. Prawie wszędzie, gdzie się pokazał, zyskiwał pełnych podziwu słuchaczy, jak tych tutaj, bo potrafił tak dobrze opowiadać, że człowiek słuchał jego wersji jakiegoś wydarzenia jako bardziej interesującej niż to, czego sam był świadkiem w tym samym czasie i miejscu. Wyobraźcie sobie, co Buffalo Bill potrafiłby zrobić z tego, że jest jedynym białym, który przeżył bitwę nad Little Bighorn, albo jednym z garstki naocznych świadków zabójstwa Dzikiego Billa Hickoka.

— Pułkownik Masterson — powitał Bata Cody. — Pańska sława pana poprzedza.

A do mnie mówi:

— Co do pana, to nie wiem, z kim mam przyjemność.

Kiedy mu się przedstawiłem, uniósł szklankę i powiedział do nas obu:

— Czy zechcecie napić się ze mną i z moimi przyjaciółmi? Wybierzcie sobie jakąś truciznę: whisky, brandy albo dżin Old Tom Cat. A tymczasem wyrównajmy szeregi.

To powiedziawszy, dopił swoją szklankę i kazał barmanowi zebrać zamówienia od wszystkich. Billy Thompson, chociaż półprzytomny po swoich przeżyciach i butelce wypitej w pociągu, plugawymi jak to on słowami również zażądał czegoś do picia.

Cody zmarszczył brwi.

— Pułkowniku — zwrócił się do Bata — czy mógłby pan poinformować tego dżentelmena, że w lokalu Dave'a Perry'ego przekleństwa są zabronione, przynajmniej w mojej obecności?

Bat zrobił, o co go Cody poprosił, a kiedy wrócił, na barze czekała nowa kolejka i Cody gestem nakazał zrobić miejsce, żebyśmy z Batem mogli zakotwiczyć obok niego. – Właśnie opowiadałem tym dżentelmenom – zaczął Cody – o niespodziewanej dostępności lodu w lecie na terenie wschodniej części naszego wspaniałego kraju, co pozwala nawet w najgorętsze dni cieszyć się zimnymi napojami. Bloki lodu, wycięte zimą z jezior, przechowuje się pod darnią albo pod trocinami. Jest to metoda tak wydajna, że jak mi wyjaśnił mój nieoceniony przyjaciel pan Augustus Hamlin, wybitny finansista, w którego ekskluzywnym domu w Nowym Jorku wielokrotnie gościłem, tylko około dziesięciu procent lodu topnieje w ciągu lata. – Opróżniwszy znów swoją szklankę, pchnął ją po lśniącym blacie baru do Dave'a, po czym oświadczył, że musi się z kimś zobaczyć w sprawie konia, i wyszedł prawie pewnym krokiem przez tylne drzwi. Zajęło mi dobrą chwilę, zanim się zorientowałem, że poszedł za potrzebą.

– Widzisz teraz – powiedział Bat. – Trudno być bardziej życzliwym.

– Chwilowo tylko gada – zauważyłem. – Nie wspomniał nic o tym, że pomoże nam się dostać do Dodge. I co to za historia z tym pułkownikiem?

– Dowód szacunku – mówi Bat. – Trochę cierpliwości.

Jednak kiedy Cody wrócił, podjął temat lodu.

– Jestem pewien, panowie, że potwierdzicie moje słowa, chociaż niedoświadczeni mogą mieć wątpliwości, ale kiedy się przejeżdża North Platte Mostem Richarda i minąwszy Czerwone Skały i Słodką Wodę, dojeżdża się za Diabelską Bramą do Zimnych Źródeł, to wystarczy wkopać się na trzy stopy w ziemię, żeby znaleźć lód o każdej porze roku.

– To prawda, Bill? – pyta najbliższy kowboj.

Cody uroczyście przymyka powieki i szybko je otwiera.

– W najgorętszy dzień lata – potwierdza.

W końcu przeszedł z lodu na swoje walki z Indianami, twierdząc, że pierwszego zabił w wieku lat jedenastu. Był naprawdę dobrym gawędziarzem, tak dobrym, że nie popełniał częstego u samochwałów błędu i nie twierdził, że zawsze i wszędzie wygrywał. Rzecz jasna na dłuższą metę zawsze kończył jako zwycięzca, bo inaczej nie mógłby tu stać i stawiać nam kolejki za kolejką. Prawdę mówiąc, było to sympatyczne i postanowiłem przestać się przejmować tym, czy Billy Thompson dotrze kiedyś do Dodge – to nie była moja odpowiedzialność.

Jednak gdzieś tam w ciągu tej nocy Cody postanowił wreszcie zakończyć przyjęcie i udowodnił, że nie zapomniał, po co się tu znalazł. Załatwił z Dave'em Perrym, żeby znalazł nam kryjówkę do rana, na wypadek, gdyby dotarła tu pogoń z Oglala, a innemu człowiekowi polecił, żeby rano przewiózł nas na swoją farmę na skraju miasta.

– Chętnie zabrałbym was do siebie – powiada – ale to wymagałoby zgody pani Cody, a nie chciałbym jej niepokoić o tej porze. Jest to wspaniała niewiasta, którą bezgranicznie uwielbiam.

Ze zdziwieniem usłyszałem, że jest szczęśliwym małżonkiem, a tymczasem pija po nocach i włóczy się po całym kraju, z czego słynął, zabijając bizony i Indian, występując jako aktor, a także obracając się wśród możnych i bogatych w wielkich miastach, ale to był właśnie cały Buffalo Bill Cody, prawdziwy człowiek omnibus.

Kiedy następnego ranka przybyliśmy na jego farmę, którą nawiasem mówiąc, nazwał Gościnny Wigwam, od naszego spotkania upłynęło według mojej rachuby zaledwie parę godzin, ale gospodarz nie okazywał żadnych oznak zmęczenia i miał na sobie jedną ze swoich kurtek z jeleniej skóry i czarne aksamitne spodnie, a jego włosy i cała twarz jaśniały w promieniach słońca.

– Panowie – powiedział, kiedy wysiedliśmy z bryczki, pozostawiając w niej Billy'ego, który odsypiał wczorajsze pijaństwo. – Czy zechcecie wypić ze mną poranną kawę?

Jak się wkrótce okazało, chodziło o jakiś cal kawy plus dwa albo trzy razy tyle brandy, zwieńczone porcją gęstej śmietany, która, jak wyjaśnił, stanowi podstawowy produkt jego krów i którą należy dobrze rozcieńczyć wodą ze studni, jeżeli chce się otrzymać tylko mleko. Do stołu nakrył na werandzie, mówiąc, że nie chce zakłócać pani Cody porannej modlitwy.

Skończyło się tak, że zostaliśmy w North Platte przez kilka dni, bo widocznie ludzie z Oglala postanowili nie ścigać Billy'ego Thompsona, który mógł dochodzić do siebie równie dobrze tu jak gdzie indziej, byleby nim nie potrząsać, ale nawet i to potrafił przeżyć dzięki odporności właściwej osobnikom bezwartościowym, Cody zaś błagał, żebyśmy zostali do czasu przybycia grupy cudzoziemców, różnych niemieckich książąt, którzy chcieli poznać Dziki Zachód w jego wersji, zapolować na zwierzynę, jaką uda się znaleźć, ponosić sombrera i chaparajos, zobaczyć jakichś nieszkodliwych Indian i oczywiście posłuchać opowieści Buffalo Billa. Bat nie należał do ludzi, którzy by odrzucili takie zaproszenie, a poza tym Cody obiecał pożyczyć mu nowy faeton, który ostatnio nabył dla swojej uroczej małżonki, wraz z koniem, dzięki czemu mogliśmy wrócić do Dodge w komfortowych warunkach.

Kiedy zjawili się Europejczycy, wybraliśmy się na prerię, mając już w organizmach sporo płynów orzeźwiających, w istocie tak wiele, że Cody miał kłopoty z wdrapaniem się na konia i postanowił zdrzemnąć się w towarzyszącym wyprawie wozie z zaopatrzeniem, powożonym przez Bata, który był w niewiele lepszym stanie i w rezultacie na jednym z zakrętów wywrócił wóz, sam spadając bez szwanku, natomiast Cody został pogrzebany pod ciężkim ładunkiem, składającym się głównie z towarów butelkowanych.

Ze strachu wszyscy natychmiast wytrzeźwieliśmy i zaczęliśmy gorączkowo rozkopywać wysypany ładunek, ale kiedy go w końcu znaleźliśmy, Buffalo Bill usiadł, potrząsnął długimi lokami, znalazł i włożył swój kapelusz, na którym nie było widać ani śladu zgniecenia czy zabrudzenia, i z uśmiechem stwierdził: „Należy to opić!" I powiem wam coś jeszcze: nie widziałem ani jednej stłuczonej butelki.

Kiedy dotarliśmy na miejsce obozowiska i spożyliśmy obfity posiłek złożony z miejscowych specjałów: bizona, antylopy, pardwy, popitych normalnymi trunkami plus niezliczone butelki szampana przywiezionego przez cudzoziemców, Cody dał niezapomniany popis woltyżerki – nie ustępujący niczemu, co można zobaczyć w cyrku – oraz mistrzostwa strzeleckiego zarówno z colta, jak i z wielkokalibrowej strzelby na bizony Remingtona, którą nazywał Lukrecja Borgia, wykorzystując jako cel butelki po szampanie. Zapraszał również Bata do pokazów strzeleckich, ale ten przygryzł sobie wargę, spadając z wozu, i nie czując się w formie, odmówił. Także i mnie Cody zaproponował wybór broni, ale jako że od paru lat nie miałem do czynienia z bronią palną, nie chciałem się kompromitować przed europejskimi gośćmi i też się wymówiłem. Nie odezwałem się również słowem, kiedy w opowieściach Cody'ego pojawiali się jego starzy przyjaciele Dziki Bill Hickok i generał Custer. Nawiasem mówiąc, zaczął mnie tytułować „kapitanem" i podobnie jak Bat uznałem to za objaw uprzejmości.

Po tej krótkiej prezentacji Buffalo Billa pożegnamy się z nim na jakiś czas, powiem tylko, że nigdy nie udało mi się ujrzeć często wspominanej pani Cody, której nową bryczkę pożyczyliśmy, bez jej wiedzy, jak twierdził Bat, żeby odwieźć Billa Thompsona do Dodge. I jeszcze jedno: kiedy się żegnaliśmy, Buffalo Bill powiedział do Bata, że szykuje nowy objazdowy pokaz i byłby szczęśliwy, gdyby pułkownik Masterson przyłączył się do niego jako wspólnik i jedna z czołowych atrakcji. Zwrócił się także uprzejmie do mnie:

– Również dla pana, kapitanie, znajdzie się jakaś znacząca rola.

Uznałem to za wielką szczodrość, bo widział mnie tylko, jak piję, ale może to wystarczyło.

Droga powrotna do Dodge okazała się nie tak wygodna, jak sobie wyobrażaliśmy, bo przez całe dwieście mil lało jak z cebra, a faeton pani Cody nie miał daszka, byliśmy więc przemoczeni i zbryzgani błotem, Billy przez cały czas marudził i złorzeczył, a na dodatek w tych skrajnie nie sprzyjających warunkach wcześniej niż przypuszczaliśmy, skończył się nam alkohol na środku prerii, gdzie nie można go było uzupełnić. Mimo swojego żałosnego stanu pierwszą rzeczą, o jakiej pomyślał Billy po przyjeździe do Dodge, nie było jedzenie ani picie, ani wizyta u lekarza, żeby zmienić brudne bandaże, ani kąpiel, jako że nie było to Boże Narodzenie w roku przestępnym. Najważniejszą rzeczą, jaką musiał zrobić, było pójście do biura telegrafu i wysłanie szyderczego telegramu do szeryfa w Oglala o tym, jak to go wykiwał.

U mnie wszystko wróciło do normy. Podjąłem pracę w Samotnej Gwieździe, choć już nie jako główny barman. Zamieszkałem w tym samym hotelu, tyle że w innym, jeszcze bardziej zapuszczonym pokoju, w którym wszystkie tłukące się rzeczy, jak szyby, miednica i nocnik, były bardziej popękane. Dzbanka mi nie dano, mimo licznych pogróżek pod adresem całej serii osobników o rozbieganych oczkach z tak zwanej recepcji, z których żaden nie chciał mi się przyznać, że jest właścicielem. Pomyślicie może, że chyba stać mnie było na kupno własnego dzbanka, ale prawda wyglądała tak, że po tym incydencie w indiańskiej szkole wpadłem w przygnębienie, którego główne skutki uległy opóźnieniu na czas ratowania Billy'ego Thompsona, ale intensywne picie, pierwsze od wielu lat, jakie rozpocząłem w czasie tej wyprawy, kontynuowałem również w Dodge, co tylko pogłębiło moją melancholię.

Cztery dekady życia i czym mogłem się pochwalić? Nie był to jakiś nowy problem, ale ostatnio uległ zaostrzeniu. Nawet Cody był młodszy ode mnie, a przecież słyszałem o nim od lat. Wszyscy starsi ode mnie, Custer, Dziki Bill i większość Indian, z którymi miałem bliższe związki, już nie żyli. Dzięki systematycznej pracy zdołałem zgromadzić tę sumę pieniędzy, o której myślałem jako o swoim skarbie, ale po prawdzie było to tylko kilkaset dolarów, co nie kwalifikowało się nawet do dwuprocentowych odsetek, oferowanych przez bank taty Amandy Teasdale, i dlatego trzymałem je pod podłogą w swoim pokoju, obawiając się napadu na bank, mimo obecności słynnych rewolwerowców w siłach policyjnych miasta Dodge. Potem jednak wydałem wszystko na obronę prawną Dzikiej Świni i jego kolegów. Zarobienie na powrót takiej sumy wymagałoby długiego czasu, a wówczas miałaby ona zresztą mniejszą wartość. W jaki sposób miałem, u diabła, zdobyć trochę prawdziwych pieniędzy? Byłem już bowiem przekonany, że odpowiedź tkwi w pieniądzach. Gdybym miał pieniądze, mógłbym liczyć na większy szacunek w oczach Amandy, chociaż wyobrażała sobie, że pogardza rzeczami materialnymi. Zdarza się, że pieniądze ściągają nienawiść na głowy tych, którzy je posiadają, ale zawsze nakazują szacunek.

Jeden pomysł na wzbogacenie się, którego nigdy na poważnie nie rozważałem, to był hazard. Przestałem grywać w pokera od czasu pewnego wydarzenia w Kansas City, kiedy – mówię to dziś z żalem – ze względu na dotkliwy brak gotówki oszukiwałem w grze z Dzikim Billem Hickokiem i omal nie zostałem przez niego zastrzelony. Nie próbowałem też niczego w rodzaju „ujeżdżania tygrysa" w faraonie, ulubionej grze Bata, który, choć często wygrywał, nigdy nie dorobił się na tym fortuny, i to samo dotyczy Wyatta Earpa. Tylko biznes był drogą do pieniędzy, nie miałem co do tego wątpliwości: dostarczanie dóbr lub usług po cenach przekraczających koszta ich uzyskania. Rzecz była prosta w teorii, ale widocznie dość trudna w realizacji, chociaż w Stanach Zjednoczonych chyba łatwiejsza niż gdzie indziej, bo w przeciwnym razie wszyscy byliby bogaci. Albo, w każdym razie, łatwo jest tak powiedzieć. Ale zastanawiając się nad tym poważnie na przestrzeni wielu dziesięcioleci, uważam teraz, że gdyby wszyscy mieli po milionie, to można oczekiwać, że milionerów nazywano by biedakami.

Nie kusiłem losu w grach, bo chciałem zachować swoje szczęście na wychodzenie cało z katastrof, z których tak często cudem udawało mi się ujść z życiem.

Kłopot polegał na tym, że ilekroć zabierałem się do planowania następnego ruchu, mój umysł wymagał małej rozgrzewki, wypijałem więc jednego, co nie wystarczało, wypijałem drugiego, który może by wystarczył, gdybym odczekał, aż zadziała, ponieważ jednak byłem zbyt niecierpliwy, żeby czekać tak długo, wypijałem trzeciego, który był pierwszym krokiem do zdecydowanie zbyt wielu, ale wtedy zaczynałem już mieć doskonałe samopoczucie i przekonanie, że ze wszystkim dam sobie radę, włącznie z chodzeniem po skraju przepaści, co, jak stwierdziłem na sobie, jest największym złudzeniem znanym człowiekowi, bo kiedy się dochodzi do tego stanu, człowiek jest już pijany, ale nie zdaje sobie z tego sprawy, a kiedy to sobie uświadomi, jest już za późno, żeby się cofnąć.

Tak czy inaczej, zapędziłem się, można powiedzieć, w kozi róg i znowu Bat Masterson wskazał mi drogę wyjścia. Powtórnie wyjechał, tym razem do Kansas City, gdzie, co za niespodzianka, grał w faraona, ale wrócił do Dodge na początku roku, niech pomyślę, to był osiemdziesiąty pierwszy.

Tymczasem Wyatt Earp, jak już wspomniałem, przebywał chwilowo ze swoimi niezliczonymi braćmi na Terytorium Arizony w nowym miasteczku, które wyskoczyło na szczerej pustyni dzięki odkryciu tam przed paru laty srebra przez poszukiwacza nazwiskiem Ed Schieffelin, któremu przepowiedziano, że jedyne, co znajdzie w tej okolicy, to będzie jego grób, i stąd nazwa, jaką nadał tej miejscowości*. W roku tysiąc osiemset osiemdziesiątym mieszkało tam parę tysięcy ludzi i większość z nich była zatrudniona przy wydobywaniu srebra albo zaspokajaniu potrzeb tych, którzy to robili, co obejmowało rozrywki tego samego rodzaju, które zapewniano kowbojom w Dodge.

Srebro tym się różniło od złota, że poszczególni osobnicy nie łazili z patelnią po strumieniu w poszukiwaniu samorodków. Srebra nie można znaleźć na powierzchni ani nawet wykopać, ale trzeba chemicznie przebadać skały, w których zawsze występuje ono w połączeniu z innymi pierwiastkami, i jeżeli zawartość rudy jest wystarczająca, potrzebna jest operacja na wielką skalę, żeby ją uwolnić, obejmująca kruszenie i szlamowanie materiału. Bracia Earpowie udali się tam, żeby coś zarobić na takich okazjach, jakie stwarza obecność kopalni i zakładów wzbogacania rudy, zaczynając od starego pomysłu, pojawiającego się, ilekroć odkrycie drogocennych metali owocowało narodzinami nowego miasta, jak na przykład planowane przedsięwzięcie Charleya Kolorado Uttera i Dzikiego Billa: linia dyliżansowa z nowej miejscowości do najbliższego już istniejącego miasta, którym w przypadku Tombstone* było Benson. Okazało się jednak, że ktoś ich uprzedził, i Wyatt, który nigdy nie lubił brudzić sobie rąk żadną prawdziwą pracą, znów został strażnikiem prawa, podobnie jak jego starszy brat Virgil; Wyatt jako zastępca szeryfa okręgu, a Virgil jako zastępca marszala. Ale wybiegam myślą do przodu, bo tymczasem siedziałem nadal w Dodge, nie myśląc o Tombstone i, jak wiecie, nie żywiąc sympatii do Wyatta Earpa, kiedy zdarzyły się dwie rzeczy. Jedną z nich było to, że wkrótce po powrocie do miasta Bat zaprosił mnie do udziału w swojej kolejnej eskapadzie.

– Tombstone? – pytam. – Upał, piasek i Apacze. Bat, to nie jest pociągająca perspektywa.

– Parę kolejek i pierwszych dwóch nie zauważysz – odpowiada Bat, parskając śmiechem. – A co do Indian, to myślałem, że jesteś ich wielkim przyjacielem. Zresztą Apacze schowali rogi. Tombstone jest miejscem wielkich możliwości. – Bat kuł żelazo, póki było gorące. – Myślisz, że Earpowie by tam pojechali, gdyby to było miejsce bez przyszłości?

– Mnie o to nie pytaj – powiedziałem mu. – Znam tylko Wyatta i generalnie nie była to znajomość szczęśliwa.

– Daj spokój – mówi Bat, a jego niebieskie oczy błyskają znad tych wielkich czarnych wąsów. – Wyatt bardzo cię lubi. – Bat nie mógł uwierzyć, że ktoś może nie lubić jego przyjaciół tak jak on, mimo że sam nigdy nie przepadał za Dokiem Hollidayem, druhem Wyatta. – Pomyśl tylko – ciągnie dalej – czy nie przyjemnie było u Billa Cody'ego?

– To prawda, ale trwało to tylko parę dni i nie było tak daleko. Jak długo jedzie się do Arizony? To jest na końcu świata. Byłem przed laty w Nowym Meksyku.

Nalałem mu nową kolejkę. To się powtarzało tak często,

---

* *Tombstone* (ang.) – nagrobek. (Przypisy pochodzą od tłumacza.)

że nawet o tym nie wspominam. Ja sam nie piłem. Jako zawodowiec nigdy nie robiłem tego w pracy.

– Nie nadążasz za czasami, Jack. – Wolną ręką wskazał w kierunku stacji kolejowej. – Wsiadasz w pociąg do Trinidad, gdzie przesiadasz się na nową linię do Santa Fe. Trudno o coś dogodniejszego. Pojedziemy tam z wygodami.

– Tak samo miało być z faetonem pani Cody – odpowiadam. – Do dzisiaj pluję piaskiem.

Wzruszył ramionami i wyszczerzył zęby w uśmiechu.

– Spójrz na to od innej strony, Jack – czy masz coś lepszego do roboty?

To mnie przekonało. Czułem się trochę dotknięty, ale tylko dlatego, że to była prawda. Zgodziłem się więc, nie mając pojęcia, na co się piszę. Teraz jednak, kiedy jest to tak odległa przeszłość, cieszę się, że tam pojechałem, bo w przeciwnym razie nie mógłbym dodać jeszcze jednego historycznego epizodu do życia tak w nie obfitującego. Fakt, że omal przy tym nie zginąłem, czyni sprawę tylko jeszcze bardziej interesującą, chociaż wtedy nie myślałem w tych kategoriach.

Zanim wyruszyliśmy do Tombstone, w parę dni później, zdarzyła się ta druga niesamowita historia. Pewnego dnia o świcie obudził mnie odgłos pistoletowego strzału przed hotelem. Wystrzał zawsze natychmiast stawia mnie na nogi, choćbym spał zaledwie parę godzin tak jak wtedy, a obudziwszy się, pamiętałem ze snu uporczywe szczekanie psa. Potrafię słyszeć przez sen pewne odgłosy, które mnie nie budzą, mimo że mój umysł je rejestruje. Nauczyłem się tego, żyjąc wśród Czejenów: człowiek słyszy rżenie konia, ale jest to inny głos, niż wydaje zwierzę kradzione przez Kruka, który zakradł się do stada w środku nocy, nie ma więc po co się budzić. Ale kiedy słyszysz rżenie, które mówi: „Dziadku, nie pozwól, żeby zabrał mnie ten zły człowiek, bo ja należę do Czejenów", wtedy zrywasz się, chwytasz za nóż i wbijasz go w serce Kruka, rzecz jasna, jeżeli on nie będzie szybszy i nie zrobi tego z tobą.

Jednak z latami zatraciłem częściowo tę czujność, bo

inaczej natychmiast zareagowałbym na to szczekanie przed hotelem, chociaż byłem nieco usprawiedliwiony tym, że miałem pokój od tyłu. Zazwyczaj, kiedy w Dodge słyszało się strzały, najlepiej było się nie ruszać, jeżeli tylko nie stało się w zasięgu ognia, bo widzowie nierzadko zbierali zbłąkane kule i rykoszety, i chociaż nieprzyjemnie jest zostać trafionym umyślnie przez wroga, to jak na mój gust, gorzej jest oberwać przypadkiem, w nie swojej strzelaninie. Ten szósty zmysł, który zawiódł mnie, kiedy nie wstałem, słysząc szczekanie, teraz zadziałał i błyskawicznie wciągnąwszy spodnie, żeby nie dać się znów przyłapać jak w tej indiańskiej szkole (chociaż teraz, w styczniu, miałem na sobie kalesony), wskoczyłem w buty i wybiegłem na ulicę, gdzie, wierzcie mi albo nie, ujrzałem starego Wspólnika, psa, którego przed paroma laty zostawiłem w Cheyenne!

Znalazłem się tam w odpowiednim momencie, bo pijaczyna, który strzelał do niego i chybił, przymierzał się do drugiej próby. Jegomość ten ledwo stał na nogach, nie mówiąc o dokładnym celowaniu, ale chciał ponawiać próby, a kiedy wyraziłem sprzeciw, oświadczył, że z przyjemnością zabije najpierw mnie, zanim zrobi to z tym parszywym kundlem.

– Zaczekaj – powiadam. – Jestem po twojej stronie. Nie mogłem spać z powodu jego ujadania. Ale ty jesteś nieco zawiany, więc pozwól, że zrobię to za ciebie.

Wyciągnąłem dłoń po jego broń, ale człowiek w takim stanie nigdy nie wierzy, że czegoś mu brakuje, i pistoletu mi nie oddał. Zawahał się jednak nieco, zanim skierował go ponownie na Wspólnika, co wykorzystałem, żeby wyrwać mu broń, kopnąć go w piszczel, żeby pochylił głowę, i w stylu Earpa wyrżnąłem go ciężką kolbą w głowę, wgniatając mu kapelusz i pozbawiając go przytomności. Wyjąwszy pozostałe naboje z magazynku, wrzuciłem broń do najbliższej beczki z wodą przeciwpożarową i wróciłem do Wspólnika, który stał z wywieszonym językiem i merdał ogonem.

– Wspólniku! – powiadam do niego. – Ty stary suczy synu! Skąd się tu wziąłeś? – Wiecie, jak ludzie przemawiają do psów, jakby oczekiwali odpowiedzi, ale chciałem zagłuszyć w sobie poczucie winy z powodu pozostawienia go w obozowisku pod Cheyenne, które to uczucie, jak zwykle, odezwało się znacznie silniej teraz, kiedy go ponownie zobaczyłem, niż kiedy to robiłem.

Otóż jeżeli znacie tylko pieski pokojowe albo nawet psy myśliwskie, moglibyście oczekiwać, że Wspólnik da większy pokaz radości, widząc mnie po raz pierwszy od przeszło trzech lat i przebywszy w pogoni za mną setki mil, ale tak, jak dzięki Bogu nie należał do tych, co żywią urazę, tak też prowadził życie, w którym kwestia przetrwania tłumiła demonstracje uczucia, i pod tym względem przypominał mi mnie, nie rzuciliśmy się więc sobie w objęcia, ale naprawdę cieszył mnie jego widok i uczucie to szło o lepsze z podziwem dla jego wyczynu, przewyższającego wszystko, o czym do tego czasu słyszałem, chociaż podczas tych wielu lat, jakie od tamtego czasu minęły, zdarzało się, że psy przebywały w ślad za swoimi rodzinami większe odległości na piechotę, podczas gdy ludzie korzystali z samochodów, dlatego więc może łatwiej jest uwierzyć w to, co mówię o Wspólniku, niż w moje opowieści o postaciach historycznych, które są równie prawdziwe.

Tak czy inaczej, powiedziałem:

– Cieszę się, że cię widzę, Wspólniku. Wyglądasz naprawdę dobrze. – Co było uprzejmym łgarstwem, bo brakowało mu czubka jednego ucha, a strzępiasty brzeg świadczył, że zostało odgryzione. Jego lewe oko prawie się nie otwierało, sierść miał jaśniejszą i bardziej rudą z powodu warstwy zaschniętego błota, kulał też paskudnie na lewą przednią łapę. Dodajcie do tego kilka rzepów i czarnozielone ślady po krowim placku, w którym się psim zwyczajem wytarzał, a będziecie mieli obraz całości. Z tego ostatniego powodu cuchnął jeszcze gorzej niż zwykle, dorównując prawie smrodowi tego pijaka, który jękiem zasygnalizował, że niestety żyje, kiedy więc w odpowiedzi na strzały przybył pomocnik marszala, powiedziałem mu o nielegalnie posiadanej broni obecnie w beczce z wodą i zaprowadziłem Wspólnika do pompy w pobliskiej stajni, gdzie złałem go wieloma cebrami wody i zmyłem z niego cały brud, mimo że obaj drżeliśmy z zimna. Kiedy się jednak otrząsnął, mocząc mnie przy tym do reszty, i wytarłem go do sucha starą końską derką, wyglądał o sto procent lepiej. Domyślałem się, że była to pierwsza prawdziwa kąpiel w jego życiu, i widziałem, że bardzo tego nie lubi. Może nawet w tym momencie żałował, że tropił mnie przez tyle czasu, pokonując takie odległości, ale wynagrodziłem mu to solidnym śniadaniem z dużą porcją mięsa. Teraz, kiedy nie śmierdział bardziej niż większość tutejszego towarzystwa, nie miałem oporów przed przyjęciem go do swojego pokoju i chociaż kierownictwo nie było tym zachwycone, to mieliśmy akurat martwy sezon, jako że spędy bydła odbywały się z zasady tylko w cieplejszych miesiącach, i dodatkowa wyśrubowana opłata pięćdziesięciu centów miesięcznie za pobyt Wspólnika była nie do pogardzenia. Nigdy natomiast nie zabierałem go do pracy, mimo że Samotna Gwiazda też przeżywała spokojniejszy okres, bo to nie było odpowiednie miejsce dla porządnego psa. Zresztą on i tak przywykł do szerokich przestrzeni, wałęsał się więc swobodnie – podczas gdy ja pracowałem – gdzieś po prerii, jak go znałem, i dzięki tym samym zdolnościom, dzięki którym znalazł mnie po latach, zawsze wiedział, kiedy kończę, nawet jeżeli brałem nadgodziny za jakiegoś innego barmana, i czekał na mnie pod drzwiami. Któregoś dnia, idąc ze Wspólnikiem przy nodze, spotkałem na ulicy Bata.

– Spójrz, kto tu jest – powiedziałem.

Bat rozejrzał się dookoła.

– Gdzie? – pyta.

– Tutaj – mówię, wskazując w dół. – Pamiętasz tego psa, którego miałem w Cheyenne? Zafundowałeś mu wielki stek.

Bat kiwnął głową i mruknął potakująco, ale chyba nie pamiętał.

– To ten sam zwierzak! Trafił po moich śladach z takiej odległości, zajęło mu to trzy lata, ale mnie znalazł.

– Jasne, Jack – mówi Bat z tym swoim krzywym uśmieszkiem.

– Do licha, Bat, mówię poważnie. To jest on.

– Posłuchaj, Jack, pojutrze wyruszam do Tombstone. Jedziesz ze mną czy nie?

– Tak, jeżeli będę mógł zabrać Wspólnika.

– Kto to jest ten wspólnik?

– To ten pies, o którym ci mówię.

Bat uśmiechnął się szerzej, ale tym razem z pewnym zniecierpliwieniem.

– Nie wpuszczą go do pociągu – powiada, kiwając głową w meloniku.

– Pojadę z nim w wagonie bagażowym.

– To z kim będę pił?

Mając oparcie we Wspólniku, odważyłem się przeciwstawić wielkiemu Batowi Mastersonowi.

– Cóż – powiadam – inaczej nie jadę.

Bat zastanawiał się przez chwilę, po czym dotknąwszy ronda melonika urękawiczonym kciukiem, powiada:

– Cenię sobie lojalność. Jeżeli go wpuszczą do pociągu, to ja nie mam nic przeciwko temu.

Bat, nawiasem mówiąc, był wielkim elegantem. Na zimę sprawił sobie długi wełniany płaszcz z bobrowym kołnierzem. Żebyście go nie posądzili, że był *heemaneh*, wspomnę tylko, że ilekroć zatrzymywał się w Dodge na dłużej, mieszkał z jakąś płatną kobietą.

9. TOMBSTONE

Podróż z Dodge do Tombstone na początku roku osiemdziesiątego pierwszego oznaczała jazdę trzema różnymi
pociągami oraz dwoma dyliżansami i żaden z tych środków
transportu nie był pospieszny, wszystkie natomiast były dość
niewygodne, kłopotliwe i niebezpieczne ze względu na to,
że większość trasy prowadziła przez ziemie wrogich Apaczów. Ja miałem oczywiście dodatkowy kłopot ze Wspólnikiem, którego obecność u większości ludzi, a może nawet
u nikogo, nie wyzwalała dobrej woli, ale i on, i ja byliśmy
gotowi do daleko idących kompromisów, ja godziłem się na
jazdę z nim w wagonie bagażowym, a on na przywiązanie
wśród bagażu na dachu dyliżansu, i w końcu przybyliśmy
do Tombstone nieco tylko nadwerężeni, co nie było dla nas
niczym nowym.

Po przyjeździe Bat skierował swoje kroki do saloonu i domu gry Oriental, bo dowiedział się od konwojenta naszego
dyliżansu na trasie z Benson, w ostatnim etapie podróży,
że Wyatt wykupił czwartą część udziałów w salonie gry
w tym lokalu. Ja powiedziałem, że przyjdę tam później, bo
chciałem poszukać hotelu albo pokoju do wynajęcia, gdzie
pozwoliliby mi mieszkać ze Wspólnikiem, jako że rozbija-
nie namiotu na okolicznej pustyni zupełnie do mnie nie
przemawiało, a pies, który pochodził z Czarnych Wzgórz,
nie znał zapomnianych przez Boga terenów południowej
Arizony, na które patrząc z podskakującego dyliżansu, zastanawiałem się, co ja tu, u diabła, robię. Nawiasem mó-

więc, w tej ostatniej części podróży Bat zgodził się ze mną (i nie zdziwiło mnie, że woźnica i reszta pasażerów przychylili się do zdania Bata), że pies wymaga ochrony przed palącym słońcem, i Wspólnik pojechał tym razem w środku.

Tombstone miało już za sobą parę lat istnienia i było prawie wytworne w porównaniu z Deadwood, jakie znałem w jego najsurowszym okresie. Były tam dwa eleganckie hotele stojące naprzeciwko siebie na Allen Street, w otoczeniu samych prawie saloonów, oraz zaraz za rogiem Czwartej Schieffelin Hali, największa w Stanach budowla z nie wypalonej gliny, mieszcząca miejscową operę. Wszystkie lepsze budynki były z gliny, materiału dla mnie nowego i bardzo atrakcyjnego, ale kłopot polegał na tym, że żyło się tu w palącym słońcu przy braku wody. Reszta, a prawdę mówiąc, większość centrum miasta została pospiesznie zbudowana z drewna i wkrótce uświadomiłem sobie, że to miejsce prosi się o pożar, biorąc pod uwagę suche i gorące powietrze nawet w okresie, który gdzie indziej jest środkiem zimy, i otwarty ogień, używany w tamtym czasie przy gotowaniu i do wszelkiego rodzaju oświetlenia. Dlatego przy poszukiwaniu stancji kierowałem się możliwością ucieczki w razie pożaru, co z miejsca wykluczało wszystko powyżej parteru, bo chociaż ja mógłbym spuścić się po linie z okna płonącego pokoju, to ze Wspólnikiem mogłyby być pewne kłopoty. Zauważyliście już może moją szczególną troskę o tego psa i uznaliście, że traktowanie z taką uwagą zwierzęcia jest głupie albo nawet nienormalne, ale powiem wam, że nie spotkałem w życiu żadnej innej istoty, która by tak ceniła sobie moje towarzystwo, żeby poszukiwać mnie przez trzy lata na terytorium kilku stanów i w okolicznościach, sądząc po jego bliznach, nie zawsze sprzyjających.

Kręciliśmy się trochę po mieście, oglądając to i owo, jak na przykład restaurację pod nazwą Maison Doree, której przyklejone na zewnątrz menu zawierało wiele dań napisanych jak na mój gust nieortograficznie, w rodzaju „boeuf" czy „porc", chociaż co ja wiem przy moim wykształceniu, a zresztą i tak nie byłoby mnie stać, żeby tam wejść, bo pewnie trzeba by tam wydać co najmniej dolara. Ale czytając to menu, przypomniałem sobie, że od dawna nic nie jedliśmy, kupiłem więc bochenek chleba w jednym sklepie i trochę gotowanej szynki u pobliskiego rzeźnika nazwiskiem Bauer, a skoro tam już byłem, spytałem krzepkiego mężczyznę w zakrwawionym fartuchu, czy może polecić jakieś miejsce, gdzie mógłbym wynająć pokój.

Uśmiechnął się i coś mruknął, zezując w dół.

– Dziękuję uprzejmie – powiadam i ponieważ nie było żadnej kobiety, sprawdziłem rozporek, ale okazało się, że źle zrozumiałem rzeźnika, który powtórzył tym razem wyraźniej:

– Camillus Fly – mówi. – On robi zdjęcia. Są dobre, ale za drogie, a potem jego żona przychodzi tu i skarży się na ceny mięsa.

– Chwilowo nie jest mi potrzebny fotograf – powiadam. – Szukam pokoju.

– Właśnie mówię – rzeźnik na to, wycierając swój krwawy nóż w mokrą szmatę. – Jego pani wynajmuje pokoje.

Było to tuż-tuż, na Fremont Street, za urzędem probierczym, gdzie rejestrowali działki poszukiwacze srebra. Poszliśmy tam ze Wspólnikiem, dzieląc się po drodze pospiesznie sporządzoną kanapką, bo obu nam nie zależało na subtelnościach. Ja jednak przed drzwiami Flyów zatrzymałem się, żeby przełknąć to, co miałem w ustach. Jeżeli chciałem sprowadzić do domu psa, to nie powinienem na dodatek demonstrować złych manier.

Zanim jednak zdążyłem strząsnąć okruszyny z klap marynarki, drzwi frontowe otworzyły się i któż z nich wyszedł, jeżeli nie mój dentysta z Dodge City, doktor John H. Holliday. A za nim dama z typu tych, dla których Francuzi mają specjalną nazwę, jak się dowiedziałem, przebywając w ich kraju z pokazami Cody'ego, coś w rodzaju *jolly-lard* (ale bez związku z tymi angielskimi słowami)*, co oznacza niewiastę

---

* *Jolly-lard* (ang.) – ładna brzydula, w wersji Jacka Crabba – wesoła słonina.

brzydką, a jednocześnie atrakcyjną. Ta dama miała ostre rysy, ale wesołe spojrzenie i figurę, na której wszystko dobrze leżało, a jej obecny strój podkreślał biust i biodra.

Holliday obrzucił mnie zimnym spojrzeniem, szukając niewątpliwie widocznej broni, po czym odwrócił wzrok, nie okazując, że mnie poznał, natomiast jego towarzyszka uśmiechnęła się słodko, spuszczając oczy, żeby je następnie podnieść.

– Dzień dobry panu – mówi. – Ma pan bardzo sympatycznego pieska.

Doc wyglądał, jakby zgrzytał zębami pod swoimi wąsiskami, ale może tylko szykował się, żeby zakasłać. Staremu Wspólnikowi spodobała się ta zalotna kobietka, przekrzywił więc głowę z rozerwanym uchem i pomachał jej swoim zmierzwionym ogonem. Ja powiedziałem tylko: „Pani" i dotknąłem ronda kapelusza. Przez chwilę szykowałem się na wypadek, gdyby Doc przypomniał mnie sobie z opóźnieniem, ale widocznie uczestniczył w tylu prawdziwych strzelaninach od czasu moich pustych, jak się okazało, pogróżek i uśmiercił tylu ludzi rewolwerem i nożem, że incydent ze mną zupełnie wyleciał mu z pamięci, jeżeli w ogóle go zauważył.

I tak oni odeszli, a ja zbliżyłem się do drzwi i zapukałem, ale kiedy pani Fly otworzyła, powiedziała mi, że chwilowo nie ma wolnych miejsc, nie doszło więc nawet do kwestii trzymania psa. Ale to właśnie Wspólnik znalazł nam w końcu mieszkanie.

Poszliśmy wzdłuż Fremont, mijając Pierwszą, gdzie domy stały jeden przy drugim i były tak małe, że wydawało się niemal nieprawdopodobne, żeby miały pokoje do wynajęcia, i już miałem zawrócić, kiedy pokazała się mała kobietka obładowana paczkami i paczuszkami, z których jedna upadła jej, kiedy skręcała do domu, ale ona tego nie zauważyła.

– Halo, proszę pani! – krzyknąłem, aż Wspólnik, który nigdy nie słyszał mojego podniesionego głosu, odsunął się przestraszony.

Mała kobietka patrzy na mnie pytająco, nadal nie widząc, że coś zgubiła, spieszę więc z wyjaśnieniem, że coś jej upadło, i uchyliwszy kapelusza, podchodzę bliżej, żeby samemu podnieść jej pakunek. Był zawinięty w papier i bardzo lekki.

– Bardzo panu dziękuję – mówi ona. – Jest pan prawdziwym dżentelmenem, jakiego nie spodziewałabym się znaleźć w tym mieście. Poza moim mężem, oczywiście.

Można by oczekiwać, że doznałem rozczarowania, spotkawszy kobietę zbudowaną w mojej własnej skali, z miłą osobowością i ładną buzią na dodatek, która okazuje się mężatką, ale to nie była prawda. Obudziła we mnie uczucia czysto braterskie. Może byliśmy spokrewnieni w poprzednim życiu, jak się to mówi. Nie, nie okazała się jedną z moich dawno zaginionych sióstr z tamtej karawany sprzed lat. Była jednak związana z kimś, kogo znałem.

Teraz, stojąc przed nią z kapeluszem w dłoni, spytałem:
– Proszę pani, zastanawiam się, czy nie wie pani o kimś, kto chciałby wynająć pokój mnie i mojemu psu?

Spojrzała na Wspólnika i zmarszczyła czoło, ale jej odpowiedź była życzliwa.

– Cóż, jesteś chyba w porządku, prawda?

Uznałem, że zwraca się do Wspólnika. Do mnie powiedziała:

– Na pańskim miejscu wybrałabym któryś z tych małych domków. – Ściskając naręcze pakunków, skinęła głową w kierunku końca ulicy, gdzie stały chaty z surowych desek. – Ale jeżeli nie lubi pan Meksykanów, nie będzie pan zadowolony, bo dalej mieszkają przeważnie oni.

– Żyją w zgodzie ze wszystkimi porządnymi ludźmi – odpowiedziałem. – Zaznałem w życiu tylu kłopotów, że odtąd chciałbym ich w miarę możności unikać.

Nieznajoma śmiała się przez chwilę, po czym powiedziała coś, co mnie uderzyło:

– Czy my czasem nie jesteśmy spokrewnieni? Bo niewątpliwie podobnie patrzymy na życie.

– Pozwoli pani, że się przedstawię. Nazywam się Jack Crabb, a to jest mój pies Wspólnik.

– Dajmy spokój z tą panią, Jack. Mów mi Allie. I nie pomyśl sobie, że jestem szybka. Jak już powiedziałam, mam męża, i to bardzo dużego. Kiedy mnie po raz pierwszy zaprosił na randkę, powiedziałam mu: „Dlaczego nie poszukasz kogoś w swojej wadze?" – I opowiadając, jak go to rozbawiło, sama tak się śmiała, że łzy napłynęły jej do oczu. Potem opanowała się i powiedziała: – Żądają dwudziestu miesięcznie. – Zrozumiałem, że ma na myśli domy w meksykańskiej okolicy. – Ale zgodzą się na piętnaście, to pewne.

– Jestem ci wielce zobowiązany, Allie. Przekaż moje uszanowanie mężowi, który jest szczęśliwym człowiekiem.

Sprawiło jej to wielką przyjemność, ale jako prosta kobieta nie była w owych czasach przyzwyczajona do pochwał i uznała to za komplement wygłoszony w podejrzanym celu.

– Idź już sobie – powiedziała – zanim sąsiedzi, którzy są też moimi krewniakami, coś sobie pomyślą i doniosą panu Earpowi.

– Earpowi?

– Tak jest, proszę pana – mówi ona. – To mój mąż.

– Czy dobrze słyszę? Jesteś żoną Wyatta Earpa?

Roześmiała się ponownie, tym razem nie całkiem szczerze.

– Moim mężem jest Virgil Earp! Wyatt to jego młodszy brat.

– O, bardzo przepraszam, Allie.

Moje przeprosiny chyba jej nie uraziły, bo uśmiechnęła się, życzyła mi powodzenia w poszukiwaniach mieszkania i oddaliła się do swojego domu. Jak się okazało, dostaliśmy ze Wspólnikiem chatę i zapłaciliśmy tyle, ile mówiła Allie. Właścicielem był wykształcony lepszy gość, który pojechał do Tombstone, żeby się dorobić głową, mianowicie na spekulacji nieruchomościami, a nie pracą w kopalni srebra. Tak więc, mieszkając przy tej samej ulicy, często wpadałem na małą żoneczkę Virgila Earpa i zaprzyjaźniłem się z nią podobnie jak z pracującymi dziewczynami z Samotnej Gwiazdy w Dodge, i mówiąc to, bynajmniej nie ujmuję Allie (gdyby to usłyszała, naplułaby mi w twarz), której cnota była bez zarzutu. Chodzi o to, że byliśmy przyjaciółmi, i nic więcej.

Inną osobą, którą tam poznałem, była Mattie Earp, żona Wyatta, skromnie wyglądająca kobieta, spokojna i powściągliwa, można by powiedzieć, jak przystało na towarzyszkę tak zapatrzonego w siebie typa jak Wyatt, gdyby nie to, że następna kobieta, z którą się związał już na zawsze, była całkiem inna. W każdym razie bracia Earpowie, a było jeszcze dwóch, James i Morgan, mieszkali wszyscy przy tej samej ulicy, a Morgan z żoną wprowadzili się nawet na jakiś czas do domu Allie i Virgila, mimo że był taki mały. Bracia Earpowie trzymali się razem jak nikt, kogo znałem, jeden za wszystkich i tak dalej, i nie widzę w tym nic złego, niezależnie od czasów, ale zwłaszcza w tamtych, prawdę mówiąc, zazdrościłem im tego.

Tymczasem warunki mieszkalne w chacie, odziedziczonej po poprzednim lokatorze, niewiele się różniły na korzyść od beczki Billa, co może odpowiadało Wspólnikowi, ale ja potrzebowałem przynajmniej czegoś, co by mnie oddaliło od podłogi z ubitej ziemi w okolicy znanej z grzechotników, jadowitych jaszczurek i skorpionów, rozejrzałem się więc po mieście i znalazłem używane łóżko polowe, które ktoś pewnie ukradł z wojska, i kupiłem koc serape od meksykańskiej kobiety, która była moją sąsiadką po przeciwnej stronie niż Earpowie, a także dwa tortillas nadziane fasolą z chili, co przepoiło moje serce tęsknotą za czasami, kiedy mieszkałem w Santa Fe z wielką, grubą i namiętną niewiastą imieniem Estrellita. Miałem wówczas ledwo szesnaście lat i dużo więcej wigoru niż w wieku lat czterdziestu, a także często bywałem opity pulque, której od tamtych czasów nie wziąłem już do ust. Miałem dużo szczęścia, że nie skończyłem jak drugi Bill Crabb.

Z chwilą, kiedy urządziliśmy jako tako nasze mieszkanie, zostawiłem Wspólnika na straży i udałem się do saloonu Oriental, gdzie ostatnio widziałem Bata. Nie uwierzycie, ale był tam już zatrudniony jako krupier, rozdając karty przy stole do faraona, a Wyatt Earp przechadzał się po sali z ważną miną, występując w roli współwłaściciela. Podszedłem do stołu i kiedy Bat znalazł wolną chwilę, powiedział mi, że mogę się zatrudnić w barze i że mam się zgłosić do Franka Lesliego.

Na wstępie muszę powiedzieć, że widziałem w swoim życiu parę saloonów, ale żaden nie mógł się równać bogactwem z Orientalem, gdzie sam olbrzymi mahoniowy bar, włącznie z tak zwanym ołtarzem, tylnym regałem z kolekcją butelek, elegancko zdobionym lustrem i kasą wielkości organów miał podobno kosztować sto tysięcy dolarów. Wywieszono tam oprawiony artykuł sprzed roku wycięty z „Tombstone Epitaph" i opisujący otwarcie lokalu, który stwierdzał, że czegoś podobnego na próżno szukać po tej stronie San Francisco: „Dwadzieścia osiem palników, umieszczonych w zgrabnych kandelabrach, zapewniało znakomite oświetlenie, a ponadto promienie światła, odbijając się w licznych barwnych kryształach baru, połyskiwały niczym zimowe sople w słońcu".

Bat polecił mi, żebym się zobaczył z głównym barmanem, niejakim Frankiem Lesliem – Jelenią Skórą, o którym wcześniej nic nie słyszałem, który jednak, podobnie jak wielu pracowników Orientalu, miał za sobą barwne życie i był indiańskim zwiadowcą przy armii, a także występował w jednym z przedstawień Cody'ego, chociaż rzadko mówił o tych sprawach. Zabił też człowieka w Tombstone zeszłego lata, o czym dowiedziałem się od niezawodnej Allie Earp, kiedy spotkałem ją następnym razem i powiedziałem jej, gdzie pracuję.

Na razie jednak nie wiedziałem tego wszystkiego, zobaczyłem tylko mocno wąsatego jegomościa w czerwonej kamizelce barmana na wielce wymyślnej białej koszuli z guzikami wyglądającymi na drogie kamienie i takimiż spinkami, który nie ograniczał się do nalewania alkoholu, ale robił z tego całe widowisko, trzymając butelkę wysoko w powietrzu pod takim kątem, że powstawał łuk krystalicznego płynu mieniący się w świetle kandelabrów, i chwytał go w szklankę, którą trzymał w opuszczonej ręce, nie roniąc przy tym ani kropli. Był to zadziwiający pokaz i nie mogłem go nie skomplementować.

– Panie Leslie, sam wykonywałem ten zawód przez kilka lat, ale nigdy nie oglądałem takiego popisu miksologii.

Podziękował mi, a kiedy przekazałem mu to, co powiedział Bat, kazał mi nałożyć fartuch i brać się do roboty od razu, jeżeli tylko chcę.

– Może mi pan pokazać, jak się robi tę sztuczkę? – spytałem.

– To tylko kwestia praktyki – powiada. – Lepiej rób to na zewnątrz i napełnij butelki wodą.

Przeszedłem na drugą stronę baru i nałożyłem fartuch, który Leslie wziął z półki. Był świeżo wyprany i lekko wykrochmalony, wszystko tutaj było najlepszej jakości i doskonale utrzymane. Przy barze stało więcej pijących, niż można było oczekiwać wczesnym popołudniem i nie w Kansas na zakończenie spędu bydła. Spodziewałbym się, że więcej ludzi będzie w tym czasie w kopalniach srebra, ale przecież w Tombstone w okolicach saloonów uprawiano też inne zawody. Większość klientów zebrała się przy Franku, żeby obserwować jego niezwykłe popisy, z których widziałem zaledwie najprostszy. Czasami podrzucał obracającą się szklaneczkę, jednocześnie zaczynając nalewać z butelki trzymanej w drugiej ręce, ale w momencie, kiedy struga płynu do niej docierała, szklaneczka była skierowana otworem ku górze, gotowa na przyjęcie alkoholu, i to zawsze bez najmniejszej straty. Tego ostatniego efektu, czy raczej jego braku, nigdy nie zdołałem osiągnąć, mimo długich ćwiczeń.

Chociaż klienci musieli czekać, zanim Frank ich obsłuży, nikt nie wybierał natychmiastowej obsługi przy moim stanowisku, zapoznawałem się więc z butelkami ustawionymi na dole ołtarza oraz wyżej, po bokach wielkiego lustra. Wiele z tych napitków było dla mnie nowością, bo za swoich czasów w Samotnej Gwieździe rozlewałem na ogół zwykłą czerwoną whisky, pospolitą w owym miejscu i czasie, i nie cofałem się przed rozcieńczaniem jej, kiedy podręczny zapas się kończył albo wspomagając niektóre pracujące tam osoby w ich zabiegach o zwiększenie zysku. Trzymaliśmy też dżin i brandy dla klientów, którzy w nich gustowali, a raz na jakiś czas jedna z dziewczyn tam zatrudnionych mogła wypić łyk sherry zamiast zwyczajowej słabej herbaty, ale znaczną część wyskokowych płynów dostępnych w Orientalu oglądałem po raz pierwszy. Na przykład Łzy Apacza, destylowane jak głosiła etykieta, na miejscu w Tombstone, czy Plątonóg, ulubione słówko Billa Cody'ego na trunek, podobnie jak Biały Muł, Czerwony Pies, Trzmiel czy Gorzka Cierniowa, nie mówiąc o cieczy pod nazwą Cincinnati Whisky, która wzbudziła we mnie wyrzuty sumienia w związku z panią Aggie Hickok i zagubionymi pieniędzmi, które miałem jej oddać.

– Stać! – mówi nagle ktoś, zatrzymując się za mną przy barze. – Jesteś poszukiwany listem gończym przez policję w Dodge.

Odwracam się i widzę jegomościa, którego trzymają się takie żarty.

– Dzień dobry, Wyatt – mówię.

– Jak się masz, Jack – odpowiada, ubrany w czarny surdut gracza. Nie był nieprzyjazny, chociaż rzadko widziałem, żeby się uśmiechał do kogoś innego poza swoimi braćmi. – Czy Bat mówił ci, że Luke Short też jest tutaj z nami?

Short był jeszcze jednym przybyszem z Dodge City, gdzie zyskał sobie reputację „przyjaciela grabarzy", ze względu na rzekomy obyczaj strzelania swoim ofiarom między oczy, dzięki czemu przygotowanie zwłok nie było zbyt kłopotliwe.

– I Doc też jest tutaj – wylicza Wyatt. – I, oczywiście, Długonosa Kate. Połowa Dodge zjechała do Tombstone.

– Podobno Doc i Kate zatrzymali się w pensjonacie Flya – mówię, żeby pokazać, że co nieco wiem, bo Wyatt zawsze lubił okazywać swoją przewagę. On udaje, że nie słyszy, zgodnie z zasadą, że musi mieć ostatnie słowo na każdy temat, i pyta, czy mam broń. Chciałem powiedzieć: „Co, żebyś mógł mi ją zabrać i znów mnie ogłuszyć?", ale że był teraz jednym z moich chlebodawców, zmilczałem.

– Nie mam broni – powiadam.

– To lepiej sobie spraw – on na to. – My, ludzie z Dodge, musimy trzymać się razem przeciwko tym kowbojom.

– Nie wiedziałem, że jest ich tutaj tak dużo – mówię. – Chcesz powiedzieć, że jest tu to samo co w Dodge? Myślałem, że większość ludzi tutaj to górnicy.

Wyatt ściągnął brwi, od czego jego spojrzenie, rzadko życzliwe, stało się jeszcze zimniejsze.

– To słowo ma tutaj nieco inne znaczenie. W tej części świata kowboj to tyle co koniokrad. – Potem uśmiecha się krzywo i ruchem głowy wskazuje drugi koniec baru, gdzie Leslie nadal demonstrował swoje sztuczki. – Z Frankiem lepiej żyć w zgodzie. Jest nie tylko najlepszym w Tombstone miksologiem, ale kiedy pije, potrafi być nieobliczalny, a trzeźwy czy pijany, z bronią jest niebezpieczny.

Muszę to stwierdzić, że z Frankiem Jelenią Skórą zawsze żyliśmy jak najlepiej i nigdy nie znałem sympatyczniejszego gościa, bo nigdy nie widziałem, żeby coś pił podczas pracy w Orientalu. Kiedy miał ochotę na jednego, szedł do jakiegoś innego lokalu, gdzie był znany z tego, że nie tylko strzela do much na suficie, ale że często w nie trafia. On i Dziki Bill mogliby urządzać interesujące pokazy. Jego przewisko Jelenia Skóra pochodziło od kurtki z frędzlami, którą nosił poza pracą, zapewne pod wpływem Billa Cody'ego, bo występował kiedyś w jednym z jego przedstawień. Lubił Buffalo Billa, opowiedziałem mu więc o naszej z Batem wizycie w jego Gościnnym Wigwamie.

– Czy zaproponowałeś kiedyś staremu Billowi drinka? – spytał mnie pewnego razu Frank.

– Nigdy nie miałem okazji – odpowiedziałem. – Zawsze on był fundatorem.

– Otóż, gdybyś to zrobił, kiedy ja go znałem, odpowiedziałby zawsze w ten sam sposób: „Sir, mówi pan językiem mojego plemienia".

Widzicie więc, jakim przyjemnym kompanem potrafił być Frank Leslie, ale rok wcześniej, kiedy romansował z żoną niejakiego Mike'a Killeena, jak mi powiedziała Allie Earp, i Killeen go odszukał, Frank strzelił mu prosto w twarz. Jednak kiedy Mike zmarł w następstwie rany, Frank ożenił się z wdową, czym dowiódł, że faktycznie mu na niej zależało, a Allie zawsze popierała romanse, i jak ku mojemu zdziwieniu twierdziła, jej mąż Virge był równie sentymentalny, w przeciwieństwie do swojego brata Wyatta, który nigdy nie okazywał sympatii żadnym kobietom poza ladacznicami, co przyjąłem bez zdziwienia, chociaż przypomniałem sobie, że w Dodge musiał kiedyś zapłacić dolara kary za uderzenie fordanserki, która mu odpyskowała (jej kara wyniosła dwadzieścia dolarów).

Allie nie potrzebowała wiele czasu, żeby ujawnić swój krytyczny stosunek do szwagra. Od dawna miała ochotę z kimś się tym podzielić, a jedyne osoby, z którymi mogła w mieście porozmawiać, to byli albo bracia Wyatta, wszyscy lojalni wobec niego, albo ich żony, a najbliżej mieszkała małżonka samego Wyatta, zahukana i czasem bijana Mattie, zatem krytykowanie go wobec niej byłoby tylko dolewaniem oliwy do ognia. Virgil jednak był bez zarzutu. Allie zawsze nosiła w swoim woreczku, czy jak to się nazywa, pocztówkę otrzymaną kiedyś od Virge'a, obramowaną różyczkami i z wierszem, który próbowałem zapamiętać, żeby go wykorzystać we własnej sprawie sercowej, jeżeli mi się takowa przydarzy, mimo moich obaw, że jestem osobnikiem gruboskórnym, ale było w nich zbyt wiele słów spotykanych wyłącznie w poezji, jak „azali" i „lubo", tak że czułem się głupio, nawet kiedy czytałem go sam sobie.

Tak czy inaczej, w nowym mieście miałem pracę i dach nad głową, i swojego psa, a także starego przyjaciela w osobie Bata i nowego w osobie Allie. Jeszcze raz zaczynałem od zera i usiłowałem nie zniechęcać się faktem, że było to już któryś raz z rzędu. Oto mając czterdziestkę na karku, rozlewałem trunki za skromne wynagrodzenie i znacznie mniejsze napiwki niż w Samotnej Gwieździe, jako że w Tombstone nie było desperatów spragnionych po trzymiesięcznym pędzeniu bydła. Tutaj uzbieranie fortunki musiałoby potrwać trochę dłużej, a tymczasem okazje związane z nowym górniczym miastem przechwytywali inni. Earpowie, na przykład, mieli głowę do interesów, a już na pewno miał ją Wyatt przy handlu nieruchomościami w formie dzia-

łek przy Fremont Street, jak również różnych terenów po-
szukiwawczych z tych, na które nie wyrusza się z kilofem
i łopatą, tylko handluje się nimi na papierze, nie brudząc
rąk. Nawiasem mówiąc, wkrótce poznałem Virgila, który
był bardzo podobny do Wyatta, tylko większy, i przeżyłem
chwilę strachu, kiedy Allie, która potrafiła być żartowni-
sią, przedstawiła mnie jako swojego nowego narzeczonego
i wielki Virge spojrzał na mnie spode łba, ale zaraz mrugnął dobrodusznie.

– Gratulacje – powiedział.

Tym razem mała Allie nie poznała się na żarcie.

– Ou, Virge... – poskarżyła się.

Była w nim naprawdę zakochana i Virgila też nigdy nie
widziałem w towarzystwie innej kobiety. Lubiłem go najbardziej spośród wszystkich braci Earpów, bo był z nich
najweselszy, co nie znaczy, że nie potrafił zachować się jak
wszyscy, kiedy go ktoś zdenerwował. Allie opowiedziała mi,
że kiedy jechali wozem do Tombstone, woźnica dyliżansu
zmierzającego w przeciwną stronę, mijając ich zbyt szybko
i zbyt blisko, skaleczył konia Virgila, zostawiając mu długą
ranę na boku. Virgil zawrócił i dogoniwszy woźnicę na najbliższym postoju, omal nie skatował go na śmierć. Powinienem dodać, że Virge zebrał najwięcej ran ze wszystkich
Earpów, chociaż inny z braci został później zamordowany.
Nie muszę chyba wspominać, że Wyatt przez całe życie nie
był nawet draśnięty?

Jeżeli chodzi o uruchomienie własnego interesu – co, jak
może pamiętacie, było moim pomysłem jeszcze w Dodge,
ale nic z tego nie wyszło, a później moją uwagę zajęło co
innego – to uważałem, że Tombstone nadawało się do tego
jeszcze bardziej, ale takie przedsięwzięcie wymagało przynajmniej jednego wspólnika. I znów przedstawiłem sprawę
Batowi Mastersonowi. Powiedział mi, że Tombstone jest
wystarczająco duże, żeby pomieścić jeden więcej bar i salon
gry, ale on sam nie wie, jak długo pozostanie w mieście,
jako że woli chłodniejszy klimat, radził mi więc porozmawiać z Lukiem Shortem.

Short miał koncesję na gry hazardowe w saloonie Długa Gałąź w Dodge i znałem go, choć tylko powierzchownie. Tutaj, podobnie jak Bat, prowadził grę w faraona.

Nie chciałem go niepokoić przy pracy, ale kiedyś późno w nocy albo wcześnie rano, kiedy dobiegała końca moja zmiana i mogłem już iść do domu, postanowiłem zostać i zaczekać na Luke'a, bo w jego zawodzie człowiek spał w ciągu dnia i niełatwo było z nim porozmawiać.

Kiedy jednak wszedłem do sali gier, Luke kłócił się właśnie z innym graczem, Charliem Stormsem, i robiło się już naprawdę gorąco, ale Bat Masterson rozdzielił kłócących się i w swojej zwykłej roli jako głos rozsądku odprowadził Charliego, który był mocno pijany, do jego pokoju w pobliskim hotelu.

Luke udał się za nimi chodnikiem, bo zawsze dobrze jest sprawdzić, dokąd poszedł wasz wróg, jeżeli był nadal wściekły, a ja skorzystałem z tej okazji.

– Luke – zacząłem – wydaje mi się, że ktoś z twoim doświadczeniem powinien chcieć otworzyć tu własny interes.

Luke nosił odpowiednie dla siebie nazwisko, bo był niewiele wyższy ode mnie.

On jednak zajęty był czymś innym.

– Bat wraca – powiada, patrząc przed siebie. – Chyba zapakował tego sukinsyna do łóżka. – Zaczekał, aż Bat do nas podejdzie, i powtórzył to samo.

– Miejmy nadzieję, że tam zostanie – powiedział Bat ze zwykłą u niego pewnością siebie i zaproponował, żebyśmy wstąpili gdzieś i wypili na dobranoc, ale ja się wymówiłem, będąc tylko przypadkowym uczestnikiem całego zdarzenia, a oprócz tego po całonocnej pracy chciałem spać i zapomnieć o tym, że nalewałem i wąchałem przez wiele godzin.

Pożegnałem się więc z dwoma dżentelmenami, którzy skierowali się do Orientalu, ale nie zrobiłem jeszcze dwóch kroków, kiedy ktoś odepchnął mnie brutalnie i chwyciwszy Luke'a za ramię, wyciągnął go na środek ulicy.

Był to Charlie Storms, który pojawił się znienacka, i chociaż mocno pijany, zdołał podkraść się nie zauważony. Wi-

214

docznie życie w mieście przytępiło moje zmysły, ale ulica nie była brukowana i jedyne światło pochodziło z Orientalu. Charlie miał w ręku colta z krótką lufą, ale nie panując w pełni nad ruchami, usiłował bez skutku uwolnić lufę swojego rewolweru, która zaczepiła się muszką o dziurkę jego surduta, i przez cały czas trzymał lewą ręką mniejszego od siebie Luke'a Shorta.

Rzuciłem się na niego, ale Bat mnie odciągnął.

– Niech to załatwią tutaj – powiada. Rozdzielił ich w lokalu, żeby nie narobili szkód, ale było mu obojętne, co się będzie działo na ulicy.

W mojej opowieści trwa to dziesięć razy dłużej niż w rzeczywistości. Faktycznie, zanim Bat skończył powyższe zdanie, było po wszystkim: Luke wyciągnął swój rewolwer, przyłożył go do boku Charliego i zrobił w nim dziurę, a kiedy ten padał, wpakował w niego na wszelki wypadek jeszcze jeden pocisk kalibru czterdzieści pięć, ale niepotrzebnie, bo Charlie nie żył, zanim wyrżnął twarzą o ziemię.

Myślę, że to na podstawie podobnych incydentów Oriental zdobył złą sławę w okolicy. Allie, na przykład, wyraziła mi współczucie, kiedy się dowiedziała, że tam pracuję. Uważała, że jest to miejsce tak podejrzane, że mijając je, przechodziła na drugą stronę ulicy, a przecież jej szwagier był tam współudziałowcem! Oczywiście, Wyatt miał oddanych przyjaciół w rodzaju Bata i Doca Hollidaya, ale też wszędzie, gdzie się pojawił, robił sobie masę wrogów, których niezmiennie obwiniał za wszystkie swoje kłopoty.

Człowiekiem, którego szczególnie nie lubił, był Johnny Behan. Został on szeryfem okręgowym, na które to stanowisko Wyatt miał chrapkę, ale publicznie temu zaprzeczał, ponieważ Behan obiecał mu, że jeżeli Wyatt nie będzie znim konkurował o ten wysoki urząd, to mianuje go swoim pierwszym zastępcą i w niedługim czasie przekaże mu swoją funkcję. Fakt, że ktoś tak cyniczny jak Wyatt Earp mógł uwierzyć w podobną obietnicę, dowodzi tylko, że każdy człowiek cierpi w pewnych sprawach na zaćmienie umysłu, ze mną włącznie, jak wiecie. Tak czy inaczej, po otrzymaniu nominacji Behan natychmiast mianował zastępcą swojego starego kompana, co dało początek serii incydentów, w których jedną stroną był Behan, drugą Wyatt, a to zawsze oznaczało również pozostałych braci Earpów.

Wysłuchiwanie opowieści o wszystkich tych epizodach po kolei w wiele lat po tym, jak się wydarzyły, szybko by was znudziło, bo ja sam często się w nich gubiłem w czasie, kiedy się działy, i nawet gdybyście mieli program jak w teatrze wymieniający wszystkie osoby, i tak moglibyście się nie połapać, kto jest kto i dlaczego, albo choćby przypisać nazwisko tym samym osobom. Bo na przykład, czy Kędzierzawy Bill Brocius to ten sam gość co Kędzierzawy Bill Graham i czy Pete Spence nazywał się naprawdę Spencer, i nawet pierwszoplanowe postacie, takie jak bracia McLaury, występowały czasem jako bracia McLowery, a był jeszcze Billy Kid, ale nie ten słynny z okręgu Lincoln w Nowym Meksyku, ale miejscowy oferma nazwiskiem Billy Claiborne. Nawet nowa przyjaciółka Wyatta raz nazywała się Sadie, a raz Josie. Jednak wybiegłem za daleko do przodu.

Tymczasem ja i Wspólnik żyliśmy sobie spokojnie przy Fremont Street na granicy dzielnicy meksykańskiej, co dawało mi szansę przypomnienia sobie mojej hiszpańszczyzny, której nauczyłem się przeszło trzydzieści lat wcześniej od Estrellity, ale później prawie nie używałem. Kupowałem też świeże tortillas od tamtejszych dam, które dowiedziawszy się, że jestem kawalerem, znam ich język i mam lepszą pracę niż którykolwiek z ich mężów pracujących w kopalniach srebra za marne pieniądze i narażonych na częste wypadki, zaczęły mi wskazywać zalety stanu małżeńskiego oraz to, że mają córki na wydaniu, począwszy od dwunastego roku życia, co powinno zainteresować mężczyznę nie pierwszej już młodości. Ale przy całym szacunku dla tych miłych kobiet nie byłem gotów na trzecie małżeństwo, z jeszcze innym typem kobiety, w tym wypadku otoczonej krewniakami, jak to było z moją indiańską żoną Promykiem Słońca, co zawsze oznaczało, że na człowieka spadają nieproszone obowiązki rodzinne, a panna, która wydawała mi się naj-

bardziej pociągająca – z wielkimi oczami i długimi, lśniącymi, czarnymi włosami, ze śladami indiańskiej krwi w lekko
skośnych oczach, ciepłośniadej barwie skóry – miała mamę
tylko o piętnaście lat starszą, ale dwukrotnie grubszą, a także trzech młodszych braci, którzy byli natrętni, póki nie
dostali pieniędzy.

Którejś nocy wracałem do domu, przekazawszy bar Ne-
dowi Boyle'owi z nocnej zmiany (w Tombstone saloony były
czynne całą dobę), i kiedy mijałem pensjonat Flya, usłyszałem czyjś płacz. Było po północy, ale świecił jasny księżyc,
jak to na pustyni, dostrzegłem więc postać kobiety z ręką
przy twarzy, opartą o ścianę domu tam, gdzie między pensjonatem Flya a domem radnego Harwooda rozciągała się
wąska wolna działka, wkrótce mająca przejść do historii
pod niewłaściwą nazwą.

Kobiece łzy zawsze na mnie działają, nawet kiedy to nie
ja jestem sprawcą nieszczęścia, podszedłem więc do tej niewiasty i zaproponowałem jej swoją pomoc. Odjęła rękę od
twarzy i nawet przy tym świetle zobaczyłem, że wokół le-
wego oka ma wielki siniak, który najwidoczniej powstał za
sprawą czyjejś pięści.

– Ten cholerny zasrany sukinsyn – zaczęła i popłynęła
z niej rzeka przekleństw, jakich nie słyszałem z ust najbardziej plugawie wysławiającego się mężczyzny, a ja przestraszyłem się, że obudzi mieszkańców obu sąsiednich domów,
a ci pomyślą, że ona mówi to o mnie.

Robiłem więc, co mogłem, żeby ją uspokoić, ale proces
ten komplikowała nie tylko jej wściekłość, lecz również stan
upojenia, z powodu którego opierała się o ścianę. Kiedy spró-
bowała się wyprostować, żeby dać dalszy upust złości, nogi
się pod nią ugięły i osunęła się na ziemię.

Była nieco większa ode mnie, jednym zaś z tajemniczych
faktów życia jest to, że ostatni wagon pociągu, żeby nadą-
żyć, musi jechać szybciej niż pierwszy, a osoby pijane ważą
około dziesięciu razy więcej, niż kiedy są trzeźwe, mimo to
jednak udało mi się postawić ją na nogi i z powrotem oprzeć
o ścianę.

– Już cicho – powiadam – nie chcesz chyba obudzić tych zacnych ludzi.

Wyraźnie uderzyłem w fałszywą nutę, bo wywołałem pięciominutową falę obelg pod adresem całego Tombstone, zakończoną nieprzyzwoitą aluzją do jakiegoś Doca. Nie wiem, dlaczego byłem tak tępy, może na skutek zmęczenia całodzienną pracą, ale spytałem z niedowierzaniem:

– Doktor Goodfellow?

Był to lokalny konował, rzadki przypadek osobnika, którego nazwisko odpowiada jego charakterowi, mający gabinet za saloonem Crystal Palace, z którego kule przebijały co jakiś czas podłogę, zagrażając pacjentom, którzy znaleźli się tam z powodu wcześniejszych ran postrzałowych.

– Doc Holliday, ten...! – wrzeszczy ta niewiasta i dopiero teraz rozpoznaję ją jako Długonosą Kate. Kiedy ją widziałem ostatnio, nie znajdowała się w tak złachanym stanie, a może jej nochal nie wydawał się tak wielki w dzień, kiedy nie rzucał długiego cienia. Faktem jest, że nigdy jeszcze nie wyglądał tak potężnie. Obelżywe słowa u kobiet w jej rodzaju były wówczas w modzie, jak już wspominałem, wymieniając niektóre ladacznice z Dodge. To był albo piedestał, albo rynsztok. Nikomu nie przyszłoby do głowy, żeby pannę Teasdale nazwać Zwariowaną Amandą.

– O – powiadam. – Mam nadzieję, że jakoś dojdziecie do porozumienia. A teraz muszę już iść do domu.

Ona jednak wczepiła się we mnie i mówi:

– Idę z tobą. Dam ci za darmo, a potem chcę, żebyś zabił dla mnie tego podłego drania.

– Chcesz, żebym zabił Doca Hollidaya?

– Posłuchaj – powiada ona i próbuje ruszyć mnie z miejsca, choć sama ledwo stoi na nogach. – Musisz zaczekać, aż będzie całkiem trzeźwy. Nikt nie potrafi zaskoczyć tego sukinsyna, kiedy sobie golnie.

Miałem kilka godzin na spełnienie życzeń Kate, bo Doc zaczął pić przed zachodem słońca i kontynuował to zajęcie przez całą noc, grając w faraona i pokera. Najbardziej niebezpieczny, jak mi powiedział Frank Leslie, stawał się rano, niezależnie od tego, czy wygrał, czy przegrał, bo wtedy był najbardziej pijany i zaczepny, a miał przy sobie nie tylko przynajmniej jednego colta z lekkim spustem w miejscu, gdzie mógł łatwo po niego sięgnąć, lecz także sztylet zawieszony na plecach na lince, przechodzącej pod kołnierzykiem koszuli, należało więc uważać, czy nie sięga za siebie, jakby się chciał podrapać albo nasunąć kapelusz bardziej na czoło, bo można się było ocknąć z rękojeścią noża sterczącą z piersi i krwią sikającą na wszystkie strony. Tak w każdym razie mówiono, co było zapewne w zgodzie z ówczesną modą nieco przesadzone, podobnie jak opowieść Allie Earp, która nie lubiła Doca (głównie dlatego, że posłał ją do diabła, kiedy przyszła do niego z bolącym zębem), że musiał uciekać z ojczystej Georgii po tym, jak zastrzelił o jednego kolorowego za dużo – za to, że szedł tą samą co on ulicą.

Rzecz jasna, nie miałem najmniejszego zamiaru spełniać życzenia Kate ani, jeżeli o to chodzi, odbierać nagrody za jego spełnienie. Szczerze mówiąc, wolałbym stawić czoło Docowi Hollidayowi w pełnym uzbrojeniu, niż skorzystać z wdzięków Kate, przynajmniej w danej chwili. Chociaż, jak powiedziałem, na trzeźwo reprezentowała pewne kobiece walory, to nasączona alkoholem tak jak teraz za bardzo pachniała tym, co nalewałem przez ostatnie dwanaście godzin, a poza tym, nie budziły we mnie pożądania kobiety używające plugawego języka.

Tymczasem jednak nie mogłem się od niej uwolnić, bo jakby nie dość było hałasu, jaki robiła, to zaczynała się drzeć jeszcze głośniej, kiedy próbowałem się oswobodzić od jej palców zaciśniętych na moim ramieniu, a w sąsiednich domach zaczynały zapalać się lampy i z górnego okna w pensjonacie Flya czyjś głos zapowiedział, że następnym hałasem będzie strzał z obu luf śrutówki, nie miałem więc innego wyboru, jak jeśli nie uciszyć jej całkiem, to przynajmniej sprowadzić do pijackiego bełkotu, obiecując, że chętnie zabiję Doca.

Kiedy mijaliśmy dom Allie, modliłem się, żeby Kate znowu nie zaczęła, bo znała Allie i nieraz się z nią szarpała, obwiniając braci Earpów za kłopoty Doca, co nie przeszkadzałoby Allie, gdyby chodziło o Wyatta, ale nikomu nie pozwalała powiedzieć złego słowa na swojego Virge'a. W końcu jednak dotarliśmy do mojej chaty bez dalszych incydentów. Poczciwy Wspólnik czekał pod drzwiami. Nie wiem, co porabiał przez cały dzień, może szedł na pustynię uganiać się za jaszczurkami albo kręcił się w sąsiedztwie, rozglądając za jakąś meksykańską suczką, ale zawsze był na stanowisku, kiedy wracałem do domu. Tym razem jednak odniósł się z powątpiewaniem do mojej towarzyszki i trzymał się od niej z daleka do tego stopnia, że z ociąganiem podszedł po okrawki mięsa, które mu jak zwykle przyniosłem. Nigdy nie lubił zapachu alkoholu i pewnie dlatego przystał do mnie, że chciał uwolnić się od mojego brata Billa.

Gdybym chciał skorzystać z wdzięków Kate, spotkałby mnie zawód, bo jak tylko w świetle księżyca wpadającym przez otwarte drzwi wypatrzyła moje łóżko, podeszła i zwaliła się na nie z taką siłą, że bałem się, czy stary brezent to wytrzyma, a zaraz potem zaczęła chrapać, jakby grała na tubie. Wspólnik nie mógł tego wytrzymać i poszedł na dwór. Dla mnie pozostało tylko miejsce na ziemi, z czego nie byłem szczęśliwy ze względu na łatwy dostęp wszelkiego paskudztwa, zwłaszcza teraz, kiedy pies sobie poszedł, ale byłem tak zmęczony, że zawinąłem się w serape i mimo koncertu wkrótce zapadłem w sen.

Obudziło mnie czyjeś spojrzenie. Mam taką naturalną właściwość, której nie potrafię wyjaśnić, i dzieje się tak nawet wtedy, kiedy jestem, tak jak wówczas, odwrócony do patrzącego plecami. Odwróciłem się więc i ujrzałem Kate Elder, która spoglądała na mnie gniewnie z góry, wyprostowana, nie wykazując żadnych oznak upojenia ani kaca, przy czym w świetle poranka wyglądała lepiej niż przy blasku księżyca, z wyjątkiem tego wielkiego siniaka pod okiem, który teraz ujawnił różne odcienie granatu i fioletu.

— Masz dwie minuty — odezwała się Kate — na wyjaśnienie, dokąd mnie zaciągnąłeś, i prośbę o wybaczenie, bo inaczej nie chciałabym się znaleźć w twojej skórze, kiedy mój mąż się dowie. Tak się składa, że doktor John H. Holliday jest jednym z najbardziej szacownych obywateli Tombstone i nie lubi, kiedy ktoś zaczepia jego żonę.

Byłem tak ucieszony, że nie awanturuje się już i nie wrzeszczy, że nie bacząc na jej pogróżki związane z osobą Doca, zerwałem się na nogi i pospiesznie wypaliłem:

– Ogromnie się cieszę, pani Holliday, że pani atak waporów minął bez śladu. Żałuję, że nie mogłem zaofiarować pani lepszego schronienia niż ta nora, ale było bardzo późno w nocy. Widocznie padając, uderzyła się pani w oko. Proponowałbym, żeby po drodze wpadła pani do rzeźnika i przyłożyła sobie kawałek surowego mięsa.

Ten stek łgarstw przypadł jej chyba do gustu, bo uśmiechnęła się i powiada:

– Widzę, że jest pan prawdziwym dżentelmenem. Proszę jak najprędzej wpaść do nas do Flya na filiżankę herbaty, żeby doktor mógł panu osobiście podziękować. Najwidoczniej padłam ofiarą kowbojów.

– Tak jest, proszę pani.

– To niesforny element i któregoś dnia mój mąż przy pomocy swoich przyjaciół, dzielnych braci Earpów, będzie musiał zrobić z tą bandą porządek.

– Czy mogę panią odprowadzić do domu?

– Dziękuję, to nie będzie konieczne. Proszę mi tylko wskazać właściwy kierunek.

Wspólnik czekał pod drzwiami, ale na widok Kate odskoczył.

Kiedy pewnie, a nawet z niejaką elegancją wyszła za próg, mimo moich wskazówek spojrzała nie w tę stronę i prychnęła z pogardą.

– Skąd się wzięli ci wszyscy brylantyniarze?

– Są niegroźni – powiedziałem – ale pani i tak idzie w przeciwnym kierunku.

10. STRZELANINA, DO KTÓREJ NIE DOSZŁO W CORRALU OK

Następną godną uwagi rzeczą, jaka zdarzyła się w Tombstone w roku osiemdziesiątym pierwszym w miesiącu marcu, choć słońce przygrzewało mocniej niż w sierpniu w każdym innym miejscu, w którym zdarzyło mi się mieszkać, była próba napadu na dyliżans do Benson, wypadek nie odosobniony, zwłaszcza jeżeli przewożono skarb, tym razem srebro, wartości dwudziestu pięciu do osiemdziesięciu tysięcy w zależności od tego, kto dokonywał wyceny, a w rzeczywistości wart co najmniej połowę najniższej sumy. W takich sprawach zawsze dużo się kłamie, nawet kiedy, jak tutaj, ładunek nie wpadł w ręce bandytów, bo człowiek, który powoził, nazwiskiem Bob Paul, nie zatrzymał się, mimo że napastnicy zaczęli strzelać i zabili Buda Philpota, właściwego woźnicę, który nie czuł się dobrze i zamieniwszy się miejscami z Paulem, jechał jako eskorta i na dodatek do bólu brzucha dostał pocisk kalibru czterdzieści pięć prosto w serce. Pasażer również został trafiony i później umarł.

Bat Masterson chętnie skorzystał z okazji przyłączenia się do wielkiej obławy, która wyruszyła w pogoni za bandytami. Byliśmy w mieście zaledwie od miesiąca i Bat robił mniej więcej to samo, co robiłby wszędzie, to znaczy grał i pił, ale Tombstone zaczynało go już nudzić, co – jak może zauważyliście – było w jego stylu. Jeśli chodzi o mnie, to żyjąc dłużej od niego, chciałem się zaczepić gdzieś na dłuższy czas i Tombstone było nie gorszym miejscem niż inne, jeżeli człowiekowi odpowiadał klimat, a ja się do niego przyzwyczaiłem, bo chociaż dni były upalne, to powietrze było tak suche, że pot natychmiast wysychał, a nocami na ogół wiało chłodem. Podczas swojego pobytu tam ani razu nie miałem kataru i nie widziałem nikogo przeziębionego. Doc Holliday kasłał tu dużo mniej niż w Dodge. Gdyby pilnował swojego nosa, mógłby mieszkać w Tombstone i jeszcze sobie pożyć.

W innej sprawie też zmieniłem zdanie. Podczas gdy z początku nie miałem przekonania do rozległych przestrzeni alkalicznego piasku i skał, na których rósł tylko meskit, cierniste krzewy i kaktusy, a deszcz był jedynie odległym wspomnieniem, przestrzeni zamieszkanych przez stworzenia noszące łuski zamiast futra, to po jakimś czasie, mając wolny dzień, zacząłem wybierać się na skraj miasta z nieodłącznym Wspólnikiem i oglądać ogromne zachody słońca nad pustynią, mające jakby bogatszą paletę barw niż gdzie indziej. I w każdym kierunku rozciągały się góry, jedne zaokrąglone i łagodne w fioletowej mgiełce, a inne, tak jak pobliskie Dragoons, ostre i poszarpane, co pasowało do gór, w których może i teraz czaili się Apacze, ale ponieważ widziało się daleko w każdym kierunku, nie miałem poczucia zagrożenia i nigdy nie nosiłem broni.

Było to może głupie, zwłaszcza że znałem przecież indiańskie umiejętności skradania się, ale powiem wam, dlaczego nie miałem wtedy broni: nie mogłem być pewien, co Długonosa Kate powiedziała w końcu Docowi Hollidayowi o nocy spędzonej ze mną. W owym czasie wrogowie, zanim przystąpili do zabijania się, zazwyczaj upewniali się, czy ten drugi ma broń. Nie miało to nic wspólnego z uczciwością. Po prostu, jeżeli zastrzeliłeś gościa, który nie miał przy sobie broni, miałeś przed sądem kiepskie szanse na powoływanie się na prawo do samoobrony. Jak się jednak okazało, mylnie oceniałem szacunek suchotniczego dentysty do prawa. Jeżeli chodziło o Doca Hollidaya, dobrze było pamiętać, że jego dni i tak były policzone.

Wracając do nieudanego napadu na dyliżans i jego ofiar, grupa pościgowa, która wyruszyła z Tombstone, obejmowała trzech Earpów i Doca Hollidaya wraz z Batem, jak również szeryfa Behana i jego pomocników. Behanowi nie w smak było, że Earpowie wtykają nos w egzekwowanie prawa na jego terenie, ale Virgil zawsze pełnił jakąś urzędową funkcję i tym razem był zastępcą marszala na tę część Terytorium Arizony. Frank Jelenia Skóra, jeszcze jeden, który lubił, jak się coś działo, zostawił bar na mojej głowie i też przyłączył się do obławy.

Dziwne, że chociaż szeryf i jego ludzie byli wrogo nastawieni do kompanii Earpów, znaleźli ukrywającego się na ranczo człowieka i ten przyznał się, że pilnował koni podczas napadu na dyliżans, którego dokonało trzech mężczyzn pod przywództwem niejakiego Billy'ego Leonarda. Uważano, że to trio ma powiązania z kowbojami, czyli złodziejami bydła, którzy kradli je w Meksyku, przyprowadzali do Arizony i tu rozdzielali między stada Clantonów, McLaurych i innych ranczerów z okolic Tombstone, wcale nie wszędzie pustynnych, jak to opisałem, zwłaszcza na terenach wyżej położonych.

Earpowie uważali, że szeryf Behan jest zbyt pobłażliwy wobec kowbojów, a John traktował Wyatta i jego braci jak drobnych szulerów, i w obu obozach podejrzewano drugą stronę o konszachty z zabójcami i celowe sprowadzanie pogoni na fałszywe tropy. Jakkolwiek tam było, faktem jest, że bandyci Leonard, Head i Crane nigdy nie zostali schwytani przez stróżów prawa, ale pierwsi dwaj zostali zastrzeleni z zasadzki przez dwóch żądnych nagrody braci, którzy nie zdążyli jej wydać, bo sami zostali zabici przez ostatniego członka bandy Jima Crane'a i jego nowy gang, a kilka tygodni później, kiedy Crane z grupą złodziei pędzili kradzione bydło przez kanion Guadalupe w pobliżu granicy, jacyś meksykańscy desperaci wystrzelali ich z zasadzki i zostawili odarte trupy. Możecie więc sami zdecydować, czy sprawiedliwości stało się zadość.

Tajemnica jednak pozostała i pozostaje do dnia dzisiejszego, a zaczyna się od faktu, że Doc Holliday był bardzo bliskim przyjacielem Billy'ego Leonarda!

Czy możliwe więc było, że szczerze pomagał obławie w pogoni za rzeczonym? Nawiasem mówiąc, Leonarda też nazywano Billy Kid.

Bat Masterson nie tylko miał dość Tombstone, zanim obława wróciła z pustymi rękami, ale otrzymał telegram z wiadomością, że jego brat Jim ma kłopoty w Dodge po tym, jak stracił posadę marszala, i teraz kilku drani na niego poluje. To było coś w stylu Bata.

– Jesteś pewien, że nie chcesz jechać ze mną? – spytał mnie, czekając na dyliżans, którym miał przebyć pierwszy odcinek tej długiej podróży.

– A jak długo tu jesteśmy, Bat? – zapytałem go w odpowiedzi. – Ledwo się jakoś urządziłem. – Bat jak zwykle mieszkał w hotelu. Myślę, że w czasie naszej znajomości nie miał prawdziwego domu. – Poza tym nie jestem rewolwerowcem i nie na wiele bym się przydał, a zresztą nie potrzebujesz mojej pomocy.

– Pamiętam, jak chciałeś zmierzyć się z Dokiem Hollidayem – powiada Bat, szczerząc zęby.

– Nie wiedziałem, kto to jest.

– Trzymaj się tu od niego z daleka – powiedział i uśmiech zniknł z jego twarzy. – Wokół niego zawsze są kłopoty, ale Wyatt nie chce nic na ten temat słyszeć.

To samo można by powiedzieć o Wyatcie, ale nie zamierzałem wdawać się w spór z Batem, który był dla mnie zawsze dobrym przyjacielem, chociaż poza chwilami, kiedy mu na jego zaproszenie towarzyszyłem, mało go widziałem.

Uścisnąłem mu dłoń, życzyłem powodzenia i zgodnie zresztą z prawdą powiedziałem:

– Wiesz, dzięki tobie zwiedziłem parę interesujących miejsc, za co chcę ci podziękować.

– Dam ci znać, jak będę miał następny dobry pomysł – powiedział, posyłając mi na pożegnanie swój słynny uśmiech.

W tym momencie nadjechał z hałasem dyliżans, konie w pełnym galopie, i zahamował widowiskowo w chmurze pyłu. Było to jedno z przedstawień publicznych, na które mieszkańcy Tombstone codziennie wyczekiwali.

Do następnego wydarzenia doszło kilka tygodni później, kiedy przedstawiciel mojego zawodu z saloonu Arcade przy Allen Street zapalił cygaro, sprawdzając baryłkę podejrzanej whisky, która zalatywała naftą i pewnie była w niej nafta, bo nagle wybuchła, nie wyrządzając krzywdy fizycznej barmanowi ani nikomu innemu, ale wywołując pożar, w którym doszczętnie spłonęło całe śródmieście Tombstone, choćby dlatego, że nie było wody do gaszenia pożaru. Biorąc pod uwagę to i fakt, że wczesnoletnie popołudnie uważano nawet tutaj za upalne, a wiał jeszcze silny wiatr, po paru godzinach z całej dzielnicy handlowej pozostało kilka gołych ścian z gliny. Robiliśmy wszystko, co mogliśmy, ale jedyną rzeczą, jaką udało się nam uratować z całego Orientalu, była jedna baryłka whisky. Do czasu, aż pożar się dopalił, było to jedyne dostępne źródło alkoholu w centrum miasta i Milt Joyce, ówczesny właściciel saloonu, polecił mnie i Frankowi Lesliemu odszpuntować ją na ulicy (podczas gdy płomienie wciąż jeszcze pojawiały się tu i tam w zgliszczach, a wiatr rozdmuchiwał popioły) i sprzedawać ją spragnionym bojownikom z ogniem po wygórowanych cenach, które rosły w miarę opróżniania beczułki, i kiedy pokazało się dno, Milt prawie zarobił na koszt odbudowy lokalu, która w naszym przypadku, jak zresztą i w większości z sześćdziesięciu spalonych przedsiębiorstw, zaczęła się wczesnym rankiem następnego dnia i, wierzcie lub nie, została zakończona po paru tygodniach, bo budynki tego rodzaju składały się z pozbijanych desek, z wyjątkiem budowli z gliny, które odróżniały miasteczka południowo-zachodnie od północnych. Nieco dłużej trwało eleganckie urządzanie Orientalu. W owych czasach niektóre rzeczy, takie jak kryształowe żyrandole, musiały odbyć drogę ze Wschodniego Wybrzeża statkiem dookoła Ameryki Południowej i następnie wzdłuż kontynentu do San Francisco, skąd dopiero mogły wyruszyć do nas.

Na skutek pożaru w Tombstone zakazano w dniu czwartego lipca wszelkich fajerwerków i strzelaniny, a ze względu na odbudowę na ulicach nie było miejsca na tradycyjną paradę. Przestrzegania tych tymczasowych zarządzeń, a także stałych praw, miał pilnować nowy szef policji, którym był nikt inny jak Virgil Earp.

Allie była ogromnie zadowolona z awansu męża, ale powiedziała mi, że Wyatt znalazł sobie przyjaciółkę i przychodzi do domu tylko po to, żeby Mattie wyprała mu i wyprasowała koszule. Nie był to, rzecz jasna, mój interes, ale kiedy poinformowała mnie, że Długonosa Kate Elder wróciła do miasta i odgraża się, że zrobi piekło Docowi Hollidayowi, który znów ją pobił, przyznaję, że ta wiadomość mnie poruszyła. Słyszałem, że Kate wyjechała z Tombstone, i miałem nadzieję, że już tu nie wróci.

– Dlaczego ona wciąż do niego wraca? – spytałem.

– Szaleje za tym nicponiem – powiedziała Allie. A kiedy pokręciłem na to głową, dodała: – Jack, mało wiesz o kobietach.

– Niewątpliwie masz rację.

– Powinieneś sobie znaleźć jakąś towarzyszkę życia.

– Jak, według ciebie, mam to zrobić? Przywalić jakiejś dziewczynie w oko?

Allie uśmiała się jak diabli z tej uwagi, która wcale nie miała być śmieszna, ale potem spoważniała i mówi:

– Ręczę ci, że Virge nawet by tego nie próbował. Chociaż jestem mała, ale jestem Irlandką i zamiotłabym nim podłogę, chociaż jest taki wielki. – Roześmiała się ponownie. – Nie zrobiłby tego, bo jest kochany. Nie ma nic lepszego niż prawdziwa miłość, Jack. Powinieneś się o tym przekonać.

Nie upłynęło wiele czasu, zanim Kate dała mi znać o swoim powrocie, chociaż jak tylko usłyszałem, że jest w mieście, postanowiłem unikać chodzenia koło pensjonatu Flya, przy rogu Trzeciej i Fremont, przechodząc do Drugiej, a potem wzdłuż Tough Nut dochodziłem do Orientalu od rogu Piątej i Allen, długa droga, ale omijałem w ten sposób inne saloony przy Allen, w których pijała. Nigdy nie zaglądała do Orientalu, gdzie mogła natknąć się na Wyatta, który nigdy jej nie lubił, podobnie jak ona jego, bo każde z nich wierzyło, że to drugie ma zły wpływ na Doca Hollidaya. Co było śmieszne, bo Doc nie potrzebował niczyjej pomocy, żeby być taki, jaki był.

Ale czy unikanie Kate na ulicy oznaczało, że nigdy się z nią nie spotkam? Niedługo potem, którejś nocy wróciłem do domu, a było akurat bardzo ciemno, i potknąłem się o coś miękkiego, leżącego na podłodze zaraz za progiem mojej budy. Przestraszyłem się, że to Wspólnik, bo gdyby leżał tak spokojnie, znaczyłoby to, że nie żyje, ale donośne przekleństwa ochrypłym od whisky głosem przekonały mnie, że tak nie jest, a kiedy zapaliłem i przyniosłem lampę, zobaczyłem, że to Kate Elder, teraz już na czworakach, która wkrótce stanęła na nogi, choć nie utrzymywała się w jednym miejscu. Wyglądała okropnie z włosami opadającymi na twarz i ubraniem w takim stanie, jakiego można oczekiwać od kogoś, kto tarzał się w ulicznym pyle, oblawszy się uprzednio whisky.

– Ty sukinsynu! – powiada, wygrażając mi pięścią, co wystarczyło, żeby zachwiać jej równowagę, opuściła więc rękę. – Uciekłeś ode mnie!

– Przecież to nie ja wyjechałem z miasta.

Potrząsnęła głową, roztrzepując swoje ciemne włosy.

– Kto cię przekupił? Wyatt? Wiem, że Doc nie ma pieniędzy. On i cała reszta spaprali ten napad na dyliżans. – Mówiła to, bełkocąc i sepleniąc, zajęło więc mi chwilę, zanim zrozumiałem.

– Jak to? Więc Doc należał do bandy? – spytałem.

– No jasne, i ja drania wydałam. Tyle że nie zatrzymali go w więzieniu. Wyatt zapłacił kaucję i teraz drań chce mnie zabić.

Nie chciało mi się w to wierzyć. Wspomniałem o podejrzeniach związanych z przyjaźnią Doca Hollidaya z Billym Leonardem, ale wydawało się nieprawdopodobne, żeby sam brał udział w napadzie, i podczas gdy o Earpach mówiono, że w swoich interesach często stoją okrakiem na granicy prawa i bezprawia, zwłaszcza Wyatt, to trudno było przypuścić, że wiązali się z pospolitymi przestępcami, nie mówięc już o tym, że Virge był teraz głównym marszalem. Poza tym, czy można było wierzyć Kate?

– Chcę, żebyś go dla mnie zabił, Ringo – ciągnęła. – Wtedy zostanę twoją kobietą. – Powiedziawszy to, padła na moje łóżko jak poprzednim razem i natychmiast zasnęła z głową zwisającą na bok pod takim kątem, że bałem się, czy nie skręciła sobie karku, podniosłem więc tę głowę na łóżko, przy okazji odgarniając jej włosy z twarzy, żeby się nimi nie udusiła, i wtedy zobaczyłem, że jedno i drugie oko ma podbite, a do kompletu rozciętą wargę. Widocznie Doc nieźle ją skatował i byłem zadowolony, że nie mam broni, bo nigdy nie mogłem się pogodzić ze stosowaniem pięści wobec kobiet, niezależnie od tego, jak one się zachowywały, i mógłbym się poczuć zobowiązany, żeby pójść go poszukać – kończąc jak inni jego przeciwnicy.

Kate ocknęła się na krótko, kiedy odgarniałem jej włosy, i nie otwierając swoich zapuchniętych oczu, jęknęła, jakbym robił coś innego: „O, ale z ciebie mężczyzna", jak to ladacznice, kiedy udają rozkosz, żeby zadowolić klienta.

A wracając do tego, że wcześniej nazwała mnie Ringo: chciała mnie posłać na śmierć, nawet nie wiedząc, jak mam na imię! Istniał prawdziwy Ringo, który na pierwsze imię miał Johnny i kręcił się w okolicach Tombstone, zadając się z elementem kowbojskim. Niektórzy powiadali, że był najgroźniejszym człowiekiem z rewolwerem na zachód od St. Louis, co w różnych okresach przypisywano prawie każdemu Dzikiemu Billowi, Wyattowi, Batowi, Docowi, Benowi Thompsonowi, Johnowi Wesleyowi Hardinowi i wielu innym, ale Ringo, o ile wiem, nigdy nie strzelił w mieście do nikogo, poza Lou Hancockiem, któremu chciał postawić whisky, a ten wziął sobie piwo. Lou wtedy nie zginął, ale był odtąd ostrożniejszy w doborze kompanów do picia.

Ponieważ raz już przez to przeszedłem, spodziewałem się, że Kate obudzi się następnego dnia rano w takim samym nastroju jak poprzednio, żeby więc ją uprzedzić, czujnie wypatrywałem oznak życia z jej strony i usłyszawszy jakiś ruch, zerwałem się na nogi.

– Wiem, że jesteś już trzeźwa – powiedziałem – i nie chcę słyszeć żadnych bzdur na temat porwania. Leżałaś na moim progu pijana jak bela. Pozwoliłem ci przenocować tak jak poprzednim razem i ani wtedy, ani teraz nie próbowałem cię wykorzystać. – Ciągnąłem tak przez dłuższą chwilę, bo byłem głęboko wzburzony. Ale ona była zupełnie inna niż wtedy. Teraz też sen ją wyraźnie odświeżył, choć, rzecz jasna, podbite oczy i rozcięta warga pozostały, ale tym razem była bardzo pokorna.

– Proszę pana – powiada, siadając na skraju łóżka i kryjąc swoją żałosną twarz w dłoniach. – Jestem w strasznych kłopotach i boję się o swoje życie. Powiem panu, co zrobiłam. Wściekłam się na Doca Hollidaya i poszłam, i powiedziałam, że brał udział w napadzie na dyliżans, i Johnny Behan go aresztował.

– Więc to była prawda?

– Prawda jest taka, że na niego doniosłam – mówi Kate – ale tak naprawdę to nie wiem, czy pomagał w tym napadzie na dyliżans do Benson czy nie. Powiedziałam to, żeby mu odpłacić za to, że jest dla mnie taki podły.

– Nie zastrzelę go dla ciebie – mówię. – Wybij sobie ten pomysł z głowy.

Wyglądała na zaskoczoną.

– Ależ nigdy bym pana o to nie prosiła. Bardzo kocham Doca i za nic nie chciałabym zrobić mu krzywdy. Myślałam, że mógłby pan przemówić do niego za mną słówko. On bardzo pana szanuje.

Przysięgam, że Doc nawet nie pamiętał, czy mnie kiedyś widział, a widział mnie tylko wtedy, kiedy byłem u niego z zębem w Dodge, bo będąc krupierem w Alhambrze, rzadko zaglądał do Orientalu. Powiedziałem jej, że bardzo się co do mnie myli i że powinna się udać z tą sprawą do Wyatta albo do kogoś jeszcze z jego przyjaciół.

– Doc nie ma przyjaciół poza Wyattem! – załkała. – Wszyscy inni go nienawidzą, włącznie z resztą braci Earpów. A Wyatt nienawidzi mnie! – Z jej podbitych oczu trysnęły łzy i popłynęły po twarzy. – Doc wypruje mi kiszki, wiem, że to zrobi. Powiedział mi, że szkoda dla mnie kuli. Było mi jej żal, ale czułem też obrzydzenie.

– Dlaczego kochasz kogoś takiego? – spytałem.

– On ma już taką naturę. Nie może nic na to poradzić. Jest strasznie nerwowy. Powiedział mi pewnego razu, że jedyne chwile, kiedy się nie denerwuje, to jak do kogoś strzela albo wyrywa komuś ząb. – Tu rozpłakała się na dobre, wciskając pięści w oczy jak małe dziecko, a chyba już wspomniałem, że płacząca kobieta może ze mną zrobić prawie wszystko.

– Już dobrze, uspokój się – powiedziałem. – Porozmawiam z Dokiem, ale nie miej do mnie pretensji, jeżeli nic z tego nie wyjdzie.

Kate poradziła mi, żebym zaczekał, aż Doc obudzi się sam z siebie, nie wcześniej niż w południe, bo po całej nocy przy kartach potrzebował snu i mógł strzelić do każdego, kto go przedwcześnie obudził. Znaczyło to, że musiałbym przyjść w godzinach swojej pracy, powiedziałem więc, że zrobię to, jak tylko będę mógł, i chybabym tak zrobił, bo nie rzucam słów na wiatr.

Jak się jednak na moje szczęście złożyło, przed wieczorem Kate znów się upiła i naruszyła spokój publiczny, w rezultacie czego Virgil Earp wsadził ją do kozy. Tymczasem zarzuty pod adresem Doca wycofano z braku dowodów. Ulżyło mi, kiedy Kate, nie zwlekając, wyjechała z miasta. Powód, dla którego nie wyjaśniłem jej, że nie jestem Ringo, powinien być oczywisty i moja przezorność znalazła potwierdzenie kilka dni później, kiedy w sklepie Bauera spotkałem Allie, która kupowała stek dla Virge'a, podczas gdy ja wpadłem po kość dla Wspólnika.

W drodze do domu powiedziała mi, że Doc Holliday dowiedział się, że to Johnny Ringo upił Kate i namówił ją, żeby oskarżyła Doca o udział w napadzie.

– Jak się tego dowiedział?

– Kate mu powiedziała. Wyznała mu, że Ringo wziął ją do siebie, kiedy Doc pobił ją poprzednim razem. I wiesz, co

Doc na to? „Ty głupia suko", powiedział jej, „czy nie przyszło ci do głowy, że Ringo nigdy nie zadawałby się z taką paskudną dziwką jak ty, gdyby nie chciał zaszkodzić mnie?" To ją najbardziej zabolało, bardziej niż lanie, które jej znowu spuścił.

Uznałem, że Allie dodała tę ostatnią uwagę na mój użytek, żeby poszerzyć moją wiedzę o kobietach. Odkąd przyznałem się, że ich nie rozumiem, podrzucała mi takie obserwacje.

– Ale przecież ona jest związana z Dokiem od dłuższego czasu – powiadam. – Jaki więc jest sens w tym, że on ją tak bije?

– Cóż, wkrótce suchoty go zabiją, więc co mu zależy?

Stwierdziłem, że jest to dziwne wyjaśnienie, ale nie kontynuowałem tematu, podobnie jak Allie, której zwierzały się też inne kobiety. Zaczęła opowiadać mi o sprawach Wyatta i jego przyjaciółki, aktorki, która przyjechała z trupą do Tombstone i wkrótce wprowadziła się do Johnny'ego Behana, szeryfa uważanego przez Earpów za wroga.

– Więc odbił ją Behanowi – mówię. – To zapewne sprawiło Wyattowi podwójną przyjemność.

– Powiem ci, co mu sprawia jeszcze większą przyjemność – mówi Allie. – Papa Sadie jest bogatym kupcem z San Francisco. – Spojrzała na mnie badawczo. – Tylko jeżeli to prawda, to dlaczego ona tak się prowadzi? – Zniżyła głos, bo doszliśmy do jej domu, a Wyatt z Mattie mieszkali po sąsiedzku. – Zbyt wiele nicponi ma zbyt wiele kobiet, a taki porządny mężczyzna jak ty żyje samotnie. Bardzo bym chciała znaleźć ci jakąś kobietę, Jack, bo wiem, że byłbyś dla niej dobry.

Postanowiłem się z nią trochę podrażnić.

– Skąd możesz to wiedzieć? Może dla ciebie jestem uprzejmy dlatego, że jesteś żoną szefa policji?

– Wiem – powiada Allie poważnie – bo widzę, jak troszczysz się o swojego psa. Ludzi zawsze można poznać po tym, jak traktują swoje zwierzęta. Miałam kiedyś łaciatego psa, którego nazwałam po moim młodszym bracie Frank. Dostałam go od pewnego Indianina.

– Naprawdę? Podejrzewam, że mój Wspólnik był indiańskim psem.

– Ten chłopak przyszedł z nim do naszej chaty, a Frank od razu wskoczył na łóżko i nie chciał zejść, więc chłopak go zostawił. Najlepszy pies, jakiego kiedykolwiek miałam. Zawsze chciał spać z nami w łóżku, ale nie ruszył kawałka mięsa, który spadł na podłogę, jeżeli mu się nie powiedziało, że może go wziąć.

Wspólnik był jego przeciwieństwem. Nie wykazywał zainteresowania moim łóżkiem, ale każdy kawałek jedzenia, który spadł koło niego, łapał jeszcze w powietrzu.

Wspominałem o pożarze w Tombstone. Ledwo miasteczko spaliło się z braku wody i zostało odbudowane, kiedy zaczął padać deszcz, i to w takich ilościach, że w rezultacie powodzi drogi do miasta stały się nieprzejezdne, co zatrzymało dostawy poczty i towarów, a niektóre domy zostały podmyte. Tombstone było miastem skrajności, co obejmowało też jego dwie gazety. Jedna, „Nugget", faworyzowała tak zwanych kowbojów, podczas gdy druga, „Epitaph", opowiadała się po stronie ludzi hazardu, zwanych przez stronę przeciwną bandą Earpów. Ten sam podział dotyczył stróżów prawa. W Dodge City istniała ścisła współpraca między szeryfem okręgu a marszalem miasta, bo w czasie, kiedy tam byłem, obaj wywodzili się z tej samej rodziny Mastersonów albo z grona ich przyjaciół, natomiast w Tombstone ci dwaj przedstawiciele władzy znajdowali się w całkowitej opozycji i każdy miał za sobą grupę zwolenników ze skłonnościami do awantur. Muszę nadmienić, że nie należałem do żadnej z nich, jako że nie czułem specjalnej przyjaźni do Earpów, nawet kiedy Bat był w mieście, i nigdy w życiu nie poważałem kowbojów, nawet jeżeli nie byli przestępcami. Przyznaję się do tego uprzedzenia, bo zapewne poznawałem ich tylko z najgorszej strony w saloonach i burdelach, gdzie rzadko można spotkać kogoś, kto robi dobre wrażenie, chyba że jakiś gość wpadł tam, żeby sprzedawać Biblię. Teraz zdaję sobie sprawę, że kiedy pracowali, pędząc przez trzy miesiące stada, robili dla kraju więcej, niż mnie się to kiedykolwiek udało, bo karmili masę ludzi, włącznie ze mną. Tak więc, patrząc z perspektywy lat, powinienem chyba przeprosić za swoją ówczesną jednostronność. Jednak ci tak zwani kowboje z Tombstone to były ciemne typy, o ile mogłem stwierdzić, i jeżeli więcej słów krytyki poświęcam Earpom, to z powodu moich z nimi kontaktów, a nie dlatego, że kiedykolwiek żywiłem choćby cień sympatii dla ich adwersarzy, a byli między nimi Frank Stilwell i Pete Spence, którzy obrabowali dyliżans do Bisbee i zostali złapani przez ludzi Earpów, ale natychmiast ich wypuszczono za kaucją wpłaconą przez Clantonów. A bracia McLaury byli wściekli, że Stilwella i Spence'a w ogóle aresztowano, i grozili zemstą.

Wrogość między tymi dwiema grupami jeszcze się zaostrzyła po tym, jak Ike Clanton oskarżył Wyatta o zdradę tajemnicy, co prawdopodobnie było zgodne z prawdą, ale faktem jest, że wiadomość, którą Ike chciał utrzymać w tajemnicy, nie rozeszłaby się tak szeroko, gdyby nie robił wokół tego tyle zamieszania. Kilka miesięcy wcześniej Wyatt Earp wpadł na genialny pomysł, że chociaż Clantonowie i bracia McLaury byli w zażyłych stosunkach z bandytami, to chętnie zwabią ich w pułapkę, jeżeli Wyatt dopilnuje, żeby Ike i spółka zgarnęli nagrodę, podczas gdy jemu przypadnie w udziale sława, dzięki której może wygrać z Johnnym Behanem następne wybory na stanowisko szeryfa. Można powiedzieć, że Wyatt wczuwał się tak dobrze w umysł przestępców, gdyż sam był równie cyniczny. Rzecz jasna interes stał się nieaktualny z chwilą, gdy bandyci padli z innej ręki, więc Clantonowie i McLaury nie tylko nic nie zyskali, ale gdyby ich inni podejrzani druhowie dowiedzieli się o wszystkim, nikt by im już nigdy nie uwierzył, jeśli w ogóle pozwolono by im żyć.

Pewnego dnia jesienią tego roku jadłem kolację w saloonie Occidental, kiedy frontowymi drzwiami wkracza Doc Holliday, co nigdy nie zwiastowało nic dobrego, a za nim podąża Kate Elder, co mogło być jeszcze gorsze. Trzeba przyznać, że była wystrojona, włosy wysoko upięte, elegancka suknia i miała na twarzy ten wyraz wyższości, jaki osoby jej rodzaju noszą na zmianę z żałosną miną stosowną do sytuacji, kiedy leżą w rynsztoku.

W tych rzadkich chwilach, kiedy Kate była trzeźwa i nie nosiła śladów niedawnego pobicia, uważała się za arystokratkę, która przypadkiem zabłąkała się między wieśniaków. Jak mi mówiła Allie, Kate twierdziła, że pochodzi z Węgier, gdzie wszyscy należą do szlachty, ale może tylko wspominała coś o wągrach.

Tak czy owak, na widok tej pary straciłem apetyt w połowie steku, chociaż Kate mnie jeszcze nie wypatrzyła, bo siedziałem na końcu baru. Tymczasem sytuacja ulegała dalszemu pogorszeniu, bo zapomniałem nadmienić, że tego wieczoru jadł też w Occidentalu Ike Clanton, którego nie znałem osobiście i nawet nie rozpoznałem, dopóki Doc Holliday nie wywołał go po nazwisku, dodając „sukinsyna" i sięgając jednocześnie pod połę surduta po pistolet, najbliższą z kilku broni, jakie zwykle przy sobie nosił. Nie mając gdzie się ukryć, nie ośmielałem się wykonać gwałtownego ruchu, który mógłby sprowokować Doca, zamarłem więc z innymi obecnymi po obu stronach baru. Doc na razie nie wydobył broni. Chciał przedtem wyjaśnić Ike'owi, dlaczego go zabije, co można uznać za rodzaj uprzejmości, choć wyrażonej za pomocą słów plugawych, bo zawsze uważałem, że Doc najpierw strzela, a potem wyjaśnia. Wykazał również altruizm, bo jego pretensja do Ike'a dotyczyła czegoś, co tamten rzekomo powiedział na Wyatta. Ike uratował sobie życie, wrzeszcząc, że nie ma broni. I wtedy, jakby za mało tam było awanturników, podczas gdy uczciwi ludzie chcieli tylko napełnić sobie brzuchy, wchodzą Wyatt i Morgan Earpowie.

Nie mówiłem dotąd wiele o Morgu, najmłodszym z braci Earpów obecnych wtedy w mieście (był jeszcze najstarszy, imieniem Jim, gracz i przedsiębiorca, ale on nie mieszał się w awantury młodszych braci), który był młodszą wersją Wyatta, nieco sympatyczniejszą, ale bardziej zapalczywą. Widząc, że Doc dobiera się do Ike'a, Morg też sięgnął pod połę surduta, Ike został raz jeszcze nazwany sukinsynem i jeszcze raz musiał powtórzyć, jeszcze bardziej nerwowo, mrugając małymi oczkami, z trzęsącą się kozią bródką:

– Do diabła, nie mam broni!

W tym momencie Kate, trzeźwa jak nigdy, wykazała instynkt samozachowawczy i wyszła frontowymi drzwiami, co, słowo daję, uwolniło mnie od większego strachu niż możliwość oberwania zbłąkaną kulą. Tymczasem Wyatt powstrzymał swoich ludzi, którzy mogliby posunąć się dalej i zastrzelić bezbronnego człowieka na oczach tylu świadków, natomiast Ike'owi kazał opuścić lokal.

Ike pospiesznie wykonał polecenie, chociaż w drzwiach odwrócił się i powiedział:

– Będę wdzięczny, jeżeli nie strzelicie mi w plecy. – Po czym wybiegł ścigany nowymi przekleństwami i zdecydowanymi sugestiami, żeby przy następnym spotkaniu miał przy sobie broń.

Straciłem całkowicie apetyt, ale poczułem, że muszę się napić, skierowałem się więc do następnego saloonu Alhambra, do którego można było wejść wprost z Occidentalu. Jednak pierwszą rzeczą, jaką zobaczyłem po wejściu do Alhambry, była spiętrzona fryzura Kate z kapeluszem na wierzchu, wycofałem się więc czym prędzej i przez salę jadalną wyszedłem na ulicę, gdzie do Wyatta, Morgana i Doca dołączył Virgil, nastawiony do mnie przyjaźnie dzięki Allie.

Kiedy więc teraz Virgil pozdrowił mnie serdecznie i podszedł do mnie, pomyślałem, że może dowiem się od niego czegoś bliższego na temat tej wojny miedzy jego rodziną a bandą Clantona.

– Idziemy w tę samą stronę – powiedziałem.

– Ja jeszcze nie idę do domu – odparł Virgil. – Pogram sobie trochę w pokera. – Jedyna skarga, jaką kiedykolwiek słyszałem od Allie na niego, dotyczyła tych całonocnych sesji karcianych. – Słuchaj, Jack – mówi Virgil – a może i ty zagrasz? Na razie jest tylko Tom McLaury, Johnny Behan i ja.

Pełne znaczenie tego zestawu dotarło do mnie dopiero później, ale nawet wtedy pomyślałem, że nigdy nie zrozumiem tych Earpów: uważali McLaurych za swoich śmiertelnych wrogów i pogardzali szeryfem Behanem, a mimo to Virge był gotów spędzić z nimi całą noc przy kartach. Patrząc z perspektywy lat, żałowałem czasem, że nie przysiadłem się na czwartego tamtej nocy ze względów czysto historycznych, ale nie grałem z zasady, nie chcąc stracić nic z tej sumki, którą sobie składałem, a poza tym byłem uprzedzony do pokera, odkąd na moich oczach Dziki Bill został w czasie gry zastrzelony od tyłu. Wykręciłem się więc, mówiąc Virge'owi, że jestem wykończony po całym dniu za barem, i poszedłem w stronę domu, a kiedy mijałem Grand Hotel, wyszedł stamtąd Ike Clanton z rewolwerem w dłoni.

Zmierzył mnie wzrokiem, a trzeba pamiętać, że działo się to w nocy i nietrudno pomylić się co do osoby, chociaż więc nie znałem go osobiście, szybko przeszedłem przez ulicę, trzymając ręce z dala od ciała, żeby zobaczył, że nie jestem uzbrojony. Nie strzelił do mnie, ale i nie okazał sympatii.

– Widziałeś Doca Hollidaya? – spytał. – Mam zamiar go zabić.

– Chyba jest już w łóżku – mówię. – Tobie też by to dobrze zrobiło.

– Nie będę mógł zasnąć, póki nie zabiję jednego z tych sukinsynów – powiada Ike. – Wszyscy rzucili się na mnie, kiedy próbowałem zjeść kolację i byłem nie uzbrojony.

Przepchnął się obok mnie i oddalił się z determinacją, ale niezbyt równo, co nie jest najlepszym połączeniem u człowieka szukającego zwady.

W rzeczywistości, choć trudno w to uwierzyć, Ike Clanton spędził tę noc, grając na czwartego z Tomem McLaurym, Johnnym Behanem i Virgilem Earpem!

Cóż, jedyne, co mogłem zrobić w tej sprawie, to trzymać się z daleka od uzbrojonych ludzi, którzy mają śmierć w oczach. Było to zawsze moją żelazną zasadą i może główną przyczyną, że przeżyłem tyle lat, ile przeżyłem. Kiedy więc Ike ruszył ulicą w jednym kierunku, ja podążyłem pospiesznie w przeciwnym, bojąc się tylko, że Kate Elder mogła znów trafić do mojej budy. Na szczęście nie trafiła.

Na tym zamieszaniu w saloonie skorzystał Wspólnik: nie dojadłem swojego steku i przyniosłem mu spory kawałek.

Żyłem już tak długo w świecie barów i salonów gry, że pozostawanie na nogach przez większość nocy i spanie do późna traktowałem jako coś normalnego, więc następnego dnia wstałem prawie w południe, do którego to czasu Wspólnik, trzymający się zwykłych godzin, oddalił się już dawno w swoich sprawach, cokolwiek to było, a ja poszedłem do centrum, żeby się wykąpać i ogolić. Wierzcie mi albo nie, ale pierwszą osobą, na jaką się natknąłem na Czwartej, był Ike Clanton ze wzrokiem bardziej dzikim niż kiedykolwiek, i tym razem ze strzelbą na dodatek do rewolweru.

Nie wiedziałem wtedy, że przez całą noc grał z Virgilem Earpem, ale mrugające czerwone oczy i ściągnięta blada twarz zdradzały, że był niewyspany.

Spojrzał na mnie ze złością.

– Widziałeś Doca Hollidaya?

– Nie widziałem – powiadam.

– Zamierzam zabić tego sukinsyna – mówi, wywijając winczesterem.

W tym momencie zza rogu wychodzi i kieruje się w naszą stronę nie kto inny, tylko Virgil Earp ze swoim bratem Morganem, ale Ike stoi do nich odwrócony tyłem i ich nie widzi, a ja nie miałem żadnego powodu, żeby go ostrzegać. Rozglądałem się tylko za drogą odwrotu. On tymczasem rozwodzi się nad tym, jak to zniósł po raz ostatni obelgę od Earpów i ich kamratów i jak to nie boi się tych drani, wszystkich naraz i każdego z osobna, i tak jest głuchy na wszystko poza swoimi wywodami, że bracia podchodzą do niego nie zauważeni, a Virge powala go uderzeniem colta w głowę, po czym Earpowie zabierają mu broń, aresztują go za noszenie jej bez pozwolenia i postawiwszy na nogi, ciągną do sądu, dogodnie usytuowanego w pobliżu.

Istniały przynajmniej dwie wersje tego, co działo się w sądzie, zależnie od tego, czyją stronę się trzymało, a że mnie przy tym nie było, to musiałem sam ocenić, co uznać za najbardziej prawdopodobne, i przyjąłem, że Ike z Wyattem wymienili dalsze obietnice wzajemnej masakry. Virgil był jednak w mieście marszalem, a Ike złamał prawo, sędzia więc ukarał go grzywną, a marszal zaniósł jego strzelbę i rewolwer do Grand Hotelu, gdzie oddał je pod opiekę barmanowi. Prawo zabraniało Ike'owi noszenia przy sobie broni palnej bez pozwolenia, ale pozostawała ona jego własnością i mógł żądać jej zwrotu przy wyjeździe z miasta, do czego zachęcano go teraz gorąco.

Poszedłem do fryzjera, a kiedy po kąpieli i goleniu znalazłem się na ulicy, muszę nadmienić, że nie byłem tam osamotniony w tym słynnym dniu. Oprócz mnie mnóstwo ludzi widziało to, co się stało.

Skręciłem właśnie w Czwartą i wymieniłem grzeczności z rzeźnikiem Bauerem, który stał, rozmawiając z jakimś innym mężczyzną, kiedy zobaczyłem Wyatta Earpa przechodzącego przez ulicę po przekątnej na spotkanie McLaury'ego. Wyatt bez słowa uderzył młodego Toma lewą ręką w twarz, a prawą wyciąga colta i robi to, co robił tak często z tak wieloma ludźmi, włącznie ze mną, że powinno się to nazywać nie bizonowaniem, ale wyattyzacją: palnął go lufą w głowę. Tom zwalił się na ziemię pośrodku ulicy, a Wyatt poszedł sobie dalej chodnikiem, mijając mnie w niewielkiej odległości. Nadal miał w ręku rewolwer, który trzymał przy nodze, i obrzucił mnie zimnym, ponurym spojrzeniem, dając do zrozumienia, że jakiekolwiek zastrzeżenie z mojej strony byłoby nie na miejscu.

Bizonowanie miało to do siebie, że nikt od tego nie umarł. Po chwili, może po odczekaniu, aż Wyatt się oddali, Tom McLaury pozbierał się z ulicy, podniósł kapelusz, który mu spadł z głowy, otrzepał się i chwiejąc się na nogach, ruszył w kierunku przeciwnym niż Wyatt. Nie miał przy sobie żadnej widocznej broni. Na podstawie własnego doświadczenia mogę was zapewnić, że i on, i Ike mieli ciężką migrenę, która w przypadku Ike'a utrzymywała się przez cały dzień. Tomowi nie było dane pożyć tak długo.

Ponieważ poprzedniego wieczoru nie najadłem się jak należy, postanowiłem zaszaleć i bez względu na koszty dobrze podjeść w restauracji Can Can, jednej z najlepszych w Tombstone, i tak też zrobiłem, zamawiając wszystko, od zupy do deseru, co wśród wielu dań obejmowało potrawkę z kurczęcia, luksus w owych czasach, oraz tort, za co zapłaciłem całe pięćdziesiąt centów.

Kiedy najedzony wyszedłem z restauracji, zobaczyłem, że na przeciwnym rogu przed saloonem Hafforda rozmawiają szeryf Behan z marszalem Earpem, przy czym Virgil trzyma strzelbę z obciętą lufą, a obok stoją jego bracia Wyatt i Morgan oraz Doc Holliday, na którego kościstej postaci wisiał długi ciężki płaszcz w szarym kolorze, jakiego nikt oprócz niego nie włożyłby w Tombstone w południe. Miał też laskę, czego nigdy dotąd u niego nie widziałem, ale ktoś później powiedział mi, że Doc czuł się słabo na skutek suchot. Jeżeli tak, to strzelanie do ludzi mogło go nieco ożywić, jak wkrótce miało się okazać.

Nie zwróciłem uwagi na tę grupę, podobnie jak oni na mnie, a że siedziałem w Can Canie, nie mogłem wiedzieć, że Wyatt miał dopiero co nowe starcie z Clantonem i braćmi McLaury przed sklepem z bronią George'a Spangenberga, kilka domów dalej na tej samej ulicy, i Johnny Behan, który z reguły brał stronę kowbojów, pewnie robił to i teraz.

Jak zwykle miałem jakieś resztki z posiłku zawinięte w bandanę jako ucztę dla Wspólnika, który nawiasem mówiąc, odżywiał się tak dobrze, że ładnie się zaokrąglił od czasu, kiedy w Dodge składał się z postrzępionej skóry i kości. Martwiłem się tylko, żeby się nie zabłąkał do Hop Town, chińskiej dzielnicy Tombstone między Drugą a Trzecią, gdzie mieszkali najciężej pracujący ludzie, jakich kiedykolwiek widziałem. Saloony białych były wprawdzie czynne przez całą dobę, ale zatrudnieni w nich ludzie mieli czas na odpoczynek, podczas gdy zdawało się, że każdy Chińczyk, którego widziałem w pralni, pracuje na okrągło, a w każdym razie, ilekroć się tamtędy przechodziło, był na miejscu, stojąc ze swoim warkoczem w kłębach pary, dzień i noc, a wszystko to o miseczce ryżu od przypadku do przypadku albo może kawałka gotowanego psa, jeżeli wierzyć temu, co mówili klienci baru Oriental. Zwykle traktowałem ich opowieści z rezerwą, ale ponieważ żyjąc wśród Czejenów, sam spożywałem to danie, to przyznaję, że odczuwałem pewien niepokój.

Dość, że szedłem ulicą w stronę domu i mijając Corral OK, zobaczyłem dokładnie naprzeciwko, przed stajniami Dextera, grupkę mężczyzn, w której byli bracia Cantonowie, Frank i Tom McLaury i ten Billy Claiborne, o którym już wspominałem, że lubił, jak go nazywano Billy Kid. Towarzystwo to namawiało się w taki sposób, że przypomniałem sobie Earpów i Behana, których minąłem przed chwilą, ale nie miałem żadnego powodu, żeby kojarzyć te dwie grupy, zwłaszcza że ci chłopcy wyprowadzili konie, jakby mieli wyjechać z miasta na swe rancza. Widząc otwarte podwórze Corralu OK, postanowiłem skrócić sobie tamtędy drogę na Fremont Street, bo wolałem przejść alejką między sklepem Papago Cash i jatką Bauera niż obok stajni Allena. Jedyne ryzyko stanowiła możliwość natknięcia się przed pensjonatem Flya na Kate Elder, ale było dopiero wczesne popołudnie i uznałem, że odsypiała jeszcze poprzednią noc, ostatnio znów pogodzona z Dokiem.

Jak się okazało, nie miałem racji i oto, co się wydarzyło. Pensjonat Flya minąłem wprawdzie bez przeszkód, ale przed następnym domem był pusty plac i nie tylko stała tam Kate Elder, ale jeszcze pochylona przemawiała do Wspólnika!

Jeżeli pamiętacie, to podczas jej odwiedzin u mnie Wspólnik wychodził i nie wracał, póki ona sobie nie poszła, ale teraz okazywała mu duże zainteresowanie i mówiła do niego tym językiem, który psy chyba lubią z ust kobiet, może wiąże się to jakoś z macierzyństwem, bo zwierzęta zachowują jakieś cechy dziecinne przez całe życie.

Tak czy inaczej, mój Wspólnik, przekrzywiwszy głowę, słuchał z wyraźną przyjemnością słów w rodzaju: „Oo, czyż to nie śliczny piesunio". Prawdę mówiąc, był tym tak pochłonięty, że przez kilka sekund w ogóle nie zwrócił na mnie uwagi, a mnie rozdzierała, muszę to przyznać, zazdrość i pokusa, żeby się oddalić, zanim Kate mnie zauważy. Jednak Wspólnik nie mógł zbyt długo zaniedbywać swojej misji życiowej, polegającej na tym, żeby możliwie jak najwięcej jeść, na rzecz czegoś, co było tylko ciekawostką, więc jego czarny nos poruszył się, wyczuwając woń kawałków kurczaka, które niosłem w chustce, toteż czym prędzej porzucił nową przyjaźń dla starej.

– Przepraszam – powiedziała Kate, widząc, jak wysypuję zawartość bandany na ziemię – mam nadzieję, że to nie jest kurczak. Nie wie pan, że kości z drobiu mogą utkwić psu w gardle?

Nie zorientowałem się jeszcze, czy piła czy nie, i odpowiedziałem, nie podnosząc wzroku:

– Ta zasada nie ma zastosowania do tego tutaj zwierzęcia, które jest mieszańcem indiańskiego psa z kojotem. On poluje na preriowe kurczaki i zjada je w całości, nie licząc piór.

– Myślałam o tym, żeby wziąć jakiegoś miłego pieska – mówi Kate z bardzo miłym uśmiechem i dodaje: – żeby dotrzymywał mi towarzystwa, kiedy jestem sama, co zdarza się bardzo często. – Kiedy się wyprostowałem, podeszła bliżej i jej uśmiech stał się jeszcze cieplejszy. Nie była pijana, nie pamiętała więc, że mnie już kiedyś widziała.

Wspólnik tymczasem połknął jedzenie w mgnieniu oka i widząc, że więcej nie ma, odwrócił się i potruchtał tym swoim krokiem, przez który ktoś niezbyt się zastanawiający, do czego strzela, mógłby go wziąć za kojota, a jednak ten pies przetrwał w świecie pełnym niebezpieczeństw.

– Tak, proszę pani – powiadam – a teraz już muszę wracać do pracy.

– Zapewne jest pan właścicielem jednej z bogatszych kopalń – mówi Kate i podchodzi całkiem blisko, tak że czuję jej zapach, chociaż powinienem powiedzieć, że czułem go z odległości dwudziestu stóp, a teraz miałem wrażenie, jakbym wsadził nos do butelki z perfumami. – Mężczyzna tak ważny jak pan nie ma zbyt wiele czasu.

W tym momencie ulicą Fremont idą Ike i Billy Clantonowie, Billy prowadzi swojego konia, i zatrzymują się przed placem, na którym stałem ja i Kate. Ike wzburzony opowiada coś bratu, nie zwracając na nas uwagi, ale Billy Claiborne, który nadszedł w ślad za nimi, wyszczerzył zęby do Kate jak dobry znajomy. Nie wiem, czy ją znał czy nie, ale Allie Earp powiedziała mi, że Billy dostawiał się do każdej napotkanej kobiety.

Kate rozdęła nozdrza i potrząsnęła głową.

– Chodźmy – powiada – zostawmy to kowbojskie chamstwo.

Wyszliśmy razem na chodnik, mijając Ike'a i jego brata, który wszedł na plac razem z koniem. Nadal nie zwracali na nas uwagi. Ike perorował zawzięcie i akurat w tej chwili wymienił z nie ukrywaną nienawiścią Doca Hollidaya.

Kate również go usłyszała, a ponieważ zawsze myślała o sobie, uznała, że mówią o niej, i to pochlebnie, chwyciła mnie więc za ramię i szepnęła konfidencjonalnie:

– To prawda, że Doc Holliday szaleje za mną, ale uważam, że mam prawo przyjaźnić się, z kim chcę.

Była większa ode mnie i trzymała mnie za ramię z taką siłą, że prawie odrywała mnie od ziemi, i właśnie kiedy się zastanawiałem, czy żeby się uwolnić, będę musiał nadepnąć jej na nogę albo zrobić coś drastycznego, Kate nagle wydała okrzyk zdziwienia.

– O mój Boże! – powiedziała. – Właśnie idzie.

A ja, podczas gdy mnie wciągała do pensjonatu Flya, zdążyłem spojrzeć w głąb ulicy i zobaczyłem o przecznicę dalej, jak kroczy w naszą stronę trójka wysokich Earpów, którą ostatnio widziałem przed sklepem Hafforda, a razem z nimi nieco niższa postać Doca Hollidaya.

Już wewnątrz domu nie mogłem wyrwać się ze szponów Kate, póki nie zatrzasnęła za nami drzwi.

– Do licha, kobieto, odczep się ode mnie – powiedziałem, rozginając jej palce jeden za drugim.

– Idź tam i niech cię zabiją! – wrzeszczy Kate. – Ostrzegam cię, on jest piekielnie zazdrosny.

– Ja cię nawet nie tknąłem – odpowiadam z gniewem,

po czym otwieram drzwi i wyglądam na zewnątrz, akurat kiedy na plac wchodzą bracia McLaury i Frank prowadzi konia. Teraz więc na tej niewielkiej przestrzeni znajduje się pięciu mężczyzn i dwa duże zwierzęta, a jakby tego było mało, do kolekcji dołącza szeryf Behan, szacownie wyglądająca postać w porównaniu z resztą towarzystwa, łysiejący, czego teraz nie było widać pod kapeluszem. Zawsze sprawiał na mnie wrażenie bardziej handlowca niż stróża prawa, zresztą kiedy chodziło o wygląd, nikt nie mógł równać się z Earpami, zwłaszcza kiedy szli w trójkę, jeden obok drugiego, wszyscy na czarno.

Johnny Behan powiedział coś do kowbojów, czego nie słyszałem, ale uznałem, że było to coś przyjaznego, a potem poszedł na spotkanie Earpów i zatrzymał ich przed jatką Bauera, żeby ich ostrzec dla ich własnego bezpieczeństwa, jak później twierdził, albo w wersji Wyatta, żeby zapewnić, że rozbroił kowbojów, które to kłamstwo mogło kosztować Earpów życie.

Tak czy inaczej, cokolwiek Behan powiedział, Earpowie i Doc Holliday ruszyli dalej przed siebie i przeszliby po szeryfie, gdyby im nie ustąpił z drogi. Jako marszal, Virgil miał władzę w mieście i, jak utrzymywał później, zaprzysiągł swoich braci i Doca na pomocników.

W tym momencie Kate chwyciła mnie od tyłu za pas i wciągnęła do domu.

– Nie pozwolę ci umrzeć tylko dlatego, że mnie kochasz! – mówi. – Chodź, ukryję cię w galerii fotograficznej. – Miała na myśli przybudówkę za pensjonatem, w której Camillus Fly zajmował się fotografią. I szarpnęła mną tak potężnie, że przez sekundę zawisłem w powietrzu. Powiadam wam, że ta kobieta to była zaraza i może bym ją zdzielił, gdybym sobie nie przypomniał, że to są metody Doca.

– Kochanie – powiedziałem zamiast tego – będę ci wielce zobowiązany, jeżeli mnie puścisz.

I jak tylko to zrobiła, wyskoczyłem zza drzwi na ulicę, co może wam się wydać wyjściem z deszczu pod rynnę, ale nie chciałem, żeby Kate krępowała moje ruchy, kiedy w najbliższym sąsiedztwie zanosiło się na strzelaninę. Cienkie ściany budynków w Tombstone nie stanowiły wielkiej ochrony przed latającym ołowiem, nie mówiąc już o tym, że chciałem widzieć, co się dzieje, kiedy pojawiło się prawdopodobieństwo, że w pobliżu przemówią rewolwery.

Przebiegam więc przez ulicę, chowam się za stojący tam wóz, tuż obok sklepu damskiego krawca Addiego Borlanda, i obserwuję delegację Earpów zbliżającą się do placu pełnego kowbojów i koni.

Virgil idzie teraz na czele i trzyma coś, co wygląda na laskę, którą wcześniej posługiwał się Doc Holliday, a ten, idąc po zewnętrznej, lewą ręką chowa pod płaszczem strzelbę Virge'a, widoczną, kiedy wiatr odwiewa połę płaszcza. W prawej ręce Doc ma niklowany sześciostrzałowiec. Morgan Earp też wyciągnął pistolet. Wyatt trzyma rękę w kieszeni swojego czarnego surduta.

Na tym samym odcinku ulicy znalazły się tego dnia inne nie zainteresowane osoby, takie jak jegomość nazwiskiem Bob Hatch, właściciel salonu bilardowego, czy Billy Allen i R. F. Coleman, jeszcze inni widzieli wydarzenie z sąsiednich budynków, jak Addie Borland lub sędzia nazwiskiem Lucas, który wyglądał akurat z okna swojego biura, z budynku znanego jako Gird Block. Wszyscy oni byli świadkami tylko części tego, co się działo, i prezentowali odmienne wersje w śledztwie i później w sądzie w sprawie morderstwa, a jedyna prawdziwa relacja nastąpi za chwilę i nikt jej dotąd nie słyszał, bo nigdy nigdzie nie składałem zeznania, z czego się wytłumaczę, mam nadzieję, ku zadowoleniu wszystkich.

Kiedy ekipa Earpów doszła do skraju placu między domami Flya i Harwooda, na chwilę przed strzelaniną niesłusznie nazywaną bitwą w Corralu OK, bo ci kowboje, jak już wspominałem, tylko skracali sobie drogę przez ten corral i nawet nie uwiązali tam koni, zatrzymali się i Wyatt głośno powiedział:

– Szukaliście zwady, sukinsyny, to teraz ją macie.

Ale Virgil, który oficjalnie stał na czele grupy i trzymał

tylko tę laskę, na dodatek w prawej ręce, od rewolweru, powiedział:

– Rączki do góry, chłopcy. Oddajcie broń.

W tym momencie Doc Holliday podniósł swój niklowany rewolwer i strzelił Frankowi McLaury'emu w brzuch z odległości nie większej niż sześć stóp.

– Stać! – krzyknął Virgil, choć trudno stwierdzić do kogo. W ułamek sekundy po pierwszym strzale Doca strzelił Morgan Earp i trafił Billy'ego Clantona w lewą pierś z odległości niecałej stopy. Billy'ego rzuciło na ścianę domu Harwooda, po której osunął się na ziemię, kończąc w pozycji śpiącego Meksykanina. Jego koń spokojnie się odsunął.

Frank McLaury trzymał cugle swojego konia, który stał za nim, i nawet ciężko ranny nie puścił wierzchowca, tylko zatoczywszy się na ulicę, pociągnął go za sobą, zbliżając się do miejsca, gdzie ja przykucnąłem za tym wozem, który miał skrzynię z porządnego drewna, ale jego koła ze szprychami nie stanowiły dobrej osłony przed kulami, a kiedy spojrzałem w dół, kogóż ujrzałem, jak nie swojego psa.

– Jezu – mówię – czy musiałeś wrócić akurat teraz?

Zamachał do mnie ogonem, wykazując typowo zwierzęcy brak zrozumienia dla tego typu niebezpieczeństw: ludzie strzelający na ulicy do siebie dla niego nic nie znaczyli. Jednak w danej chwili nie mogłem mu dłużej poświęcać uwagi.

Tymczasem padły dalsze strzały. Doc opróżnił swój rewolwer i wydobywszy spod płaszcza strzelbę, wpakował podwójny ładunek grubego śrutu z tej samej bliskiej odległości w pierś Toma McLaury'ego, i była to najpaskudniejsza broń ze wszystkich, bo jej naboje zawierały po dziewięć śrucin, każda wielkości pocisku kalibru trzydzieści osiem, zakrawało więc na cud, że Tom, objąwszy się na krzyż ramionami, jakby chciał utrzymać się w jednym kawałku, wytoczył się z placu i doszedł aż do rogu Trzeciej, zanim upadł.

Cała ta strzelanina odbyła się błyskawicznie i jak dotąd jeszcze żaden z kowbojów nie pociągnął za spust, podobnie jak Wyatt i Virgil Earpowie. Nawiasem mówiąc, Billy Claiborne uciekł z placu od razu na początku i skrył się w pensjonacie Flya, gdzie zapewne natknął się na Kate, jeżeli nadal stała pod drzwiami.

Teraz Ike Clanton wczepił się w Wyatta, krzycząc:

– Nie mam broni, do cholery.

Wyatt wyciągnął rewolwer i zapewne zabiłby Ike'a, bo szlag go trafiał, że ktoś najbardziej odpowiedzialny za sprowokowanie tej awantury okazał się nie uzbrojony, kiedy do niej doszło, ale Ike wrzeszczał tak, że wszyscy świadkowie go słyszeli, Wyatt odepchnął go więc tylko i Ike również wbiegł do pensjonatu, gdzie dołączył do Billy'ego Claiborne'a i pewnie Kate Elder.

Tymczasem Billy Clanton, chociaż półleżał pod ścianą Harwooda, wyciągnął rewolwer i zaczął strzelać do Earpów. Oprócz rany w pierś oberwał też w prawy przegub i dlatego strzelał z lewej, ale i tak siał spustoszenie wśród przeciwników, trafiając Virgila i Morgana, którzy obaj padli, ale się podnieśli, i Virge wspólnie z Wyattem odpowiadał na ogień Billy'ego, podczas gdy Morg i Doc wybiegli na ulicę za Frankiem McLaurym, który rozpaczliwie próbował wyciągnąć winczestera z olstrów na swoim koniu, jednak spokojne dotąd zwierzę cofało się, aż wreszcie się spłoszyło, jak to się dzieje z końmi, kiedy bez jeźdźca w siodle znajdą się w środku zamieszania, i w końcu stanęło dęba, a potem pogalopowało ulicą, wznosząc obłok wapiennego pyłu, z którego ulica Fremont słynęła, chyba że padało. Frank wyciągnął więc broń.

– Mam cię teraz! – zdążył powiedzieć do Morgana, który szedł na niego razem z Dokiem.

Doc odpowiedział jakimś przekleństwem i Frank posłał mu kulę, która w lepszy dla niego dzień położyłaby dentystę trupem, ale kiedy wybije twoja godzina, nic się nie udaje (widziałem to w przypadku Custera), pocisk trafił więc w futerał z kilku warstw skóry i tylko zadrasnął Doca, który po opróżnieniu strzelby zamienił ją na kolejny ze swoich rewolwerów, po czym razem z Morganem prowadzili ogień, zmuszając Franka do przejścia na drugą stronę ulicy, w pobliże mnie, i ołów zaczął świstać niebezpiecznie blisko, trafiając też w burty wozu. Wspólnik zrozumiał w końcu powagę sytuacji i tulił się do moich butów.

Frank dotarł do rogu ceglanego budynku za domem Addiego Borlanda, cały czas się ostrzeliwując, ale był osłabiony raną otrzymaną zaraz na początku, a więc niecałą minutę wcześniej, choć wydawało się, jakby to była godzina, i musiał opierać drżący rewolwer na zdrowym przedramieniu, ale i tak żaden z jego strzałów nie doszedł do celu. Kiedy się odwrócił, żeby przeładować broń, i spojrzał w dół, jedna z roju kul wysłanych w jego kierunku przez Doca i Morga trafiła go w głowę tuż za prawym uchem i Frank McLaury padł martwy, chociaż Doc miał wątpliwości i nadbiegł z bronią w ręku, obsypując obelgami leżącego kowboja, gotów wpakować w niego jeszcze jedną kulę. Wtedy uznałem, że napatrzyłem się dosyć, i chociaż nie uzbrojony, postawiłem swoje życie na jedną kartę i wyszedłem zza wozu.

– Spokojnie, Doc – powiedziałem. – Ten człowiek nie żyje.

– Dlaczego zajęło to sukinsynowi tyle czasu? – odpowiedział pytaniem Doc głęboko zdegustowany, opuszczając broń, ale nadal patrząc nie na mnie, tylko na ciało Franka. A potem wypowiedział z mieszaniną oburzenia i zdziwienia zdanie, które chyba tylko on na całym świecie mógł powiedzieć. – Ten sukinsyn strzelił do mnie!

I tak, proszę was, wyglądała tak zwana bitwa w Corralu OK od początku do końca, jeżeli chodzi o strzelaninę, chociaż po drugiej stronie ulicy leżał płasko na ziemi Billy Clanton, który otrzymał jeden postrzał za drugim, ale wciąż usiłował unieść głowę i umierającymi palcami chciał odciągnąć kurek swojego jednostrzałowego colta i walczyć dalej. Może był to ladaco, ale to on, trafiony z bliska w pierś i z roztrzaskaną prawą dłonią, z lewej zranił Virgila i Morgana Earpów. Nie mówiąc o tym, że umożliwił ucieczkę starszemu bratu.

Kiedy strzały ucichły, poszedłem tam wraz z innymi widzami, a dołączył do nas fotograf, Camillus Fly, który wybiegł z domu, wywijając strzelbą i krzycząc do wszystkich, żeby odebrali broń Clantonowi, ale nikomu się nie spieszyło, żeby zarobić kulkę, więc Fly zrobił to w końcu sam, akurat kiedy Billy odezwał się głosem słabym, ale wyraźnym:

– Dajcie mi więcej naboi.

Ktoś postanowił przenieść go do domu po drugiej stronie Harwooda, więc zgłosiłem się do pomocy, ale znalazło się trzech czy czterech większych chłopów. Billy między okrzykami bólu prosił, żeby mu zdjęli buty, bo obiecał swojej staruszce matce, że nie umrze w butach. Słyszałem już to wyrażenie wcześniej, ale nigdy nie doszedłem do tego, co też to może znaczyć.

Tom McLaury nadal leżał tam, gdzie padł, i jego ciało też wniesiono do domu. Ze wszystkich znajdujących się na placu boju tylko on nie ujawnił żadnej broni, z tego, co widziałem, i żadnej nie znaleziono na ulicy, jeżeli więc miał broń, to powinna być przy jego trupie, ale śledczy, który wkrótce zjawił się na miejscu, nie znalazł żadnej broni również przy Tomie. Byli tacy, którzy dla usprawiedliwienia Earpów twierdzili, że chociaż Tom zostawił swój regularny rewolwer w saloonie Capitol, to miał przy sobie ukrytą broń, ale nawet jeśli, to nigdy nie skorzystał z niej w walce, a później gdzieś znikła.

Prawda jest taka, że Doc Holliday i Morgan Earp zastrzelili Franka McLaury'ego i Billy'ego Clantona, zanim któryś z nich zdołał sięgnąć po broń, a potem Doc opróżnił swoją strzelbę w nie uzbrojonego Toma McLaury'ego.

W zbierającym się tłumie pokazała się w swoim czepku od słońca Allie Earp, wypytując, co się stało z Virgilem. Usłyszała strzały, bo ich dom znajdował się tylko o dwie przecznice dalej przy tej samej ulicy. Zaprowadziłem ją do pospiesznie sprowadzonego wozu lekarza, gdzie doktor sondował ranę w nodze Virgila.

Zgromadzeni wokół gapie nie chcieli jej przepuścić, ale jakiś wielki gość utorował jej drogę, mówiąc:

– Odsuńcie się, chłopcy, puśćcie jego starą matkę.

Powiem wam, że mnie to rozbawiło, natomiast Allie, o cztery czy pięć lat młodsza od męża, była nieźle obrażona

249

i gdyby nie troska o Virge'a, jestem pewien, że dałaby mu bobu.

Za tym wozem stał następny, podobny, w którym opatrywano Morgana Earpa rannego w ramię. Ze wszystkich uczestników tej walki tylko Wyatt wyszedł nietknięty. Domyślam się, że przy jego wysokim wyobrażeniu o sobie uważał, że tak właśnie powinno być.

Teraz podchodzi do niego na chodniku szeryf Johnny Behan.

– Wyatt – mówi – będę musiał cię aresztować.

Ale Wyatt za nic nie podporządkowałby się Behanowi, odkąd ten nabrał go na wycofanie z wyborów na stanowisko szeryfa.

– Johnny – powiada Wyatt z tym swoim zimnym spojrzeniem – mówiłeś, że rozbroiłeś tych chłopców. Nie wyjeżdżam z miasta, ale nie pozwolę się aresztować ani tobie, ani komuś takiemu jak ty.

Ktoś spytał, co się stało z końmi kowbojów, i to przypomniało mi, żeby rozejrzeć się za Wspólnikiem. Wiedziałem, że potrafi się o siebie zatroszczyć, że nigdy nie lubił tłumów, pewnie się gdzieś oddalił, ale byłem trochę zaniepokojony, kiedy sobie przypomniałem, jak pojawił się ni z tego, ni z owego podczas największej strzelaniny. Odpowiadając na pytanie o konie, ktoś powiedział, że wierzchowiec Franka pobiegł w górę ulicy, ale nie wie, co się stało z koniem Clantona, który mógł się zaplątać na tyły galerii fotograficznej Flya, a potem dodał słowa, które zmroziły mi krew w żyłach:

– Kule latały po całej okolicy, kilka utkwiło w tym wozie stojącym przed Bauerem, a po drugiej stronie ulicy zabity został jakiś zabłąkany pies.

11. DZIKI ZACHÓD

Wspólnik leżał z zamkniętymi oczami i z nosem zagrzebanym w piach. Został trafiony w głowę, która była cała pokryta zakrzepłą krwią. Wziąłem go na ręce i jego bezwładne ciało okazało się niemałym ciężarem do przeniesienia na odcinku dwóch przecznic. Nigdy wcześniej nie brałem go na ręce. Przynajmniej nie był jeszcze zimny. Pomyślałem, jaką drogę przebył, żeby mnie odnaleźć po tym, jak go zostawiłem w Cheyenne. Nigdy nie miałem przyjaciela człowieka, który by się zdobył na coś takiego, i nie mam o to pretensji do ludzkości: może i jestem kimś, dla kogo ze względu na niespokojny tryb życia jedynym naturalnym przyjacielem powinno być zwierzę, ale faktem było, że miałem wiernego towarzysza w psie, który teraz nie żył.

Żeby ulżyć swojemu smutkowi, rozniecił[em] w sobie nienawiść do Earpów, kowbojów, hazardu, pijaństwa, rabunków i morderstw, z czego w moich oczach składało się Tombstone, nie bardzo różniąc się pod tym względem od Dodge, a teraz ta przeklęta głupia strzelanina, a raczej masakra, w której trzech młodych mężczyzn zginęło głównie dlatego, że Ike Clanton był mocny w gębie, a nie potrafił tego poprzeć czynem.

Miałem nawet za złe Batowi Mastersonowi, że ściągnął mnie do tego miasta, a sam wkrótce wyjechał. Dlaczego z nim nie pojechałem? Bo jeżeli chodzi o mnie, to wszędzie było tak samo. Żeby oddać sprawiedliwość Dodge, Tombstone i wszystkim miastom, do których mnie zaniosło, włącznie nawet z Deadwood po jakimś czasie, to wszędzie tam istniał albo pojawiał się element pozytywny z przyzwoitymi kobietami, dziećmi, szkołami, kościołami i działalnością biznesową nie tylko wokół whisky, kart i kobiet lekkiego prowadzenia. W Tombstone w tym samym czasie co krwawa jatka, o której opowiadałem, odbywały się pikniki szkółek niedzielnych, spotkania towarzyskie przy lodach, prywatne wieczorki muzyczne, wesele w hotelu Cosmopolitan z orkiestrą przygrywającą do kadryla (z której to okazji gazeta „Epitaph" się rozmarzyła: „Miłość zaglądała miłości w oczy, które jej odpowiadały miłością, i nad wszystkim jak weselny dzwon unosiła się radość"), a nawet posiedzenia organizacji pod nazwą Klub Literacki i Dyskusyjny. Dlaczego więc nie uczestniczyłem w tej wzniosłej działalności? Dlatego, że byłem nieokrzesanym, ciemnym półanalfabetą, jak już wielokrotnie nadmieniałem, i wstydziłbym się tam pokazać. Dlaczego więc nie próbowałem się podciągnąć? Powiadam wam, że nie wiedziałem jak. Widzieliście, jak usiłowałem to robić na własny rozum w przypadku Amandy Teasdale, i gdyby tak się zastanowić, było to żałosne. Bez wątpienia jedynie kobieta mogła ze mnie zrobić lepszego człowieka, co by się nie zdarzyło, gdybym nadal przestawał tylko z mężczyznami. I to nie po prostu kobieta, ale dama, a która dama mogłaby czegoś ode mnie chcieć, prócz tego, żebym jej odniósł bagaże?

I tak w końcu dodźwigałem Wspólnika do szopy, która służyła nam za mieszkanie, położyłem jego ciało na ziemi i zacząłem kopać za domem grób, a właściwie tylko próbowałem to robić w materiale uchodzącym w tej części globu za ziemię, ale nie mając oskarda, musiałem się posługiwać znalezioną szuflą ze złamaną rączką. W końcu udało mi się wygrzebać dość płytki dołek w gruncie spieczonym na kamień mimo niedawnych deszczów, zawinąłem poczciwego Wspólnika w swoją najlepszą koszulę w biało-niebieską kratkę i złożyłem go na spoczynek. Zawsze uważałem się za człowieka w istocie religijnego, choć przez całe życie trzymałem się z daleka od kościoła (poza okresem, kiedy musiałem tam chodzić jako dziecko i kiedy byłem zauroczony panną Hand), toteż wypowiedziałem parę słów, polecając mego wiernego druha Wszechobecnemu Duchowi, który stworzył jego i mnie, przeprosiłem Wspólnika, że nie mogę go pochować w jego rodzinnej ziemi w Czarnych Wzgórzach, po czym przysypałem go suchym pyłem, który wcześniej wyskrobałem.

Nie wyglądało to jednak zbyt bezpiecznie, jeśli chodzi o żywe psy, gryzonie i inne takie, które mogły wyczuć zapach jego zwłok i pożywić się nimi, jako że zwierzęta nie mają żadnych sentymentów dla zmarłych, udałem się więc na poszukiwanie dużego kamienia, kawała żelaza albo innego ciężaru, żeby przywalić ten grób, bo nic takiego nie miałem pod ręką.

Rozglądając się za czymś w tym rodzaju, doszedłem aż do domu Virgila Earpa, nie znajdując po drodze niczego odpowiedniego, i tam natknąłem się na wychodzącą z domu Allie.

– Virge przeżyje – powiedziała, chociaż jej nie pytałem. – Kula przeszła przez łydkę, nie naruszając kości.

– Miło mi to słyszeć – powiadam. – Słuchaj, Allie, nie wiesz, gdzie mogę znaleźć parę dużych kamieni, bez chodzenia na pustynię?

– Myślę, że idziesz nie w tę stronę. Od tego miejsca dalej ich nie znajdziesz, bo zostały uprzątnięte przy budowie domów.

– No tak. Powinienem był o tym pomyśleć.

– Słuchaj, Jack – mówi Allie – co ty masz z oczami? Ktoś ci w nie nasypał piachu? Są załzawione.

– Zabili mi psa, Allie – powiadam. – To był strasznie dobry kumpel.

Nie miała na głowie swojego czepka, chociaż słońce paliło jak zwykle: uznałem, że to skutek nazwania jej matką Virgila. Kiedy więc zmrużyła oczy, myślałem, że to od słońca, ale się myliłem. Patrzyła na coś za moimi plecami.

– Jack – powiada – to nie jest dzień na żarty.

Nie miałem pojęcia, o czym ona mówi, i biorąc pod uwagę sytuację, mógłbym również zareagować nerwowo, gdybym w tej samej chwili nie usłyszał znajomego skowytu. Obejrzałem się z niedowierzaniem i zobaczyłem Wspólnika z zakrwawioną głową zlepioną teraz pyłem, który zbliżał się truchcikiem jakby nigdy nic, wydając ten odgłos wyrażający w tym przypadku triumf, a nie skargę.

Cóż, możecie sobie wyobrazić to radosne spotkanie, bardziej może radosne dla mnie niż dla Wspólnika, który wszystko, włącznie ze swoją śmiercią – która jednak jeszcze nie nastąpiła – traktował ze spokojem, i chyba uznał fakt, że został pogrzebany, ocknął się i wykopał z grobu, za ciekawą zagadkę, jaką dla niego przygotowałem, więc był dumny, że ją rozwiązał.

Wytłumaczyłem Allie, co się stało, żeby nie myślała, że próbowałem robić z niej idiotkę.

– Cóż, cieszę się razem z tobą – odpowiedziała – bo wiem, czym może być dla człowieka sympatyczny pies, ale nadal twierdzę, że powinieneś sobie znaleźć też dobrą kobietę. Idę teraz do Bauera po mięso na zupę dla Virge'a, żeby podreperować jego siły. Zostawię kości dla twojego pieska.

Przykucnąłem i obejrzałem ranę Wspólnika. Kula drasnęła jego czaszkę, zrywając mu płat skóry na czubku głowy i ogłuszając go na jakiś czas, ale nie naruszyła kości.

– Uratował cię twój zakuty łeb – powiedziałem mu, a on odwrócił pysk i polizał rękę, którą badałem jego ranę, a potem odbiegł kawałek i wrócił jak szczeniak, który chce się bawić. Fakt, że ledwo uszedł śmierci, jakby go odmłodził!

Na mnie wydarzenia tego dnia nie podziałały tak pozytywnie. Czułem się o wiele lepiej, niż kiedy go grzebałem, ale powrót Wspólnika zza grobu nie wpłynął na zmianę moich uczuć co do mojego trybu życia i miejsca w świecie. Od tej chwili nieustannie się zastanawiałem, co zrobić, żeby je polepszyć. Dość szybko doszedłem do wniosku, że jeżeli chcę zacząć wszystko od nowa, to muszę wyjechać z Tombstone, ale nie do innego podobnego miasta. Niewątpliwie siedziałem tutaj zbyt długo. To samo zresztą Allie powiedziała o sobie i Virgilu, ale w ich przypadku skończyło się to gorzej niż w moim, do czego zaraz wrócę, jak tylko pobież-

nie przedstawię inne ważne wydarzenia jesieni roku osiemdziesiątego pierwszego.

Po tej wielkiej strzelaninie miasto było bardziej niż kiedykolwiek podzielone na dwa obozy: tych, którzy popierali
Earpów, i tych, którzy trzymali z kowbojami, a w każdym
razie uważali, że załatwiono ich nieuczciwie, i wyglądało na
to, że tych ostatnich przybyło.

Billy Clanton i bracia McLaury mieli najbardziej okazały pogrzeb, jaki Tombstone kiedykolwiek oglądało. Zostali
wystawieni we frakach, w oszklonych trumnach zdobionych
srebrem, w oknie zakładu pogrzebowego Rittera. Orkiestra
dęta miasta Tombstone prowadziła dwa karawany wzdłuż
Allen Street na cmentarz w obecności wszystkich chyba
mieszkańców miasta.

Tymczasem sędzia śledczy nie stwierdził winy Earpów
w wywołaniu strzelaniny i kiedy Ike Clanton mimo to wniósł
oskarżenie o morderstwo przeciwko nim i Docowi Hollidayowi, sędzia pokoju nazwiskiem Spicer, przyjaciel Earpów
(podobnie jak burmistrz, wydawca gazety „Epitaph” i na-
czelnik poczty w jednej osobie Johna Cluma), orzekł, że ich
działanie było usprawiedliwione, ponieważ Virgil reprezentował policję, i w rezultacie nigdy nie stanęli przed sądem
poza tymi dwoma przesłuchaniami, na których każda ze
stron przedstawiła świadków naocznych, składających zupełnie sprzeczne zeznania. Pewnie dlatego, że nikt nie zauważył, jak kryję się za tym wozem, żadna ze stron nie
wezwała mnie na świadka, a ja sam, rzecz jasna, siedziałem cicho. Nigdy nie żywiłem gorących uczuć do żadnej ze
stron, ale gdybym powiedział szczerą prawdę, tak jak to robię
tutaj, to przysłużyłbym się raczej stronie kowbojskiej, pomagając tym samym złodziejom, kompanom bandytów i morderców, a także naraziłbym się Allie i Batowi Mastersonowi, kiedy by to do nich doszło, i w końcu może sam zginąłbym
zastrzelony przez Doca.

Nie wszystko jednak szło po myśli Earpów. Rada miej-
ska zawiesiła Virgila w obowiązkach głównego marszala
miasta i bracia wraz z rodzinami, przekonani, że ich wrogo-

wie mogą planować zemstę, przeprowadzili się z domów na Fremont Street do hotelu Cosmopolitan. Virge i Morgan wciąż dochodzili do siebie i po tej przeprowadzce rzadko już spotykałem Allie.

Skoro mowa o ranach, to Wspólnik wyzdrowiał po paru dniach, przybyła mu tylko do kolekcji nowa blizna, która wyglądała jak przedziałek na głowie człowieka. Stał się jednak łagodniejszy, spędzał więcej czasu koło domu i dopraszał się o pieszczoty. Niestety, ta nowa koszula w kratę, której użyłem w charakterze jego całunu pogrzebowego, przepadła na zawsze.

Jedynym jaśniejszym punktem w życiu Tombstone w owym czasie było otwarcie teatrzyku variétés pod nazwą Ptasia Klatka, na Allen przy Szóstej, gdzie zaledwie rok wcześniej Bill Brocius zwany Kędzierzawym, któremu też niewiele życia pozostało, zabił ówczesnego marszala Freda White'a. Biorąc pod uwagę moje ambicje, żeby zostać właścicielem czegoś w tym rodzaju, słusznie powinienem być zazdrosny, bo było to naprawdę ładne miejsce, z saloonem po jednej stronie i teatrem po drugiej. Ten ostatni miał po obu stronach prywatne loże, do których dziewczęta z baru, śpiewając przy tym, przynosiły drinki, ale główne występy odbywały się na scenie z najróżniejszego rodzaju artystami, włącznie później z wielkim Eddiem Foyem, który, podobnie jak tak wielu z nas, przybył tu z Dodge City, ale ja wyjechałem, zanim on się tam zjawił, gdyż inne gwałtowne wydarzenie przyspieszyło mój i tak spóźniony wyjazd.

Pewnego wieczoru tuż po Bożym Narodzeniu Virgil Earp, którego noga już była wyleczona, przechodził na drugą stronę Piątej przed Orientalem, kiedy oddano do niego kilka strzałów ze strzelb z domu w budowie, mieszczącego się po przekątnej przy Allen Street. Ładunek grubego śrutu roztrzaskał mu łokieć, a te kulki, które chybiły, podziurawiły ściany i szyby saloonu Crystal Palace i nawet wpadły przez podłogę do gabinetu doktora Goodfellowa na piętrze.

Virge nie zginął, ale nigdy już nie odzyskał władzy w lewej ręce i został bardziej poszkodowany niż po tej ranie w nogę.

Widziano trzech nie zidentyfikowanych osobników, którzy uciekali z nie wykończonego budynku przy Allen Street, ale zanim zorganizowano pogoń, nie było już po nich śladu. Wyatt mógł mieć rację, obwiniając o to żądny zemsty element kowbojski pod przewodem Ike'a Clantona.

Co do mnie, to uznałem ten incydent za ważną wskazówkę, że tego typu rzeczy będą się teraz zdarzać regularnie, powodując deszcze ołowiu w okolicy, w której mieszkałem i pracowałem. Niech mnie licho, jeżeli chciałem być pokaleczony albo i zabity w cudzej kłótni.

Postanowiłem więc wyjechać najszybciej, jak to będzie możliwe, i za chwilę opowiem, dokąd się wybierałem, ale najpierw dokończę historię z Tombstone.

Nie miałem więcej dobytku, niż przywiozłem ze sobą przed rokiem, ale zgromadziłem kolejną fortunkę, liczącą kilkaset dolarów, z czego większość zaszyłem w poły nowego surduta, który sprawiłem sobie w sklepie bławatnym braci Summerfield, zamiast chować je w buty, jak robili niektórzy, po to tylko, żeby potem ściągać i wytrząsać obuwie na rozkaz bandytów w razie napadu na dyliżans. Rozważałem też możliwość zakupu jakiegoś uzbrojenia na tę podróż, zwłaszcza do czasu opuszczenia Terytorium Arizony, które stało się tak niebezpieczne, że aż zdenerwowało to prezydenta Chestera Arthura, planującego pacyfikację z użyciem wojska, ale tak długo nie miałem broni w ręku, że powątpiewałem w swoje umiejętności w konfrontacji z wyćwiczonymi przestępcami, a że Apacze przycichli, pomyślałem, że w razie napadu udam kaznodzieję.

Poszedłem do hotelu Cosmopolitan, żeby się pożegnać z Allie, która pielęgnowała tam męża w ich pokoju. Virgil akurat spał, wyszła więc porozmawiać do hallu. Uważała, że jej mąż wydobrzeje, choć stracił dużo krwi, i nigdy już nie będzie swobodnie władał lewą ręką.

Potem rozejrzała się po korytarzu, bo pozostali bracia też tam mieszkali, i zniżonym głosem powiedziała:

— Virge po raz drugi został ostatnio ranny. Był też ranny na wojnie. Czy to nie dziwne, że Wyatt zawsze wychodzi cało?

257

– Mam nadzieję, że marszal wkrótce wyzdrowieje – mówię. – Przyszedłem, żeby to powiedzieć, a także żeby się pożegnać i podziękować ci, że byłaś moją przyjaciółką, kiedy tu mieszkałem.

– Cóż, Jack – mówi ona – nie wiem, co dla ciebie zrobiłam, ale jestem dumna, że sobie to cenisz. I powiem jedno, chciałabym, żeby Virge miał dość siły, żebyśmy i my mogli stąd wyjechać. Powinniśmy to zrobić, kiedy jeszcze wszystko układało się dobrze. Teraz nie wiem, czy w ogóle kiedyś się stąd wydostaniemy.

– Na pewno – powiedziałem, bo nigdy jeszcze nie widziałem jej tak przygnębionej.

– Mam przeczucie, że będzie coraz gorzej.

– Jesteś przesądną Irlandką – mówię, żeby ją podnieść na duchu.

– Szczęść Boże, Jack – odpowiada mi z uśmiechem – i nie zapomnij, co ci mówiłam: znajdź sobie dobrą kobietę. Jak cię postrzelą, będziesz miał wtedy pielęgniarkę.

Jej uśmiech przechodził w płaczliwą minę, życzyłem więc jej i jemu wszystkiego najlepszego i poszedłem.

Zanim zakończę temat Tombstone, do którego nie chciałbym już wracać, powinienem dopowiedzieć pewne sprawy, choć znam je już tylko ze słyszenia.

Przeczucia Allie sprawdziły się, mimo że Virgilowi nie stało się nic złego w sensie fizycznym. W marcu tego roku Morgan Earp grał w pulkę w salonie bilardowym Hatcha, kiedy zza szklanych drzwi za jego plecami padły dwa strzały: pierwsza kula trafiła go w kręgosłup, kładąc go trupem, druga, przeznaczona dla jego brata Waytta, naturalnie chybiła.

Wyatt zebrał następnie bandę, w skład której wchodził, rzecz jasna, Doc Holliday i jeszcze jeden brat, Warren, po czym w następnych miesiącach ścigał i zabijał, czasami z zimną krwią, ludzi, których słusznie czy niesłusznie obarczał odpowiedzialnością za strzelanie w plecy swoim braciom. Szeryf Behan jeszcze raz próbował aresztować go za morderstwo, ale jak zwykle nic z tego nie wyszło, bo banda

Earpa opuściła Terytorium Arizony. Tymczasem Allie i Virgil przenieśli się do Kalifornii, gdzie Virgil, zdaje się, znów został gdzieś marszalem mimo swego kalectwa. Kilka lat później Doc Holliday zakasłał się na śmierć w Kolorado. Co do Kate Elder, to miałem szczęście nigdy więcej już jej nie spotkać, i nigdy nie słyszałem, co się z nią dalej działo poza raczej nieprzyzwoitą relacją o jej śmierci, w którą nigdy nie wierzyłem i której nie będę powtarzał – bo znacie moje zasady, jeżeli chodzi o płeć piękną – poza tym, że miała rzekomo zginąć od zbłąkanej kuli, która nie pozostawiła w jej ciele żadnego dodatkowego otworu.

Ze względu na moje zajęcie w obu miastach, mówiłem o wydobywaniu srebra w Tombstone nie więcej niż o długorogim bydle w Dodge, chociaż jedno i drugie stanowiło podstawę egzystencji tych miast, ale muszę ze wstydem przyznać, że niewiele wiedziałem o tych zawodach, i nie chcę udawać, że było inaczej; byleście tylko nie zapominali, że moje opowieści o strzelaninach i pijaństwach, o pokerze, faraonie i królowych nocy nie przedstawiają całości ani nawet większej części życia na starym Zachodzie: to tylko ta część, o której ludzie lubią słuchać. Prawdę mówiąc, wkrótce Tombstone było znane reszcie świata tylko z tego, bo po kilku latach od mojego tam pobytu woda, tak drogocenna na powierzchni ziemi w tej okolicy, pojawiła się tak obficie pod ziemią, że kopalnie srebra zostały zalane i nie było już dostępu do żył rudy, a pompowanie wody kosztowało więcej, niż wart był wydobyty kruszec, gdyż pozyskiwanie srebra z rudy jest bardzo kosztowne. Tak więc kopalnie i związane z nimi zakłady zostały zamknięte, a Tombstone groziła dobrze znana degradacja do stanu miasta widma, kiedy ktoś wystąpił ze znakomitym pomysłem, żeby zacząć sprzedawać to, czego Tombstone ma w obfitości i czego nikt nie może mu odebrać, a mianowicie jego krwawą historię. I, jak słyszę, turyści do dzisiaj przybywają oglądać regularnie odtwarzane sceny śmiertelnej walki, jaka rozegrała się za rogiem, kawałek od Corralu OK.

Zanim zapomnę, muszę powiedzieć, że jeszcze z Tombstone odesłałem pocztą pieniądze, które pożyczyłem od Klausa Kappelhausa podczas mojego pospiesznego wyjazdu ze szkoły dla Indian, i to samo zrobiłem w przypadku Długonogiej Lulu z Samotnej Gwiazdy w Dodge, załączając pocztówkę – bo tak lubiła je otrzymywać – która przedstawiała wnętrze Schieffelin Hall, a ja napisałem, że tak wygląda mój dom. Uśmiała się, kiedy jej to odczytano.

Nie wysłałem żadnych pieniędzy pani Agnes Hickok, żeby zastąpić te, które dostałem od Dzikiego Billa i zgubiłem, a to dlatego, że nie miałem jej adresu.

Zatem dokąd skierowaliśmy się ze Wspólnikiem po opuszczeniu Tombstone? Otóż może pamiętacie, że podczas mojego z Batem pobytu w Nebrasce, dla ratowania tego nicponia Billy'ego Thompsona, w czym pomógł nam Buffalo Bill Cody, ten ostatni mówił o przedstawieniu objazdowym, które zamierzał przygotować, i zaprosił Bata i mnie do wzięcia w nim udziału. W rzeczywistości chodziło mu o Bata i zapewne włączył mnie tylko przez grzeczność, ale przypomniałem sobie to teraz i pomyślałem, że chociaż nie posiadam żadnych szczególnych talentów w jeździe konnej, strzelaniu czy podobnych umiejętnościach, to mogłem się na coś przydać i byłem gotów pracować jako robotnik, byleby tylko mieć jakiś związek ze światem artystycznym, który pociągał mnie tym bardziej, im więcej go oglądałem z pozycji widza. Nie wstydzę się przyznać, że potrafiłem wyobrazić sobie siebie na miejscu tego gościa z anegdoty, co to robił słoniom z cyrku lewatywy i często wychodził z tego obfajdany, ale nie rezygnował z pracy, bo nie umiał zerwać ze sceną. Tamtą na wpół poważną propozycję Cody'ego uznałem za swoją życiową szansę.

Opuszczę teraz szczegóły naszej wyprawy do Nebraski i przejdę bezpośrednio do North Platte, gdzie słusznie postanowiłem – przed udaniem się do Gościnnego Wigwamu – zajrzeć najpierw do saloonu Dave'a Perry'ego, choć był dopiero późny ranek, ale Buffalo Bill już znajdował się na stanowisku, z brzuchem przy barze i jak zwykle w otoczeniu grupy słuchaczy. Tym razem jego tematem był patriotyzm, George Washington i drzewo wiśni, latawiec Bena Franklina, jazda Paula Revere'a i tak dalej, aż wreszcie podniósł szklankę ze słowami:

– Wypijmy za Toma Jeffersona, który był znany z tego, że nie wylewał za kołnierz.

Potem zostałem przez niego zauważony, choć nie widział mnie od dwóch lat, a poza tym skupiał wtedy swoją uwagę na Mastersonie, a biorąc pod uwagę wszystkich tych ludzi, z którymi miał od tego czasu do czynienia, gdy wędrował po kraju i występował w przedstawieniach, nie mówiąc już o ostrym piciu, obawiałem się, że nie uwierzy, kiedy mu przypomnę o naszym ostatnim spotkaniu. Ale Cody był kimś wyjątkowym, co, mam nadzieję, uda mi się udowodnić.

– Miło pana znów widzieć, kapitanie! – zawołał serdecznie, po czym zwrócił się do otaczającej go gromadki: – Przepuśćcie, chłopcy, kapitana Jacka, żeby mógł też przepłukać gardło. – Po czym obdarzył mnie potężnym uściskiem dłoni, przy którym wszystkie inne wydają się słabe. – A jak się ma mój przyjaciel, pułkownik Masterson? – Ubrany był w jedną z tych swoich kurtek z jeleniej skóry, jeszcze bardziej wymyślną od tych, które widziałem na nim wcześniej, z frędzlami na frędzlach, paciorkami na paciorkach i wyszywaniami takoż, a na głowie miał ogromne białe sombrero, stanowiące widocznie część jego kostiumu scenicznego, bo w każdym innym miejscu byłoby całkowicie niepraktyczne, chociaż Cody potrafiłby wyjść w nim nienagannie czysty nawet z burzy błotnej.

Odczekawszy jakiś czas dla przyzwoitości, poruszyłem sprawę, w której przyjechałem.

– Może pan nie pamięta, ale kiedy byliśmy tu z Batem, wspomniał pan o widowisku...

– Pozwoli pan, kapitanie, że go uprzedzę – powiada, dając znak pozostałym, żeby się zbliżyli teraz, kiedy mnie już przepuścili, bo Cody lubił być otoczony ludźmi, zwłaszcza kiedy popijał. – Nie tylko ponawiam moje osobiste zaproszenie, żeby wziął pan udział w tym przedsięwzięciu, ale stwierdzam, że jego pierwsza faza jest już w toku. Nie mógł pan przybyć w dogodniejszym momencie, kapitanie. Wypijmy za

to! – Po kilku wielkich łykach wyjaśnia: – Ku mojemu nie-
przyjemnemu zdziwieniu nie zaplanowano żadnych lokalnych obchodów z okazji rocznicy urodzin naszego narodu,
która nastąpi szybciej, niż się spodziewamy. Żaden szczery
patriota nie może stać spokojnie, kiedy lekceważy się pełen
chwały dzień Czwartego Lipca. Nie mógłbym już nigdy spojrzeć w twarz mojej żonie i rodzinie, nie mówiąc o rzeszach
braci Amerykanów, którzy oczekują czegoś innego. Dlatego
też naszkicowałem pewne wstępne pomysły. Biorąc pod
uwagę, że będzie to w lecie i że tutaj, w North Platte, nie
mamy krytej sceny, która pomieściłaby to, co zaplanowa-
łem, a co obejmowałoby polowanie na bizony oraz zawody
w jeździe konnej, chwytaniu cieląt i strzelaniu do celu, i tak
dalej, trzeba pomyśleć o otoczonym płotem torze wyścigo-
wym na skraju miasta, który powinien być do tego idealny.
Mam zamiar namówić kilku naszych hojnych biznesmenów –
tu uchylił ronda swojego wielkiego białego kapelusza w stronę stojącego za barem Dave'a Perry'ego, który na ten sy-
gnał napełnił wszystkie wyciągnięte w jego stronę szklanki – żeby zainwestowali w nagrody.

Zauważyłem, że Cody wszystko przedstawia od strony
pozytywnej, co niewątpliwie miało związek z jego popularnością, bo poprawiało ludziom samopoczucie. Weźmy to „zainwestować", choć mógł przecież powiedzieć zwyczajnie, żeby
dali jak na cel dobroczynny. W jego ustach brzmiało to jak
jakiś dochodowy interes, co zresztą okazało się prawdą.

W optymizmie Cody'ego ciekawe było to, że z początku
brzmiał on przesadnie, ale kiedy dotyczył spraw rozrywki,
okazywał się zwykle całkiem umiarkowany. Oceniał, że jego
pokazy z okazji Czwartego Lipca przyciągną może około setki
współzawodników. Tymczasem kiedy nadszedł ten dzień,
zgłosiło się ich około tysiąca i prawie wszyscy mieszkający
w owym czasie w zachodniej Nebrasce, północno-wschod-
nim Kolorado i w górnym Kansas zjawili się jako widzowie,
tak więc okazało się, że miejscowi kupcy faktycznie zainwestowali w udane przedsięwzięcie, biorąc pod uwagę to, co
goście zjedli, wypili i kupili w North Platte.

Ja też miałem w tym swój udział, jak również dach nad głową dla mnie i Wspólnika w jednej z przybudówek Gościnnego Wigwamu. Chociaż radziłem sobie nieźle z jednym i drugim, to nigdy nie twierdziłem, że jestem wyborowym strzelcem albo mistrzem woltyżerki, i przez całe życie byłem wystarczająco sprytny, żeby nie udawać kogoś, kim nie jestem, jeżeli istniało duże prawdopodobieństwo, że mogę zostać poddany próbie. W czym więc mogłem być przydatny Cody'emu w tym momencie? Bo przy całej swojej hojności Cody nie był naiwny, kiedy chodziło o jak najlepsze wykorzystanie otaczających go ludzi, toteż wkrótce ustalił, która z moich umiejętności była mu najbardziej przydatna. Możecie się roześmiać, kiedy usłyszycie, o co chodziło. Cody uznał, że najlepiej mogę mu służyć jako jego osobisty, hm, chyba najwłaściwszym określeniem byłoby barman, chociaż on nadał mi zaszczytny tytuł kwatermistrza.

Możecie się zastanawiać, po co Cody'emu potrzebny był ktoś zawiadujący zapasami trunków, skoro spędzał tyle czasu w saloonach, ale przecież planując widowiska na świeżym powietrzu, musiał przebywać też w polu. Musicie wiedzieć o Buffalo Billu jedno – jego widowiska nigdy nie odniosłyby takiego sukcesu, jaki odniosły, gdyby nie wkładał serca w ich planowanie i realizację. Nie spotkałem w życiu nikogo, kto pracowałby ciężej niż Bill Cody, a wydawało się, że energię czerpie z takiej ilości alkoholu, która przeciętnego człowieka zwaliłaby z nóg.

Rzecz w tym, że nie mógł się pokazywać z butelką, bo dzieci zaczęły już szukać w nim autorytetu, a ponadto nie chciał, żeby ktoś myślał o nim jako o pijaku. Możecie się śmiać, kiedy powiem, że nim nie był, ale nigdy nie widziałem go w gorszym stanie niż, można powiedzieć, pod dobrą datą, na pewno nigdy w sytuacji upokarzającego i odrażającego oszołomienia, co było w owych czasach dość powszechne wśród ludzi, którzy przyjmowali do organizmu znacznie mniej niż on.

I tak Cody sprawił mi lekki wóz, ciągniony przez jednego konia, z brezentowym pokryciem jak miniatura krytego wozu preriowego. Wnętrze zostało wyposażone w małe biurko oraz pudła pełne papierów, ksiąg rachunkowych i tym podobnych, dzięki czemu mógł go nazywać swoim „sztabem polowym", bo Cody zawsze musiał nadać jakąś szczególną nazwę wszystkiemu, z czym miał do czynienia. Wóz był dość duży, żeby mógł wejść do środka i zasiąść za biurkiem, jakby zamierzał popracować nad rachunkami, tylko że pod papierami kryły się butelki z różnymi trunkami, każdy rodzaj w swoim własnym pudle, oznakowanym zgodnie z kodem znanym tylko mnie i jemu, na przykład „Rachunki do zapłacenia" mogło oznaczać dżin, a „Nowe wydatki" – brandy i tak dalej.

Stawiałem ten pojazd w pobliżu toru wyścigowego, na którym miały się odbyć pokazy, a potem, już w czasie samych występów, Bill co jakiś czas zaglądał do wnętrza wozu dla uzupełnienia energii. Był tak zadowolony z tego, jak wywiązywałem się ze swoich obowiązków, że zaproponował mi stałe zatrudnienie na podobnych zasadach podczas występów objazdowych, które zaczął przygotowywać na podstawie tego upamiętnienia Dnia Niepodległości.

Byłem oczywiście zadowolony, że znalazłem sobie nowe miejsce w życiu, ale nie zachwycało mnie, że wykonuję zasadniczo tę samą pracę, od której chciałem uciec, choć teraz nie robiłem już tego w zadymionej sali pełnej szulerów, gotowych w pewnej chwili wyjść na zewnątrz i podziurawić się kulami. Przedstawienia Cody'ego były zdrowe od samego początku, przyzwoita rozrywka dla całej rodziny, i nigdy się nie słyszało wśród artystów plugawego języka nawet we własnym gronie ani nie zdarzały się wśród nich burdy. Było to właśnie takie towarzystwo, jakiego szukałem w tym okresie swojego życia. Musiałem jednak wpaść na jakiś pomysł niezależny od tego wozu z napitkami, który spodobałby się Cody'emu, ale nie miałem warunków do popisów konnych czy strzeleckich i powiadam wam, że oglądając różne występy, także w wykonaniu amatorów, doszedłem do przekonania, że za pomocą najwytrwalszych nawet ćwiczeń nie wybiję się ponad przeciętność. Najzwyklejsi kowboje potrafili zmusić swoje konie do tańca na tylnych nogach, a parobkowie, którzy po całych dniach przerzucali siano i szuflowali nawóz, trafiali z rewolweru w rzuconego srebrnego dolara. Musiałem więc użyć swojego mózgu, z którego od dawna nie korzystałem, bo w przeciwnym razie wyjechałbym z Tombstone dużo wcześniej. Zacząłem od tak dobrego pomysłu, że Cody sam wpadł na niego już wcześniej, a nawet przystąpił do jego realizacji przy pomocy szeroko wówczas znanego majora Franka Northa, który jeszcze w latach sześćdziesiątych zorganizował z Paunisów oddział zwiadowców, który wszedł w skład armii Stanów Zjednoczonych, i kiedy budowano linię kolejową przez prerię, a ja byłem zatrudniony jako woźnica, poznałem Northa, który nie miał o mnie wysokiego mniemania, i przynajmniej jeden z jego bystrookich Paunisów pamiętał, że w ostatniej potyczce z ich tradycyjnymi przeciwnikami Czejenami występowałem po przeciwnej stronie, więc czułem się bardzo niezręcznie, dopóki uwagi wszystkich nie przyciągnęła bitwa.

Tak jest, mój pomysł dla widowiska Cody'ego polegał na tym, żeby włączyć do niego Indian, przez co rzecz jasna rozumiałem tych, których znałem najlepiej, a więc Czejenów, którzy byli wspaniałymi jeźdźcami, chociaż nigdy nie popisywali się sztuczkami, jeżeli nie miały one jakiegoś konkretnego celu, jak zawiśnięcie na boku galopującego konia dla osłony przed strzałem, i znakomicie strzelali z łuku podczas jazdy, co wymagało kierowania zwierzęciem samymi nogami. Uważałem, że zwłaszcza w miastach, które Cody chciał odwiedzić ze swoimi występami, biała widownia uzna takie popisy – nie związane z żadnym dla niej zagrożeniem – za wielce interesujące, podczas gdy po stronie indiańskiej byłby to sposób na otrzymanie zapłaty za wykazanie się zręcznością w zajęciach, które były niemile widziane lub nawet zakazane w rezerwatach.

Otóż pomysł był tak dobry, że jak już wspomniałem, Cody sam na niego wpadł i jak we wszystkim, co dotyczyło występów publicznych, poszedł znacznie dalej, niż przewidywała moja ograniczona koncepcja.

– Madera, kapitanie, jeżeli można prosić – powiedział, siadając przy tym małym biurku w wozie, i poklepał się w okolicy żołądka. – Jestem dziś pozbawiony swojej zwykłej strawy. – Znalazłem butelkę pod jakimiś księgami w pudle oznaczonym jako „Sprawy do załatwienia" i nalałem mu pełen cynowy kubek. Pociągnąwszy tęgi łyk, powiada: – Jeżeli chodzi o pańską sugestię, to jestem za. – Uśmiechnął się szeroko, unosząc kubek w toaście. – Dołączy do nas major Frank North z grupą Paunisów.

– Paunisów! – zawołałem z instynktowną odrazą, która u kogoś innego mogłaby wywołać ciekawość, ale Cody nie zauważał rzeczy o charakterze negatywnym.

– Świetni faceci – powiada. – Znamy się od dawna! – Miał na myśli bitwę przy Summit Springs z Czejenami Wysokiego Byka, a jeżeli chodzi o samego Northa, to on i Cody mieli jeszcze do spółki ranczo nad rzeką Dismal, nie miałem więc szans, żeby wyperswadować mu ten pomysł, a skoro mieli tu być Paunisi, to na pewno nie mogłem zaprosić Czejenów, ze względu na zadawnioną wrogość między tymi dwoma plemionami.

Frank North miał sprowadzić nie tylko wojowników z plemienia Paunisów, lecz także kobiety i dzieci, i wznieść wioskę na terenie pokazów, tam gdzie w danym momencie się odbywały, żeby biali mogli z bliska przyglądać się, jak czerwonoskórzy gotują i spożywają swoje posiłki, a także jak spędzają noce, natomiast w samym widowisku Indianie mieli nie tylko jeździć na koniach jak w moim projekcie, ale także napadać na dyliżans, używając, rzecz jasna, ślepych nabojów, po czym mieli zostać przepędzeni przez Buffalo Billa na czele białych zwiadowców i kowbojów. Później wielki taniec ze skalpami po to, żeby w wielkim finale otoczyć chatę bezbronnego osadnika z rodziną, i kiedy już mieli ją podpalić, jak spod ziemi pojawiał się znów Buffalo Bill ze swoimi ludźmi. Paunisi występowali w tych rolach jak na ironię, bo w prawdziwym życiu zawsze byli sojusznikami białych. Można powiedzieć, że w tym widowisku grali rolę Czejenów.

Otwarcie pierwszego sezonu nastąpiło na wiosnę i nie

będę opisywał wszystkiego dzień po dniu, ale przedstawię tylko ważniejsze wydarzenia, wśród których było też wiele niekorzystnych, począwszy od próby z napadem Indian na dyliżans do Deadwood, z udziałem majora Northa i Paunisów oraz burmistrza Colville w Nebrasce i kilku radnych w roli pasażerów. Otóż szarża Indian, wydających okrzyki wojenne i palących ze ślepaków, spłoszyła muły, które poniosły, co podnieciło Indian jeszcze bardziej, i przez dłuższą chwilę tylko woźnica i jego pasażerowie wiedzieli, że coś jest nie tak. Kiedy wreszcie pojazd udało się zatrzymać, burmistrz wyskoczył z niego i choć ledwo trzymał się na nogach, chciał rzucić się na Cody'ego za ten, jak uważał, głupi żart.

Potem w Omaha, pod koniec maja osiemdziesiątego trzeciego roku, Doc Carver, będąc na kacu, nie mógł wcelować w szklane kule rzucane w górę podczas popisów strzeleckich, za co został wygwizdany przez widownię, która zażądała, żeby zastąpił go sam Buffalo Bill, czym Doc poczuł się urażony, ale powinienem zacząć od wyjaśnienia, kto to był. Cody poznał go w Nowym Jorku, kiedy występował tam w teatrze. W. F. Carver był mistrzowskim strzelcem, który podróżował ze swoimi popisami nawet po Europie, i mógł wyłożyć tyle pieniędzy, że Buffalo Bill przyjął go jako pełnoprawnego wspólnika w przedsięwzięciu noszącym teraz nazwę: „Góry Skaliste i preria. Wystawa Cody'ego i Carvera".

Carver chwalił się też dużym doświadczeniem w walkach z Indianami, bliską zażyłością z Dzikim Billem Hickokiem oraz innymi osiągnięciami, choć wszystkie one były zmyślone, co łatwo mógł stwierdzić ktoś (zgadnijcie, kto?), kto mógł rzeczywiście poszczycić się tym wszystkim, ale tego nie robił. Cody prywatnie powiedział mi kiedyś, że Doc „podbijał Zachód na stołku od pianina". I wiecie, dlaczego nazywano go Doc? Był jeszcze jednym cholernym dentystą! Na domiar wszystkiego, chociaż ubierał się w wyszywane kurtki z jeleniej skóry i zapuścił długie włosy jak jego wspólnik, nie „miał jego odporności na alkohol i ilekroć go widziałem, zawsze był wyraźnie pod muchą. Kiedy jednak pod koniec pierwszego sezonu zerwał z Codym, twierdził, że zrobił to, bo Buffalo Bill stale był pijany.

Bardziej obliczalnym strzelcem i sympatyczniejszym człowiekiem był kapitan Bogardus z czwórką synów, a i sam Cody znakomicie strzelał z siodła, bo nawet jeżeli nigdy nie jeździliście konno, możecie sobie wyobrazić, co to znaczy trafić w galopie siedemdziesiąt pięć szklanych kul na sto z odległości dwudziestu jardów. Niektórzy podawali to w wątpliwość, podobnie jak inne osiągnięcia strzeleckie w tych występach, bo w strzelbach i rewolwerach używano luźnego śrutu zamiast kul. Początkowo stosowano ołowiane pociski, ale odkąd wybito szyby w odległości pół mili i omal nie podziurawiono paru obywateli, zaczęto używać pół ładunku prochowego i ćwierć uncji śrutu numer siedem i pół, w razie gdybyście chcieli wypróbować to sami, ale nie radzę robić tego w domu, nawet ze zwykłą wiatrówką, bo prędzej czy później ktoś straci oko.

Później sam Cody miał pecha. Byliśmy wtedy w Indianapolis. W stadzie bizonów, które podczas każdego przedstawienia wypędzano na ogrodzoną przestrzeń, gdzie poszczególne zwierzęta chwytano na lasso, ale nie zabijano, znajdował się jeden duży byk, którego nikt nawet nie próbował łapać, tak był potężny i zły od początku, a teraz po każdym przedstawieniu stawał się coraz bardziej złośliwy. Cody jednak z zasady próbował wszystkiego i namawiał czołowego jeźdźca, niejakiego Bucka Taylora, reklamowanego jako „król kowbojów", ogromnego chłopa dobrze ponad dwa metry, żeby nie tylko złapał tę bestię na lasso i powalił, ale wsiadł jej na grzbiet i pojechał!

– Za nic w świecie – powiedział Buck, mając na myśli jazdę, ale wspólnie z Jimem Lawsonem zarzucili liny na byka, którego nazywano Monarchą, i zdołali go obalić.

Mógłbym przy każdym epizodzie powtarzać, że Buffalo Bill opowiadał więcej bajek niż ktokolwiek ze znanych mi ludzi, ale jednocześnie robił rzeczy, które wykraczały poza przeciętny poziom odwagi, a nawet zdrowego rozsądku.

Teraz podszedł do miejsca, w którym Monarcha leżał

powalony, ale tak się wyrywał, że Buck i Jim z największym trudem go utrzymywali. W formie żartu Cody jeszcze raz zaproponował Taylorowi, żeby dosiadł byka, bo lubił się z nim drażnić, ale zaraz przyznał, że nawet Jim Bullock, najlepszy ujeżdżacz byków w zespole, nie podszedłby do Monarchy.

– Wobec tego – powiada Buffalo Bill – chyba pozostaję tylko ja.

I wierzcie mi albo nie, wsiadł na grzbiet tego rozwścieczonego byka, który, kiedy go puszczono, z ciągnącymi się jeszcze za nim linami, zrobił może trzy kroki, a potem wierzgnął z całą mocą swojego potężnego włochatego cielska, z potwornym łbem opuszczonym do ziemi, z wytrzeszczonymi oczami, parskając przez rozdęte nozdrza, i Cody wyleciał wysoko w powietrze, a potem spadł z taką siłą, że przez dobrą chwilę nie mógł oddychać ani wydobyć z siebie słowa.

Widzowie nagrodzili go gromkimi brawami, uważając, że jest to część widowiska, a pozostali aktorzy, włącznie z Indianami, zostali nauczeni przez samego Billa, żeby kontynuować przedstawienie bez względu na to, co się stanie, tak więc podczas gdy jego odwożono do szpitala, trwał atak czerwonoskórych na chatę osadnika – z tą tylko różnicą, że tym razem zabrakło Cody'ego na czele odsieczy, bo dubler nie był przewidziany. Zresztą któż mógłby zastąpić Buffalo Billa?

Cody pozostał w szpitalu przez kilka tygodni i dołączył do nas w Chicago, całkowicie wyleczony po ostatnim popisie, ale wtedy zdarzyło się coś gorszego. Musiał czym prędzej wracać do swojego domu w Nebrasce, w którym spędzał tak mało czasu, z powodu choroby jednego ze swoich dzieci, które go tak rzadko widywały, a mianowicie jedenastoletniej Orry. Spędzając zimy na jego ranczo, prawie nie widywałem jego małżonki i córeczek, do tego stopnia jego żona Louisa, którą on nazywał Lulu, trzymała się z daleka od wszystkich i wszystkiego, co wiązało się z pracą zawodową Billa, uważając, że są to sprawy poniżej jej godności, i może miała rację, ale z pewnością to ich do siebie nie zbliżało. A teraz mała Orra umarła, tyle że on przynajmniej był obecny przy tym smutnym wydarzeniu, a nie spóźnił się, jak w przypadku małego synka, który umarł poprzednio.

Nieobecność Cody'ego oznaczała, że nie mam nic do roboty, bo nadal pełniłem obowiązki jego barmana albo w jego namiocie, albo w prywatnym wagonie kolejowym. Nawiasem mówiąc, Wspólnik wszędzie mi towarzyszył i podróżowaliśmy razem w małym przedziale, który oddzieliłem ścianą w jednym z wagonów dla zwierząt, w tym przypadku dla koni, które mniej śmierdziały i hałasowały niż byczki i bizony. Trzymałem się osobno, bo nie chciałem, żeby biali artyści skarżyli się na Wspólnika, a do Indian nie zamierzałem się zbliżać, bo bałem się, że mogą go zjeść.

Mówiąc o Indianach w widowisku, które po odejściu Carvera nazywało się teraz „Dziki Zachód Buffalo Billa", wymieniałem jak dotąd tylko Paunisów majora Franka Northa, których unikałem ze znanych powodów, ale w rzeczywistości Cody zdołał ściągnąć również niewielką reprezentację Siuksów, podobnie jak Czejenowie historycznie wrogich Paunisom i zawsze toczących z nimi wojny. Tymczasem w „Dzikim Zachodzie" te dwie grupy obozowały obok siebie zupełnie zgodnie we wszystkich miejscowościach. To obozowisko uważano za część widowiska i publiczność przychodziła, żeby ich oglądać, bo Indianie rzeczywiście mieszkali w tipi, gotowali strawę na ogniskach, a co jakiś czas przychodziły na świat dzieci zgodnie z obyczajem czerwonoskórych, a nie w szpitalu, i matki nosiły je na plecach, a biali widzowie nazywali je z indiańska „papuz".

Poznałem tam młodego człowieka nazwiskiem Gordon Lillie, zatrudnionego jako tłumacz, bo poprzednio pracował w rezerwacie Paunisów na Terytorium Indiańskim, i to on powiedział mi, że te dwie grupy plemienne, odczuwając w tej sytuacji naturalną rywalizację jak dwie drużyny basebalowe, tolerowały się nawzajem i, jak wynikało z jego obserwacji, nigdy nie doszło między nimi do awantur. Zmusiło mnie to do refleksji, że nawet ja chwilami nie doceniałem czerwonoskórych. Mieli tutaj pod dostatkiem jedzenia, przyzwoitą jak na tamte czasy zapłatę i podziw białej publiczności tylko za udawanie czegoś, co do niedawna robili naprawdę, czyli napadów na dyliżanse i osadników, a po przedstawieniu byli po prostu sobą, ludźmi, którzy mają żony, dzieci i przenośne domy, o dwie rzeczy więcej niż ja. Nie mieli spornego terytorium ani koni, które mogliby sobie nawzajem kraść, nie było więc powodów do wojny.

Nawiasem mówiąc, Lillie przybrał później pseudonim Paunis Bill i przez jakiś czas prowadził własne widowisko objazdowe.

Kiedy „Dziki Zachód" zakończył tej jesieni występy w Omaha, opowiedziałem Cody'emu o moich dawnych związkach z Czejenami i zaproponowałem, że pojadę do ich rezerwatu i wynajmę grupę na następny sezon, na co on, że proszę bardzo, im nas więcej, tym weselej, co było dla niego typowe. Siedzieliśmy u niego na ranczo w North Platte wraz z gromadą innych uczestników widowiska, wśród których był nawet jeden Indianin czy dwóch, i Cody rozgrzany alkoholem, w pożyczonym od kogoś wyświechtanym cylindrze, snuł opowieści, z których słynął, a które jednak, o dziwo, często nie dorównywały jego prawdziwym przygodom, czego dowiedziałem się dopiero później, kiedy kilku oficerów armii amerykańskiej, dla których działał jako zwiadowca, opisało jego wyczyny, nazywając go człowiekiem skromnym, bo sam o nich wspominał rzadko lub wcale. Moje własne poglądy ulegały zmianie, w miarę jak go lepiej poznawałem, i w każdym miejscu tej opowieści staram się przekazać, co sądziłem w tamtym czasie.

Początkowo, opierając się na tym, co słyszałem od ludzi, uważałem go za samochwała. Myliłem się. Jeżeli nie wynalazł nowego stylu, to w każdym razie go udoskonalił, a teraz rzecz jasna mieszanie prawdy i zmyślenia stało się standardem i są one tak ściśle splecione, że nie da się już ich oddzielić, a każdy, kto próbowałby się tym zająć, naraziłby się na groźbę utraty zmysłów. Myślę, że wyłącznie dzięki temu ktoś w ogóle w tym kraju zostaje wybrany na urząd publiczny.

12. MAŁA PANI BUTLER

I tak pod koniec zimy udałem się na Terytorium Montany i zwerbowałem grupę Czejenów, w większości mężczyzn, ale też kilka kobiet, wyłącznie zamężnych i z dziećmi, i sprowadziłem ich do St. Louis, gdzie „Dziki Zachód" miał rozpocząć następny sezon.

Przez wzgląd na Buffalo Billa i jego zwyczaj przedstawiania wszystkiego w jasnych barwach, a także ludzi, którzy tam mieszkają do dzisiaj, nie będę się rozwodził nad rezerwatem Tongue River, bo chociaż niewątpliwie było to coś lepszego niż miejsce, do którego Czejenowie byli początkowo zesłani na Terytorium Indiańskim, to i tak daleko mu było do miejsca, w którym chcieliby mieszkać na stałe, gdyby mieli moje możliwości wyboru.

Nie otoczyły mnie tłumy Indian chcących wyjechać w nieznane i wystąpić w jakimś przedstawieniu organizowanym przez ludzi, którzy wymordowali tylu Czejenów i odebrali im ziemię.

Usiłowałem tłumaczyć, że to nie są ci sami biali ludzie, ale utrudniało mi to własne sumienie, bo w rzeczywistości dwaj najważniejsi Indianie, których zabicie przypisywano Cody'emu, kiedy służył w armii jako zwiadowca, Wysoki Byk i Żółta Ręka, byli Czejenami, pozostawało mi więc tylko wzywanie do zakopania topora wojennego i powoływanie się na to, że Siuksowie występują w widowisku, nie wspominając już o Paunisach. Dlaczego więc zarówno ich przyjaciele, jak i wrogowie mieliby zarabiać, a oni nie? Na co oni natychmiast odpowiadali, że są zbyt dobrze wychowani, żeby komentować gusta swoich przyjaciół i sojuszników, ale jeżeli chodzi o tak nędzne plemię jak Paunisi, to można powiedzieć, że wszystko, co oni robią, wywołuje u Ludzi odruch wymiotny.

Trzeba było podjąć niemały wysiłek, żeby się tam dostać, bo z pomocą Cody'ego musiałem uzyskać pozwolenie agenta rządowego na rozmowę z tymi ludźmi, które musiało zostać potwierdzone przez Waszyngton, a jeżeli człowiek chciał, żeby Indianie go słuchali, to musiał przyjść do nich z przyzwoitymi prezentami, bo dawno już minęły czasy, kiedy przyjmowali garść szklanych paciorków, zainwestowałem więc w bele dobrego sukna i jedzenie, które, jak wiedziałem, lubili – zresztą cukier, kawę i bekon powinni otrzymywać od rządu, ale często racje do nich nie docierały ze względu na nieuczciwości w łańcuchu dystrybucji.

Nie chcę się skarżyć, bo to był mój pomysł, ale faktem jest, że nie udawało mi się dotrzeć do ludzi, którym chciałem pomóc, i mógłbym zgorzknieć, podobnie jak wielu odrzuconych dobroczyńców, gdybym nie otrzymał niespodziewanej pomocy.

Powinienem zacząć od tego, że wśród Indian mieszkających w pobliżu biura agenta, gdzie ustawiłem swój wóz z prezentami i gdzie je rozdawałem, nie rozpoznałem ani jednej duszy zarówno z moich dawnych czasów wśród tego plemienia, jak i spośród tej małej grupki więźniów z Kansas, towarzyszy Dzikiej Świni, których tu przysłano, kiedy władze odstąpiły od zarzutów, ale wyżej wymieniony nie nabrał do mnie sympatii, nawet kiedy im pomogłem, i może mój widok tylko by im przypominał ciężkie czasy i trzymaliby się ode mnie z daleka. A moi dawni przyjaciele pewnie już nie żyli.

Jednak właśnie kiedy miałem już zrezygnować i wrócić do Buffalo Billa z pustymi rękami, dowodząc, że moją jedyną umiejętnością jest przelewanie trunków z butelki do szklanki, pojawił się jako spóźniony gość i przywitał się serdecznie nikt inny, tylko ten młodzieniec ze szkoły prowadzonej przez majora i Amandę Teasdale, Wychodzący Wilk, którego jeżeli pamiętacie, wyciągnąłem w żeńskim internacie z łóżka dziewczyny z plemienia Kiowa, ale sam zostałem przyłapany w sytuacji wyglądającej na kompromitującą. Zsiadłem z wozu, uścisnąłem jego rękę i wyraziłem żal, że wszystkie prezenty zostały już rozdane.

– Cieszę się, że cię widzę – powiedział Wilk. Przybyło mu parę lat i z powrotem zapuścił długie włosy. Miał na sobie ubranie białych ludzi z pewnymi indiańskimi elementami, charakterystycznymi dla mieszkańców rezerwatu: mokasyny i wyszywaną paciorkami kamizelkę, niebieską koszulę i wełniane spodnie. – Nikt nie umiał mi powiedzieć, dokąd pojechałeś, kiedy odszedłeś ze szkoły.

– To stare dzieje – powiadam, nie chcąc mu przypominać, ani sobie też, tamtego zawstydzającego incydentu. – A co tam w szkole? Przyjechałeś na wakacje?

– Wyrzucono mnie i odesłano do domu – mówi Wilk z uśmiechem aprobaty. – Zajęło mi trochę czasu wytłumaczenie Złotemu Liściowi, że to ja spowodowałem całe zamieszanie, bo on mówi tylko po angielsku. Nie zna nawet języka gestów. Szkoda, że wyjechałeś, bo wszystko dobrze się skończyło i mogłeś zostać.

– Jak to: „dobrze się skończyło", skoro cię wyrzucono? – spytałem, chociaż wiedziałem, o co mu chodzi: był bardzo zadowolony, że rozstał się z miejscem, którego nigdy nie lubił. Tymczasem jego odpowiedź nie była tak prosta, jak się tego spodziewałem. W rozmowie z Indianinem zawsze trzeba się z tym liczyć. Oni rzadko patrzą na sprawy tak jak biali, ale nie z powodu głupoty czy niewiedzy. Oni po prostu odpowiadali na inne pytanie, niż nam się wydało, że zadaliśmy.

– Bo już dość się nauczyłem – powiada teraz poważnie. – To znakomita szkoła, a Złoty Liść jest chyba najmądrzejszym białym człowiekiem w tym kraju, razem z twoją kobietą oczywiście.

– Z jaką kobietą?

– Heovo-vese.

– Żółte Włosy nie była moją kobietą!

Wilk uśmiechnął się szeroko.

– Była więc kobietą Złotego Liścia? Czy dlatego uciekłeś? Czy chciał cię zastrzelić?

– Ona nie była niczyją kobietą. – A potem, ponieważ ze mnie żartował, i ja sobie zakpiłem z ubrania białych ludzi, jakie miał na sobie, spodni i koszuli z materiału, i natychmiast tego pożałowałem.

– Kiedy skórzana odzież się zedrze, nie mamy jej teraz czym zastąpić – powiedział. – W okolicy zostało niewiele zwierzyny.

Tymczasem reszta Czejenów, większość z nich również ubrana jak biali ludzie – kobiety w perkalowe suknie, a mężczyźni w dżinsy i te wysokie kapelusze z czarnego filcu, jakich nie widziałem na nikim oprócz Indian – rozeszła się po otrzymaniu prezentów i uprzejmym wysłuchaniu mojej przemowy. Wilk jednak jeszcze jej nie słyszał, więc powtórzyłem ją od początku.

– Jest pod dostatkiem jedzenia doskonałej jakości z dużą ilością mięsa. Cody zapewnia całą odzież i jest to skóra jelenia z autentycznymi ornamentami plemienia. Kobiety dostaną materiały potrzebne do jej sporządzenia albo uszyją ją ludzie, którzy u niego robią kostiumy. Otrzymacie wszystko, włącznie z końmi i bronią, a prócz tego Cody zapłaci każdemu wojownikowi dwadzieścia pięć dolarów miesięcznie. Jeżeli ktoś chce zabrać żonę i rodzinę, dostanie dodatkowo piętnaście dolarów z każdym księżycem.

– Cieszę się, że mężczyźni dostają więcej niż kobiety – powiada Wilk. – U białych kobiety za często rozkazują, jak to było w szkole z Żółtymi Włosami i innymi nauczycielkami.

– To dlatego – mówię – że wojownicy występują w pokazach, napadając na dyliżanse i białych osadników.

Wilk zmarszczył czoło i spytał z całą powagą:

– Gdzie ten człowiek znajduje białych ludzi, którzy godzą się zostać pokaleczeni albo nawet zginąć dla zabawienia innych?

No tak, nikt nie znał Indian lepiej ode mnie, ale moja wiedza zardzewiała. Przeprosiłem go za przeoczenie i powiedziałem, że wszystkie walki są na niby, z użyciem ślepych nabojów, a potem musiałem wyjaśnić, co to jest ślepy nabój, bo Wilk nigdy nie słyszał o amunicji bez kul, która tylko robi hałas. Indianie nigdy nie mieli za dużo nabojów i oczywiście nie potrafili ich produkować, byli więc oszczędni w ich użyciu, a na bliską odległość często korzystali z łuków, rezerwując naboje na dalekie strzały.

– Ja nie mam żony – powiedział następnie Wilk.

Zrozumiałem, że myśli o tych dodatkowych piętnastu dolarach, których nie dostanie jako mężczyzna samotny.

– Oferuję trzydzieści pięć dolarów tylko dla ciebie – powiedziałem – jeżeli namówisz grupę Ludzi do udziału w przedstawieniu. – Po czym odwołałem się do jego próżności: – Zauważyłem w szkole, że jesteś urodzonym przywódcą.

Kiwnął z powagą głową.

– To prawda, ale tylko wśród swoich rówieśników i młodszych. Starsi mężczyźni mogą nie zechcieć pójść za kimś, kto nigdy nie uczestniczył w bitwie. – Zrobił płaczliwą minę. – Rodzice nie pozwolili mi wziąć udziału w bitwie nad Kozią Rzeką. To nieprawda, co, jak słyszałem, mówili niektórzy biali, że to tak zwani chłopcy samobójcy poszli do ataku, żeby odwrócić uwagę żołnierzy i żeby nasi wojownicy mogli ich łatwiej zabić. Amerykanów i tak łatwo było zabijać, bo wszyscy byli pijani. Poszedłem tam dopiero, kiedy wszystkich zabito. Jako uczeń tej bardzo dobrej szkoły nauczyłem się wielu rzeczy i oczywiście teraz już wiem, co to są pieniądze, ale wtedy nie wiedziałem, tak jak i my wszyscy, więc pieniądze tych zabitych żołnierzy wiatr rozwiewał po polu. Niektóre dziewczynki robiły z nich suknie dla lalek.

Jak już mówiłem, rzekę Little Bighorn Indianie zwykle nazywali Tłusta Trawa, bo płynęła przez tereny należące głównie do Siuksów i tak brzmiała jej nazwa w języku Lakotów, ale Czejenowie znali ją wcześniej jako Kozią Rzekę i Wilk, choć jeszcze młody, stał się obrońcą tradycji.

– Nie wiedziałem, że tam byłeś. – Postanowiłem przynajmniej na razie zachować milczenie na temat moich osobistych doświadczeń.

276

– Tylko jako dziecko. Ale wielu dorosłych wiedziało nie więcej niż my, dzieci. Wojownik imieniem Wschodzące Słońce zdjął z trupa żołnierza gruby złoty medal na łańcuszku, który wydawał cykający odgłos, i zawiesił go sobie na szyi. Kiedy następnego dnia rano cykanie ustało, uznał, że czary medalu były dobre tylko dla białych, a złe dla Ludzi, i wyrzucił go do rzeki. – Zęby Wilka błysnęły w jego twarzy, znacznie ciemniejszej, odkąd przebywał głównie na dworze. – Gdybym wtedy chodził do szkoły, mógłbym mu powiedzieć, że to był zegarek. Złoty Liść miał taki sam.

Po takich pogawędkach oraz posiłku, przygotowanym przez jego krewnych z produktów, które im przywiozłem – mieszkał z nimi w tipi, przykrytym starym poszarpanym brezentem, bo skóry bizonów były już rzadkością, i wyczekiwali na obiecany przez rząd transport drewna na chatę, podobnie jak na ziarno do obsiania marnego poletka – po jedzeniu i, rzecz jasna, wypaleniu na ten temat fajki Wilk zgromadził małą grupę dziewięciu mężczyzn, z których sześciu było żonatych i zabrało swoje żony, niektóre z dziećmi, także niemowlętami, i po uzyskaniu niezbędnych pozwoleń, z telegramami krążącymi między mną, Codym a jego przyjaciółmi w rządzie, udaliśmy się do St. Louis parowcem, a potem koleją, którą żadne z nich prócz Wilka nie podróżowało, dzięki czemu mógł potwierdzić swoją dominującą pozycję, bo chociaż dałem wyraz swojego wielkiego szacunku dla Indian, to muszę powiedzieć, że byli bardzo ludzcy w takich sprawach, jak zazdrość czy interes własny.

Nie myślcie sobie, że Wspólnik został w tym wszystkim zapomniany. Spędzał ten czas na ranczo Cody'ego w Nebrasce. Buffalo Bill go lubił i żyło mu się dobrze wśród pracowników i innych psów tam mieszkających. Nie zabrałem go ze sobą tym razem, bo obawiałem się, że Czejenom może przyjść chętka na ich dawny delikates.

Kiedy przyjechaliśmy do St. Louis i spotkałem się ze Wspólnikiem, którego Cody przyprowadził na stację, ostrzegłem Wychodzącego Wilka, żeby on i pozostali Ludzie nie

277

ostrzyli sobie zębów na widok mojego czworonożnego przyjaciela, gdyby mnie kiedyś przy nim zabrakło.

Na to Wilk odparł, że nie muszę się obawiać, bo jego wujek miał kiedyś sen, że umrze, jeżeli zje psa, a kiedy to zrobił, następnego dnia zabił go piorun, i od tego czasu wszyscy w ich wiosce uważają, że psie mięso przynosi pecha.

– Poza tym – dodał – ten twój pies jest za stary do jedzenia. – To mnie trochę pocieszyło: faktycznie, ich przysmakiem była zupa z młodych piesków.

W obozowisku na terenie pokazów Czejenowie rozbili dostarczone przez Cody'ego szałasy obok mieszkań ich przyjaciół Siuksów i dopiero wtedy się dowiedziałem, że Wilk zna język Lakotów. Zdaje się, że jego ciotka, jak więcej czejeńskich kobiet, wyszła za Oglalę i że takie mieszane małżeństwa stały się normalną praktyką po paru pierwszych. Nad Tłustą Trawą ich wioski też sąsiadowały ze sobą. Mimo tych długotrwałych kontaktów ich języki były całkowicie odmienne i jeżeli dany osobnik nie nauczył się języka drugiego plemienia, to musieli rozmawiać na migi. Dopiero kiedy pojechałem do Europy, dowiedziałem się, że bardzo podobnie jest z Niemcami i Francuzami, ale ci nie żyli w wielkiej przyjaźni.

Zapytałem Wilka, czy mógłby tłumaczyć, gdybym kiedyś chciał porozmawiać z Lakotami, na co odpowiedział, że chętnie, ale może wolałbym nauczyć się od niego języka i sam poćwiczyć z grupą Siuksów.

– Więc mam iść do szkoły tak jak ty? – spytałem, żeby się z nim podrażnić. – Mam nadzieję, że będę równie dobrym uczniem jak ty.

– Musisz być równie zdolny jak ja, żeby się tak dużo nauczyć – mówi i przysięgam, że był najzupełniej poważny. – Ale to nie będzie zmarnowany wysiłek.

Myślałem, że majorowi byłoby przyjemnie, gdyby wiedział, że Wilk tak wysoko ceni jego szkołę, ale wstydziłem się napisać ze względu na moją kiepską angielszczyznę, i to nie tyle przed majorem, ile przed Amandą, gdyby pokazał jej mój list.

Po rozstaniu się z Dokiem Carverem, który natychmiast

uruchomił konkurencyjne widowisko, Cody wszedł w spółkę z gościem nazwiskiem Nate Salsbury, który przez dłuższy czas występował na scenie, ale w „Dzikim Zachodzie" zajmował się stroną finansową i nigdy nie brał udziału w przedstawieniach, choć założę się, że chciałby być gwiazdą jak Cody, tylko ani wtedy, ani wcześniej, ani później nie było na świecie nikogo, kto mógłby się równać z Buffalo Billem w tym, co on robił.

Pierwszym krokiem Salsbury'ego było uzyskanie od Cody'ego obietnicy, że skończy z nadmiernym piciem. Ze względu na pracę, do której zostałem przyjęty i którą może w jego wyobrażeniu nadal pełniłem obok obowiązków tłumacza z czejeńskiego, chyba dobrze, że przeczytał mi list, jaki napisał do Nate'a po zawarciu umowy.

Musiałem powstrzymywać się od śmiechu, kiedy obiecywał nie pić podczas okresu ich wspólnictwa więcej niż „dwa lub trzy dziennie dla pokrzepienia się". Można to zrozumieć dwojako, ale może nie był podstępny, tylko próbował oszukać również samego siebie obietnicą, którą ja odczytywałem tak, że może wypić dziennie trzy drinki bez określenia ich objętości, co rzeczywiście w późniejszych latach stało się częścią legendy Cody'ego związaną z tym ograniczeniem: niektórzy mówili, że wypijał trzy duże kufle whisky co dwadzieścia cztery godziny, później zrobiły się z tego trzy beczki. Ja ze swojej strony mogę z czystym sumieniem powiedzieć, że od tego czasu nigdy nie widziałem, żeby wypił więcej ani też – i chyba się tego spodziewaliście – mniej.

– Całe szczęście, że mam to drugie zajęcie – powiedziałem.

– Na pewno coś byśmy dla ciebie znaleźli – powiada. Cody był lojalny wobec otaczających go ludzi, a jego pracownicy stawali się zazwyczaj jego osobistymi przyjaciółmi, bliższymi niż członkowie rodziny. – Powiedz mi jedno, Jack. Czy ci twoi Czejenowie nie mają do mnie pretensji, że kiedyś kilku z nich zabiłem?

– Oni nawet o tym nie wiedzą. – Może mi się zdawało, ale wyglądał na lekko rozczarowanego.

– Słuchaj, Jack – powiada – fajny jest ten twój pies. Kiedy mieszkał u nas w Gościnnym Wigwamie, zauważyłem, że to bardzo pojętna bestia. Czy nauczyłeś go jakichś sztuczek? – Przyznałem, że nigdy nie przyszło mi to do głowy. – Cóż – mówi Cody – mógłbyś się nad tym zastanowić. Ludzie lubią tresowane psy, zwłaszcza dzieci, i taki pokaz mógłby być wielce budujący, gdybyśmy zademonstrowali dobrotliwą dominację wyższego typu mentalności, w tym przypadku człowieka, nad zwierzęciem z korzyścią dla obu gatunków.

Powiedziałem, że pomyślę o tym, ale czy potrafiłbym zachęcić Wspólnika, żeby coś takiego zrobił, to zupełnie inna sprawa, bo chociaż nie wiedziałem, ile ma lat, to zaczynał już z lekka siwieć pod spiczastą brodą i podejrzewałem, że od pewnego czasu nie jest kandydatem do nauki nowych sztuczek.

W tym drugim sezonie naszemu zespołowi zaczęło się jakby lepiej powodzić dzięki zmysłowi handlowemu Nate'a Salsbury'ego, ale za to przytrafiło nam się kilka nieszczęść.

Major Frank North, stary towarzysz Cody'ego z czasów walk z Czejenami, spadł z konia, kiedy podczas przedstawienia w Hartford w stanie Connecticut pękł mu popręg, i został stratowany. Nigdy już z tego nie wyszedł i zmarł w następnym roku.

Kolejny wypadek miał znaczenie tylko czasowe, ale był wielce kłopotliwy i kosztowny. Dawaliśmy tłumnie odwiedzane przedstawienia w większych miastach na Wschodzie, włącznie z Nowym Jorkiem, gdzie nigdy wcześniej nie byłem i teraz też nie zobaczyłem nic poza terenami do gry w polo, na których rozbiliśmy obóz, bo jak do większości miast odwiedzanych przez nas w tym sezonie, przyjechaliśmy tam na jeden dzień, mimo trudów podróży i przygotowań. Muszę tu nadmienić, że „Dziki Zachód" bardzo się rozrósł – z trupą kowbojów, wszystkimi Indianami, a do tego teraz z grupą meksykańskich vaqueros, stadem bizonów, setkami koni, mułów i osłów, dyliżansem do Deadwood oraz innymi pojazdami, składanymi dekoracjami, włącznie z chatą osadnika stanowiącą przedmiot ataku Indian w czasie każdego przedstawienia, brezentowym tłem z malowanymi górami, skrzynkami amunicji i zapasową bronią, strojami, siodłami, podkowami, linami i zapasami trwałej żywności, bo w świeżą musieliśmy się zaopatrywać na każdym postoju. Mieliśmy wędrowne miasteczko w każdym sensie tego słowa.

Otóż cały ten interes wpadł nam tej zimy do Missisipi, kiedy Cody i Salsbury postanowili kontynuować przedstawienia w miesiącach, w których normalnie byłaby przerwa, występując na Południu, gdzie panowała odpowiednia temperatura, w związku z czym załadowaliśmy się na statek w Cincinnati, która to nazwa zawsze budziła we mnie wyrzuty sumienia w związku z panią Agnes Lake Thatcher Hickok i zgubionymi przeze mnie pieniędzmi Dzikiego Billa, ale nie miałem czasu na jej poszukiwanie.

Wędrowaliśmy z biegiem rzeki Ohio, która wpada do Missisipi w mieście Cairo w stanie Illinois, i zatrzymywaliśmy się w różnych miejscowościach po drodze do Nowego Orleanu, ale widzów mieliśmy niewiele, aż w końcu nasz statek na przystani w Rodney Landing zderzył się z innym i zatonął, zabierając ze sobą na dno mnóstwo zwierząt, większość naszych pojazdów, z wyjątkiem dyliżansu do Deadwood, oraz masę innego ekwipunku, ale na szczęście bez ofiar w ludziach i mojego Wspólnika, którego nigdy wcześniej nie widziałem pływającego, a teraz bardzo dzielnie przebierał łapami. Nie muszę dodawać, że ja również dopłynąłem do brzegu.

Jak tylko się pozbieraliśmy i policzyliśmy, Cody znalazł najbliższy telegraf i wysłał do Nate'a Salsbury'ego, przebywającego w tym czasie w Denver, telegram następującej treści: „Sprzęt na dnie rzeki. Radź, co robić". A kiedy Nate odtelegrafował: „Jechać do Orleanu. Reorganizować się", Buffalo Bill zrobił to w ciągu ośmiu dni, sprowadzając nowe stado bizonów, wozy i całą resztę, dając pierwsze przedstawienie zgodnie z rozwieszonymi na kilka tygodni wcześniej ogłoszeniami. Wtedy w Mieście Półksiężyca rozpadało się na następne czterdzieści cztery dni pod rząd, co zatrzymało większość ludzi w domach, i pod koniec zimy zespół miał już przeszło sześćdziesiąt tysięcy dolarów długu. Cody poinformował Salsbury'ego, że ma zamiar udać się do domu i dla odmiany się upić.

Chociaż Buffalo Bill nie odwoływał przedstawienia, jeżeli sprzedano choć trzy bilety, mieliśmy trochę wolnego czasu w Nowym Orleanie, który był wcale ciekawym miastem ze swoją różnorodną ludnością, posługującą się wieloma językami, w tym nie tylko normalnym francuskim, ale również jego wersją znaną lokalnie jako *coonass*, co nie dotyczyło kolorowych, bo czarni mówili językiem, który nazywali *gombo zerbes*, powstałym z połączenia gwar Indii Zachodnich i Afryki ze wszystkimi innymi, a przy okazji wymyślili smakowitą potrawę pod tą samą nazwą, która mogłaby przepalić wam gardło, jeżeli do tego czasu używaliście jedynie soli do steku. Ja sam zjadłem parę razy posiłek w lepszych restauracjach Tombstone, takich jak Maison Doree, i raczyłem się daniami z zagranicznymi nazwami, pod którymi zwykle kryły się znajome mięso i kartofle, ale nowoorleańskie jedzenie było naprawdę inne, może i zawierało nawet jakieś robaki i jaszczurki, ale uważam, że można się w nim z czasem rozsmakować. Domy uciech też były bardzo wymyślne i proponowały rozrywki niedostępne na spędach bydła i w obozach górniczych. Tak mi w każdym razie opowiadali znajomi.

Jeżeli o mnie chodzi, to przeżywałem kolejne zauroczenie szacowną niewiastą, choć macie prawo spytać, dlaczego znów traciłem czas. Mogę tylko powiedzieć, że szedłem za głosem swojej natury, na co możecie spytać, co jest naturalnego w czterdziestoczteroletnim teraz mężczyźnie, którego pociąga wyglądająca na czternastolatkę dziewczyna z grzywką nad czołem i długimi, falującymi, rudymi włosami, spadającymi jej na ramiona i nieco ode mnie niższa, a ja pospieszę odpowiedzieć, że było to uczucie przeważnie ojcowskie, opiekuńcze, a nie romantyczne, bo była śliczna jak obrazek i każdy byłby dumny, mogąc się o nią troszczyć, a może i napisać coś takiego:

Cóż to za mała urocza osóbka,
Co miłość budzi wkoło,
Niczym aniołek, co spłynął z nieba,
Uśmiecha się wesoło.
Pewnie, że kocham to słodkie stworzenie,
Także, gdy smutek pokrywa jej czoło.

Sam, oczywiście, nigdy bym nie napisał tak pięknej poezji i za chwilę powiem, kto to zrobił, ale po raz pierwszy ujrzałem tę uroczą panienkę, kiedy byliśmy nadal w Nowym Orleanie, gdzie obozowaliśmy na deszczu za Parkiem Audubona, a ona weszła do namiotu Cody'ego w towarzystwie kilku mężczyzn, wśród których był nasz rzecznik prasowy John Burke, wielki gruby jegomość znany również jako Major albo Arizona John, bo prawie każdy w otoczeniu Cody'ego musiał mieć jakiś tytuł albo przezwisko, albo najlepiej i jedno, i drugie. Buffalo Bill ponadawał nawet imiona wszystkim swoim strzelbom.

Zakochawszy się w niej od tego jednego spojrzenia – śmiejcie się, jeżeli chcecie – odczekałem, aż wyjdzie, i wtedy poszedłem spytać Cody'ego, czyja to córka, a zrobiłem to bez żadnych oporów, mając czyste sumienie co do swoich uczuć.

Ale Cody był wtedy zajęty, gdyż on i Burke układali właśnie plan dalszych występów, mogłem więc porozmawiać z nim dopiero później, a wtedy, przy wszystkich jego kłopotach pieniężnych i innych, nie pamiętał już jej zbyt dobrze, poza tym, że występowała w cyrku braci Sells, który również przebywał w mieście i ucierpiawszy tak jak i my na skutek pogody, zbierał się do wyjazdu. Byłem tą wiadomością rozczarowany, biorąc pod uwagę generalną opinię w tamtych czasach o występujących na scenie niewiastach, której nie zdołało podważyć moje doświadczenie z Dorą Hand, przekonany więc, że jej wygląd i zachowanie uczennicy miały być tylko pozorem, a w rzeczywistości była jedną z tych akrobatek, ubranych w odsłaniające kończyny trykoty, wyrzuciłem z głowy całą sprawę.

Tymczasem Buffalo Bill nie pojechał do domu, natomiast

popłynął z „Dzikim Zachodem" w górę rzeki do Louisville w stanie Kentucky, gdzie zaraz na początku naszego tam pobytu, pod koniec kwietnia, zwołał większość zespołu przed swój namiot i wyprowadził za rękę tę piękną dziewczynkę, którą widziałem w Nowym Orleanie. Przez chwilę pomyślałem, na co też nam przyszło, czy jesteśmy w tak ciężkiej sytuacji, że musimy wprowadzać numery z panienkami?

– Ta młoda dama przystępuje do nas – odezwał się Cody. – Będzie jedyną białą kobietą w naszym zespole i oczekuję, chłopcy, że będziecie dla niej mili i weźmiecie ją pod opiekę.

Obok mnie stał jeszcze jeden nowy nabytek, tak w każdym razie uznałem, bo nigdy wcześniej go nie widziałem, przystojny mężczyzna średniego wzrostu z krótkimi, porządnie uczesanymi włosami i przystrzyżonym wąsem.

– Wygląda jak niezły welocyped – powiedziałem do niego kątem ust coś, co w owych czasach znaczyło tyle, co bardzo żywa.

Na co nieznajomy odpowiedział:

– Tak się składa, że to jest moja żona, mały człowieku, i zaraz kopnę cię w dupę.

Wygłupiłem się jak diabli, bo okazało się, że to Irlandczyk nazwiskiem Frank Butler, znany mistrz w strzelaniu, a jego mała żonka była nawet lepsza, choć wtedy nikt jeszcze nie wiedział, że jeżeli chodzi o broń palną, nie miała sobie równych ani wśród kobiet, ani wśród mężczyzn. Mówię oczywiście o Annie Oakley.

Szczerze przeprosiłem, wyjaśniając, że nie miałem na myśli nic zdrożnego, prawdę mówiąc, nie byłem nawet pewien, co to słowo znaczy, i od tego zaczęła się moja przyjaźń z Frankiem, która przetrwała przez cały czas pobytu nas trojga w „Dzikim Zachodzie", co oznaczało, że byłem również przyjacielem Annie, bo ci dwoje byli ze sobą tak blisko, jak to jest tylko możliwe, a Frank należał do tych rzadkich mężczyzn w owych czasach, a może zresztą w każdych, którzy gotowi są zrezygnować z własnej kariery i pracować na rzecz większego talentu żony. Powiem jeszcze, że pozostawałem niezmiennie pod urokiem Annie, która w rzeczywistości miała wówczas około dwudziestu pięciu lat, ale nawet kiedy człowiek o tym wiedział, sprawiała wrażenie jednej z tych młodych panienek, których nieskalany charakter chce się ochraniać przed brudem świata najdłużej, jak to możliwe. Faktycznie Annie bardzo dobrze poznała brutalną rzeczywistość, począwszy od wieku dziewięciu czy dziesięciu lat, kiedy to, żeby ulżyć owdowiałej matce, mającej na utrzymaniu sześcioro dzieci, została oddana do pomocy małżeństwu, które prowadziło przytułek dla nędzarzy i dom wariatów w tej części Ohio, i para ta pędziła ją do pracy od rana do wieczora. W końcu Annie uciekła do matki, wyciągnęła starą strzelbę ojca i stała się dostarczycielką mięsa dla rodziny, zabijając tyle drobnej zwierzyny, że zaczęła jej nadmiar sprzedawać w okolicy do hoteli i restauracji.

W zespole „Dzikiego Zachodu" Butlerowie mieli swój osobny namiot, który chwilowo był ich jedynym domem, i Annie starała się, aby był jak najbardziej przytulny, z ładnym dywanem na ziemi i normalnymi meblami, włącznie z bujanym fotelem, na którym przesiadywała między występami, wykonując wymyślne hafty albo pracując nad swoimi kostiumami. Frank pisywał poezje, których próbkę dałem już wcześniej, nie zawsze romantyczne, część z nich można by nazwać umoralniającymi, jak ten wiersz pod tytułem *Co powiedział mały ptaszek?*

> *Życie jest jak partia kart,*
> *Przy której spędzamy czas,*
> *Raz stawką serce, a raz tylko żart,*
> *Lecz nie mów nigdy pas.*
> *Dajemy się nabrać na sztuczki wytarte*
> *W jakiejś próby godzinie,*
> *Lecz jeśli wykorzystasz do końca swą kartę,*
> *Zwycięstwo cię nie minie.*

Jednak w razie gdybyście uznali, że Frank był pantoflarzem, muszę powiedzieć, że jako strzelec mógł się równać z najlepszymi i czasem uczestniczył w konkursach niezależnie od „Dzikiego Zachodu", żeby nie wyjść z wprawy, ale największe zdolności ujawniał jako człowiek interesu, co w świecie rozrywki jest czymś rzadszym niż umiejętności strzeleckie. Nie tylko załatwił dla Annie korzystne umowy zarówno z Codym, jak i w innych publicznych i prywatnych miejscach występów między sezonami, kiedy „Dziki Zachód" zawieszał działalność, ale również stał się przedstawicielem kilku towarzystw produkujących broń i amunicję. Nie sądzę, żeby Annie musiała kiedykolwiek zapłacić z własnej kieszeni za strzelbę czy choćby jeden nabój. Tym, czego nie otrzymała gratis od fabrykanta jako reklamy jego produktów, była zasypywana przez wielbicieli, najpierw z kraju, a potem z całego świata, a prezenty te obejmowały cenną biżuterię, srebra stołowe, rzadką porcelanę i kryształy, nie licząc medali, które zdobywała wszędzie, gdzie się pokazała.

Niewielu oparło się urokowi Annie Oakley, nie czuję się więc głupio, będąc choć raz po stronie większości, a nie wśród nielicznych krytyków zarzucających jej co najwyżej skąpstwo. Ja bym to nazwał oszczędnością. Faktem jest, że każdy wydawał się sknerą przy Billu Codym, który zachowywał się rozrzutnie, nawet kiedy jeszcze miał niewiele pieniędzy, jeżeli więc nawet napełniała swój dzbanuszek lemoniadą z wielkiego dzbana w jego namiocie, można było być pewnym, że nie miał nic przeciwko temu, tym bardziej że trzymał ten płyn pod ręką tylko dla dzieci i może jeszcze, żeby przekonać Nata Salsbury'ego, że sam teraz pija coś takiego. Chociaż muszę jeszcze raz podkreślić, że Cody nigdy nie opuścił przedstawienia z powodu picia, i co więcej, nie miało ono widocznego wpływu na jego celność. Może nie miał tej klasy co Annie, ale nikt nie dorównywał mu w strzelaniu z siodła.

A co takiego szczególnego demonstrowała Annie? Otóż wychodziła sobie na arenę jak dziewczynka wracająca do domu ze szkółki niedzielnej, a potem, jakby dopiero po chwili zorientowała się, że patrzą na nią ludzie, nieśmiało dygała, machała rączką i posyłała widzom całusa, ubrana w kapelusz z gwiazdą na podwiniętym szerokim rondzie, sukienkę z frędzlami i legginsy, które wyglądały jak z jeleniej skóry, ale były z materiału, bo Annie uważała, że latem w skórze jest za gorąco.

Stało więc to małe, bezradne chucherko samo pośrodku wielkiej areny, na której miało się odbyć polowanie na bizony oraz atak Indian, a potem unosiła strzelbę i zaczynała strzelać. Odgłos pierwszego strzału, wzmocniony echem odbitym od trybuny, zawsze zaskakiwał obecne na widowni kobiety, które wydawały okrzyk przestrachu, dodając scenie dramatyzmu, ale stopniowo przywykały do ciągłego ognia.

Do czego strzelała? Do szklanych kul, z których część była wypełniona czerwono-biało-niebieskim pierzem albo confetti, i do glinianych rzutków wypuszczanych przez Franka. Potrafiła roztrzaskać pięć jednocześnie wyrzuconych kul, zanim spadły na ziemię. Czekała, aż w powietrzu znajdą się dwa rzutki, a wtedy przeskakiwała przez stół, zgarniając z niego strzelbę, i oddawała dwa strzały, strącając oba w powietrzu. Innym razem wiązała spódnicę przy kolanach, zdejmowała kapelusz, stawała na głowie i tak trafiała we wszystko, do czego celowała. Wystrzeliwała papierosa z ust Franka i dziesięciocentówkę spomiędzy jego palców z odległości trzydziestu stóp. Trafiała do celów za sobą, trzymając w jednej ręce lusterko, a drugą strzelając przez ramię, rozłupywała kartę trzymaną na sztorc.

Potem, kiedy skończyła swój występ, kłaniała się, posyłała całusa i wdzięcznie dygała, który to finał stał się równie sławny jak jej popisy strzeleckie.

Ale największą uciechę widowni budził numer, który, muszę przyznać, oglądałem ze ściśniętym sercem, kiedy Annie zestrzeliwała jabłko z głowy swojego pudelka George'a, a on łapał i zjadał jeden z kawałków. Zawsze się bałem, że jakiś giez, których nie brakowało ze względu na nasz żywy inwentarz, zabłąka się tam w czasie numeru i George może kłapnąć szczęką w momencie, kiedy Annie naciśnie spust. Na szczęście nic takiego się nie zdarzyło i George stał nieruchomo jak pies z porcelany. A zresztą przy swoim refleksie Annie mogła oddać bezpieczny strzał nawet, gdyby George się ruszył.

Pamiętacie sugestię Cody'ego, żebym nauczył Wspólnika jakichś sztuczek? Niech mnie licho, jeżeli chciałem próbować czegoś takiego. Wpadając do namiotu Butlerów na filiżankę herbaty, nigdy nie brałem ze sobą Wspólnika, bo tak, jak się bałem, że mogą mi go zjeść Indianie, bałem się też, że on może wpaść na podobny pomysł co do małego George'a!

Annie stała się największą atrakcją „Dzikiego Zachodu Buffalo Billa", może z wyjątkiem samego Cody'ego, i afisz przedstawienia, rozklejony po całym mieście, w którym występowaliśmy, zazwyczaj przedstawiał jej dziarską, małą osóbkę z talią jak osa i piersią obwieszoną medalami. „Niezrównana Królowa Strzelnic", ale miała zyskać sobie jeszcze lepszy tytuł, pod którym jest pamiętana do dzisiaj. A oto, jak do tego doszło.

Nie wspominałem o Indianach w zespole, odkąd sprowadziłem do niego Wychodzącego Wilka i pozostałych Czejenów, ale moi podopieczni radzili sobie doskonale w tym sezonie, z ochotą polując na bizony oraz ostrzeliwując chatę osadnika i dyliżans do Deadwood, mimo że naboje były ślepe, i nigdy nie nudziło się im wydawanie krwiożerczych okrzyków zalecanych przez Cody'ego, które, jak na moje ucho, były głośniejsze od tych, które się słyszało w prawdziwych walkach. Podczas każdego występu zużywano więcej prochu niż w którejkolwiek historycznej bitwie, bo czerwonoskórzy nigdy nie mieli za dużo amunicji, a „Dziki Zachód" był lepiej zaopatrzony niż armia Stanów Zjednoczonych, a co więcej – Indianom sprawiało uciechę, że mogą strzelać do białych i jeszcze dostają za to pieniądze i oklaski. A jeżeli myślicie, że nie podobał im się fakt, że muszą przegrywać każde starcie, w którym pojawia się Buffalo Bill, to się mylicie, bo choć tak zanurzeni w snach, wizjach i czarach, Indianie byli jednocześnie wielkimi realistami: po utracie de facto całego tego kraju nie przejmowali się batami zbieranymi w inscenizowanych bitwach. Ważniejsze dla nich było to, że Buffalo Bill płacił i zaopatrywał ich w mięso, przy czym musiała to być wołowina do każdego posiłku, chyba że przypadkiem padł któryś z bizonów występujących na arenie, i Cody rozumiał takie szczegóły. Nie znałem drugiego białego człowieka, który nie żyjąc nigdy wśród Indian, tak łatwo znajdowałby z nimi wspólny język jak on, i podejrzewam, że lubili go za te same cechy, które zyskiwały mu popularność na scenie: zamiłowanie do wystawności, koloru i hałasu oraz jego osobisty styl polegający na tym, żeby stanowić centrum uwagi bez poniżania godności słuchaczy, co było cechą indiańskiego wodza. Dzięki temu Bill mógł z podziwem i dumą rozsławiać Annie bez obawy, że zaszkodzi to jego sławie.

Tak czy inaczej, podczas tych nieudanych występów na zakończenie sezonu Wychodzący Wilk zawiadomił mnie, że on i jego grupa chcą wracać do domu.

Popełniłem błąd, myśląc, że ich decyzja związana jest z występami.

– Kiedyś przestanie padać – powiedziałem. – Zresztą i tak niedługo ruszymy na północ i „Dziki Zachód" będzie taki jak dawniej.

– Musimy wracać na wiosenne siewy – wyjaśnił Wilk.

– Jestem zdziwiony, słysząc, że mówisz jak farmer.

– To jedna z rzeczy, których się nauczyłem w tej znakomitej szkole – powiada. – To ciężka praca i nie za bardzo ją lubię, ale to mój obowiązek. Może jeszcze kiedyś wrócę, jak mnie zaprosisz, ale teraz muszę jechać i zająć się orką. Agenci nie chcą, żeby kobiety wykonywały tę pracę, bo biali uważają, że kobiety powinny próżnować.

– Chodzi o to, że kobiety są mniejsze i słabsze – wyjaśniłem – i dlatego mężczyźni powinni wykonywać cięższe prace.

Zaczepnie uniósł brodę. Muszę nadmienić, że działo się to na krótko przed występem i Wilk miał twarz pomalowaną w czerwono-żółte barwy wojenne, a Cody zachęcał ich do szczególnej jaskrawości, żeby wszystko było widać z trybun.

– Kobiety Ludzi są silniejsze niż większość Amerykanów – powiedział.

Widzicie sami, jak wykręcił kota ogonem. Dyskusja z Indianinem nie była łatwa.

– Cody mówi, że teraz czerwoni mężczyźni też są Amerykanami – zauważyłem.

– Powiem, że jestem Amerykaninem, kiedy inni Amerykanie tak mnie nazwą, a nie tylko Cody. – Wilk zrobił z tego dwa słowa: Ko-di. Indianie mieli skłonność do komplikowania nawet najprostszych białych nazwisk, rozumiecie więc, czemu w ogóle nie próbują wymawiać dłuższych, takich jak Winchester albo Smith i Wesson. Zazwyczaj nawet nie-Siuksowie nazywali Cody'ego lakockim imieniem Pahaska, co znaczy Długie Włosy, bo dla Indianina imię zawsze musi mieć jakiś związek z osobą i dlatego nie może być czegoś takiego jak Zły Niedźwiedź junior. Jeżeli imię Cody'ego w języku Siuksów brzmi znajomo, to może dlatego, że Custera też nazywano Długie Włosy, chociaż, jak już wspomniałem, Krukowie, którzy go lubili, choć nie aż tak, żeby z nim razem zginąć w bitwie nad Tłustą Trawą, znali go jako Syna Gwiazdy Porannej.

– Ja będę cię nazywał Amerykaninem, jeżeli chcesz – powiedziałem.

Zmarszczył się pod tymi lśniącymi bryzgami farby, szczególnie jaskrawej, jako że nie była to domowej roboty maź Czejenów, ale teatralna szminka.

– Czy trzeba być Amerykaninem, żeby być białym? – spytał.

Zadał mi pytanie, jakie tylko Indianinowi mogło przyjść do głowy. Jeżeli chcecie wiedzieć, co uważam za najcenniejsze z tego, czego nauczyłem się od Czejenów – poza kwestiami praktycznymi, jak jazda konna, polowanie i tak dalej – to musiałbym powiedzieć, że spojrzenia na życie z innych punktów widzenia niż oczywiste.

– Nie – odparłem. – Na ziemi żyją różne rodzaje białych ludzi, wiele różnych plemion oprócz Amerykanów. W rzeczywistości początkowo nie było plemienia Amerykanów. Nie zostało ono stworzone przez Wszechobecnego Ducha, tylko przez ludzi, jako wielka rodzina, do której każdy może przystąpić i rozpocząć nowe życie, niezależnie od tego, kim jest, co posiada ani skąd pochodzi. – Nie czekałem, aż wypomni mi wyjątki od tej reguły, w każdym razie w praktyce, tylko dodałem: – To piękna wizja i jak to z wizjami bywa, nie całkiem zgadza się z życiem, bo w przeciwnym razie wizje byłyby niepotrzebne. Ale masz rację, jeżeli myślisz, że to jest wizja białych ludzi i odnosi się przede wszystkim do nich.

Wilk się uśmiechnął, co dało interesujący efekt na twarzy pomalowanej w barwy wojenne. Ktoś, kto zobaczyłby coś takiego po raz pierwszy, uznałby to za wyraz szczególnej dzikości.

– Dobrze jest troszczyć się o swoich – powiedział.

– To prawda, ale istnieje też wizja, w której wszyscy ludzie są jedną wielką rodziną i dlatego powinni sobie nawzajem pomagać, niezależnie od koloru skóry, języka czy kraju.

– Nie chciałbym cię obrazić, jeżeli to jest twoja wizja, ale mnie się to wydaje bez sensu. My, Ludzie, jesteśmy najlepszym ze wszystkich narodów. Jak możemy należeć do tej samej rodziny co Kruki i Paunisi, którzy są o tyle od nas gorsi?

Otóż, jeżeli jest się białym, zazwyczaj słyszy się ten argument z ust tych, którzy panują nad innymi, nie tak licznymi, bogatymi czy silnymi jak oni, i uczciwość nakazuje przyznać, nawet jeżeli się z tym spojrzeniem zgadzamy, że jest to rozumowanie aroganta. Ale od czasu, kiedy ich poznałem, sukcesy Czejenów były chwilowe, podczas gdy klęski doprowadziły ich do granicy niemal całkowitej zagłady. Jeżeli po tym wszystkim ktoś nadal uważa, że jest najlepszy, to jak na mój gust, jest to cholernie imponujące, i ja nie będę go przekonywał, że jest inaczej, bo na jakimś wyższym poziomie on może mieć rację.

– To są sprawy, które wymagają dobrego przemyślenia i omówienia – powiedziałem. – A tymczasem jedź do domu i zajmij się zasiewami. Mam nadzieję, że będziesz mógł wrócić do nas na lato.

– Nie mogę mówić za innych – powiada – ale ja trochę zaczekam. Dobrze jest zarabiać pieniądze, ale czasami twoi przyjaciele, a nawet krewniacy, nie lubią, kiedy zarabiasz za dużo. – Nawiązywał w ten sposób do zazdrości i zapewniam was, że Indianie znają to uczucie, nawet kiedy – jak w przypadku Wilka i większości Czejenów z naszego zespołu – przeważająca część zarobków była wysyłana do domu na adres miejscowego agenta do spraw Indian. Mam nadzieję, że był to ktoś uczciwy.

– Będzie mi brakowało Ludzi – powiedziałem. I była to przynajmniej podwójna prawda, bo zajmowanie się tą grupą należało do moich zajęć. Wiedziałem, że Cody będzie chciał mnie zatrzymać w jakimś charakterze, ale Nate Salsbury stale szukał oszczędności i nigdy by się nie zgodził na mój powrót do roli osobistego barmana Buffalo Billa.

– Możesz tłumaczyć dla Siuksów – podpowiedział Wilk. – Mówisz już całkiem dobrze w języku Lakotów. Muszę przyznać, że uczysz się lepiej niż ja w szkole Złotego Liścia.

To było miłe z jego strony, ale w rzeczywistości utknąłem na lekcjach, które brałem od niego plus nieco praktyki z Siuksami przy ich ogniskach po kolacji, bo w tamtych czasach, zanim zespół sprawił sobie własny generator elektryczny, nie występowaliśmy po zmroku.

– Cody nie potrzebuje nowych tłumaczy z lakockiego – powiadam. Ich szefem był biały gość nazwiskiem John Y. Nelson, który występował też jako woźnica dyliżansu, a w prawdziwym życiu był ożeniony z kobietą z plemienia Siuksów i miał z nią sporo drobnych dzieci, które wyglądały jak pełnej krwi Indianie i również występowały w przedstawieniu.

– Ale będzie potrzebny osobny tłumacz, jak przyjedzie Tatanka Iyotake – powiedział Wilk.

– Dokąd przyjedzie?

– Tutaj – powiedział Wilk. – Albo tam, dokąd Pahaska zabierze przedstawienie.

To była ważna wiadomość i powiem wam, że żaden z białych członków zespołu o niczym jeszcze nie słyszał, nawet

Cody i Salsbury. To prawda, że Bill przed rokiem usiłował ściągnąć do zespołu tę wybitną postać, ale agent z rezerwatu przy Stojącej Skale nie chciał wyrazić zgody.

Cody miał wystąpić powtórnie o zgodę później tej wiosny, ale Wychodzący Wilk na jakiś indiański sposób, bez korzystania z telegrafu czy poczty, wiedział już, że zgoda zostanie udzielona i że następną wielką gwiazdą „Dzikiego Zachodu", rywalizującą przez jeden sezon nawet z popularnością Annie Oakley, będzie nikt inny, tylko sam Siedzący Byk.

13. SIEDZĄCY BYK

Buffalo Bill uzyskał pozwolenie z Biura do spraw Indian i właściwego agenta na zatrudnienie Siedzącego Byka w „Dzikim Zachodzie", ale zgodę musiał wyrazić jeszcze sam Byk i, jak uznał Cody, należało z nim porozmawiać osobiście, wysłał więc do agencji Hunkpapa przy Stojącej Skale na Terytorium Dakoty Johna Arizonę Burke'a, żeby odwiedził starego wodza, który miał wówczas około pięćdziesiątki, podczas gdy ja byłem raptem o sześć lat młodszy.

Co zaś do „majora" Burke'a, to podejrzewam, że stopień ten nadał mu „pułkownik" Cody, który, jak może pamiętacie, przy pierwszym spotkaniu mianował mnie kapitanem, ale ja przynajmniej miałem jakiś związek z wojskiem (głównie jednak taki, że byłem przez nie atakowany, kiedy mieszkałem z Czejenami), podczas gdy Burke przez całe życie miał do czynienia tylko z występami artystycznymi albo gazetami, przy czym w mowie i piśmie używał stylu napuszonego, którym zaćmiewał samego Cody'ego, będąc może zresztą inspiracją dla języka tego ostatniego. Wątpię również, czy kiedykolwiek znalazł się w pobliżu Terytorium Arizony, ale Burke był typem osobnika, który nigdy by nie użył stopnia albo tytułu, do którego miał prawo, bo jego celem jako typowego rzecznika prasowego było przekonanie ludzi, żeby uwierzyli w coś, o czym nigdy nie słyszeli, i gdyby stwierdził, że wierzą już w coś bez jego pomocy, byłby tak rozczarowany, że mógłby wystąpić ze zdaniem przeciwnym, bo tak naprawdę chodziło mu o władzę nad umysłami.

Nie mogę się pochwalić, że doszedłem do tego wniosku samodzielnie. To Siedzący Byk wygłosił uwagę w tym duchu po trzech minutach słuchania Burke'a w swojej chacie z bali nad rzeką Grand w rezerwacie przy Stojącej Skale. Przede wszystkim powinienem wyjaśnić, że znalazłem się tam jak zwykle przypadkiem, bo John Y. Nelson i inni, włącznie z jego najstarszym synem, znający język Siuksów i angielski, albo byli chorzy, albo mieli inne zajęcia, a Cody nie dowierzał tłumaczowi zaproponowanemu przez agenta, bo zdarzyło się już zbyt wiele fałszywych tłumaczeń, wśród których do najgłośniejszych należał przypadek Franka Grouarda, będący prawdopodobnie przyczyną śmierci Szalonego Konia.

Cody wiedział jednak, że uczyłem się języka Lakotów, spytał mnie więc, czy znam go już dość dobrze, żeby podjąć się tego zadania, a ja mówię, że tak, chociaż wcale nie byłem tego pewien, tyle że Cody zawsze tak tryskał optymizmem, że człowiek w jego obecności pozbywał się wątpliwości co do własnej osoby.

Kiedy powiedziałem państwu Butlerom, z kim jadę się zobaczyć, Annie mówi:

– Jack, spytaj wodza, czy pamięta Małego Świetnego Strzelca, a jak powie, że tak, przekaż mu moje pozdrowienia.

Okazało się, że spotkała się kiedyś z Siedzącym Bykiem po swoim przedstawieniu w St. Paul w stanie Minnesota!

– A cóż on tam robił? – spytałem.

– Obwożono grupę Siuksów po kilku miastach, a Siedzący Byk był wśród nich.

– Więc już występował?

– A tam – mówi Frank na to – siedział tylko, a ludzie płacili, żeby na niego popatrzeć. Przyszedł na przedstawienie Annie i był nią zachwycony.

Annie uśmiechnęła się, jak przystało na skromną panienkę.

– Z tego, co mówił tłumacz, chciał mnie adoptować jako córkę, ale... – spuściła głowę – ...tego nie jestem pewna.

– To on jej nadał to imię – dodał Frank.

Udałem się do obozu Siuksów i uzyskałem lakocką wersję Małego Świetnego Strzelca, żeby wymówić to prawidłowo, kiedy nadejdzie odpowiedni moment.

Burke rozpoczął swoje przemówienie do Siedzącego Byka, a ja, z lekka zdenerwowany, musiałem parę razy wstawić słowa czejeńskie tam, gdzie zabrakło mi terminu z języka Siuksów, na co oblicze Byka przybrało jeszcze bardziej pogardliwy wyraz niż ten, który miało zwykle w czasie rozmów z białymi.

– Nie rozumiem szjela – powiedział raz czy dwa.

W końcu zebrałem się na odwagę, żeby to powiedzieć:

– Bardzo przepraszam. Uczyłem się języka Lakotów, ale nie jestem już tak młody jak kiedyś i nie uczę się tak szybko jak wtedy, gdy byłem chłopcem i mieszkałem z Szjelami.

Po tym wyznaniu Byk stopniowo zmienił swój stosunek do mnie, bo wbrew pozorom był człowiekiem tolerancyjnym i wspaniałomyślnym, choć do końca nie nabrał przekonania do Burke'a. Najpierw powiedział, że nie wyglądam staro, i wywołałem jego uśmiech, mówiąc, że nie jestem tak dużo młodszy od niego, tyle że będąc mały, nie wyglądam na swoje lata. Potem przeprosił mnie za to, że skrytykował moją znajomość języka Siuksów, która jest całkiem niezła, po czym wypytywał mnie o moje chłopięce lata wśród Czejenów, o grupę, z którą żyłem, o walki, kradzieże koni i całą resztę. Podejrzewam, że sprawdzał prawdziwość moich twierdzeń, chociaż jako Indianin był zbyt uprzejmy, żeby się z tym zdradzić, kiedy temat był, że tak powiem, czysto indiański. Nie miał natomiast oporów z ujawnieniem braku zaufania do Amerykanów.

Chyba mi uwierzył, bo w końcu zadał mi pytanie:

– Czy mówiłeś mi dokładnie to, co ten gruby człowiek mówił po angielsku, czy coś zmieniałeś?

– Skracałem mniej więcej o połowę.

– Wciąż jeszcze za dużo w tym powietrza – stwierdził Siedzący Byk. – Możesz skracać tę połowę jeszcze o połowę. Jak do tej pory mówił o sobie.

Uważając, że jego przemowa trwa nadal, John Arizona kontynuował:

– Wodzu, zapewniam cię, że owacje, które będą cię witać podczas każdego występu w tym, co pułkownik Cody skromnie nazywa wystawą, ale co dla wspaniałej amerykańskiej publiczności jest najbardziej fantastycznym widowiskiem, jakie stworzono od czasu pojawienia się na Ziemi człowieka, te owacje, Wodzu, przyćmią wszystko, co słyszałeś w swoim sławnym życiu nawet wśród swoich ciemnoskórych braci.

– Dalej mówi to samo co przedtem – przetłumaczyłem Siedzącemu Bykowi.

– Powiedz mu, że poderżnę mu gardło, a potem go oskalpuję.

Rozpoznawszy indiański żart, przyznaję, że sam uznałem to za zabawne i parsknąłem śmiechem.

– Cóż – powiedział Burke również z uśmiechem – zdaje się, że idzie nam nieźle.

Siedzieliśmy na kocach na podłodze chaty z bali. Burke z pewną trudnością opuścił tak nisko swój ładunek słoniny. Czy potrafi go podnieść, miało się dopiero okazać. Siedzący Byk zaczął od gościnnego pytania, jakie zadaje się każdemu, kto przychodzi do indiańskiego obozu:

– Czy chcecie jeść?

Odmówiłem, bo chociaż nasz czas posiłku dawno minął, nie chciałem patrzeć, jak Burke pożera skromny tygodniowy przydział, który Byk otrzymał z agencji. Chata miała tylko jedną izbę, co przypominało mi mój dom w Tombstone, tyle że tutaj pełno było indiańskich rzeczy, koców, zawiniątek z czarami i tak dalej, których część wisiała na gwoździach, jak pióropusz wojenny i kawał bekonu. W izbie byli też inni Indianie, kobiety i jakaś młodzież, pewnie żony i dzieci wodza, ale nie przedstawił nam ich, a kiedy grzecznie odmówiłem posiłku, całe to towarzystwo wyszło. O ile znałem dzieciaki, były pewnie rozczarowane, spodziewając się, że uszczkną coś z jedzenia przygotowywanego dla nas.

Nie należy sądzić, że Siedzący Byk był przeciwnikiem sztuki oratorskiej, jako że wywodził się z ludu, który cenił przemówienia prawie tak jak wojnę, ale teraz już wiedział dość o Amerykanach, żeby mieć świadomość, że w wykonaniu Burke'a nie jest to przejaw duchowości.

W końcu przerwałem Johnowi Arizonie, który na wzór Cody'ego zapuścił sobie włosy, opadające falującymi strąkami na ramiona.

– On chce wiedzieć, ile mu będziesz płacić – spytałem.

Kiedy przetłumaczyłem Siedzącemu Bykowi, o co spytałem Burke'a, stary wódz wydał chrząknięcie, które u Indian wyraża zdziwienie, bo on sam był zbyt dobrze wychowany, żeby zadać to pytanie tak wcześnie.

– Wiele razy tłumaczono moje słowa kłamliwie – powiedział. – Ale teraz po raz pierwszy pytanie, które nie wyszło z moich ust, pochodzi z mojego serca.

W dalszym ciągu naszej znajomości Siedzący Byk dał mi przykłady fałszywych tłumaczeń, z którymi miał do czynienia i o których nawet nie wiedział, dopóki nie poinformował go o tym ktoś znający oba języki, Indianin albo z rzadka ktoś życzliwy z białych. Jeden z tych przypadków zdarzył się przed rokiem, kiedy jego i delegację innych Siuksów obwożono po Wschodzie, żeby siedzieli na scenie przy sztucznym ognisku przed płóciennym tipi, podczas gdy biały prelegent mówił o Czerwonym Człowieku.

W Filadelfii poproszono Siedzącego Byka o wygłoszenie krótkiego przemówienia w języku Lakotów, żeby widownia na własne uszy usłyszała, jak brzmi język dzikusów. Mówił o tym, że Indianie nie mają teraz wyboru, ale muszą kroczyć w pokoju drogą białego człowieka, mówił też o konieczności kształcenia indiańskich dzieci. Później za kulisami podszedł do niego młody Siuks ze szkoły w Carlisle i powiedział mu, że tłumacz przekazał jego uwagi jako ociekającą krwią relację o tym, jak zabił generała Custera nad Little Bighorn.

– Nic zatem dziwnego – powiedział mi Siedzący Byk – że w niektórych miejscach spotykałem się z wrogimi wrzaskami. Natomiast zastanawiam się, dlaczego to się nie zdarzało przy innych okazjach. Czy to znaczy, że nie zawsze byłem kłamliwie tłumaczony? Czy też w niektórych miejscowościach ludzie podziwiali mnie za to, że zamordowałem Długie Włosy? – Nawiasem mówiąc, chociaż Siedzący Byk przepowiedział klęskę żołnierzy, to na polu bitwy ani razu nie znalazł się w pobliżu Custera. Mimo to większość białych w tamtym czasie wierzyła, że to on osobiście zabił generała.

Wracajmy jednak do naszych negocjacji. Warunki zaproponowane przez Cody'ego to były na owe czasy dobre pieniądze, a wręcz fortuna dla kogoś w sytuacji Siedzącego Byka, Indianina podległego agencji, właściwie wciąż jeńca wojennego: pięćdziesiąt dolarów tygodniowo plus premia w wysokości stu dwudziestu pięciu dolarów, plus wszystko, co uzyska ze sprzedaży autografów, ważne na okres czterech miesięcy. Jednak wódz nadal miał wątpliwości.

– Nie jestem głupcem – powiada do mnie. – Wiem, że dobrze jest mieć pieniądze, ale jest coś dziwnego w tym, kiedy się je dostaje tylko za to, że się siedzi i pozwala na siebie patrzeć.

– Ludzi to ciekawi.

– Na to wygląda, ale ja tego nie rozumiem.

– Gdybyś to ty był biały, nie wystawiałbyś Siedzącego Byka na pokaz. Zabiłbyś go i skończył sprawę.

– To prawda, ale ponieważ jestem tym, kim jestem, nie traćmy czasu na rozmowy o rzeczach niemożliwych.

I tu znów macie Indian: można było rozprawiać, ile się chciało o snach, wizjach i tym podobnych, ale uważali za bezcelowe przewracanie do góry nogami rzeczywistości. Nie mam pojęcia, jak ktokolwiek z białych, włącznie ze mną, może zrozumieć tę różnicę, ale ona istnieje. Stale to powtarzam, że choć rozmowa z Indianinem może czasem doprowadzić do rozpaczy, to rzadko kiedy nie działa na umysł odświeżająco.

Nie chcąc jednak, żebym poczuł się urażony, wódz dodał:

– Szjelowie dobrze cię uczyli. – Miał na myśli moje rozumienie, że zabiłby pokonanego wroga, a nie wystawiał go na pokaz, i że zrobiłby to z szacunku nie tylko dla siebie, ale i dla swojego przeciwnika. Ta koncepcja może się wam wydać mało pociągająca, zwłaszcza że prawdopodobnie związana jest z rozłupaniem czaszki toporkiem, co stanowi mniej schludny sposób wyprawienia kogoś na tamten świat niż ołowiana kula, ale stoją za tym pewne przekonania, a nie jakieś głupie barbarzyństwo.

W pewnym momencie przypomniałem sobie, że obiecałem Annie wspomnieć o niej wodzowi.

– Watanya Cecilia przesyła ci pozdrowienia – powiedziałem.

Na to Siedzący Byk podniósł się bez trudu, mimo ciężkiej budowy i nie pierwszej młodości, po czym pogrzebawszy wśród zawiniątek zawierających jego dobra doczesne, znalazł coś i przyniósł, żeby mi pokazać.

Była to jedna z pamiątkowych kart z podobizną Annie, jakie Frank kazał wydrukować. Ta miała wypisaną atramentem dedykację:

Wodzowi Siedzącemu Bykowi z najlepszymi życzeniami od jego przyjaciółki, Małego Świetnego Strzelca

Annie Oakley

– Czy ty też jesteś przyjacielem Małego Świetnego Strzelca? – spytał mnie wódz.

– Tak, jestem – powiadam – i będzie jej bardzo miło, jeżeli przyłączysz się do widowiska Pahaski.

– W takim razie się przyłączę – powiedział Siedzący Byk. I w ten sposób do tego doszło. Siedzący Byk przyprowadził ze sobą również innych Siuksów Hunkpapa, mężczyzn i kobiety, i ten sezon w roku tysiąc osiemset osiemdziesiątym piątym skończył się dla „Dzikiego Zachodu" Buffalo Billa wielkim sukcesem, w końcu przynosząc zysk – podobno sto tysięcy dolarów – po występach w przeszło czterdziestu miejscowościach, w tym także w Kanadzie, gdzie z powodu tego, że Kanadyjczycy nigdy nie byli w stanie wojny z Siedzącym Bykiem, a wręcz szczycili się tym, że udzielili jemu i jego ludziom schronienia po bitwie nad Tłustą Trawą, miał z reguły lepsze przyjęcie niż w miastach amerykańskich, gdzie czasem witano go wrogimi okrzykami za zabicie Custera, ale on przyjmował to, jak pisały gazety, z „typowym stoicyzmem starego Indianina".

Wreszcie w jednym z miast w Stanach – przy takim rozkładzie jazdy często traciłem orientację, gdzie w danej chwili jesteśmy, bo czasem zmienialiśmy miejscowości co drugi dzień – kiedy w jakimś wywiadzie między występami spytano Siedzącego Byka, czy nigdy nie żałował, że zmasakrował generała, stary wódz poderwał się z miejsca i wymierzył palec w pytającego. To, co wtedy powiedział, tłumaczę następująco:
– Ty głupcze! Custer nie został zamordowany. Zginął w walce, w której zabił tylu naszych, ilu tylko zdołał. Odpowiedziałem przed moim ludem za zabitych po mojej stronie. Niech obrońcy Custera odpowiadają za zabitych po jego stronie. Więcej nic na ten temat nie powiem.

Na użytek przedstawienia, w którym jego jedynym zadaniem był objazd areny na siwym koniu, sprezentowanym mu przez Cody'ego, Siedzący Byk przywdziewał strój z jeleniej skóry z frędzlami i wielki wojenny pióropusz, jaki według wyobrażeń białych Indianie nosili na co dzień, a potem zasiadał przed swoim tipi, a ludzie ustawiali się w kolejce, żeby kupować kartki z jego zdjęciem, podobne do tych, które miała Annie, a które wódz podpisywał zawczasu, przejeżdżając piórem po literach, które początkowo ja mu napisałem, ale jak Annie je zobaczyła, westchnęła i napisała lepsze, a wtedy Frank stwierdził, że podpis powinien być bardziej męski, wprowadził więc jeszcze swoje poprawki.

Co jakiś czas jegomość należący do typu zwanego wówczas frantami, najczęściej z cieniutkim wąsikiem i ulizany z przedziałkiem, chcąc się popisać przed swoją przyjaciółką, podawał w wątpliwość przygotowane karty, pytając mnie z uśmieszkiem wyższości:
– A skąd wiem, że to nie ty je podpisałeś w namiocie zamiast wodza?
– Wódz może się podpisać w twojej obecności, ale to będzie kosztować dodatkowego dolara – odpowiadałem i cza-

sem, żeby ratować twarz przed damą, gość wysupływał tę sumę, za którą dwie osoby mogły zjeść dobry obiad, a wówczas Siedzący Byk „kaligrafował" swój podpis, bo dzięki praktyce całkiem udatnie naśladował litery, które ja, Annie i Frank dla niego zaprojektowaliśmy.

Na inny zarobkowy pomysł wpadłem, kiedy jakiś wielki grubas, zobaczywszy wyszywany paciorkami woreczek na tytoń Siedzącego Byka, zapytał, czy wódz nie zechce go sprzedać.

Kiedy przetłumaczyłem to pytanie, Siedzący Byk zasłonił dłonią usta, jak wiedziałem, żeby ukryć uśmiech, bo w obecności publiki zawsze miał wyglądać groźnie.

– Czy nie ma nic, czego Amerykanie by nie sprzedali albo nie kupili? – spytał mnie.

Przyznaję, że sam nigdy nic nie miałem przeciwko zarobieniu paru dolarów, kiedy pojawiała się ku temu okazja, bo chociaż najlepszym sposobem na przeżycie w takich miejscach jak Deadwood, Dodge albo Tombstone było w dawnych czasach unikanie latającego ołowiu, to we wszystkich innych miejscach i czasach najlepszym sposobem jest zarabianie pieniędzy. Ale zrozumiałem jego myśl i już miałem powiedzieć temu grubasowi, żeby sobie wybił swój pomysł z głowy, kiedy Siedzący Byk odezwał się znowu:

– Jeżeli jest mu potrzebny woreczek, to mu go dam. Któraś z kobiet zrobi mi drugi.

Mówię więc do tego białego, który z ciężkim złotym łańcuszkiem od zegarka rozwieszonym na wypiętej kamizelce i błyszczącą spinką od krawata tuż pod drugim podbródkiem wyglądał, jakby go było na to stać:

– Otóż, proszę pana, mówi pan o przedmiocie mającym dla wodza wielką wartość sentymentalną. Miał ten woreczek przy sobie, kiedy skalpował generała Custera.

– Dam mu dziesięć dolarów.

Biorę tego gościa na stronę, podczas gdy kolejka po autograf posuwa się do przodu. Nawiasem mówiąc, ten jegomość nie odstał swojego, tylko odkupił miejsce od młodego chłopaka, widziałem to na własne oczy.

Powiadam mu więc, że nie przetłumaczę tak obraźliwej oferty, obawiając się o jego bezpieczeństwo, kiedy wódz coś takiego usłyszy.

Kto wie, jak wysoko bym go podciągnął, gdybym nie musiał wracać (jakiś cwaniak mógł próbować wcisnąć Siedzącemu Bykowi pieniądze konfederackie albo inny bezwartościowy papier), stanęliśmy więc na dwudziestu pięciu dolcach, gotówką do ręki, więcej niż większość ludzi w tamtych czasach zarabiała przez tydzień.

– Został pan właścicielem eksponatu muzealnego – powiedziałem gościowi. – I dodajemy panu tytoń gratis.

W następnych dniach zatrudniłem kobiety wodza do produkcji kapciuchów i sprzedałem je wszystkie, zwykle nie dostając tyle co za pierwszym razem, ale raz wziąłem więcej od pijanego i byłem dumny z siebie, bo udawało mi się utrzymywać ten handel w tajemnicy przed Siedzącym Bykiem, tłumacząc potencjalnym nabywcom, że kapciuch, który wystawiam na sprzedaż, jest autentykiem, a ten, który leży na kocu obok wodza, to kopia.

Dochody ze sprzedaży kapciuchów dodawałem do tego, co przynosiły autografy, i przekazywałem do Nate'a Salsbury'ego, żeby wpisał je na konto Siedzącego Byka, minus to, co wódz zatrzymywał jako kieszonkowe, chociaż rzadko wychodził poza teren pokazów, raz dlatego, że tak krótko przebywaliśmy w każdym miejscu, a dwa dlatego, że Cody był odpowiedzialny przed komisarzem do spraw Indian za stan moralności zatrudnionych czerwonoskórych, co oznaczało, że mieli się nie włóczyć po lokalnych przybytkach rozpusty.

Kiedy tak prowadziłem sprzedaż kapciuchów przez pewien czas, Siedzący Byk oświadczył, że chce mieć więcej pieniędzy przy sobie, oddawałem mu więc część bilonu, zanim resztę przekazałem Nate'owi, i wódz nosił je w małym woreczku na pasie, bo w stroju indiańskim nie ma kieszeni. Myślałem, że traktował to jak zawiniątko z czarami, podobne do tych, które Indianie trzymają pod ręką, można powiedzieć, na szczęście, chociaż to coś więcej, dopóki nie wspomniałem o tym w rozmowie z Annie Oakley, która powiedziała mi, że wódz sporo pieniędzy rozdaje.

– Komu? Innym Indianom? – Nie byłem przy nim przecież przez dwadzieścia cztery godziny na dobę.

– Ależ skąd – mówi Frank Butler – tym obdartusom, którzy kręcą się przy jego namiocie.

Cody wpuszczał na pokazy za darmo biednie wyglądające dzieciaki, a tych nigdy nie brakowało, ilekroć występowaliśmy w większych miastach. Nie było wtedy chłopaka, biednego czy bogatego, który nie fascynowałby się Indianami w ogólności, a Siedzącym Bykiem w szczególności, i jeżeli nie wspominałem wcześniej, że gromada dzieciaków sterczała przy nim, dopóki ja albo ktoś inny z białych, nigdy on sam, ich nie przepędził, to tylko dlatego, że w owym czasie uważaliśmy je tylko za utrapienie. Nie mówię tego, żeby kogoś zaszokować, po prostu taka była prawda. Powinienem raczej powiedzieć, że Siedzący Byk zauważył coś, czego my nie zauważyliśmy.

Wkrótce poruszyłem tę sprawę w rozmowie z nim, bo uznałem to za coś równie zaskakującego, jak jego dziwiły pewne zachowania białych.

– Gdybyś zatrzymał te pieniądze, mógłbyś za nie pomóc dzieciom Hunkpapów – powiedziałem.

– Dzieci Hunkpapów nie potrzebują ich tak bardzo – stwierdził. – Nigdy nie chodzą po obcych, jakby nie miały rodziny ani przyjaciół, a jeżeli są głodne i obdarte, to tylko dlatego, że dotyczy to też reszty rodziny.

W obrębie swojego plemienia, a tym bardziej poszczególnych grup i kręgów rodzinnych, czerwonoskórzy trzymali się razem w sposób rzadko praktykowany wśród ludzi cywilizowanych, włącznie ze mną, i wódz nas zawstydził, co do tego nie było wątpliwości. Ale sprawa miała też drugą stronę, o której Indianin nie mógł wiedzieć, jeżeli nie należał do żałosnej kategorii Kręcących Się Koło Fortów. Rzecz w tym, że jeżeli zaczynało się rozdawać pieniądze, przychodziło po nie coraz więcej ludzi, w końcu także tych nie najbiedniejszych, i wówczas dobroczyńca mógł się zniechęcić i przestać dawać komukolwiek. Wspominam o tym fundamentalnym problemie ludzkości, bo nie twierdzę, że Siedzący Byk miał tu jakąś uniwersalną odpowiedź, tylko że był niezwykle hojny dla dzieci ludzi, którzy zagrabili jego ziemię i usiłowali wytępić jego plemię. To świadczyło, że był dobrym człowiekiem, ale był też wielkim człowiekiem, bo nigdy nie sprzeniewierzył się samemu sobie.

Nie chcę, żebyście myśleli, że był ponury, jak go zwykle pokazują fotografie, z podkrążonymi oczami, wielkim nosem i zmarszczonym czołem. Siedzący Byk dbał o swój wygląd, nazwijcie to próżnością albo dumą, i kiedy szykował się do występu, przeplatał włosy paskami z futra wydry i wkładał nogawice ozdobione igłami jeżozwierza. Jego twarz pod wielkim wojennym pióropuszem była pomalowana jaskrawo. Poza przedstawieniami nosił brokatową kamizelkę, podobną do tej, którą kiedyś nosił Dziki Bill Hickok, elegancką koszulę wypuszczoną na spodnie i wielkie białe sombrero, które mu sprezentował Buffalo Bill. Jego mokasyny z jeleniej skóry pokrywały wymyślne wzory z naszytych paciorków. Jak każde indiańskie obuwie, miały podeszwę tylko z podwójnej skóry, która łatwo się przecierała, jeżeli chodziło się nie tylko po prerii, uzyskałem więc od niego zgodę, żeby oddać je do szewca i przyszyć gumowe podeszwy.

Nosił też czerwony krawat, nie wiedząc pewnie, że taki sam miał George Custer od wojny domowej aż po owe wzgórza nad rzeką Little Bighorn. Ulubioną ozdobą wodza był mosiężny krucyfiks, który nosił na rzemieniu na szyi, i to nie jakiś zwykły krzyż, ale autentyczny przedmiot kultu z małą drewnianą figurką Jezusa. To na jego widok Annie poprosiła mnie, żebym spytał wodza, czy jest chrześcijaninem.

Siedzący Byk powiedział, że dostał krzyż dawno temu od księdza zwanego Czarną Suknią, po czym wskazał małego Jezusa.

– Ta laleczka – powiedział – przedstawia człowieka, którego biali zamordowali, bo był za dobry.

Rozmawialiśmy, pijąc u Butlerów herbatę i jedząc ciasto, chleb z dżemem i inne słodkości, które wódz lubił podobnie jak ja, zwłaszcza jeśli trafiły nam się lody. Myślałem, że Siedzący Byk próbuje ich po raz pierwszy, ale okazało się, że jadł je już wielokrotnie, choć nadal nie rozumiał, jak mogą być tak zimne, skoro na dworze nie ma mrozu. Ja też zresztą tego nie rozumiałem i nie rozumiem do dzisiaj, chyba że trzyma się je w elektrycznej lodówce, która wtedy jeszcze nie została wynaleziona. Powinienem również powiedzieć, że wódz umiał się posługiwać łyżką i widelcem jak wszyscy, a już niewątpliwie robił to w obecności Annie, po czym z wielkim zainteresowaniem oglądał jej i Franka imponującą kolekcję broni wszelkich rozmiarów i kalibrów.

Siedzący Byk był osobą wielce towarzyską i w eleganckim towarzystwie białych kobiet czuł się swobodniej niż ja. Nie mam pojęcia, gdzie się tego nauczył, ale miał jakieś wrodzone poczucie taktu. Na przykład, kiedy po raz pierwszy sprowadzono go do miasta, jego opiekunowie, zapewne dla żartu, zabrali go do lokalu w rodzaju Samotnej Gwiazdy, gdzie zobaczył tańczące dziewczyny. Otóż nie tylko opowiedział nam o tym w obecności Annie, ale nagle wstał i zaczął naśladować ruchy tamtych tancerek, wierzgając nogami i śmiesznie kręcąc biodrami, aż przestraszyłem się, że przestanie być mile widzianym gościem w namiocie Butlerów, a ja razem z nim.

Ale powiadam wam, że Annie zaśmiewała się głośniej niż Frank i ja, kiedy zobaczyłem, że wypada.

Kto by pomyślał, że jedyne swoje odwiedziny w Białym Domu będę zawdzięczał Siedzącemu Bykowi, ale tak właśnie było. „Dziki Zachód" występował w Waszyngtonie i w wolny dzień Cody zaprowadził delegację naszych Siuksów na czele ze starym Siedzącym Bykiem w jego imponującym stroju do Namiotu Ojca, gdzie od razu wpuszczono nas do środka, co mnie zaskoczyło, choć wiedziałem, że Buffalo Bill jako znakomitość ma niemałe wpływy, a także jest demokratą, ale okazało się, że prezydenta Clevelanda nie ma w domu, zajął się więc nami wygadany jegomość, który pochlebiał Indianom, pilnując się, żeby niczego im nie obiecać, i oprowadził nas po parterze budynku, bardzo eleganckim, ale nie sprawiającym wrażenia przytulności.

Jednak Siedzący Byk chciał zapytać Ojca, bo tak Indianie nazywali prezydenta, czy nie mógłby poprawić losu Lakotów, a poza tym nie zrobił na nim dobrego wrażenia dom, w którym gościa nie częstuje się jedzeniem, nie był więc w najlepszym nastroju, kiedy następnie udaliśmy się do sztabu Armii Stanów Zjednoczonych, gdzie musiał uścisnąć dłoń generała Philipa H. Sheridana, któremu przypisywano powiedzenie, że jedyny dobry Indianin to martwy Indianin, chociaż Siedzący Byk pewnie o tym nie wiedział. Zainteresowało go natomiast, że Mały Phil, będąc niewiele wyższy ode mnie, ważył prawie dwa razy tyle. Sheridan był protektorem Custera przed wyprawą nad Little Bighorn i wstawiał się za nim do prezydenta Granta, który nim pogardzał, a także bronił go i później, może przez słabość do pani Custer, za co nie potrafię winić żadnego mężczyzny.

Kiedy zakończyliśmy ten sezon jesienią roku tysiąc osiemset osiemdziesiątego piątego w Columbus w stanie Ohio, Cody zaprosił Siedzącego Byka na fajkę, żeby mu powiedzieć, że walnie się przyczynił do sukcesu „Dzikiego Zachodu", i zaprosić go do ponownego udziału w występach następnej wiosny.

Siedzący Byk kazał mi jednak powiedzieć Długim Włosom, że chociaż go lubi i uważa, że on sam i inni Lakotowie byli dobrze traktowani, i chociaż ciekawiło go oglądanie tylu białych miast, tak bardzo tęsknił za domem, że nie chciał go już nigdy porzucać na tak długo.

– Jestem starym człowiekiem – powiedział. – Nie chciałbym umrzeć gdzieś w obcym miejscu.

Mimo że większość jego ojczystej ziemi była teraz przed nim zamknięta, tym bardziej cenił sobie to, co mu z niej pozostało: chatę nad rzeką Grand i parę akrów ziemi wokół niej.

Cody jeszcze raz mu podziękował i zapewniwszy go, że będzie mile widziany, kiedy tylko zechce przyjechać, podarował Siedzącemu Bykowi siwka, na którym ten objeżdżał arenę podczas każdego przedstawienia, a które to zwierzę zostało wcześniej wyćwiczone przez naszych kowbojów w sztuczkach takich, jak siadanie i podawanie przedniego kopyta jak do powitania oraz do ukłonu na zakończenie występu. Kiedy wódz wsiadał do pociągu, miał na sobie to wielkie biało sombrero, które też dostał od Cody'ego, i resztę wyjściowego stroju włącznie z mokasynami na gumowych podeszwach. Ilekroć Siedzący Byk wkładał na głowę kapelusz białych ludzi, przydawał mu zwykle jakiś indiański element, zatykając na przykład za wstążkę pióro lub przypinając do niej motyla, ale tego dnia było inaczej. Przyjrzałem się i spytałem:

– Czy to jest mała flaga amerykańska?

– Tak – potwierdził.

– Czy chcesz przez to pokazać, że jesteś Amerykaninem?

– To znaczy, że walczyłem przeciwko armii amerykańskiej – powiedział.

Jak już wspominałem, Byk miał do wszystkiego swoje oryginalne podejście.

Uścisnęliśmy sobie dłonie. Bardzo polubiłem Siedzącego Byka także za to, że przypominał mi Skórę Ze Starego Szałasu, czejeńskiego wodza, w którego grupie spędziłem swoje chłopięce lata.

– Mam nadzieję – powiedziałem – że widzimy się nie po raz ostatni.

– Jesteś zawsze mile widziany w moim domu – powiada Siedzący Byk. – Drogę znasz. – A potem jego ciemna twarz, już pobrużdżona zmarszczkami, pofałdowała się jak Złe Ziemie. Nigdy jeszcze nie widziałem go tak uśmiechniętego. – Może do czasu swojej wizyty nauczysz się porządnie języka Lakotów i nie będziesz musiał pomagać sobie językiem szjela i znakami.

I co wy na to? A ja już zaczynałem wierzyć, że biegle władam językiem Siuksów, i chociaż zdawałem sobie sprawę, że czasem wtrącałem słowa czejeńskie, to nie wiedziałem, że uciekam się również do języka gestów, którego widocznie używałem instynktownie, ilekroć próbowałem, jak w tym przypadku, mówić w języku, którego nie byłem pewien albo nie znałem wcale, jak za dawnych czasów, kiedy my, Ludzie, rozmawialiśmy z obcymi. Byłem wzruszony, że mi to powiedział, bo choć ze strony białego albo nawet innego Indianina byłoby to niegrzeczne, to mówiąc mi to na pożegnanie, stary wódz zademonstrował swoją sympatię do mnie.

Ja i Bill Cody z grupą innych osób odprowadziliśmy Siedzącego Byka na pociąg i kiedy wracaliśmy bryczką do obozu, gdzie wszystkie zwierzęta szykowano do wysyłki na ranczo, a sprzęt pakowano na zimę do skrzyń, Cody powiedział:

— Nie mogłem zatrzymać wodza wbrew jego woli, ale to on był główną atrakcją w tym sezonie i będzie nam go bardzo brakować. Mogę mieć tylu Indian, ilu tylko zechcę, ale historyczna waga Siedzącego Byka jest nie do zastąpienia. To jedyny dzikus, którego imię jest znane wszystkim ze względu na Custera. Jakie to ma znaczenie, że to nie Siedzący Byk go zabił? Ludzie chcą myśleć, że to on, i na tym nieźle w tym roku zarobiliśmy.

Ożywiwszy się na wspomnienie Custera, Cody opowiedział mi, jak w roku sześćdziesiątym siódmym prowadził generała z Fort Ellsworth do Fort Lamed. Nigdy nie wspominałem o swoich związkach z Custerem – ani Cody'emu, ani Siedzącemu Bykowi, ale w każdym przypadku z innego powodu. Niejednokrotnie słyszałem, jak ten pierwszy wyrażał się z pogardą o niemałej już grupie oszustów, twierdzących, że ocaleli z Ostatniej Bitwy i chcieli się zatrudnić w „Dzikim Zachodzie". Co do Siedzącego Byka, to nie potrafiłbym mu wytłumaczyć, jak to się stało, że chociaż chciałem zabić generała w zemście za jego atak nad Washitą, w którym zginęła moja indiańska żona, i znalazłem się dość blisko, żeby go dosięgnąć, to nie spełniłem swojego zamiaru.

Buffalo Bill wdał się w długą, ale ciekawą opowieść o czasach, kiedy to wierzchowce były tak ważne, jak to on i Custer przyjaźnie wadzili się o to, które zwierzę jest lepsze, jego myszaty muł czy koń generała, i oczywiście wytrzymałość muła w ciężkim terenie zatriumfowała nad koniem pełnej krwi. Na Custerze zrobiło to podobno takie wrażenie, że chciał, żeby Cody został dowódcą jego zwiadowców.

– Ale jak wiemy, nigdy do tego nie doszło – stwierdził Buffalo Bill. – W przeciwnym razie może by jeszcze żył, choć trzeba przyznać, że działo się to dziewięć lat przed Little Bighorn.

Podczas gdy Cody snuł tak swoją opowieść, przyszedł mi do głowy jeden z najlepszych pomysłów w moim życiu, ale zanim zdołałem go rozpatrzyć, dojechaliśmy do obozu i zatrzymaliśmy się przed namiotem szefostwa, który zawsze wyróżniał się zawieszoną nad wejściem głową bizona. Cody zaprosił mnie, żebyśmy oblali zakończenie sezonu.

Idę więc, a tam w środku są Nate Salsbury i John Arizona Burke. Nate skrzywił się, kiedy Bill poprosił mnie, żebym nalał za stare dobre czasy, bo myślał, że nadal jestem zatrudniany jako prywatny barman Cody'ego. Niewiele można zrobić, żeby wpłynąć na zmianę wyobrażenia o sobie, jeżeli nie zrobi się czegoś wielkiego, co przedstawi człowieka w innym świetle, a samo tłumaczenie dla Siedzącego Byka, jak widać, nie wystarczyło.

Tak się jednak składało – i to wiąże się z pomysłem, który nagle przyszedł mi do głowy, kiedy słuchałem, jak Cody opowiada o generale Custerze – że to, co od pewnego czasu chodziło mi po głowie, to był ni mniej, ni więcej, tylko plan zorganizowania własnego zespołu i na ten cel odkładałem większość zarobionych pieniędzy, rzadko oddalając się od naszego obozu, żeby odwiedzić inne miejsca rozrywki w miastach, w których graliśmy. Tak jest, to marzenie zastąpiło odległe w przeszłości plany o własnej sali tańca, jakie żywiłem w czasach Dodge i Tombstone. Dawno już zrozumiałem, że chcąc osiągnąć sukces w tym kraju, należy otworzyć własny biznes, i wiedziałem, jak zaczynały wszystkie grube ryby w rodzaju J. P. Morgana i reszty, które dzisiaj rządzą, a jak nie oni, to ich tatusiowie. A potem, kiedy się ma kupę forsy, może to zastąpić brak ogłady, bo jeśli można zaoferować kobiecie z wyższej klasy życie, w którym może sobie kupić wszystko, co jest jej potrzebne do szczęścia, nie będzie jej przeszkadzało, że na początku będziesz się wyrażał jak prostak albo dłubał w zębach scyzorykiem i tak dalej, bo może cię nauczyć, jak być dżentelmenem.

Oto więc pomysł, jaki się zrodził w mojej głowie: miałem zbudować to swoje przedstawienie wokół odtworzenia bitwy nad Little Bighorn, z naciskiem na bohaterstwo i odwagę George'a A. Custera, a więc raczej na wartość pozytywną niż na negatywny fakt, że on i jego ludzie zostali tak paskudnie rozgromieni. Ale nie zrozumcie mnie źle, nie miałem zamiaru przedstawiać niczego, co poniżałoby Indian. Wyrażałem swój szacunek dla nich wystarczająco często i to mój dawny wróg i przyjaciel z dzieciństwa Młodszy Niedźwiedź uratował moją skórę tamtego dnia nad Tłustą Trawą. Prawda jednak była taka, że biali płaciliby pieniądze, żeby oglądać, jak dzicy masakrują ich żołnierzy, ale żeby na końcu cywilizowane zasady wzięły jednak górę. Bo sam fakt, że było to w ogóle przedmiotem dramatycznej prezentacji, wystawianej w największych miastach kraju, oznaczał, że mimo chwilowej klęski zwycięstwo jak zwykle odniesie właściwa strona.

Jeżeli mówię, że wydarzenie to było wymarzone dla przedstawienia, to nie mam na myśli rzeczywistej rzezi mnóstwa młodych ludzi, którzy tamtego ranka, dwudziestego piątego czerwca roku tysiąc osiemset siedemdziesiątego szóstego, obudzili się, mając życie przed sobą, a w południe byli nieboszczykami, nagimi i tak pokiereszowanymi, że rodzona matka by ich nie poznała.

Tak czy inaczej, w danej chwili czułem się wspaniale, popijając tak z Buffalo Billem, o którym zacząłem już myśleć jako o konkurencji. To prawda, że to jemu zawdzięczałem wejście do świata sztuki i, jak się to mówi, nigdy mu tego nie zapomnę, ale każdy, kto coś sobą reprezentował, musiał prędzej czy później wystąpić samodzielnie, tak jak Cody odłączył się od Doca Carvera, który występował dalej z własnym programem. Prawdą było jednak, że nie kochali się zbytnio i jeszcze ciągali się po sądach. Nie chciałem myśleć, że to samo może się zdarzyć w moim przypadku, ale musiałem się liczyć i z taką możliwością. Ludzie sukce-

311

su zawsze spotykają się z zazdrością tych, których przewyższają.

No tak, sposób, w jaki nadymałem się w swoich marzeniach, musi się wydawać śmieszny z dzisiejszej perspektywy, ale ten mój pomysł wcale nie był zły, tyle że najwybitniejsza postać w tej branży już na niego wpadła.

– Panowie – powiedział Cody, unosząc szklankę – znalazłem idealne rozwiązanie naszego problemu.

– Jakiego problemu? – pyta z kwaśną miną Nate Salsbury, któremu alkohol nie poprawił humoru, bo nic nie pił.

– Jak to? – mówi Buffalo Bill. – Braku Siedzącego Byka w następnym sezonie.

– Niebywała atrakcja – wtrąca John Arizona, który nie wylewał za kołnierz. – Człowiek, który zdobywa serca w całym naszym pięknym kraju. „Wróg w siedemdziesiątym szóstym, przyjaciel w osiemdziesiątym piątym" – zacytował hasło, którym reklamował występ Siedzącego Byka w „Dzikim Zachodzie".

– Wpadłem na to przed chwilą podczas rozmowy z kapitanem Jackiem – ciągnął Cody. – Przyznacie, że George Armstrong Custer to nazwisko, które coś mówi.

– Święte imię – powiada major Burke. – Prawdziwy męczennik naszych czasów.

Salsbury, jedyny z obecnych nie noszący fałszywego stopnia wojskowego, nie poddał się wzniosłemu nastrojowi.

– Powiedzcie mi tylko, ile to będzie kosztować – rzucił z miną bardziej kwaśną niż kiedykolwiek.

– Nic – powiada Cody. – Mamy tylu Indian, ilu nam potrzeba, a kowboje zagrają kawalerzystów z Siódmego Pułku.

– Chcesz przedstawić Ostatnią Bitwę Custera, prawda? – pytam z zamierającym sercem.

– Szkoda tylko, że nie pomyślałem o tym, kiedy był z nami Siedzący Byk – mówi Buffalo Bill. – Cóż to byłaby za scena! Stary wódz prowadzący atak na żołnierzy!

– W swoim okazałym pióropuszu – wtrącił Burke – wywijając przerażającym tomahawkiem, pędzi na złotowłosego generała z błyszczącą szablą. Prawdziwa bitwa tytanów.

312

– Początkowo myślałem, żeby samemu zagrać Custera, bo w rzeczywistości fizycznie byliśmy bardzo do siebie podobni, ale młodzi ludzie nie chcieliby patrzeć, jak ich Buffalo Bill przegrywa z Indianami. Ktoś inny musi odgrywać generała, rzecz jasna, w stylu heroicznym. Idealny będzie Buck Taylor.

To był jeszcze jeden przykład genialnego wyczucia Cody'ego. Mimo rozczarowania, które przeżyłem, musiałem pokręcić głową z podziwu. Buck Taylor rzeczywiście nadawał się idealnie, bo mając sześć stóp i pięć cali, byłby dobrze widoczny z trybuny głównej. Należał już do zespołu, specjalizując się w kowbojskich popisach, znanych później pod nie używaną jeszcze wtedy nazwą rodeo, takich jak ujeżdżanie dzikich koni, chwytanie na lasso i pętanie byczków i tak dalej, przez co Burke przedstawiał go jako „Króla kowbojów", który chociaż jest „łagodny jak dziecko, dysponuje tytaniczną siłą, pozwalającą mu obalić za rogi lub za ogon każdego byczka". Zauważcie, jak słowo „kowboj" zatraciło zarówno znaczenie z Dodge City (gdzie oznaczało kogoś, kto przypędził bydło z Teksasu i wydaje zarobione pieniądze na whisky i ladacznice), jak i znaczenie z Tombstone (bandyta i złodziej bydła), a stawało się wzorem dla każdego młodego Amerykanina w wieku poprzedzającym zainteresowanie płcią przeciwną. Było to w znacznej mierze dziełem Billa Cody'ego.

Spróbowałem uratować coś dla siebie. – To znakomity pomysł – powiedziałem – ale czy nie uważasz, że ktoś powinien pojechać do Nowego Jorku i poprosić o zgodę panią Custer? Podobno jest bardzo wrażliwa na wszystko, co wiąże się z generałem. – Tu powinienem wspomnieć, że „Dziki Zachód" odwiedził Nowy Jork dwukrotnie, ale nigdy nie wyściubiłem nosa poza nasz obóz. Mogłem wprawdzie próbować odszukać Libbie Custer, korzystając z tych okazji, ale nie zrobiłem tego. Zabrakło mi śmiałości, bo nie znalazłem pretekstu, który by zabrzmiał wiarygodnie, kiedy go sprawdzałem na sobie samym. Teraz mógłbym taki uzyskać. Jeżeli zaś chodzi o to, dlaczego moja noga nigdy nie stanęła w tym mieście niezależnie od pani Custer, to muszę przyznać, że przy moim pochodzeniu miasto tych rozmiarów po prostu mnie przerażało. Zawsze uważałem się za osobnika sprytnego, kiedy chodziło o Pogranicze, ale nie sądziłem, że mógłbym się zmierzyć z wielkomiejskim wygą na jego terenie, zwłaszcza tak pełnym cudzoziemców, włącznie z pijanymi Irlandczykami, chociaż wolałbym nie wspominać o tym przy Franku Butlerze.

Skoro o nim mowa, to właśnie w tym momencie zjawił się z Annie, i Bill opowiedział im o swoich planach wielkiego finału w przyszłorocznych przedstawieniach, a potem mówi:

– Tu obecny kapitan Jack poprosił mnie, żebym uzyskał błogosławieństwo pani Custer. Otóż mogę cię zapewnić, mój stary przyjacielu, że wysławszy do tej miłej damy pisemne zapewnienie, że nasze przedstawienie zrobi wszystko, co możliwe, żeby uhonorować jej bohaterskiego męża i dodać blasku jego sławie jako amerykańskiego żołnierza i obywatela, otrzymałem jej pełną zgodę.

– Zatem nie musisz już nikogo do niej wysyłać? – spytałem.

Annie z kobiecą intuicją wyczuła rozczarowanie w moim głosie i z miłym uśmiechem zagadnęła:

– Czyżbyś miał słabość do tej damy, Jack?

A Frank mówi:

– Na pewno, jest całkiem, całkiem.

Annie nigdy nie była zazdrosna, kiedy chwalił inne kobiety, bo wiedziała, jak bardzo jest jej oddany.

– Cóż – odezwał się Cody – wszyscy jesteśmy oddani tej szlachetnej wdowie i nie mam wątpliwości, że dotyczy to również pani. – Podał Annie szklankę lemoniady, ale ona odmówiła, pewnie dlatego, że słyszała, jak Salsbury opowiada o niej, że jest zbyt skąpa, żeby sobie kupić własną.

– Pułkowniku – mówi – bardzo bym pragnęła poznać tę wielką damę.

– Z całą pewnością będzie to pani mogła zrobić – powiada Buffalo Bill – bo pani Custer przyjęła moje zaproszenie na nasze premierowe przedstawienie.

Tak więc w końcu trafiła mi się okazja, żeby przynajmniej popatrzeć na tę damę, którą byłem urzeczony od tylu lat, znacznie dłużej niż w przypadku Annie, które to uczucie za sprawą Franka Butlera wkrótce przybrało charakter czysto braterski. Musiałem jednak myśleć realistycznie i pamiętać, że upłynęło dziesięć lat od tego jedynego razu, kiedy ją ujrzałem. Chciała wtedy wsiąść na statek *Daleki Zachód* i popłynąć w górę Yellowstone, żeby dołączyć do męża tuż przed bitwą nad Little Bighorn, po tym, jak się jej przyśniła jego śmierć. Minęło dziesięć lat żałoby, mogła już nie być tak jak wtedy najpiękniejszą kobietą, jaką kiedykolwiek widziałem. Widzicie, co tutaj robiłem: zabezpieczałem się przed kolejnym rozczarowaniem.

Tak zakończył się sezon roku osiemdziesiątego piątego. Annie i Frank pojechali do Ohio, gdzie mieszkała ich rodzina. Cody wrócił na swoje ranczo w North Platte, a ja, nie mając niczego, co mógłbym nazwać domem, a będąc tam mile widziany wraz z każdym, kto miał ochotę popijać z Buffalo Billem i słuchać jego opowieści, zabrałem Wspólnika i też tam pojechałem.

14. WDOWA

Przez jakiś czas nie wspominałem o Wspólniku, ale był ze mną nadal i czas go nie oszczędzał. Prawdę mówiąc, mocno się postarzał, co dotarło do mnie nie od razu, bo widziałem go codziennie, głównie jak spał w moim namiocie, chyba że przynosiłem mu miskę albo wychodził za potrzebą, w których to wycieczkach towarzyszyłem mu, żeby nie załatwiał się na terenie obozu, gdzie mógłby się komuś narazić. Przebywając stale w jego towarzystwie, z opóźnieniem zauważałem siwiznę na jego pysku, a jeżeli nie reagował tak szybko jak kiedyś na moje słowa, uważałem, że nie interesuje go to, co mówię, albo że jest obrażony, czując ode mnie George'a, pieska Annie, kiedy wracałem z wizyty u Butlerów, i nie zdawałem sobie sprawy, że mój przyjaciel głuchnie.

George, nawiasem mówiąc, zdechł, kiedy „Dziki Zachód" występował w Toledo, w rodzinnym stanie Annie, Ohio, i oboje z Frankiem urządzili mu uroczysty pogrzeb w majątku adoratora Annie. Pochowano go owiniętego w atłasowo-aksamitną flagę, która towarzyszyła jego występom, z imieniem wyhaftowanym na niej złotymi literami, w obecności całego zespołu „Dzikiego Zachodu" włącznie z Indianami, których kobiety przyniosły wieńce, a nawet odśpiewały pieśń śmierci, co, musicie przyznać, było niemałym gestem ze strony tych, którzy w innych warunkach mogliby takiego pieska spożyć.

Wracając do rancza, wyglądało na to, że Cody, skłócony ze swoją żoną, pozostawił Gościnny Wigwam do jej wyłącznej dyspozycji, a to oznaczało, że ludzie z zespołu, których ze sobą przywiózł, musieli się tłoczyć w mniejszym domku na terenie jego posiadłości, co nie dotykało mnie i Wspólnika, bo i tak zawsze sypialiśmy w pomieszczeniu na uprząż w jednej ze stodół. Bill bezskutecznie usiłował rozwieść się z panią Lulu, która nienawidziła wszystkiego, co on robił, a najbardziej „Dzikiego Zachodu", i zmusiła go, żeby zapisał cały swój majątek na jej nazwisko, po czym nie chciała się z nim dzielić. Była też strasznie zazdrosna o niektóre z aktorek występujących z nim na scenie, a teraz w dodatku o Annie.

Mogę tutaj dodać, że Buffalo Bill próbował przez resztę życia rozwieść się z Lulu i nigdy mu się to nie udało. Nie było to łatwe w tamtych czasach, nie mówiąc o tym, że mimo swoich wiecznych kłótni Billa i jego małżonkę łączyło głębokie uczucie, choć objawiali to inaczej niż Frank i Annie Butlerowie.

Sądziłem, że Wspólnik ożywi się trochę, kiedy znów się znajdzie na otwartej przestrzeni, a nie na zapleczu naszego przedstawienia w jakimś wschodnim mieście czy zamknięty co parę dni w wagonie bagażowym, ale w rzeczywistości z każdym tygodniem w Nebrasce stawał się coraz słabszy i spędzał coraz więcej czasu, śpiąc zawinięty w końską derkę, tak że musiałem go budzić, kiedy uważałem, że powinien wyjść na dwór, na przykład przed zgaszeniem lampy wieczorem, żeby nie wstawał w nocy i nie błąkał się po ciemku, gdzie mógłby go kopnąć jakiś koń, bo nawet w dzień jego wzrok nie był już taki jak dawniej, podobnie jak poczucie równowagi.

Życie Wspólnika dobiegało końca, czego nie chciałem przyjąć do wiadomości, póki nie doszło do tego, że stracił zainteresowanie jedzeniem, bo jedzenie jest dla psa jego religią, której Wspólnik był, można powiedzieć, kapłanem, jeżeli nie papieżem: był czas, kiedy musiałem sypiać na skórzanych częściach swojego ubrania, takich jak buty i pas, żeby mi ich w środku nocy nie zeżarł. Przyłapywałem go na tym, jak przyglądał się nawet osłom, zastanawiając się, czy potrafiłby powalić zwierzę tej wielkości i mieć dość mięsa na cały tydzień, no, powiedzmy, na dwa dni, bo chociaż był wielkości kojota, od którego, jak podejrzewałem, częściowo pochodził, to apetyt miał jak niedźwiedź, i to po obudzeniu się ze snu zimowego.

Nie chcąc zmieniać tej mojej opowieści w wyciskacz łez, kiedy tyle bliskich mi osób zmarło w młodym na ogół wieku, nie będę się rozwodził nad śmiercią psa, którego nikt oprócz mnie dobrze nie znał, bo nie liczę mojego brata Billa, czy u kogo tam Wspólnik był wcześniej, pewnie u Indian. Nie miał złego życia, bo psy potrzebują jedzenia i towarzystwa, a ja zapewniałem mu i jedno, i drugie, za co on mi się odwdzięczał, jak umiał. Minęło dziesięć lat, odkąd się spotkaliśmy, a przecież nie był już wtedy szczenięciem, przeżył więc długie życie jak na czworonogie stworzenie w tamtych czasach i jeżeli policzyć różnicę między psem i człowiekiem jak siedem do jednego, to Wspólnik żył dwa razy dłużej od większości znanych mi ludzi, bo taki Siedzący Byk, będąc niewiele po pięćdziesiątce, uchodził za starca.

I tak pewnego zimowego poranka Wspólnik się nie obudził, pozostając pod swoim kocem nawet wtedy, gdy tak rozpaliłem nasz mały żelazny piecyk, że nikt prócz psa nie mógłby do niego podejść, a co on robił zawsze chętnie, wysuszając sobie nos do tego stopnia, że przypominał w dotyku papier ścierny i można by to wziąć za oznakę choroby, ale właśnie wtedy Wspólnik czuł się najlepiej. Wiedziałem, że tylko śmierć może go utrzymać z dala od źródła ciepła w czasie mrozów, ale udawałem, że jest inaczej, i poklepując koc, kpiłem z niego, że jest ofermą, któremu inni zjedzą śniadanie, ale czułem pod ręką tylko kamienną podobiznę psa, twardą i zimną, jakby całą noc leżała w śniegu na dworze. Kiedy owinąłem go kocem ciaśniej i podniosłem, nie był tak ciężki, jak się spodziewałem, mimo że stwardniał na kamień, był nawet lżejszy niż za życia, zwłaszcza w ostatnich latach, kiedy miał mniej ruchu, a więcej jedzenia. Widocznie jego duch miał swoją wagę.

Musiałem odwalić kawał roboty kilofem i łopatą, żeby

przebić zmarzniętą ziemię, a wpierw jeszcze trzeba było odrzucić trzy stopy śniegu, który stale nawiewało. Normalny wiatr, który wieje przez prerię, nie napotykając żadnych naturalnych przeszkód, był dokuczliwy jak zwykle, ale praca poszła szybciej, kiedego przedostałem się przez warstwę zmarzliny, a kopałem dość głęboko, bo nie chciałem, żeby jakieś zwierzę wygrzebało Wspólnika i pożywiało się nim. Kiedy dół miał już należytą głębokość, opuściłem ciało za pomocą lassa przywiązanego do dwóch końców zawiniątka i pożegnałem mojego przyjaciela po angielsku, czejeńsku oraz w języku Lakotów, i przeprosiłem go, jeżeli pochodził z innego plemienia i mógł się poczuć urażony językiem swoich wrogów. Ważniejsze od jego śmierci było to, jak troszczyliśmy się o siebie nawzajem przez wszystkie te lata, co śmierć zakończyła, ale nie mogła już zmienić tego, co stało się wspomnieniem. Możecie patrzeć na mnie z góry, jeżeli chcecie, za to, że tak się przyjaźniłem z psem, ale dbam o to nie więcej niż Wspólnik.

Nie mogę jednak zaprzeczyć, że odczuwałem brak towarzystwa ludzi, zwłaszcza z gatunku przyzwoitych kobiet, ale choć oczywiście oczekiwałem z utęsknieniem spotkania z panią Custer podczas występów w Nowym Jorku w następnym sezonie, to wiedziałem, że bardziej wskazane byłoby znalezienie sobie kobiety, która nie żyłaby wyłącznie w mojej wyobraźni, i nawet pomyślałem, że odpowiednią kandydatką mogłaby być młoda niewiasta, która świeżo dołączyła do zespołu „Dzikiego Zachodu", bo chociaż może nieco zbyt pulchna, była bardzo pociągająca, z ładną buzią otoczoną ciemnymi lokami, i na dodatek rozmawiała ze mną bardzo miło, co robiło na mnie duże wrażenie, póki się nie przekonałem, że dotyczyło to wszystkich mężczyzn. Nazywała się Lillian Smith i występowała jako strzelec wyborowy. Była naprawdę dobra i rywalizowała z Annie Oakley, ale nie podobały mi się jej przechwałki, że Annie jest już skończona.

Annie oczywiście nie mogła zrozumieć, dlaczego pułkownik Cody zatrudnił tę Dziewczynę z Kalifornii, jak ją ochrzcił John Burke, bo oprócz niej był jeszcze w zespole Johnny

Baker, który pobierał nauki u Annie i strzelał znakomicie, ale miał dość rozumu w głowie, żeby nie współzawodniczyć ze swoją mistrzynią. Tymczasem Cody, niezrównany znawca świata widowisk, wiedział nie tylko, że publiczność nigdy nie ma za dużo strzelających młodych dam, lecz również, że naturalna rywalizacja między nimi doprowadzi obie do wyższej formy, niż gdyby działały każda z osobna, bo nawet tak zrównoważonej osobie jak Annie nieobca była zazdrość, tym bardziej że miała wtedy lat dwadzieścia sześć, podczas gdy Lillian... ale najpierw muszę opowiedzieć o pewnym ironicznym szczególe. Kiedy zaledwie rok wcześniej po raz pierwszy ujrzałem Annie Oakley, wziąłem ją za uczennicę. W przypadku Lillian Smith uznałem, że jest w przybliżeniu w wieku Annie. W rzeczywistości Lillian miała wówczas lat piętnaście. Widocznie wprowadziła mnie w błąd ta jej „pełna" figura: autorką tego określenia była Annie, która używała go prawie zawsze, mówiąc o Lillian.

Faktycznie, Annie nigdy nie odezwała się dobrym słowem o swojej zawodowej rywalce, podejrzewając ją o lekkie obyczaje tylko dlatego, że Lillian nie była tak pruderyjna jak ona sama, a kiedy powiedziałem, że przecież dziewczyna nie jest mężatką, to z powodu tej uwagi Annie była na mnie obrażona przez jakiś czas i powiadam wam, że jak zwykle, kiedy w grę wchodziły kobiety, to ja na tym straciłem, bo miałem zbyt dużą konkurencję ze strony kowbojów, żeby dojść do czegoś z Lillian (która po niespełna roku wyszła za jednego z nich, niejakiego Jima Kidda), a zresztą i tak była dla mnie trochę za młoda, choć nigdy nie wyglądałem na swoje lata. Annie odnosiła się do mnie chłodno, nawet kiedy sprawa z Lillian została definitywnie zakończona.

W roku osiemdziesiątym szóstym całe lato spędziliśmy w jednym miejscu, na Staten Island, w uzdrowisku pod nazwą Erastina, do którego regularnie przybywały promy z miasta, pływające przez zatokę obok nowo wzniesionej Statuy Wolności. Otwarcie sezonu poprzedziła wielka parada na ulicach Manhattanu ze wszystkimi Indianami, dyliżansem do Deadwood, kowbojami na wspinających się koniach, platformami pełnymi bizonów i tak dalej, oraz z Niezrównaną Królową Strzelnic na swoim wierzchowcu przystrojonym w wymyślną kapę, zaprojektowaną i wykonaną przez Annie, z napisem OAKLEY po obu stronach dużymi literami, żeby mógł być odczytany przez tłumy, kiedy przejeżdżała ulicą. Wątpię, żeby zadała sobie tyle trudu, gdyby w tej samej paradzie nie brała udziału Lillian Smith, bo kiedy wróciliśmy do obozu, Frank musiał sprowadzić doktora, który stwierdził u Annie tak ostre zapalenie ucha, że wdało się zatrucie krwi i musiała pójść na kilka dni do szpitala, skąd jeszcze osłabiona czym prędzej wróciła, żeby nikt nie zdążył zająć jej miejsca w sercach publiczności.

Nie było takiej obawy, bo Lillian nie podbiła publiczności, nie mając ani stylu, ani wdzięku, ani figury Annie, i chociaż Johnny Baker był pierwszorzędnym strzelcem i Bill Cody też występował regularnie, zawsze na koniu, to było coś szczególnego w pięknej dziewczynie ze strzelbą. Na mężczyzn to działało, a kobiety, jak myślę, chciałyby być takie jak ona.

Teraz, kiedy zabrakło Siedzącego Byka i moich Czejenów, nie miałem żadnego określonego zajęcia, starałem się więc być pożyteczny, rzucając szklane kule i gliniane cele dla Lillian Smith, Johnny'ego Bakera i Buffalo Billa, a także pomagając Frankowi przy występach Annie. Tłumaczyłem też trochę przy nowej trupie Siuksów pod przewodem Oglali imieniem Amerykański Koń. A kiedy był potrzebny dodatkowy aktor w scenie napadu Indian na dyliżans do Deadwood jechałem jako ochroniarz. Cody zwykle upychał do wnętrza dyliżansu różne ważne figury, polityków albo zagranicznych dygnitarzy, którzy znajdowali przyjemność w tym, że się do nich strzela ze ślepaków i że wisi nad nimi udawana groźba oskalpowania.

Jednak kiedy szykowano odtworzenie Ostatniej Bitwy Custera, stałem się naprawdę potrzebny. Wciąż jeszcze nie zdradziłem się przed Codym osobistym uczestnictwem w prawdziwej bitwie i tym, że jestem jedynym na świecie autentycznym białym, który z niej ocalał. Co do Siuksów biorących teraz udział w pokazach, trudno było powiedzieć, czy któryś z nich uczestniczył w bitwie, bo wrogie uczucia wobec tych, którzy zabili Custera, nadal utrzymywały się wśród białych, i rzeczywiście uczestnicy tamtych wydarzeń mogli nie chcieć się do tego przyznać. Z drugiej strony było również wielu białych, zwłaszcza w miastach na Wschodzie, ludzi, którzy choć sami obawiali się gwałtu i przemocy, to podziwiali Indian jako bezlitosnych morderców i chętnie nagrodziliby każdego z nich, kupując fotografie i pamiątki, jak w przypadku Siedzącego Byka, niewątpliwie więc znaleźliby się Indianie gotowi przyznać się do czegoś, czego nie zrobili. Od tamtego czasu upłynęło dziesięć lat i dzisiejsi młodzi ludzie byli wtedy dziećmi, jeżeli w ogóle byli owego czerwcowego dnia gdzieś w pobliżu Tłustej Trawy.

Przygotowanie tego obrazu wymagało sporo czasu: jacyś artyści musieli namalować ogromne brezentowe tło przedstawiające dolinę Little Bighorn, które zapewne wyglądało bardzo przekonywająco dla kogoś, kto nie widział tego miejsca, trzeba było poszyć mundury dla kawalerii i tak dalej, a tymczasem musieliśmy dawać normalne przedstawienia na Staten Island, gdzie publiczność tak dopisywała w dzień i wieczorem (używaliśmy oświetlenia gazowego, rakiet i ognisk), że Cody i Salsbury postanowili pozostać w Nowym Jorku na całą zimę, przenosząc od listopada „Dziki Zachód" do hali Madison Square Garden i zatrudniając pisarza nazwiskiem Mackaye do napisania programu, który bardziej przypominał przedstawienie teatralne niż dotychczasowy ciąg scen opartych na popisach jeździeckich i strzeleckich.

Wynik tego, zatytułowany *Dramat cywilizacji*, składał się z pięciu oddzielnych aktów, poczynając od *Pierwotnego lasu*, ukazującego Indian i wypożyczone z cyrku dzikie zwierzęta (niektóre, jak lew afrykański zamiast pumy, niezbyt autentyczne); poprzez *Prerię* z polowaniem na bizony, pożarem na równinie i paniką wśród bydła; *Napad na chatę osadnika*, stary numer z pierwszego programu „Dzikiego Zachodu"; *Osadę górniczą*, mającą przedstawiać Deadwood, niszczoną na końcu przez cyklon tak potężny, że czasem naprawdę przewracał dyliżans, a wytwarzany przez ogromne wentylatory napędzane maszyną parową. Przedstawienie zamykała *Ostatnia Bitwa Custera*.

Między tymi scenami odbywały się pokazy jazdy konnej, popisy kowbojów, tańce indiańskie i występy strzelców, jak podczas przedstawień na otwartym powietrzu. Cody, Johnny Baker i Lillian Smith demonstrowali swoje umiejętności, natomiast Annie Oakley nadal miała muchy w nosie z powodu Dziewczyny z Kalifornii i w rezultacie nie tylko przechodziła samą siebie w posługiwaniu się wszelkiego rodzaju bronią palną – pistoletami, strzelbami i rozmaitymi karabinkami (właściciele hali podwyższyli dach o dwadzieścia pięć stóp ze względu na jej popisy strzeleckie) – ale dodała numery woltyżerskie, takie jak odwiązywanie podczas jazdy chustki zawiązanej wokół pęciny konia, podnoszenie z ziemi kapelusza i tak dalej, zachowując jednocześnie skromność w swoich strojach, które mimo całej tej ruchliwości nigdy nie odsłaniały nóg dalej, niż gdyby spokojnie stała.

Wreszcie wystawiliśmy tak długo przygotowywaną *Ostatnią Bitwę* i naturalnie był to nie byle jaki spektakl z Indianami nacierającymi na wzgórze, gdzie Buck Taylor w kurtce z frędzlami stał bohatersko, paląc z pistoletu pośrodku garstki błękitnych żołnierzy, ze mną jako bezimiennym sierżantem, ale oczywiście nie przypominało to historycznego wydarzenia ani żadnej innej bitwy między kawalerią a Indianami, jakiej byłem świadkiem, bo w prawdziwych bitwach okropne widoki i odgłosy są oddzielone długimi minutami, w których czas jakby się zatrzymał i nic się nie dzieje, a potem spoglądasz na człowieka stojącego obok ciebie i kula trafia go w głowę, a ty jesteś cały ochlapany jego mózgiem.

To, co mówię, nie ma być krytyką wersji „Dzikiego Zachodu", bo po kilku latach pracy stałem się zawodowcem, a to było przedstawienie bez rozlewu krwi, choć umierający zwykle chwytali się za pierś, żeby widownia wiedziała, gdzie zostali rzekomo trafieni. Strzały ze ślepej amunicji rozlegały się znacznie głośniej pod dachem niż na dworze i byłbym pewnie od nich ogłuchł, gdyby Cody, weteran sceny, nie zalecił nam zatkania uszu watą. I to oczywiście on wystąpił z pomysłem finału, jaki w rzeczywistości się nie zdarzył, ale nie zmieniając historycznej prawdy o śmierci Custera, wprowadzał pozytywnego bohatera, którego sam Bill Cody zawsze starał się uosabiać.

Po tym, jak Buck Taylor przyciskał dłoń do piersi i padał, udając śmierć, a reszta nas poległa już wcześniej (ja zawsze uważałem, gdzie padam, żeby jego wielkie zwłoki mnie nie przygniotły), Indianie zaś przestawali wrzeszczeć i strzelać, nadjeżdżał Buffalo Bill w ozdobnym stroju z jeleniej skóry i w wielkim białym kapeluszu na czele gromady kowbojów, którzy rozpędzali czerwonoskórych, po czym wspólnie z Billem ze smutkiem oddawali honory poległym, a tymczasem na dekoracji z tyłu ukazywał się napis: ZA PÓŹNO.

Jeżeli pamiętacie, mój pomysł odtworzenia Ostatniej Bitwy miał na celu doprowadzenie do osobistego spotkania z panią Libbie Custer, byłem więc bardzo poruszony, kiedy się dowiedziałem, że przyjęła zaproszenie na premierę, jednak podczas pierwszej części przedstawienia miałem tyle pracy za kulisami, że nie udało mi się wyjrzeć i zobaczyć, gdzie ona siedzi, ale Annie, schodząc po swoim numerze, powiedziała mi, że przygotowano dla niej lożę honorową udekorowaną wstęgami. Z kolei podczas występu nie mogłem rozglądać się po widowni, strzelając ślepakami ze swego springfielda do Indian, a wkrótce było już tyle dymu, że i tak nic się nie widziało.

Po występie byłem nie mniej zajęty, bo nie mieliśmy tak licznego zespołu jak podczas przedstawień na dworze i w najbardziej gorących chwilach nawet gwiazdy musiały się włączyć do pracy i odprowadzać konie do stajni, odnosić na miejsce sprzęt, ustawiać dekoracje na następny dzień, a kiedy wszystko to było zrobione, widzowie już dawno zdążyli się rozejść, a wśród nich pani Libbie C.

Znalazłem Billa Cody'ego w biurze, które on i Salsbury mieli na zapleczu areny.

– I jak poszło z panią Custer? – spytałem.

– Weź sobie naczynie – powiada Buffalo Bill – i nalej sobie z tej tam butelki. – Pod ścianą Nate Salsbury z kilkoma pomocnikami liczyli na stole stosy banknotów. Wszyscy byli uzbrojeni, a z boku stał wielki nowojorski policjant w wysokim granatowym hełmie i z wielkimi wąsiskami. Nie widziałem, żeby miał jakąś broń poza pałką. – A przy okazji poczęstuj także sierżanta O'Leary'ego.

– Ależ pułkowniku – powiedział policjant, puszczając perskie oko – nie chce pan chyba, żebym złamał przepisy? – Po czym wychylił szklankę, którą mu podałem, tak szybko, że nawet nie zamoczył wąsów.

– A jeżeli chodzi o tę uroczą i przemiłą wdowę, to gratulowała nam naszego przedstawienia – powiedział Cody.

– Widziałeś ją?

– Wyszła od nas może ze trzy minuty temu w otoczeniu kilku innych pań. Ta święta kobieta dochowuje wierności swojemu zmarłemu dziesięć lat temu mężowi. Gdybyż tylko wzorowały się na niej wszystkie amerykańskie żony! – Niewątpliwie myślał o swojej Lulu, z którą miał tyle kłopotów, ale mnie obchodziło teraz tylko to, że nie spotkałem się z najważniejszą dla mnie osobą na świecie.

Byłem tak rozczarowany, że nie interesowało mnie, jak oceniła przedstawienie, ale przez grzeczność spytałem o to.

– Oczywiście, że jej się podobało – powiedział Cody. – Przecież naszym jedynym celem było, nie szczędząc kosztów, pogłębić blask nieskazitelnej reputacji jej męża jako żołnierza i człowieka. – Tu zakręcił whisky w szklance, po czym wlał ją sobie w gardło. – Powiedziałem jej: „Pani obecność na tym przedstawieniu przyciągnie uwagę wszystkich zacnych Amerykanek, które będą uczestniczyć w pani dumie i moim triumfie".

– To ładnie – zauważyłem.

– Posłuchaj – mówi on – co mi odpowiedziała. „Drogi pułkowniku", tak powiedziała, „pańskie przedstawienie jest najbardziej realistycznym i wiernym obrazem życia na Zachodzie, które odeszło z nadejściem cywilizacji".

– Czy nadal jest piękna?

Cody skromnie opuścił na chwilę wzrok.

– Ona jest aniołem – powiedział z cieniem wymówki w głosie, jakby w moim pytaniu było coś niestosownego. Zawsze udawał świętoszka, kiedy rozmowa zeszła na kobiety, i pozostawię to bez komentarza. Powiem tylko, że Lulu, słysząc to, mogłaby wybuchnąć szyderczym śmiechem.

Jakby mało tego było, że tak niewiele spóźniłem się na spotkanie Libbie Custer z Buffalo Billem, to kiedy natknąłem się na Annie Oakley, dowiedziałem się, że pani C. odwiedziła ją w garderobie, żeby osobiście pogratulować strzeleckich i jeździeckich umiejętności.

– Gdzie się podziewałeś, Jack? – spytał mnie Frank. – Mówiliśmy potem: „Szkoda, że nie było z nami Jacka".

– Pracowałem – stwierdziłem nie bez goryczy. – Jak wiesz, ja tu nie jestem aktorem.

Natychmiast pożałowałem tych słów, ale żeby pokazać, jaką osobą była Annie, powiem, że odezwała się miło:

– On się z tobą drażni, Jack. Pani Custer zaprosiła Franka i mnie na herbatę w niedzielę.

– Ale ja jestem umówiony tego popołudnia z jednym z handlowych sponsorów Annie – mówi Frank. – I chciałbym, żebyś ty towarzyszył Annie.

Powiadam wam, że nie było milszych ludzi niż ci Butlerowie. Podejrzewałem od początku, że Frank nie miał żadnego spotkania i że zrobił to z przyjaźni, znając moją słabość do pani Custer. Ale jacy potrafią być ludzie, nawet kiedy wyświadczają komuś przysługę: kiedy później wspomniałem Frankowi o moim podejrzeniu, powiedział:

– To ty oddałeś mi przysługę, Jack. Picie herbaty z moją żoną i jakąś wdową to nie jest moje wyobrażenie o dobrej zabawie.

Przez kilka następnych dni żyłem w strachu, że złamię nogę w jakimś ryzykownym fragmencie przedstawienia, jak na przykład spotkanie dyliżansu do Deadwood z cyklonem, albo że przywali mnie padający Buck Taylor w scenie śmierci Custera, ale na szczęście dożyłem chwili, w której mogłem włożyć na siebie swoje najlepsze ubranie i czystą koszulę z nowym kołnierzykiem, specjalnie zakupionym na tę okazję i tak ciasnym, że początkowo myślałem, iż ani jeden łyk herbaty nie przejdzie mi przez gardło, i pojechaliśmy z Annie na Wschodnią Osiemnastą, gdzie mieszkała pani C., Annie wyjątkowo nie w swoim stroju strzeleckim, ale jak wielka dama w jedwabnej sukni, płaszczu obramowanym futrem i wspaniałym ogromnym kapeluszu, zgodnie z ówczesną modą.

I wreszcie otwiera nam drzwi sama Elizabeth Bacon Custer, którą ostatni raz widziałem, kiedy była młodą uroczą żoną żyjącego jeszcze generała, choć jego dni szybko zbliżały się do końca, ukochaną kobietą, do której pisał prawie codziennie, kiedy tylko byli rozdzieleni, z powodu której stawał raz przed sądem polowym za odwiedzenie jej bez pozwolenia w środku wojny z Indianami.

Teraz generał od dziesięciu lat nie żył, a ona miała za sobą dekadę smutku, ale dla mnie była nadal piękna jako kobieta czterdziestoletnia, co wówczas uważano za wiek poważny, a dla takiej Lillian Smith była to już w ogóle starość. Oczy miała wciąż świetliście szare, włosy z pełnym brązowym połyskiem, a delikatną okrągłą twarz nadal zdobił cudowny rumieniec. Była w czerni, jak słyszałem, niezmiennie od śmierci Custera, ale jej suknia miała najmodniejszy krój. Nie przewyższała mnie wzrostem.

W obecności Libbie Custer nie obchodziła mnie żadna inna istota ludzka, nawet Annie, bo oprócz jej urody i wdzięku łączyło mnie z nią coś szczególnego, od czego ważniejsze mogłoby być tylko uratowanie jej życia – byłem z najdroższym jej na świecie człowiekiem w chwili jego śmierci.

W saloniku pełno było fotografii jej męża, stały na każdym stole i nad kominkiem obok marmurowego popiersia, ukazując go w różnych wersjach munduru, prawie zawsze z gwiazdkami, częściej z dwiema generała majora niż z jedną brygadiera, które to rangi tytularne zdobył w wojnie secesyjnej i z powodu których nazywano go chłopcem generałem, bo miał wtedy zaledwie dwadzieścia parę lat, podczas gdy w ostatnim dziesięcioleciu swojej służby, tym najlepiej pamiętanym ze względu na zakończenie, miał stopień podpułkownika armii regularnej, chociaż nikt się tak do niego nie zwracał. Oficerów z zasady tytułowano najwyższą rangą, jaką kiedykolwiek osiągnęli, traktując to jako sprawę wojskowej uprzejmości, nie można więc mieć pod tym względem pretensji do Custera.

Starałem się i staram oddać sprawiedliwość temu człowiekowi, który, jak to wyraźnie stwierdziłem wcześniej, narażał mi się od pierwszego spotkania, choć i wcześniej byłem do niego uprzedzony z powodu jego napaści na obóz Czarnego Kotła nad Washitą, podczas której zginęła moja czejeńska rodzina. Nie polubiłem go bardziej po tym, jak byłem świadkiem jego śmierci (co czeka nas wszystkich i nie stanowi samo w sobie żadnego wyróżnienia), ale musiałem przyznać, że zrobił to z klasą. Przegrał bitwę, stracił wszystkich żołnierzy, uroczą żonę, swoją przyszłość i wojskową reputację, aż nadto, żeby zrujnować wiarę w siebie, a tymczasem Custer ani na chwilę nie zwątpił w absolutną słuszność tego, co robi. Jeżeli nawet rzeczywistość mówiła co innego, do niego to nie docierało. Myślę, że byłbym zafascynowany jego przypadkiem nawet bez osobistego zaangażowania, bo sam byłem typem dokładnie przeciwnym, jak się już może zorientowaliście, słuchając tej opowieści o moich losach. W moim życiu niewiele było zamierzeń, a jeszcze mniej czynów, co do których nie miałem wątpliwości. Kiedy się obejrzałem za siebie, moje dzieje były jedną wielką serią błędów, a wątpię, żeby Custer żałował czegokolwiek, co zrobił. Myślę, że gdyby Bóg powiedział do niego w zaświatach: „George, poddam cię pewnej próbie. Cofnę zegar do chwili twojego przybycia nad Little Bighorn i będziesz mógł pokierować wszystkim od nowa w świetle tego, co wiesz teraz. Czy coś byś zrobił inaczej?" A Custer by odpowiedział: „Nie, Panie".

Nie dlatego, że by nie chciał, ale raczej dlatego, że by nie mógł: o tym zawsze trzeba w związku z nim pamiętać.

I oto widzę panią Libbie po tylu długich latach i zamiast mówić o niej, rozwodzę się na temat jej nieżyjącego od dziesięciu lat męża. Cóż, tak wyszło podczas spotkania, o którym mówię, i to przez nią. Zaczęła od tego, jak generał byłby zachwycony sprawnością Annie we władaniu bronią i że na pewno podzieliłby jej aprobatę dla troski, z jaką Buffalo Bill tak wiernie odtworzył bitwę, chociaż przyznała, że w ostatniej chwili zamknęła oczy.

Kiedy Annie skomplementowała ją za świeżo wydaną książkę, pani Custer nie musiała zmieniać tematu, bo cała książka była o generale, i powiedziała, że chce, aby książka i artykuły, które pisze teraz dla prasy, przyniosły dochód wystarczający na pokrycie kosztów pozbycia się „monstrualnej" figury jej męża wzniesionej w West Point.

Kiedy Annie spytała, jak jej się podoba Nowy Jork, w którym mieszkała od paru lat, Libbie odpowiedziała, jak mili są tu dla niej ludzie, ale jedyne jej szczęśliwe wspomnienia wiązały się z pobytem tutaj razem z generałem, który tak uwielbiał tutejsze eleganckie restauracje, sklepy i teatry.

– Przyjaźnił się z panem Lawrence'em Barrettem, którego portret wisiał w gabinecie Armstronga w naszej rezydencji w Fort Lincoln.

Barrett był słynnym w owym czasie aktorem. Niektórzy twierdzili, że Custer zapożyczył od niego pewne dramatyczne gesty, ale mogę was zapewnić, że jeżeli ktoś się tu u kogoś uczył, to było dokładnie odwrotnie. W tej akurat dziedzinie George Armstrong Custer nie potrzebował nauczycieli, choć żadne ze zdjęć wystawionych w salonie nie oddawało mu sprawiedliwości pod tym względem, jak to większość fotografii, co jednak nie dotyczyło na przykład Billa Cody'ego, zawsze równie pięknego tak na zdjęciach, jak i w życiu. Przekonałem się, że tak jest ze wszystkimi ludźmi mającymi doświadczenie aktorskie – widocznie potrafią ustawiać twarz w stosunku do światła.

Tego Lawrence Barrett mógłby nauczyć swojego przyjaciela, bo aparat fotograficzny nie był łaskawy dla Custera. Cerę na zdjęciach miał niezdrową, włosy tłustawe, jeżeli nie brudne, a wąs wymagał przycięcia. Jego codzienny mundur sprawiał wrażenie pomiętego, natomiast strój odświętny, który specjalnie dla siebie zaprojektował, pełen gwiazd i mosiężnych guzików, wyglądał błazeńsko. Ale jeżeli nigdy nie widzieliście generała na jednym z jego dziarskich wierzchowców, nigdy nie zrozumiecie, co to była za postać: koń tańczy i parska, Custer sprawia wrażenie, że panuje nad zwierzęciem wyłącznie siłą woli, trzymając wodze lewą ręką pozornie bez najmniejszego wysiłku, prawą zaś uchylając kapelusza i zamiatając nim w powietrzu. Jaka szkoda, że zginął, zanim pan Edison udoskonalił kinematograf. (Nawiasem mówiąc, Tom Edison też przyszedł na przedstawienie „Dzikiego Zachodu" na Staten Island i on również gratulował Buffalo Billowi).

Annie przedstawiła mnie, podobnie jak to robił Cody, kiedy poznawałem kogoś nowego, jako kapitana Jacka Crabba. Tak się przyzwyczaiłem do tego tytułu, że nawet się nad tym nie zastanawiałem, ale teraz nagle musiałem to zrobić, bo powstała niezręczna sytuacja.

Mówiąc nieustannie przez pierwsze pół godziny na temat swojego męża, Libbie Custer w pewnym momencie spojrzała prosto na mnie.

– Proszę o wybaczenie, kapitanie, ale jako żona kawalerzysty powinnam już dawno spytać, w którym pułku pan służył. Wiem tylko, że nie był to Siódmy za moich czasów, bo znałam wszystkich oficerów Armstronga, jak członków rodziny, którymi w istocie byli.

– To prawda, proszę pani – powiadam. – Ten stopień jest, że tak powiem, honorowy. – Rzecz jasna nikt nie lubi obniżać swojej pozycji w oczach dam, które całkiem słusznie podziwiały naszych bohaterskich żołnierzy, pośpiesznie więc dodałem: – Ale służyłem w wojsku w innym charakterze... – Tutaj się zawahałem, bo przez te dziesięć lat, które miałem na przygotowanie się do spotkania z panią Custer, nie zdecydowałem się, co mam jej powiedzieć o ostatnich chwilach jej męża. Ile z tego, co mógłbym powiedzieć, sprawiłoby jej tylko ból?

Jeżeli o to chodzi, to nadal nie mogłem się zdecydować, co sądzić o tym człowieku. Kiedy tylko zaczynałem myśleć o tym, co w nim podziwiałem, natychmiast przypominałem sobie, że mam wystarczające powody, żeby uważać go za wroga. Z drugiej strony, kiedy ogarniała mnie nienawiść do niego jako do drania, który przy dźwiękach pułkowej orkiestry grającej *Garryowen* pewnego zimowego poranka napadł na spokojną czejeńską wioskę nad Washitą, przypominały mi się jego ostatnie chwile, sam na sam ze śmiercią, na tym wzgórzu nad Little Bighorn. Przynajmniej, w przeciwieństwie do mnie, nigdy nie miał wątpliwości, kim jest, podobnie jak jego indiańscy przeciwnicy.

Jednak ze strony pani Custer nie musiałem się niczego obawiać, bo zauważywszy moją obecność, natychmiast powróciła do swojego ulubionego tematu, co i tak by zapewne zrobiła, choćbym mógł się pochwalić najbłyskotliwszą karierą wojskową. Prawdopodobnie, gdyby w ogóle o tym pomyślała, wolałaby, żebym nigdy nie wąchał prochu i żeby cała sława świata przypadła generałowi.

Pewnie myślicie teraz, że spotkawszy się wreszcie z panią Custer, przeżyłem wielkie rozczarowanie, kiedy okazało się, że jest fanatyczną wdową po najbardziej zapatrzonym w siebie człowieku swoich czasów. W istocie nie byłem wcale rozczarowany, a co więcej, uczucie, jakie żywiłem do niej w wyobraźni, stało się teraz równie silne w rzeczywistości, choć przybrało nieco inny charakter. Zacząłem uważać, że Custer miał jakieś nie znane mi cechy, skoro kobieta taka jak Libbie mogła być tak nim urzeczona.

Annie, jako kobieta, a w dodatku sama szczęśliwie zamężna, interesowała się tematem w sposób naturalny, bez mojego osobistego stosunku do generała, którego znała tylko jako męczennika z relacji prasowych i z opisu, jaki kiedyś przedstawił jej Siedzący Byk, chyba tylko po to, żeby jej sprawić przyjemność, bo jak już wspomniałem, nad Tłustą Trawą Siedzący Byk nigdy nie znalazł się w pobliżu generała. „Stał jak snop kukurydzy, kiedy wszystkie inne już się przewróciły", powiedział.

– Opowiada się wzruszającą historię o tym – mówiła Libbie – jak to mój mąż i ja spotkaliśmy się po raz pierwszy jako dzieci w moim rodzinnym miasteczku Monroe w stanie Michigan. Armstrong przyjechał z Ohio w odwiedziny do swojej siostry. Ja huśtałam się na naszej bramie i kiedy on przechodził, zawołałam: „Jak się masz, Custer?" – Po raz pierwszy podczas naszej wizyty uśmiechnęła się naprawdę, nie tylko przez grzeczność, i było to tak, jakby słońce wyszło zza chmur. Na pewno miała już te dołeczki jako mała dziewczynka. Lata się zgadzały i mogłaby to samo powiedzieć do mnie, gdybym miał szczęście mieszkać w Michigan przy ulicy pełnej białych ganków. Mogłem sobie wyobrazić jej melodyjny głos wołający: „Jak się masz, Crabb?"

Annie też była wyraźnie poruszona.

– I wtedy się w sobie zakochaliście – powiada, pochylając głowę z zaciekawieniem.

Pani Custer siedziała tak blisko, że mogła położyć rękę na ramieniu Annie.

– Czyż to nie byłoby urocze, moja droga? – spytała. – Ale nic takiego się nie zdarzyło. Cała historia jest wymyślona.

Annie posmutniała na tę wiadomość i niech mnie licho, jeżeli i ja nie poczułem się rozczarowany. Libbie potrafiła narzucić innym swój sposób widzenia, kiedy więc zaczęła snuć opowieść o tym, jak naprawdę poznała „Armstronga", którego parokrotnie w szczególnie romantycznych scenach nazwała „Autie", tak się wciągnąłem w ich historię, że chociaż wiedziałem, jak się skończą te zaloty, słuchałem w napięciu relacji o wielomiesięcznych staraniach Custera o przychylność najpierw niechętnej Libbie, najpiękniejszej dziewczyny w Monroe, będącej przedmiotem westchnień każdego, kto tylko nosił spodnie, włącznie ze śmiałkami usiłującymi, zawsze daremnie, skraść jej całusa, a potem, kiedy już podbił jej serce – z kolei jej papy, sędziego i jednej z podpór społeczeństwa w tym regionie.

Prawdę mówiąc, do dziś podziwiam Custera, że tyle uwagi poświęcał staraniom o rękę Libbie, walcząc jednocześnie na wojnie akurat dość daleko od Michigan, i to walcząc znakomicie. Wyszedł właśnie z akademii w West Point, którą ukończył na ostatniej pozycji, zajmując się głównie robieniem kawałów i gromadzeniem upomnień, ale jak tylko zaczął dowodzić szarżami kawalerii, stał się jankeskim J. E. B. Stuartem* i gromił rebeliantów w każdym prawie starciu, w rezultacie zostając w wieku lat dwudziestu trzech najmłodszym brygadierem w armii Unii. W końcu nawet stary sędzia Bacon musiał skapitulować i zaakceptować go jako zięcia.

Dla kogoś, kto tak jak ja znał tego człowieka z zupełnie innej strony, spojrzenie jego wdowy było czymś nowym. Słyszałem o jego błyskotliwej karierze na wojnie, ale ludzie z Siódmego Pułku, których poznałem w drodze nad Little Bighorn, gdzie wszyscy zginęli, najczęściej wspominali o stratach pod komendą Custera, zawsze większych niż w innych oddziałach, był to więc jeszcze jeden rekord ustanowiony przez chłopca-generała. Wspominam o tym, żeby podkreślić, że zupełnie o tym nie myślałem, słuchając opowieści pani Libbie o jej bohaterze. Początkowo traktowała go jak jeszcze jednego młodzieńca, którego zapały musiała powściągać, a także osobę bez pozycji społecznej, z rodziny demokratów i metodystów, podczas gdy ona była najwyższej jakości produktem Seminarium dla Młodych Dam i Instytutu Kolegialnego.

Przynajmniej przez chwilę tak mnie ta opowieść wciągnęła, że kibicowałem Custerowi jako młodemu człowiekowi usiłującemu przebić się w świecie. Czułem niejakie podobieństwo do niego, nawet w swoim ówczesnym wieku.

– Jednak źródłem zastrzeżeń mojego ojca – kontynuowała Libbie – był pewien incydent, który zdarzył się na początku wojny. Kiedy wracał wieczorem do domu, zobaczył na ulicy zataczającego się, zupełnie nieprzytomnego młodego człowieka w mundurze oficera. – Ściągnęła swoje delikatne usta i ze smutkiem spuściła oczy, by po chwili unieść głowę, już znowu uśmiechnięta. – Na nieszczęście ojciec rozpoznał w tym młodym oficerze chłopca Custerów, którego ja jeszcze wtedy nie znałam!

---

* James Ewell Brown Stuart (1833–1864) – zwany Jebem, legendarny zwiadowca i dowódca kawalerii w armii Konfederatów.

Żebyście zrozumieli, jak byłem urzeczony, powiem, że stanąłem po stronie Custera: na litość boską, był przecież na urlopie z frontu. Jakim prawem krytykował go jakiś stary cywilny abstynent? Na szczęście nic nie powiedziałem, bo Libbie zaraz dodała, że chociaż młody Autie wtedy zawinił, to skutki tego okazały się dobre.

– Siostra Armstronga, Lydia, u której się zatrzymał w Monroe, ujrzała ten sam przygnębiający widok i zażądała od niego obietnicy, że nigdy więcej się nie upije. Stojąc na baczność, jak przystało na żołnierza, Autie złożył przysięgę: „Taka obietnica to za mało! Niniejszym przysięgam nigdy odtąd nie brać do ust alkoholu w żadnej formie". I dotrzymał słowa do końca życia – dodała, patrząc nam kolejno w oczy, po czym odwróciła się i spojrzała na jego popiersie. – Jest wiele rzeczy, których świat nie wie o moim mężu. Czy uwierzylibyście, że ktoś taki jak on może płakać na przedstawieniu *East Lynne*? Zapewniam was, że tak było.

Coś więc jednak łączyło mnie z tym człowiekiem – i mnie łzy napłynęły do oczu na tym samym przedstawieniu, które oglądałem w Tombstone, i czułbym się zawstydzony, gdyby nie to, że niektórzy górnicy wraz z częścią szulerów i innych nicponi szlochali chwilami tak głośno, że prawie zagłuszali aktorów.

– Mój mąż – mówiła tymczasem Libbie – miał jedną wadę i podczas naszego miesiąca miodowego w tym tutaj mieście udał się do frenologa, który po szczegółowym badaniu głowy Armstronga zidentyfikował ten słaby punkt.

Przyznaję, że zaskoczyło mnie to stwierdzenie, bo byłem coraz bardziej zauroczony jej opowieścią.

– Rzeczywiście, proszę pani? – spytałem.

– Przesada – powiedziała. – Wynik tytanicznych zasobów energii, odwagi, hojności, uczciwości i dobroci, wszystkich tych cech, których tak rozpaczliwie brakowało i brakuje jego krytykom. – Podczas wygłaszania tych słów jej twarz przybrała surowy wyraz i dopiero teraz uśmiechała się ponownie. – Do listy jego cnót powinnam dodać poczucie humoru. W West Point Armstrong zajmował tradycyjnie ostatnie miejsce w klasie, ponieważ wykorzystywał swoje talenty raczej do robienia psikusów niż do nauki. Na ostatnim roku najsłabszy był z taktyki kawalerii! A potem poszedł na wojnę i mając niewiele ponad dwadzieścia lat, został jednym z najznakomitszych dowódców kawalerii po obu stronach konfliktu. Co do tego nie ma najmniejszej wątpliwości. Pod Yellow Tavern jego Brygada z Michigan spotkała się oko w oko ze słynnymi Niezwyciężonymi Jeba Stuarta i na koniec dnia generał Stuart poległ, Armstrong zaś był zwycięzcą.

Rzeczywiście, Custer był wówczas nie do pokonania i zaczęto nawet mówić o „szczęściu Custera". Sam popadłem chwilowo w taki nastrój, że chciałem wesprzeć panią Libbie w jej dziele.

– Słyszałem, że pod generałem więcej niż raz ubito konia – powiedziałem.

– Cztery razy – uściśliła pani Custer. – Kiedyś odstrzelono mu but i wrócił do Monroe leczyć ranę nogi tak lekką, że zaraz poszliśmy na tańce. – Oczy jej się zaświeciły. – Na bal kostiumowy, mogę dodać. Ja poszłam przebrana za Cygankę, z chustką na głowie i tamburynem. – Tu pochyliła się w stronę Annie. – Nigdy pani nie zgadnie, jak przebrał się Armstrong.

Gdyby pytanie było skierowane do mnie, mógłbym odpowiedzieć bez żadnej z mojej strony ironii: „Za wodza Indian".

Kiedy jednak Libbie wymieniła imię, nie rozpoznałem go, podobnie jak Annie, bo ją później o to pytałem. Powtórzę tu to, co wtedy usłyszałem, Luji Sęz. Dopiero kilka lat później, kiedy „Dziki Zachód" występował w Paryżu, dowiedziałem się, co ona powiedziała – a co zapamiętałem ze względu na dziwaczność. Otóż tak Francuzi nazywają swojego króla Ludwika Szesnastego. Powiedział mi to pewien bogaty Francuz, który podobnie jak wielu z nich, miał bzika na punkcie Indian i kowbojów i nigdy nie znudził się oglądaniem, jak „Custair" umiera na przedstawieniu. Kiedy mu opowiedziałem tę historię, twierdził, że musiałem źle usłyszeć numer króla. To musiał być Luji Katorz albo Luji Kęs, co znaczy Czternasty albo Piętnasty, bo nikt nie chciałby być Szesnastym, któremu podczas rewolucji ucięto głowę. Byłem wówczas tak ciemny, że myślałem, że to Francuzikowi coś się poplątało: George Washington pobił w czasie rewolucji króla Anglii, ale głowy mu nie uciął.

Chociaż więc żadne z nas nie wiedziało, o co chodzi, roześmialiśmy się uprzejmie w ślad za panią Custer, która dała nam następnie przykład dowcipu Armstronga w West Point, jak nadal uważam, całkiem niezłego. Otóż na lekcji języka hiszpańskiego Custer zapytał nauczyciela, jak będzie po hiszpańsku: „Koniec lekcji", a kiedy ten powiedział, Custer wstał i wyszedł z klasy, a za nim pozostali kadeci.

– Kiedy się pobraliśmy, często bywałam celem jego żartów, a sekundował mu w tym jego brat Tom, stary wspólnik w pokpiwaniu z ojca, co zresztą nadal robili, mimo że był on już starszym dżentelmenem.

Nad Tłustą Trawą Indianie tak okaleczyli trupa Toma Custera (niektórzy biali mówili, że zrobił to osobiście Deszczowa Twarz), że nigdy bym go nie rozpoznał, gdyby nie inicjały wytatuowane na ręku: tak go widziałem po raz ostatni. Wraz z Tomem poległa większość męskiej młodzieży klanu Custerów: młodszy brat Boston i siostrzeniec Autiego, Reed, syn siostry Lydii, wobec której przyszły generał ślubował nie pić alkoholu, i mąż siostry Margaret, porucznik Calhoun. Nie można było przejść obojętnie obok takiej straty, nawet jeżeli się nie było krewnym nikogo z nich, ale to samo działo się z większością znanych mi rodzin czejeńskich. Smutek nigdy nie jest wyłącznie naszym udziałem, choć w naturze ludzkiej leży, żeby myśleć inaczej.

Libbie jednak wspominała teraz ich złote lata i kontynuowała z dziewczęcym chichotem:

– Choć miałam dwadzieścia dwa lata, te dwa łobuziaki nazywały mnie panią starszą. Wydaje mi się, że zgodnie z powszechnie uznanymi prawami wojny Autie mógł zająć na kwaterę dom pewnego farmera w dolinie Shenandoah, ale zgodnie ze swoim zwyczajem grzecznie poprosił (ostatecznie wielu jego przyjaciół z West Point nosiło teraz szare mundury), na co właściciel, stary Niemiec, odpowiedział

„Panowie, ja nie mam nic przeciwko, ale pani starsza bardzo wierzga".

Pani Custer pamiętała wiele innych historii ze swojego jakże krótkiego pożycia z generałem i jak słyszałem, spisała je wszystkie w kilku książkach, przedstawiających prawie dzień po dniu wspólnie spędzone dwanaście lat, nigdy nie ujawniając najmniejszej skazy w obrazie idealnego męża i niezrównanego dowódcy, i albo przekonała większość ludzi, albo zamknęła usta potencjalnym krytykom, nie chcącym urazić osoby, która tyle wycierpiała nie z własnej winy, a musicie wiedzieć, że wierność żon i wdów była w owym czasie uważana za jedną z największych cnót kobiecych. Nigdy nie słyszałem o niej, żeby kiedykolwiek spotkała się z innym mężczyzną inaczej niż w towarzystwie. Była kimś jedynym w swoim rodzaju, podobnie jak G. A. Custer, i cieszę się, że ją poznałem, nie tylko ze względu na moje nią zauroczenie, które przechowywałem w sercu w miejscu przeznaczonym na chronienie takich uczuć na wieczne czasy, ale także żeby uzyskać bardziej zrównoważone spojrzenie na generała. Chociaż wątpię, żebym kiedykolwiek zdołał się dowiedzieć o nim czegoś, co pozwoliłoby mi go polubić, to przynajmniej byłem w stanie spojrzeć na niego jej oczami i nawet przez chwilę poczuć żal, że nie przeżył tej ostatniej kampanii i nie mógł jesienią siedemdziesiątego szóstego roku wygłosić zaplanowanego wykładu dla studentów o tym, jak to pacyfikował Siuksów i Czejenów poprzedniego lata.

Niestety, ta urocza wizyta u pani Custer zakończyła się nieprzyjemnym zgrzytem, za który chyba nikogo nie można winić.

Pani Libbie, opowiadając o jakiejś wytwornej kolacji, na którą ona i Armstrong zostali zaproszeni do pewnego bogatego domu, wspomniała raz jeszcze, że jej mąż z powodu swojej dawnej przysięgi nie mógł nawet spróbować szampana i innych drogich win, ale ona nie składała takiego ślubowania i mogła się nimi cieszyć. Jak dotąd wspomnienie było przyjemne, ale nagle nasza gospodyni posmutniała.

– Mam powody, żeby uważać – powiedziała – że nigdy

by nie doszło do tej tragedii w Montanie, gdyby jego podwładni też złożyli taką przysięgę i wiernie jej dotrzymywali. To prawda, że jeżeli chodzi o oficerów Siódmego Pułku i picie, to niektórzy z nich cuchnęli jak chodzące gorzelnie, wątpię jednak, żeby miało to coś wspólnego z ich klęską.

W tym momencie Libbie już tak przeciągnęła mnie na swoją stronę, że niepotrzebnie jej przytaknąłem.

– Część Indian rzeczywiście mówiła, że wielu żołnierzy nad Little Bighorn wyglądało na pijanych – powiedziałem. Chyba już wspominałem, że czerwonoskórzy chętnie mówili to, co mogło się spodobać ich białym słuchaczom, i czy to nie ciekawe, że zarówno jedni, jak i drudzy uważają, że stanem upojenia można wytłumaczyć każdą katastrofę? Ani whisky, ani jej brak nie zmieniłyby wyniku bitwy nad Tłustą Trawą.

Rzecz jednak w tym, że naraziłem się, wspominając w obecności pani Custer o Indianach. Jej delikatne policzki zarumieniły się, a w oczach pojawił się błysk nienawiści, o jaką nigdy bym nie podejrzewał osoby tak wrażliwej.

– Proszę nigdy nie wspominać dzikusów w mojej obecności – powiedziała – bo będę musiała pana wyprosić. Przepraszam, jest pan moim gościem, ale nie zniosę podobnych aluzji.

Pomyślicie może, że gotów byłem na każde poniżenie, żeby zatrzeć wrażenie swojej niezręczności, ale w tym przypadku nie mielibyście racji. Nie poprosiłem jej o wybaczenie. Custer zaatakował ten wielki obóz nad Little Bighorn, chcąc zabić jak najwięcej wojowników. To, że stało się akurat odwrotnie, było zgodne z zasadami gry. Dostał to, co mu się należało, nie na zasadzie zemsty, ale losów wojny. Ci, których ja kochałem, też zginęli z ręki wroga, a kiedy się to stało już w moim dorosłym życiu, rzecz jasna, nienawidziłem ich zabójcy, George'a Armstronga Custera. I dlatego nie miałem do niej pretensji z powodu jej uczuć.

Cóż, osiągnąłem jeden ze swoich celów, spotkałem wreszcie kobietę, o której tak długo myślałem, i nie czułem się rozczarowany. Libbie Custer należała do dam, dla których wielu mężczyzn gotowych byłoby zginąć młodo, gdyby Bóg zażądał od nich takiej ceny, i chyba ja też byłem jednym z nich. Jak się okazało, żyła prawie tak długo jak ja, z dokładnością do paru dziesięcioleci, i zmarła dopiero w latach trzydziestych. Widziałem ją potem tylko z daleka, w loży na przedstawieniach „Dzikiego Zachodu", na których bywała częstym gościem, w swoim śmiałym kapeluszu z piórami, ale Annie się z nią zaprzyjaźniła i spędzały razem wiele godzin, haftując i prowadząc damskie rozmowy, dzięki czemu Annie doskonaliła swoje światowe maniery.

Skoro mowa o Annie, to kiedy tamtego dnia wyszliśmy od pani Custer, odezwała się nie na temat naszej wizyty, tylko wspomniała, że powinienem sobie sprawić nowego psa, jeżeli tak tęsknię za Wspólnikiem.

Przysięgam, że nie rozmawiałem z nią o Wspólniku, odkąd przed rokiem powiedziałem jej o jego śmierci, nie wiem więc, czy była to kobieca intuicja, czy też przypomniało się jej o nim w związku z tym, że sama musiała poszukać jakiegoś psiaka na miejsce małego George'a.

– Cóż, myślę, że trzeba będzie z tym poczekać, aż wrócimy zza wielkiej wody – powiedziałem, wiedząc, że Cody podzielił się z nią, tak jak i ze mną, swoim najnowszym genialnym pomysłem, który według mnie przebijał wszystkie dotychczasowe. Miał zamiar zabrać cały zespół za ocean, żeby wystąpić przed królową angielską, tą samą, którą podczas mojego pobytu wśród Czejenów nazywaliśmy Babcią, i do której należała Kanada.

Na koniec, jeżeli się zastanawiacie, czy pani Custer poczęstowała nas herbatą, to mogę powiedzieć, że chyba tak, ale było to dla mnie tak mało ważne, że nie pamiętam.

15. BABCIA ANGLIA

Teraz, kiedy mamy wyjechać na jakiś czas z Nowego Jorku, uświadamiam sobie, że niewiele powiedziałem o tym mieście, największym, jakie dotąd widziałem, a bierze się to stąd, że nie było to miejsce, w którym moje talenty, umożliwiające mi utrzymanie się przy życiu na zachód od Missisipi, miałyby duże zastosowanie. Nie byłem tak zielony (Libbie Custer używała słowa „naiwna", kiedy mówiła o sobie jako o młodej mężatce prosto z Monroe w stanie Michigan), żeby kupić most Brooklyński, jak głoszą popularne anegdoty, bo wiedziałem, że został niedawno zbudowany i nikt by go tak szybko nie sprzedał, co odnosiło się również do Statuy Wolności, i wiedziałem też, że kiedy się je w eleganckiej restauracji jak Delmonico, to nie należy nadziewać kawałków mięsa na czubek noża ani dłubać w zębach w towarzystwie dam i tym bardziej bekać, bo podobna etykieta obowiązywała w lepszych zakładach w Tombstone. Ale poza tym wiedziałem niewiele.

Cody natomiast był w swoim żywiole, chociaż pochodził z tych samych stron co ja i rzeczywiście służył w wojsku jako zwiadowca, walczył z Indianami i polował na bizony. Różnica polegała na tym, że on znalazł sposób na uzyskanie przewagi nad ludźmi stojącymi towarzysko wyżej od niego, odgrywając romantyczną postać z Pogranicza, najbardziej amerykańskiego z Amerykanów, podczas gdy finansistów i polityków można znaleźć w każdym kraju. Bawił się więc znakomicie, ubrany w jelenie skóry z frędzlami i kapelusz z tak szerokim rondem, że na prerii wiatr by mu go zerwał z głowy w ciągu sekundy, podejmowany przez najwybitniejsze postacie swoich czasów i ich małżonki na salonach, co przez jakiś czas uważałem za elegantszą wersję miejsc, w których ja sam spędziłem znaczną część życia, czyli saloonów.

Annie i Frank też byli lubiani w Nowym Jorku, ale oni często wyjeżdżali za rzekę do New Jersey, gdzie ona, jako dziewczyna z małego miasteczka, czuła się lepiej i gdzie nawet chcieli kupić sobie dom.

Faktem jest, że przebywając w stolicy amerykańskiej cywilizacji, odczuwałem w sercu pociąg do mojej prymitywnej przeszłości, utożsamiając się z Indianami, tak jak mi się to od lat nie zdarzało. Te ulice wypełnione tłumem ludzi i pojazdów, kolej biegnąca po rusztowaniach nad głową, z lokomotywami plującymi czarnym dymem i gorącymi iskrami, i ten hałas! Znałem dwa języki indiańskie i coś, co od biedy można uznać za angielski, a także więcej niż trochę hiszpański, ale nic mi to nie pomagało, kiedy usiłowałem się dogadać na ulicach Nowego Jorku, a ja rozumiałem jeszcze mniej, kiedy ktoś odzywał się do mnie. Wyglądało na to, że wszyscy w tym mieście są dla siebie cudzoziemcami.

Tak więc niewiele mam do powiedzenia na temat tego, co się działo poza naszym zespołem, prócz tego, co nie zmieniało się, odkąd Holendrzy kupili tę ziemię za garść świecidełek. Żyli tu ludzie tak bogaci, że ich domy wydawały się małymi prywatnymi państwami z własnym wojskiem, a ich samych widywało się tylko przelotnie, kiedy wysiadali ze swoich powozów (chyba że jak Cody zostało się zaproszonym do nich na ucztę). Również ulice, przy których mieszkali, były szerokie i niesamowicie czyste, jeżeli wziąć pod uwagę liczbę przejeżdżających nimi koni. Czasami tuż za rogiem zaczynały się inne ulice, brudne, zatłoczone, gdzie o każdej porze dnia i nocy widziało się, kto tam mieszka, bo wszyscy przebywali na zewnątrz, szwargocząc w językach zupełnie dla mnie niezrozumiałych, a dzieciaki były potwornie rozdokazywane: przeklinały, pluły, podkradały towar ulicznym sprzedawcom, a nawet sikały na oczach wszystkich.

W Nowym Jorku dużo się też politykowało, a przynajmniej tak słyszałem, ale tak jest zawsze, kiedy dużo ludzi zbierze się w jednym miejscu, i skoro było z tym kiepsko w Dodge i Tombstone, to pomyślcie, co się musiało wyrabiać tutaj.

Sami widzicie, że Nowy Jork i ja mieliśmy niewiele wspólnego, czego należało oczekiwać po ciemniaku z prowincji takim jak ja, czemu bynajmniej nie zaprzeczam. Ostatecznie pani Libbie Custer uznała to miasto za miejsce, w którym może spędzić resztę życia, a to powinno być wystarczającą rekomendacją. Co do mojego stanowiska w tej kwestii, to wyłożył je wódz Siuksów, Amerykański Koń, w tłumaczonym przeze mnie wywiadzie dla jednej z nowojorskich gazet.

Zapytany, co sądzi o tym mieście, ów Oglala powiedział: „Jest piękne i dziwne, i to tak bardzo, że często aż kręci mi się w głowie, i wtedy chciałbym się znaleźć gdzieś w lesie, przykryć się kocem i spróbować uporządkować to, co widziałem".

Raz po raz ktoś wpadał na genialny pomysł, żeby zetknąć naszych Indian z wyższymi przejawami miejscowej kultury i *vice versa*, w związku z czym ciągnięto ich do miejsc takich jak kościoły, na przykład do tego w Brooklynie po drugiej stronie East River, gdzie w każdą niedzielę wielebny Henry Ward Beecher wygłaszał swoje długie kazania. Możecie pomyśleć, że dla Indian stanowiło to okrutną i niezwykłą karę, ale tak nie było. Jak już niejednokrotnie wspominałem, czerwonoskórzy mieli własną tradycję długich przemówień, szanowali więc każdego, kto potrafił podtrzymać monolog, niezależnie od tego, o czym była mowa. W przypadku Beechera nie rozumieli ani słowa, a ja nie mogłem tłumaczyć podczas kazania, nie widziałem zresztą sensu w streszczaniu go, kiedy wreszcie skończył, ale i tak podobało im się, chociaż kręcili się na twardych drewnianych ławkach, póki im nie powiedziałem, że mogą sobie podłożyć koce. Kiedy jednak je zdjęli, okazało się, że są do pasa nadzy, co poruszyło niektóre stare dewotki w kongregacji, i musiałem wysłuchać ich skarg.

Innym razem odwiedziliśmy szkołę dla dzieci, gdzie Siuksowie śpiewali swoje pieśni, ale kiedy dyrektor chciał, żeby odtańczyli taniec wojenny, odmówiłem, udając tylko, że pytam moich podopiecznych, bo chociaż zatańczyliby z grzeczności, to nie chciałem, żeby robili z siebie przedstawienie poza profesjonalnymi występami w „Dzikim Zachodzie Buffalo Billa". Chodzi o to, że kiedy Indianie tańcem przygotowywali się do bitwy, to nie było w tym żartów: szli potem zabijać i skalpować wrogów, a to nie jest coś, czym należy zabawiać amerykańskie dzieci w szkole, chociaż im by się to podobało.

Indianie lubili takie wycieczki, obejmujące zwiedzanie równie słynnych miejsc jak Statua Wolności, co wymagało pewnych wyjaśnień z mojej strony. Nie, nigdy nie było na świecie białej kobiety podobnej wielkości i nie jest to ani żona, ani matka George'a Washingtona, ani Babcia Anglia, która rządzi Kanadą, chociaż ci, którzy widzieli jej podobiznę na kanadyjskich medalach, które dostali, kiedy przeszli granicę z Siedzącym Bykiem, zarzekali się, że wygląda na tę samą osobę, która będąc tak potężną kobietą, musi mieć stosowne rozmiary. (Jaką niespodzianką był dla nich kilka miesięcy później widok prawdziwej małej królowej Wiktorii!) A chociaż żyjąc w tak obcym świecie, naturalnie tęsknili za domem, to byli zadowoleni z wołowiny, którą ich karmiono, i pieniędzy, które im płacono za to tylko, że są Indianami. W odróżnieniu od białych występujących w przedstawieniu, oni nie grali, różnica polegała jedynie na tym, że w walkach na scenie używali ślepej amunicji. Po przedstawieniu Annie odkładała swoje strzelby i stawała się żoną Franka, a Cody szedł na kolację do swoich ważniaków, ale Indianie pozostawali Siuksami i Paunisami. Może dlatego, kiedy w Hollywood zaczęto kręcić westerny, głównych czerwonoskórych rzadko grywali autentyczni Indianie, a raczej biali aktorzy, występujący w innych filmach w rolach gangsterów, bo Indianie grający Indian to nie byłaby gra.

Może powinienem wyjaśnić to lepiej, ale muszę trzymać się swojej opowieści i przypomnieć, że „Dziki Zachód Buffalo Billa" został nagle zaatakowany w Izbie Reprezentantów przez jakiegoś kongresmana z Brooklynu za wywożenie Indian z ich rezerwatów i pokazywanie dla zysku w poniżającym spektaklu.

Cody natychmiast poruszył swoich wpływowych przyjaciół, żeby przeciwstawili temu twierdzeniu wypowiedzi na temat edukacyjnych wartości jego „wystawy" zarówno dla Indian, jak dla białych, w tym także zdanie innego kongresmana, argumentującego, że sprowadzenie dzikusów na Wschód i pokazanie im jego dziwów przekona ich o głupocie prób dalszego oporu. Oczywiście nikt nie mógł przebić samego Buffalo Billa broniącego drogiej sercu sprawy, który powiedział pewnemu reporterowi: „Te tak zwane popisy dzikusów są po prostu ich codzienną rozrywką w ich własnym kraju". Wskazał też, że to, co Indianie robią w Nowym Jorku, odwiedzając kościoły i oglądając budujące widoki, ma znaczenie umoralniające. A potem dodał coś, co uznał za argument decydujący, ponieważ nie mógłby tego powiedzieć o większości białych członków zespołu z wyjątkiem Annie, a już na pewno nie o sobie: „Przez cały czas pobytu w tym mieście żadnego z siedemdziesięciu pięciu czy osiemdziesięciu Indian nie widziano pijanego".

W tym czasie Cody'emu szczególnie zależało na dobrej opinii, gdyż Indianie uczestniczyli w występach wyłącznie za pozwoleniem sekretarza spraw wewnętrznych, a chciał otrzymać zgodę na ich wyjazd do Anglii z resztą zespołu, który miał występować codziennie przez sześć miesięcy na wielkiej amerykańskiej wystawie z okazji tak zwanego Złotego Jubileuszu na pięćdziesięcioleciu rządów królowej Wiktorii. Było to najambitniejsze ze wszystkich jego przedsięwzięć i gazeta „Tribune" z North Platte napisała wręcz, że spodziewa się zarobić na tym krocie.

Będąc tak znaną postacią publiczną, Cody wkrótce uzyskał rządową aprobatę i w ostatnim dniu marca tysiąc osiemset osiemdziesiątego siódmego roku wyruszyliśmy do Starego Kraju w liczbie przeszło dwustu ludzi, z czego prawie setkę stanowili Indianie, na pokładzie s/s *State of Nebraska*. Mieliśmy też półtora tuzina bizonów, stado saren i jeleni, trochę długorogiego bydła, dwie setki koni, mułów i osłów, a także dyliżans do Deadwood i tony malowanych dekoracji przedstawiających krajobraz amerykańskiego Zachodu.

Większość Indian od początku miała złe przeczucia co do tej podróży przez ocean, chociaż jak się okazało, zbyt słabe, bo czekała nas wyprawa, która, jak przyznawali później nawet marynarze, była o wiele cięższa niż zwykle, i przyznam od razu na wstępie – nikt nie odchorował jej bardziej niż ja. Podobnie jak Indianie wszedłem na pokład z przeczuciem złych czarów. Wynikało to głównie z tego, że ani ja, ani oni nie pływaliśmy po wodzie tak dużej, że nie było widać drugiego brzegu, ale mnie osobiście opadły czarne myśli, kiedy po wypłynięciu z nowojorskiej przystani nasza Kowbojska Orkiestra zagrała na pokładzie *Dziewczynę, którą zostawiłem*, kawałek, który grała orkiestra Siódmego Pułku Kawalerii, kiedy ten pod dowództwem Custera wyruszał z Fort Lincoln w stronę Little Bighorn. Nie rozbawiło mnie nawet wspomnienie dobrze znanych nieprzyzwoitych słów, które żołnierze podłożyli pod tę melodię.

Jedno spojrzenie na zatłoczone korytarze i ciasne komórki we wnętrznościach statku przekonało Indian do obozowania na pokładzie, ale było to uciążliwe, nawet zanim mniej więcej w połowie naszej dwutygodniowej żeglugi trafiliśmy na wielką burzę, która trwała dwa dni, i muszę wam powiedzieć, że nie ma nic gorszego niż choroba morska, kiedy przez czterdzieści osiem godzin słucha się pieśni śmierci Lakotów i patrzy, jak Czerwona Koszula, przywódca zespołu Siuksów, ogląda się co dzień starannie, żeby sprawdzić, czy zgodnie z proroczym snem na skutek podróży przez wodę zaczyna mu gnić i odpadać ciało.

Pogoda dopadła nawet Cody'ego, który niewątpliwie odkrył, podobnie jak ja, że chociaż alkohol jest lekarstwem na ukąszenie węża, rany postrzałowe i suchoty, to tylko pogarsza sprawę, kiedy człowiekiem rzuca po słonej wodzie. Nikogo chyba nie zdziwi, że osobą znoszącą to najlepiej była Annie Oakley, która w ceratowym płaszczu spędzała czas na mostku kapitańskim, obserwując, jak jego gospodarz podczas atlantyckiego sztormu radzi sobie z utrzymaniem na wodzie statku ze strzaskanym sterem. Była tylko zawiedziona, że musiała zrezygnować z treningu strzeleckiego, który prowadziła na pokładzie przy lepszej pogodzie.

Cóż, wreszcie dopłynęliśmy do Anglii bez straty ani jednego życia, ludzkiego lub zwierzęcego, ale potrzebowałem kilku dni na lądzie, żeby przestało mi się wydawać, że wciąż jestem na rozkołysanym statku, i żebym odzyskał apetyt, ale Indianie i Cody wrócili do siebie szybciej. Ci pierwsi, kiedy dobrali się do wołowiny i mogli wyrównać braki powstałe na statku wskutek choroby morskiej, a Buffalo Bill nie tylko stanął twardo na nogach, ale znów mu one zmiękły, kiedy angielscy gospodarze spoili go na wielkim powitalnym przyjęciu, jakie wydali na naszą cześć.

Obozowisko „Dzikiego Zachodu" i teren pokazów znajdowały się w miejscu zwanym Earl's Court w dzielnicy Kensington, na zachód od tego, co uznałem za śródmieście Londynu, ale miejscowi Anglicy mieli własne nazwy na wszystko, takie jak City, co odnosiło się nie do całego Londynu, ale do ich Wall Street. W każdym razie w tym Earl's Court było dużo wolnego miejsca, z czego my zajęliśmy dwadzieścia trzy akry, wznosząc tam spore amerykańskie miasteczko namiotów i tipi, z gwiaździstym sztandarem powiewającym na maszcie, wśród tysięcy Anglików, dzieci i dorosłych, gapiących się na nas także między występami.

Cody był w swoim żywiole z Brytyjczykami, bardziej jeszcze niż w kraju, gdzie miał pewną konkurencję w postaci ludzi, którzy też mieli za sobą doświadczenie Pogranicza, podczas gdy tutaj był kimś jedynym w swoim rodzaju i jeszcze przed oficjalną premierą wiele znakomitości pragnęło go poznać, przy czym większość z nich nosiła jakieś tytuły, począwszy od księcia Walii. Dla niego i jego świty urządzono próbę generalną na cztery dni przed tym, zanim ktokolwiek inny mógł zobaczyć przedstawienie, co, jak sądzę, wynikało z zasady *noblesse oblige*, co znaczy, że jeżeli się jest w kraju, gdzie są osoby z dziedzicznymi tytułami, to człowiek jest zobligowany do różnych wobec nich uprzejmości, chociaż ja osobiście odmawiam całowania kogokolwiek w tylne części i dlatego nie byłem szczególnie zadowolony, kiedy Cody poprosił właśnie mnie, żebym towarzyszył księciu jako opiekun i przewodnik podczas jego pobytu na terenie „Dzikiego Zachodu".

– Bill – mówię – jestem Amerykaninem z krwi i kości i nie kłaniam się obcym tronom, czy jak to tam idzie. Czy nie masz kogoś z lepszymi manierami? Choćby Annie?

– Ona ma dość roboty przy swoich występach – powiada on – podobnie jak Mała Kalifornia, Emma Lake i pozostałe woltyżerki. A wszyscy kowboje są zbyt gburowaci. – Powiedział to, żeby mnie udobruchać. – Poza tym – i tu uniósł swoją kozią bródkę z pobożnym wyrazem twarzy – nie wiem, jak blisko możemy dopuszczać nasze damy do jego wysokości.

Dotarła już do nas reputacja księcia w kwestii płci pięknej.

– Annie jest pod opieką Franka, a Lillian też jest już mężatką – powiadam.

Cody nalewa mi następną szkocką whisky, bo wyczerpał już zapas amerykańskiej, stosując ją jako pokładowe lekarstwo na chorobę morską. Początkowo smakowała podle, ale działała rozgrzewająco przy angielskiej pogodzie, która była deszczowa od pierwszego dnia, kiedy tylko znaleźliśmy się w tym kraju, co przypominało nasz pobyt w Nowym Orleanie, tyle że tutaj deszcz nie był tak ulewny, ale za to bardziej uporczywy.

– Nie sądzę, żeby to miało jakieś znaczenie, Jack – mówi. – On będzie następnym królem Anglii, a my jesteśmy w jego kraju i potrzebujemy jego protekcji. Uważam, że z każdego punktu widzenia najlepiej będzie, jeżeli ktoś taki jak ty wystąpi w roli jego przewodnika i mojego osobistego przedstawiciela. Jesteś przecież w zespole od samego początku i potrafisz wyjaśnić każdy aspekt naszej wystawy, a także możesz służyć za tłumacza, jeżeli książę zechce porozmawiać z Indianami, do czego podobno bardzo się szykuje.

Wkrótce się przekonałem, że zanim koronowana głowa gdzieś się pokaże, cała masa lokajów wszystko z góry przygotowuje: gdzie wysiądą ze swoich powozów, którędy będą chodzić i gdzie będą siedzieć (a także załatwiać się, co muszą robić z dala od miejsca, gdzie załatwiają się normalni ludzie), i co trzeba odpowiedzieć, kiedy się do ciebie odezwą, bo należało czekać, aż to nastąpi, i nie zaczynać konwersacji samemu. Wszystko to Cody mi powiedział, ale natychmiast większość zapomniałem, oburzony, że skoro znajdowaliśmy się w kraju księcia, to byliśmy jego gośćmi i przed popełnianiem błędów powinny nas chronić naturalne prawa gościnności, czego na przykład Indianie bardzo przestrzegali, kiedy ktoś przybywał do ich obozu.

Zanim jednak przejdę do mojego spotkania z księciem, chcę opowiedzieć o czymś innym. Cody wspomniał, że wśród naszych woltyżerek, których było z dziesięć albo dwanaście, znajduje się niejaka Emma Lake. W „Dzikim Zachodzie" pracowało teraz zbyt wiele osób, żebym wszystkie mógł znać albo pamiętać ich nazwiska, a to słyszałem po raz pierwszy. Z czymś tam jednak odległym się kojarzyło, co pewnie nie zdarzyłoby się w innej sytuacji, bo nazwisko Lake nie było tak znów rzadkie, ale w związku z zawodowymi popisami w jeździe konnej...

Powiedziałem Cody'emu, że postaram się oprowadzić księcia po naszej wystawie najlepiej, jak potrafię, ale żeby się nie spodziewał, że zapamiętam wszystkie grzeczności, jakich się domagają ci cudzoziemcy, a on stwierdził tylko, że ma do mnie pełne zaufanie. A potem spytałem, kto to jest ta Emma Lake.

— Mistrzyni świata w jeździe konnej, Jack. Występowała w Cyrku Barnuma. Oczywiście przedstawiamy ją nie pod nazwiskiem Lake ani po mężu Robinson, ale jako Emmę Hickok, córkę mojego świętej pamięci przyjaciela, Dzikiego Billa.

– Przyznaj się, że to zmyśliłeś.

Cody puścił oko.

– Nie całkiem. Na krótko przed swoją śmiercią Bill Hickok poślubił byłą właścicielkę cyrku i znaną woltyżerkę nazwiskiem Agnes Thatcher, która zanim wyszła za pana Thatchera, była żoną niejakiego Lake'a i miała z nim córkę Emmę.

– Jest więc pasierbicą Dzikiego Billa? Cody ponownie puścił oko.

– Nie w świetle prawa, ale zgodzisz się, że mogłaby nią być.

Ta wiadomość całkowicie mnie zaskoczyła. Nie miałem pojęcia, że pani Agnes Lake Thatcher Hickok miała jakiekolwiek dzieci, a tym bardziej że jedno z nich poszło w ślady mamusi i uprawia woltyżerkę, ale prawdę mówiąc, nigdy nie śledziłem zbyt intensywnie losów wdowy po Dzikim Billu, z powodu tych pieniędzy, które miałem jej przekazać w razie jego śmierci, a które zgubiłem. Zdarzyło się to tak dawno temu, że łatwo było unikać tej kwestii w moich myślach, ale zawsze czaiła się ona gdzieś w zakamarkach. Po okresie pracy za barem w Tombstone, a później w „Dzikim Zachodzie" Buffalo Billa znów uskładałem pewną sumkę pieniędzy, co mi się już zdarzyło w życiu parokrotnie, zawsze z uporczywą ideą otwarcia interesu z własnym widowiskiem z Zachodu, jak to już zrobiło parę osób nie bez powodzenia, choć nigdy na skalę Cody'ego, na przykład G. W. Lillie, który przez jakieś dwa sezony był u nas tłumaczem Paunisów i jak zwykle zyskał sobie przydomek, w tym przypadku Bill Paunis, ale większość z nich nie zaszła daleko z powodu, jak wówczas uważałem, braku wielkich nazwisk. Ja natomiast, będąc tak zaprzyjaźniony z Butlerami, miałem pewność, że potrafię namówić Annie do udziału w moim widowisku, bo między nią a Codym zaczęło się psuć, odkąd zatrudnił Lillian Smith, a potem woltyżerki takie jak Emma Lake Hickok. Annie była prawdziwą słodyczą, dopóki nie trafiła na konkurencję, zwłaszcza tej samej płci.

Tymczasem pojawienie się tej Emmy przypomniało mi

o moim zadawnionym długu. Nigdy nie przeliczyłem tego zwitka banknotów, który dostałem od Dzikiego Billa, i nie miałem pojęcia, ile tego mogło być. Mógłbym złożyć zwitek mniej więcej tej samej wielkości i wagi co tamten, o ile go zapamiętałem, ale jakie tam były banknoty? Poza tym pomyślałem, że od śmierci Billa Hickoka upłynęło dwanaście lat. Spędzając dużo czasu w towarzystwie Cody'ego i Salsbury'ego, żeby dowiedzieć się jak najwięcej o tym, na czym znałem się najmniej, a więc o finansowej stronie przemysłu widowiskowego, wiedziałem, że pieniądze nie leżą latami bez ruchu, i nie powinny. Powinny rosnąć, przynosząc przynajmniej bankowe odsetki. Tak więc bez wątpienia byłem winien wdowie więcej, niż Dziki Bill dał mi w roku siedemdziesiątym szóstym, bez względu na to, ile tego było.

Szerzej na ten temat później, bo na razie oprowadzanie księcia Walii po terenie „Dzikiego Zachodu" pochłonęło całą moją uwagę, opowiem więc najpierw o tym.

Byłem przygotowany, że pojawi się w jakimś towarzystwie, bo osoba z jego pozycją podróżuje ze służącymi, którzy otwierają drzwi, odbierają kapelusz i płaszcz, podają mu czystą szmatkę za każdym razem, kiedy wydmucha nos, ale nie spodziewałem się długiego na ćwierć mili ogona powozów, które przywiozły jego panią małżonkę i trzy małe córeczki, a wszystkie cztery były księżniczkami, jego szwagra, też księcia, ale duńskiego, a nie angielskiego (nie sądziłem, że coś takiego jest dozwolone), i wiele innych osobistości w jedwabnych cylindrach i z tytułami z najróżniejszych miejsc włącznie chyba z Francją, a za każdą utytułowaną osobą ciągnął komplet lokajów, i w rezultacie zajęli tyle miejsc na trybunie, jakby to było normalne przedstawienie.

Cody, rzecz jasna, powitał ich pierwszy, zrywając z głowy ogromne sombrero, które włożył na tę okazję, i kłaniając się tak, że swoją kozią bródką prawie dotknął ziemi, co stanowiło rodzaj kompromisu między powitaniem należnym członkowi rodziny królewskiej – ale którego my, Amerykanie, nie kłaniający się obcym władcom, nie lubimy – a tym ukłonem, którym Buffalo Bill wita z konia całą publiczność na początku każdego przedstawienia.

Muszę wam powiedzieć, że trudno o milszych ludzi, poczynając od samego księcia, wielkiego i tęgiego mężczyzny ze schludnie przystrzyżoną brodą, i ubranego jak każdy dżentelmen w cylinder, frak i tak dalej, a nie w podbity gronostajami płaszcz i wysadzaną drogimi kamieniami koronę, czego się spodziewałem, a ze mną Indianie, oczekujący niewątpliwie jakiegoś wymyślnego stroju związanego z jego stanowiskiem.

Był jednak największy w swoim orszaku i dużo starszy, niż powinien być ktoś, kto jest jeszcze księciem. Co prawda już dawno mógłby zostać królem, gdyby jego mama nie żyła tak długo, i w rezultacie, kiedy wreszcie w roku tysiąc dziewięćset pierwszym odziedziczył po niej tron, zostało mu tylko siedem lat życia. Oczywiście pani starsza mogła ustąpić ze stanowiska w każdej chwili, ale plotka głosiła, że nie robi tego, bo nie uważa, że jej syn nadaje się na króla, jako że większość życia spędził na jedzeniu, piciu i odwiedzaniu dam w celach wiadomych.

Ale pytam się, co innego ma człowiek do roboty, kiedy czeka, żeby zostać królem? Szczerze mówiąc, nie bardzo wiedziałem, co angielski monarcha ma do roboty, nawet kiedy jest na tronie, odkąd George III stracił Amerykę, po czym podobno zwariował, ale to może nie być prawdą, bo ten sam gość, który mi to powiedział, twierdził, że ów George był Niemcem. W Europie człowiek się nasłucha tyle samo nieprawdopodobnych historii co w saloonach Zachodu.

Cody jak zwykle przedstawił mnie moim fałszywym stopniem, kiedy więc ja i książę usiedliśmy obok siebie w królewskiej loży udekorowanej kokardami i skrzyżowanymi flagami, symbolizującymi braterstwo narodów (gruby książę chciał mnie mieć pod ręką i wszystkim kazano się odsunąć), natychmiast spytał mnie, w którym pułku byłem kapitanem i czy walczyłem przeciwko czerwonoskórym.

Pojawiła się okazja, żeby w końcu powiedzieć komuś to, o czym milczałem przez dwanaście lat, a mianowicie o mojej obecności przy prawdziwej Ostatniej Bitwie Custera w przeciwieństwie do jej odtworzenia w przedstawieniu, które za chwilę zobaczy, ale zachowałem ostrożność, mimo że miałem przed sobą Anglika, który pewnie uwierzyłby we wszystko.

– Cóż, Wasza Książęca Wysokość – zacząłem – miałem sporo do czynienia z Indianami, zarówno wśród nich, jak i przeciwko nim, można powiedzieć, a moje związki z kawalerią Stanów Zjednoczonych miały różnorodny charakter.

Zanim zdążyłem powiedzieć coś więcej, zaczęło się przedstawienie – od parady całego zespołu dookoła areny przy wtórze naszej Kowbojskiej Orkiestry. Na czele jechał, rzecz jasna, Cody na swoim siwku, a za nim różne grupy, stanowiąc bardzo barwny widok. Książę interesował się wszystkim, ale szczególnie Indianami w ich uroczystych strojach – jako że każdy Siuks miał na głowie pełny wojenny pióropusz – oraz naszymi damskimi strzelcami i woltyżerkami.

– Znakomicie się prezentują, co? – powiedział o Indianach. – Ciekawe, co by było, gdyby się zmierzyli z naszymi Zulusami. My też mieliśmy nasz Little Bighorn, wiedział pan? Zaledwie trzy lata po waszym.

Przy całej swojej ignorancji wiedziałem, że Zulusi są kolorowi, i to było wszystko. Zgodnie z tym, co mówił książę, rozbili siły brytyjskie gdzieś w Afryce, nazwy miejscowości nie potrafię wymówić, a potem uderzyli na mniejszą grupę angielskich żołnierzy w miejscu pod nazwą Wydma Rorkego, gdzie ci bronili się tak zaciekle, że tysiące Zulusów zatrzymały się i przyznawszy, że Anglicy są dzielni, odeszły, pozostawiając resztę przy życiu. Prawie wszyscy zostali nagrodzeni medalem, nazwanym na cześć osoby, o której on mówił per „jej wysokość".

– Czy chodzi o pańską mamusię? – spytałem bez zastanowienia. Potem, zobaczywszy wyraz zdziwienia na jego twarzy, poprawiłem się: – To znaczy, przepraszam, o pańską matkę.

Muszę powiedzieć, że kiedy ktoś rozmiarów księcia wybucha serdecznym śmiechem, to wrażenie jest duże, i zanim skończył, podbiegł jeden z jego fagasów, pewnie żeby sprawdzić, czy książę się nie dławi, ale ten odesłał go ruchem ręki i jeszcze przez śmiech zwrócił się do mnie:

– Ma pan rację. To moja mamusia. A kiedyś, dawno temu, ja byłem jej pieszczoszkiem. – I roześmiał się na nowo.

– Tak jest – powiadam. – Na pewno palnę jeszcze niejedną głupotę, więc z góry proszę o wybaczenie. Nigdy do tej pory nie próbowałem rozmawiać z księciem. Mam nadzieję, że już tu nie obcinacie ludziom głów.

Książę puścił oko i pochylił się do mnie.

– Odeślę kata pod warunkiem, że przedstawi mnie pan którejś z tych waszych słodkich bułeczek.

Zajęło mi dobrą chwilę, zanim zrozumiałem, o co mu chodzi, bo wtedy jeszcze nie wiedziałem, że Anglicy nazywają kobiety od rodzajów pieczywa, na przykład „tort" zamiast ladacznica, ale pomógł mi fakt, że akurat przejeżdżała przed nami Lillian Smith, która zalotnie zatrzepotała w stronę księcia rzęsami, a za nią podążały nasze woltyżerki, na czele nie z kim innym, jak z naszą najnowszą, Emmą Lake Hickok, która przed lożą księcia wspięła swojego wierzchowca i ten przetańczył kilka kroków na zadnich nogach. Była ładną dziewczyną, na szczęście niepodobną do swojej mamusi, której zdjęcie nosił przy sobie Dziki Bill.

– Rzecz w tym, wasza książęca wysokość, że wszystkie, które znam, są po ślubie.

– Tak jak my wszyscy – powiada książę. Miał piękną żonę i przemiłe córeczki, ale siedziały w pewnej odległości od nas i przez cały dzień nie widziałem, żeby się do nich odezwał albo choćby spojrzał w ich stronę.

– Cóż, jest pan księciem Walii i to pański kraj, ale te kobiety są ze swoimi amerykańskimi mężami, a oni są kowbojami.

– Rzeczywiście – powiada książę – i mają przy sobie sześciostrzałowe rewolwery, lepiej więc, żebym uważał, prawda? A czerwonoskóre squaw są zapewne pod ochroną swoich wojowników, uzbrojonych w tomahawki i noże do skalpowania? Zauważyłem, że wypowiadanie tych słów bardzo go bawi, kiedy więc między poszczególnymi pokazami następowała chwila przerwy, uczyłem go dalszych słów związanych z Zachodem i powiedziałem mu też, że Buffalo Bill, podobnie jak przed nim Custer, u Indian nazywał się Długie Włosy, a że był księciem i sympatycznym człowiekiem, posunąłem się dalej i zdradziłem mu, że w języku Czejenów to brzmi Hi-es-tzie, a w języku Siuksów – Pahaska.

– Niech pan to powie Indianom, kiedy się pan z nimi potem spotka, a będą zachwyceni.

– Chętnie – mówi głosem tak normalnym, jak to tylko u Anglika możliwe, chociaż wiedziałem, że żartuje. – Będzie to dla mnie zaszczyt, przyjacielu.

– Nieźle, W.K.W. – powiadam, znudzony wymienianiem pełnego tytułu, ilekroć się do niego zwracałem. – A teraz coś, co rozśmieszy Lakotów, kiedy usłyszą to z ust księcia. Oni mówią na białych wasichu, co znaczy „ci, co nie chcą odejść". – Bardzo mu się to podobało.

Książę zadawał wiele pytań poza tym, co sam mu powiedziałem. Znał historię Stanów Zjednoczonych znacznie lepiej niż ja, mogłem więc tylko mówić o tym, czego cudzoziemiec, utytułowany czy nie, nie mógł się łatwo dowiedzieć, podobnie zresztą jak Amerykanin, który nie miał moich doświadczeń. Nadal jednak nie dochodziłem do opowieści o tym, jak przeżyłem bitwę nad Little Bighorn, mimo że on okazywał żywe zainteresowanie, zwłaszcza kiedy rozpoczęła się sceniczna wersja wydarzeń i Kowbojska Orkiestra huknęła *Garryowen*.

– Powiedz mi, Jack – pyta, opuszczając „kapitana" po tym, jak ja skróciłem jego tytuł do inicjałów – dlaczego grają tę irlandzką piosenkę?

– Bo to był kawałek przynoszący Custerowi szczęście – powiadam.

– Więc szczęście go opuściło?

– Chyba można tak powiedzieć. Ale nad Little Bighorn tego nie grali. Custer zostawił orkiestrę w forcie, razem z szablami i karabinami maszynowymi Gatlinga.

Książę słuchał ze zmarszczonym czołem, po czym skierował na mnie swoją brodę.

– Masz dużą wiedzę na ten temat, Jack.

Nigdy nie było odpowiedniejszej okazji, ale akurat w tym momencie wpadli na arenę, wyjąc i paląc z karabinów, nasi Indianie, i zaatakowali mały oddział niebieskich kurtek stłoczonych na sztucznym wzgórzu, wzniesionym z ziemi i kamieni przywiezionych zza miasta, na tle dekoracji z wyobrażeniem gór Bighorn, co książę rzecz jasna chciał obejrzeć. A kiedy scena dobiegła końca i nadciągnął „za późno" Cody, który zebrał cały zespół na finał, rozwinięto amerykańskie i brytyjskie sztandary, orkiestra odegrała hymny obu krajów, i wszyscy się kłaniali, dziękując za oklaski naszych gości, a Emma Hickok skłoniła swojego wierzchowca, żeby klęknął na jedno kolano, okazja minęła, Buffalo Bill przyprowadził bowiem najważniejszych aktorów do loży honorowej, gdzie kolejno przedstawiał ich księciu i księżnej Walii oraz osobom z ich orszaku.

Annie zrobiła coś, czym się później chwaliła, zadowolona ze swojej cnotliwości. Kiedy książę wyciągnął do niej rękę, zignorowała ją i przywitała się z jego żoną. Pewnie bała się, że połaskocze ją w dłoń albo wsunie jej liścik z propozycją spotkania na osobności. Była wściekła na mnie, kiedy powiedziałem jej, że posunęła się za daleko, ale w tamtym czasie często miewała humory z powodu zazdrości o Lillian, która nawiasem mówiąc, z wielką gotowością wymieniła z księciem długi i ciepły uścisk dłoni, robiąc do tego słodkie oczy, ale bynajmniej nie sugeruję, że coś z tego wyszło.

Potem cały orszak udał się do wioski tipi, żeby poznać ludzi, których książę i wszyscy Anglicy nazywali Czerwonymi Indianami. Nie wiedziałem dlaczego, póki ktoś mi nie wytłumaczył, że należy do nich kraj w Azji, zwany Indiami, którego mieszkańcy są brązowi. Kiedy występowaliśmy w Londynie, niektórzy z tych Indian z Indii przychodzili na nasze przedstawienia, czasem w turbanach i całym stosownym do tego stroju, ale czasem w najlepszych angielskich garniturach, posługując się przy tym naprawdę dobrą angielszczyzną z melodyjnym akcentem często łatwiejszym do zrozumienia niż język niektórych tutejszych białych. Jeden z nich opowiadał mi, jak to „zuchwały" chłopak zaczepił go kiedyś na ulicy słowami: „Jak jesteś Indianinem, to gdzie masz łuk i strzały?" Chociaż zrozumiałem, o co chodzi, uznał, że to dla mnie za trudne, i wytłumaczył:

– Do licha, wziął mnie za jednego z waszych, rozumiesz?

Wielka Brytania posiadała też kawał Afryki, pełnej czarnych, a słyszałem, że tacy byli też w Australii, i to od dawna, zanim jeszcze zaczęto tam z Anglii wysyłać białych przestępców, i oczywiście Brytyjczycy mieli co nieco do powiedzenia w paru miejscach zamieszkanych przez żółtych, ale Stany Zjednoczone, Hiszpanie i Portugalczycy w Ameryce Południowej mieli monopol na Czerwonych Indian i pewnie dlatego księciu tak zależało na spotkaniu z nimi.

Wodzem Siuksów był Czerwona Koszula, a u Indian wyglądało to tak samo jak u białych czy na przykład w stadzie wilków: kiedy spotykają się szefowie, to nie jest tak samo, jakbyśmy sobie pogadali ja z wami. Po pierwsze, jest grzeczniej, a po drugie, obie strony bardzo uważają na to, co mówią, a są to głównie komplementy.

Tak więc książę mówi, z jaką przyjemnością oglądał występ Czerwonych Indian, znakomitych jeźdźców w pięknych strojach, świetnie wyćwiczonych i bardzo męskich, i jak się cieszy, że przywieźli swoje rodziny i znaleźli zatrudnienie w świecie wasichu.

W odpowiedzi Czerwona Koszula wygłosił długie przemówienie, którego książę słuchał z uwagą, jakby biegle znał język Lakotów, udowadniając w ten sposób, że będzie w stanie pełnić obowiązki królewskie, kiedy przyjdzie na to czas, co znaczy, że wyglądał na zafascynowanego tym, czego nie rozumiał i co go nie obchodziło, a to cieszy ludzi bardziej, niż gdyby rozumiał albo się interesował.

Czerwona Koszula nie robił przerw na tłumaczenie do końca swojego wystąpienia, z czego byłem zadowolony, bo mogłem wyciąć wszystko, co nieistotne, z czego Czerwona Koszula na pewno nie byłby zadowolony, ale księcia uwolniło to od wysłuchania całej tyrady po raz drugi.

Książę w swoich uwagach wspomniał, że księżna Walii

wraz z nim wita Indian, i Czerwona Koszula uprzejmie podziękował.

– On mówi – przetłumaczyłem – że chce podziękować żonie wielkiego wodza za jej miłe słowa. – Ponieważ książę nie zrozumiał, musiałem wyjaśnić: – Ma na myśli panią księciową. – Nazwałem ją tak dla odróżnienia od córek, które miały ten sam stopień, ale widziałem, że księcia to bardzo rozśmieszyło, choć jeszcze raz wykazał, że panuje nad sytuacją, i nie roześmiał się, żeby Czerwona Koszula nie pomyślał, że chodzi o niego.

Następnie spytałem księcia, czy ma przy sobie coś, co mógłby dać Czerwonej Koszuli.

– Może to niestosowne – mówię – i proszę o wybaczenie, ale widzi książę, taki jest u nich zwyczaj, kiedy odwiedza ich wielki wódz.

– Ależ oczywiście – powiedział szybko i był wściekły na swoich przybocznych, że nie przewidzieli żadnych podarków (nazywał ich „fagasami", co chyba nie miało nic wspólnego z byciem *heemaneh*). – Co byłoby odpowiednie, Jack? Może mój kieszonkowy zegarek?

Powiedziałem mu, że wszystkie ozdóbki, jakie nosił – spinka do krawata, spinki do mankietów i tym podobne – są tak luksusowe, że mogłyby zawstydzić obdarowanego, co książę z właściwą sobie delikatnością natychmiast zrozumiał.

– Czy nie ma książę przy sobie jakiegoś tytoniu? – spytałem. – On lubi sobie zapalić.

Książę wyciągnął na to z kieszeni marynarki pokaźnych rozmiarów papierośnicę i wysypał sobie jej zawartość na dłoń, po czym gestem figury Indianina, reklamującej wyroby tytoniowe, wyciągnął ją do Czerwonej Koszuli, który wziął papierosy, wydając odgłos aprobaty: „How, how".

Kiedy reszta jego orszaku wsiadała do powozów, książę wziął mnie na stronę. Podziękował już wylewnie Cody'emu i powiedział Johnowi Arizonie Burke'owi, że może wykorzystywać jego imię do celów promocji, bo było to najlepsze przedstawienie, jakie w życiu oglądał. Do mnie zaś powiedział:

– Jack, chyba zdajesz sobie sprawę, jak dobrze się dziś bawiliśmy, ja i cały dwór, a ja jestem ci osobiście wdzięczny za pouczające i zabawne komentarze. Nie mogę się doczekać, kiedy powiem mojej – tu się roześmiał – mamusi, że w pięćdziesiątym roku swojego panowania powinna znaleźć czas na obejrzenie tego znakomitego widowiska.

– Jestem panu wdzięczny, W.K.M., za cierpliwość, z jaką pan tolerował moją ignorancję. Jest pan dobrym człowiekiem i założę się, że będzie pan doskonałym królem.

Przyznaję, że biłem się z myślami, czy mam coś jeszcze opowiadać o księciu, bo miało to charakter prywatny. Nigdy mnie co prawda nie prosił, żebym dochował tajemnicy, ale będąc takim, a nie innym człowiekiem, zapewne zakładał, że zachowam się jak dżentelmen, chociaż nim nie byłem. Ale teraz on już od dawna nie żyje, a ja i tak jestem Amerykaninem, pójdę więc na kompromis i powiem, że w dzień czy dwa później przysłał do mnie jednego ze swoich „fagasów", żeby mnie zaprosić na przyjęcie, które odbywało się w bogatym prywatnym domu. Książę i pozostali dżentelmeni zdjęli surduty, obecne tam panienki jeszcze więcej, a jedzenia i wina było tyle, że przez cały następny dzień chorowałem, i to jest wszystko, co tu opowiem, poza tym, że książę był tam incognito, więc nie mówiło się do niego: wasza książęca wysokość, tylko „Bertie". Trzeba przyznać, że umiał się bawić.

Jeżeli chodzi o Czerwoną Koszulę, to należał on do najprzystojniejszych mężczyzn, jakich w życiu widziałem, bez względu na kolor, i zawsze nosił się elegancko, czy to w indiańskim, czy w białym stroju. Lubił też porozmawiać z każdym, kto tylko chciał go słuchać, więc angielscy dziennikarze stale przeprowadzali z nim wywiady i drukowali to, co im powiedział, z trzeciej ręki, bo najpierw on mówił w języku Lakota, potem ja tłumaczyłem, a w końcu oni pisali swoją wersję w poprawnej angielszczyźnie (nawiasem mówiąc, Anglicy myślą, że skoro język został nazwany ich imieniem, to tylko oni potrafią się nim posługiwać), tak więc zanim rzecz ukazała się w druku, nie bardzo przypominała to, co faktycznie powiedział Czerwona Koszula.

Kiedyś przetłumaczyłem mu tę rzekomo jego wypowiedź z gazety, uważając, że będzie podobnie jak ja rozbawiony, on jednak był bardzo dumny, że przemówił tak pięknie. Widzicie więc, że jeżeli chodzi o próżność, Indianie byli tacy sami jak wszyscy, i nie mówiłbym tego o Czerwonej Koszuli, gdybym sam nie okazywał próżności w związku z notatką w gazecie, która stwierdzała: „W języku Siuksów Czerwona Koszula to Ogilasa, jak poinformował kapitan Jack Crabb, autorytet w sprawach języków Czerwonych Indian i oficjalny tłumacz wystawy pułkownika Cody'ego".

Robiłem tyle szumu wokół tego wycinka, że Annie nie chciała więcej o nim słyszeć, bo choć żywiłem dla niej ogromnie dużo sympatii, to muszę stwierdzić, że lubiła błyszczeć w pojedynkę, jak ta gwiazda na jej kapeluszu, i nie była wówczas w najlepszym humorze, mimo że Anglicy darzyli ją dużym zainteresowaniem i nazywali „kowbojką z Pogranicza" z „prawdziwie zachodnim akcentem", chociaż Mały Świetny Strzelec, urodzona jako Phoebe Ann Moses, nigdy nie dojechała dalej na zachód niż do Ohio, zanim nie została Annie Oakley, a i później nigdy nie była dalej jak w Kansas.

W wolnym czasie Siuksowie zwiedzali miasto, na ogół w moim towarzystwie, i widzieliśmy razem wiele słynnych miejsc, takich jak muzeum w Tower, gdzie kiedyś trzymano więźniów, czego Indianie nie robią, a potem ich zabijano, co Indianie oczywiście robili ze swoimi wrogami, jak tylko dostali ich w swoje ręce. Widzieliśmy także gabinet pełen kukieł zrobionych z wosku, czego byśmy się nie domyślili, gdyby nam nie powiedziano, tak prawdziwie wyglądały, i podczas gdy wszyscy Siuksowie byli zadziwieni tą wystawą, to niektórzy mieli zastrzeżenia, widząc ją jako miejsce złych czarów, w którym dowiedzieli się czegoś nowego, a mianowicie, że choć normalnie niebezpieczeństwo polegało na możliwości ukradzenia ducha z ciała, to w świecie białych możliwe było też coś odwrotnego, czyli porwanie ciała, wypchanie go i ustawienie w miejscu, gdzie obcy ludzie przychodzą na nie patrzeć. Nie wydaje mi się, żeby uwierzyli, że te figury są rzeczywiście zrobione z wosku, nawet po tym, jak osoby zarządzające gabinetem pozwoliły im dotknąć eksponatów.

Innym razem zaproszono Indian do obejrzenia słynnego aktora nazwiskiem pan Irving, grającego w sztuce o pewnym Niemcu, który sprzedał duszę diabłu, i poproszono ich, żeby przyszli pomalowani w barwy wojenne, w pióropuszach i innych ozdobach właściwych dzikusom, co ci zrobili, i posadzono nas w loży królewskiej, gdzie siadywała mamusia Bertiego, kiedy przychodziła do teatru, sama Babcia Anglia, co wielce zaimponowało Czerwonej Koszuli i pozostałym. Chętnie częstowali się też herbatą i ciasteczkami podczas przerw, ale sztuka do nich nie dotarła, bo w indiańskich wyobrażeniach o życiu pośmiertnym nie ma jakiegoś paskudnego miejsca, gdzie źli ludzie idą za karę.

Jednak Czerwona Koszula, który potrafił się znaleźć w każdej sytuacji, powiedział po przedstawieniu panu Irvingowi, że sztuka pokazywała bardzo interesujący sen.

Jak można było oczekiwać w tamtych czasach, kiedy ludzie religijni byli w Anglii równie aktywni jak w Ameryce, prowadzono nas do całej masy kościołów, które były znacznie starsze od naszych, jak na przykład ten, w którym modlili się Pielgrzymi przed wypłynięciem do Ameryki na pokładzie *Mayflower*, czego nie tłumaczyłem Indianom, bo musiałbym wyjaśniać zbyt wiele szczegółów, a niektóre z nich mogły się okazać drażliwe.

Innym razem zabrano nas do opactwa westminsterskiego, które jest nie tylko kościołem, ale i wielkim grobowcem licznych Anglików ważnych w swoich czasach, jest tam więc większy ruch niż w kościele H. W. Beechera w Brooklynie, nie mówiąc o prostym drewnianym budyneczku w Dodge, do którego chodziła w niedzielę panna Dora Hand.

Siuksów zainteresował fakt, że wszystkie ciała były schowane pod podłogą albo w marmurowych skrzyniach z posągami ich śpiących lokatorów na wiekach, często w zbrojach również wykutych z kamienia, gdyż oni zawijają swoich zmarłych w koc i zostawiają ciało na rusztowaniu gdzieś z dala od obozu, tak aby przez działanie sił przyrody, włącznie z sępami, zmarli stopniowo połączyli się z elementami, z których powstali. Teraz doszli więc do przekonania, że Anglicy trzymają tutaj te ważne ciała, żeby móc je co jakiś czas wystawiać w gabinecie figur woskowych Madame Tussaud. Jeżeli chodzi o zbroje, to odnieśli się do nich krytycznie – zarówno do tych marmurowych, jak i do tych oryginalnych z żelaza, które widzieliśmy w muzeach – kiedy wyjaśniłem im, że nie były to stroje paradne, które się zdejmowało do prawdziwej walki, Siuksowie bowiem uważają za tchórza kogoś, kto się zakrywa, żeby go nie można było zranić, jako że celem wojny (z wyjątkiem walki z białymi) jest zdobycie sławy, co nie da się pogodzić z unikaniem niebezpieczeństwa. Zastanawiali się też, jaki koń mógł unieść tak obciążonego człowieka, póki nie natrafili na obrazy przedstawiające ciężkie wierzchowce bojowe, dwukrotnie większe od koni indiańskich, które jednak pewnie były strasznie powolne, a poza tym, jak facet w zbroi mógł się wdrapać na konia? Mnie z kolei przyszło do głowy pytanie, jak oni sikali?

Ale Czerwona Koszula zawsze miał dobre myśli w związku z opactwem westminsterskim, bo kiedyś widział we śnie dziewczyny ze skrzydłami, a tutaj znajdowały się ich kamienne podobizny, w związku z czym wygłosił do dziennikarzy poważne przemówienie. Nie wiem, czy mu uwierzyli, ale zwykle drukowali to, co on powiedział, bo oczywiście miał odmienne podejście do wszystkiego, co oni znali, warto więc było tego posłuchać, jeżeli się chciało lepiej poznać życie, chociaż zdaję sobie sprawę, że niektórzy ludzie lubili się po prostu pośmiać z tego, jak głupi są dzicy w porównaniu z nimi. Ale jest jedna rzecz zastanawiająca: Siuksowie nie mieli aniołów w swojej religii, skąd się więc wzięły we śnie Czerwonej Koszuli?

Cztery dni po tej próbie generalnej dla księcia „Dziki Zachód" Buffalo Billa miał oficjalną premierę i jeżeli już wcześniej stanowiliśmy pewną sensację, to było to nic w porównaniu z tym, co się działo później, bo jak już wspomniałem, obchodzono pięćdziesiąty rok panowania królowej Wiktorii, wszyscy więc i tak świętowali, a „Dziki Zachód" wydawał się częścią tego Złotego Jubileuszu, bo obie strony puściły w niepamięć nasz stary spór z Anglikami, ale że Ameryka zaczynała jako kolonia Imperium Brytyjskiego, to Indian można było traktować jako ich byłych poddanych, razem z czarnymi, żółtymi, brązowymi i wyspiarzami z Mórz Południowych, koloru, jak się wyraził jeden z przyjaciół księcia, „dobrze upieczonego batata".

Jednak szczyt wszystkiego nastąpił pięć dni po premierze, gdyż książę Bertie dotrzymał słowa i powiedział swojej mamie, że nigdy nie widział lepszego przedstawienia, chociaż więc królowa podobno nie miała o nim najlepszego zdania, to wiedziała, że na czym jak na czym, ale na rozrywkach to on się zna – co w niektórych sytuacjach mogło mieć wydźwięk negatywny. Sama królowa owdowiała ćwierć wieku wcześniej i jako że nie musiała zarabiać na życie, mogła się oddawać pamięci zmarłego męża jeszcze bardziej niż pani Libbie Custer, tak więc pogrążona w żałobie rzadko opuszczała mury swoich pałaców. Teraz przysłała do Cody'ego delegację swoich własnych fagasów, z uprzejmym zapytaniem, czy nie zechciałby dać „dworskiego" przedstawienia w jej zamku w Windsorze, bo angielskie głowy panujące musiały tak postępować, nie mając żadnej rzeczywistej władzy (podobnie, nawiasem mówiąc, jak indiańscy wodzowie), ale Buffalo Bill odpowiedział z całym szacunkiem, że widowisko jest o wiele za duże, żeby można je ruszyć z Earl's Court.

Fagasy były wstrząśnięte, że muszą wracać z taką odpowiedzią, gdyż angielscy artyści nigdy nie odmówiliby królowej, ale Cody uważał się za ambasadora i wychowawcę, a nie za człowieka rozrywki, nie ustąpił więc i, dziw nad dziwy, królowa Wiktoria postanowiła po raz pierwszy od przeszło dwudziestu pięciu lat pokazać się publicznie, i to na przedstawieniu Buffalo Billa.

Zrobiła nawet więcej. Na początku każdego występu wjeżdżał na arenę jeden z kowbojów z amerykańską flagą. Salsbury i niektórzy inni obawiali się, że może to być obraźliwe dla obecnej głowy państwa, które sto lat wcześniej utraciło nasz kraj jako kolonię, ale Cody jeszcze raz nie odstąpił od swoich zasad i jak zwykle okazało się, że miał rację, bo kiedy Sztandar Chwały pojawił się przed królową, ta nie tylko nie poczuła się urażona, ale wstała i pochyliła głowę, a za nią cała reszta dam z licznego orszaku w udekorowanej kwiatami loży królewskiej zrobiła to samo, mężczyźni natomiast zdjęli nakrycia głowy, a umundurowani zasalutowali.

W odpowiedzi cały zespół „Dzikiego Zachodu", włącznie z Indianami, meksykańskimi vaqueros i całą resztą, wydał okrzyk tak głośny, że pewnie było go słychać w każdym zakątku Londynu. Myślę, że był to szczytowy punkt w całej karierze Cody'ego, który stale potem powtarzał, jak to „Dziki Zachód" ostatecznie zakopał topór wojenny wojny rewolucyjnej.

Królewscy lokaje zapowiedzieli, że królowa będzie mogła zostać nie dłużej niż godzinę, powinniśmy więc zadbać o to, żeby przedstawienie nie trwało ani o minutę dłużej, ale ani Wiktoria, ani my nie przejęliśmy się tym ograniczeniem i daliśmy nasz pełny program, a ona nie tylko została do końca, co trwało dwa razy dłużej, ale po wielkim finale zażyczyła sobie spotkania z głównymi artystami, w tym rzecz jasna z Annie i Lillian, która zademonstrowała królowej, jak działa jej winczester, oraz z reprezentacją Indian z Czerwoną Koszulą na czele i ze mną jako tłumaczem.

Kiedy przyszła nasza kolej, wyleciały mi z głowy wszystkie instrukcje, jakie John Arizona Burke otrzymał od fagasów i miał przekazać dalej, o tym, jak się zachowywać w obliczu królowej, kłaniać się i tak dalej, czekać, aż ona odezwie się pierwsza, a wychodząc, nie odwracać się do niej plecami – ja i tak zawsze byłem grzeczny dla dam, zwłaszcza starszych, a królowa była zdecydowanie starsza, a także bardzo gruba, ale miała przemiłą twarz, jaką chciałoby się widzieć u swojej babci. Nie wspomniałem do tej pory o czymś, co było w niej ważne z mojego punktu widzenia – kiedy wstała na widok amerykańskiego sztandaru, zobaczyłem, że jest wzrostu małej dziewczynki. Było to pocieszające, że osoba niższa nawet ode mnie może panować nad Imperium Brytyjskim, i zaskakujące, że może mieć tak dużego syna.

Dosyć, że wszedłem do królewskiej loży i powiedziałem:
– Dzień dobry pani, nazywam się Jack Crabb, a ten tutaj to Czerwona Koszula, wódz Siuksów Oglala, i ja jestem jego tłumaczem.

Kiedy się odsunąłem, żeby go przepuścić, dostrzegłem błysk przestrachu w jej oczach, bo chociaż ja byłem przyzwyczajony do czerwonych i żółtych pasów barw wojennych na jego twarzy, jak również reszty jego stroju, który był prawdopodobnie bardziej jaskrawy niż coś, co by na siebie włożył do prawdziwej bitwy, to normalni ludzie, oglądający „Dziki Zachód" po raz pierwszy, a już zwłaszcza Anglicy, nie mieli takiej okazji i szefowa całego Imperium Brytyjskiego była przez chwilę nieco przestraszona bliskością tego dzikusa.

Jednak Wiktoria nie na darmo królowała przez te pięćdziesiąt lat, toteż natychmiast odzyskała swój naturalny styl, tę niepowtarzalną mieszankę władczości i macierzyńskości.
– Proszę powiedzieć panu Czerwonej Koszuli – zwróciła się do mnie – że jest mi bardzo miło go poznać i że bardzo podobał mi się jego występ.

Przekazałem to Czerwonej Koszuli, który odpowiedział:
– Babciu Anglio, przybyłem z daleka, żeby cię zobaczyć, i nie żałuję, że to zrobiłem.

Po czym odszedł uroczystym krokiem, jaki stosował do celów ceremonialnych.

Odezwałem się szybko, żeby Wiktoria albo ludzie z jej otoczenia nie zdążyli pomyśleć czegoś złego.
– Proszę pani – powiadam – u Indian takie zachowanie jest oznaką najgłębszego szacunku. Nie chce zabierać pani cennego czasu. Wiem, że chętnie rozmawia z dziennikarzami, ale ich praca polega na wysłuchiwaniu wszelkiej gadaniny, podczas gdy pani ma na głowie Anglię. Czerwona Koszula to docenia.

Królowa słuchała z uśmiechem, podobnie jak inne utytułowane osoby, natomiast cała służba krzywiła się z dezaprobatą.

– Pan jest kapitan Crabb – mówi królowa. – Książę Walii dobrze się o panu wyraża.

– Ja też go lubię, proszę pani.

Niektórzy z fagasów jęknęli lub wstrzymali oddech, słuchając tej zbyt swobodnej ich zdaniem, jak się później domyśliłem, rozmowy z koronowaną głową, ale sama królowa była bliska chichotu. Ponieważ często wywierałem podobne wrażenie na słynnych osobistościach w Ameryce, od George'a Custera do Bata Mastersona, byłem przyzwyczajony, że traktuje się mnie jako zabawną postać. Mógłbym pewnie lepiej wypaść w oczach Libbie Custer, gdybym zachowywał się jak dziwak, za jakiego uważał mnie jej mąż, ogólnie jednak fakt, że nie traktowano mnie całkiem poważnie, pozwalał mi mówić rzeczy, które innym nie uszłyby na sucho.

– Mówił mi, że jest pan autorytetem w sprawach Czerwonych Indian i że mieszkał pan w ich wigwamach.

– Cóż, proszę pani, żyłem jako dziecko wśród Czejenów, znałem wielu Lakotów, walczyłem z Paunisami i Komanczami, a jeżeli chodzi o Arapaho... przepraszam panią, rozgadałem się, ale nigdy jeszcze nie rozmawiałem z królową. A czy nie chciałaby pani, żebym panią zabrał do obozu Siuksów?

Moje pytanie wywołało kolejną konsternację wśród jej otoczenia, ale nie zbiło z tropu starej Wiktorii. Podniosła się na całą swoją wysokość niespełna pięciu stóp i powiada:

– Z największą chęcią, kapitanie. Niech pan prowadzi!

I oto ja, gość bez wykształcenia i nie zajmujący żadnego stanowiska, oprowadzam głowę Imperium Brytyjskiego po indiańskiej wiosce w stolicy Anglii, Londynie. Niech mi kto powie, że to nie jest coś nadzwyczajnego!

Był to prawdziwy sukces dla wszystkich. Kiedy ponownie spotkaliśmy Czerwoną Koszulę, uwolnił się już od oficjalnej sztywności i spytał królową, dlaczego nie przyprowadziła swoich wojowników, na co ona odpowiedziała, że przecież przyszła odwiedzić przyjaciół. Spodobała mu się ta odpowiedź i wszystko, co królowa do niego mówiła, bo może i była starą Angielką, ale miała podejście do ludzi. Teraz wiedziałem, od kogo Bertie nauczył się swojej techniki, nawet jeżeli jego mama nie zdawała sobie z tego sprawy. Czerwona Koszula powiedział mi po rozmowie z królową, że już wie, dlaczego tym ludziom przewodzi mała stara babcia – bo ma wielkie serce. Rzecz jasna przetłumaczyłem jej tylko ostatnią część tej wypowiedzi.

Jako kobieta Wiktoria zainteresowała się indiańskimi squaw, a one odpowiedziały tym samym z tego samego powodu. Jedna z nich, Deszczowy Ptak, widziała jej podobiznę na medalu i spytała, dlaczego teraz nie ma korony, a inna kobieta zapytała ją, czy jest rzeczywiście babcią, niezależnie od tego, że jest nią dla całego swojego narodu, co, jak sądzę, było całkiem sensownym pytaniem. Wiktoria odpowiadała na wszystkie pytania z wielkodusznym humorem, który jest zapewne specjalnością monarchów, przynajmniej odkąd stracili możliwość nadużywania władzy, choć trudno było sobie wyobrazić królową Wiktorię ścinającą głowy, nawet gdyby miała taką możliwość.

Kiedy skończyła ściskać dłonie wszystkim indiańskim dzieciakom, które jakiś biały ustawił według wzrostu, kazała mi powiedzieć, że są bardzo ładnymi dziećmi i że byłaby dumna, mając takich „poddanych", co było brytyjskim słowem na każdego w imperium niezależnie od koloru, ale trudno mi to było przetłumaczyć na język Siuksów, powiedziałem więc po prostu, że byłaby dumna, mogąc „mieć was wśród swoich ludzi". Przynajmniej jeden ze starszych chłopców zrozumiał, że Babcia chciałaby posiadać Indian i że traktowałaby ich lepiej niż Amerykanie. Ale mimo wrażenia, jakie wywarła na mnie królowa, wiedziałem, że prawdziwe powody, dla których Siedzącego Byka przez jakiś czas traktowano w Kanadzie lepiej, były dwa: po pierwsze, w tej części kraju nie mieszkało zbyt wielu Indian, a po drugie, białych znajdowało się tam jeszcze mniej. Mimo to w końcu poproszono go, żeby się wyniósł, skąd przyszedł, bo Indianie zwykle dawali się we znaki każdemu, kto nie był jednym z nich, ze względu na swój upór. Pokażcie im kolej żelazną, światło elektryczne, Nowy Jork, parostatki, katedrę

Świętego Pawła, pałac Buckingham, a ci osobnicy, którzy nie potrafili wynaleźć koła i mieszkali w szałasach ze skóry, nadal upierali się, żeby pozostać Indianami.

– Kapitanie Crabb – powiedziała królowa, kiedy już miała odchodzić – syn polecał mi pana bardzo serdecznie, ale jeszcze nie dość entuzjastycznie. Bez pańskiej pomocy niewiele bym zrozumiała z życia Czerwonych Indian i zapewne nie miałabym odwagi odwiedzić ich squaw oraz dzieci, bo przyznaję, że byłam przestraszona tańcami wojennymi ich wojowników z tymi dzikimi okrzykami i groźnymi pozami, ich twarze wydały mi się okrutne, a te inscenizowane bitwy były jeszcze bardziej przerażające. Biedny dzielny generał Custer!

– Moje gratulacje z powodu tak długiego królowania. Myślę, że osoby naszego wzrostu żyją dłużej. – Może nawet puściłem do niej oko w tym miejscu, bo czułem się całkiem swobodnie w jej towarzystwie, co dowodzi, że ignorancja bywa prawie tak samo korzystna jak niski wzrost. – To bardzo miło, że pani nas odwiedziła. I jak to mówią w Teksasie: „Pamiętaj, że masz tu wrócić".

„Dziki Zachód" tak się spodobał królowej Wiktorii, że w następnym miesiącu zamówiła specjalne przedstawienie – tym razem w swym zamiejskim zamku w Windsorze, gdyż tam właśnie wolała mieszkać niż w Buck House, jak się wyraził jeden z przyjaciół Bertiego – i Cody, postawiwszy na swoim poprzednim razem, teraz spełnił jej życzenie i zadał sobie niemały trud, żeby przetransportować tam część ludzi i zwierząt.

Indianie wysiedli na stacji kolejowej w Windsorze i ktoś wpadł na pomysł, żeby przeszli w dwuszeregu do zamku przez małą wioskę. Wywarło to spore wrażenie na miejscowej ludności, która – podobnie jak poprzednio królowa – była przestraszona i zafascynowana, i miała zabawę jak nigdy, a zwłaszcza te angielskie dzieciaki z najjaśniejszymi włosami i najbledsze, jakie w życiu widzieliśmy, bo słońce w tym kraju było czymś równie rzadkim jak Czerwony Indianin w barwach wojennych i pióropuszu spacerujący główną ulicą.

Cóż, zakończę opowieść o tej pierwszej wyprawie zagranicznej, mimo że wiele jeszcze zostało do opowiedzenia, ale mam do zrelacjonowania jeszcze spory kawałek życia, a nie wiem, ile mi pozostało czasu, ograniczę się więc do kilku uwag, które mogą was zainteresować.

Bill Cody prowadził podobne życie towarzyskie jak w Nowym Jorku, tyle że tutaj jego przyjaciele mieli nie tylko pieniądze, ale i tytuły, jeżeli zaś chodzi o niewiasty, to wymienię tylko aktorkę Katherine Clemons, która zrobiła na nim duże wrażenie, kiedy ją zobaczył na scenie, i choć nie wiem, czy coś go z nią łączyło, to później wpakował sporo pieniędzy w wystawienie sztuki, którą przywiozła do Ameryki i która zrobiła klapę. Pewnie nie wspominałbym w ogóle o żadnych kobietach w związku z nim, gdyby nie Lulu, jego *storm und drang*, która oskarżała go o intymne związki z wieloma kobietami, z królową Wiktorią włącznie! Wątpię jednak, żeby mógł być zbyt aktywny w stosunku do angielskich dam podczas tej wyprawy, bo przez większość czasu była z nim i uczestniczyła w tym życiu wyższych sfer jego córka Arta, atrakcyjna młoda panna, którą, jak można się domyślać, trzymał z daleka od kowbojów, i rzecz jasna ode mnie.

Spędziliśmy tam prawie rok i po pierwszych miesiącach w Londynie jeździliśmy po całym kraju, który nie jest znowu tak wielki, czego Anglicy nie lubili wysłuchiwać, zwłaszcza od teksańskich kowbojów, ale poza tym „Dziki Zachód" Buffalo Billa był sensacją Roku Jubileuszowego, podczas którego fetowano królową Wiktorię na wszelkie sposoby, takie jak iluminacje i fajerwerki czy pamiątki w rodzaju kubków i rękojeści lasek w kształcie głowy królowej lub turniur z ukrytą pozytywką, wygrywającą przy siadaniu *Boże, zachowaj królową*.

Również nasi Indianie nie przestawali być atrakcją i wszędzie ich zapraszano, a że wszędzie, gdzie szli Siuksowie, musiałem iść i ja, to mogę być im wdzięczny za życie towarzyskie na wyższym poziomie, niż mógłbym na to liczyć tylko ze względu na siebie. Przytoczę kilka zaledwie przykładów.

Spotykała się tam grupa mężczyzn, która u nas nazywałaby się lożą, ale tutaj pochodzili oni z wyższej klasy i raz w tygodniu jadali kolację ubrani wieczorowo w hotelu Savoy, a nazywali się Savage Club. Otóż uznali oni za dobry żart zaproszenie na swoje spotkanie autentycznych dzikusów, zwrócili się więc do Buffalo Billa, żeby przyprowadził paru Siuksów, na co on przystał, i muszę powiedzieć, że nie wziąłbym w tym udziału, gdyby Indian nie traktowano tam z szacunkiem, ale tak nie było, a klub został nazwany na cześć niejakiego Dicka Savage'a*, dawnego poety, który marnie skończył, tak więc biali żartowali sami z siebie, który to rodzaj humoru Anglikom szczególnie odpowiada. W każdym razie Siuksom spodobał się poczęstunek, ze względu na to, że było dużo wołowiny, a Czerwona Koszula wygłosił do członków klubu ładne przemówienie i powiedział, że po powrocie do domu wyśle im fajkę, żeby ją sobie powiesili na ścianie jako przypomnienie o ich braciach Lakotach.

Innym miejscem, które Indianie odwiedzili, był parlament brytyjski, gdzie przez jakiś czas siedzieliśmy na galerii, i Siuksowie, jak podejrzewam, zrozumieli tyle samo co ja, ale chociaż cenili sobie retorykę o charakterze religijnym i duchowym, którą potrafili rozpoznać niezależnie od języka, to nie mieli zrozumienia dla spraw, którymi zajmują się legislatorzy, i kiedy później jeden z lordów z izby tychże spytał Czerwoną Koszulę, co sądzi o tym miejscu, ten odpowiedział mi w języku Lakotów, że nie ma o nim najlepszego wyobrażenia.

Normalnie przetłumaczyłbym to po swojemu, ale akurat miałem dość zadzierania nosa przez tego czerwonoskórego, przy całej mojej dla niego sympatii, spytałem go więc:

– Czy nie uważasz, że to niegrzeczna odpowiedź, kiedy jesteś gościem w tym wielkim, pięknym namiocie rady, gdzie od setek lat wodzowie tacy jak ci spotykali się, żeby omawiać sprawy swoich ludzi?

Rzecz jasna nie dodałem: – A nie w jakimś namiocie z po-

---

* *Savage* (ang.) – dzikus.

strzępionej skóry, z pomalowanymi gębami i suszonymi skalpami zwisającymi u pasa.

– Nie – odpowiedział Czerwona Koszula prostolinijnie. – On mnie spytał, co myślę, a ja powiedziałem prawdę. Przecież to nie jest jego własny dom, prawda? To własność jego całego plemienia, a my tylko go oglądamy. Nie jesteśmy tu gośćmi, bo nas nie częstują jedzeniem. A odpowiedź zgodna z prawdą nie uchybia dobrym obyczajom. Jeżeli ktoś uważa, że odpowiedź na jego pytanie może go obrazić, to nie powinien zadawać tego pytania.

Muszę wam powiedzieć, że we wszystkich moich kontaktach z Indianami niezwykle rzadko udawało mi się ich przegadać, zwróciłem się więc do tego lorda i wzruszyłem ramionami.

– Za przeproszeniem pana, w odpowiedzi na pańskie pytanie, jak ocenia parlament, on mówi, że niewysoko.

Znajdowaliśmy się na korytarzu budynku w otoczeniu innych lordów, a także przedstawicieli prasy, którzy nie odstępowali Indian, ilekroć ci wychodzili poza obóz, i kiedy mój rozmówca wybuchnął głośnym śmiechem i powtórzył głośno słowa Czerwonej Koszuli, wszyscy zebrani ryknęli śmiechem, pokrzykując: „Dobrze mówi, dobrze mówi!" Pozostali Siuksowie przez grzeczność przyłączyli się do ogólnej wesołości, chociaż nie był to ten rodzaj humoru, który by ich normalnie rozśmieszył.

„Dziki Zachód" Buffalo Billa wypłynął do Ameryki z portu Hull w maju osiemdziesiątego ósmego roku i Bogu dzięki, tym razem ocean nie był tak burzliwy, co Indianie przypisywali temu, że wracamy do domu, a to jest czynność bardziej naturalna niż wyprawa w celu występowania przed nieznajomymi ludźmi, chociaż i tego nigdy nie żałowali.

Nie cierpiąc na chorobę morską, mogłem poświęcić nieco uwagi zobowiązaniu, jakie miałem wobec wdowy Dzikiego Billa Hickoka, bo oto znalazłem się na tym samym statku co jej córka Emma, tak więc kiedy po raz pierwszy zobaczyłem ją samą na pokładzie, jak stała przy burcie, wpatrując się w bezkresne morze, co i mnie się czasem zdarzało, podszedłem do niej i pogratulowałem jej wielkiego talentu w jeździe konnej.

– Sam jeżdżę od dziesiątego roku życia – powiedziałem – ale nigdy nie potrafiłbym zrobić połowy tego co pani. Emma mogła zatańczyć na swoim wierzchowcu Gwiazdę Wirginii, sprawić, żeby przyklęknął albo wspiął się na tylne nogi, a wszystko to w damskim siodle, co nasze woltyżerki robiły ze względu na obecność kobiet i dzieci, ponieważ jeżdżenie na koniu okrakiem było wówczas uważane za rzecz nieobyczajną.

Emma była bardzo ładną ciemnowłosą młodą damą i jako człowiek wciąż rozglądający się za jakąś przyzwoitą kobietą, która mogłaby ze mną wytrzymać, żałowałem, że była już mężatką, bo chociaż ona o tym nie wiedziała, łączyła nas moja przyjaźń z jej zmarłym ojczymem.

Emma podziękowała i stwierdziła, że ona też zaczynała wcześnie, ale miała jeszcze tę przewagę, że uczyła ją jeździć mama, która była słynną woltyżerką.

– Czyżby to była – powiadam – Agnes Lake Thatcher? Ta, która występowała w *Mazepie*?

– We własnej osobie – przytakuje wyraźnie zadowolona Emma. – Ucieszy się, że pan ją pamięta. Czy oglądał pan jej występy?

– Rzeczywiście tak – skłamałem. – Przed laty w St. Louis. Słyszałem, że zrezygnowała z występów i mieszka w Cincinnati. – Kiedy Emma to potwierdziła, spytałem: – Czy gdybym napisał do pani mamy list o tym, jak bardzo podziwiałem ją w tej sztuce, to wysłałaby go pani w moim imieniu?

– To – powiada Emma – byłoby bardzo miłe z pana strony. Jako człowiek sceny – uznała mnie za członka trupy kowbojów – wie pan, ile to znaczy, kiedy człowieka pamiętają. – Potem mówi, że może bym napisał bezpośrednio, i podaje mi adres, który znała na pamięć, a ja zapisałem go ogryzkiem ołówka na mankiecie koszuli, który był przypinany, podobnie jak kołnierzyk, żeby nie prać co tydzień całej koszuli.

Teraz wystarczyło tylko obliczyć, ile jestem winien wdowie Hickok, i wysłać jej odpowiednią sumę.

I to by była moja opowieść o pierwszej wizycie „Dzikiego Zachodu" Buffalo Billa, a także mojej, w Starym Kraju, poza jeszcze dwiema sprawami. Pierwsza z nich to ta, że jeden z uczestników przyjęć u księcia spytał mnie, czy jestem krewnym „tego George'a Crabbe'a".

– Nie mam mglistego pojęcia – odpowiedziałem wyrażeniem, którego nauczyłem się w Anglii i które wtedy uważałem za dowcipne, a potem dodałem, że nigdy nie utrzymywałem kontaktów z rodziną poza jednym bratem i jedną siostrą, a i tego żałowałem.

On na to pociągnął następny łyk szampana, uścisnął bujną figurę dziewczyny siedzącej mu na kolanach i zadeklamował:

Minęły czasy, kiedy w zgodzie z ładem,
Wiejski poeta sławił swoje prerie...

W końcu wydobyłem z niego, że ów nieżyjący już George był w swoim czasie dość znanym poetą. Wyglądało na to, że mógł być również kowbojem. Tak więc, kto wie, może pochodziłem z lepszej rodziny, niż myślałem.

Druga sprawa dotyczyła tego, że kiedy już wypłynęliśmy daleko w morze, Czerwona Koszula wspomniał mi, jakby mimochodem, że jacyś Siuksowie zgubili się w Anglii.

– Jesteś tego pewien? – pytam.

– Nie – mówi on. Indianie nigdy nie byli mocni w rachunkach i w rezultacie padali ofiarą oszustw białych handlarzy, a zwłaszcza urzędników państwowych, którzy byli geniuszami, jeżeli chodzi o manipulowanie liczbami.

– Wyjaśnię to – obiecałem. Co do mnie, to nigdy nie miałem pewności, kto w zespole odpowiada za Indian. Podejrzewam, że Cody i Salsbury uważali, że to sprawa Czerwonej Koszuli, Indianie natomiast nie znali pojęcia władzy w sensie białych: niezależnie od tego, kim byli, żaden nie mówił drugiemu, co ten ma robić. Tak więc jeżeli chodzi o wsiadanie na statek, pozostawiali to osobistej decyzji każdego. A że wszystko robili bez zegarka, to niektórzy mogli się zjawić w porcie po odpłynięciu statku. Myślicie może, że wobec tego to ja powinienem ich zagonić, ale chociaż przed chwilą powiedziałem, że Czerwona Koszula nie dysponował władzą, jaką miałby biały człowiek na jego miejscu, to ja nie chciałem jej sobie uzurpować. Jeżeli wydaje się to wam nielogiczne, to dlatego, że nie znacie Indian tak dobrze jak ja.

Tak czy inaczej, poszedłem z tą sprawą do Salsbury'ego, a ten przeprowadził jakąś kontrolę i potwierdził, że faktycznie, po starannym przeszukaniu wszystkich pokładów, a nawet maszynowni Perskiego Monarchy, nie można się doliczyć pół tuzina Siuksów.

Wróciłem do Czerwonej Koszuli i poinformowałem go o tym.

– Tak jak ci mówiłem – stwierdził.

– Odpłynęliśmy za daleko, żeby teraz wracać.

– Myślę, że oni tam zostaną – powiedział.

Nie okazywał najmniejszego niepokoju: byli przecież wojownikami Siuksów z takim samym wysokim wyobrażeniem o sobie jak Czejenowie. Poza tym, czyż nie byli ulubieńcami Brytyjczyków? Czerwona Koszula powiedział, że mogą wrócić do tego wielkiego obozowiska, przez co rozumiał Londyn, i żywić się w siedzibie Nieoswojonego Towarzystwa, jak nazywał w swoim języku Savage Club.

16. ZNOWU ONA

Buffalo Bill wrócił z Anglii jako „bohater dwóch kontynentów", jak go nazywały gazety, i prawie wszyscy członkowie zespołu byli tak zadowoleni z naszego sukcesu za granicą, że kiedy Cody oświadczył, że chce rozpocząć występy w Erastinie na Staten Island, zgłosili gotowość do dalszej pracy, z wyjątkiem paru Siuksów, którzy stęsknili się za domem i wrócili do rezerwatu, ale większość pozostała.

Moja przyjaciółka Annie Oakley opuściła „Dziki Zachód" po występach w Anglii i razem z Frankiem udała się do Berlina w Niemczech, gdzie popisywała się przed niemiecką wersją księcia Walii, czyli kronprincem Wilhelmem, tym samym, który później został kajzerem Wilusiem i walczył przeciwko nam w pierwszej wojnie światowej. Ale to była przyszłość. W czasie, o którym mówię, Butlerowie wrócili na własną rękę do Stanów i Annie przyłączyła się do objazdowego wodewilu Tony'ego Pastora, demonstrując swoje umiejętności strzeleckie w różnych teatrach na Wschodnim Wybrzeżu.

Wiedziałem tylko, że posprzeczali się z Buffalo Billem, pewnie z powodu Lillian Smith, chociaż nigdy mi tego nie powiedzieli, a ja nie pytałem. Po tym tournée Annie nawet przystąpiła do konkurencji w formie podobnego przedstawienia, prowadzonego przez niejakiego Comanche'a Billa, a potem przeszła do Billa Paunisa Lilliego, naszego dawnego znajomego z „Dzikiego Zachodu".

Bill Paunis miał już strzelającą damę, którą była jego żona, ale państwo Lillie byli obdarzeni sprytem w wystarczającym stopniu, żeby Annie oddać pierwsze miejsce na afiszu.

Podczas pobytu w Nowym Jorku Annie i Frank wynajęli mieszkanie na wprost Madison Square Garden i odwiedziłem ich tam parokrotnie, podobnie jak pani Libbie Custer, chociaż nie w tym samym czasie – prosiłem o to przez szacunek dla tej damy.

Natomiast jeśli idzie o moje plany odnośnie do pani Agnes Lake Thatcher Hickok, to nie poczyniłem żadnych kroków, bo przed dokonaniem jakichkolwiek wpłat chciałem ustalić, ile pieniędzy na moim koncie uzbierało się w banku North Platte, gdzie co jakiś czas wpływała pewna część moich zarobków z „Dzikiego Zachodu". Więcej na ten temat później. Teraz przejdę do tematu bliższego mojemu sercu.

Występowaliśmy na Staten Island zaledwie około miesiąca i po jednym z popołudniowych przedstawień znajdowałem się w namiocie Cody'ego, popijając z nim i Johnem Arizoną, rozparty na polowym krześle tyłem do wejścia, kiedy za moimi plecami rozległ się głos, który rozpoznałem natychmiast z uczuciami tak mieszanymi, że nie będę nawet próbował ich wymieniać, choćbym i potrafił, poza jednym – chciałem zapaść się pod ziemię.

– Pułkowniku Cody, chciałabym porozmawiać z panem w pewnej ważnej sprawie.

Buffalo Bill odstawił szklankę i wstał.

– Ależ oczywiście, młoda damo. Proszę wejść i siadać. Kapitanie? – To ostatnie było wezwaniem do mnie, żebym zwolnił krzesło, bo jedyne pozostałe wypełniał obszerny tyłek majora Burke'a. – Czy mogę zaproponować pani szklankę mrożonej lemoniady?

– Dziękuję, nie, pułkowniku, ale chętnie usiądę.

Przez cały ten czas serce waliło mi jak młotem, i to nie tylko ze strachu. Wstając, trzymałem głowę pochyloną, po czym usunąłem się w kąt namiotu, nie przytrzymując dla niej krzesła ani nawet nie patrząc w jej stronę.

Domyślam się, że podjęła rozmowę dopiero, jak usiadła. Ja wciąż patrzyłem w inną stronę.

– Pułkowniku Cody – odezwała się zimnym tonem, który tak dobrze pamiętałem, chociaż minęło dziesięć lat, od kiedy go słyszałem po raz ostatni. – Nazywam się Amanda Teasdale i jestem prezesem nowojorskiego oddziału Towarzystwa Przyjaciół Czerwonego Człowieka.

Cody, ilekroć spotykał szacowne przedstawicielki płci przeciwnej, zawsze zwracał uwagę na maniery, toteż spodziewałem się, że nas przedstawi, ale nie przedstawił nawet Burke'a, co przyjąłem z dużą ulgą. Surowy ton w głosie Amandy stanowił dla niego zaskoczenie. Pamiętajmy, że dopiero co wrócił z Anglii, gdzie zyskał sympatię samej królowej Wiktorii, przez co nie mam na myśli tego, o co oskarżała go Lulu, ale fakt, że Jej Królewska Wysokość okazywała mu wielką uprzejmość.

Powiedział tylko:

– Tak, proszę pani.

– Nie wiem, czy zna pan naszą działalność – powiada Amanda.

Cody odzyskał panowanie nad sobą do tego stopnia, że zdołał powiedzieć:

– Niewątpliwie jest to działalność nieoceniona.

– Cieszę się, że słyszę to od pana, pułkowniku. Szczerze mówiąc, przypuszczałam, zapewne niesłusznie, że wykaże pan wrogi stosunek do naszej organizacji.

– Młoda damo – powiedział Buffalo Bill, teraz już w pełni formy – ponieważ jestem wielbicielem płci pięknej i jak przypuszczam, jednym z pierwszych budowniczych przyjaźni z amerykańskimi albo, jak mówią nasi brytyjscy kuzyni, Czerwonymi Indianami, to zapewniam panią, że połączenie tych dwóch słów wywołuje we mnie najgłębszy szacunek.

Burke, który siedział cicho, póki nie dostał sygnału od szefa, wtrącił stosowne wyrażenie, przywiezione z Anglii:

– Dobrze mówi.

– Ach tak – mówi Amanda. – Sądziłam, że pańskim głównym powodem do chwały jest to, że zabijał pan Indian. Jeżeli w walkach z czerwonoskórymi Buffalo Bill wykazywał tyle zimnej krwi co pod tym obstrzałem, to musiał być dobry.

– Proszę pani – odpowiada – z całym szacunkiem, musiała mnie pani z kimś pomylić. Nie tylko nie zabijam naszych czerwonych przyjaciół, ale zapewniam im korzystne zatrudnienie za wyższą płacę, niż wielu białych mężczyzn otrzymuje za ciężką i morderczą pracę przy kopaniu węgla milę pod ziemią, gdzie wdychają szkodliwe wyziewy, albo w jakiejś hucie wśród bryzgów roztopionej stali albo przy produkcji...

W tym miejscu Amanda mu przerwała.

– Proszę mi zaoszczędzić tych retorycznych popisów, pułkowniku. Chodziło mi oczywiście nie o pańskie przedstawienie, ale o pańskie chełpliwe relacje o zabiciu Żółtej Ręki.

– Moja droga młoda damo – mówi Cody, świadomie czy nieświadomie, tonem litościwej cierpliwości, który miał ją wyprowadzić z równowagi – ja się broniłem. To on strzelał do mnie.

– Naprawdę? Czy to Żółta Ręka przyszedł zabrać panu pański dom?

W tym momencie odezwał się John Burke. Jak przystało na rzecznika prasowego, powiada:

– Panno Teasdale, rezerwuję bilety dla pani i dla dowolnej liczby członków pani organizacji. Ostatnio takie wolne bilety wstępu zostały nazwane „Annie Oakley", oczywiście od nazwiska małej damy, która przynosi zaszczyt waszej płci. Pozwoli pani, że wyjaśnię pochodzenie tej nazwy...

– Przed chwilą widziałam to przedstawienie – przerwała mu Amanda. – Polega ono w znacznej części na tym, że strzela się do Indian, a oni udają zabitych. Jest to najbardziej poniżający spektakl, jaki kiedykolwiek oglądałam.

Cody odpowiedział z hamowanym zniecierpliwieniem:

– To nie jest spektakl, droga pani, lecz raczej wystawa o wielkiej historycznej i wychowawczej wartości. Dołożyliśmy wszelkich starań, żeby nasze żywe obrazy wiernie odtwarzały rzeczywistość, i uzyskaliśmy powszechną aprobatę ze strony osób, które uczestniczyły w tych lub podobnych wydarzeniach.

– Ilu było wśród nich Indian? – spytała szyderczo Amanda.

– Zapewne słyszała pani o Siedzącym Byku – powiedział Cody. – Ongiś nieprzejednany wróg, dwa lata temu chętnie przyłączył się do naszego zespołu i pozostał w nim przez cały sezon, zyskując sobie niemałą sławę i pieniądze. Szkoda, że go tu nie ma, żeby mógł sprostować pani błędne wyobrażenia. Ale są inni Siuksowie. Może pani udać się do ich obozu i porozmawiać z nimi bez żadnego nadzoru z mojej strony. Jeżeli nie zna pani biegle języka Lakotów, kapitan Jack z przyjemnością posłuży pani za tłumacza.

Tak więc stało się.

– Dzień dobry, Amando – powiedziałem, odwróciwszy się w jej stronę.

Dziesięć lat temu zapowiadała się na bardzo ładną kobietę i od tego czasu jeszcze wyładniała, odwrotnie niż to się zwykle dzieje – przynajmniej w tamtych czasach, kiedy czas szybciej zbierał swoje żniwo – jej włosy zyskały bogaty odcień starego złota, oczy stały się intensywniej niebieskie, rysy bardziej wyraziste, nie nabierając ostrości, a jej figura wypełniła się bez grama nadwagi. Była też ubrana zgodnie z ostatnią modą w stylu pani Custer, chociaż w żywszych kolorach, miała bowiem na sobie lawendową suknię i fantazyjny kapelusz. To tłumaczyło, dlaczego Cody początkowo dał się nieco zbić z tropu. Co do mnie, to mogłem się tylko dziwić, dlaczego trwało to tak krótko, ale jak wiecie, zawsze miałem z tą kobietą pecha.

Teraz spojrzała na mnie bez większego szacunku.

– Czy ja pana znam? – spytała.

– Było to przed wielu laty – zacząłem – i ja...

– Proszę wyjść z cienia – powiedziała, mrużąc oczy.

Zrobiłem, jak mnie prosiła, i zdjąłem kapelusz.

– Mam teraz wyższe czoło i te wąsy, ale nadal nazywam się Jack Crabb.

– Jack. Ależ oczywiście – powiedziała i uśmiechnęła się miło, czego kiedyś nie robiła często albo i wcale, jako prawdziwie poważna młoda kobieta. To był mój prymitywny sposób odróżniania przyzwoitych dziewcząt od innych w przypadku, gdy wygląd wprowadzał w błąd: pierwsze nie grzeszyły nadmiarem wesołości, natomiast ladacznice zawsze były skore do śmiechu.

Pamiętacie zapewne, że opuściłem tamtą szkołę dla Indian w dość haniebnym stylu, i chociaż Wychodzący Wilk zapewnił mnie, że wyjaśnił majorowi nieporozumienie, to trzeba pamiętać, że on nie znał angielskiego, a major nie znał czejeńskiego, sprawa zaś była mocno skomplikowana do przekazania w języku migowym – więc mimo uprzejmości Amandy nadal czułem się głupio. Uważałem również za całkiem możliwe, że mnie nie pamięta, bo nie widziałem powodu, dla którego osoba na jej poziomie miałaby mnie zauważać. Ostatnio nabrałem wysokiego wyobrażenia o sobie po tym, jak zdobyłem sympatię nie tylko księcia Bertiego, ale również jego starej mamusi królowej, a jednak wystarczył sam widok Amandy, żebym znów stracił we własnych oczach.

– A jak tam pani rodzice? Czy nadal mieszkają w Dodge? – spytałem, nie chcąc przypominać jej o szkole.

– Oboje rodzice nie żyją.

Wyraziłem swoje ubolewanie, Cody i Burke się przyłączyli, ale Amanda nie kontynuowała tego tematu. Jednym płynnym ruchem, bez cienia wysiłku, wstała z polowego krzesła i w swojej obcisłej atłasowej sukni wyglądała równie godnie jak te wszystkie utytułowane damy, na które się napatrzyłem w Anglii, a była od większości z nich dużo ładniejsza.

– Trzymam pana za słowo, pułkowniku – powiedziała. – Niech mnie pan zaprowadzi do obozu Indian, Jack.

Teraz Cody znów był zaskoczony, podobnie jak na początku.

– Zatem pani rzeczywiście zna naszego przyjaciela?

Dopiero co mówiłem, jak mizerne wyobrażenie o sobie miałem w obecności Amandy, ale kiedy podobną opinię wyraził Cody, poczułem się urażony i zadarłszy nosa, powiedziałem:

– Panna Teasdale i ja pracowaliśmy w tej samej szkole dla Indian. – Po czym oczywiście miałem ochotę odgryźć sobie język.

Ona jednak nawet nie mrugnęła, skłoniła tylko głowę przed Codym, nie zwracając uwagi na Burke'a, który nie został jej przedstawiony, i wypłynęła z namiotu z majestatycznym szelestem, jakiego nie powstydziłyby się damy z Windsoru.

Dogoniłem ją na zewnątrz.

– Amando, zaraz spotkamy się z Siuksami, ale chciałbym najpierw wyjaśnić, jak doszło do tego, że w ten sposób opuściłem szkołę.

Szła równie szybko, jak kiedy była młodsza, na nogach dłuższych od moich, ale z większą świadomością wrażenia, jakie wywierała, i kowboje z naszego zespołu gapili się na nią, nie odważając się na żadne głośne uwagi, bo wyraźnie była damą z wyższych sfer. Ale wiedziałem, że mogę się spodziewać kpinek przy następnym spotkaniu.

Amanda spojrzała na mnie.

– Uważam, że to było oczywiste.

Możecie uznać, że ta uwaga przyniosła mi ulgę, ale została wypowiedziana tak obojętnym tonem, że musiałem zadać sobie pytanie, czy ona w ogóle wie, o czym ja mówię, drążyłem więc sprawę dalej.

– Martwiłem się o to, co może sobie pani pomyśleć o całym tym zamieszaniu. – Nie zareagowała, spróbowałem więc bardziej ogólnego podejścia. – Major jest bez wątpienia bardzo szlachetnym człowiekiem.

– Szkoła została zamknięta parę lat temu – powiedziała Amanda. – Fundusze kościelne wyschły i zmieniła się polityka rządu, moim zdaniem, na lepsze. Organizacje religijne nie były przygotowane do radzenia sobie z tym problemem, czego najlepiej dowodzi przykład majora, bo nie sposób winić go osobiście za wszystkie niepowodzenia.

Może i wypiękniała przez te lata, i ubierała się bardziej elegancko, ale nabrała takiej maniery mówienia jak ktoś, kto siedzi w biurze i rozmawia tylko z sobie podobnymi.

Minęliśmy namioty białych członków trupy i teraz zbliżaliśmy się do obozu Indian, co całkowicie pochłonęło uwagę Amandy.

Przystanęła na chwilę i potrząsnęła głową.

– Czy to musi wyglądać tak nędznie?

– Gdyby pani widziała prawdziwą wioskę w dawnych czasach, uznałaby to pani za luksus – powiedziałem. – Słupy namiotowe nie są obwieszone skalpami i wszyscy mają pod dostatkiem jedzenia, dobrą wołowinę, a nie jakieś psie mięso, a także dostają pieniądze, i to tylko za to, że są Indianami, nie robiąc nic takiego, co można by nazwać pracą, nie mówiąc już o tym, że biali kupują bilety, żeby ich oglądać.

Sporo z tego było demagogią, bo żyjąc wśród Czejenów, nie czułem obrzydzenia do skalpów, w tamtym czasie było jeszcze pełno bizonów i mieliśmy do nich dostęp, okresy głodu nie trwały długo, a jeżeli chodzi o psy, to ich mięso było smaczne i jadano je tylko przy szczególnych okazjach. I wreszcie, dopóki nie przyszli biali, Indianom nie były potrzebne pieniądze. Przytaczałem jednak argumenty, które mogła zrozumieć Amanda jako osoba wykształcona.

Mimo to nie przekonałem jej. Jak większość ludzi oddanych jakiejś sprawie słyszała tylko siebie i swoje argumenty.

– Traktuje się ich jak zwierzęta! – powiedziała, potrząsając z oburzeniem złotą główką w kapeluszu.

– Chodźmy więc i porozmawiajmy z nimi, to usłyszymy, co oni mają do powiedzenia – zaproponowałem.

Zaprowadziłem ją do tipi Dwóch Orłów, dlatego że miał przemiłą żonę imieniem Kobieta Biały Niedźwiedź, która dobrze gotowała, jeżeli ktoś lubi indiańską kuchnię, i często z nimi jadałem, bo lubiłem również ich towarzystwo. Nie chcę powiedzieć, że tylko Indianie lubią sobie podjeść, trzeba było zobaczyć, z jakim apetytem opychał się książę Walii, ale oni przykładali się do jedzenia z całkowitą determinacją ludzi, którzy nawet wśród obfitości pamiętali o możliwości przyszłego niedostatku.

Kobieta Biały Niedźwiedź siedziała przed namiotem przy

ogniu i miała garnek czegoś już ugotowanego, co trzymała na żarze, żeby nie ostygło, a poza tym piekła ciasto na patelni.

Była tęgą kobietą z okrągłą brązową twarzą i na moje powitanie odpowiedziała uśmiechem oraz najczęściej powtarzanym zdaniem we wszystkich indiańskich językach:

– Czy chcesz jeść?

– Ona zaprasza nas na kolację – powiedziałem do Amandy. Amandzie twarz się wyciągnęła.

– Czy może pan znaleźć jakąś uprzejmą wymówkę? – zwróciła się do mnie. – Nie chciałabym jej urazić.

Powiedziałem Kobiecie Biały Niedźwiedź, że Żółte Włosy dziękuje, ale jest w wiadomym okresie miesiąca i nie ma apetytu.

– Ależ to jest najlepszy okres, żeby jeść, musi odzyskać stracone siły! – odpowiedziała Indianka zgodnie z moim oczekiwaniem. – Ona jest w ogóle za chuda.

Indianie nigdy nie hołdowali teorii, że przeziębienie należy karmić, a gorączkę głodzić – oni wszystkie niedomagania leczyli jedzeniem, jeżeli tylko je mieli.

– Nie chcę, żeby pomyślała, że gardzę jej jedzeniem – powiada Amanda, uśmiechając się z góry nerwowo do Kobiety Biały Niedźwiedź, która nie patrzyła na nas, tylko sprawdzała temperaturę patelni końcem palca, po czym natychmiast oblizała go, żeby wyssać gorąco.

– Zapewniam panią, że jej to nawet nie przyjdzie do głowy – powiedziałem – bo ona jest przekonana, że jada lepiej niż pani.

Kilkoro dzieci Kobiety Biały Niedźwiedź zaczęło ściągać na posiłek, ale chociaż spędziły już jakiś czas z „Dzikim Zachodem", a najmłodsze urodziło się nawet podczas tego pierwszego sezonu, kiedy był z nami Siedzący Byk, zostały nauczone, że mają być grzeczne i nie zaczepiać białych gości, chyba że ci chcieli kupić fotografie Indian i ich dzieci.

Co nie znaczy, że nie gapiły się na Amandę.

Muszę przyznać, że nie zachowywała się jak wiele białych kobiet odwiedzających obozowisko Siuksów: nie wykrzykiwała, jak ślicznie wyglądają małe dziewczynki w sukienkach z frędzlami i wyszywanych paciorkami opaskach na włosach, ani nie mówiła do nich „po indiańsku": moja dać dużo wampun i tym podobne, albo, co najgorsze, nie rozmawiała tak, jakby ich tam nie było, bo teraz już wszyscy Siuksowie rozumieli trochę po angielsku, zwłaszcza jeżeli odnosiło się to do nich.

Z drugiej strony Amanda przyszła tu opanowana obsesją, że ci ludzie są wykorzystywani, obecność dzieci działała więc na nią przygnębiająco.

– Widzę, że przyszliśmy w nieodpowiednim momencie – powiedziała.

– Byłby odpowiedni, gdybyśmy usiedli i zjedli z nimi.

Amanda zmarszczyła czoło.

– Nie chcę być źle zrozumiana. Wcale nie uważam, że jestem zbyt ważna, żeby z nimi jeść, ani nie brzydzę się ich dietą. Wierzę panu na słowo, że mają pod dostatkiem takiego jedzenia, jakie lubią, ale gdybym się do nich przyłączyła, potwierdziłabym, że ich przebywanie tutaj uważam za słuszne.

– Robi pani zbytnie ceregiele z jedzeniem, Amando – powiedziałem. – Indianie przywiązują wielką wagę do spraw ducha, kiedy sytuacja tego wymaga, ale zawsze są bardzo bezpośredni, kiedy chodzi o jedzenie. Jedzą to, co im się trafi, bo trzeba jeść, żeby żyć, a trzeba żyć, żeby umrzeć. To ostatnie może zabrzmieć na pozór idiotycznie, dopóki się nie uwzględni, że dla nich życie jest kręgiem.

– To bardzo możliwe – powiada Amanda – ale pan mówi o przeszłości. Sytuacja Indian uległa całkowitej zmianie po przyjściu białego człowieka. Czy było to godne potępienia czy nie, jest to fakt i tak musimy to traktować. Wystawianie czerwonego człowieka na pokaz w cyrku nie stanowi rozwiązania jego problemów, a wprost przeciwnie, utrzymuje go jako beznadziejny anachronizm przez celebrowanie jego dzikości, którą musi odrzucić, jeżeli chce mieć w ogóle jakąś przyszłość.

Nie można było wątpić w jej szczerość. Ostatecznie Amanda od lat poświęcała się pracy dla dobra czerwonych, która to sprawa większość białych interesowała w niewielkim stopniu, a wielu wcale. Po prostu, jeżeli choć trochę znało się Indian i wiedziało się, jak bardzo osobiście traktują życie, to mówienie o nich tylko jako o problemie, i to w chwili, kiedy się szykowali do najistotniejszej czynności każdej żywej istoty, to znaczy do jedzenia, oznaczało przeoczenie tego, co najważniejsze.

Akurat teraz musieliśmy się odsunąć od patelni skwierczącego łoju, na której wylądowała porcja surowego ciasta, wyrzucając chmurę pary i pryskając kroplami tłuszczu.

Kobieta Biały Niedźwiedź spojrzała na mnie z dołu i powiedziała:

– Powinieneś znaleźć sobie zdrowszą kobietę. Na ostrych kościach Żółtych Włosów możesz się pokaleczyć.

– To ty masz za ostry język. Dwa Orły powinien ci sprawić lanie.

Muszę tu wyjaśnić, że to były żarty, i na moją uwagę o mężu odpowiedziała, że oberwałby, gdyby tylko spróbował. Niełatwo jest maltretować Indianki z plemienia Siuksów.

Amanda rzecz jasna nic z tego nie rozumiała i mogłaby nic nie rozumieć, nawet gdyby znała język Lakotów. Chyba przez czysty przypadek spytała teraz o głowę rodziny.

– Myślę, że jest teraz w namiocie albo gra gdzieś w karty i pojawi się, kiedy jedzenie będzie gotowe – powiadam. – Gotowanie to nie jego sprawa.

Amanda rozejrzała się po reszcie wioski. Przed wszystkimi namiotami Indianki robiły mniej więcej to samo co Kobieta Biały Niedźwiedź, również w otoczeniu dzieci, a tam gdzie posiłek był już gotów, całe rodziny włącznie z mężczyznami jadły, siedząc na kocach.

– Wszystko to jest bardzo swojskie, jeżeli się nad tym zastanowić – powiedziałem. – Bardzo podobne do prawdziwej wioski i wygodniejsze, niż mogłoby się wydawać. Gdyby padało, wszyscy przenieśliby się do namiotów i tam palili ogniska. Dym wychodzi górą, tam gdzie krzyżują się tyczki namiotów.

– Wszystko to jest bardzo malownicze – powiedziała

Amanda – ale czy tak powinni żyć ludzie w Stanach Zjednoczonych Ameryki pod koniec dziewiętnastego wieku?

– To są Indianie, na litość boską. Oni zawsze tak żyli i nie widzą w tym nic złego.

– Ale nie mogą tak żyć dalej – powiada Amanda z uniesionym podbródkiem i wzrokiem skierowanym przed siebie – poza takim widowiskiem. To są dekoracje teatralne. Ich dawny sposób życia należy do przeszłości.

Niewątpliwie miała rację, jeżeli chodzi o dłuższą metę, ale już wtedy życie mnie nauczyło, że czekając na to, co się zdarzy na dłuższą metę, należy korzystać z tego, co się trafia na krótszą metę, bo inaczej można wylądować z niczym. Nikt nie potrafił tak jak Indianie korzystać z tego, co los przyniesie, podczas gdy specjalnością białych była przyszłość. Ja uważałem się za mieszankę tych dwóch tendencji, chociaż czułem się lepiej przystosowany do indiańskiej filozofii korzystania z tego, co jest pod ręką, bo trudno nie zauważyć, że jest to mniej skomplikowane.

– Amando – mówię – jeżeli zostaniemy tu dłużej, to będziemy musieli coś zjeść.

– Niepotrzebnie tu przyszłam – powiedziała. – Pułkownik Cody chciał po prostu uniknąć dyskusji. To, że ci ludzie ze stoicyzmem znoszą swój los, albo nawet uważają, że są w lepszej sytuacji niż inni, nie ulega wątpliwości.

Przeprosiłem Kobietę Białego Niedźwiedzia, która właśnie przerzuciła placek na drugą stronę, tym razem bez wielkiego skwierczenia, bo większość tłuszczu wsiąkła już w ciasto, co właśnie czyniło je tak smakowitym. Od zapachu placka, duszonego mięsa, a także pieczeni dochodzącej na ogniu przed sąsiednim namiotem ciekła mi ślinka.

– Jeżeli mowa o jedzeniu – zwróciłem się do Amandy – to chętnie bym coś przekąsił. Dzisiaj nie mamy przedstawienia, czy zechciałaby pani zjeść ze mną kolację?

Może to nie wyglądać na jakieś wstrząsające wydarzenie, dopóki się nie wie, że nigdy w całym moim życiu nie zaprosiłem kobiety na kolację w miejskim sensie tego słowa. Co nie znaczy, że nie jadałem wielokrotnie w różnych warunkach z różnymi kobietami, włącznie rzecz jasna z moją białą i indiańską żoną, ale nigdy z żadną nie umówiłem się „na randkę", a byłem mężczyzną czterdziestosiedmioletnim!

Miałem chyba szczęście, że nie skorzystała z mojego zaproszenia, bo chociaż obracałem się wśród takich osób jak książę Walii, to nigdy nie miałem wątpliwości, że należę do świata rozrywki, gdzie maniery nie mają znaczenia, a na pewno nie chciałbym dostarczać Amandzie dodatkowych powodów do spoglądania na mnie z góry dlatego, że nie wiem, jak się zachować w eleganckiej nowojorskiej jadłodajni.

Aż do tej chwili Amanda była tak odległa, że wciąż wątpiłem, czy ona mnie w ogóle pamięta, a w każdym razie wolałem tę niepewność od myśli, że mało dla niej znaczy, czy mnie pamięta czy nie, ale teraz nagle dostrzegła mnie jako osobę. Zdobyła się nawet na jeden ze swoich rzadkich uśmiechów.

– Przepraszam pana, Jack, zamyśliłam się. Tak, zjedzmy coś razem, tylko nie w jednej z tych drogich restauracji. – Korciło mnie, żeby jej powiedzieć, że cena nie ma znaczenia, na wypadek gdyby pomyślała, że mnie na to nie stać, ale powstrzymało mnie podejrzenie, że w istocie chodziło jej o moje maniery lub wygląd.

– Poza tym trudno w tym hałasie rozmawiać – ciągnęła dalej. – A może wpadłby pan do mnie? Przygotuję coś do zjedzenia, jeżeli nie ma pan nic przeciwko prostym potrawom.

– Ależ chętnie, Amando – mówię, starając się wypaść jak najnaturalniej – to bardzo życzliwe z pani strony. – Faktycznie znajdowałem się w stanie wielkiego poruszenia. Specjalnie nie mówię: podniecenia, żebyście nie mieli nieprzyzwoitych myśli, bo nic takiego nie wchodziło w grę. Jeżeli ja nigdy do tej pory nie zaprosiłem damy do restauracji, to również żadna dama nie zaprosiła mnie do siebie do domu, a nigdy nie przyszłoby mi do głowy, że pierwszą, która to zrobi, będzie Amanda.

Według dzisiejszych wyobrażeń dotarcie gdziekolwiek zajmowało w tamtej epoce masę czasu, ale jak na ówczesne wyobrażenia poruszanie się po Nowym Jorku było szybkie. Przepłynęliśmy parostatkiem na Manhattan i przesiedliśmy się na biegnącą po rusztowaniach kolejkę do śródmieścia. Nie wyrażałem zdziwienia, że dziewczyna z Kansas umie znaleźć drogę w tym mieście, bo Amanda zawsze stanowiła dla mnie autorytet w sprawach związanych z cywilizacją, ale ona sama powiedziała mi, że nie od razu nauczyła się poruszać po Nowym Jorku, gdzie zwykłe unikanie podejrzanych miejsc i osób było znacznie bardziej skomplikowane niż w Dodge, jako że jednych i drugich spotykało się tu o wiele więcej, a dziewięćdziesiąt dziewięć procent ludzi na ulicach to byli obcy, którym nie zależało na tym, co kto o nich pomyśli.

Styl, który się sprawdzał najlepiej, polegał na tym, żeby zachowywać się tak, jakby człowiek zawsze wiedział, co robi, a wszyscy inni nie. Amanda podkreśliła, że obie części są niezbędne, żeby to zadziałało: wystarczyło jedną z nich zlekceważyć, a zostawiało się furtkę dla kogoś, kto mógł wjechać i człowieka stratować. Język jest mój, ale autorką tej teorii była Amanda, i chyba miała rację, ale zrobiło mi się żal, że tak dystyngowana młoda dama musiała tu, na Wschodzie, dojść do takiego cynizmu.

Wydawało mi się, że jej mieszkanie znajduje się gdzieś niedaleko domu pani Custer, chociaż w mieście traciłem poczucie orientacji, nawet na Manhattanie, gdzie na północ od okolicy Wall Street ulice biegły regularnie jak ruszt. Potrafiłem znaleźć drogę na bezdrożach prerii albo w nie znanym mi lesie, ale potrzebowałem przewodnika w Nowym Jorku, Londynie lub Chicago, gdzie nie mogłem się skupić z powodu obecności mnóstwa ludzi, pojazdów i budynków, mających więcej niż dwie kondygnacje, a tam, gdzie jest ruch uliczny, jest i hałas: przekleństwa i trzask batów, a kiedy się człowiek znalazł w tej kolejce na rusztowaniach albo gdzieś w pobliżu, przestawał słyszeć wszystkie inne dźwięki. To, że jakakolwiek istota ludzka mogła żyć na stałe w takim miejscu, przechodziło moje wyobrażenie.

Z zewnątrz dom, w którym mieszkała, wydał mi się brzydki z tą pajęczyną drabin przeciwpożarowych, ale mieszkanie Amandy okazało się bardzo przyjemne, z jasnym gazowym oświetleniem, obrazami na ścianach saloniku i meblami wyściełanymi zielonym pluszem.

– Bardzo wygodne mieszkanie – powiadam, zamiast pochwalić urządzenie całości, które podobało mi się jeszcze bardziej niż u pani Custer, ale bałem się, że skompromituję się w oczach Amandy jakąś głupią uwagą.

Dobrze, że nie rozwodziłem się na ten temat, bo Amanda rzuciła z pogardą:

– Jest urządzone bez gustu. – Okazało się, że wynajęła mieszkanie z meblami. Nie sądzę, żeby spędzała tu dużo czasu, w każdym razie nie w saloniku. Zaskoczyła mnie natomiast tym, że okazała się dobrą kucharką, przyrządzając najlepszą jajecznicę na szynce, jaką kiedykolwiek jadłem, i jest to nie byle jaka pochwała, ponieważ jadałem to danie w najróżniejszych barach w całym kraju i często dostawałem coś, co przypominało skórzaną rękawicę, ale jajecznica Amandy była puszysta jak obłok.

Jedliśmy w kuchni, co odpowiadało mojemu wyobrażeniu o domowej atmosferze, ale Amanda nawet z patelnią i w fartuchu zakrywającym elegancką suknię nie miała w sobie nic z gospodyni domowej, w odróżnieniu od Annie Oakley, która się w nią zmieniała natychmiast, jak tylko ona i Frank odwieszali swoje kapelusze na kołku, tyle że Annie gotowała marnie i chociaż dużo szydełkowała w domu, to jadali przeważnie na mieście.

Kawa Amandy też była niezła, chociaż wolałbym, żeby parzyła się nieco dłużej, bo taką pijałem przez całe życie, sama gorycz, do której sypałem tyle cukru, ile się rozpuściło, a potem łyżeczką wygarniałem to, co zostało na dnie, trzymając kubek przy ustach. Wspominam o tym, choć nigdy się tak nie zachowywałem w miejscach publicznych, nawet w różnych mordowniach, w jakich zdarzało mi się jadać na Zachodzie, ponieważ w towarzystwie Amandy czułem się tak swojsko, że z trudem powstrzymywałem się, żeby tego nie zrobić. Amanda, która zachowywała się przyjaźniej niż kiedykolwiek w mojej obecności, była osobą wyniosłą raczej z natury niż z wychowania, bo jej mamusia, jeżeli sobie przypominacie, wierzyła święcie, że nawet w swoim zaawansowanym wieku może rozpocząć karierę śpiewaczki w sali koncertowej Dodge City. A jej papa był bankierem, którego oskarżała o to, że odwiedza ladacznice pod Samotną Gwiazdą. Zapewne jak na Dodge był człowiekiem zamożnym, ale w Nowym Jorku – gdzie Bill Cody przyjaźnił się z takimi ludźmi, jak J. G. Bennett, właściciel „Heralda", który wysłał Stanleya na poszukiwanie Livingstone'a, albo Leonard W. Jerome, który mieszkał przy Madison Square i był dziadkiem energicznego, rozgarniętego angielskiego chłopaka i naszego widza z Londynu nazwiskiem Winston Churchill – pani Teasdale nie byłaby kimś tak ważnym, żeby jej córka miała powód do zadzierania nosa.

Musiałem uznać, że taka już się urodziła, z poczuciem moralnej wyższości, w czym bynajmniej nie była osamotniona, bo Wyatt Earp był taki sam, tyle że on wykorzystywał to w celach egoistycznych, podczas gdy Amanda, o ile zdołałem się zorientować, nie interesowała się korzyściami osobistymi ani dobrami materialnymi. Później odkryłem, że jej satynowa suknia nie pochodziła z jakiegoś modnego magazynu w wytwornej dzielnicy, ale z małego sklepiku z przecenioną odzieżą. To tylko na niej wyglądało to jak coś za milion dolarów.

Od chwili opuszczenia obozu Amanda nie wspominała już o Indianach i nie przytaczała żadnych szczegółów ze swojego życia, nie pytając też o moje, dzieliła się jedynie uwagami na temat Nowego Jorku, który krytykowała niezwykle bezlitośnie jak na kogoś, kto nie musiał w nim mieszkać.

Kiedy jej to z całym szacunkiem przypomniałem, odpowiedziała krótko:

– Ale tutaj są pieniądze. – Nie chodziło jej przy tym, tak jak pani Custer, o możliwości zarobkowe, ale o zbieranie funduszów na Przyjaciół Czerwonego Człowieka, co podobnie jak robiła Annie ze swoimi inicjałami w „Dzikim Zachodzie", Amanda na ogół skracała do P.C.C. – Tyle że jest tu zażarta konkurencja ze strony innych organizacji charytatywnych.

– Nie mam prawa wypowiadać się w jego imieniu – powiedziałem – ale o ile znam Cody'ego, przekaże szczodry datek. Wbrew temu, co pani o nim myśli, on nie jest wrogiem Indian.

– Jak można by coś takiego przyjąć z czystym sumieniem? – spytała Amanda. – Czy nie byłoby to podobne do przyjęcia na walkę z niewolnictwem Murzynów pieniędzy pochodzących ze sprzedaży zbieranej przez nich bawełny? Miała nieprzeciętny umysł, nie ma co do tego wątpliwości, skoro potrafiła tak sprawę wykręcić.

– Chyba można tak to widzieć, ale można to również potraktować jako przeznaczenie na dobry cel części pieniędzy, które, pani zdaniem, teraz idą tylko na złe cele.

– Pozwoli pan, Jack, że coś wyjaśnię. Nie mamy nic przeciwko temu, że pułkownik Cody płaci Indianom pensje ani że czerpie osobiste zyski z tego przedsięwzięcia. Nie w pieniądzach rzecz. Nasze zastrzeżenia do „Dzikiego Zachodu" dotyczą przedstawiania Indian jako prymitywnych dzikusów. Płacenie im za to tylko pogarsza sprawę. Gdyby nie brali pieniędzy, nie poniżaliby się w ten sposób. Osiedliby gdzieś na roli, włączyli się w amerykańskie społeczeństwo i kształcili swoje dzieci w odpowiednich szkołach publicznych. Indianie nigdy się nie ucywilizują, dopóki nie zostanie pomniejszona rola plemienia. – Amanda otworzyła szeroko oczy. – Wiem, że to może się wydać okrutne, ale czy jest jakieś inne wyjście?

Nastąpiło tu odwrócenie ról, kobieta reprezentowała rozsądek, podczas gdy mężczyzna, czyli ja, kierował się uczuciem, ale choć podziwiałem Amandę za siłę charakteru, a nawet w głębi serca podejrzewałem, że może mieć rację z historycznego punktu widzenia, to wiedziałem, że plemię jest najlepszą rzeczą w życiu Indianina, i jeżeli się kiedyś należało do plemienia, tak jak ja w okresie dorastania, a potem zmieniło się tryb życia i trzeba było polegać wyłącznie na sobie, to doskwierała człowiekowi samotność, a ja przecież byłem biały.

Jednak prawda wyglądała tak, że Amanda i jej towarzystwo usiłowali zrobić coś dobrego dla ludzi potrzebujących
pomocy, gdy tymczasem – przy całej mojej sympatii dla Indian – to oni zrobili dla mnie więcej niż ja dla nich, i działo
się tak od pierwszego mojego spotkania z nimi, poza może
tym razem, kiedy zapłaciłem za obronę Czejenów oskarżonych w Kansas o morderstwo.

Z tej mojej opowieści o spotkaniu z Amandą możecie
wywnioskować coś, co wówczas wcale nie przyszłoby mi do
głowy ze względu na całkowitą nierealność tego pomysłu,
a mianowicie, że moje myślenie w tym względzie miało więcej wspólnego z moim uczuciem do Amandy niż z moją sympatią do czerwonoskórych pojmowaną jako sprawa.

– Nie chciałbym wnikać w pani życie osobiste – powiedziałem, podczas gdy Amanda dolewała mi kawy – ale zastanawiałem się, co pani porabiała po likwidacji tamtej szkoły.

– Wróciłam do Dodge City – stwierdziła najnormalniejszym tonem – gdzie bank ojca upadł z powodu nadużyć, ale
zanim zdążono postawić go przed sądem, zastrzelił się sam,
a matka umarła w następnym roku, prawdopodobnie ze
wstydu. Jedna z moich sióstr wyszła za handlarza bydłem
i przeprowadziła się do Topeki. Młodsza pojechała za pewnym mężczyzną do San Francisco i wszelki słuch po niej
zaginął, co znaczy, że rzeczywistość nie spełniła jej oczekiwań, bo w przeciwnym razie na pewno dałaby o sobie znać.
Myślę, że najprawdopodobniej poszła pod latarnię.

Pożałowałem swojego pytania, które wywołało te ponure wspomnienia. Za chłodnym dystansem, jaki Amanda
utrzymywała od dnia, kiedy ją poznałem, kryły się głębokie
emocje. Była tylko zbyt opanowana, żeby je ujawniać przed
innymi. Chwilami bywała może ponad miarę ostra, ale pewnie była to obrona przed poddaniem się smutkowi.

Dobre wychowanie nie pozwalało pytać starej panny, czy
kiedyś w jej życiu zanosiło się na małżeństwo, więc nie zrobi
łem tego, chociaż ciekawiło mnie to bardziej niż wszystko inne.

– Z przykrością słucham o tym wszystkim, przez co pani przeszła – powiedziałem. – Przyznaję, że myślałem o pani jako o bogatej pannie.

Reakcje Amandy były nie do przewidzenia, w każdym razie mnie się to nigdy nie udawało.

– Chyba tak było – potwierdziła – jak na tamten czas i miejsce. Ale nagle zostałam bez żadnego źródła dochodu poza tym, co sama sobie znajdę, a nie chciałam wyjść za mąż ze względu na zabezpieczenie finansowe. Mogłabym uczyć w szkole, ale w mieście nie było wolnej posady, a jakiekolwiek zatrudnienie przy kościele nie wchodziło w grę po skandalu z moim ojcem.

Żałowałem, że nie miałem pojęcia o jej kłopotach, bo mógłbym jej pomóc, tylko na jakiej podstawie? Na pewno nie powinno wyglądać to tak, jakby była moją utrzymanką. W razie, gdybyście sami nie doszli do tego wniosku, mogę stwierdzić, że do Amandy niełatwo było znaleźć jakieś podejście, zwłaszcza jeżeli nie miało się szkół i zajmowało się niższą pozycję towarzyską.

– Konieczność zmusiła mnie do dokonania przeglądu otrzymanej edukacji. Przypuszczałam, że znalezienie czegoś mającego praktyczną wartość będzie daremnym wysiłkiem, ale, o dziwo! – tu rozbłysły jej oczy – coś jednak znalazłam. Latami pobierałam lekcje gry na pianinie. Rzecz jasna obejmowało to Scarlattiego i Chopina, ale brakowało mi talentu, żeby publicznie wykonywać taką muzykę. Natomiast moje umiejętności wystarczały, żeby grać w salonie.

– Nie wierzę! – zawołałem.

– To prawda – powiedziała.

– W którym?

– W Różowym Koniu.

Który był w zasadzie zwyczajnym burdelem. Nie sądzę, żeby mieli tam jakieś inne rozrywki poza tym starym, roztrzęsionym pianinem. Nikt tam nawet nie grywał w karty. Powiadam wam, że słysząc to, mało się nie udławiłem, co było łatwiejsze niż wygłoszenie jakiejkolwiek uwagi.

Amanda wojowniczo wysunęła podbródek.

– To było znakomite zajęcie. Oprócz zapłaty dostawałam napiwki, czasami bardzo hojne, jeżeli klient był odpowiednio pijany. Zamówienia najczęściej dotyczyły sentymentalnych piosenek, a nie czegoś, czego byłabym skłonna oczekiwać w podobnym miejscu, ale kobiety obsługujące naszych gości mówiły mi, że wielu mężczyzn zachowywało się sentymentalnie również w pokojach. Oczywiście niektórzy bywali też brutalni. Najbardziej jednak zadziwiał mnie szacunek, z jakim byłam traktowana przez tych kowbojów. Trzymałam na pianinie rewolwer, a w ubraniu miałam ukryty nóż, ale podczas całego swojego tam pobytu nie musiałam nigdy z nich korzystać. Nie tylko nikt mnie nie tknął, ale bardzo rzadko proponowano mi prywatny występ, i nawet wtedy robiono to tak dyskretnie, jakby chodziło rzeczywiście tylko o muzykę.

– Oni się pani bali – mówię.

– Nie sądzę. – Wzruszyła ramionami.

– Dla takich typów każdy, kto potrafi grać, jest kimś niezwykłym. Mężczyzna wykonujący tę pracę zawsze jest tytułowany profesorem. A piękna kobieta grająca na pianinie to już zupełny cud.

Zawsze to podejrzewałem, a teraz miałem dowód – Amanda potrafiła przejść przez największe błoto i nie tylko się nie pobrudzić, ale nawet nie wyrażając tym faktem najmniejszego zainteresowania.

– W każdym razie – powiedziała – było to zajęcie dochodowe i tak szacowne jak wszystko inne, co mogłam wtedy robić, może nawet bardziej szacowne od większości dostępnych dla mnie zajęć. Dało mi też możliwość poznania prostytutek.

– Są różni ludzie – wtrąciłem pospiesznie, chcąc zmienić temat, bo Amanda reprezentowała w moich oczach wszystko, co wzniosłe, jak najdalsze od saloonów i ladacznic, czułem się więc skrępowany tym połączeniem.

– Żeby spróbować dowiedzieć się, co w nich pociąga mężczyzn.

– Po prostu to, że są.

Nie zwróciła uwagi na moje słowa i ciągnęła dalej:

– Stwierdziłam, że te kobiety z reguły unikają bardziej uogólnionego spojrzenia na swoją profesję, chętnie natomiast dzielą się szczegółami różnych wydarzeń.

Chcąc odwrócić jej uwagę od tematu seksu na wypadek, gdyby w tym kierunku zmierzała, powiedziałem:

– Tylko ludzie wykształceni patrzą na sprawy z punktu widzenia teorii, bo tylko oni to potrafią.

– Nie mogę powiedzieć, żebym dowiedziała się dużo – mówiła Amanda – poza tym, że większość tych kobiet ani nie lubiła, ani nie czuła specjalnej niechęci do swojej pracy, a jeżeli chodzi o ocenę mężczyzn, to uważały ich za głupich i sądziły, że one są górą, bo to im się płaci. Istnieje wielka różnica między ich spojrzeniem a tym, co sądzą o tym kobiety nie będące prostytutkami.

– To prawda – mówię, usiłując zrobić inteligentne wrażenie. – Mogę to potwierdzić z własnego doświadczenia. – Miałem nadzieję, że wreszcie zejdzie z tego tematu. – Kiedy wobec tego wróciła pani do kwestii indiańskiej?

– Nie zatraciłam wiary w posłannictwo społeczne – powiedziała Amanda. – Kościół ma swoich hipokrytów, ale jego cele są szlachetne. Nie uważam się już za osobę religijną w sensie doktrynalnym, jeżeli kiedyś taką byłam, ale bardziej niż kiedykolwiek wierzę w działanie na rzecz sprawiedliwości. Jak na ironię, bezpośrednią przyczyną mojego powrotu do sprawy stała się akcja oczyszczania miasta podjęta przez obrońców moralności. Saloony przerobiono na cukiernie! – Zachowywała się, przynajmniej wobec mnie, jakbym był powietrzem, a ona mówiła sama do siebie, ale teraz sprawiła mi przyjemność, uznając moją obecność przez użycie imienia. – Nie poznałby pan miasta, Jack.

– Można w nim było to i owo poprawić – powiedziałem całkiem szczerze. Może i sam nie byłem tego przykładem, ale uważałem, że normalne życie stanowiło najlepsze rozwiązanie dla kraju. Wolałbym wprawdzie, żeby nie wymagało to krzywdzenia Indian, ale nie miałem żadnego pomysłu, jak tego uniknąć. Zatrudnienie ich wszystkich jako aktorów w „Dzikim Zachodzie" i jego imitacjach – takich jak pokazy Billa Paunisa, które pojawiły się, odkąd Buffalo Bill odniósł taki sukces – nie było zapewne możliwe, ale zatrudnieni w nich Indianie sprawiali wrażenie zadowolonych, czego nie można powiedzieć o większości tych, którzy zasmakowali programów rządowych.

Nie widziałem jednak sensu w mówieniu tego Amandzie, która po tym, jak przestała przygrywać na pianinie w burdelu na Zachodzie, przyjechała na Wschód, żeby ponownie czynić dobro, i tu związała się z ludźmi z okolic Filadelfii, głównie interesującymi się losem czerwonoskórych aktywistami przykościelnymi, którzy tak długo naciskali na federalnych komisarzy do spraw Indian i Kongres, aż uchwalono Akt Dawesa. Teraz ci sami ludzie, skupieni w organizacjach takich jak ta założona przez Amandę w Nowym Jorku, walczyli o wykluczenie Indian z przemysłu rozrywkowego.

Tak więc wyglądały w zarysie losy Amandy, odkąd się rozstaliśmy, ale brakowało w tym choćby cienia jej życia osobistego, przez co rozumiem bliższych przyjaciół płci męskiej, a nie starych kaznodziejów w rodzaju majora, z którymi współpracowała. Chociaż nigdy nie poznałem jej dokładnego wieku, kiedy pracowaliśmy w tamtej szkole, to oceniałem, że minęła już trzydziestkę, a to znaczy, że według ówczesnych norm była starą panną, a przecież do niedawna mieszkała na Zachodzie, gdzie kobiety były w cenie. Ale kobiety tak piękne i inteligentne były w cenie wszędzie, w każdym razie wszędzie tam, gdzie byłem, a do tego czasu odwiedziłem już parę miejsc.

Jedno wam powiem – jeżeli Amanda nie była otoczona starającymi się, to nie miało nic wspólnego z tym, czy się podobała mężczyznom czy nie. Brało się to z jej negatywnej opinii o płci odmiennej. Sądzę, że to, czego się dowiedziała o mężczyznach, nie skłaniało jej do szacunku, ale pewnie nie przyszło jej do głowy, że znała tylko tych niewłaściwych ani że każdy człowiek ma jakieś cechy, których lepiej nie zauważać, jeżeli nie są to sprawy kryminalne. Ale tak już jest na świecie, że ludzie, którzy nim nie rządzą, wytykają błędy tym, którzy są u władzy, i w ten sposób się odgrywają.

Wszystko to jednak były tylko przypuszczenia, bo nie wiedziałem nic o związkach Amandy z mężczyznami, a damy się o takie rzeczy nie pyta. Brałem pod uwagę inne możliwe niespodzianki, sądząc po tej, jaką była wiadomość o jej występach pianistycznych w burdelu, i uznałem, że nie muszę wiedzieć nic więcej. Liczyło się to, że ponownie nawiązałem z nią kontakt, i nie chciałem go utracić.

Siedziałem tak naprzeciwko niej przy kuchennym stole, popijałem tę słabą kawę, tutaj, w sercu Nowego Jorku, gdzie zawsze czułem się tak obco – zwłaszcza podczas wizyty u pani Custer, ale nawet także w mieszkaniu Butlerów – i doznałem uczucia bliskości po raz pierwszy, odkąd zmarł Wspólnik. Wspominając tu swojego psa, w niczym nie ujmuję Amandzie, jeżeli się weźmie pod uwagę, jak byliśmy sobie bliscy i jak się o siebie troszczyliśmy.

– Zrezygnuję z pracy w „Dzikim Zachodzie" Buffalo Billa i będę pracować z wami – powiedziałem.

Jeżeli myślicie, że wreszcie zwróciłem na siebie uwagę Amandy, to jesteście w błędzie. Nie wiem, czego się spodziewałem, na pewno nie tego, że rzuci mi się na szyję, ale mogłoby jej chociaż przejść przez myśl, że rezygnuję dla niej z najlepszej pracy, jaka mi się w życiu trafiła.

Sami widzicie, jak byłem zamroczony, kiedy chodziło o tę kobietę. Dopiero jakiś czas później zrozumiałem, że podobałoby się jej, gdyby podejrzewała, że robię to dla niej, a nie ze szczerej wiary w słuszność sprawy.

Powiedziała więc tylko:

– Miło mi to słyszeć, Jack. Mam nadzieję, że rozumie pan, iż budżet fundacji nie pokrywa naszych wydatków i większość naszych współpracowników to ochotnicy.

– Chciałbym – powiadam w uniesieniu, pogrążając się do reszty – żeby było jasne, że w żadnym wypadku nie przyjąłbym zapłaty. – Bez żadnego bieżącego dochodu całym moim doczesnym majątkiem pozostawały oszczędności w banku w North Platte, których dawno nie sprawdzałem, ale które obliczałem na jakieś dwieście dolarów, co nawet w owych latach nie stanowiło fortuny, ale pozwalało przeżyć przez jakiś czas nawet w Nowym Jorku, gdzie można było zjeść śniadanie za dziesięć centów i dostać darmowy lunch, dodając piątkę na piwo. Jednak w tamtej chwili nie miałem takich praktycznych myśli, interesowało mnie jedynie to, jak wypadam w oczach Amandy. I dlatego następna rzecz, jaką zrobiłem, była pozornie sprzeczna z moją potrzebą zbliżenia się do niej.

Wstałem, podziękowałem jej za kolację i powiedziałem, że muszę już iść.

Jeżeli miałem nadzieję, że Amanda zacznie mnie namawiać, żebym został, to nic z tego nie wyszło, ale w rzeczywistości – choć może z przyjemnością bym coś takiego usłyszał – naprawdę chciałem wyjść, zanim nadużyję gościnności, a także pragnąłem zademonstrować, że chociaż znajdowaliśmy się sam na sam w mieszkaniu, to nie należałem do tych, którzy uważają to za dowód, że mają do czynienia z kobietą swobodnych obyczajów.

Dość, że Amanda wstała od stołu i uprzejmie odprowadziła mnie do drzwi wejściowych. Tam powiedziała mi coś, co tłumaczyło, dlaczego nie okazała szczególnej radości z tego, że chcę dołączyć do jej grupy.

– Miło było pana znów zobaczyć, Jack. Pewnie nic z tego nie wyjdzie, ale byłabym wdzięczna, gdyby przypominał pan Buffalo Billowi o tej sprawie.

Albo nie słyszała, kiedy mówiłem, że zrezygnuję z „Dzikiego Zachodu" na rzecz jej fundacji, albo mi nie uwierzyła. Uznałem, że nie wypowiedziałem się dość jasno, i spróbowałem ponownie.

– Amando, mam zamiar wymówić pracę w widowisku Cody'ego i przystąpić do pani fundacji, jeżeli pani się zgodzi. Cody był dla mnie bardzo dobry i dlatego chcę go uprzedzić, żeby mógł poszukać innego tłumacza. Jeżeli mi pani powie, gdzie mam się stawić i co robić, zjawię się tam najwcześniej, jak będę mógł.

Uśmiechnęła się.

– Doskonale, Jack. Dawałam panu tylko szansę na przemyślenie tej decyzji.

Oddaliła się na chwilę i wróciła z karteczką, na której był adres i jeszcze jakiś numer, i powiedziała, że mogę pod ten numer zatelefonować, żeby się upewnić, czy ona jest na miejscu.

Nigdy dotąd nie korzystałem z telefonu, choć to urządzenie było od pewnego czasu w użyciu w większych miastach. Prawdę mówiąc, bałem się, że może mnie porazić prąd, i na całe szczęście nigdy nie byłem zmuszony tego sprawdzać. Zdawałem sobie jednak sprawę, że jeżeli mam zdobyć szacunek Amandy, to będę musiał dostosować się do nowoczesnych warunków, bo jej teorie na temat Indian odnosiły się również do mnie – nastał czas, żebym się ucywilizował.

Skoro o tym mowa, to musiałem spytać Amandę, jak mam dotrzeć do promu na Staten Island, co byłoby dla mnie niełatwym zadaniem za dnia, a teraz już się ściemniało i latarnie – wszystkie jednakowe – tylko mi robiły zamęt w głowie. Nie uśmiechało mi się stawianie czoła temu miastu w nocy i może jakieś awantury z bandą opryszków albo pijaków wychodzących z saloonu albo, co gorsza, z grupą bluzgających przekleństwami uliczników z Bowery, bo jak by to wyglądało, gdybym bił się z jakimiś dzieciakami, choćby i mającymi przewagę liczebną. Powiadam wam, że wolałbym znaleźć się bez konia i broni na terytorium Kruków, w dodatku pomalowany w barwy Czejenów, niż wylądować samotnie w nocy na niektórych ulicach Nowego Jorku.

17. PARYŻ

Następnego ranka niecierpliwie chciałem rozpocząć nową fazę swojego życia, ale poszukiwanie Cody'ego tak wcześnie byłoby bezcelowe, biorąc pod uwagę jego zajęcia towarzyskie poprzedniego wieczoru na Manhattanie, gdzie zanocował w hotelu. Ja mieszkałem w namiocie na terenie naszego obozowiska w Erastinie tuż obok wioski Siuksów i tam się udałem.

Indianie zachowali zwyczaj wczesnego wstawania nawet w Londynie i w Nowym Jorku. Zastałem już grupę mężczyzn przy czynności, która zajmowała im czas do rozpoczęcia przedstawienia, to znaczy przy grze w pokera, czego nauczyli się od kowbojów, a dzięki wrodzonej żyłce do hazardu natychmiast się do tej gry zapalili.

Kobiety też zebrały się razem i siedząc w kręgu na ziemi, wyszywały artykuły pamiątkowe, które potem sprzedawały: portmonetki, paski, dewizki do zegarków i tym podobne, ozdabiając je paciorkami i plotkując, jak robią to wszystkie kobiety niezależnie od rasy i zawodu – od żon Siuksów do dam lekkich obyczajów z Samotnej Gwiazdy, choć Amandy nie mogłem sobie wyobrazić przy tym zajęciu.

Kobieta Biały Niedźwiedź wyszła ze swojego tipi z kawałkiem jeleniej skóry, podszedłem więc do niej i powiedziałem, że wkrótce rozstanę się z widowiskiem, ale nie chcę, żeby ktoś z Siuksów pomyślał, że przestałem ich lubić.

– Myślę, że odchodzisz z Żółtymi Włosami – powiedziała z uśmiechem aprobaty na okrągłej twarzy. – To dobrze. W twoim wieku powinieneś się ożenić i spłodzić dzieci, a nie tylko upijać się i płacić złym kobietom za pójście z tobą do łóżka.

Nie chcę komentować tego, co powiedziała, poza uwagą, że zamężne kobiety u Siuksów, podobnie jak u Czejenów, mogły się wypowiadać z całą szczerością bez narażenia się na zarzut gruboskórności.

Radziła mi tak samo jak wiele pań, z którymi łączyła mnie bezinteresowna przyjaźń, począwszy nawet od niektórych panienek z Samotnej Gwiazdy do Allie Earp i Annie Oakley, powiedziałem jej więc, że ma rację, że ja tego bardzo chcę, ale wątpię, żeby Żółte Włosy chciała mnie za męża, i na razie mam zamiar jej udowodnić, że jestem dobrym mężczyzną.

– Powinna być szczęśliwa, że zwróciła na siebie twoją uwagę – stwierdziła Kobieta Biały Niedźwiedź – bo ilu mężczyzn chciałoby coś tak chudego i bladego?

Cóż, musiałem jej wybaczyć to indiańskie podejście do sprawy. Następnie chciała wiedzieć, czy Amanda jest dość silna, żeby obedrzeć ze skóry duże zwierzę i żeby jej to nie zajęło całego dnia. Należy tu podkreślić, że choć po dwóch latach, spędzonych wśród białych w dwóch krajach, uważała, że ich kobiety wykonują te same prace co Indianki, nie świadczyło to o jej głupocie. Po prostu nie zastanawiała się wiele nad ich życiem. Nie ma sensu dodawać, że z kolei Amanda patrzyła na nią jak na rodzaj niewolnicy skazanej przez prymitywną obyczajowość na poniżającą harówkę. Przekonałem się, że kobiety, niezależnie od rasy i pozycji życiowej, są zazwyczaj bardziej krytyczne w stosunku do własnej płci niż mężczyźni, czy to do kobiet, czy do innych mężczyzn.

Kiedy Cody wreszcie przyjechał, poszedłem do jego namiotu i szczerze podziękowałem mu za pracę, którą mi zapewniał przez ostatnie pięć lat.

– Uważasz więc – odpowiedział, powoli przechodząc do uśmiechu i pociągając za koniec wąsa – że czas najwyższy, żebym ci dał podwyżkę. A gdybym ci tak zamiast tego podniósł rangę?

Był w dobrym humorze, więc i ja odpowiedziałem mu żartem:

– Gdybym awansował na majora, John Burke musiałby zostać pułkownikiem, a ty generałem.

– Prawdę powiedziawszy, gubernator stanu Nebraska chce mnie mianować generałem Gwardii Narodowej, ale nie wiem, czy powinienem przyjąć tę gwiazdkę, skoro w całym cywilizowanym świecie jestem znany jako pułkownik. – Nie przemawiało przez niego wcale zarozumialstwo, jak można by pomyśleć, chodziło mu o efekt profesjonalny takiej zmiany tytułu. „Generał" nie brzmiało tak dobrze jak „pułkownik" dla osoby z przemysłu rozrywkowego, chyba że chodziło o kogoś takiego jak ten karzeł z cyrku Barnuma, znany jako generał Tomcio Paluch.

– Nie przyszedłem prosić o podwyżkę, Bill – mówię. – Chcę się zwolnić z „Dzikiego Zachodu".

– A cóż ty chcesz, u licha, robić?

Można było uznać to pytanie za obraźliwe, ale z jego punktu widzenia miało ono pewien sens. Z tego, co wiedział, nigdy nie miałem żadnego zawodu prócz tego, że byłem barmanem, a któż chciałby do tego wracać po podróżach z „sensacją dwóch kontynentów", po znajomościach z monarchami i tak dalej?

– Bill, nadszedł czas, żebym posiedział trochę na jednym miejscu. Praca w „Dzikim Zachodzie" była wielką przyjemnością, ale...

– Pozwól, że dam ci jedną radę, Jack. Wiem, że jesteś ode mnie o parę lat starszy, ale chyba się zgodzisz, że ja mam większe doświadczenie w sprawach światowych. Z całym szacunkiem, ten typ kobiety może oznaczać kłopoty dla mężczyzny takiego jak ty.

– Czy ja coś mówiłem o jakiejś kobiecie? – spytałem dotknięty do żywego.

– Nie musiałeś – powiada Bill, unosząc lekko swoją kozią bródkę, w której, jak zauważyłem, pojawiły się ślady siwizny. – Nie popełnię błędu, mówiąc, że znam się na kobietach, bo żaden mężczyzna nie może tego o sobie powiedzieć, ale poczyniłem pewne obserwacje tej płci z bliska. Twoja złotowłosa znajoma należy do tych, które spodziewają się więcej, niż ktokolwiek może im zapewnić. Daję ci na to moje słowo, stary druhu.

Nadal byłem obrażony.

– Panna Teasdale jest moją znajomą – powiadam – i nic więcej.

– Jeżeli mówisz o jej uczuciach w stosunku do ciebie, to masz rację – mówi Buffalo Bill, odchylając się w fotelu. Nadal był pięknym mężczyzną, choć zaczął mu się rysować brzuszek. I wciąż nosił te włosy do ramion, też już przetykane siwizną. – Ale ty jesteś nią zauroczony. – Tu odchrząknął. – Wywnioskowałem to wszystko ze sposobu, w jaki na siebie patrzyliście.

Później zdałem sobie sprawę, dlaczego jego uwagi wydały mi się tak obraźliwe – w głębi serca wiedziałem, że są prawdziwe.

– Do diabła – powiadam – może i wiesz, jak oczarować widownię, ale to nie znaczy, że jesteś ekspertem od mojego życia, które nawiasem mówiąc, obejmowało coś więcej niż nalewanie whisky i tłumaczenie dla Indian z cyrku. Mógłbym zorganizować własne przedstawienie tylko na podstawie miejsc, w których byłem, i sławnych ludzi, których spotykałem w najważniejszych momentach historii.

Cody uniósł brwi i uśmiechnął się szeroko. Wątpię, żeby mi uwierzył, ale nie dał tego po sobie poznać.

– Jestem dumny, że to słyszę, Jack, ale lepiej, żebyś tu został. Interes Billa Paunisa nie idzie najlepiej i wkrótce upadnie. I pewnie cię zainteresuje to, że mała pani wraca do nas.

Mówił o Annie. Nie podobało mi się, że dowiaduję się tego od niego, ale straciłem kontakt z Butlerami, odkąd przeszli do trupy Billa Lilliego.

– Bardzo dobrze – powiedziałem – ale i tak składam wymówienie.

– Zatem panna Teasdale zastąpiła Annie w twoich uczuciach?

Nie miałem zamiaru dać się dalej denerwować.

– Frank jest moim osobistym przyjacielem.

Cody spoważniał.

– I dlatego to jest lepszy układ, Jack. Panna Teasdale nie ma męża, który by cię ochraniał. Takie energiczne kobiety potrafią narobić kłopotów. Nie wiesz, co musi znosić Frank Butler, jeżeli nie poznałeś humorów Annie. Nie mówiąc o moich kłopotach z Lulu. Ta kobieta postanowiła mnie zrujnować, i to nie tylko finansowo. Próbuje zwrócić przeciwko mnie moje własne córki. Ale widziałeś, jak bardzo Arta cieszyła się pobytem w Londynie.

Widziałem Artę tylko raz albo dwa podczas tej wyprawy, i to wyłącznie z daleka. Cody nie pozwalał jej na kontakty z mężczyznami z zespołu i chyba miał nadzieję, że wyda ją za jakiegoś Anglika z towarzystwa.

Ale ja wracałem do swojego tematu.

– Czy dwutygodniowe wymówienie starczy, Bill?

– Jack – mówi on, zdejmując swój wielki kapelusz, żeby otrzeć czoło niebieską chustą – rób, co uważasz za słuszne, i kiedy chcesz. Ale pamiętaj, że zawsze jest tu dla ciebie miejsce przy barze. – Przełknął ślinę jakby z trudnością. – Tu, w Nowym Jorku, panuje większy upał niż na Równinach i czuję, że muszę przepłukać gardło. A ty?

Ponieważ on siedział, a ja stałem, dostrzegłem – kiedy zdjął sombrero – że jego włosy, choć długie jak zawsze, zaczynały się przerzedzać na czubku głowy. Ja swoich straciłem niewiele, ale w wieku lat czterdziestu siedmiu zaczynałem siwieć, co mi się nie podobało, i przyznaję, że dodawałem trochę farby do pomady i wcierałem ją w baki i wąsy. Lubiłem myśleć, że to plus mój niewielki wzrost sprawia, że wyglądam dużo młodziej. Nie żebym był tak znów wiele starszy od Amandy, różnica wynosiła około dwunastu lat w czasach, kiedy dopuszczalne było i trzydzieści, jeżeli mężczyzna miał pieniądze, a kobieta nie, co oczywiście nie miało zastosowania w tym przypadku.

Skoro mowa o pieniądzach, to pracując jeszcze przez dwa tygodnie, mogłem zarobić tyle, żeby mi starczyło na jakiś czas bez potrzeby naruszania moich oszczędności z North Platte. Myślałem też o tym, że może udałoby mi się oprócz bezpłatnej pracy w fundacji znaleźć jakieś dodatkowe zajęcie, na przykład za barem w którymś z licznych saloonów na Manhattanie, ale nadal nie uważałem, że stać mnie na odesłanie wdowie po Dzikim Billu Hickoku pieniędzy, które byłem jej winien za ten zwitek, który zgubiłem – chociaż miałem zamiar to zrobić, jak tylko będzie to możliwe.

Nie chcę przeciągać opowieści o tym epizodzie, ale kiedy go przeżywałem, wydawało się, że te dwa tygodnie ciągną się bez końca. W moim obecnym wieku czternaście dni mija w jakąś godzinę, ale kiedy młode serce ma jeszcze jakieś inne funkcje oprócz bicia, zegar zawsze chodzi za wolno. Szkoda, że byłem taki zielony w sprawach telefonicznych, bo mógłbym zadzwonić do Amandy w jej biurze, nie żeby zawracać jej głowę, ale żeby potwierdzić, że mam zamiar dotrzymać słowa, w razie gdyby miała jakieś wątpliwości. Co do wysłania listu, to muszę powiedzieć, że za bardzo się przejmowałem swoją ignorancją w używaniu słów, kiedy trzeba je było przelać na papier.

W rezultacie nie miałem przez ten czas żadnego kontaktu z Amandą ani nawet bliskich przyjaciół, którym mógłbym się zwierzyć, przez co rozumiem przyjaciółkę w rodzaju Allie Earp, bo jeżeli się człowiek zwierzy ze swojego uczucia drugiemu mężczyźnie, ten uzna to za objaw słabości, tak jak to zrobił Cody.

W końcu jednak upragniona chwila nadeszła i, pożegnawszy się już i odebrawszy ostatnią wypłatę poprzedniego dnia, odszedłem z „Dzikiego Zachodu" wczesnym rankiem gdzieś pod koniec czerwca, po czym popłynąłem promem ku nowemu życiu, ubrany w miejski garnitur, koszulę ze sztywnym kołnierzykiem i melonik, trzymając w ręku sakwojaż, który zawierał to, co zostało z mojego ziemskiego majątku, bo wszystko, co się nie mieściło, włącznie z moim kowbojskim kapeluszem, dostał Dwa Orły, mąż Kobiety Biały Niedźwiedź.

Woda była dość wzburzona pod wpływem bryzy wiejącej zawsze tam, gdzie kawałek oceanu zostaje ujęty w zatokę, co było pożądane, bo dzień zapowiadał się upalny. Nas, przybyszów z Zachodu, na początku to dziwiło, bo wyobrażaliśmy sobie, że na Wschodzie panuje łagodny klimat, stosowny do tutejszych delikatnych manier. Myliliśmy się podwójnie: na nowojorskim bruku potrafiło być równie gorąco jak na ulicach Tombstone, a zimą równie mroźno jak w Montanie, obyczaje zaś miejscowych, zwłaszcza tych Irlandczyków, którzy byli właścicielami i klientami saloonów, nie ustępowały chamstwem temu, co działo się po drugiej stronie Missisipi. A na dodatek wszędzie było za dużo ludzi. Ale to właśnie tutaj miałem z powodu kobiety rozpocząć nowe życie i kiedy mijaliśmy Statuę Wolności, pomyślałem, że dla mnie jest ona gigantycznym wyobrażeniem Amandy.

Jak zwykle miałem kłopoty z trafieniem pod wskazany adres, bo w tej części miasta ulice nie przecinały się pod kątem prostym i nosiły nazwy zamiast numerów, a mężczyźni pytani o wskazówki albo mówili z akcentem, którego ja nie rozumiałem, albo sprawiali wrażenie, że nie rozumieją tego, co ja mówię, kobiet natomiast bałem się pytać, żeby nie być wziętym za podrywacza.

Wreszcie, w dużej mierze przypadkiem, odnalazłem właściwą ulicę, a przy niej budynek – na szczęście dla mnie, nie był tak wysoki jak niektóre inne, bo jeszcze jedna rzecz, której się obawiałem, to były windy. Niezależnie od bezpieczeństwa obiecywanego przez ich producenta pana Otisa, nie widziałem żadnego powodu, dlaczego taka winda miałaby nie spaść, i zawsze wchodziłem na piechotę. Szczęśliwie w tym przypadku były to tylko trzy czy cztery piętra. Najpierw jednak muszę powiedzieć, że przy wejściu natknąłem się na jakiegoś starszego gościa, który właśnie otwierał frontowe drzwi i był nie w humorze, jak większość nieznajomych w Nowym Jorku, chyba że chcieli człowiekowi coś sprzedać, ale i wtedy zachowywali się ledwo przyzwoicie. Widocznie musieli mieć do czynienia ze zbyt wieloma nieznajomymi w tak zatłoczonym mieście.

Dość, że ten jegomość – który, jak powiadam, był stary, ale może nie starszy niż ja wtedy, tyle że miał poszarzałą twarz i ruszał się powoli – kiedy się odwrócił, żeby zamknąć za sobą drzwi, i zobaczył, że stoję tuż za nim, najpierw się przestraszył, a kiedy się przekonał, że nie chcę go obrabować, odzywa się chamskim głosem:

– O tej godzinie? Nikogo tam jeszcze nie ma, do cholery!

Ponieważ był to budynek Amandy, nie chciałem wszczynać awantury i powiedziałem tylko, że poczekam przed biurem osoby, z którą jestem umówiony, na co on odwrócił się do mnie plecami, wszedłem więc do środka, odszukałem na tablicy numer pokoju Fundacji i podjąłem wspinaczkę, która ze względu na regularność stopni była bardziej wyczerpująca niż pokonanie podobnej wysokości na dworze. Zapewne dlatego widziało się tu tylu wyniszczonych ludzi: życie w mieście było bardziej wyczerpujące niż na prerii, w górach czy nawet na pustyni. Indianin, który potrafił przetrwać głód, chłód i rozlew krwi na własnym terenie, nie wytrzymałby długo w trybach Manhattanu, w każdym razie takiego, jaki się stał po wykupieniu przez białych.

Tak więc kiedy dotarłem na piętro Amandy, byłem zziajany niczym stary Wspólnik po dobrej gonitwie, i kiedy idąc za numerami w nie oświetlonym korytarzu, doszedłem do jej biura, litery wymalowane na mrożonej szybie drzwi, Przyjaciele Czerwonego Człowieka, były dość duże, żebym mógł je odczytać, ale wzrok miałem jeszcze zbyt zmącony wysiłkiem, żeby w tym półmroku odcyfrować odręczny tekst na kartce zatkniętej poniżej.

Musiałem więc chwilę odczekać, zanim dotarło do mnie, że biuro będzie nieczynne nie tylko tego dnia, ale przez cały najbliższy tydzień, i to bez podania powodu. Wszystkie przesyłki należało zostawić u dozorcy.

Byłem nie tylko rozczarowany, ale i przejęty lękiem o Amandę. Może się nagle rozchorowała? Ale osoba, której się to przydarza, raczej nie określa dokładnie czasu powrotu. Domyśliłem się, albo raczej miałem nadzieję, że to jakieś wakacje. Jeżeli tak, to co pocznę ze sobą przez cały tydzień?

Zwlokłem się na dół po tych wszystkich stopniach i odnalazłem na parterze dozorcę, który zmywał podłogę.

Czujnie trzymałem się części jeszcze brudnej, żeby go nie zdenerwować przed uzyskaniem informacji.

– Przyjaciele Czerwonego Człowieka – zacząłem. – Zastanawiam się...

– Nieczynne – powiedział, nie podnosząc głowy, ze zwykłym nowojorskim zniecierpliwieniem, i dalej wielkimi kręgami moczył podłogę szmatą, nie przepłukując jej w wiadrze.

– Wiem – przytaknąłem – ale zastanawiam się, czy to z powodu choroby, czy wakacji.

– Z powodu jej ślubu – stwierdził z szyderczym grymasem, nadal nie podnosząc głowy.

– Ona wychodzi za mąż?!

– Do jasnej cholery – on na to – jak masz zamiar wleźć mi na tę czystą podłogę, to w końcu zrób to!

Zostałem zbyt przytłoczony tą wiadomością, żeby choć rozważyć to, co poprzysiągłem zrobić, kiedy następnym razem któryś z tych miastowych naskoczy na mnie bez powodu, a mianowicie kopnąć go w zadek. Prawdę mówiąc, w tamtej chwili to on mógłby mnie kopnąć bez obawy rewanżu: nawet bym nie poczuł. Nie zadawałem mu żadnych dalszych pytań – bez względu na to, czyby mi odpowiedział czy nie – bo nie chciałem znać żadnych szczegółów. Teraz, po tych wszystkich latach, mogę się cofnąć do tamtego czasu i stwierdzić, że Amanda w żadnej mierze nie uczestniczyła w mojej decyzji. Nie obiecywała mi pracy i faktycznie nigdy nie wyraziła chęci ponownego spotkania ze mną na płaszczyźnie zawodowej lub towarzyskiej. Cała ta sprawa zrodziła się z mojej fantazji i uczuciowego rozgorączkowania. Zawsze miałem skłonności w tym kierunku, ale to było gorsze niż w przypadku panny Dory Hand, bo tu bardziej się zaangażowałem, choć oczywiście nie było tak źle, bo Amanda nie została zastrzelona, tylko wyszła za mąż, ale z mojego punktu widzenia było to równoznaczne, bo miałem jej już więcej nie zobaczyć. Nie odczuwałem zapotrzebowania na przyjaźń z jeszcze jedną zamężną przyjaciółką jak Annie.

Nie zareagowałem na tę wiadomość w sposób godny.

Odwiedziłem, jak sądzę, pewną liczbę saloonów, ale z powodu swojego stanu straciłem rachubę i jest możliwe, że cały czas siedziałem w jednym i tym samym, a zmieniali się tylko inni klienci oraz mój odbiór otoczenia. Pamiętam, że kiedy już byłem dobrze ululany, poczułem się obrażony, że nikt w Nowym Jorku nie wie o jedynym białym świadku bitwy przedstawionej na obrazie, który dzięki browarowi Anheuser-Busch zdobił wszystkie saloony Stanów Zjednoczonych. *Ostatnia Bitwa Custera* wisiała za każdym barem, który odwiedziłem, chyba że był to przez cały czas ten sam bar, i krew mnie zalewała, kiedy musiałem patrzeć na Custera z długimi włosami, wywijającego szablą, bo tamtego dnia nie miał ani jednego, ani drugiego, zacząłem więc opowiadać, pewnie drąc się na całe gardło – chociaż w gorszych momentach prawie nie słyszałem sam siebie – co się rzeczywiście zdarzyło nad Little Bighorn, i w końcu tak się podnieciłem, że rzuciłem szklanką w ten obraz, i chyba rzeczywiście odwiedziłem więcej niż jeden bar, bo następnego dnia pamiętałem, że byłem wykopywany nie tylko na jedną ulicę, a po ostatnim razie, zapewne kiedy leżałem z gębą w pełnym nieczystości rynsztoku, ukradziono mi portfel, a wraz z nim zegarek kieszonkowy z dewizką, nowy melonik, buty i nawet celuloidowy kołnierzyk. Czy wtedy również ukradziono mi sakwojaż, czy też zgubiłem go gdzieś wcześniej, nie mam pojęcia.

Kiedy się rano ocknąłem, okolica była mi zupełnie obca. Zamiast miejsca, w którym wczoraj zacząłem pić, znajdowałem się w dzielnicy nędzy, pełnej biegających brudnych dzieciaków, wielkich ciemnych domów, tworzących nieprzerwane ściany, między którymi tłoczyli się rozkrzyczani ludzie z ręcznymi wózkami i co jakiś czas chuda, zajeżdżona szkapa ciągnęła roztrzęsiony wóz, którego woźnica obrzucał przekleństwami i swojego konia, i wszystkich wokół. Pomyślałem, że w pijackim zamroczeniu przyśniło mi się piekło albo że umarłem i już się tam znalazłem. A w całym tym zamieszaniu nikt nie zwracał na mnie najmniejszej uwagi.

Wyglądałem tak, że w każdym innym miejscu rzucałbym się w oczy, ale tutaj należałem do osób najschludniejszych i najlepiej ubranych, a kiedy spytałem jakiegoś dzieciaka w dziurawych portkach i z zaschniętymi smarkami pod nosem, czy w okolicy jest jakaś łaźnia publiczna, nie miał pojęcia, o czym mówię, choć znał angielski, bo poprosił mnie o centa, a kiedy przetrząsnąłem kieszenie i stwierdziłem, że straciłem nawet wszystkie drobne, nazwał mnie najohydniejszym słowem, jakie w życiu słyszałem.

Szedłem przed siebie, aż zdarłem sobie skarpety, i wreszcie dotarłem do dzielnicy handlowej, gdzie na chodnikach widziało się licznych biznesmenów. Starając się wybierać najbardziej życzliwe twarze – choć, prawdę mówiąc, niewiele ich było – podchodziłem ze swoją prośbą.

– Przepraszam pana najmocniej – mówiłem – jestem przyzwoitym człowiekiem mimo mojego obecnego wyglądu, który jest rezultatem pechowego zdarzenia. Czy nie zechciałby pan udzielić mi pożyczki w wysokości dziesięciu centów, a także podać swój adres, żebym mógł ją panu czym prędzej zwrócić?

Zwracałem się tak do kilku osób, ale prawie nikt nie słuchał dalej niż „Przepraszam pana" i większość nawet nie patrzyła w moją stronę, a pewien wielki jegomość z czerwonym nosem zagroził, że zawoła policjanta, podczas gdy z kolei inny, najsympatyczniejszy, poradził mi, żebym poszedł do takiej a takiej misji, to dadzą mi za darmo parę butów.

Nic tak nie odwraca uwagi od cierpień duchowych jak potrzeby fizyczne. Kiedy człowiek odpowiednio dostanie w kość, zapomina o tych innych kłopotach. Chodniki Nowego Jorku w lecie to nie jest miejsce do chodzenia na bosaka. Wkrótce stopy miałem podpieczone i kiedy doszedłem nad jedną z rzek, które opływają tę wyspę, i znalazłem nabrzeże tak niskie, że mogłem na nim usiąść i zanurzyć kopyta w wodzie, natychmiast zjawił się brzuchaty policjant w hełmie i z pałą.

– Zjeżdżaj stąd, bo pożałujesz – powiedział.

W końcu jednak wylądowałem w misji na ulicy Bowery,

gdzie dostałem parę używanych butów, które były za duże i dziurawe, ale spełniły swoje zadanie, w zamian za co musiałem odśpiewać z innymi kilka hymnów, do czego przygrywała nam na pianinie dama ze smutnym wyrazem twarzy, która później do każdego z nas przemówiła parę słów. Wzięła mnie za zwykłego włóczęgę, ale nie wyprowadzałem jej z błędu, bo sam czułem, że na nic lepszego nie zasługuję, skoro w moim wieku wyszedłem na głupca, uganiając się za młodą kobietą, co więcej, kobietą, która sama była bez zarzutu. Przecież nawet nie wiedziała o moim uczuciu dla niej... Z drugiej strony, skoro nie wiedziała, to nie byłem w jej oczach ośmieszony.

W swoim długim życiu przekonałem się, że im byłem starszy, tym łatwiej radziłem sobie ze sprawami dumy, przynajmniej jeżeli nie były to sprawy wymagające natychmiastowego strzelania sobie w łeb. Nie mogłem winić za swoje obecne położenie żadnego z saloonów, z którego zostałem wyrzucony, ale przeżycie to zniechęciło mnie do pomysłu powrotu do zawodu barmana, w każdym razie w Nowym Jorku, a że nie wykazałem też najmniejszego talentu do żebractwa, to jeżeli nie chciałem utknąć na stałe w misji dobroczynnej i zarabiać śpiewem na cienką zupkę i czerstwy chleb, nie pozostawało mi nic innego, jak wrócić do „Dzikiego Zachodu", pod warunkiem że Cody przyjmie mnie z powrotem.

Tak więc na piechotę dotarłem do przystani promu na Staten Island i tam doczekałem się paru wracających z całonocnej biby w mieście kowbojów, którzy zafundowali mi bilet, kiedy im opowiedziałem, że zostałem pobity i obrabowany po nierównej walce w obronie honoru Teksasu z tłumem irlandzkich chuliganów, tępych Szwabów i włoskich brylantyniarzy, gdyż oni sami zawsze wdawali się w takie rozróby, albo tak przynajmniej twierdzili.

Tę samą historię wykorzystałem na użytek Buffalo Billa, opuszczając tylko bójkę, bo on sam nie bywał agresywny po alkoholu. Powiedziałem mu, że wypiłem jednego, potem drugiego i tak dalej, aż byłem w dym pijany i bez grosza –

a tę sytuację uznawał on za normalną, choć jego samego nigdy w podobnym stanie nie widziałem. Właściwie nigdy nie widziałem go naprawdę pijanego, pewnie dlatego, że zanim on coś poczuł, wszyscy wkoło byli już tak załatwieni, że on przy nich wydawał się trzeźwy.

W każdym razie powiedział, że naturalnie nadal mam u niego pracę, i dodał coś, czym pewnie powinienem poczuć się obrażony, ale byłem zbyt wstrząśnięty sprawą z Amandą.

– „Dziki Zachód" jest twoim domem, Jack – powiedział. Wiedziałem, że mówi to z przyjaźnią i pewnie zastosowałby to również do siebie, bo rzadko mieszkał ze swoją rodziną w Nebrasce, tylko że ja nie miałem innego domu.

Wziąłem zaliczkę i kupiłem sobie nowe buty oraz inne części garderoby na miejsce tych, które postradałem, z wyjątkiem melonika, który tylko by mi przypominał to nowe życie, które właśnie uciekło mi sprzed nosa; kupiłbym więc sobie kapelusz, gdybym wcześniej nie natknął się na Dwa Orły.

Był w sombrerze, które mu na odchodne podarowałem. Nigdy by mnie nie zapytał, dlaczego wróciłem, tak jak nie pytał, dlaczego odchodzę, ale spojrzał na moją gołą głowę, co w owych czasach u białych ludzi było czymś niezwykłym.

– Czy chcesz z powrotem swój kapelusz?

– Dałem ci go – powiadam.

– To prawda – mówi Dwa Orły – ale myślę, że ci się przyda. – Po czym zdejmuje kapelusz i daje mi go.

Wspominam o tym, gdyż zaprzecza to temu, co biali mówią o „indiańskich prezentach", a może jest też przykładem spojrzenia czerwonoskórych na kwestię własności osobistej.

I tyle o moim wyimaginowanym romansie. Teraz mogę go zbyć wzruszeniem ramion, ale wtedy potrzebowałem nieco czasu, żeby dojść do siebie.

Tej zimy w North Platte został ukończony dom pod nazwą Odpoczynek Zwiadowcy, który Cody zbudował na swojej ziemi. Dom miał piętnaście pokojów, rozległe, szerokie na dziesięć stóp ganki, a na górze specjalny pokój wyposażony do picia, z kredensem pełnym butelek i szkła ustawionego jak w barze, a także z wielkim łóżkiem dla gościa, który upije się do nieprzytomności. Żona Cody'ego, Lulu, nadal mieszkała w starym Gościnnym Wigwamie i jak zwykle nie widziałem jej przez całą zimę.

Wróciłem do mojego wakacyjnego zajęcia jako osobisty barman Buffalo Billa i licznych gości, których zapraszał, a także przejezdnych kowbojów, komiwojażerów, włóczęgów i wszystkich, którzy się tam zjawiali bez zaproszenia, ale byli pojeni i karmieni jak goście, przy czym niektórzy z nich siedzieli tygodniami, bo Cody stale odczuwał niedosyt towarzystwa i brakowało mu tłumów publiczności. Tym razem i ja cieszyłem się z gromady ludzi, gdyż inaczej zostałbym sam na sam ze swoimi rozczarowaniami. Tęskniłem też za moim starym Wspólnikiem i często odwiedzałem jego grób, żeby pozdrowić znajome kości, których, jak z ulgą stwierdziłem, nie wykopało żadne zwierzę, bo grób nie różnił się teraz niczym od otoczenia i wszystko równo zarosło trawą.

Okazało się, że w lokalnym banku mam mniej pieniędzy, niż sądziłem, nie żeby mnie okradziono, ale widocznie nie wysyłałem tam tyle, ile mi się zdawało, i z tego względu nie narosły też duże procenty.

Cody, ze swoim popularnym widowiskiem, sprawiał wrażenie człowieka z nosem do interesów i muszę dodać, że jego ranczo było prawdziwym gospodarstwem, które zatrudniając kilkudziesięciu kowbojów pod kierunkiem jego szwagra Ala Goodmana, przynosiło zyski. Uznałem, że jeżeli już mam być samotny, to nie byłoby źle, gdybym przynajmniej był bogaty, poprosiłem więc Buffalo Billa, żeby zrobił to dla mnie i pozwolił mi zainwestować pewną skromną sumę w swoje następne przedsięwzięcie.

Kiedy nie okazał entuzjazmu, rozzłościłem się i mając już trochę w czubie, oskarżyłem go o sobkostwo. Każdy inny szef wykopałby mnie w tym momencie za drzwi, ale jedno, co można z pewnością powiedzieć o Billu Codym, to to, że nie był egoistą ani skąpcem, i że miał wiele cierpliwości dla pijackich oracji, w końcu więc wyraził zgodę, zastrzegając się, że biznesowe pomysły Doca Powella nie zawsze przynoszą takie zyski, na jakie się z początku zanosi.

Mówił o swoim starym przyjacielu, który mieszkał teraz w Wisconsin, ale pokazywał się na ranczo co jakiś czas w ciągu ostatnich lat, prawdę mówiąc, odkąd Bill poznał go jeszcze jako lekarza wojskowego w Fort McPherson dawno temu. Choć to może dziwne, Frank Powell był autentycznym doktorem i czasem nawet praktykował, ale był też osobnikiem, który musiał przypaść Cody'emu do serca, tęgim pijakiem, znakomitym gawędziarzem, wybornym strzelcem, który czasem powtarzał wyczyny Annie Oakley, honorowym Indianinem o imieniu Biały Bóbr i autorem projektów, które miały przynieść bogactwo jemu i współinwestorom, takich jak patentowany lek „Syrop od kaszlu Białego Bobra, Niezawodne lekarstwo na Płuca", który gwarantował wyleczenie wszelkich chorób piersiowych, od kataru po suchoty włącznie.

Najnowszy projekt Doca Powella wyglądał dość sensownie, w każdym razie kiedy byłem pijany, i pamiętajmy, że jego wspólnikiem był sam Bill Cody: chodziło o zagospodarowanie paru milionów akrów ugorów w Meksyku, które dawano za darmo. Możecie się śmiać, ale w tamtym czasie wydawało się, że może to przyciągnąć masę obcokrajowców z Europy, którzy chcieliby rozpocząć nowe życie w Nowym Świecie, a to miejsce miałoby się stać jego najnowszą częścią. Biały Bóbr wybierał się z nami za ocean, żeby zwerbować kolonistów.

Tak jest, na wiosnę Cody znów płynął z „Dzikim Zachodem" za ocean, tym razem do Paryża na inne uroczystości, które nosiły francuską nazwę Ekspozisią Uniwersel, piszcie to, jak chcecie, i zaraz do tego dojdziemy, najpierw jednak chcę zakończyć sprawę pieniędzy, chociaż nie potrafię zrobić tego tak gruntownie, jak przepadły moje oszczędności w tym przedsięwzięciu. Krótko mówiąc, choć wybiegam przy tym nieco do przodu, Doc Powell nie znalazł w Europie ani gdzie indziej nikogo, kto chciałby zasiedlać meksykańską pustynię. Mogę mieć pretensje tylko do siebie, a Cody stracił dużo więcej niż ja. Tyle że jemu jeszcze sporo zostało.

Wiem, co sobie w tym miejscu myślicie: macie już dość słuchania, jak to pani Agnes Hickok znów nie otrzymała rekompensaty za ten zwitek banknotów Dzikiego Billa, który zgubiłem w pogoni za jego zabójcą. Zaczyna to wyglądać podejrzanie. Otóż w tym miejscu was wyprzedziłem. Sam miałem już dość tego ciążącego mi długu. Zanim powierzyłem choć centa Białemu Bobrowi, podzieliłem swoje oszczędności na dwie równe części. W ciągu pięciu lat pracy w „Dzikim Zachodzie" odłożyłem prawie dwieście pięćdziesiąt dolarów. Wiem, że dzisiaj to nie brzmi imponująco, ale w tamtych czasach człowiek mógł dostać posiłek za dziesięć centów, była to więc suma nie do pogardzenia. Zaokrągliłem część pani Aggie do równych stu dwudziestu pięciu i wysłałem to w gotówce pod adres w Cincinnati, który dostałem od jej córki Emmy, mistrzyni świata w jeździectwie. Mam nadzieję, że do niej dotarły, choć nigdy się tego nie dowiedziałem.

Dołączyłem zapisek, w którym, przepraszając najpierw za błędy gramatyczne i ortograficzne, stwierdziłem, że jako wspólnik Dzikiego Billa sprzed wielu lat byłem mu winien karciany dług i dopiero teraz mogłem go zwrócić. Nie wspominałem, że było to jego przedśmiertne życzenie, bo wstydziłem się, że dopiero teraz je wykonuję, i z tego samego powodu nie podałem swojego nazwiska.

W końcu więc spełniłem te dwa przyrzeczenia dotyczące dwóch wdów, pani Custer i pani Hickok, które sobie dałem, wyjeżdżając przed dwunastu laty z Deadwood, chociaż, jak to w życiu, realizacja różniła się nieco od zamiaru. Nie bardzo wiem, co mi chodziło po głowie w związku z Libbie Custer, zanim ją spotkałem, poza tym, że odczuwałem do niej szczerą przyjaźń, ale wszystko wyszło jakoś nie tak. Co do Agnes Hickok, to chciałem jej przekazać znacznie większą sumę bez względu na to, ile zawierał ten zwitek, który mi powierzył Dziki Bill, ale było mnie stać tylko na tyle.

Wracając do „Dzikiego Zachodu", to znów wyruszyliśmy do Europy na tym samym Perskim Monarsze, na którym przed rokiem wracaliśmy, z dwiema setkami osób, z czego prawie połowę stanowili Indianie, z połową setki bizonów wśród trzystu innych zwierząt, z dyliżansem do Deadwood i resztą ekwipunku, i chociaż ocean nie był tak niespokojny jak poprzednio, to i tak nie mogłem się przyzwyczaić do podróży morskich. Przyjechałem na Zachód jako młody chłopak tak zwanym szlakiem prerii, ale powiadam wam, że kiedy się jedzie po najgorszych wybojach, to w każdej chwili można się zatrzymać. A jak się człowiek zatrzyma na oceanie, to nadal nim rzuca.

Musicie mi wybaczyć, jeśli chodzi o francuskie nazwiska i miejsca. „Paryż" to było jeszcze stosunkowo proste, choć oni wymawiają to z długim „i" na końcu, a port, w którym zeszliśmy na brzeg, nazywał się „Harve", co można zrozumieć, choć Amerykanin powiedziałby „Harb". Rozbiliśmy nasz obóz w parku z dziwną nazwą i świeżo zbudowaną żelazną wieżą, tak wysoką, że widać ją było z każdego miejsca w mieście. Wielu Paryżan jednak jej nie cierpiało, mimo że była to najwyższa na świecie konstrukcja wzniesiona przez człowieka, co było dla tych ludzi charakterystyczne w większości spraw. O ile w Anglii wszyscy wydają się zgodni w kwestiach podstawowych, przynajmniej publicznie, o tyle specjalnością Francuzów jest niezgadzanie się wszystkich ze wszystkimi we wszystkim.

Po jakimś czasie odkryłem, że nie zawsze jest tak, jak się wydaje, ze względu na język, który sprawia, że wszyscy sprawiają wrażenie podekscytowanych, i robią wiele hałasu o nic. I tak *„Goodmorning, sir"* brzmi jak mruknięcie w porównaniu z „Bon-joo, mees-year", które potrafi być jak piosenka, a niektóre słowa, podobne do angielskich, znaczą co innego. Na przykład *assassin* to dla nas morderca, taki jak John Wilkes Booth, który zabił pana Lincolna, podczas gdy w Paryżu oznacza to dorożkarza, którego koń omal cię nie stratował, kiedy przechodziłeś przez jezdnię.

Mieli tam wiele dziwnych zwyczajów, co nie powinno nikogo dziwić, bo przecież byli Francuzami, i chociaż zachowywali się miło i gościnnie, kiedy znaleźliśmy się w Paryżu, to czułem przez skórę, że odnoszą się z rezerwą do naszego przedstawienia i nie są zdecydowani, czy mają je polubić czy nie, bo przekonałem się, że nikt na świecie nie jest tak podejrzliwy jak Francuzi, którzy powstrzymują się od wydania sądu, póki nie sprawdzą, czy ktoś ich nie nabiera. Tak więc na pierwszym przedstawieniu, w obecności ich prezydenta pana Carnot i mnóstwa innych grubych ryb, ponieważ ta wystawa upamiętniała stulecie ich rewolucji, zebrała się widownia licząca dwadzieścia tysięcy ludzi, nie to, żeby nieżyczliwa, ale też daleka od pełnego napięcia oczekiwania, jakie zawsze witało nas w kraju, a może jeszcze bardziej wśród Brytyjczyków, którzy są podobno tak powściągliwi w porównaniu z gorącokrwistymi mieszkańcami przeciwległego brzegu Kanału Angielskiego, który, nawiasem mówiąc, jest nazywany przez zawsze myślących o jedzeniu Francuzów „Manż".

Zgodnie z zapowiedzią, Annie i Frank wrócili do zespołu. Wyjaśnili swoje nieporozumienia z Codym, a Lillian odeszła, i Mały Świetny Strzelec czekała przed wyjściem na paryską arenę, mając u boku Franka i mnie, gotowych z jej strzelbami, amunicją, zapasem szklanych kul oraz resztą sprzętu niezbędnego do występu, i powiadam wam, że była równie piękna jak w dniu, kiedy po raz pierwszy wstąpiła do zespołu „Dzikiego Zachodu", a przy tym stała się bardziej doświadczoną artystką, gdyż posiadła zdolność podbijania widowni samym swoim wejściem nieśmiałym kroczkiem, w tym stroju z frędzlami i kapeluszu z gwiazdą, w eleganckich malutkich butach z cholewami i ochraniaczach, i dygnięciem dobrze wychowanej panienki z pensji, w czym pewnie przypominała Libbie Bacon na niewiele lat przed wyjściem za Custera. Na długo przedtem, zanim Frank podał jej strzelbę, a ja podrzuciłem w górę pierwszą szklaną kulę, publiczność już jadła jej z ręki.

Jednak tym razem, kiedy Francuzi wciąż się zastanawiali, jak przyjąć „Dziki Zachód", Annie uznała zdobycie ich wszystkich, całych dwudziestu tysięcy, za osobiste wyzwanie. Zauważyła już wcześniej podczas ceremonii otwarcia, że widownia klaszcze wyłącznie wtedy, kiedy zostaje zachęcona przez rozmieszczone tu i ówdzie osoby, które dają znak do owacji. Później dowiedzieliśmy się, że we Francji na każde przedstawienie, od cyrku do najwznioślejszych dramatów, wynajmowano osobników tego rodzaju, zwanych klakierami, i kiedyś pewien Francuz powiedział mi z typowo francuskim humorem z odcieniem cynizmu, że już po pierwszym akcie można na podstawie poziomu hałasu określić, ile tym razem zapłacono klakierom.

Tak czy inaczej, Annie uznała to za obrazę swojego zawodowego honoru.

– Idźcie tam – powiedziała do nas – i każcie im siedzieć cicho.

Wiedząc, że Frank nie będzie chciał jej denerwować przed występem, wziąłem na siebie zadanie poinformowania jej, że takich osób jest wiele i do końca przedstawienia nie zdążylibyśmy obejść całej widowni.

Oczy jej błysnęły. Annie wcale nie była nieśmiałą pensjonarką.

– Gdybyś zadał sobie trud, żeby się rozejrzeć – powiada – zobaczyłbyś najważniejszych w pobliżu. Podejdźcie do nich i powiedzcie im, żeby siedzieli cicho. Czy proszę o zbyt dużo?

Jeżeli się ma jakie takie doświadczenie w świecie rozrywki, to się wie, jak spięci są artyści przed występem, poszedłem więc czym prędzej w ślady Franka, który jako jej mąż już się oddalał. Będąc przytomnym człowiekiem, znalazł już praktyczne rozwiązanie naszego problemu, bo przecież żaden z nas nie mówił po francusku: przywołał jednego z przydzielonych nam tłumaczy i przekazał mu nasze zadanie, które ten wykonał.

Oznaczało to, że Annie wyszła na środek areny w absolutnej martwej ciszy. Nie rozległy się nawet brawa z loży prezydenckiej, gdzie, jak się później dowiedziałem, uznano, że Annie życzyła sobie zupełnej ciszy ze względów bezpieczeństwa.

Te używane do występów strzelby, nawet mimo mniejszego ładunku prochu, robiły dość hałasu, żeby przestraszyć ludzi z miasta przy pierwszych wystrzałach na każdym przedstawieniu, i Francuziaki nie były w tej kwestii wyjątkiem. Okazało się, że mieli temperament zgodny z ich reputacją, tylko potrzebowali trochę czasu, żeby go zademonstrować, wkrótce więc ich okrzyki i brawa zagłuszyły nawet odgłosy strzałów. Zanim Annie skończyła występ, całe to towarzystwo było na nogach, drąc się wniebogłosy oraz rzucając kapeluszami, parasolkami i szalikami na arenę i w siebie nawzajem, i w ogóle szalejąc na jej punkcie. Wyglądało to tak, jakby w sto lat po pierwszej wybuchła druga rewolucja.

Jeżeli w Nowym Jorku i w Londynie uwielbiano ją i wznoszono na jej cześć toasty, to Paryż przebił tamte miasta. Nazwałem ją „francuskim toastem", bo ci ludzie zawsze chcieli wszystkich przebić w sprawach jedzenia i picia. W Paryżu nie można nawet kupić kawałka zwykłego sera, tylko trzeba wymienić nazwę jednego z wieluset. Tak samo nie można kupić masła, jeżeli się nie określi zawartości tłuszczu, bo i w tym jest wielki wybór. A kto jeszcze na świecie jadłby surową wątróbkę?

Jestem wam winien odpowiedź na to pytanie: oczywiście Indianie, chociaż byłaby to zapewne wątroba jakiegoś włochatego czworonoga, a nie gęsi. Nie było to jedyne upodobanie łączące czerwonoskórych i Francuzów, którzy od początku przejawiali jakąś sympatię do Indian i z reguły mieli z nimi lepsze stosunki w Nowym Świecie niż Brytyjczycy. Wojna francuska i indiańska toczyła się jeszcze przed moim urodzeniem, ale wiem, że występowali oni jako sojusznicy przeciwko czerwonym kurtkom, podobnie jak nieco później Amerykanie i Francuzi przeciwko temu samemu wrogowi, chociaż więc Francuzi byli nieco dziwni, łączyły nas z nimi dawne związki po naszej stronie wody, włącznie nawet z nazwami wielu plemion, takich jak Siuksowie, Assiniboine, Nez Perce, Irokezi i inne, bo najpierw zetknęli się z nimi Francuzi skupujący futra, a także księża, którzy mieli dość oleju w głowie, żeby mówić Indianom, że nie muszą porzucać swoich pogańskich wierzeń, żeby zostać katolikami: Bóg pozwoli im być i takimi, i takimi przynajmniej do czasu, aż więcej zrozumieją.

Skoro mowa o Indianach, to w Paryżu znalazł się nie kto inny, tylko Czarny Jeleń, jeden z tych Siuksów, który jeżeli pamiętacie, nie zdążył przed rokiem na statek do Stanów i pozostał w Anglii. Cody ucieszył się, widząc go w dobrym zdrowiu, bo było to coś, co reformatorzy w rodzaju Amandy mogli wykorzystać dla dyskredytacji udziału Indian w widowiskach, i zaproponował mu jego dawne stanowisko w zespole. Czarny Jeleń stwierdził jednak, że bardzo się już stęsknił za domem, chociaż powodziło mu się nieźle, odkąd „Dziki Zachód" odpłynął do kraju bez niego, bo został natychmiast zaangażowany przez jegomościa znanego jako Mexican Joe, który prowadził przedsięwzięcie na wzór Cody'ego, chociaż mniejsze, i objechali Niemcy oraz parę innych krajów, włącznie z jednym, w którym była dymiąca góra, z której co jakiś czas strzelały płomienie, niszcząc okoliczne miasta.

– Ale ludzie nadal tam mieszkają – powiedział Czarny Jeleń – bo to jest ich ziemia.

– Powiedz mojemu przyjacielowi – zwrócił się do mnie Cody – że ten kraj to Włochy.

Zrobiłem to, na co Czarny Jeleń odpowiedział:

– Ale przeważnie byliśmy tu, u Francuzów, którzy traktowali nas bardzo dobrze, a pewna młoda kobieta zaprzyjaźniła się ze mną i zaprosiła mnie do swoich rodziców, ale ja tak bardzo tęskniłem za swoim krajem, że zachorowałem i upadłem, a ci ludzie uznali, że umarłem, bo nie oddychałem i przestało mi bić serce, i już mieli mnie pochować, kiedy się ocknąłem, bo ja nie umarłem, tylko przeniosłem się przez ocean do Czarnych Wzgórz i potem do Sosnowych Gór, gdzie przed powrotem tutaj odwiedziłem moją matkę. Obiecałem jej, że wrócę tam w ciele, jak tylko zdobędę pieniądze na statek.

Cody zachował się w sposób, który pokazywał, dlaczego Indianie go lubili i mieli do niego zaufanie.

– W takim razie zacznij się pakować, bo człowiek zawsze

musi dotrzymywać obietnic złożonych swojej szacownej matce – mówi, po czym dał mu powrotny bilet i dziewięćdziesiąt dolarów, a także postarał się, żeby Francuzi przydzielili mu policjanta z tych, co to ich nazywają John Darms, który miał z nim jechać i wsadzić go do właściwego pociągu, a potem na statek.

W związku z tą wizją Czarnego Jelenia, to słyszałem od innego Siuksa z Pine Ridge, który w późniejszych latach dołączył do zespołu, że po rozmowie z synem w tym samym śnie mama Czarnego Jelenia wiedziała, że syn wraca i kiedy będzie w domu. Nie miałem powodu, żeby mu nie wierzyć, zetknąwszy się wielokrotnie z podobnymi rezultatami snów Skóry Ze Starego Szałasu, człowieka, który nauczył mnie prawie wszystkiego, co w moim życiu miało trwałą wartość.

W Paryżu, tak jak i w Londynie, Indianom pokazywano różne słynne miejsca i wszędzie ciągnęli za nimi dziennikarze, ale nie znając francuskiego, nie mogłem stwierdzić, czy w ich artykułach było więcej prawdy niż w prasie angielskiej, jednak wątpię, uwzględniając różnicę między tym, jak widzi świat Indianin, a kimś, kto usiłuje przelać to na papier. Niech przykładem będzie to, kiedy Czerwona Koszula i paru innych wjechali na szczyt wieży Eiffla (ja też, wstrzymując oddech podczas jazdy windą), John Arizona Burke wybrał się z nami i patrząc z góry, powiedział coś, co mówi chyba każdy biały człowiek, który wejdzie na szczyt jakiejś budowli, czyli że ludzie w dole wyglądają jak mrówki, na co Czerwona Koszula zauważył, że jeżeli ludzie z tej wysokości wydają się tak mali, to ile mniejsi muszą być wszyscy ludzie z punktu widzenia Wakantanki.

– A gdzie jest ten Wakanna? – spytał Burke, kiedy mu to przetłumaczyłem.

– Chodzi mu o Boga – wyjaśniłem niedokładnie, pochłonięty widokiem i wciąż jeszcze roztrzęsiony po jeździe windą.

– Coś takiego – powiedział Burke i po chwili usłyszałem, jak opowiada dziennikarzom, jakimi to pobożnymi chrześcijanami są wszyscy nasi Indianie, co było dla mnie nowością, a Bóg jedyny wie, co z tego wyszło w druku, bo nigdy nie zdarzyło mi się spotkać Francuza twierdzącego, że zna angielski, który rzeczywiście znałby ten język, i *vice versa*, jeżeli wierzyć Francuzom, którzy utrzymują, że nikt, kto się nie urodził i wychował we Francji, nie może liczyć na opanowanie ich języka.

Jak się już zorientowaliście, słuchając tej opowieści, moja angielszczyzna pozostawiała wiele do życzenia, a że Siedzący Byk też nie był zachwycony moją znajomością języka Lakotów, może więc w Dniu Sądu, stojąc przed obliczem Najwyższego, powinienem trzymać się czejeńskiego? Tak czy inaczej, mój francuski był żałosny, a oni tam wolą, żeby w ogóle nie próbować, jeżeli się ma kaleczyć ich piękny język. W Paryżu najlepiej było być Amerykaninem z Zachodu, rzecz jasna jeżeli się nie było Indianinem, co ceniono najwyżej, i na każdym kroku widziało się miejscowych noszących sombrera albo opaski z piórami, albo jeżdżących konno w amerykańskich siodłach z kulami, a także małe dzieciaki z łukami i strzałami.

Powiem więc, nie wdając się w szczegóły, że czułem się dobrze w tym kraju, wracając do siebie po wielkim rozczarowaniu w zwykły męski sposób, uważany przez kobiety za puste szaławilstwo, chociaż same zwykle w nim uczestniczą obok, rzecz jasna, alkoholu. Skoro mowa o alkoholu, to Francuzi zażywają go przez cały dzień, ale zazwyczaj w postaci wina, nie są więc tak naprawdę pijani, ale nie są też całkiem trzeźwi: są po prostu Francuzami. I tak jest, rzeczywiście jadają żaby, choć nie do każdego posiłku.

Ale ani Francja, ani żaden inny kraj nie podobał się Annie Oakley, która była tradycyjną patriotką wypatrującą wszędzie naruszeń amerykańskiej moralności, choć jedną rzecz, która się jej zdarzyła, uznała za zabawną. Król Senegalu, kolorowego kraju w Afryce, będącego wówczas posiadłością francuską, podczas swojej wizyty w Paryżu obejrzał przedstawienie „Dzikiego Zachodu" i tak się zachwycił Annie, że po przedstawieniu przyszedł do namiotu Buffalo Billa –

naprawdę wielki, gruby jegomość, obwieszony złotem i w wymyślnych szatach z cętkowanym futrem, z obstawą krzepkich czarnych ochroniarzy i z białym tłumaczem, który tłumaczył jego francuszczyznę – i powiedział ni mniej, ni więcej, tylko że chce kupić Annie za sto tysięcy franków.

Wiem, że Cody uznał to za zabawne, ale udał obrażonego, wobec czego król podwyższył cenę, aż Bill podniósł ręce i postanowił sprawę zakończyć.

– Pani Butler – powiedział – ani żadna inna Amerykanka nie jest na sprzedaż, sir!

Król powiedział coś do tłumacza, a ten zwrócił się do Cody'ego:

– Jego wysokość mówi: „Jaka szkoda".

Bill zwrócił głowę w moją stronę, zakrywając dłonią usta, ale zaraz się opanował.

– Zapytaj go, co chciał z nią zrobić.

– Zabijać tygrysy – mówi Francuz po konsultacji z królem, który odsłonił w szerokim uśmiechu swoje idealne uzębienie.

– Słucham?

– Dziki zwierz. Zabijać ich.

– Żeby zabijać tygrysy? – upewnił się Cody.

– May wee – mówi na to król.

– Zjadać za dużo jego ludzi – wyjaśnił tłumacz.

– Kapitanie Jack – zwraca się do mnie Cody – czy zechciałby pan udać się do namiotu pani Oakley i zaprosić ją tutaj, żeby sama rozpatrzyła tę ofertę? Jest zbyt pociągająca, żeby ją z miejsca odrzucić.

Zrobiłem tak, jak mnie prosił, i król powtórzył swoją propozycję. Muszę powiedzieć, że Annie nie rozgniewała się, tylko grzecznie odpowiedziała, że nie może skorzystać z propozycji ze względu na wcześniejsze zobowiązania. Na co jego wysokość rozchylił swój płaszcz z lamparcich skór i z zadziwiającą zręcznością, jak na człowieka z jego tuszą, przyklęknął na jedno gołe kolano, ujął jej małą białą rączkę w swoją wielką czarną, podniósł ją do ust i ku zdziwieniu wszystkich – ucałował. Potem wstał, rozprostował ramiona i dziarskim wojskowym krokiem wymaszerował z namiotu w asyście swojej muskularnej świty.

Kiedy tylko ten orszak oddalił się na bezpieczną odległość, Cody ryknął potężnym śmiechem.

— Wiem ponad wszelką wątpliwość — powiedział do Annie — że w Afryce nie ma żadnych tygrysów. Tak twierdzi mój osobisty przyjaciel, pan Theodore Roosevelt.

Annie nie miała lepszego wykształcenia ode mnie, ale przytoczę jej odpowiedź, żebyście się przekonali, jak zdrowo potrafiła myśleć.

— Może po francusku tygrys oznacza też lamparta — powiedziała.

Po wyjściu z namiotu natknąłem się na Dwa Orły i spytałem go, czy widział wielkiego wodza z Senegalu oraz jego świtę.

— Tak — odpowiedział — i bardzo mi się podobał jego cętkowany płaszcz. Zastanawiałem się, gdzie Czarny Biały Człowiek upolował takie zwierzę.

Indianie w ten sposób nazywali wszystkich kolorowych, nie robiąc różnicy między rozmaitymi ich typami, spróbowałem więc nieco oświecić go w tej kwestii.

— On jest zupełnie czarny — mówię — i pochodzi z miejsca, które się nazywa Af-ry-ka.

— Ale jest tutaj z białymi — wskazał Dwa Orły, przybierając taki wyraz twarzy, jaki u Indian oznacza upór.

— On tu przyjechał w odwiedziny.

— Nie jest jeńcem?

Nie chciałem się wdawać w szczegóły, bo sam niewiele wiedziałem na ten temat.

— Wygląda na to, że robi tu, co chce.

— Dlaczego nie mieszka u siebie, w kraju cętkowanych zwierząt?

— Tego nie wiem — mówię — ale pewnie przyjechał tu prosić Francuzów, żeby zrobili coś dla jego kraju, którym, jak myślę, oni faktycznie rządzą, a on nie ma nic do gadania, ale pozwalają mu odgrywać rolę wielkiego wodza.

— W takim razie myślę, że można go nazwać Czarnym Białym Człowiekiem — stwierdził Dwa Orły.

Zmieniłem temat, żeby wyjaśnić, co dla mnie było powodem wyrzutów sumienia.

– Pamiętasz ten kapelusz, który oddałeś mi w Nowym Jorku? Nie mam go na głowie, bo wczoraj wieczorem upiłem się w Paryżu i gdzieś go zgubiłem. – Był to powód zrozumiały dla wszystkich członków zespołu „Dzikiego Zachodu", począwszy od samego założyciela, z wyjątkiem, rzecz jasna, Annie.

– Myślałem, że może dałeś go jakiejś Francuzce – powiedział Dwa Orły z cieniem uśmiechu pod swoim wielkim orlim nosem.

– Jesteś dla mnie za sprytny – stwierdziłem.

Faktem jest, że kiedy wyjeżdżaliśmy z Paryża, tylko nieliczni z nas mieli jeszcze stroje, w których przyjechali z Ameryki, a część kowbojów sprowadzała z kraju nowe buty, ochraniacze, sombrera i inne rzeczy. Cody musiał nas nawet ostrzec przed gubieniem broni, bo przywóz broni palnej do tych obcych krajów podlegał ścisłej kontroli i mieliśmy dość biurokratycznych zabiegów związanych z wwiezieniem arsenału naszego widowiska.

Powinienem tu nadmienić, że Lakotowie, mówiąc o kimś, kto nie był Indianinem, nazywali go jakąś wersją wasichu, czyli ich słowa na „białego człowieka". Anglik był więc po prostu wasichu, czarny człowiek był wasichu-sapa, a Francuz wasichu-ikceka. Nikt z nich nie był zwyczajnie człowiekiem jak oni sami.

18. JESZCZE RAZ SIEDZĄCY BYK

Jesienią osiemdziesiątego dziewiątego roku wreszcie wyjechaliśmy z Paryża i udaliśmy się na południe Francji, do Marsylii, gdzie piliśmy zalatujący lukrecją preparat, zmieniający barwę na mleczną po dodaniu wody, który zrujnował paru sławnych ludzi, no i jeszcze pewna choroba, którą każdy europejski kraj usiłował przypisać innemu, używając nazw takich jak „choroba neapolitańska" i tak dalej, a ich głównym pożywieniem, jako że mieszkają nad brzegiem morza, są ryby, zwłaszcza gęsta zupa zawierająca wszelkie ich gatunki, zwana billybase, która miała trochę za mocny zapach jak na mój gust, a Siuksowie, którzy u siebie nigdy ryb nie jadają, od samego widoku talerza tej potrawy mogli się pochorować.

Nie była to jednak prawdziwa choroba z tych, od których można umrzeć: to zdarzyło się nam dopiero, kiedy udaliśmy się do Barcelony w Hiszpanii, gdzie przekonałem się, że ta hiszpańszczyzna, której nauczyłem się od Meksykanów, nie była tu w cenie, bo nie potrafiłem seplenić przy niektórych słowach, jak to się robi w tym mieście, ale i tak nie miałem wielu okazji do rozmów, bo trafiliśmy na wybuch epidemii tyfusu i grypy, przez co w mieście ogłoszono kwarantannę i tylko niewiele osób pokazywało się na naszych przedstawieniach. Choroby nie ominęły również naszego zespołu, włącznie z częścią Siuksów, a Frank Richmond, który zapowiadał kolejne numery, zmarł. Annie również omal nie umarła, a Frank Butler ciężko chorował.

Jedyną prócz tego rzeczą wartą wzmianki było to, że John Arizona Burke, zawsze szukający okazji do reklamy, zabrał grupę naszych Indian i zrobił im zdjęcie pod tutejszym pomnikiem Krzysztofa Kolumba, a potem wysłał je do Stanów z komentarzem sprowadzającym się do tego, że Kolumb był tu przed czterystu laty z zapowiedzią przyjazdu „Dzikiego Zachodu" Buffalo Billa. Burke naprawdę to zrobił. Później dotarła do mnie opowieść, że jeden z Indian popatrzył na pomnik i powiedział: „To był dla nas czarny dzień, kiedy ten gość odkrył Amerykę". Nic takiego się nie wydarzyło, a ja tam byłem. Siuksowie w tamtych latach nie wiedzieli nic o Kolumbie poza tym, że nigdy go nie widziano w okolicy Montany i Dakoty, o sobie zaś myśleli jako o Lakotach, a nie jakichś „Indianach", „Ameryka" natomiast z ich punktu widzenia to była ta część kraju, gdzie żyli biali, włącznie z czarnymi białymi ludźmi.

Dalszy kłopot w Hiszpanii polegał na tym, że od chwili, kiedy zostaliśmy objęci kwarantanną, nie mogliśmy wyjechać, mimo że nikt już nie kupował biletów, w końcu jednak w styczniu wydostaliśmy się stamtąd i popłynęliśmy na Sardynię i Korsykę. Ta druga była miejscem urodzenia Napoleona Bonaparte i Siuksowie pamiętali go, bo widzieli jego grób w Paryżu, a kiedy wspomniałem, że był niskiego wzrostu, nazwali go Małym Wielkim Człowiekiem, chyba z całą powagą.

Potem przyszła kolej na Neapol z pobliską górą Wezuwiusz.

– To jest ta buchająca ogniem góra, którą widział Czarny Jeleń – powiedział mi zaraz pierwszego dnia Czerwona Koszula.

– Nie widzę tam żadnego ognia.

– To ona – stwierdził ponad wszelką wątpliwość, ale zupełnie nie miałem pojęcia, skąd on to może wiedzieć.

W kilka dni później zwiedziliśmy ruiny miasta Pompei, które zostało przed wiekami zasypane popiołem wulkanicznym i teraz je odkopywano, tak więc Czerwona Koszula miał rację, jeżeli chodzi o tę górę.

W Pompei za czasów jej świetności było przynajmniej tyle domów publicznych, ile po wielu stuleciach w Dodge City, ale różnica polegała na tym, że na ścianach pompejańskich burdeli malowidła przedstawiały dostępne tam rozrywki. Indianie interesowali się nimi, bo pewnych rzeczy dowiadywali się po raz pierwszy, podczas gdy dla wielu kowbojów nie stanowiło to nowości, ale szokował ich fakt pokazywania tego w miejscu publicznym, o co mieli pretensję do Włochów. Mówili, że nie powinniśmy wpuszczać ich zbyt wielu do Stanów, bo nam zrujnują moralność, a poza tym ci obcokrajowcy są tak ciemni, że przekręcają nazwisko Chrisa Kolumba na Cristoforo Colombo i twierdzą, że był jednym z nich. Muszę przyznać, że wówczas sam nie wiedziałem, jak sprawa ma się naprawdę, bo dopiero co przyjechaliśmy z Hiszpanii, gdzie też się do niego przyznawano, tylko tam nazywano go Cristóbal Colón!

Na szczęście Butlerowie mieli zwiedzać Pompeję następnego dnia, mogłem więc ostrzec Franka, żeby trzymał Annie z daleka od świńskich obrazków.

Cody miał wielkie plany w związku z Rzymem i chciał dawać przedstawienia w Koloseum, gdzie kiedyś walczyli gladiatorzy i karmiono lwy chrześcijanami, ale stwierdził, że budowla w ciągu wieków została zaniedbana i jest na pół ruiną. Pomysł, żeby udać się do Watykanu i uzyskać prywatną audiencję u papieża Leona, sprawdził się lepiej.

Osoby udające się na spotkanie z papieżem powinny ubrać się odświętnie, co oznaczało fraki i cylindry dla mężczyzn, ale że to nie pasowało do Indian (choć wiem, że im mogłoby się to spodobać), John Arizona Burke uzyskał dla Siuksów specjalne pozwolenie na przybycie w strojach, w jakich występowali na przedstawieniu, ale oni jeszcze go przebili. Cody na tę okazję udawał katolika, ale Burke był nim autentycznie i długo się rozwodził do Indian o tym, kim i czym jest papież i jak się należy podczas spotkania z nim zachowywać: nie podniecać się, nie wydawać okrzyków i tak dalej. Na to oni wyciągnęli swoje najlepsze stroje i ozdoby, których w większości nigdy wcześniej nie widziałem: wyszywane paciorkami koszule z najlepszej jeleniej skóry, ozdobne kołnierze i napierśniki, najbardziej imponujące pióropusze.

Rzecz jasna nikt nie mógł równać się ze starym papieżem, jeżeli chodzi o wystawność, z jego tiarą i wymyślnymi szatami wyszywanymi złotem, z tym, jak kilku wielkich, barwnie umundurowanych mężczyzn wniosło go na tronie trzymanym na wysokości ramion, z muzyką rogów i śpiewem chórów. Poprzedzała go dostojna procesja kardynałów, biskupów i innych takich, wystrojonych od stóp do głów w jedwabie i atłasy, i mogę powiedzieć, że na Indianach zrobiło to większe wrażenie niż wszystko, co oglądali w Europie, bo tego rodzaju spektakl z dźwiękiem, barwą i ruchem znaczył dla nich więcej niż jakikolwiek budynek czy maszyna.

Kiedy tłumaczyłem to, co Burke mówił im o papieżu, postarałem się, żeby potraktowali to z powagą, chociaż pojęcia białej religii (nie mogę powiedzieć, że sam je zbyt dobrze rozumiałem, mimo że zarówno mój ojciec, jak i ojczym pracowali, że tak powiem, w branży) niełatwo było ściśle wyrazić w języku Lakotów.

Okazało się (czego nie wiedziałem), że niektórzy z nich zostali ochrzczeni przez katolickich misjonarzy w rezerwacie i Burke nie całkiem minął się z prawdą, kiedy nazwał ich na wieży Eiffla katolikami, ale jeżeli tak, to byli katolikami swoistego rodzaju, co się okazało, kiedy po powrocie z Watykanu do obozu stwierdzili, że Mały Pierścień – jedyny członek ich zespołu, który nie pojechał na spotkanie z papieżem, bo nie wstał na czas – został w łóżku dlatego, że zmarł na atak serca, jak stwierdzili włoscy lekarze.

Po tej wiadomości Siuksowie zmienili swoje pozytywne jak dotąd zdanie o papieżu, bo skoro przemawiał w imieniu Boga, to dlaczego nie poprosił Go, żeby nie zabijał Małego Pierścienia, akurat kiedy cała reszta szykowała się do złożenia mu wizyty w swoich najlepszych ubraniach? Lekarze określili, że śmierć nastąpiła w nocy, Burke nie mógł więc oskarżyć Małego Pierścienia, że nie chciało mu się wstać, przez co ściągnął na siebie gniew Wszechmocnego, co by z całą pewnością zrobił, gdybym mu nie odebrał tego argumentu.

Rozczarowani do papieża w tej sprawie, Indianie poczuli się ośmieleni do dalszej krytyki: chociaż był bardzo bogaty i mieszkał w najwspanialszym domu, jaki kiedykolwiek widzieli, przez całą wizytę ani razu nie poczęstował ich jedzeniem, co świadczyło, że albo był zbyt skąpy, żeby być głosem Boga, albo nie wiedział, jak należy podjąć gości, w którym to przypadku jego związki z Wszechmocnym były widocznie niezbyt bliskie.

Tłumacząc, nie przekazywałem wszystkich negatywnych uwag Burke'owi, który był przejęty spotkaniem z najważniejszą dla katolika osobą na świecie, bo nie uważałem, żeby wyszło z tego coś dobrego dla Indian albo dla niego. Papież miał swoje zwyczaje, a Siuksowie swoje, i żeby wam pokazać, jak wielka była między nimi różnica, powiem, że kiedy zamiast przetłumaczyć pytanie Burke'owi, wziąłem odpowiedź na siebie i wyjaśniłem, że papież nie może nikogo karmić i sam musi być karmiony, bo nie ma żony, która mogłaby gotować, Indianie uznali, że powinien się jak najszybciej ożenić.

Możliwe, że to właśnie przeżycie zniechęciło Indian do Rzymu, ale nie lubili tego miasta i uważali, że ludzie na ulicy się z nich wyśmiewają, ale nie mogę powiedzieć, czy tak rzeczywiście było, bo Włosi byli z natury towarzyscy i weseli, i może tylko chcieli być mili: nie znałem ani jednego słowa w ich języku.

Indianom nie podobało się też nieustanne nagabywanie, żeby coś kupili, a w Rzymie zdarzało się to na każdym kroku, ludzie wyciągali ręce nie po to, żeby je uścisnąć, tylko żeby w nie coś włożyć, tak więc bez żalu powędrowaliśmy do innych miast, z których większość po upływie lat zlewa się w mojej pamięci, bo wszystkie zapełniały bardzo stare kamienne budynki, z czego połowę stanowiły kościoły stojące wzdłuż bardzo wąskich, brukowanych ulic. Wielkim wyjątkiem była Wenecja, w której było co prawda tyle samo kościołów, ale główne ulice miały nawierzchnię z wody.

Jak tylko znaleźliśmy się w tym mieście, Burke w swojej wiecznej pogoni za reklamą załadował Buffalo Billa, mnie i zbyt wielu Indian do gondoli, która zanurzyła się równo z burtami, zanim ktokolwiek coś zauważył – poza przednim i tylnym gondolierem, którzy wrzeszczeli po włosku, czego nikt nie rozumiał, nie mówiąc już o tym, że we Włoszech zwykła rozmowa polega głównie na wrzasku.

Siuksowie, choć znajdowali się w nietypowych dla siebie okolicznościach, widzieli, co się dzieje, ale duma nie pozwoliła im okazać zaniepokojenia. W końcu jednak wysadziliśmy kilku pasażerów i popłynęliśmy na Canale Grande, żeby zrobić parę fotografii na tle tego pięknego budynku, który nasi kowboje (i ja też) nazywali Psim Pałacem, póki nas nie sprostowano.

Potem robiono nam jeszcze zdjęcia przed bazyliką Świętego Marka na końcu wielkiego placu pełnego gołębi, na który ściągały tłumy ludzi, po to, jak myślę, żeby się dla odmiany oddalić nieco od wody, bo wszędzie w mieście ma się ją tuż za progiem, a czasem, przy dużej fali, jak słyszałem, również w pokoju. Wkrótce wielu z nas – i białych, i czerwonych – zaczęło tęsknić za domem i suchymi wiatrami Wielkich Równin po każdym powiewie znad kanałów w dniu, kiedy od nich zalatywało, to znaczy prawie co dzień.

Następnym krajem, do którego pojechaliśmy tej wiosny roku dziewięćdziesiątego, były Niemcy, gdzie miejscowi mówili jeszcze jednym nie znanym nam językiem i gdzie oglądaliśmy kolejne stare domy i zamki, a także wioski zabudowane jakby dużymi domkami dla lalek, ale myślę, że na całym świecie nikt bardziej od Niemców nie interesował się wszystkim, co miało związek z Dzikim Zachodem, bo pewien gość nazwiskiem Karl May, który nigdy nie postawił stopy w Stanach Zjednoczonych, zaczął już tu pisać powieści o Pograniczu, przedstawiając je, jak mi później mówiono, w sposób mający niewiele wspólnego z rzeczywistością, ale przecież to samo można powiedzieć o większości filmów na ten temat, robionych w Kalifornii, a nie w Dojczlandzie, jak nazywają swój kraj sami Niemcy.

Tak czy inaczej, ze wszystkich miejsc, które odwiedziliśmy, w Niemczech, i to niezależnie od miasta, spotykaliśmy się z najgorętszym przyjęciem, bo Niemcy przykładają się do wszystkiego, co robią, czy to będzie coś złego, czy dobrego. W późniejszych latach słyszałem, że Karl May był ulubionym pisarzem Hitlera i pewnie Adolf, tak jak Winston Churchill przed nim, z radością obejrzałby „Dziki Zachód", gdyby jako chłopiec miał taką okazję.

Kiedy dotarliśmy do Niemiec, podziw ze strony białych ludzi w różnych krajach przestał już być dla Indian nowością i znudziło im się oglądanie cudów cywilizacji, które biali stworzyli przed wyruszeniem za ocean do kraju, w którym nic takiego nie istniało, i tam zaczęli wszystko od zera, co nie miało sensu.

– Po co robić to wszystko od początku, kiedy wszystko już tu było? – spytał mnie kiedyś Dwa Ogony.

– Myślę, że ci, którzy popłynęli za ocean, nie mieszkali w tych wielkich, pięknych domach i nie mieli władzy, udali się więc na nowe miejsce, gdzie mieli większe szanse na zdobycie tych rzeczy, niż gdyby zostali tutaj – odpowiedziałem mu szczerze. – Ameryka wydawała im się pustym krajem, nie wykorzystywanym przez nikogo poza garstką Indian, którzy nie potrzebowali aż tyle przestrzeni.

– Myślę – odpowiedział – że wszystko mogłoby być dobrze, gdyby tych białych nie przyjechało tak dużo. Byłem zaskoczony, kiedy po raz pierwszy zobaczyłem wielkie miasta w Ameryce. W zasięgu strzału z łuku w Nowym Jorku znajduje się więcej ludzi, niż było Lakotów i naszych przyjaciół nad Tłustą Trawą, czyli podczas największego zgromadzenia normalnych ludzi w dziejach. W zasięgu strzału z karabinu znajduje się więcej nowojorskich wasichu, niż jest na świecie wszystkich Lakotów, Szjelów i Arapahów, nawet łącznie z Krukami, Paunisami i wszystkimi naszymi wrogami. Ale miasta po tej stronie wody są chyba jeszcze bardziej zatłoczone.

– W wielu z nich mieszka dużo biednych ludzi, którzy nie widzą tu przed sobą żadnej przyszłości – wyjaśniłem – możemy więc spodziewać się, że nadal będą przybywać do Ameryki w poszukiwaniu lepszego życia.

Powiedział, że przykro mu jest to słyszeć. Podobnie jak większość znanych mi osób, niezależnie od barwy skóry, nie potrafił patrzeć na sprawy inaczej jak z własnego punktu widzenia. Indianie z Równin uważali, że ludzie powinni żyć w małych grupach, luźno związanych z plemionami, które same nie były zbyt liczne, przenosząc się z miejsca na miejsce mniej więcej według własnej woli w poszukiwaniu bizonów. W ten sposób nigdy się nie zbuduje katedry ani pałacu, fabryki ani huty, ale rzecz jasna nie ma takiej potrzeby.

Tak czy inaczej, byliśmy już w tych rozjazdach od przeszło roku i nasi Indianie nie tylko stęsknili się za domem, ale niektórzy też chorowali, a paru, tak jak Mały Pierścień, zmarło na ospę, suchoty lub podobne choroby, nie z powodu złego traktowania ani niedożywienia albo z powodu czegoś, co Cody zrobił albo czego zaniedbał, ale to właśnie w Niemczech dowiedział się, że w kraju jest o to wszystko oskarżany przez pewnych urzędników, kongresmanów, dziennikarzy i inne osoby, z których jedną mógłbym na pewno wymienić z nazwiska, i bez wątpienia sam znalazłbym się w tym towarzystwie, gdybym swego czasu związał się z Amandą. Oskarżenia te były zupełnie bezpodstawne, jeżeli chodzi o „Dziki Zachód" Buffalo Billa, ale nie byliśmy jedynym zespołem, który zatrudniał Indian. Doc Carver, dawny wspólnik Cody'ego, miał własne widowisko, z którym dotarł aż do Moskwy, był też Joe Meksykanin i inni, i nie wiem, jak oni, ale przysięgam, że Indianie nie mieli najmniejszego powodu do skarg na Williama F. Cody'ego.

Jednak kiedy tego lata odesłał pięciu chorych Siuksów z Niemiec do kraju, jego wrogowie polityczni skłonili jednego z nich, Białego Konia, żeby powiedział dziennikarzom, że Buffalo Bill dawał im za mało jedzenia, od czego chorowali, a kiedy byli zbyt słabi, żeby występować, odsyłał ich do domu jako bezużytecznych. Znałem Białego Konia i nie nazwę go kłamcą, ale wszystko to była nieprawda, podejrzewam więc, że ktoś go upił i podpowiedział mu, co ma mówić, albo co bardziej prawdopodobne, to, co mówił w swoim języku, zostało przekręcone przez urzędnika imigracyjnego nazwiskiem O'Beirne, twierdzącego, że zna biegle język, jednak jego tłumaczenia jakoś zawsze były zgodne z jego przesądami.

Znajdowaliśmy się wtedy w mieście Berlinie, gdzie jak się ruszy łopatą, to człowiek się dokopie nie do ziemi, tylko do piasku, co zainteresowało naszych Indian bardziej niż nowe okazy architektoniczne, naoglądali się też już za dużo wojskowych. Otóż w tym Berlinie konsul generalny Stanów Zjednoczonych wręczył Cody'emu list od komisarza do spraw Indian, zawierający listę skarg na złe traktowanie zatrudnionych przez niego czerwonoskórych.

Buffalo Bill był dotknięty do żywego tymi oskarżeniami, ale – ze swoim charakterem – nigdy nie tracił czasu na złoszczenie się ani na myśli o zemście, tylko rozważał możliwe skutki praktyczne. Gdyby komisarz zabronił wykorzystywania Indian w widowisku, oznaczałoby to koniec całego interesu, bo nikt nigdzie na świecie nie płaciłby za oglądanie samych kowbojów bez Indian. Jak się zastanowić, to każdy może nałożyć kapelusz z szerokim rondem i ostrogi, a potem siąść na konia, chwytać bydło na lasso i strzelać, choć może nie tak celnie jak Annie, ale nawet największy pióropusz i pomalowana twarz nie zmienią cię w Indianina. Indianinem trzeba się urodzić. A chociaż biali zabili tylu czerwonoskórych, ile się dało, i odebrali im ziemię, to wszędzie na świecie biali byli czerwonymi zauroczeni. Nie jako aktorami, bo takie przedstawienie, jakie dawał Cody w codziennej imitacji bitwy nad Little Bighorn, dałoby się wystawić z przebranymi białymi, ale przez sam fakt ich istnienia: to te niezwykłe istoty, coś pośredniego między światem ludzkim a zwierzęcym, nadawały „Dzikiemu Zachodowi" niepowtarzalny charakter.

Wszędzie były konie i bizony albo ich odpowiedniki, a także góry, pustynie i rozległe otwarte przestrzenie, inne kolorowe rasy oraz mnóstwo gwałtów i okrucieństw po każdej stronie, zarówno tej silniejszej, jak i tej słabszej, ale Indianin z plemienia wojowników, jeżeli tylko nie próbował cię w danym momencie zabić, stanowił idealne połączenie

433

wszystkich cech, jakie ludzie cywilizowani chcą widzieć w dzikusach. Wprawdzie w widowisku wszystko było na niby, ale wśród tych Siuksów mogli być przecież tacy, którzy wycięli oddział Custera i pokiereszowali ciała zabitych, a przy tym mieli żony i dzieci, czasem się nawet uśmiechali, sprzedając swoje fotografie, i zawsze byli nie mniej uprzejmi niż Europejczycy, a znacznie bardziej niż Amerykanie.

Tymczasem Cody zdecydował się na typowe dla niego śmiałe pociągnięcie – przeniósł białą część „Dzikiego Zachodu" do Alzacji-Lotaryngii, która w zależności od sympatii mówiącego stanowiła niemiecką część Francji albo francuską część Niemiec, gdzie miała przezimować i oczekiwać jego powrotu na wiosnę, a sam ze mną, Salsburym, „majorem" Burke'em i paroma innymi zabrał wszystkich Indian do Stanów, żeby dali odpowiedź na fałszywe oskarżenia pod jego adresem, wysuwane rzekomo w ich imieniu.

Kiedy dopłynęliśmy na miejsce, Siuksowie udali się do Waszyngtonu, D.C., w towarzystwie Salsbury'ego i Burke'a i podczas gdy John Arizona prowadził kampanię propagandową mającą podważyć oskarżenia przeciwko widowisku z taką samą skutecznością, z jaką promował „Dziki Zachód", Indianie odwiedzili biuro komisarza, gdzie stwierdzili, że Cody karmi ich tak dobrze, że urosły im brzuchy, i płaci im tyle, że mogą dużo pieniędzy wysyłać rodzinom w kraju. Jeżeli rząd zabroni im występować, będą znów biedni. A potem prezydent Ben Harrison zaprosił ich do Białego Domu.

Nie wiadomo, czy to wystarczyłoby, żeby uciszyć tych, którzy podobnie jak tylu reformatorów, misjonarzy i polityków wiedzą lepiej od ludzi, co jest dla nich dobre, nawet jeżeli ci protestują, ale sprawa została odsunięta w cień przez znacznie poważniejszy problem z Indianami, po raz pierwszy obejmujący więcej niż jedno plemię i jego sojuszników. Tym razem zjednoczyło się wielu dawnych wrogów.

Był to ruch religijny zrodzony z wizji członka plemienia Pajutów imieniem Wovoka z Terytorium Nevady, który uwierzył, że jeżeli Indianie ze wszystkich plemion będą tańczyć Taniec Duchów, ziemia poruszy się i przysypie wszystkich białych, a także to, co z nimi przyszło: kwadratowe domy, żelazną drogę, śpiewające druty i cały ten śmietnik, a czerwony człowiek zostanie uniesiony do nieba i wróci na nową ziemię razem z bizonami i wszystkim, co było dobre w dawnych czasach.

Możecie spytać, czemu nie pozwolić tym nieszczęśnikom cieszyć się ich przywidzeniami? Wiele lat wcześniej, kiedy jako młody człowiek mieszkałem wśród Czejenów, szykowaliśmy się do bitwy z kawalerią Stanów Zjednoczonych i pewien szaman imieniem Lód wystąpił z teorią, że jeżeli zanurzymy dłonie w wodzie określonego jeziora i podniesiemy je, kiedy żołnierze zaczną do nas strzelać, to pociski będą się wysypywać z luf karabinów i spadać im pod nogi. Zrobiliśmy tak, jak nam powiedział, ale pociski widocznie nic nie wiedziały o zaklęciu, jako że Lód nie znał zbyt dobrze języka ołowiu, w każdym razie takie wytłumaczenie usłyszałem z ust tych, którzy przeżyli. Ja jako biały, najszybciej jak tylko mogłem, poddałem się wojsku.

Chcę powiedzieć, że Indianie zawsze miewali takie pomysły i co jakiś czas mogło im się to nawet sprawdzać. Ale jeżeli się sprawdzało, to zawsze w szczególny sposób i nie dla całej gromady naraz, a już na pewno nic, co się przyśniło czerwonoskóremu mesjaszowi, nie mogło przepędzić białych ludzi za pomocą tańca. Wojsko niepokoiło się tym, że Indianie sami mogą dojść do tego wniosku i wspomóc Wszechobecnego Ducha przez przystąpienie do wojny.

Dowódcą, któremu podlegała ta część kraju, był generał Nelson Miles, i jak tylko zeszliśmy na brzeg, w hotelu czekał telegram od niego, zapraszający Buffalo Billa na spotkanie. To dlatego ani Cody, ani ja nie pojechaliśmy do Waszyngtonu z Salsburym, Burke'em i Indianami.

— Miles chce, żebym przyjechał do Chicago — powiedział Cody, przeczytawszy depeszę. — Martwi go stary Siedzący Byk.

— Co to ma wspólnego z Chicago?

— Tam mieści się teraz sztab generała. Jest dowódcą na cały okręg Missouri.

– Na czym polega kłopot z Siedzącym Bykiem?

– Wkrótce się tego dowiemy. Chcę, żebyś ze mną pojechał. Jesteś jego przyjacielem i znasz język. – Uśmiechnął się i uniósł jedną ze szklanek, które chłopak hotelowy przyniósł wraz z paroma butelkami, jak tylko weszliśmy do jego pokoju. – Poza tym jesteś dobrym kompanem w podróży. Weź drugą szklankę.

Pojechaliśmy więc do Chicago i spotkaliśmy się z Niedźwiedzim Płaszczem, bo tak Siuksowie i Czejenowie nazywali generała Milesa, który opowiedział nam wszystko, co wiedział o Tańcu Duchów i tym Indianinie używającym imienia Wovoka, ale znanym w armii jako Jack Wilson. Miles stwierdził, że to bardzo źle, że Siedzący Byk, który powinien być mądrzejszy, uwierzył w te bzdury albo cynicznie je wykorzystywał, dość że głosi je wśród wszystkich Siuksów z rezerwatu Stojący Kamień i usiłuje wzniecić powstanie.

Nie wierzyłem w to ani przez chwilę, bo Siedzący Byk, którego poznałem podczas jego pobytu w zespole „Dzikiego Zachodu", nie należał do ludzi głoszących cudze wizje, gdyż sam miał o sobie wielkie wyobrażenie jako o duchowym przywódcy, który przewidział wielkie zwycięstwo nad Tłustą Trawą. Nigdy jednak nie zaliczałem się do osób, z których zdaniem liczyliby się generałowie, nawet tak znani do tego czasu z rozsądku jak Niedźwiedzi Płaszcz. Postanowiłem ujawnienie prawdy pozostawić Cody'emu, jak tylko znajdziemy się w agencji Stojący Kamień na Terytorium Dakoty i odbędziemy rozmowę z Siedzącym Bykiem, bo o to Miles prosił Cody'ego.

W rzeczywistości chciał, żeby zrobił coś znacznie gorszego. Nie mogłem wprost uwierzyć, kiedy w pociągu na Zachód Cody pokazał mi rozkaz na piśmie, w którym Miles stwierdzał, że pułkownik Cody jest „upoważniony do zabezpieczenia osoby Siedzącego Byka i przekazania go najbliższej jednostce wojsk amerykańskich".

– Na litość boską, on chce, żebyś go aresztował?

– Spokojnie, Jack – powiada Cody. – Nie używaj imienia Pana Boga swego nadaremnie. Pogadamy trochę z Siedzącym Bykiem, przepłuczemy gardła i wkrótce wszystko się wyjaśni. Założę się, że to jakieś nieporozumienie. Stary wódz jest zbyt dobrym biznesmenem, żeby wdawać się w coś, co wygląda na wielce niepewne przedsięwzięcie. Miles może sobie myśleć, że to jest aresztowanie, ale ja mam zamiar zabrać Starego Byka na kolejne tournée.

To pokazuje, jak dalece Buffalo Bill utożsamił się już ze swoim wcieleniem człowieka świata rozrywki i dlaczego niektórzy uważali, że w rzeczywistości nigdy nie był na zachód od Chicago, tylko został wymyślony przez takich autorów tandetnych powieści, jak pułkownik Ingraham czy Ned Buntline.

W końcu dojechaliśmy do rezerwatu Siuksów na Terytorium Dakoty, gdzie agencją pod nazwą Stojący Kamień kierował niejaki McLaughlin, uważający się za wielkiego przyjaciela Indian, i to do tego stopnia, że wziął sobie żonę z plemienia Lakotów, ale jak w wielu podobnych przypadkach, jego uczucie do nich zależało od tego, czy postępują tak, jak on sobie życzy, co od początku oznaczało konflikt z Siedzącym Bykiem.

Kiedy ja i Cody zameldowaliśmy się w Fort Yates, pobliskim posterunku Armii Stanów Zjednoczonych, utrzymywanym na wypadek, gdyby Siuksowie za bardzo różnili się w poglądach od McLaughlina, dowodzący oficer wezwał agenta i pokazał mu rozkaz generała Milesa.

McLaughlin był niewiele wyższy ode mnie i nosił wielkie, czarne, obwisłe wąsy nad ustami, których kąciki też opadały w dół. Jego twarz przybrała jeszcze smutniejszy wyraz, kiedy przeczytał rozkaz.

Cody jak zwykle promieniował pewnością siebie.

– Jak panowie może wiecie, a może nie wiecie, Siedzący Byk i ja nie tylko blisko współpracowaliśmy profesjonalnie, ale chyba nie przesadzę, jak powiem, że łączy nas głęboka osobista przyjaźń. Jestem przekonany, że ten szlachetny stary człowiek i ja bardzo szybko sprawę wyjaśnimy.

Dowódcą placówki był autentyczny pułkownik nazwiskiem Drum, który jako rasowy żołnierz wiedział, że nie

należy okazywać choćby cienia krytyki wobec decyzji prze-
łożonego z Chicago.

– Pułkowniku Cody – powiada – przede wszystkim niech
mi będzie wolno powitać pana na naszym posterunku tutaj
w Yates. Pańska sława poprzedza pana i mam na myśli nie
tylko pańskie dokonania z widowiskiem o Dzikim Zachodzie, lecz także pańską wcześniejszą służbę zwiadowcy.

– Dziękuję panu, pułkowniku, i przedstawiam mojego
towarzysza, kapitana Jacka Crabba.

Wymieniłem uściski dłoni z Drumem, a potem z McLaughlinem, który, jak sądziłem, nie może już przybrać bardziej
ponurej miny, a jednak mu się to udało.

Spojrzawszy na mnie tak, jak prawdziwy oficer może
spojrzeć na tytularnego bez pozycji Cody'ego, i podawszy mi
rękę w taki sam sposób, Drum zwrócił się na powrót do
Buffalo Billa:

– Pułkowniku, pańskie życzenie jest dla mnie rozkazem,
ale zanim wyruszymy do farmy Siedzącego Byka nad rzeką
Grand, do której mamy kilka godzin jazdy, chciałbym zaproponować panu i pańskiemu towarzyszowi skorzystanie
z napojów orzeźwiających w naszym klubie oficerskim. Nie
będzie to nic równie luksusowego jak to, do czego pan niewątpliwie przywykł, ale mam nadzieję, że naszą whisky da
się pić.

Sława Cody'ego rzeczywiście go poprzedzała. Udaliśmy
się do wspomnianego klubu, który nie mógł się wprawdzie
równać z miejscami goszczącymi Buffalo Billa w Nowym
Jorku, ale był dość przyjemny, bo żołnierze stacjonujący na
takim odludziu niewiele mieli innych zajęć, a Cody nie był
snobem, jeżeli chodzi o picie, i potrzebował tylko butelki i namiotu, a i bez tego ostatniego mógł się obyć, jeżeli pogoda
była sprzyjająca. Rozsiadł się więc tam, jak się od razu zorientowałem, na długo, bo zebrała się wokół niego spora
grupka słuchaczy spośród młodych oficerów, co oznaczało,
że będzie tam siedział, dopóki nie wyczerpie się alkohol albo
wszyscy pozostali padną, bo ani w Ameryce, ani w Anglii,

438

ani na całym kontynencie europejskim nikt nie mógł się z nim równać w piciu, co udowodnił wobec całego świata. Ja zostałem tam tylko przez chwilę, bo zauważyłem, że jak tylko się okazało, iż Cody został unieruchomiony na dającą się przewidzieć przyszłość, agent McLaughlin i pułkownik Drum wymknęli się na zewnątrz. Nie miałem wątpliwości, że obaj są przeciwni misji Cody'ego i choć nie mogli otwarcie się jej przeciwstawić, gotowi są skrycie ją opóźniać, począwszy od pomysłu, żeby go upić.

Jeśli chodzi o mnie, to nie podzielałem optymistycznego przekonania Cody'ego, że uda mu się ściągnąć Siedzącego Byka na powrót do „Dzikiego Zachodu", gdzie siedziałby w pióropuszu na głowie i sprzedawał fotografie ze swoim autografem, bo słyszałem od świeżo przybyłych do zespołu Lakotów, że stary wódz dobrze sobie radzi jako farmer, mając sporo sztuk bydła i pola kukurydzy nad rzeką Grand, i to na dodatek w swoich ojczystych stronach, bo urodził się niedaleko, co jest dla Indianina zawsze ważne, choćby w swoich wędrówkach zapuścił się Bóg wie dokąd.

Nie miałem też zaufania do McLaughlina i Druma. Jako że zawsze odnosiłem się podejrzliwie do przedstawicieli władzy, co możecie uznać za typowe dla kogoś, kto nigdy nie zajmował żadnego stanowiska, wydawało mi się oczywiste, że ani agent do spraw Indian, ani oficer nie działają wyłącznie w interesie podległych sobie ludzi. A jeżeli powiecie, cóż, szkoda że stary Jack ma takie wyobrażenie o naturze ludzkiej, powołam się na to, że wielokrotnie znajdowałem się w niebezpiecznych sytuacjach, a jednak dożyłem jakoś swojego obecnego wieku.

Teraz chciałem się dowiedzieć, co knują ci dwaj za plecami Cody'ego, i ponieważ była niewielka szansa, że wyjawią mi to osobiście, skorzystałem z tego samego źródła, z którego wiele się dowiedziałem o Siódmym Pułku Kawalerii w drodze nad Little Bighorn, a mianowicie z podoficerów. Nikt, kto służył w wojsku, nie pominie okazji, żeby wylać żale na swoich przełożonych, a jak się zastanowić, dotyczy to nie tylko żołnierzy.

Tak więc w tym szczególnym przypadku zaopatrzyłem się w butelkę whisky z zapasu, który Cody przywiózł w swoim jak zwykle wielkim bagażu – który poza tym obejmował liczne stroje, bo gdziekolwiek się udawał, zawsze pozostawał Buffalo Billem, to jest grał swoją rolę – i tak długo kręciłem się przed sztabem pułkownika Druma, aż wyszedł stamtąd jakiś żołnierz z żółtymi belkami kaprala na granatowej kurtce i skierował się w poprzek „placu", jak w wojsku nazywają każdy kawałek wolnej przestrzeni w obrębie fortu (nawiasem mówiąc, większość fortów na Zachodzie nie miała żadnych palisad ani bram, jak to pokazują w filmach, a była tylko zbiorowiskiem budynków). Główne zajęcie żołnierzy stacjonujących w fortach i obozach polegało na sprzątaniu „placu".

Jak się okazało, od pierwszego razu trafiłem na żyłę złota.

– Halo, kapralu – powiadam do tego gościa – możecie mi powiedzieć, gdzie tu jest klub oficerski? Mam tam dostarczyć cały wóz dobrej whisky.

Wyciągnął gruby paluch z czystym paznokciem, co wówczas nie było częstym widokiem.

– Po drugiej stronie placu. – Spojrzał na mnie spode łba. – Pewnie dla klubu podoficerskiego nie masz nic?

Na podstawie jego akuratnie włożonej furażerki i wyglansowanych butów uznałem, że pełni w sztabie jakąś funkcję, a nie że został po prostu wezwany, żeby otrzymać opieprz.

– Nie, nie mam – odpowiedziałem. – Wiesz, jak to jest. Sam jestem starym wojakiem.

– Cóż, to się nie zmienia – on na to.

– Wiesz co? – powiadam. – Mam jedną dodatkową butelkę i zapraszam cię do zapoznania się z jej zawartością. Chyba że jesteś na służbie i nie możesz.

Uśmiech na jego szerokiej, piegowatej twarzy odsłonił jeden złamany w połowie ząb.

– Mam przynieść pułkownikowi koszulę z pralni, ale kazano mi zaczekać, gdyby jeszcze nie była uprasowana. Mam czas, ale lepiej zejdźmy z placu.

Poszliśmy więc do stajni, gdzie zawsze można znaleźć

spokojny zakątek, wyjąłem butelkę, która ciążyła mi w kieszeni marynarki, i pociągnęliśmy z kapralem Gruberem po kilka łyków, ale tak naprawdę to ja pociągałem, a on żłopał. Ważne, że jako ordynans pułkownika Druma mógł mi dostarczyć niezbędnych informacji.

Drum i McLaughlin chcieli opóźnić wyjazd Cody'ego do Siedzącego Byka, aż dostaną rozkaz odwołujący jego misję, a to musiało nieco potrwać, bo należało się zwrócić do kogoś powyżej generała Milesa, który wymyślił przysłanie Cody'ego, a wszystko to należało zrobić za pośrednictwem telegrafu pod warunkiem, że drut nie został nigdzie przerwany na długości tysięcy mil.

– Ale ja tam nie wiem – powiada Gruber – bo kto, jak nie Buffalo Bill może sobie poradzić z Siedzącym Bykiem? On ma to widowisko, które cała moja rodzina na Wschodzie ogląda za każdym razem, kiedy występują w ich mieście, jest bardzo bogaty i wszystkie kobiety są na jego zawołanie, jak ta Annie Oakley, którą widziałem na zdjęciu, ta mała jest naprawdę piękna i chętnie bym...

– Masz – mówię mu – pociągnij sobie. – Do czego nie trzeba go było zachęcać i podczas gdy gulgotał, spytałem: – Dlaczego tak im zależy, żeby nie spotkał się z Siedzącym Bykiem?

– Bo się boją, że z tego może być wojna – powiada Gruber. – Powiedzmy, że któryś z młodych narwańców, podburzonych przez tego starego drania, zabiłby Buffalo Billa, to wtedy musielibyśmy pojechać tam i przerobić ich na dobrych Indian, co, jeżeli o mnie chodzi, nie byłoby takim złym pomysłem. Złości mnie, że tyle razy ich roznieśliśmy, a oni wciąż jeszcze podnoszą głowę.

Powiedzenie generała Sheridana, że jedyny dobry Indianin to nieżywy Indianin, wyrażało uczucia wielu żołnierzy służących na Zachodzie, ale ja nie słyszałem go już od pewnego czasu, bo na Wschodzie, a zwłaszcza w Europie, większość białych odnosiła się do czerwonoskórych z sympatią, a nawet ze swoiście rozumianą przyjaźnią, poczułem się więc zaskoczony, ale wdawanie się w dyskusję z Gruberem w tym momencie nie leżało w moim interesie. Rzecz jasna kiedy Indianie znajdowali się w stanie wzburzenia, lepiej było mieć się na baczności. Jednak Siedzący Byk darzył Cody'ego dużym szacunkiem i byłem pewien, że nie pozwoliłby mu zrobić krzywdy, a co do Buffalo Billa, to był on człowiekiem pełnym życia, ale nie lekkomyślnym.

Zachęciłem Grubera, żeby dokończył butelkę, którą dotychczas dzieliliśmy. Nie moja sprawa, jeżeli zamelduje się u pułkownika Druma pijany w dym i bez tej świeżo upranej koszuli.

– Nie wiem – powiadam – myślałem, że Siedzący Byk został rolnikiem. Po co miałby chcieć wojny?

Kapral pociągnął długi łyk z butelki, po czym popracował wystającą grdyką.

– Ten stary śmierdzący sukinsyn robi, co chce. Słyszałeś, że trzyma w chacie białą dziwkę? To znaczy, nie w niewoli, bo wtedy byśmy tam pojechali i natychmiast ją uwolnili. Wyobraź sobie białą kobietę, która idzie na coś takiego, nawet jeżeli jest śmieciem.

Faktem było, że znane mi domy rozpusty nie przyjmowały klientów innej rasy niż biała, nawet te, które oferowały czarne dziewczyny, podobnie jak istnieli kolorowi fryzjerzy, którzy strzygli wyłącznie białych, a swoich nie. W przypadku Meksykanów sprawa zależała od tego, jak bardzo meksykański mieli wygląd. W tamtych czasach wydawało się to tak normalne, że nikt tego nie kwestionował. Ale podobnie jak wszystko, co słyszałem na temat Siedzącego Byka, począwszy od uzasadnienia jego aresztowania przez generała Milesa, uważałem to za mało prawdopodobne. Biali ludzie na ogół bardzo rzadko wiedzieli, co się dzieje wśród Indian, a w armii ta niewiedza była dziesięciokrotnie większa. Przykładem Custer, a przecież on był weteranem walk z czerwonoskórymi. Błąd polegał na doszukiwaniu się w działaniach Indian białego myślenia, idącego od punktu do punktu po linii prostej. Jest to niewątpliwie skuteczne, kiedy się myśli o elektryczności przy wynajdowaniu żarówki albo telefonu,

442

ale nie kiedy wbrew rzeczywistości robi się ze starego Siedzącego Byka podżegacza wojennego i dziwkarza.

Szykowałem się, żeby zapytać, jakie plany wobec Siedzącego Byka mają Drum i McLaughlin, jeżeli nie chcą ani pomocy Cody'ego, ani tego, żeby wysłać po niego wojsko, co groziłoby wojną.

Gruber uprzedził mnie, pociągając jednak najpierw wielki łyk whisky, bo pozwoliłem mu już na dobre przejąć butelkę w swoje ręce.

– Widzisz – powiada – ten McLaughlin to całkiem sprytna małpa. Wyszkolił oddział indiańskiej policji do radzenia sobie z lokalnymi kłopotami. Siuksom się to podoba, daj czerwonym mundury i trochę władzy nad swoimi, a będą się puszyć i uważać za strasznie ważnych. Rzecz jasna lepiej, żeby nie zaczęli się uważać za prawdziwych policjantów wobec nas, żołnierzy, bo następnego dnia puszyliby się w Krainie Wiecznych Łowów. Ale mogą nas uwolnić od brudnej roboty.

– Nie chcą więc, żeby to Cody aresztował Siedzącego Byka, tylko wyślą po niego indiańskich policjantów?

Gruber zmrużył czerwone już oko.

– Jedno trzeba przyznać temu McLaughlinowi: wie, jak się obchodzić z Indianami, jest przecież ożeniony ze squaw! Moim zdaniem, to bardzo wysoka cena. – Spojrzał na butelkę. – Chcesz to, co zostało? Masz cały wagon.

– Uznaj, że jest twoja – powiedziałem i zostawiłem go tam. Potem pokręciłem się po forcie, póki nie natknąłem się na Indianina ubranego w granatową kurtkę i żółty szalik, co okazało się mundurem policjanta, a nie ubraniem zdartym z zabitego żołnierza nad Tłustą Trawą, co brałem pod uwagę, póki nie zauważyłem jego odznaki.

Otóż jeżeli w owych czasach ubrało się Siuksa w taki strój, otrzymywało się kogoś, kto nie bardzo wiedział, kim jest, kiedy rozmawiał z białym człowiekiem nawet w swoim własnym języku. Nie chciał być fagasem białych, bo przez nich został strażnikiem swoich braci, więc tak naprawdę nie lubił ludzi, dla których pracował, i nie miał do nich zaufania, ale z drugiej strony Indianie są ludźmi jak my wszyscy, a to znaczy, że sprawiało im przyjemność rządzenie innymi ludźmi, co w ich przypadku dotyczyło tylko czerwonoskórych.

Wierzcie mi, że rozumiałem jego położenie, jako że sam tak często bywałem rozdarty między dwoma różnymi spojrzeniami, pochwaliłem więc jego strój, w skład którego wchodził czarny kapelusz z wypukłym denkiem – które Indianie zawsze woleli niż zagłębienie przez środek – na głowie tak krótko ostrzyżonej, jak tego wymagał major w swojej szkole. Było to niezwykłe u dorosłego, jeżeli wziąć pod uwagę, jakie znaczenie przywiązywali Indianie do włosów. Pomyślcie tylko, ci mężczyźni pochodzili z ludu, który zdzierał skalpy zabitym wrogom, a teraz pozbywał się swoich włosów w służbie u obcych.

– Moja żona – powiedział mi Wysoki Pies, bo tak się nazywał – chciała upiększyć tę kurtkę paciorkami i wyszywaniem, ale nie wolno nam tego robić. Ona nie może zrozumieć, dlaczego wszyscy mamy wyglądać jednakowo. Kobietom trudno jest myśleć po nowemu.

– Ale widzę, że nadal nosisz mokasyny.

– To jest dozwolone – powiedział Wysoki Pies na swój sztywny sposób. – Buty są zbyt niewygodne. Trudno było się przyzwyczaić do kapelusza i płaszcza, a zwłaszcza do spodni, i zdejmuję je, jak tylko kończę służbę i wracam do domu, ale nigdy nie potrafię zrozumieć, jak biali mogą chodzić w butach. Nie czuje się przez nie ziemi, zupełnie jakby człowiek miał przywiązane do stóp deski. Tylko Głowa Byka umie to robić i myślę, że dlatego mianowano go porucznikiem.

– Jestem pewien, że tak – mówię i zmieniam temat. – Chciałbym pomówić z tobą o Siedzącym Byku. Cody Długie Włosy i ja jesteśmy jego przyjaciółmi od czasu, kiedy kilka lat temu występował w widowisku Cody'ego. Słyszeliśmy, że ma teraz kłopoty, i chcielibyśmy mu pomóc.

Na ciemnej twarzy Wysokiego Psa pojawił się nowy wyraz. Pewna świętoszkowatość, kiedy mówił do białego człowieka z założenia aprobującego jego służbę w policji, ustąpiła miejsca czujności. Wyczuwałem, że uważa mnie za szpiega władzy, ale nie wiedziałem, jak do niego podejść, mając tak ograniczony czas. Gdybym miał na to tydzień, próbowałbym stopniowo zdobywać jego zaufanie, paląc z nim i jedząc, jednak o ile znałem Cody'ego, miałem czas tylko do rana, kiedy to wszyscy oficerowie będą już leżeć pod stołem.

– Siedzący Byk z żonami, dziećmi i końmi mieszka nad rzeką Grand – odpowiedział Wysoki Pies.

– Tak słyszałem – mówię i czekam chwilę, żeby powiedział coś więcej, ale na próżno. – Ciekaw jestem – ciągnę więc dalej – co on myśli o tym Tańcu Duchów, który interesuje nie tylko Lakotów, ale wiele innych plemion.

– Słyszałem o tym – poinformował mnie Wysoki Pies – ale za mało, żeby powiedzieć na ten temat coś ważnego, a kiedy byłem mały, ojciec nauczył mnie, żebym nie otwierał ust, jeżeli nie mam do powiedzenia czegoś ważnego.

Tak więc chociaż udało mi się uzyskać informacje od kaprala Grubera, niczego nie dowiedziałem się od Wysokiego Psa. Siuksowie z „Dzikiego Zachodu" opowiadali mi, że sprawy indiańskie uległy komplikacji na skutek pewnych posunięć białych. Dwa lata wcześniej prawo, nazwane Aktem Dawesa, proponowało sto sześćdziesiąt akrów ziemi każdemu Indianinowi, który się po nią zgłosi, a po przydzieleniu tych gruntów cała reszta rozległej krainy, obejmującej wschodnią część dzisiejszej Dakoty Południowej i należącej na mocy traktatu do Siuksów, miała zostać udostępniona białym ranczerom i farmerom po dolarze i ćwierć za akr. Większość wodzów początkowo sprzeciwiała się temu projektowi, który wymagał zgody trzech czwartych wszystkich dorosłych mężczyzn z plemienia Siuksów, ale w końcu rząd stwierdził, że zebrał wymaganą liczbę podpisów (chociaż przynajmniej ja nie wiem, czym się to różniło od zwykłego zbioru krzyżyków), w tym także niektórych wodzów początkowo przeciwnych temu pomysłowi, ale bez Siedzącego Byka. Za sprytny, żeby dać się nabrać na taki interes, był jednocześnie zbyt uparty, żeby udać, że się z nim godzi. Granicę kompromisu osiągnął, zostając farmerem, kiedy nie miał innego wyjścia, ale nigdy nie wyraziłby zgody na zniszczenie świata, w którym się urodził.

A teraz, kiedy pojawił się ten ruch wokół Tańca Duchów, wydawało się bardzo prawdopodobne, że poprze go choćby tylko na złość białym, więc władze postanowiły uwięzić starego wodza, zanim narobi jakichś kłopotów.

Z tego, co wiedziałem, ostatnim razem, kiedy aresztowano wybitnego przywódcę Lakotów, został on śmiertelnie zraniony w szamotaninie, której nikt nigdy nie potrafił należycie wytłumaczyć. Mam na myśli Szalonego Konia. Jeżeli ja od razu pomyślałem o tym wydarzeniu, to na pewno przypomni je sobie Siedzący Byk. Uznałem, że należy go ostrzec czym prędzej, nie czekając, aż Cody opróżni ostatnią butelkę w Yates, zostawiłem więc wiadomość w pokoju przydzielonym Buffalo Billowi i wyruszyłem nad rzekę Grand, pamiętając kierunek, bo przypomnę, że byłem tam w osiemdziesiątym piątym roku z Johnem Burke'em, kiedy werbowaliśmy Siedzącego Byka do „Dzikiego Zachodu".

Nie miałem konia i nie mogłem go pożyczyć, nie informując pułkownika Druma, dokąd się wybieram, poszedłem więc na piechotę. Czekało mnie trzydzieści mil drogi. Nie byłem już tak młody jak kiedyś i wkrótce zapadła noc, ale teren był przeważnie płaski i po chwili maszerowałem przy pomocnym blasku księżyca w czystym i rześkim powietrzu późnej jesieni.

O świcie dotarłem do rzeki i skierowałem się wzdłuż jej brzegu na zachód, a po następnej godzinie patrzyłem ze wzgórza na parę chat, zagrody i uprawne pola.

Ruszyłem w ich stronę, nie widząc żywej duszy i nie słysząc nawet szczekania psów, aż skręciłem za róg największej chaty z bali, a tam, zawinięty w czerwony koc, stał w drzwiach Siedzący Byk.

— Czy chcesz jeść? — powiada. A potem: — Jak daleko za tobą jest Długie Włosy?

— Jest jeszcze w Yates — odpowiedziałem. — Czy miałeś sen, że przybywamy?

— Nie — mówi. — Widziałem czyjś oddech na wzgórzu jakiś czas temu. Poznałem cię dopiero, jak doszedłeś do pola kukurydzy.

Wzgórze było odległe prawie o milę, pole kukurydzy o dobre dwieście jardów, a on nie widział mnie od pięciu lat!

– Chętnie coś zjem – powiedziałem. – Szedłem przez całą noc.

Jego pobrużdżona twarz, tak groźna nawet w chwilach spokoju, zmarszczyła się jeszcze bardziej ze zdziwienia.

– A przecież nie jesteś już tak młody jak kiedyś.

– Żaden z nas nie jest młodszy – odwdzięczyłem mu się, a on uśmiechnął się szerzej. Wspominam o tym z powodu rozpowszechnionego przekonania, że Indianie, zwłaszcza tacy jak Siedzący Byk, nie mają poczucia humoru. – Ale skąd wiesz, że ma tu być Długie Włosy, jeżeli tego nie wyśniłeś? Czy sięgasz wzrokiem do Fort Yates?

– Mam przyjaciół – stwierdził i na tym skończył.

– Chyba wiesz – powiedziałem – że Długie Włosy dobrze ci życzy. Niedźwiedzi Płaszcz poprosił go, żeby tu przyjechał, bo wie, że on cię lubi. – Nie miałem zamiaru wspominać o takich szczegółach jak aresztowanie. – Pahaska chce, żebyś wrócił do „Dzikiego Zachodu".

Pozwalając sobie na drobne odstępstwa od prawdy, powiedziałem mu, że stanowił największą atrakcję w dziejach widowiska; że kiedy powiedziałem Babci, królowej Anglii, że nosił medal z jej podobizną, stwierdziła, że to dla niej wielki zaszczyt, i chciała mu to przekazać osobiście; że Mały Świetny Strzelec bardzo za nim tęskni i że Cody podwoi mu gażę sprzed pięciu lat. Co do tego ostatniego, to gdyby się nie udało tego załatwić, dorzuciłbym swoje wynagrodzenie.

– Długie Włosy ma dobre serce – powiedział Siedzący Byk. – Jak wejdziemy do domu, pokażę ci biały kapelusz, który dał mi na pożegnanie, a w zagrodzie jest ten piękny siwy koń, który też był pożegnalnym prezentem od niego. Ale ja jestem starym człowiekiem, za starym, żeby wędrować z miasta do miasta, przebywać cały czas wśród białych, patrzeć na nich, na to, co zbudowali i co posiadają. – Jego twarz przebiegł skurcz. – Głowa zaczyna mnie boleć, kiedy nawet o tym pomyślę. To jest mój dom. – Jego brązowa, nadal krzepka ręka wysunęła się spod czerwonego koca i wskazała w kierunku rzeki. – Tam się urodziłem. Zbudowałbym chatę po drugiej stronie rzeki, ale biały człowiek z agencji powiedział mi, że ziemia na tym brzegu lepiej nadaje się pod uprawę, i posłuchałem go, tak jak zawsze słucham, kiedy ludzie mówią o sprawach, na których się znają lepiej ode mnie.

– Masz ładne gospodarstwo – mówię, rozejrzawszy się dokoła. – Jestem pewien, że jesteś dobrym farmerem.

Miałem nadzieję, że te uprzejmości wkrótce się skończą, bo choć nadal mieliśmy trochę czasu – zakładając, że Cody będzie spał do późna, kiedy wreszcie dotrze do łóżka, a potem będzie musiał tu dojechać – to zupełnie nie wiedziałem, co zrobi, kiedy Siedzący Byk odrzuci jego propozycję, gdyż Buffalo Bill żywił wielki szacunek dla armii i pochlebiało mu, że generał Miles powierzył mu tę misję. Dlatego chciałem jak najszybciej przejść do sedna sprawy, ale z Indianinem to nigdy nie jest takie proste, chyba, rzecz jasna, że się zostało znienacka zaatakowanym i wtedy nie ma czasu na rozmowy.

W każdej innej sytuacji należało zjeść, zapalić i rozprawiać przez dłuższy czas, zaczynając możliwie jak najdalej od tematu, i tylko stopniowo zbliżać się do niego, jako że dochodzenie do decyzji jest równie ważne jak sama decyzja. Powiedziałem to jakiemuś brodatemu jegomościowi we Francji podczas jednego z przyjęć, jakie tam wydawano na cześć „Dzikiego Zachodu", na co on odpowiedział, że to zadziwiająco przypomina jego teorię na temat poezji, filozofii i tak dalej, gdyż są Francuzi, którzy spędzają życie na zabawianiu się takimi problemami, jako że różni ludzie chodzą po świecie.

Tymczasem z ciężkim sercem widziałem, że Siedzącego Byka nie da się ponaglić.

– Wejdź i zjedz – powiedział, chowając ręce pod koc.

Weszliśmy więc do jego chaty, która prawie nie zmieniona od roku osiemdziesiątego piątego, składała się z jednej izby z długimi ścianami, gdzie na gwoździach wisiały rozmaite przedmioty: pióropusze, różne rodzaje broni, ubrania ze skóry i materiału, medale otrzymane przy podpisywaniu umów, a na honorowym miejscu – widoczne natychmiast po wejściu do środka – wielkie białe sombrero, które sprezentował mu Buffalo Bill. Gdyby nie prostokątne ściany, bardzo to wszystko przypominało wnętrze tipi, bo nie było tam żadnych mebli godnych tej nazwy, chyba że można by tak zakwalifikować kilka oddzielnych posłań ze skór bizonów i koców. Wódz zaprosił mnie, żebym usiadł na zwiniętej skórze.

– Kobieta zaraz przyniesie jedzenie – powiedział. – Poszła zebrać jajka. – Sam też usiadł naprzeciwko mnie. – Mam osiemdziesiąt kur – wyjaśnił. – Kobieta przygotowałaby posiłek szybciej, ale zanim cię rozpoznałem, robiła już co innego.

Uznałem, że chodzi o karmienie bydła, dojenie krów, noszenie wody z rzeki i im podobne normalne zajęcia, przy których pomagają nawet żony białych farmerów, ale u Indian w tamtych czasach były one wykonywane wyłącznie przez kobiety.

Przypomniało mi to zasłyszaną w forcie wiadomość o mieszkającej z nim białej kobiecie, ale że nie było grzecznego sposobu na poruszenie tego tematu, to nawet nie próbowałem.

I, jak się okazało, nie było takiej potrzeby, gdyż właśnie weszła do chaty z cynowym półmiskiem jedzenia. Miała na sobie długą, bardzo skromną suknię, w typie noszonych przez kobiety Lakotów, tyle że była ona z ciemnego materiału, bez żadnych ozdób, których nie miała też na sobie, żadnych naszyjników, kolczyków, bransolet. Jednak to, co ją najbardziej różniło od indiańskich kobiet, to była jej blada twarz w obramowaniu delikatnych włosów, które, choć przydałoby im się mycie, nadal miały kolor blond. Kiedy je ostatnio widziałem, były modnie upięte do góry.

Niewątpliwie miałem przed sobą Amandę Teasdale.

19. ŻYCIE NAD RZEKĄ GRAND

Mógłbym długo się tu rozwodzić nad uczuciami, jakie obudził we mnie widok Amandy, która postarzała się od naszego ostatniego spotkania, ale wystarczy powiedzieć, że było tych uczuć wiele i spadły na mnie nagle, a także że przez pewien czas zostałem z nimi sam na sam, bo oddając się swoim zajęciom indiańskiej squaw, której rolę, że tak powiem, odgrywała, ani razu nie podniosła na mnie oczu.

Zresztą natychmiast opuściłem brodę na pierś, kryjąc się pod rondem kapelusza, tak że nie mogła widzieć mojej twarzy dłużej niż przez sekundę, nawet gdyby spojrzała w moją stronę. Powinienem tu wyjaśnić, że nie zdjąłem kapelusza w domu nie przez brak szacunku, tylko dlatego, że Siedzący Byk mieszkał w chacie, jakby to było tipi, a tam siedziało się w dowolnym nakryciu głowy. Innymi słowy, zdejmowanie kapelusza w domu było pomysłem białych i Siedzący Byk mógłby się nawet czuć urażony, gdybym to zrobił w jego domu.

Amanda postawiła półmisek na podłodze między nami i wyszła.

Nie wiedziałem, co mam myśleć, i nie przychodziło mi do głowy nic, co mógłbym powiedzieć, a co nie zabrzmiałoby niewłaściwie, więc milczałem. Zapewne coś jadłem, ale w mojej głowie panowało takie zamieszanie, że robiłem to czysto automatycznie.

Siedzący Byk tymczasem pałaszował ze smakiem, oblizując stare, pomarszczone wargi. Ponieważ pora była zbyt późna na pierwsze śniadanie, widocznie był to jego drugi posiłek, i myślę, że ucieszył się z mojej wizyty choćby dlatego, że stanowiła okazję do ponownego przekąszenia.

Przeżuwał przez chwilę, po czym powiedział:

– To pierwsza biała kobieta, jaką spotkałem, która potrafi przyrządzić dobre jedzenie.

Jak już wspomniałem, ja nawet nie zauważyłem, że coś jem, nie mówiąc o zastanawianiu się nad smakiem.

– Ta druga była do niczego jako kucharka – ciągnął – ale umiała malować ładne obrazy. Pokażę ci potem jeden z nich.

Ucieszyłem się, że mogę do czegoś nawiązać.

– Była jeszcze jakaś biała kobieta? – spytałem.

– Poszła sobie – stwierdził. – Nie podobał się jej Taniec Duchów i jak to biała kobieta, musiała mi to powiedzieć, mimo że to nie była jej sprawa, nawet po tym, jak Widziana Przez Naród i Cztery Płaszcze wytłumaczyły jej, że postępuje niewłaściwie.

Wymienione kobiety to były dwie siostry, jego indiańskie żony od wielu lat. Annie Oakley nie lubiła słuchać, że każdą z nich kupił za jednego konia, chociaż Frank zawsze się z tego zaśmiewał. Annie dobrze wiedziała, że w owych czasach była to całkiem wysoka cena, ale nie potrafiła wierzyć, że mężczyzna może kochać kobietę zdobytą w taki sposób, nie mówiąc już o dwóch. Ale ona nie była Indianką.

– Nie wygoniłem jej – powiedział Siedzący Byk, chcąc pewnie, żebym nie pomyślał, że jest złym człowiekiem. – Rozzłościła się i odeszła.

Przypomniałem sobie, po co tu przyjechałem. Moje osobiste uczucia musiały ustąpić.

– Niedźwiedzi Płaszcz uważa, że siejesz zamęt tym Tańcem Duchów, i to samo myślą agent oraz żołnierze z fortu. Wszyscy są zgodni, że należy cię aresztować. Choć to jedzenie jest dobre, myślę, że powinniśmy jak najszybciej się stąd wynosić.

Siedzący Byk kiwnął głową i jeszcze przekąsił.

– Nie martw się – powiedział. – Wszystko zostało już ustalone.

Na podstawie moich dawnych doświadczeń ze Skórą Ze Starego Szałasu obawiałem się, że może dojść do jakiegoś takiego wniosku: nie ma sposobu, żeby wyperswadować Indianinowi coś, co zobaczył we śnie albo usłyszał od zwierzęcia. W tym przypadku był to, jak się okazało, skowronek, *sdosdona*, bo ten gatunek, jak wszyscy wiedzą, płynnie włada językiem Lakotów (nawet w tak uroczystym momencie Siedzący Byk nie omieszkał zakpić sobie z mojej rzekomo słabej znajomości jego języka). Ptaki zawsze były jego przyjaciółmi od dnia, kiedy jako chłopiec został napadnięty przez niedźwiedzia grizzly, a skowronek podpowiedział mu, żeby udawał oposa.

– Jeżeli *sdosdona*, mówiąc prawdę, uratował mi życie, może też przygotować mnie do śmierci – stwierdził. – Nie zdradził mi, kiedy zostanę zabity, ale powiedział mi, kto to zrobi.

Nie miało znaczenia, czy mu wierzyłem czy nie – a powiem wam, że i wierzyłem, i nie, bo zostałem wychowany jako Indianin, ale potem odwiedziłem wiele z największych światowych metropolii, spotykałem się z królowymi i papieżami, wszedłem na wieżę Eiffla, podróżowałem pociągami i parostatkami oraz stałem blisko osób, które rozmawiały przez telefon, a tymczasem on tu siedział na podłodze prymitywnej chaty z bali i jadł rękami, przesądny, czerwonoskóry zakuty łeb... łzy napływają mi do oczu, kiedy to mówię, bo obawiałem się, że wiem, o czym on mówi, jako że w gruncie rzeczy każdy z nas żyje w swoim własnym świecie.

– Wierzysz, że żołnierze w końcu cię zabiją?

Może i chciałby odejść w ten sposób, w jednej ostatniej walce. Potrząsnął swoją masywną głową, wprawiając w ruch warkoczyki, i parsknął:

– Żołnierze nigdy mnie nie obchodzili w całym moim życiu. To tylko wrogowie, silniejsi od Kruków i Paunisów, ale tylko wrogowie. Skowronek powiedział mi, że zabiją mnie moi ludzie.

Nie mogłem w to uwierzyć.

– Chyba nie chodziło mu o Lakotów.

– Tak – powiedział Siedzący Byk – i mówił prawdę. Nie miało znaczenia, czy mu wierzyłem czy nie, bo z całą pewnością on w to wierzył, a to rzecz jasna mogło i pewnie powinno zakończyć sprawę z mojego punktu widzenia. Lubiłem go, ale wątpię, żeby on żywił do mnie jakieś szczególnie bliskie uczucia, i nie miałem wobec niego żadnych zobowiązań, jakie bym miał, gdyby był Czejenem – nie należał do rodziny.

Zawsze jednak podziwiałem kogoś, kto niezależnie od koloru skóry do końca bronił swojego punktu widzenia, kiedy inni padali wokół niego. Pamiętacie może, że ta zasada określała moje uczucia wobec George'a Armstronga Custera, którego poza tym nigdy nie lubiłem. Jego pogląd, zgodnie z którym każdy, kto nie mógł być Custerem, zasługiwał na pogardę, dobrze mu posłużył w chwili śmierci. Tak samo było z Siedzącym Bykiem – jeżeli ptaszek powiedział mu, że umrze, traktował to jako dodatkowy dowód swojej duchowej wyższości nad wrogami, białymi czy czerwonymi, i wówczas śmierć mogła być widziana jako najwyższy sukces.

Ja jednak nie zamierzałem przyglądać się spokojnie, jak następny z moich przyjaciół zostaje zamordowany po tym, jak miał przeczucie zbliżającej się śmierci. Jeżeli tylko miałem odwagę o tym pomyśleć, odczuwałem wciąż wyrzuty sumienia, że nie zapobiegłem zabójstwu Dzikiego Billa Hickoka.

Zanim jednak zdołałem coś w tej sprawie zrobić, do izby weszła Amanda. Siedziałem do niej plecami, ale czułem ją i widziałem jej cień.

– Żółte Włosy nie nauczyła się dobrze języka Lakotów – powiedział Siedzący Byk – i trudno jest wytłumaczyć jej, co ma robić. Dwa Płaszcze i Widziana Przez Naród nauczyły ją oczywiście tego i owego, ale jeżeli chce być pożyteczna, powinna mówić naszym językiem.

Zauważcie, że nie poprosił mnie, żebym był między nimi tłumaczem. Propozycja musiała wyjść ode mnie, ale właściwie nie mogłem się od tego wykręcić, a zresztą i tak prędzej czy później musiałem się przed nią ujawnić, choć bałem się tej chwili.

Zapytałem więc Siedzącego Byka, co chce jej teraz powiedzieć, na co on spytał mnie, czy chcę jeszcze jeść, a kiedy stwierdziłem, że nie, on powiedział: *Henana*.

– On już nie chce więcej – mówię do Amandy, która nadal stała za moimi plecami.

Wtedy ona podchodzi i kuca, żeby zabrać talerz, i tym razem mnie widzi, bo jest tak nisko, że może zajrzeć pod rondo mojego kapelusza, ale nadal się nie odzywa.

– Dzień dobry, Amando – mówię.

– Dzień dobry, Jack – mówi ona, po czym bez wysiłku wstaje i wychodzi.

Siedzący Byk też się nie odzywał, ale uznałem, że jestem mu winien wyjaśnienie.

– My się z nią znamy – stwierdziłem, a ponieważ nadal nic nie mówił i mógł, na przykład, przypuszczać, że należymy do tego samego białego plemienia, w którym wszyscy się znają tak jak jego Hunkpapowie, przedstawiłem sprawę w uproszczony sposób, mówiąc, że poznaliśmy się w Nowym Jorku, który przecież i on odwiedził z „Dzikim Zachodem" w roku osiemdziesiątym piątym.

– Jeżeli chcesz, możesz ją ze sobą zabrać – powiedział Siedzący Byk. Mimo wieku i dość pokaźnej tuszy, którą zawdzięczał posiłkom takim jak ten, on również podniósł się bez widocznego wysiłku.

Tymczasem ja, choć nadal szczupły jak młody chłopak, czułem swoje lata i to, że od dawna nie jadałem, siedząc na ziemi.

Moje kolana nie były tak giętkie jak kiedyś, a poza tym przeszedłem w nocy około trzydziestu mil i czułem to w nogach. Wreszcie jednak i ja podniosłem się do pozycji stojącej.

– Porozmawiam z nią później, jeżeli pozwolisz – mówię.

– Będę zadowolony – odpowiedział Byk. – Nie zapraszałem jej tutaj, ale nie mogę jej stąd wyrzucić. Wydaje się osobą sympatyczną, ale jej obecność stawia mnie w niezręcznej sytuacji i pozostałym Hunkpapom nie bardzo się to podoba, zwłaszcza teraz, w czasie Tańca Duchów.

Muszę wyjaśnić, dlaczego ten sławny wódz i czarownik

plemienia groźnych wojowników Siuksów nie mógł się pozbyć niepożądanego gościa – z powodu prawa gościnności. W dawnych czasach Indianin był w sytuacji bez wyjścia, jeżeli jego najgorszy wróg znalazł się w jego tipi; gdzie indziej mógł mu poderżnąć gardło, ale w swoim domu musiał go traktować jak gościa, karmiąc go i dając mu schronienie na noc, jak długo tamten zechce. Jednym z największych przewinień dla Indianina z Równin był brak hojności.

Weźmy tę włoską rodzinkę Borgiów, o której słyszałem, kiedy byliśmy tam z „Dzikim Zachodem", bo miała ona dużą władzę w czasach, kiedy budowano wiele tych starych pałaców i kościołów, które zwiedzaliśmy. Byli oni podobno znani z tego, że zapraszali ludzi na posiłek, a potem sypali im truciznę do jedzenia i napojów. Żaden znany mi Indianin nie zrobiłby czegoś takiego – co należy podkreślić, kiedy się wskazuje ich niewielki wkład w historię światowej architektury.

– Powinieneś zobaczyć obraz, na jakim mnie namalowała ta druga biała kobieta. – Bez wątpienia mówił o poprzedniczce Amandy. – Wisi w tej drugiej chacie, gdzie kobiety mogą sobie na niego patrzeć.

– Jak ona się nazywa? – spytałem.

– Nie pamiętam – mówi – bo to imię trudne do wymówienia. Ale zobaczysz je zapisane na obrazie, kiedy pójdziesz go oglądać.

– Żółte Włosy nosi białe imię Amanda Teasdale. – Nie wiem, skąd mi przyszedł pomysł, żeby o tym wspomnieć, bo dla niego to nic nie znaczyło.

– Byłbym zadowolony, gdyby sobie poszła – powiedział. – Jeżeli chcesz, możesz jej to dać do zrozumienia.

– Dobrze – powiadam i wiedząc, o co mu chodzi, dodałem: – zrobię tak, żeby uważała, że to mój pomysł. Zrobię to zaraz, żeby nie zapomnieć. – I wyszedłem z chaty.

Cieszyłem się z pretekstu do rozmowy z Amandą teraz, kiedy już się przekonałem, że nie namówię Siedzącego Byka na wyjazd stąd przed przybyciem Cody'ego, na co nawiasem mówiąc, nie trzeba było długo czekać, sądząc z pozycji słońca. Choć nie pamiętałem, czy w ogóle coś jadłem, to posiłek ten wyraźnie zajął sporo czasu.

Jakieś indiańskie kobiety wchodziły i wychodziły z innych pobliskich zabudowań albo próżnowały niczym mężczyźni, a między nimi biegały małe dzieci i, jak się miało okazać, wszyscy byli krewnymi albo powinowatymi Siedzącego Byka: żonami, córkami, synami, zięciami i wnukami, choć niektóre dzieciaki były też jego. Wyglądało to jak wszystkie znane mi indiańskie obozowiska, tyle że domy były prostokątne, drewniane i nieprzenośne, a Siuksom nie pozwalano na dwie formy działalności, które poprzednio stanowiły istotę ich życia, a mianowicie na polowanie i wojnę, chyba że zaangażowali się do „Dzikiego Zachodu" Buffalo Billa i robili to na niby.

Amandę znalazłem za rogiem, gdzie zajmowała się ogniskiem. Dopiero teraz ujrzałem ją w pełnym świetle dnia: jeden policzek miała umazany sadzą – widocznie schylając się nad żarem, odgarnęła kosmyk włosów usmoloną ręką. Skraj jej spódnicy, za długiej na te warunki i ciągnącej się po ziemi, oblepiony był zaschniętym i stwardniałym błotem, a całe jej ubranie musiało być brudniejsze, niż się na oko wydawało, bo kiedy podchodziłem, dwukrotnie wytarła palce o spódnicę, która na szczęście była tak ciemna, że nie ujawniała czarnych plam, a tylko jasne, jak żółtawe błoto, i z tyłu wyglądała, jakby usiadła na czymś, co ulało się któremuś z najmniejszych dzieci.

Rozgrzebywała patykiem rozżarzone węgle, żeby szybciej zgasły. Widocznie nauczyła się tego od kobiet Siedzącego Byka. Ktoś biały pewnie zgasiłby ogień wodą, której nie brakowało w pobliskiej rzece, ale wtedy węgiel drzewny byłby nie do użytku, póki by nie wysechł, a mógł być potrzebny wcześniej. Prócz tego marnowało się wodę, którą nosiło się wiadrem. Koniec patyka zapalał się co jakiś czas i wtedy Amanda gasiła płomień, wkręcając patyk gwałtownym ruchem w ziemię.

Nie miałem czasu na nic poza najważniejszym, przynajmniej dla mnie, pytaniem.

– Amando – mówię – a gdzie się podziewa ten pani mąż?
Wyprostowała się, ocierając policzek lewą ręką i brudząc
go jeszcze bardziej.
– Mąż? – pyta, a w jej błękitnych oczach maluje się zdzi-
wienie. – Ja nie mam męża.
– Nie wyszła pani za mąż w Nowym Jorku?
Zrobiła minę jak mała dziewczynka, przewróciła oczami, kąciki jej ust uniosły się do góry, nigdy nie widziałem
u niej czegoś takiego, niezwykłego zwłaszcza w jej obecnej
sytuacji.
– Jack – powiada – ja nie wyszłam za mąż w Nowym
Jorku.
– Poszedłem do biura Przyjaciół Czerwonego Człowieka – mówię – i zastałem na drzwiach kartkę, że jest nieczynne, a dozorca powiedział mi...
– A – mówi ona – teraz już wiem, o co chodzi. Kiedy moja
współpracownica Agatha Wetling wychodziła za mąż, ślub
brała w Bostonie, a ja byłam jej druhną. Musieliśmy zamknąć biuro na kilka dni, oprócz sekretarza tylko my dwie
pracowałyśmy w biurze. – Pociągnęła nosem. – Za to mieliśmy za dużo osób w radzie fundacji, przeważnie mężczyzn.
Niedługo potem organizacja uległa rozwiązaniu. – Spuściła
głowę, poskrobała dymiącym jeszcze patykiem po ziemi i zaczęła mówić pod nosem, ale potem podniosła głos i udało się
jej przybrać wygląd wprawdzie zaniedbany, ale dumny. –
W końcu więc postanowiłam zrobić to, od czego powinnam
była zacząć, zamiast próbować zmagać się z kwestią indiańską na odległość: dotrzeć do sedna sprawy.
Natychmiast wróciła mi dawna sympatia do Amandy,
a jednocześnie uważałem, że się myli.
– Cóż – mówię – dotarła pani do właściwego człowieka.
Nie ma na całym świecie nikogo, kto byłby bardziej stupro-
centowym Indianinem niż Siedzący Byk, ale on wdał się
teraz w coś, w czym prawdopodobnie nikt nie potrafi mu
pomóc. Nawet jego starzy przyjaciele jak Buffalo Bill, który
nawiasem mówiąc, powinien się tu lada chwila zjawić.
– Och, tylko nie ten okropny szarlatan – powiedziała

457

Amanda z chłodną pogardą. Zaraz jednak spojrzała na mnie z prośbą w oczach. – Jack, czy nie możesz zrobić czegoś, żeby się go pozbyć? Jesteś jego znajomym.

Targały mną sprzeczne uczucia. Zazwyczaj nie potrafiłem odmówić Amandzie, a poza tym byłem przeciwny misji Cody'ego, tak jak ją określił generał Miles, ale nie wierzyłem, że naprawdę spróbuje aresztować Siedzącego Byka, myślałem natomiast, że może uda mu się namówić go do powtórnych występów w przedstawieniu. Poza tym istniało niewielkie prawdopodobieństwo, że Cody będzie mnie słuchał, jeżeli wyrażę odmienną opinię, a cokolwiek on zrobi, będzie lepsze niż akcja indiańskich policjantów chcących się wykazać władzą wobec swoich pobratymców.

– Amando, mówię to dla pani własnego dobra, proszę mi wierzyć. Wiem, że ma pani najlepsze zamiary, jak zwykle, ale... niech mi pani wybaczy to pytanie, to nie jest krytyka... zastanawiam się, co chciała pani osiągnąć, przyjeżdżając tutaj i pracując jak indiańska żona?

Dzięki Bogu nie poczuła się urażona tym pytaniem.

– Nagle uświadomiłam sobie – powiedziała – że wcześniej byłam nieszczera moralnie. Patrzyłam na tych ludzi z ogromnej odległości. Nawet wtedy, w szkole majora. – Uśmiechnęła się drwiąco. – A praca dla sprawy w odległym Nowym Jorku to już była groteska.

Poczułem wielką potrzebę bronienia jej, w tym przypadku przed nią samą.

– Cóż – powiadam – myślę, że musi się tam udać każdy, kto chce zebrać większe pieniądze. To prawda, że nie widuje się tam wielu Indian, poza występami Cody'ego, ale tutaj, na Zachodzie, gdzie jest pełno Indian, biali ich na ogół nienawidzą i nie okażą pani zrozumienia.

To jej trafiło do przekonania.

– Oni są okropni. Biedna Catherine Weldon! Gazeta nazwała ją białą squaw Siedzącego Byka, żyjącą w grzechu ze starym dzikusem. A w Fort Yates była obrzucana jeszcze gorszymi epitetami... przez białe żony, oczywiście.

– No widzi pani – mówię. – Założę się, że szło pani dobrze tam, na Wschodzie, w dodatku blisko Wall Street. Wprawdzie nie bardzo wiedziałem, o czym mówię, ale chciałem dodać jej otuchy.

Znów skrzywiła się drwiąco i podobnie jak poprzednio odnosiło się to nie do mnie, a do niej, i na jej twarzy wyraz ten nie był pozbawiony uroku.

– Szło mi tak dobrze, że z takim trudem zebrane pieniądze rozpłynęły się bez śladu, chociaż ani Agatha, ani ja nie wzięłyśmy centa poza pokryciem wydatków biurowych.

– Nie sądzę, żeby była pani jedyną osobą, która zetknęła się z oszustami w finansowej części przedsięwzięcia. Następnym razem będzie pani wiedziała, czego się wystrzegać.

– Nie będzie następnego razu – powiedziała Amanda. – Dostałam wystarczającą nauczkę.

Najpierw doprowadził mnie do rozpaczy Siedzący Byk, a teraz ona. Dlaczego tak jest, że ludzie, których lubimy, są zawsze najbardziej uparci? Nadszedł czas, żebym okazał zdecydowanie.

– Niech pani posłucha, Amando – mówię – jak długo ma pani zamiar tkwić tutaj i harować jak służąca? Nie jest pani Indianką i nigdy nią nie będzie. Pani się tylko bawi w Indiankę, bo w każdej chwili może pani wrócić do świata białych, jeżeli się to pani znudzi. – Odrzuciła głowę do tyłu i odwróciła wzrok. – I myślę, że stanie się to niedługo, bo indiańskie kobiety wykonują wszystkie ciężkie prace w obozie, podczas gdy mężczyźni nie robią właściwie nic, a według myślenia białych ludzi to nie jest w porządku.

– Ha! – wykrzyknęła i spojrzała na mnie.

– No dobrze – mówię – u białych, poza ludźmi bogatymi, kobiety też mają dużo zajęć, ale ich mężowie chodzą do pracy. Mówię tylko, że u Indian wygląda to inaczej, podobnie zresztą jak prawie wszystko inne, tyle tylko, że oni lubią robić to, co robią, a to obejmuje, w każdym razie obejmowało do niedawna, bycie bezlitosnym wobec wrogów, torturowanie, mordowanie, skalpowanie i bezczeszczenie trupów. Jeżeli pani najnowszy projekt polega na zostaniu squaw, to powinna pani pomyśleć, czego potrzeba, żeby wyciągnąć wnętrzności rannemu kawalerzyście, leżącemu na polu bitwy nad Little Bighorn. – Nawet mówiąc bez ogródek, tak jak w tym momencie, nie potrafiłem się zdobyć na powiedzenie jej, że czasem nie były to wnętrzności, tylko organy płciowe takiego nieszczęśnika, które potem wpychano mu w usta. – Jednak nie ma matki bardziej czułej niż Indianka, nie we wszystkim się więc od nas różnią. Ale chcąc poznać Indian jako pewną całość, trzeba mieć żelazne nerwy i dużo czasu.

Nigdy nie udało mi się przegadać Amandy. Uśmiechnęła się i choć umorusana, odezwała z dawną pewnością siebie.

– To był wielce przekonujący wykład, ale tak się składa, że doszłam do tych samych wniosków wcześniej. Nie mam wcale zamiaru udawać Indianki, próbuję tylko zrozumieć, co to znaczy być jedną z nich, nie ukrywam, że z punktu widzenia białych. I uważam, że tutaj nauczę się więcej, choć nigdy rzecz jasna zbyt wiele, niż w jakiejś organizacji działającej na rzecz Indian albo na jakimś uniwersytecie pod kierunkiem białego profesora.

Uznałem, że to brzmi dość sensownie, tylko co dalej?

– Napiszę o tym.

Zawsze imponowali mi wszyscy, którzy potrafili czytać i pisać w zwyczajny sposób, bo sam byłem w tym dość nieporadny, ale pisać o czymś, to znaczyło coś więcej, niż napisać pocztówkę albo sporządzić listę zaopatrzenia obozu.

– Do gazety?

– Może – mówi ona. – Albo książkę.

– Proszę mi wybaczyć moją ignorancję – powiadam – ale to zajmie pani parę dni, czy nie tak?

– Co najmniej. – Wyglądała, jakby moje pytanie ją rozbawiło.

– Otóż wątpię, żeby miała pani tyle czasu, w każdym razie tutaj. Władze chcą odsunąć Siedzącego Byka w taki czy inny sposób, a żaden nie będzie przyjemny. Proszę, niech pani wyjeżdża stąd natychmiast. Wiem, co mówię!

Jedyną rzeczą, jaką udało mi się osiągnąć, było to, że w jej głosie zabrzmiała bardziej osobista nuta.

– Jack – odezwała się całkiem ciepło – zawsze starałeś się mi pomóc i nie zostało to nie zauważone. Masz dobre serce.

Moje dobre serce, usłyszawszy to, jęknęło. Bo kto chce być pochwalony za swoją dobroć przez kobietę, która mu się podoba? Nie byłem przecież kaznodzieją ani pracownikiem opieki społecznej. Ale Amanda nie byłaby sobą, gdyby nie dodała czegoś, co jednak ożywiło moje nadzieje.

– Zastanawiam się, czy mogę cię prosić o jeszcze jedną przysługę?

– O wszystko, co pani zechce, Amando.

– Moje największe trudności tutaj wynikały z nieznajomości języka. Spodziewałam się, że niektórzy Siuksowie znają angielski lepiej, niż to jest naprawdę. Rzecz jasna nauczyłam się trochę, wskazując palcem i pytając, jak się to nazywa, ale to bardzo pracochłonny proces i nieprzydatny w sprawach niematerialnych, takich jak myśli i uczucia. – Mimo usmolonej twarzy jej uśmiech był tak piękny jak zawsze. Wyciągnęła w moją stronę swoją szczupłą dłoń. – Czy mógłbyś mnie nauczyć języka Lakotów?

– Nie wyjedzie więc pani?

– Siedzący Byk – powiedziała – jest największym żyjącym przywódcą Indian. Moje badania dotyczą nie po prostu tego, co to znaczy być kobietą z plemienia Lakotów, ale co to znaczy być żoną Siedzącego Byka. Chcę zostać przy nim.

A więc jak zwykle nie potraktowała mnie poważnie. Jednak nie miałem innego wyjścia, jak powiedzieć, że oczywiście, że rozpocznę lekcje, kiedy tylko ona sobie zażyczy, na co ona stwierdziła, że będzie to musiało nieco poczekać, bo ma inne obowiązki. Pewnie się zastanawiacie, jak to było możliwe, skoro nie potrafiła porozumiewać się z Indianami, ale jak się okazało, wpadła na pomysł, żeby przebywać wśród kobiet i robić to co one, a jeżeli uznały, że robi coś dobrze – na przykład gotuje pod gust Byka – to chętnie pozwalały jej to robić. Chociaż więc Indianie często zachowywali się niezrozumiale z naszego punktu widzenia, to potrafili też być całkiem praktyczni.

Nie chciałbym być niedelikatny, ale przyznaję, że kiedy Amanda wspomniała o uczeniu się, jak być żoną Siedzącego Byka, miałem nadzieję, że nie chodziło jej o dzielenie z nim łoża jako o część jej studiów. Rzecz jasna nie mogłem zgłębiać tej sprawy otwarcie. Pozostawało mi jedynie wypatrzeć, gdzie będzie spała tej nocy, jeżeli tylko przeżyję tę noc jako człowiek wolny, a nawet żywy. Domyślałem się, że Siedzący Byk grzecznie odmówi Cody'emu, ale stawi gwałtowny opór, gdyby chcieli go aresztować indiańscy policjanci albo biali żołnierze, i gdyby to zależało ode mnie, odszedłbym, zanim się to zdarzy, bo zrobiłem, co mogłem, żeby go ostrzec, i w ten sposób wyczerpałem swoje moralne zobowiązania wobec przyjaciela, gdy tymczasem obecność Amandy zmuszała mnie, żebym został i pomagał mu, co mogło się skończyć moim aresztowaniem, a może i śmiercią.

Żeby jednak nie trzymać was w niepewności, opowiem pokrótce, co się wydarzyło i co się nie wydarzyło tamtego wieczoru i przez następne dwa tygodnie.

Przede wszystkim cały dzień czekałem na przyjazd Buffalo Billa, a on nie przyjechał. Jak się później dowiedziałem, agent McLaughlin i pułkownik Drum zdołali go jednak powstrzymać, odwołując się w trybie nagłym do samego prezydenta Harrisona, który przysłał rozkaz odwołujący misję Cody'ego i odsyłający go do domu.

W tym czasie nie pokazał się też nikt, kto miałby wrogie zamiary wobec Siedzącego Byka, natomiast grupa Hunkpapów rozpoczęła przygotowania do Tańca Duchów na sąsiednim polu, na którym w zimie nic nie rosło i które było odpowiednio równe, wznosząc obok szałas potu, w którym lano wodę na rozpalone kamienie, żeby para oczyściła przed obrzędem nagie ciała pocących się uczestników tańca. Potem mieli włożyć specjalne koszule Ducha z czegoś, co dla białego było dobrą gatunkowo skórą jelenia bogato zdobioną, ale w końcu tylko skórą, a nie materiałem kuloodpornym, jak to przeciętny Siuks potrafił sobie wmówić. Nie sądziłem, żeby Siedzący Byk posunął się tak daleko, i nie twierdzę, że w to wierzył, chociaż wszedł do szałasu i pocił się z całą resztą.

Nie było to coś, o co mógłbym go wypytywać wprost, ale przez sam pobyt w obozie mogłem pozbierać dość informacji (pochodzących przeważnie od samego Siedzącego Byka), żeby wyrobić sobie pewien ogólny obraz sytuacji. Byk nie był do końca przekonany co do Tańca Duchów, ale nie był też jego przeciwnikiem. Chciał mu tylko dać szansę. Najpewniej się nie sprawdzi, ale a nuż, a tymczasem oferował ludziom coś wykraczającego poza ograniczenia narzucone im przez białych zwycięzców.

Siedzący Byk sporo słyszał o chrześcijaństwie od różnych misjonarzy, włącznie z jednym, który był kobietą, i czasami nosił jako ozdobę krzyż otrzymany od katolickiego księdza, ale większość tego była zbyt odległa od niego i od świata Lakotów. Bo jaki był pożytek z Ducha, który kazał nadstawiać drugi policzek, kiedy wróg zamierzał się na ciebie toporkiem?

Nie potępiał białych ludzi za wierzenia, które jemu wydawały się zwariowane, bo wyraźnie czerpali z nich wielką moc, chociaż zauważył, że największą władzą cieszyli się ci biali, którzy postępowali tak, jakby nie wierzyli w nic prócz siły, czyli wbrew naukom swojej religii, a to miało jeszcze mniej sensu, i misjonarze nie potrafili tego wyjaśnić inaczej, jak przez twierdzenie, że to obecne życie nie jest ważne, że stanowi tylko przygotowanie do lepszego życia, jakie przypadnie tym, którzy teraz przegrywają, i katuszy dla tych, którzy teraz są zwycięzcami. Ale żeby wierzyć w taki układ, trzeba nienawidzić życia doczesnego, tego, które można zobaczyć i usłyszeć, którego można dotknąć i posmakować, a wybrać inne, które wydawało się wysoce niejasne, a poza tym, czy nie było dziwne, że ludzie panujący nad światem wyznawali religię, która nim pogardzała?

Siedzący Byk przyznawał jednak, że jest wiele spraw, których nie rozumie i może biali też ich nie rozumieją, bo z pozoru wszystko wydaje się prostsze, niż jest w istocie, i dlatego chciał zapoznać się bliżej z Tańcem Duchów, żeby przekonać się, czy ma on dla Indian tę korzystną złożoność, jaką chrześcijaństwo ma dla Amerykanów. Na przykład zaczarowana koszula może nie odbijać ołowianych kul w dosłownym sensie, ale może dać wojownikowi taką siłę duchową, że trudniej go będzie trafić. Jak wskazywało doświadczenie wszystkich bitew, najdzielniejsi wojownicy najrzadziej bywali ranni lub zabici. A zapowiedziane wielkie trzęsienie ziemi, które miało zasypać białych, a Indian wynieść na powierzchnię, może nastąpić nie w sensie dosłownym, ale być wizją zwycięstwa czerwonego człowieka nad białym za pomocą nie znanych na razie sposobów.

Powiadam wam, że Siedzący Byk doszedłby na szczyty w każdej rasie. Żałuję, że nie spotkał się z królową Wiktorią, bo jestem pewien, że poczuliby do siebie wzajemny szacunek jako mądrzy przywódcy, najlepsi w swoim rodzaju. Nie twierdzę, że Siedzący Byk nie miał swoich słabości, z których największą była próżność, i że nie znał uczucia zawiści, tak chętnie wspominanej przez mojego ojczyma, wielebnego Pendrake'a. Siedzący Byk uważał się za naczelnego wodza wszystkich Siuksów, a ponieważ w plemieniu nie przeprowadzano wyborów i nie znano tytułów dziedzicznych, stanowisko to siłą rzeczy pochodziło z własnego nadania, co nie zjednywało mu sympatii innych pretendentów, których on z kolei oskarżał o zaprzedanie się białym. Nigdy nie słyszałem, żeby dobrze się wyrażał o jakimś innym wodzu poza Szalonym Koniem, który bezpiecznie już nie żył. Najbardziej nie lubił Żółci, jednego z głównych dowódców w bitwie nad Tłustą Trawą, w której Siedzący Byk w ogóle nie uczestniczył. Fakt, że kiedy występował w „Dzikim Zachodzie", przedstawiano go jako zabójcę Custera, był dla niego z jednej strony krępujący, ale pewnie też satysfakcjonujący, bo stawiał go ponad mniej znanym Żółcią, który odbijał to sobie, zyskując lepszą pozycję w skomplikowanych walkach frakcyjnych na terenie rezerwatów.

To nas wprowadza w istotę kłopotów Siedzącego Byka. W końcu udało mu się poróżnić ze wszystkimi, czerwonymi i białymi, i poza rodziną i przyjaciółmi z jego obozu wszyscy sprzysięgli się przeciwko niemu, włącznie z niektórymi gośćmi z plemienia Siuksów, wylewnie podejmowanymi, którzy faktycznie szpiegowali dla indiańskiej policji.

Zanim jednak podejmę ten temat, powinienem powiedzieć, że udzielałem Amandzie lekcji języka Lakotów, tak jak sobie tego życzyła, ale w związku z pracami domowymi, które na siebie przyjęła, nie miała zbyt dużo czasu i nie nauczyła się wiele poza nazwami rzeczy, które uznała za najpotrzebniejsze, takie jak wołowina – *tado*, kij – *can*, garnek – *cega*, i tak dalej, na ogół związane z gospodarstwem domowym i paroma prostymi zdaniami, takimi jak „on przychodzi", co brzmi po prostu *u*, „myjemy" – *unyatapi*, „ty pijesz" – *datkan*.

Musiałem postarać się wyjaśnić Siedzącemu Bykowi, dlaczego nie udało mi się skłonić jej do wyjazdu, ale okazało się to łatwiejsze, niż myślałem, bo kiedy poruszyłem tę sprawę, wódz tylko się uśmiechnął.

– To mnie nie dziwi – powiedział. – Biali mężczyźni nie panują nad swoimi kobietami.

Poczułem się tym dotknięty i sprostowałem, że Amanda nie jest „moją" kobietą, tylko kimś, kogo dawno znam, przyjaciółką, prawie kimś w rodzaju siostry.

– Ale chciałbyś, żeby została twoją kobietą – powiada Siedzący Byk. – Każdy to widzi po tym, jak na nią patrzysz. Moje żony i córki chichoczą i zastanawiają się, dlaczego nie robisz jej swoją żoną. Ale one, w odróżnieniu ode mnie, nie znają zwyczajów białych.

To był jeszcze jeden przykład jego próżności, uważał się za autorytet w sprawach Amerykanów. Zresztą może i był nim w porównaniu z innymi Indianami, ale nie miał również oporów w przedstawianiu się jako taki wobec białych.

– Jeżeli dobrze cię rozumiem, to prawo na to nie pozwala – poinformowałem go.

– Może amerykańskie prawo – powiada. – Ale tu jest ziemia Hunkpapów.

Dyskusja z nim na ten temat byłaby nieprzyjemna, schowałem więc dumę do kieszeni i tylko wymamrotałem coś, że między Amandą i mną nie jest tak, jak on myśli, ale że to trudno wyrazić w języku Siuksów.

– Mam nadzieję, że uczysz ją dobrego języka Lakotów – mówi on na to, szczerząc zęby – mimo że sam nie mówisz poprawnie. – I dodał, że słyszał, jak Amanda zadawała pytanie, używając *hwo* zamiast *he*, czyli formy męskiej zamiast żeńskiej. Mogło tak być, bo przyznaję, że nie zawsze byłem tak uważny, jak powinienem, zresztą spójrzcie na moją angielszczyznę, ale mógł również żartować, co było w jego stylu, a co często przypominam wbrew rozpowszechnionej opinii, że podobnie jak większość Indian był pozbawiony poczucia humoru.

Co do Amandy, to wytłumaczyłem Siedzącemu Bykowi, że została nie po to, żeby sprawiać kłopot, ale żeby go lepiej poznać i napisać książkę, która go rozsławi (chociaż nie miałem pewności, czy Amanda będzie jego bezwarunkową wielbicielką, zwłaszcza jeżeli chodzi o kwestię kobiecą, ale uznałem, że sprawa jest bezpieczna, bo jeżeli nawet przeżyje swoje obecne kłopoty, to i tak nie umie czytać).

Jeżeli sądziłem, że ta informacja połechce jego dumę, to nie miałem racji. Siedzący Byk miał o sobie tak wysokie mniemanie, że w sposób naturalny oczekiwał tego od innych, chyba że chodziło o osoby złośliwe lub szalone, zwłaszcza wśród kobiet. A że był analfabetą, książka nie miała dla niego takiego znaczenia jak dla kogoś, kto potrafił odczytać te znaczki na papierze. Wolał obrazy tej poprzedniej białej kobiety, która według Amandy nazywała się Catherine Weldon. To mógł zrozumieć, zresztą sam był niezłym rysownikiem w stylu Siuksów i przed laty sporządził długą obrazkową relację ze swoich wyczynów bitewnych w czasach, gdy był młodym wojownikiem. Podarował ją swojemu adoptowanemu synowi Skaczącemu Bykowi, porwanemu jako dziecko z plemienia Assiniboinów, a teraz dorosłemu, którego namówiłem, żeby pokazał rysunki Amandzie – czego sam by nie zrobił, bo jak cała reszta trzymał się od niej z daleka.

Amanda i ja spaliśmy pod tym samym dachem w głównej chacie, nie razem, ale też niezbyt daleko, bo było to niemożliwe w tak niewielkim pomieszczeniu, biorąc zwłaszcza pod uwagę całą resztę, która tu nocowała: dwójka dzieciaków Siedzącego Byka, żona jego bratanka i dość często jeden albo dwóch mężczyzn z Tańca Duchów oraz sam Byk i jego żona Widziana Przez Naród. Prostokątna chata nie była przystosowana do celów mieszkalnych tak jak tipi, w którym nocujący rozkładali się zgrabnie jak szprychy koła bez problemu narożników i każdy znajdował miejsce na swoje posłanie. Amanda zwykle leżała niedaleko ode mnie, ale tak, że nie mógłbym jej dotknąć, gdyby sama nie wyciągnęła do mnie ręki, a takiej potrzeby nie było.

Rzecz jasna nigdy jej nie powiedziałem, co mówią o nas Indianie, i nie tyle ze względu na nią, ile na mnie, bo bałem się, że ona to też uzna za zabawne ze swojego punktu widzenia.

Tak więc miały się sprawy nad rzeką Grand przez jakieś dwa tygodnie po wyjeździe Cody'ego z Fort Yates. Przedstawiciele żadnych władz nie pokazywali się na farmie Siedzącego Byka, a on sam, nie zdradzając najmniejszego niepokoju, zajmował się swoimi sprawami, jakby nie miał na świecie żadnych wrogów. Przy czym nie tylko obserwował Taniec Duchów na miejscu, ale posłaniec z rezerwatu Siuksów Pine Ridge zaprosił go, żeby przybył na ich tańce, bo spodziewano się tam, że zbliża się czas zwycięskiego końca przewidzianego w objawieniu.

Siedzący Byk postanowił zaproszenie przyjąć, ale ponieważ formalnie nadal był jeńcem wojennym, musiał zwrócić się o pozwolenie do agenta McLaughlina.

– Zrobię to oficjalnie – powiedział mi – i napiszę list wyjaśniający, dlaczego chcę odwiedzić Pine Ridge.

Pomyślałem, że to jest dla odmiany dobry pomysł, i mówię, że jak mi powie, co chce napisać, to ja to chętnie przetłumaczę Amandzie, a ona przeniesie to na papier w doskonałej angielszczyźnie.

Siedzący Byk podziękował nam za tę propozycję, ale powiedział, że przy całej wdzięczności musi ją odrzucić. Jako że chodzi o sprawę Lakotów dotyczącą religii, byłoby z jego strony niewłaściwe, gdyby przemawiał za pośrednictwem białych ludzi, choćby i najbardziej przyjaznych, postanowił więc powierzyć tłumaczenie i pisanie swojemu zięciowi nazwiskiem Andrew Fox.

Z największym trudem powstrzymałem się, żeby nie jęknąć na głos, Fox bowiem nauczył się czegoś, co uważał za angielski, w szkole na terenie rezerwatu, skąd również wyniósł imię Andrew. Zapewne uczył go ktoś w rodzaju majora i rezultatem był prawie niezrozumiały bełkot, ale nie mogłem tego powiedzieć Siedzącemu Bykowi, pokładającemu wielkie nadzieje w tym młodym człowieku, którego żona – a córka Siedzącego Byka – zachorowała i zmarła zaledwie przed paroma laty.

A oto, co Siedzący Byk powiedział Foxowi w języku Lakotów, z tego, co pamiętam, choć opuściłem trochę napuszonych zwrotów, co stary wódz powinien był zrobić sam.

Spotkałem się dziś z moimi ludźmi i wysyłam do ciebie ten list. Wakantanka stworzył nas wszystkich, białych i czerwonych, i biali byli silniejsi, ale teraz Ojciec nas wszystkich postanowił pomóc czerwonym ludziom. Dlatego modlimy się, żeby znaleźć właściwą drogę, i nie chcemy, żeby ktoś przychodził ze strzelbą albo nożem i zakłócał nasze modły. Modlitwa nie czyni nikogo głupszym. Uważasz, że gdyby mnie tu nie było, to moi ludzie daliby się ucywilizować, ale że ja tu jestem, to oni trwają w ciemnocie. Nie zawsze myślałeś w ten sposób. Kiedy przyjechałeś mnie odwiedzić, mówiłeś, że nie masz nic przeciwko moim modlitwom, ale teraz zmieniłeś zdanie. Tak czy inaczej, tym listem informuję cię, że muszę pojechać do agencji Pine Ridge, żeby zobaczyć, jak oni tańczą Taniec Duchów. Słyszę, że chcesz nam odebrać konie i strzelby. Czy to prawda? Będę wdzięczny za szybką odpowiedź.

A tak przedstawiała się pracowicie naskrobana ołówkiem wersja angielska, którą Andrew Fox z dumą pokazał mnie i Amandzie. Powiedziałbym, że jego pismo było okropnie trudne do odczytania, ale że sam nigdy nie władałem piórem zbyt dobrze, to nie krytykuję listu od tej strony, a tylko podkreślam, że mogliśmy niewłaściwie odczytać część tych bazgrołów. I znów przekazuję tylko istotę rzeczy, a nie pełny tekst, w którym było wiele powtórzeń.

Ja spotykać się dziś z moi Indianie i pisać do ciebie ten rozkaz. Bóg stworzyć wy wszyscy biała rasa i czerwona rasa też ale biała wyżej niż Indianie, a teraz nasz Ojciec pomagać nam Indianom. Wiedzieć to wszyscy Indianie. Chcę, żeby nikt nie przychodzić do moja modlitwa ze strzelba albo nóż. Ty myślisz, że ja głupi. Jak mnie nie ma, Indianie być cywilizacja. Ale że jestem, wszyscy Indianie głupi. Kiedy ty być tutaj w mój obóz, ty dać mi dobre słowo o moja modlitwa a dzisiaj ty mi wszystko zabrać. Coś ci powiem. Jadę do agencji Pine Ridge i poznam ta modlitwa. Policjant powiedzieć mi ty chcesz zabrać wszystkie nasze konie i strzelby też, to może mi to powiesz. Chcę mieć odpowiedź też.

Siedzący Byk

Kiedy Amanda przeczytała to, a po niej ja, oboje w milczeniu, Siedzący Byk spojrzał z dumą na Foxa.

– Teraz widzicie – powiedział – dlaczego chciałem, żeby to mój zięć napisał ten list. To niczego wam nie ujmuje. On nie tylko zna tak dobrze angielski, ale potrafi też przemówić do Amerykanów głosem, który budzi ich szacunek.

Martwiłem się, że Amanda może być mniej dyplomatyczna niż ja, odezwałem się więc natychmiast, żeby zapobiec jakimkolwiek objawom wątpliwości z jej strony.

– Rozumiem, o co chodzi – powiedziałem do Siedzącego Byka. – Miejmy nadzieję, że McLaughlin podejmie właściwą decyzję.

Prawdę mówiąc, nie miałem pojęcia, jaka decyzja była

tu właściwa. Bardzo lubiłem Siedzącego Byka, ale wcale nie byłem pewien, czy należało mu pozwolić na wyjazd do Pine Ridge. Sporo ryzykował, bo podczas jego nieobecności osada nad rzeką Grand byłaby zdana na łaskę jego wrogów.

Jak się okazało, tylko jedno z życzeń wyrażonych w liście zostało spełnione: odpowiedź McLaughlina przyszła szybko. Już następnego dnia nadeszła odmowa w sprawie zasadniczej. Siedzącemu Bykowi nie wolno było wyjeżdżać do Pine Ridge ani nigdzie indziej. Miał natomiast powstrzymać się od wszelkiego udziału w Tańcu Duchów i odesłać do domu wszystkich Indian biorących udział w tańcach nad rzeką Grand.

McLaughlin nie wspomniał, że on i pułkownik Drum uruchomili wreszcie plan aresztowania starego wodza. Następnego dnia o świcie, bez ostrzeżenia, indiańska policja w pełnym składzie pod dowództwem porucznika Głowy Byka oraz sierżantów Czerwonego Tomahawka i Zgolonej Głowy miała najechać osadę i odstawić do fortu Siedzącego Byka, żywego lub umarłego.

Głowa Byka przed czternastu laty uczestniczył w bitwie nad Tłustą Trawą, i powinienem chyba uściślić, że po stronie Indian.

20. ŚMIERĆ NAD RZEKĄ GRAND

Ze względu na życie, jakie prowadziłem w młodości, sen miałem zawsze bardzo lekki, ale tego ranka, może z powodu przeczucia, że cokolwiek i kiedykolwiek stanie się z Siedzącym Bykiem, będzie niezależne od moich działań, nie obudził mnie znaczny niewątpliwie hałas nadjeżdżających koni i zsiadających ludzi, i nie do końca się ocknąłem nawet wtedy, kiedy ktoś walił w drzwi chaty, wykrzykując: „Tatanka Iyotanka!" głosem pełnym nienawiści, bo potraktowałem to jako dalszy ciąg złego snu, z którego otworzyłem oczy, żeby zobaczyć izbę wprawdzie dość zatłoczoną, ale gościnną, pełną lubiących się nawzajem ludzi, którzy połączonym ciepłem swoich ciał ogrzali to miejsce wbrew panującemu na zewnątrz chłodowi, bo ostatnio spadł śnieg i na rzece zaczął się tworzyć lód, a poza tym ten, co krzyczał, był Indianinem, wzywającym Siedzącego Byka jego imieniem w języku Lakotów, nie był to więc atak armii Stanów Zjednoczonych jak wtedy, kiedy mieszkałem w obozie Czarnego Kotła nad Washitą i napadł na nas Siódmy Pułk Kawalerii.

Nie miałem pojęcia, co się dzieje, ale po chwili ktoś pchnął drzwi i po ciemku weszło do środka wielu ludzi, depcząc po nas, leżących na podłodze, kopiąc mnie w żebra i stając mi na żołądku, aż ktoś zapalił zapałkę, a potem świecę, i kiedy zepchnąłem tę nogę z mojego brzucha i rozejrzałem się dokoła, zobaczyłem w blasku świecy leżącą postać starego wodza i pochylony nad nim zarys wydatnego indiańskiego nosa, wystającego spod ronda policyjnego kapelusza.

– Przyszliśmy po ciebie – powiedział ten ktoś głosem bez szczególnej emocji, ale kiedy się odsunął, kilku innych chwyciło Siedzącego Byka i wyciągnęło go brutalnie spod koców, chociaż nie wyglądało na to, żeby się opierał, i postawiło na nogi, nagiego jak go Pan Bóg stworzył, z szeroką piersią pokrytą bliznami po starych ranach, po czym zaciągnięto go w stronę drzwi, po nikim tym razem nie depcząc, bo większość mieszkańców chaty zdążyła już wybiec na zewnątrz, czego ja nie zrobiłem z troski o Amandę, która domagała się, żeby jej wszystko wyjaśnić, zanim się ruszy z miejsca.

Muszę dodać, że w odróżnieniu od Siedzącego Byka, Amanda spała w ubraniu, podobnie jak ja, ale w moim przypadku przyczyną było zimno.

– Na litość boską, Amando, chodźmy stąd!

– Czy nie możesz z nimi porozmawiać, Jack?

– A co mam im powiedzieć? – Przycisnąłem ją do ściany, osłaniając przed napierającymi policjantami. Nigdy jeszcze nie doszło między nami do takiego zbliżenia i nawet w tej gorączkowej chwili zastanawiałem się, czy nie zrozumie błędnie moich zamiarów.

Ponieważ było dużo krzyku, głównie ze strony policji, jak mogłem się zorientować, więc i Amanda musiała do mnie krzyczeć.

– Przypomnij im, że wszyscy są Indianami!

– Myślę, że oni to wiedzą! – wrzasnąłem w odpowiedzi, choć stała tak blisko. Wiara Amandy w szerzenie dobra była czymś, co zawsze mnie w niej pociągało, może dlatego, że sam byłem sceptyczny w tej kwestii po własnych doświadczeniach z przemocą, ale dopuszczałem możliwość, że takie przeżycia nie muszą wyczerpywać całości ludzkiego doświadczenia, zwłaszcza z punktu widzenia kobiety o dobrym sercu. – Ludzie jednej rasy mogą być wrogami! Niech pani sobie przypomni wojnę secesyjną! – wykrzykiwałem.

– Mógłbyś przynajmniej spróbować – powiedziała z wyrzutem już ciszej, bo awantura przeniosła się na zewnątrz, pozostawiając nas samych.

Wiecie, jaką miałem do niej słabość, wyszedłem więc

przed chatę, gdzie z minuty na minutę robiło się jaśniej. Gromada Siuksów tłoczyła się na świeżym śniegu, wydychając kłęby pary w krystalicznie czystym powietrzu – podobnie jak stojące w pobliżu zwierzęta, zarówno wierzchowce policjantów, jak i wielki siwy ogier, prezent dla Siedzącego Byka od Buffalo Billa, uwiązany przed chatą i gotów do drogi do rezerwatu Pine Ridge, która to wyprawa stała się bezpośrednią przyczyną całego najazdu.

Wszyscy poza mną należeli do plemienia Lakotów, czterdziestu do pięćdziesięciu policjantów i może połowa tej liczby po stronie Siedzącego Byka, krewnych i osób przybyłych na Taniec Duchów, którzy wychodzili z drugiej chaty mieszkalnej z kobietami i dziećmi kryjącymi się za plecami mężczyzn.

Widziana Przez Naród, żona Siedzącego Byka, wyniosła mu jakieś ubranie, ale policjanci nadal go szarpali, więc nie mógł się ubrać.

– Dlaczego nie pozwalacie mi się ubrać? – spytał przez kłąb pary. – Jest zimno.

– My cię ubierzemy – powiada jeden z granatowych i odepchnąwszy brutalnie Widzianą Przez Naród, wyrwał jej z rąk odzież, po czym dwóch policjantów zaczęło jeden przez drugiego ubierać starego wodza, każąc mu na zmianę unieść nogę albo rękę, jakby chodziło o małe dziecko.

A żeby dać wam pojęcie, jaki to był wielki człowiek, powiem, że postanowił nie okazywać gniewu, ale po raz ostatni zademonstrował swój dowcip.

– Nie musicie mi okazywać aż tyle szacunku – zwrócił się do nich ironicznie, robiąc zrozumiałą dla każdego Siuksa aluzję do zwyczaju ubierania wodza przed szczególnie uroczystymi ceremoniami.

Obiecałem Amandzie, która przyglądała się wszystkiemu, stojąc w drzwiach chaty, że spróbuję coś zrobić, zwróciłem się więc do Indianina o ostrych rysach, noszącego na kurtce złotą belkę porucznika, najwyższy stopień, jaki wypatrzyłem.

– Dlaczego traktujecie tego wielkiego wodza z takim brakiem szacunku? – spytałem.

Spojrzał na mnie z góry i zaskoczył mnie, odpowiadając

po angielsku z tą bezbarwną intonacją, z jaką mówią w tym języku Indianie.

– Nie twój interes – stwierdził krótko.

Pokazywał mi, gdzie jest moje miejsce, i choć pewnie miał rację, poczułem się mocno dotknięty tym, że jakiś czerwonoskóry „oficer" struga wobec mnie ważniaka, o czym wspominam, bo zawsze staram się mówić szczerą prawdę. Oto stawałem w obronie Indianina przeciwko innym przedstawicielom jego rasy i jak tylko natknąłem się na opór, przypomniało mi się, że jestem biały, ale muszę na swoją obronę powiedzieć, że natychmiast się zawstydziłem i głosem, który miał brzmieć oficjalnie, odparłem:

– Tak, panie poruczniku, zdaję sobie z tego sprawę, ale pomyślałem, że moglibyście przy aresztowaniu go wykazać nieco więcej powściągliwości.

Kiedy tylko spojrzał ponuro i odszedł, zdałem sobie sprawę, że nie zna angielskiego aż tak dobrze, a to była moja ostatnia szansa, bo Siedzący Byk został już ubrany i porucznik imieniem, jak się później dowiedziałem, Głowa Byka, chwycił go za prawe ramię, z sierżantami Zgoloną Głową i Czerwonym Tomahawkiem odpowiednio po lewej i z tyłu starego wodza, przy czym ten ostatni poszturchiwał go pistoletem w plecy.

Pozostali granatowi policjanci osłonili ich kręgiem przed rosnącą gromadą ludzi Siedzącego Byka, którzy krzykiem protestowali, a wyróżniał się wśród nich syn wodza Stopa Wrony, zwykle sypiający z nami w głównej chacie. Był pozostałym przy życiu bliźniakiem z pary urodzonej w nocy przed bitwą nad Tłustą Trawą, przez co przedstawiał wielką moc czarów. Siedzący Byk zawsze wiązał z nim wielkie nadzieje, a nawet posyłał go przez jakiś czas do szkółki misyjnej prowadzonej na terenie agencji przez kobietę kaznodzieję. Był on ładnym czternastoletnim chłopcem, w wieku, kiedy młodzi ludzie niezależnie od rasy tracą cierpliwość do swoich ojców.

Tak więc Stopa Wrony, wraz z innymi obrzucając policjantów obelgami, krzyknął również do swojego taty:

– Ojcze, jeżeli jesteś takim dzielnym wodzem, to dlaczego pozwalasz, żeby cię zabrali?

Siedzący Byk, który do tej pory nie stawiał oporu, chociaż policjanci sprawiali wrażenie, że jest przeciwnie, zapewne żeby podbudować się we własnych oczach i w oczach świadków, na głos syna usztywnił ciało, w którym kryło się jeszcze niemało powstrzymywanej siły, i nie dawał się ruszyć z miejsca – chociaż policjanci ciągnęli go i pchali z całej siły – jakby czerpał swoją moc z głębi ziemi, niczym środkowy pal namiotu albo sosna korzeniami sięgająca centrum ziemi.

– Nie pójdę – powiedział spokojnie.

Porucznik Głowa Byka, doprowadzony do desperacji, puścił jedną ręką więźnia, żeby poprawić kapelusz, który omal mu nie spadł w czasie tej szarpaniny.

– Musisz iść z nami – powiedział prawie błagalnie, bo coraz bardziej niepokoił go napór wrogiego tłumu. – Ja tu dowodzę i mam swoje rozkazy.

Jeden z policjantów odwiązał i podprowadził siwka. Zwierzę było tresowane do występów w „Dzikim Zachodzie" Buffalo Billa i czy pod jeźdźcem, czy prowadzone, szło rzucającym się w oczy tanecznym krokiem.

Pozostawałem na miejscu, nie zwracając niczyjej uwagi. Nie chciałem wracać do Amandy, bo nie udało mi się spełnić jej życzenia, i widziałem, że nic jej nie grozi. Uznałem, że wszystko skończy się na pogróżkach i obelgach, ale nie dojdzie do przelewu krwi między Siuksami i Siedzący Byk po zademonstrowaniu swojej siły w końcu ustąpi, dosiądzie siwka i pozwoli się odstawić do agencji, gdzie nastąpi ciąg dalszy, kiedy stanie przed McLaughlinem.

Trudno było sobie wyobrazić, żeby Siedzący Byk poszedł do więzienia, ale najgorszą rzeczą, jaka spotykała takich wielkich wojowników, było to, że choć wyszli cało ze wszystkich bitew, przegrywali w czasie pokoju.

W tym momencie Siedzący Byk rozejrzał się powoli dokoła, ogarniając wzrokiem wszystkich: policjantów, przyjaciół i rodzinę, a wyglądał przy tym jak orzeł z błyszczącymi oczami i dziobem, nie okrutny, ale tak bystry i czujny, że ktoś nieobeznany z przyrodą mógł go o to posądzić. Nagle dostrzegł mnie, stojącego na uboczu i dlatego niewidocznego dla innych, bo Indianie nigdy nie widzą tego, co im do niczego nie pasuje, dopóki im to nie zagraża, i dlatego biali nazywali ich prymitywnymi. Siedzący Byk też by mnie nie widział, ale miał dla mnie wiadomość, którą przesłał bez słów jednym krótkim błyskiem oka: „Wszystko jest tak, jak przepowiedział *sdosdona*".

Pomyślałem wtedy, że przesadza, nie został zabity, tylko aresztowany przez ludzi ze swojego plemienia, skowronek przesadził więc nieco, jak to się często zdarza ludzkim wróżkom, które twierdzą, że mają rację w stu procentach, podczas gdy w rzeczywistości mają jej dziesięć procent, i powiem wam, że tak wielka pomyłka ptaszka przyniosła mi ulgę.

W tej chwili przez tłum przecisnął się człowiek imieniem Chwytający Niedźwiedzia, owinięty w porannym chłodzie granatowym kocem. Był od lat jednym z najbliższych towarzyszy i przyjaciół Siedzącego Byka i w nie mniejszym stopniu nienawidził Głowy Byka ze względu na dawną dysputę z nim na temat języków wołowych, co oznaczało, że sprawa jest śmiertelnie ważna.

Teraz stanęli twarzą w twarz i Chwytający Niedźwiedzia przeszedł od razu do sedna.

– Nie aresztujesz Tatanka Iyotanka.

– Ty mnie nie powstrzymasz – odpowiedział Głowa Byka z pogardą.

– Posłuchajcie! – zawołał Chwytający Niedźwiedzia do tłumu. – Nie pozwolimy im na to!

Ludzie poparli go krzykiem i zaczęli napierać na krąg policjantów.

Głowa Byka rozglądał się nerwowo na boki i sięgnął po pistolet.

– Ja tutaj dowodzę – powiedział do Chwytającego Niedźwiedzia, który nadal wpatrywał się w niego z nienawiścią, choć nieco się cofnął. Wtedy Głowa Byka krzyknął do policjanta trzymającego konia, żeby podszedł bliżej, bo został odepchnięty przez tłum.

Chwytający Niedźwiedzia nagle wydał okrzyk wojenny Lakotów, który niezależnie od tego, ile razy się go słyszało, jeży człowiekowi włosy na głowie, nawet kiedy się jest po tej samej stronie. Ja słyszałem go ostatnio przed czternastu laty nad Tłustą Trawą i powiadam wam, że przejął mnie teraz do szpiku kości i niewiele brakowało, żebym tam skoczył, choć byłem bez broni.

Chwytający Niedźwiedzia zrzucił koc, pod którym ukrywał strzelbę, i strzelił do Głowy Byka, który padł, ale będąc tylko ranny, uniósł pistolet i z bliskiej odległości trafił Siedzącego Byka prosto w serce, po czym sierżant Czerwony Tomahawk przyłożył swój pistolet do głowy starego wodza i strzelił, rozbryzgując jego mózg.

Potem ołów zaczął już fruwać na prawo i lewo: policjant imieniem Samotny Człowiek zabił Chwytającego Niedźwiedzia, podczas gdy ludzie Siedzącego Byka wpakowali więcej kul w leżącego Głowę Byka, a potem wywiązała się taka strzelanina, że już dalej nie patrzyłem, tylko padłem na ziemię i poczołgałem się w kierunku przeciwnym do największego ognia, a że ten stale się zmieniał, to pełzałem zygzakami.

Najbardziej zależało mi na dotarciu do Amandy, która, miałem nadzieję, wykazała dość rozsądku, żeby się ukryć. Jednak moja pomoc nie na wiele by się zdała, gdybym sam został zabity. Chwilowo nie zastanawiałem się nad śmiercią Siedzącego Byka, tylko ratowałem własną skórę, ale odczułem tę śmierć boleśnie, tym bardziej że zdarzyła się w chwili, kiedy uznałem, że wódz będzie, jeżeli nie szczęśliwy, to przynajmniej bezpieczny. Nie tylko przywierałem do ziemi, co w tym przypadku oznaczało rzadkie błoto, ale trząsłem się na całym ciele. Przez lata, które upłynęły od Tombstone, odzwyczaiłem się już od widoku tego, co kula robi z osobą, którą trafia: kiedy tą osobą jest ktoś znajomy, choćby i niesympatyczny, nigdy nie wygląda to ładnie. A kiedy jest to ktoś, kogo się lubiło i szanowało, strach wyprzedza pierwszy odruch gniewu.

W tym swoim pełzaniu stale natykałem się na leżące ciała, wszystkie indiańskie, jedne w granatowych kurtkach, inne w odzieży noszonej w obozie. Ilekroć unosiłem głowę, nie widziałem wiele poza chmurą prochowego dymu. Nie robiłem tego za często, bo to najlepszy sposób, żeby oberwać kulą w twarz, ale w pewnej chwili wydało mi się, że zostałem jednak trafiony, bo poczułem, że mam mokry policzek, a kiedy potoczyłem wzrokiem po ziemi, zobaczyłem czerwoną kałużę. Czekałem na nadejście bólu, co czasem chwilę trwa, jeżeli człowiek nie wie, że oberwał. Widziałem ludzi umierających, którzy nie zauważyli, że zostali choćby draśnięci. Okazało się jednak, że nie zostałem ranny, krew pochodziła z leżącego obok mnie zabitego Hunkpapy, z nosem wbitym do środka i jednym błyszczącym okiem nadal otwartym.

Potem nagle wszystko ucichło, co zdarza się w każdej bitwie jeszcze przed jej końcem. Gdyby zamknąć oczy i zatkać nos, żeby nie czuć zapachu prochu i krwi, człowiek nie wiedziałby, że odbyła się jakaś bitwa, ale bywa to groźniejsze niż czas strzelaniny, bo myśląc, że niebezpieczeństwo minęło, człowiek może popełnić swój ostatni w życiu błąd, nadal więc pełzałem z głową przy ziemi, a kiedy wreszcie nieco ją uniosłem, żeby się zorientować, gdzie jestem, ujrzałem poza rozrzuconymi wszędzie ciałami grupkę ludzi Siedzącego Byka, uciekających do zagajnika nad brzegiem rzeki. Nikt ich nie ścigał ani nawet do nich nie strzelał, bo policjanci zajmowali się swoimi zabitymi i rannymi.

Z miejsca, gdzie leżałem, nie widziałem trupa Siedzącego Byka, ale niewątpliwie miejsce wskazywał tresowany siwek, podarowany mu przez Buffalo Billa, i powiem wam, że w żadnej bitwie, w której brałem udział albo której byłem świadkiem, nie widziałem czegoś tak niesamowitego: ten koń stawał dęba, kłaniał się i tańczył, a potem wykonał elegancki dyg, uginając prawą przednią nogę, co miał pewnie zrobić na powitanie jakiejś koronowanej głowy, gdyby Cody nie podarował go Siedzącemu Bykowi. Słysząc wokół siebie strzały, tresowane zwierzę nie wiedziało, że to nie ślepe naboje używane w czasie przedstawienia, i wykonywało swój numer, kończąc siadem na zadzie i uniesieniem przedniej nogi.

Korzystając z ciszy, zerwałem się na nogi i pobiegłem do chaty, gdzie zastałem Amandę, Bogu dzięki nietkniętą, choć – jako że stała przez cały czas w drzwiach – jak podejrzewam, sparaliżowaną widokiem okropnych scen. Nadal z trudem chwytała powietrze. Złapałem ją wpół i wciągnąłem do środka, w najdalszy kąt. Przydałby się jakiś mebel dla osłony, ale nic takiego nie było.

– Zaraz znów zaczną strzelać.

– Och, Jack – mówi i przytula się do mnie, ale tylko dlatego, że była przerażona. Jak się zastanowić, to nigdy dotąd nie widziałem, żeby Amanda okazała strach, i nie mówię tego z bezwarunkowym podziwem, bo brak strachu w pewnych sytuacjach może być głupotą. – Jack – mówi zdyszana, z ustami przy mojej głowie – jak oni mogli to zrobić?

– Są ludźmi – mówię.

W tym momencie drzwi, które za nami zamknąłem, otworzyły się i weszła grupa indiańskich policjantów, wnosząc czterech czy pięciu swoich rannych, a wśród nich porucznika Głowę Byka, który choć wielokrotnie postrzelony, wciąż jeszcze żył.

Szybko zasłoniłem sobą Amandę, ale sierżant Czerwony Tomahawk i jego ludzie nie zwracali na nas uwagi, szukając miejsca dla położenia swoich towarzyszy, a w trakcie zbierania pościeli po tych, którzy spędzili tu noc, doszli do miejsca, gdzie spał Siedzący Byk obok Widzianej Przez Naród, i ściągnęli koce, odsłaniając schowanego tam młodego Stopę Wrony.

Widok śmierci ojca sprawił, że nie był już czupurnym młodym wojownikiem, tylko małym przestraszonym chłopcem.

– Wujkowie – krzyknął – proszę, nie zabijajcie mnie!

– Wstawaj – powiedział Samotny Człowiek i kopnął chłopca w żebra, a potem zwrócił się do leżącego obok Głowy Byka: – Co mamy z nim zrobić?

– Zróbcie z nim, co chcecie – powiedział porucznik nie

najmocniejszym głosem, bo nadal krwawił ze swoich licznych ran. – Jest nie lepszy od innych.

Samotny Człowiek uderzył chłopca kolbą karabinu w głowę i Stopa Wrony wypadł przez otwarte drzwi na zewnątrz.

Amanda nie rozumiała wymiany zdań, ale kiedy zobaczyła, jak chłopiec został uderzony, odepchnęła mnie i pobiegła za Samotnym Człowiekiem i resztą, którzy wyszli za Stopą Wrony na dwór.

– Nie! – krzyknąłem. – Amando, nie mieszaj się do tego!

Ona jednak nie słuchała i wrzeszczała na policjantów, oczywiście po angielsku i babskim głosem, i była jedną nogą za progiem, ze mną tuż z tyłu, kiedy Samotny Człowiek uniósł karabin i strzelił Stopie Wrony w plecy, aż ten się obrócił, a potem kilku policjantów opróżniło swoje pistolety w ciało chłopca, kiedy padał, a nawet kiedy już leżał na ziemi. Znajdowali się w stanie furii, jakiego nie oglądałem od czasu Tłustej Trawy.

Amanda nadal krzyczała, ale na szczęście jak dotąd żaden policjant nie zwrócił na nią uwagi, a potem wywiązała się na nowo strzelanina. Ludzie Siedzącego Byka otworzyli ogień zza drzew nad rzeką, policjanci zza chat i stodoły, a do tego włączył się jeszcze głos rozpaczy: kobiety Siedzącego Byka, żony i córki, zebrały się w mniejszej chacie, skąd dochodziły rozdzierające serce zawodzenia.

Pod ogniem znad rzeki nie było wskazane pozostawanie na otwartej przestrzeni, usiłowałem więc ściągnąć Amandę w dół, żeby przynajmniej kucnęła wraz ze mną, dając mi czas na rozejrzenie się za jakąś osłoną, ona jednak chciała stać i oskarżać odpowiedzialnych za tę rzeź, wywiązała się więc między nami szarpanina, w której Amanda, jako silna i zdrowa, opierała się całkiem skutecznie, aż przypomniałem sobie starą czejeńską sztuczkę z podstawieniem nogi i przewróciłem ją, na szczęście na kawałek ziemi nie zalany jeszcze krwią płynącą ze sponiewieranego ciała Stopy Wrony. Kałuża jednak się powiększała i wciąż trzymając wyrywającą się Amandę, musiałem przetoczyć nas dalej.

– Do diabła, Amando! – krzyknąłem w końcu. – Niech pani przestanie ze mną walczyć! Musimy ratować życie! Domyślam się, że była w szoku, co zdarza się na polu bitwy zwłaszcza osobom, które same w niej nie uczestniczą, a znalazły się tam przypadkiem, bo nagle przestała się opierać i rozsądnym tonem odpowiedziała:

– Dobrze.

A ja natychmiast się zawstydziłem, że leżę opleciony, że tak powiem, wokół niej, chociaż nie było w tym nic osobistego, odsunąłem się więc i uniosłem głowę o tyle, żeby coś zobaczyć zza trupa Stopy Wrony, ale każdy budynek w zasięgu wzroku był wykorzystany jako osłona, zza której policjanci strzelali do tych w zagajniku. Nie mogliśmy wrócić do głównej chaty, bo Amanda znów zaczęłaby im wymyślać za zamordowanie Siedzącego Byka i jego młodego syna, i chociaż moja sympatia była po ich stronie, nie wytrzymałbym słuchania żałobnego zawodzenia indiańskich kobiet z sąsiedniej chaty przez wiele godzin, gdybyśmy tam utknęli.

Leżeliśmy więc dalej na ziemi, gdzie było tak zimno, że krew Stopy Wrony zaczęła się pokrywać lodem, a my mieliśmy na sobie tylko ubrania domowe: Amanda wełnianą suknię, a ja koszulę, spodnie i na szczęście buty, których nie zdjąłem na noc, bo nie potrafię spać, kiedy mam zmarznięte stopy. Kiedy zauważyłem, że Amanda przez cały czas jest tylko w pończochach, podczołgałem się do Stopy Wrony, zdjąłem mu mokasyny, teraz już mu niepotrzebne, i dałem je Amandzie. Wszystko inne, co miał na sobie, było przesiąknięte krwią.

Myślałem, że to ona zaczęła się trząść tak gwałtownie, że jej kontury się zacierały, więc przeprosiwszy ją, powiedziałem, że musimy się objąć, bo inaczej zamarzniemy na śmierć, i dopiero kiedy przez dobrą chwilę trzymałem ją w objęciach i nieco się rozgrzałem, zdałem sobie sprawę, że to głównie ja się trzęsę. Ale ona przytulała się do mnie bez słowa protestu, chyba więc wszystko było w porządku.

Nie wiem, jak długo tak leżeliśmy w jednej z najdziwniejszych sytuacji w moim życiu, które przecież w takie sytuacje obfitowało. Było to okropne z powodów oczywistych, a jednocześnie wspaniałe ze względów osobistych, ale trwało to już około godziny, ogień karabinowy przycichał chwilami i wydawało się, że to już koniec, a po chwili odzywał się z nową siłą, aż nagle, z dużej odległości ktoś strzelił do nas z armaty i pocisk spadł tuż obok stodoły. Spoglądając między budynki, zauważyłem kłąb dymu na wysokim brzegu rzeki i rozległ się drugi huk. Potem usłyszałem głuchy odgłos kuli, która spadła tuż za główną chatą.

– I jak się to pani podoba? – mówię do Amandy, przytulając ją jeszcze mocniej. – Teraz strzela do nas wojsko.

Dwóch policjantów wybiegło z chaty z kawałkiem białego materiału przywiązanym do lufy karabinu i powiewało nim rozpaczliwie w stronę wzgórz.

Ogień armatni ustał i po chwili w dolinę zjechał oddział kawalerii. Wstaliśmy, bo ostrzał z zagajnika też ustał, i widziałem, jak ludzie Siedzącego Byka przemykają w górę rzeki. W sensie dosłownym nie była to bitwa z Amerykanami.

Gdy tylko żołnierze wjechali do osady, Amanda podeszła do dowodzącego kapitana, zanim jeszcze ten zdążył zsiąść z konia, i zaczęła opowiadać o zbrodniach indiańskiej policji.

Kapitan zapewne słyszał, że żyła z Siedzącym Bykiem, i w najlepszym przypadku uważał ją za wariatkę, a w najgorszym za ladacznicę, która upadła tak nisko, że zamieszkała z Indianinem, ale trzeba mu przyznać, że zachował się grzecznie, choć nie potraktował jej poważnie.

– Proszę pani – powiedział – jestem tylko żołnierzem wykonującym rozkazy. Swoje oskarżenia może pani skierować do mojego dowódcy w Fort Yates, pułkownika Druma. A teraz proszę mi wybaczyć, muszę się zająć swoimi obowiązkami.

Po czym odszedł na stronę z sierżantem Czerwonym Tomahawkiem, który w podnieceniu opowiadał mu coś w języku Lakotów, czego kapitan zapewne nie rozumiał ani w ząb, choć potakująco kiwał głową.

Pozostali żołnierze też zsiedli z koni i przyglądali się Amandzie, bo chociaż utytłana w błocie i krwi nie prezentowała się najlepiej, to jednak wciąż było na co popatrzeć.

Obawiałem się, że mogą robić jakieś nieprzystojne uwagi, na co musiałbym zareagować, a byłem tak wyczerpany fizycznie i duchowo, że ledwo mogłem się utrzymać na nogach, jeszcze raz więc spróbowałem odwieść ją od czegoś, co leżało w naturze tej kobiety, to znaczy od wtykania nosa w nie swoje sprawy w obronie sprawiedliwości, co, nie zrozumcie mnie źle, podziwiałem, ale co często prowadziło do komplikacji. Oto mieliśmy Siuksów zabijających innych Siuksów w interesie polityki białych, ale biali, którzy wymyślili tę politykę, wierzyli, że pomagają Indianom w czasie i miejscu, w którym wielu innych białych było za wytępieniem wszystkich czerwonoskórych.

– Amando – powiadam – pan kapitan ma rację. Powinniśmy pójść do agencji i tam opowiedzieć o wszystkim, co tu się stało. Tutaj nic nie wskóramy.

– Nie mogę uwierzyć, że to prawda – powiedziała, ale widać było, że sprawę rozważa. Nie chciałbym stworzyć wrażenia, że Amanda, chociaż uparta, nie potrafiła myśleć. – Może da się coś zrobić dla tych nieszczęsnych kobiet. – I skierowała się do drugiej chaty, skąd żałobne zawodzenia rozlegały się już tak długo, że zostałyby zauważone dopiero, gdyby ucichły.

Skoro Amanda poszła, musiałem iść i ja, weszliśmy więc do chaty, w której żony i dorosłe córki siedziały rzędem na posłaniu z koców, tworząc ten smutny chór. Amanda przeszła wzdłuż nich, głaszcząc każdą z nich po ramieniu, a ja zauważyłem całkowity brak dzieci, które normalnie byłyby w pobliżu.

Rozglądając się za nimi, zauważyłem na jednej ze ścian portret Siedzącego Byka, o którym mi wspominał, cała postać w pióropuszu i najlepszym, zdobionym paciorkami i frędzlami ubraniu z jeleniej skóry, jakże jaskrawy kontrast z krwawym trupem leżącym na zmarzniętej ziemi na zewnątrz. Jak mi powiedział, obraz nosił podpis białej kobiety „C. Weldon", nazwisko, jak twierdził, tak trudne do zapamiętania, że je zapomniał. Było to stwierdzenie tak indiańskie w stylu, że mógłbym uronić parę łez, gdybym się nad nim zastanowił, ale nie miałem na to czasu, bo wszedł biały oficer kawalerii w towarzystwie paru indiańskich policjantów i zatykając uszy, krzyknął na kobiety, żeby przestały wyć, a Amanda zapiszczała na niego.

Tymczasem jeden z policjantów dostrzegł portret Siedzącego Byka i wykrzyczał wściekle, że jego brat został zabity przez zwolenników Siedzącego Byka, zerwał więc obraz Catherine Weldon ze ściany i przebił płótno kolbą karabinu. Ja też musiałem krzyczeć, żeby młody porucznik mnie usłyszał.

– Znam język Siuksów. Czego pan tu szuka?

Przewrócił oczami w stronę Amandy i potrząsnął głową.

– Broni – powiedział. – Nie chcemy dostać kuli ani noża w plecy. – Wskazał na siedzące kobiety. – Powiedz im, żeby ruszyły swoje brudne tyłki. Chcę zobaczyć, co jest pod tymi kocami.

– Proszę się wyrażać kulturalnie! – wtrąciła się Amanda. Po czym osłabiła swoje wezwanie, dodając: – Ty plugawy skurwysynu.

Porucznikiem zarzuciło i uważając Amandę za białą nałożnicę Siedzącego Byka, mógł dać jej po twarzy, ale moja obecność powstrzymała go o tyle, że zdążyłem odezwać się do Indianek.

– On chce, żebyście wstały, i lepiej go posłuchajcie, zanim zaczną was szarpać siłą.

Widziana Przez Naród i jej siostra Cztery Płaszcze zrobiły, jak im kazano, podobnie jak córki wodza: zamężna Wiele Koni i ulubienica ojca, zaledwie trzynastoletnia Stojący Czar.

Oficer kazał policjantom odrzucić górne koce ze stosu, na którym siedziały kobiety, i ukazali się dwaj młodzi chłopcy, nadzy z wyjątkiem przepasek na biodrach.

Wątpię, żeby w obecności oficera chłopców mógł spotkać los Stopy Wrony, ale Amanda nie miała zamiaru ryzykować, więc naskoczyła na porucznika, grożąc, że go wykończy, jeżeli tym chłopcom spadnie choćby włos z głowy. Nie wiem, czy z tego powodu czy nie, ale nie spotkało ich nic gorszego niż rewizja osobista, zakończona znalezieniem złamanego scyzoryka, którą to broń skonfiskowano.

Porucznik zauważył leżący na podłodze portret Siedzącego Byka z połamaną ramą i rozszarpanym płótnem.

– To mi wygląda na autentyczny obraz olejny – zwrócił się do mnie. – Powiedz im, że jestem gotów go kupić, choć w tym stanie nie może być wiele wart. – Tu mrugnął do mnie. – Zresztą, one się na tym i tak nie znają.

Wydało mi się to dość cyniczne, jako że obraz stanowił pamiątkę dni, które już nigdy nie wrócą, ale przekazałem ofertę Widzianej Przez Naród i drugiej wdowie imieniem Cztery Płaszcze, nie chcąc ze względu na kobiety wprawiać oficera w zły humor.

Ich reakcja stanowiła dla mnie zaskoczenie i to nie dlatego, że była indiańska, ale dlatego, że była kobieca, na czym się nie znałem. Okazało się, że są aż nadto gotowe sprzedać portret. Jak się w końcu domyśliłem, chodziło o to, że namalowała go biała kobieta. Zauważcie, że nie wisiał w głównej chacie, gdzie rządziła najstarsza żona. W każdym razie porucznik nabył go za dwa dolary, do czego bez jego wiedzy dodałem wszystkie banknoty, jakie miałem w kieszeni, co stanowiło pochopny gest z mojej strony, bo zostałem bez pieniędzy, a Cody oddalił się z tej okolicy. Ale w tamtym momencie nie zastanawiałem się nad konsekwencjami swojego postępku.

Oficer kazał nieść obraz policjantowi, który go podziurawił, i wyszedł z całą resztą, a ja z nimi. Uznałem, że służąc za tłumacza, będę mógł zapobiec zbyt okrutnemu traktowaniu pokonanych, bo Indianie nie uznawali litości dla przeciwników, nawet jeżeli byli to ich pobratymcy.

Spóźniłem się jednak, żeby zapobiec czemuś, co w zasadzie nie wyrządziło nikomu szkody, bo stary wódz już i tak nie żył, ale co było najbardziej odrażającą rzeczą, jaką ostatnio widziałem, i gdybym znalazł się bliżej, mój nóż na pewno utkwiłby w brzuchu sprawcy.

Stronnicy Siedzącego Byka odeszli, ale teraz zebrała się gromadka nie umundurowanych Siuksów, którzy przyszli zobaczyć, co się stało, krewni zabitych i rannych policjantów, i właśnie kiedy wychodziłem z chaty, jeden z nich nadszedł z ciężkim jarzmem, które zabrał ze stodoły, uniósł je wysoko i z całą siłą spuścił na twarz martwego Siedzącego Byka.

– Przestań, człowieku! – ryknął znajdujący się nieco bliżej porucznik.

– Nazinkya! – przetłumaczyłem to dosłownie, biegnąc, na użytek policjantów, którzy sami nie widzieli w tym nic złego, a potem dodałem już do samego sprawcy: – Bo wypruję ci flaki i dam wronom. – Na co odrzucił jarzmo.

Rysy szlachetnego niegdyś oblicza Siedzącego Byka uległy przemianie i nie chciałbym wdawać się w szczegóły, ale byłem zadowolony, że Amanda pozostała w chacie z kobietami.

Nie był to koniec bezczeszczenia trupa Siedzącego Byka, ale nie mogłem przeszkodzić temu, co się działo dalej, bo rozumiałem powagę sytuacji. Indiańscy policjanci mieli zamiar odwieźć ciało McLaughlinowi do agencji, ale mieli też cztery trupy swoich, a tylko jeden wóz. Położenie Siedzącego Byka w skrzyni wozu obok ich towarzyszy oznaczałoby, że był człowiekiem tej samej wartości, a w nich wciąż jeszcze gotowała się krew po zaciekłej bitwie.

Oderwali więc jego stare ciało od ziemi, do której przykleiła je zamarznięta krew, i rzucili je, z tyłem głowy odstrzelonym i podbródkiem na miejscu nosa, na wóz, a potem troskliwie ułożyli na nim poległych policjantów.

Myślałem jedynie o tym, jak stamtąd uciec, i to nie tylko od Indian, którzy podlegli takiej degradacji, że zachowywali się jak biali w Dodge i Tombstone, nienawidząc się i zabijając między sobą. Miałem tego już od dawna powyżej uszu i nie powinienem wracać na Zachód. Do diabła, byłem przecież w dobrych stosunkach z królową i księciem Bertie, z wieloma Francuzami, których nawet nie rozumiałem, nie mówiąc już o Włochach i Niemcach, a wszyscy oni byli tak cywilizowani, że już bardziej nie można. Wówczas niewiele wiedziałem o masowych rzeziach, które urządzali co jakiś czas, i to nie tylko wśród różnokolorowych ludów w swoich odległych imperiach, ale również między sobą na własnym terenie. Jednak wtedy mieli przerwę, przynajmniej w Europie, kiedy tam przebywałem, niewątpliwie szykując się do następnej krwawej łaźni, musiało więc upłynąć jeszcze trochę lat, zanim zrozumiałem, że niezależnie od tego, jak będę stary i gdzie się znajdę, wcześniej czy później ludzie będą się tam mordować i że powinienem to akceptować jako rzecz naturalną, tak jak kiedy byłem chłopcem wśród Czejenów. W dorosłym życiu uległem rozmiękczeniu. Trudno. W tamtym czasie niebezpiecznie zbliżałem się do pięćdziesiątki i oglądałem zbyt wiele gwałtownych śmierci.

Podszedłem więc do drzwi chaty kobiet i poprosiłem Amandę, żeby była uprzejma wyjść.

Zjawiła się, mówiąc:

– Jack, musimy coś zrobić dla tych ludzi.

– Amando – mówię – nic podobnego.

Spojrzała na mnie tymi swoimi wielkimi oczami, które przy pewnym oświetleniu były tak ciemne, że wydawały się granatowe.

– Jak to: nic podobnego?

– Niech pani zwróci uwagę – powiadam – nie mówię, że oni nie mają kłopotów. Mówię tylko, że pani i ja nie możemy im w niczym pomóc, siedząc tutaj, chyba że chcemy być świadkami dalszych takich scen. Pozostając tu, nie potrafimy tego powstrzymać ani nawet opóźnić. Wynośmy się stąd. Ta pani książka zrobi więcej dobrego niż wszystko, co może pani zrobić tutaj. Widziała już pani sporo rzeczy, które będą nowością dla innych białych, zna pani angielski bardzo dobrze i potrafi pani napisać coś, co ludzie na pewno z zainteresowaniem przeczytają.

– A co ty zrobisz? – Jej ciekawość sprawiała wrażenie autentycznej.

– Może pani się to nie spodoba, ale wracam do „Dzikiego Zachodu" Cody'ego, gdzie pewna liczba Indian zarabia niezłe pieniądze, strzelając ze ślepaków. Może i są teraz aktorami, a nie szlachetnymi dzikusami jak dawniej, ale też nikt ich nie morduje.

Miała najsmutniejszy, a jednocześnie najsłodszy wyraz twarzy, bo w Amandzie te dwa uczucia bywały nierozerwalnie związane, podczas gdy w chwilach powodzenia była nieprzystępna i zimna.

– Choć może się to wydać nieprawdopodobne, uczę się na błędach – powiedziała.

Nigdy wcześniej nie słyszałem z jej ust ani słowa samokrytyki i w pewien sposób żałowałem, że to powiedziała, bo jak nieraz wspominałem, zawsze robiły na mnie wrażenie osoby pewne siebie. Tyle że większość tych, które mi przychodzą do głowy, marnie skończyła, tak jak ostatnio Siedzący Byk, podczas gdy ktoś taki jak ja, kto rzadko wie, co robi, może dożyć mojego wieku.

Ponieważ wszystkie pieniądze oddałem Indiankom, nie miałem na bilet kolejowy i musiałem pożyczyć od Amandy, która przechowywała jakieś złote monety ukryte w ubraniu. Razem podróżowaliśmy niedługo, bo ona jechała do Nowego Jorku, podczas gdy ja kierowałem się z powrotem na ranczo Cody'ego w North Platte w Nebrasce, do miejsca, które ostatnio zastępowało mi dom i gdzie spodziewałem się zastać Buffalo Billa oraz przekazać mu prawdziwą historię śmierci jego starego przyjaciela Siedzącego Byka, bo Bóg wie co mu naopowiadano.

Znów z ciężkim sercem żegnałem się z Amandą, chociaż tym razem rozstawaliśmy się w przyjaznej atmosferze i jeżeli nie było to wytworem mojej wyobraźni, ona również robiła to z pewnym żalem i przytrzymała moją dłoń nieco dłużej i serdeczniej niż kiedykolwiek dotąd.

– Mam nadzieję, że jeszcze się spotkamy, Amando – zdołałem tylko wydusić.

– Dziękuję ci, Jack, za uratowanie mi życia – powiedziała. – Chciałabym utrzymać z tobą kontakt.

Przez chwilę wziąłem to stwierdzenie dosłownie, ale potem pomyślałem, że chodzi jej o kontakt listowny. Nawiasem mówiąc teraz, kiedy wracała do cywilizacji, znowu się wystroiła i pozbywszy się tej wyszarganej sukni, kupiła sobie w Pierre wytworny strój, łącznie z modnym kapeluszem.

– Byłoby wspaniale dostać od pani list, Amando – mówię – ale muszę przyznać, że mam duże kłopoty z pisaną angielszczyzną.

– Nigdy nie miałam trudności ze zrozumieniem tego, co mówisz – powiedziała z uśmiechem.

– Miło to słyszeć, ale w rozmowie nie muszę myśleć o ortografii.

– Takie rzeczy nie powinny się liczyć między przyjaciółmi – stwierdziła już poważnie.

Jak zwykle myślała o tym, jak być powinno, a nie jak jest, ale gdyby myślała inaczej, nie odnosiłbym się do niej aż z takim szacunkiem.

Zakończę tę część swojej opowieści czymś, w czym nie uczestniczyłem osobiście, i powiem, że część zwolenników Siedzącego Byka, uciekając znad rzeki Grand, połączyła się z grupą Siuksów Minneconjou z wodzem imieniem Wielka Stopa i parę tygodni później, nad potokiem pod nazwą Wounded Knee, spotkali się z Siódmym Pułkiem Kawalerii, dawnym oddziałem Custera, w celu rozmów na temat złożenia broni, osiedlenia się na stałe i zaprzestania Tańca Duchów i wszelkiej innej wywrotowej działalności, ale ktoś strzelił, może przypadkiem, wywołując starcie, które w przeciwieństwie do ostatniej bitwy Custera zakończyło się pomyślnie dla strony cywilizowanej, czyli że tym razem zostali zmasakrowani Indianie, około dwustu osób, łącznie z kobietami i dziećmi.

Minneconjou, jeżeli pamiętacie, obozowali na drugim brzegu Tłustej Trawy, na wprost wąwozu Tajemniczy Ogon, którym tamtego dnia w czerwcu siedemdziesiątego szóstego roku zjeżdżał generał Custer, chcąc przekroczyć rzekę i zaatakować wielki obóz Indian, żeby po chwili zawrócić na szczyt wzgórza, gdzie został zabity. Od tego czasu biali nazywali to płytkie miejsce w rzece Brodem Minneconjou.

21. TARGI ŚWIATOWE

Tak się złożyło, że dotarłem do Odpoczynku Zwiadowcy pod nieobecność Cody'ego. Jego misja w stosunku do Siedzącego Byka nie doszła do skutku, ale Miles Niedźwiedzi Płaszcz szybko przydzielił mu następną. Generałowie, począwszy od Custera, zawsze mieli słabość do Buffalo Billa, nic więc dziwnego, że sam awansował do tego stopnia w Gwardii Narodowej stanu Nebraska i w tym charakterze Niedźwiedzi Płaszcz wysłał go w celu zbadania stosunków z Indianami na granicach stanu, po czym generał Cody udał się do rezerwatu Siuksów Pine Ridge, gdzie w policji służyli też Indianie występujący dawniej w „Dzikim Zachodzie", i wreszcie dołączył do Milesa, żeby przyjąć kapitulację ostatniej grupy Siuksów uważanej za buntowników.

Kiedy więc w końcu wrócił do domu, miał o czym opowiadać i śmierć Siedzącego Byka nie była już nowością. Nie okazał zainteresowania tym, co robiłem przez dwa miesiące po zniknięciu z klubu oficerskiego w Fort Yates. Było to dla niego typowe, podobnie jak szczera radość z mojego powrotu.

– Cóż – powiedziałem – słyszałeś już wszystko o tym, jak zabito Siedzącego Byka, ale może jest coś, czego nie wiesz. Ten siwek...

Przerwał mi i podniósł wysoko szklankę.

– Wypijmy za pamięć starego Siedzącego Byka, dobry był z niego chłop. Żałuję, że nie pozwolono mi się z nim zobaczyć, ale w grę weszły naciski polityczne.

– Cały czas przechowywał ten kapelusz, który mu dałeś – powiadam – a co do tego konia, to była z nim cała historia. Wydaje się...

– Poczyniłem kroki, żeby odkupić tego konia od wdów – mówi Cody, unosząc głowę tak, że jego kozia bródka celuje we mnie. – Będę na nim wjeżdżał na początku każdego przedstawienia, z Gwiaździstym Sztandarem w ręku. To dopiero będzie atrakcja, nie mówiąc o lekcji historii dla amerykańskich dzieci.

I w ten sposób nigdy się nie dowiedziałem, czy Cody słyszał, jak to zwierzę demonstrowało swoje cyrkowe numery podczas tej małej bratobójczej wojny, którą Siuksowie stoczyli nad rzeką Grand, a wspominam tę sprawę tylko po to, żeby raz jeszcze pokazać, jak działał umysł Buffalo Billa. Gdyby mógł, uratowałby Siedzącego Byka, a skoro nie mógł, to nie tracił czasu na lamentacje. Zamiast tego znalazł praktyczne zastosowanie dla konia, który pozostał po Byku i, co warto podkreślić, zatroszczył się o jakiś dochód dla Widzianej Przez Naród i Czterech Płaszczy. To był Cody w całej okazałości – widząc korzyści dla siebie, dawał zarobić innym. Prawdziwa kwintesencja amerykańskości.

Na nieszczęście wychodziło mu to tylko w przemyśle rozrywkowym. Nigdy nie słyszałem o jakimś innym jego przedsięwzięciu, które nie przyniosłoby strat, włącznie z tymi, w których i ja ulokowałem swoje skromne oszczędności, możecie więc spytać, dlaczego nadal to robiłem, mimo że Cody ze wszystkich sił starał się mnie zniechęcić, bo choć często występował jako gaduła-samochwała, to nigdy nie był oszustem. Powiem wam, dlaczego w to wchodziłem: wszystkie te projekty w fazie wstępnej sprawiały wrażenie, że nie mogą nie wypalić – i nowe osadnictwo, i patentowane lekarstwa, i wszystkie inne, bo inni ludzie zbijali w tamtych czasach fortuny na podobnych przedsięwzięciach. Weźmy tego przyjaciela Cody'ego Doca Powella, co to wymyślił „Syrop od kaszlu Białego Bobra, Niezawodne Lekarstwo na Płuca". Sporządził on również napój pod nazwą „Panamalt, zdrowy środek zastępujący wszelkie napoje uważane za szkodliwe". Panie mogły za jego pomocą wyciągać trunkowych mężów z alkoholizmu, co wcale nie musiało być prawdą, ale prawdziwą rewelacją był według mnie pomysł, żeby spopularyzować ten płyn wśród mormonów, którym nie wolno pić kawy. Innym przedsięwzięciem, które uznałem za skazane na sukces, był hotel i stajnie, zbudowane przez Cody'ego w Sheridan w Wyoming. Jednak prędzej czy później wszystko to padało. Może byłoby inaczej, gdyby Bill potrafił na użytek tych przedsięwzięć wykorzystać jakoś swoje talenty do czarowania publiczności, ale widocznie wszystkie je zużywał w „Dzikim Zachodzie".

Skoro o tym mowa, skondensuję tutaj parę następnych sezonów, bo chociaż każdy różnił się nieco od innych, to były wystarczająco podobne, żeby nie wdawać się w szczegóły.

Zaczęliśmy od roku dziewięćdziesiątego pierwszego w Niemczech, gdzie jak pamiętacie, zakończyliśmy występy w roku poprzednim, i chociaż osoby typu Amandy podejmowały znane nam już wysiłki, żeby rząd zabronił Cody'emu zatrudniania Indian, to znów ich starania spełzły na niczym i nie tylko mieliśmy w zespole setkę Siuksów, ale na dodatek wielu z nich było tymi uczestnikami Tańca Duchów, którzy powodowali zamieszki na Terytorium Dakoty, a teraz zarabiali niezłe pieniądze, zabawiając białych, więc Buffalo Bill jak zwykle postawił na swoim.

Jednak zimą, kiedy zapowiadało się na sezon bez Indian, Nate Salsbury dla zapełnienia luki zatrudnił masę innych jeźdźców i wszyscy oni pozostali w zespole. Byli to kawalerzyści ze Stanów Zjednoczonych, Anglii i Niemiec, rosyjscy kozacy, gauczo z Argentyny, vaqueros z Meksyku, amerykańscy kowboje i dziewczyny oraz wielka orkiestra, nie mówiąc o całym personelu pomocniczym, do którego zaliczał się i wasz uniżony sługa.

W owym czasie zespół „Dzikiego Zachodu" liczył około sześciuset pięćdziesięciu osób, na czele z niezmienną ulubienicą każdej publiczności, przed którą występowaliśmy, mimo że nie była już tym samym młodym dziewczęciem co kiedyś, Annie Oakley. Jednym z jej popisowych numerów, uwielbianym przez osobę, która się w nim narażała, było odstrzeliwanie popiołu z papierosa palonego przez kajzera Wilhelma, którego poznała jeszcze jako kronprinca, kiedy robiła tę samą sztuczkę. (Wiele lat później, w czasie pierwszej wojny światowej, wyraziła żal, że wtedy raz w życiu nie spudłowała i nie wpakowała mu kuli w łeb.)

Innym razem uratowała życie jakiegoś bawarskiego księcia, którego omal nie stratował rozbrykany koń podczas zajęć ćwiczebnych, które swoją obecnością zaszczycił tenże książę. Annie zwaliła księcia na ziemię i przeturlała go w bezpieczne miejsce, za co do swojej kolekcji trofeów dodała kolejny medal. Jednak i ona, i Frank stwierdzali, że mają dość wędrownego życia, i planowali zbudowanie domu w miejscowości Nutley w stanie New Jersey, która, jak twierdzili, była bardzo przyjemną społecznością, i zachęcali mnie, żebym został ich sąsiadem i członkiem miejscowego klubu strzeleckiego wśród innych tamtejszych rozrywek.

Powiem wam, że ten pomysł nawet by mi odpowiadał, gdybym mógł sobie na to pozwolić i gdybym miał żonę, bo nie podejmuje się takich decyzji, żyjąc samotnie. Moje nieszczęście polegało na tym, że znajomość z Amandą wykluczała możliwość związku z kobietą, u której miałbym szansę, to znaczy na moim poziomie. Nie byłem bynajmniej snobem, ale połączenie jej urody, wykształcenia, odwagi osobistej i chęci pomagania ludziom sprawiło, że zajęła szczególne miejsce w moim życiu, w rodzaju tego, które mogłaby zająć Libbie Bacon, gdyby nie spotkała George'a Custera. A może zresztą nie.

Rzecz w tym, że w swoim przekonaniu byłem skazany na tryb życia, jakie pędziłem dotychczas, a nie było ono najgorsze: obracałem się wśród przyjaciół, białych i czerwonoskórych, odżywiałem się regularnie i zarabiałem niezłe pieniądze, odgrywając pewną niewielką rolę w dostarczaniu ludziom rozrywki, a także, co Buffalo Bill uważał za znacznie ważniejsze, w przedstawianiu im historii amerykańskiego Zachodu, bo Cody całym sercem kochał swój kraj, jedyne miejsce na kuli ziemskiej, gdzie ktoś taki jak on mógł zajść tak wysoko, co doceniał zarówno on, jak i ja.

Teraz muszę powiedzieć coś o Niemczech. Gdziekolwiek się ruszyliśmy w tym kraju wśród tłumu dorosłych i dzieci, które otaczały nasz obóz, zawsze znajdowało się paru oficerów armii niemieckiej obserwujących każdy nasz ruch przy rozładowywaniu naszego pociągu, rozbijaniu wszystkich naszych namiotów i tipi, gotowaniu strawy i karmieniu zespołu. Początkowo myślałem, że będą chcieli nas aresztować za to, że nie robimy wszystkiego na sposób niemiecki, znacznie czystszy i lepiej zorganizowany, niż to mógł zrozumieć prosty kowboj, nie mówiąc o Indianinie, ale Annie, która zawsze wiedziała, o co chodzi, wyjaśniła mi, że niemieckim wojskowym tak imponowała organizacja, stosowana w „Dzikim Zachodzie" Buffalo Billa, że mieli zamiar wykorzystać nasze doświadczenia u siebie.

– Zauważ, że wszystko zapisują w swoich notesach – powiedziała.

Potem udaliśmy się do Holandii i Belgii, a potem przez morze znów do Wielkiej Brytanii, dając występy po całym kraju łącznie z Walią i Szkocją, gdzie mowa miejscowej ludności była tak niezrozumiała, że w porównaniu z nią język używany przez Anglików wydawał się prawie swojski.

Skoro mowa o porozumiewaniu się ponad barierami, to jeden z najbardziej zadziwiających przypadków w tej dziedzinie zdarzył się tamtej zimy w Glasgow, gdzie dawaliśmy przedstawienia na krytej arenie. Cody musiał wrócić na parę miesięcy do North Platte, żeby zająć się sprawami rancza i pokłócić ze swoją żoną Lulu, a ja byłem zadowolony, że tym razem nie zaprosił mnie ze sobą, bo po incydencie z Siedzącym Bykiem wolałem pomieszkać wśród cudzoziemców.

Jednak brak Cody'ego oznaczał wielką stratę, bo chociaż zaczął siwieć i zaokrąglił mu się brzuch, to nadal aktywnie uczestniczył w każdym przedstawieniu, odbijając dyliżans z rąk Indian, przybywając zbyt późno, żeby uratować Custera, i tak dalej, a także popisując się celnością w rozbijaniu szklanych kul z siodła.

Otóż jegomość nazwiskiem Lew Parker, który w tamtym czasie zajmował się wyszukiwaniem nowych talentów, wpadł na genialny pomysł pozyskania kilku tresowanych słoni, a jakby tego było za mało, wypożyczył grupę czarnych Zulusów, których ten Stanley, co to odnalazł doktora Livingstone'a w środku Afryki, obwoził po Europie.

Rzecz jasna dziennikarze natychmiast zapragnęli mieć te dwie odmiany dzikusów na jednym zdjęciu, a kiedy dopięli swego i te wysokie, muskularne okazy afrykańskich wojowników o granatowoczarnej skórze, z opaskami na głowach i naszyjnikami z kłów dzikich zwierząt stanęły obok Indian w pióropuszach i ozdobach z paciorków, pewien szkocki reporter wyraził żal, że nie mogą ze sobą porozmawiać i porównać zwycięstwa Zulusów nad armią brytyjską, o którym kiedyś wspomniał książę Bertie, z klęską, jaką Siuksowie zadali Custerowi.

Mnie to nie rozśmieszyło, jako że byłem świadkiem tego drugiego wydarzenia, ale pomyślałem, że warto czegoś spróbować.

– Może zobaczysz, czy uda się rozmawiać z tymi czarnymi ludźmi językiem gestów? – zwróciłem się do Skalnego Niedźwiedzia, jednego z naszych Lakotów.

Skinął głową, potrząsając orlimi piórami.

– Przemówię do nich – zgodził się i zaczął mówić językiem gestów, zadając krzepkiemu jegomościowi, wyglądającemu na wodza czarnych, tradycyjne indiańskie pytania przy spotkaniu z obcym. – Dokąd idziesz? Czego ci potrzeba? – I niezmienne: – Czy chcesz jeść?

I niech mnie licho, jeżeli Zulus natychmiast nie zrozumiał i nie odsygnalizował sensownych odpowiedzi, które w danej sytuacji nie musiały być dosłowne, bo wystarczały zwykłe uprzejmości, po czym przez jakiś czas ci dwaj rozmawiali sobie, wprawdzie nie o wojnach z białymi, ale o tak przyziemnych sprawach, jak pogoda w Szkocji, dzieci, rodzaj ulubionego mięsa i tak dalej, bo języka gestów nie wymyślono dla przekazywania skomplikowanych uczuć.

Cody przyjechał na wiosnę i „Dziki Zachód" wrócił do Londynu, gdzie nie zaglądaliśmy od Jubileuszu w roku osiemdziesiątym siódmym, i chociaż tamta atmosfera była nie do powtórzenia, to sezon okazał się wielce udany, a królowa Wiktoria, jeszcze starsza niż wtedy, ale wciąż na tronie, zaprosiła nas i tym razem na prywatne przedstawienie do Windsoru.

Nie kwapiłem się do udziału w igraszkach księcia Walii, uważając, że wyrosłem już z tego rodzaju rozrywek, ale nie wiedziałbym, jak się wykręcić, gdybym został zaproszony, bo to był kraj Bertiego, w którym lada minuta mógł zostać królem, odczułem więc ulgę, kiedy jeden z jego zauszników wziął mnie na stronę, żeby mi powiedzieć, że Jego Książęca Wysokość bardzo żałuje, ale w tym roku nie będzie mógł spotkać się z kapitanem Crabbem z ważnych względów państwowych. Osobnik ten, weselszy niż większość angielskich oficjeli, puścił do mnie oko i powiedział coś o innym księciu imieniem Hal, który zostawszy królem, nie mógł już widywać się z niejakim Falstaffem. Nie zrozumiałem tej aluzji, ale może Bertie za wcześnie szykował się do objęcia tronu, bo jego mamusia pożyła jeszcze dziewięć lat! Nawiasem mówiąc, byliśmy z nim rówieśnikami, ale nie wiem, czy rzeczywiście się ustatkował, odkąd zasiadł na tronie, i pewnie nie miało to większego znaczenia, bo biedaczysko tak się zestarzał w oczekiwaniu na koronę, że wyciągnął nogi zaledwie parę lat po jej otrzymaniu.

Mieliśmy więc za sobą kolejny udany sezon w Anglii, ale zanim nadeszła jesień, wielu członków zespołu odczuwało tęsknotę za krajem i z radością przyjęło decyzję, że „Dziki Zachód" wraca do Stanów, gdzie nie występowaliśmy od roku osiemdziesiątego ósmego. Osobiście nie byłem zachwycony perspektywą powrotu, ale nie chciałem też zostać w Europie na własną rękę, dołączając może do któregoś z podrzędnych westernowych widowisk wędrujących po kontynencie, zwłaszcza w Niemczech, żywiąc się, można powiedzieć, odpadkami z uczty Buffalo Billa.

Natomiast w planach Cody'ego na następną wiosnę był udział „Dzikiego Zachodu" w Targach Światowych w Chicago. Cieszyłem się, że znalazł nowe miejsce dla występów, bo to go zawsze mobilizowało. Musiał odzyskać swoją nadzwyczajną energię, gdyż przechodził okres niezwykłego u niego przygnębienia, może dlatego, że po powrocie z Anglii z nie wyjaśnionych przyczyn popadł w abstynencję i odmówił wypicia szklaneczki nawet na zamku w Windsorze. Kiedy Burke Arizona powiedział o tym prasie, Bill został publicznie pochwalony przez Armię Zbawienia, organizację niewątpliwie szlachetną, ale ich pochwała niekoniecznie przysparzała sławy znanemu zawadiace.

Co do mnie, to z wymienionych już powodów nie paliłem się do powrotu, mimo że wolałem Amerykę od każdego innego kraju, jaki kiedykolwiek widziałem, ze wszystkimi ich pałacami i zamkami, dlatego, że była moją ojczyzną. Na szczęście jednak nie kierowaliśmy się do Nowego Jorku, który był ostatnim znanym mi miejscem pobytu Amandy.

Nie wspominałem dotąd, że napisała do mnie parę listów podczas pierwszego roku, naszej europejskiej wyprawy, adresując je „Mister Jack Crabb, z listami »Dzikiego Zachodu« Buffalo Billa", co oznaczało, że bezzwłocznie trafiały do naszego miejsca postoju, niezależnie od kraju, bo nie było wtedy bardziej znanego zespołu rozrywkowego na świecie. W swoim pierwszym liście napisała mi o przyjeździe do Nowego Jorku i o tym, że odczuwa mój brak, co ożywiło moje nadzieje, póki nie przeczytałem dalszego ciągu i przekonałem się, że chodzi głównie o informacje, których mógłbym jej dostarczyć, a także o to, że nie mogła kontynuować nauki języka Lakotów.

W końcu poczułem się gorzej, niż gdyby w ogóle nie pisała, a powody do nieodpisywania wciąż się mnożyły. Jedyną odpowiedzią z mojej strony było to, że włożyłem do koperty i wysłałem na jej adres pożyczone pieniądze z uprzejmym podziękowaniem. W dwa miesiące później napisała ponownie, potwierdzając odbiór pieniędzy, a jednocześnie strofując mnie przyjaźnie, że nie dołączyłem dłuższego listu. Powtórzyła też, że mógłbym jej bardzo pomóc, choćby drogą listowną, i tym razem zadała mi kilka szczegółowych pytań w rodzaju, jaki posag powinna wnieść lakocka dziewczyna,

wychodząc za mąż, i czy była górna granica liczby żon lakockiego wojownika, i czy zawsze musiały to być siostry?
Przysięgam, że próbowałem zapomnieć o swoich egoistycznych uczuciach przynajmniej tak długo, żeby dostarczyć potrzebnej informacji, bo życzyłem Amandzie i jej książce wszystkiego najlepszego, ale jeżeli nigdy nie szło mi
z pisaniem za dobrze, to teraz było dziesięć razy gorzej. Nie
potrafiłem nawet znaleźć wstępnego zdania, które miałoby
jakiś sens. „Droga Amando, w odpowiedzi na Pani list z 11
bieżącego miesiąca, pozwalam sobie zapewnić Panią, że
ogromnie sobie cenię..." „Proszę mi łaskawie wybaczyć moje
epistolarne imperfekcje..." „Biorąc pod uwagę wcześniejsze
referencje..." Nie chcę się już rozwodzić nad ortografią, a poza
tym, nie mając wprawy w obchodzeniu się z piórem i atramentem, robiłem masę kleksów i przypadkowych rozmazań
mankietem od koszuli albo dłonią. Koniec końców, nie wysłałem żadnej odpowiedzi.
Działo się to przed półtora rokiem, potem już nie pisała.
Do dziś pamiętam, jak byłem wtedy zasmucony całą tą sytuacją. Jedną z zalet długiego życia jest możliwość obejrzenia się za siebie z dalekiej perspektywy.
Te Targi Światowe oficjalnie nazywały się Wystawą Kolumbiańską, od imienia włoskiego odkrywcy pracującego dla
Hiszpanów Kolumba, Colombo, Colóna, któremu przypisa-
no odnalezienie Ameryki, mimo że Indianie wcale jej nie
zgubili, on sam nigdy nie stanął na lądzie amerykańskim,
a wikingowie zrobili to przed nim, i w końcu imię konty-
nentowi dał nie on, tylko inny Włoch, który też nie dotknął
stopą lądu zajmowanego dziś przez Stany Zjednoczone Ameryki. A jednak nie była to Wystawa Leifa Ericsona ani Ame-
rigo Vespucciego. Również jak na czterechsetną rocznicę
przepłynięcia Atlantyku przez okręty *Niña*, *Pinta* i *Santa
Maria* miała rok spóźnienia, bo jak można oczekiwać od
amerykańskiego przedsięwzięcia, wśród organizatorów powstała masa kontrowersji. Muszę jednak powiedzieć, że kiedy ją wreszcie otwarto, było to cudo.
Chociaż „Dziki Zachód" Buffalo Billa i Światowy Kon-

gres Szalonych Jeźdźców, jak nas teraz nazywano, co lepiej opisywało zespół obejmujący Kozaków i całą resztę, stanowił największą atrakcję Targów, to nie zostaliśmy oficjalnie zaproszeni do udziału i nie pozwolono nam rozbić obozu na terenie targów właściwych ani nawet na pasie ziemi długości mili, biegnącym prostopadle do bardziej wyszukanej głównej wystawy, znanym jako Midway Plaisance, co dało później nazwę wszystkim głównym alejkom w wesołych miasteczkach, ale bez francuskiego słowa na „przyjemność", które okazało się zbyteczne, bo rozrywki takie jak gigantyczne koło Ferrisa czy egipski taniec brzucha mówiły same za siebie.

Organizatorzy nie życzyli sobie „Dzikiego Zachodu" na Targach, ponieważ uznali, że z całą strzelaniną i popisami jeździeckimi jest to rozrywka obliczona na zysk, podczas gdy oni wystawili własne indiańskie eksponaty, reprezentujące wartość wychowawczą jako przykłady prymitywnego stylu życia, będącego przeciwieństwem osiągnięć cywilizacyjnych demonstrowanych na Targach, które w części centralnej zyskały miano Białego Miasta nie tylko z powodów oczywistych, lecz także dlatego, że większość budynków pokryto francuskim gipsem tak białym, że w pełnym słońcu bijący od nich blask raził w oczy.

Jednak Cody, którego akceptowano na Jubileuszu królowej Wiktorii i na wystawie paryskiej, postanowił nie dać się ograć ze swojego miejsca na najważniejszym bankiecie w kraju, i Nate Salsbury, którego geniusz organizacyjny dorównywał teatralnemu geniuszowi Billa, wystąpił z propozycją, która zadziałała lepiej, niż gdyby nas dopuszczono do właściwej wystawy: wynajął kawał terenów miejskich położonych tuż przy wejściu na Targi i każdy, kto na nie przyjeżdżał jakimkolwiek środkiem lokomocji, musiał przejść obok „Dzikiego Zachodu" Buffalo Billa i powiem wam, że tylko nieliczni do nas nie zaglądali. Słyszałem nawet, że wiele osób nie szło już dalej i po obejrzeniu naszego przedstawienia wracało do domu, uważając, że zaliczyli najważniejszą część Wystawy Kolumbiańskiej.

Nie chciałbym pomniejszać wartości Targów i kiedy mówię, że było to cudo, mówię to z całą odpowiedzialnością, bo jak wiecie, widziałem już wtedy niemało z tego, co świat ma do zaoferowania, jeżeli chodzi o atrakcje Europy Zachodniej, i jako rdzenny Amerykanin odczuwałem autentyczną dumę ze wspaniałej wystawy nad brzegiem jeziora Michigan, gdzie w ciągu roku zbudowano w jednym miejscu tyle pałaców, ile pewnie wszyscy Europejczycy razem wznieśli w ciągu wieków. Wielki, lśniący bielą budynek reprezentował każdy z typów ludzkich osiągnięć: rolnictwo, elektryczność, transport, co tylko chcecie, a wewnątrz można było zobaczyć najnowsze produkty albo procesy w tej dziedzinie, takie jak olbrzymie maszyny pracujące pełną mocą, albo w Pawilonie Górnictwa posąg Sprawiedliwości, wykonany z litego srebra z Montany, który trzymał również transparent dumnie głoszący, że wydobywano tam więcej miedzi niż gdziekolwiek w kraju, o czym nigdy wcześniej nie słyszałem mimo moich związków z tym terytorium, gdzie omal mnie nie zabito nad Little Bighorn, co pokazuje edukacyjną wartość Targów.

A było jeszcze znacznie więcej. Większość cywilizowanych krajów świata miała własne budynki, Niemcy, Francja, Hiszpania i reszta, w których zwiedzający mogli coś zjeść i wypić, jak Polska Kawiarnia, Szwedzka Restauracja i Japońska Herbaciarnia. Poza tym większość amerykańskich stanów i terytoriów miała swoje pawilony, pozwalające im przedstawiać się z najlepszej strony i pokazywać to, co hodują lub wytwarzają. Między budynkami i wokół nich, jak okiem sięgnąć, rozciągała się woda w stawach, kanałach i basenach, a w samym środku widniała wielka laguna otaczająca drewnianą wyspę, a na niej między innymi bardzo dziwne japońskie domy zwane *hoodens*, z wysokimi spiczastymi dachami, które stromo opadały w dół, a przy okapach znów się podwijały. Wszędzie było też pełno fontann, czasem nazywanych „elektrycznymi", bo podświetlano je w nocy, podobnie jak zewnętrzne ściany domów, co łącznie z dodatkowymi reflektorami mogło rywalizować z blaskiem pełni księżyca.

A zaraz dalej rozpościerało się jezioro Michigan, wyglądające jak ocean, tak że część gości przybywała na Targi statkami. Dużo łodzi pływało też po wewnętrznych drogach wodnych, a wśród nich elektryczne i parowe stateczki, i prawdziwe gondole z autentycznymi Włochami, jak te, w których ja, Cody i Indianie zwiedzaliśmy Wenecję.

Było też kilka okrętów historycznych albo ich kopii, zakotwiczonych w Zatoce Południowej, a wśród nich trzy okręty Kolumba przyholowane z Hiszpanii oraz łódź wikingów z tych, na których według Skandynawów ich przodkowie wyprzedzili Chrisa: Norwegowie rzeczywiście przypłynęli tym naturalnej wielkości modelem ze Starego Kraju. Nawiasem mówiąc, te statki, skandynawskie czy hiszpańskie, były malutkie: tym, którzy w dawnych czasach wyruszali w nich na morze, nie wiedząc, co jest po drugiej stronie i czy w ogóle jest jakaś druga strona, należał się szacunek. Wolałbym stawić czoło każdemu ludzkiemu przeciwnikowi, choćby miał nie wiem jaką przewagę w liczbie i broni, bo zawsze istniała jakaś, niechby i najmizerniejsza szansa, że się go uda zagadać. Przepłynąwszy Atlantyk już teraz kilkakrotnie na najnowocześniejszych parowcach, nigdy nie czułem się tak bezbronny, jak kiedy znajdowałem się pośrodku wody, otoczony tym samym żywiołem na odległość wielu dni żeglugi w każdym kierunku, i to przy spokojnym morzu.

Długo mógłbym się rozwodzić nad cudami Targów, ale wszystkie one zostały wielokrotnie przelicytowane w latach, które od tamtych dni upłynęły, gdyby więc ktoś z obecnie żyjących został czarodziejską siłą przeniesiony w tamten czas, cała ta nowoczesna wówczas technologia wydałaby mu się dziwacznym starociem. Pamiętajcie, że nikt wtedy nie podróżował samolotem ani nawet samochodem, nie słuchał wiadomości radiowych, nie mówiąc już o telewizyjnych i tak dalej, i tak dalej, a cudownym wynalazkiem owych dni był telefon Bella, przez który mógł się człowiek dodzwonić z Chicago do Nowego Jorku, oraz kinetoskop T. A. Edisona, wczesna forma kina, którą mogła oglądać przez dziurkę tylko jedna osoba.

Uznałem, że jest to coś, czemu warto poświęcić trochę czasu, stanąłem więc w długiej kolejce przed Pawilonem Elektryczności i dla zabicia czasu wdałem się w pogawędkę ze stojącym za mną młodym chudzielcem, który, jak się okazało, był całkiem dobrze obeznany z wieloma elektrycznymi eksponatami, zwłaszcza związanymi z Tomem Edisonem, jak na przykład jego ulepszony fonograf, bo pracował jako mechanik w Towarzystwie Oświetleniowym Edisona w Detroit, choć nie miał jeszcze okazji do obejrzenia kinetoskopu.

Był prawdziwym patriotą, przypominając mi w tym Cody'ego, chociaż kładł nacisk na mechanikę, maszyny, elektryczność i tym podobne, a nie na jazdę konną i strzelanie, a kiedy się rozkręcił, powiedział coś, co trudno było mi przełknąć nawet tam, w tej świątyni techniki: że pewnego dnia pewien Amerykanin zbuduje pojazd, który będzie sam jeździł, to znaczy bez konia. A kiedy, starając się być grzeczny, zrobiłem jednak sceptyczną minę, powiedział mi, że wie, co mówi, bo tym Amerykaninem będzie on sam. Potem skrzywił się i dodał coś, czego nie miał okazji wyjaśnić, bo właśnie wtedy nadeszła moja kolej do kinetoskopu, i powiadam wam, że w tamtym czasie było czymś wstrząsającym oglądanie obrazów poruszających się rzeczy i ludzi, na przykład zawodowego boksera J. J. Corbetta, znaną tancerkę Carmencitę, a także idące słonie i inne zwierzęta, nigdy więc nie dokończyłem rozmowy z tym człowiekiem, który przy powitaniu przedstawił się jako Henry Ford.

Jego uwaga była wyrazem obaw, że jego praca nad pojazdem bez konia może zostać wykradziona przez międzynarodowy spisek żydowski, planujący przejęcie władzy nad światem. Chciałem zaprosić Forda na przedstawienie „Dzikiego Zachodu", ale powstrzymałem się na wypadek, gdyby mój tata miał rację i Indianie rzeczywiście byli zaginionymi plemionami Izraela.

Na Targach pokazywano też wszelkiego rodzaju sztukę, zarówno na zewnątrz, jak i w budynkach. Co do mnie, to wystarczy, że spojrzę na obraz olejny albo marmurową rzeźbę, i odejmuje mi mowę, nie oczekujcie więc, żebym ujawniał swoją ignorancję w tej dziedzinie, chociaż podczas naszych europejskich występów naoglądałem się co nieco sztuki i nie myliłem jej najlepszych okazów z wyobrażeniami półnagich kobiet, jakie wisiały w saloonach nad barem, żeby pijacy mieli się na co gapić. Choć z drugiej strony, sądząc z tego, co widziałem za oceanem, poważni artyści też nie wystrzegali się rozebranych niewiast, zwłaszcza tych o bujniejszych kształtach.

Dość, że na Targach stały na zewnątrz posągi mężczyzn i kobiet, bogów i boginek, koni, orłów, niedźwiedzi polarnych i innych stworzeń, rzeczywistych i fantastycznych, i oczywiście na każdym kroku Chris Kolumb, a wiele z tych kamiennych niewiast było bez koszul. Nie wiem, jak im to uchodziło na sucho, skoro na wystawę wpuszczano dzieci, ale mnie się to nie podobało i powiem wam, że Indianom też, chociaż ci, którzy jeździli z „Dzikim Zachodem" widzieli dość miast, żeby mieć wyobrażenie o poziomie moralności białych.

Mimo wszystkich tych rzeźb na dworze, w fontannach, nad wejściami do budynków i na dachach, ustawionych wzdłuż alejek, na obu końcach mostu, na balustradach i gdzie się tylko da, były jeszcze rzeźby w pawilonach, a największa kolekcja, włącznie z obrazami, mieściła się w ogromnym Pałacu Sztuk Pięknych: nie mniej niż dziewięć tysięcy dzieł sztuki z całego świata. Było to dla mnie olśnienie, większe od wszystkiego, co widziałem w Europie, gdzie można oczekiwać masy kultury, bo przecież pracowali tam nad nią od roku pierwszego. A to był mój kraj i nareszcie czułem się z niego naprawdę dumny, biorąc pod uwagę lata spędzone w miejscach takich, jak Deadwood, Dodge i Tombstone.

Targi w Chicago otwarto pierwszego maja dziewięćdziesiątego trzeciego roku i na szczęście szalejąca całą noc burza ustała przed paradą dwudziestu czterech otwartych powozów, wiozących prezydenta Grovera Clevelanda i masę innych grubych ryb, łącznie z gubernatorem stanu Illinois, merem Chicago i wieloma innymi politykami, z parą hiszpańskich dam, nazywanych infantkami, choć na moje oko wyglądały całkiem dorosło, i ni mniej, ni więcej, tylko Niedźwiedzim Płaszczem, czyli generałem Milesem, który cieszył się dużą popularnością wśród tłumów jako ten, który rozwiązał kwestię indiańską nad Wounded Knee. Siuksowie z naszego zespołu oczywiście nie rozpoznali go z wyglądu, ale nie udało mi się też znaleźć żadnego, który pamiętałby jego imię. Powtarzam wam takie rzeczy, żeby podkreślić, że poszczególne postacie, nawet ich wrogów, nie budziły w Indianach większego zainteresowania, jeżeli nie mieli z nimi kontaktów osobistych. Nigdy nie patrzyli na życie z punktu widzenia ogólnego, co u białych ludzi zaowocowało historią, postępem i kulturą, innymi słowy – Wystawą Kolumbiańską, i nie rozumieli, że zwiedzający uważali ich za część tej wystawy, a mianowicie przykłady dzikości, z której wyższe istoty ludzkie awansowały do Białego Miasta.

Ceremonia otwarcia odbyła się w sercu Targów i w najbardziej imponującym miejscu, na Placu Honorowym, stanowiącym ciąg białych budowli z kolumnami, portykami, balustradami, posągami i innymi ozdóbkami dookoła tak zwanego Basenu z ogromnym posągiem wyrastającym z wody w dalszym końcu, który wiele osób nie znających oryginału uważało niesłusznie za kopię Statuy Wolności, a na drugim końcu Basenu wznosił się budynek administracji z wysoką kopułą, za Kolumbiańską Fontanną, w której grupa boginek, aniołów i podobnego towarzystwa wiosłowała w kamiennej łodzi długimi kamiennymi wiosłami.

Budynek administracji miał na różnych poziomach balkony i Buffalo Bill w dniu otwarcia zabrał grupę naszych na najwyższy z nich. Byli to przeważnie indiańscy wojownicy w całej okazałości swoich pióropuszy, które demonstrowali już na wieży Eiffla, w Windsorze i Watykanie, i z tego miejsca mieliśmy widok na cały Plac Honorowy i jeszcze dalej, tam gdzie na jeziorze Michigan stały okręty marynarki wojennej Stanów Zjednoczonych, które tu skierowano, żeby uczcić Targi salwą z dział. Hukowi wystrzałów towarzyszyły kłęby dymu i uznałem, że powinienem to wytłumaczyć Indianom, żeby nie pomyśleli, że to do nas strzelają. Okazało się jednak na tym przykładzie, że Siuksowie nauczyli się pewnych rzeczy bez mojej pomocy.

– Myślę, że oni strzelają takimi samymi ślepymi nabojami jak my w tej udawanej bitwie z Custerem, tylko większymi – powiedział Skalny Niedźwiedź. Potem wzruszył ramionami. – Amerykanie robią różne dziwne rzeczy, ale nie zbudowaliby tego wszystkiego, żeby potem przysłać okręty i to rozwalić.

Poczułem się jak głupiec, kiedy to tak wyłożył, i dla odzyskania autorytetu zauważyłem, że okręty mogły być wysłane przez nieprzyjaciela.

– Ale my nie mamy okrętów – powiedział, dowodząc wąskości swojego indiańskiego spojrzenia i nieznajomości świata, chyba że kpił sobie ze mnie, co było całkiem możliwe.

Na samym przodzie, nisko pod nami, mieściło się podium, na którym zasiadł prezydent i inni dygnitarze, a także trybuny, mieszczące kilka tysięcy osób, i wielka orkiestra, grająca patriotyczne melodie, podczas gdy liczne fontanny wyrzucały wysoko w górę pióropusze wody. Widok był wielce imponujący, ale chociaż Cody uciszał nas, kiedy różne osobistości wstępowały na podium, aby wygłosić przemówienia, staliśmy za wysoko, żeby dużo z tego usłyszeć, co ja uznałem za szczęśliwe zrządzenie losu, bo w przeciwnym razie musiałbym tłumaczyć dużo czczej gadaniny, która jednak mogłaby się podobać Indianom, sądząc po ich zamiłowaniu do kwiecistej retoryki.

Dobre wrażenie zrobił na nich także prezydent Cleveland, którego zażywna postać we fraku i sztuczkowych spodniach była rozpoznawalna nawet z tej odległości, i to w czasach, kiedy wśród postaci życia publicznego nie widywało się prawie ludzi chudych, czym zyskał pochwałę z ust Skalnego Niedźwiedzia.

– Człowiek tak gruby i bogaty jest pewnie dobrym prezydentem.

Następnego dnia Cody z wielkim zadowoleniem zobaczył, że chicagowskie gazety odnotowały udział „Dzikiego Zachodu" w ceremonii otwarcia, bo osiągnął dokładnie to, o co mu chodziło, czyli najbardziej skuteczny rodzaj darmowej reklamy.

– Posłuchaj tego, Jack – powiada i zakładając okulary, które powinien nosić stale, zwłaszcza podczas swoich popisów strzeleckich (zamiast tego używał nabojów z większym rozrzutem śrutu), uniósł rozłożoną gazetę i przeczytał fragment artykułu. – „Czyżby to tylko zbieg okoliczności, że kiedy z wielkiego zgromadzenia na dole rozległy się podniosłe tony pieśni *O kraju mój*, w górze na najwyższym balkonie ukazała się grupa pomalowanych i przystrojonych piórami przedstawicieli dzikiej Ameryki, a ich jaskrawe koce tańczyły jak płomienie na tle alabastrowej kopuły. Te pozostałości minionej prymitywnej chwały przekazywały swoje gratulacje i pokorny podziw osiągnięciom kultury nowego świata". – Cody opuścił gazetę i zdjął okulary w stalowej oprawie. – Sądzę, że nie można było tego ująć trafniej.

Cóż, niewątpliwie brzmiało to poetycznie, podobnie jak wiele ówczesnych artykułów prasowych, czego nie można niestety powiedzieć o dzisiejszych gazetach, tyle że ten szczególny przypadek przedstawiał coś, co zdarzyło się wyłącznie w wyobraźni autora, podobnie jak wiele tego, co napisano o wydarzeniach, w których osobiście uczestniczyłem albo których byłem świadkiem. Powinniście zawsze brać pod uwagę tę możliwość, niezależnie od tego, co czytacie, chyba że kiedyś ukaże się drukiem święta prawda, którą ja tutaj przedstawiam.

Wspomniałem wcześniej o Midway Plaisance, czymś w rodzaju wesołego miasteczka, stanowiącym dodatek do utrzymanych w poważnym tonie Targów z ich białymi świątyniami odbijającymi się w basenach. Pomysł okazał się znakomity, bo Midway nie tylko dostarczało rozrywki, ale miało też wartości edukacyjne, jak choćby ten taniec w Małym Egipcie, który nasi kowboje nazwali *liootchie-cootchie* i podśpiewywali nieprzyzwoite słowa, ułożone przez kogoś do bardzo chwytliwej melodii: „Ach, te Francuzeczki / Zgubiły gdzieś majteczki", a który wcale nie był niemoralnym widowiskiem, tylko przykładem szacownej rozrywki arabskiej, włącznie ze strojem tancerki, chociaż niektórzy, zwłaszcza osoby duchowne i kobiety, uważały go za zbyt śmiały, bo ukazywał goły pępek między jedwabną szarfą zakrywającą biust a powiewną spódniczką sprawiającą wrażenie przezroczystej.

Pokazano też dioramy i panoramy takie, jak Zagłada Pompei, Alpy Szwajcarskie, krajobraz Hawajów z wybuchem wulkanu, nie wspominając o modelach widoków, które my, z „Dzikiego Zachodu", poznaliśmy w oryginale, takich jak wieża Eiffla, bazylika Świętego Piotra, wioska w Niemczech i tak dalej, a także takich, których większość cywilizowanych ludzi nie miała okazji wcześniej oglądać, jak mieszkańcy wysp Samoa, którzy podobno, w każdym razie póki nie opuścili swoich wysp, preferowali dietę opartą na ludzkim mięsie, czy czarni Afrykanie z miejsca zwanego Dahomejem, również mający reputację kanibali, jednak czy to była prawda czy nie, grupa wybitnych Murzynów amerykańskich zaprotestowała przeciwko takiemu przedstawianiu ich rasy i kierownictwo Targów obiecało dodać kolorowych do listy narodowości mających swój specjalny dzień na Targach, takich jak Niemcy, Polacy, Włosi, a nawet katolicy, dodatkowo proponując dostarczenie w geście dobrej woli dwa tysiące arbuzów na tę okazję.

Największą jednak atrakcją Midway, niemożliwą do przeoczenia nawet jeżeli się z niej nie korzystało, było olbrzymie obracające się koło, skonstruowane przez pana George'a Ferrisa, które można było rozpatrywać zarówno jako osiągnięcie techniczne, jak i jedyną w swoim rodzaju wówczas rozrywkę, a że miało dwieście pięćdziesiąt stóp wysokości i mieściło naraz dwa tysiące pasażerów, to myślę, że do dzisiaj nikt nie zbudował większego. Za pół dolara można było przejechać dwa obroty. Przez pewien okres spędzałem na tym kole większość wolnego czasu, a także pieniędzy, uważając, że sam widok ze szczytu przy każdym obrocie jest tego wart. Może to było dziecinne, ale sprawiała mi przyjemność jazda na tym wielkim powolnym kole w towarzystwie tak wielu mężczyzn, kobiet i dzieci: każdy wagon miał przeszło trzy tuziny miejsc siedzących, nie licząc stojących, i zapewniono też lady, przy których można było spożyć przyniesiony z sobą posiłek. Namówienie na przejażdżkę Indian zajęło mi sporo czasu. Nie brakowało im fantazji życiowej, ale mieli skłonność do zbyt dosłownego traktowania urządzeń mechanicznych.

Początkowo uznali, że uniesienie się w ten sposób w powietrze może być zabawne, ale stwierdzili, że na dole koło przetoczy się po pasażerach, i nie dawali się przekonać, choć im pokazywałem, że tak się nie dzieje, w końcu jednak spróbowali i trudno ich było stamtąd ściągnąć, nawet na czas występów. Potem wymyślili sobie, że jak koło będzie się odpowiednio długo obracać, to oderwie się od podstawy i potoczy ulicami Chicago, a tej jazdy za nic nie chcieliby przegapić.

Tuż obok koła stała replika wieży Eiffla, wysokości zaledwie dwudziestu stóp, co wielce zadziwiało tych Siuksów, którzy przed paroma laty wjeżdżali windą na oryginał. Jeżeli to była prawdziwa wieża, to od czego się tak skurczyła? A jeżeli to imitacja, to dlaczego jest taka niska, bo przecież jedyny sens tej prawdziwej polegał na tym, że była tak wysoka? Szczególna konstrukcja, która, jak śmiem sądzić, była tym, co przyciągało uwagę przeciętnego białego człowieka, zupełnie ich nie interesowała, chociaż można powiedzieć, że pod pewnymi względami bardziej przypominała żelazne tipi niż każdy inny budynek. Ale że nie był to niczyj dom ani platforma pogrzebowa, ani słup do tańca słońca, czyli jedyne budowle mające jakieś praktyczne zastosowanie, i nie ruszało się to jak koło Ferrisa, nie miało więc większego znaczenia w nieustającym karnawale, bo uznałem, że tak w oczach Indian wygląda nasza cywilizacja, może dlatego, że przejechali z „Dzikim Zachodem" pół świata i wszędzie albo trafialiśmy na jakiś festiwal, albo zaczynaliśmy własny.

Cóż, długo mógłbym opowiadać o tym festiwalu, o widokach, odgłosach, zapachach, które nawiasem mówiąc, były całkiem przyjemne, jako że pochodziły od prażonej kukurydzy albo naleśników smażonych przez tęgą Murzynkę w chustce na głowie przy stoisku reklamującym wypieki Ciotki

Jemimy, albo przechodząc koło żującego chłopaka czuło się zapach gumy Juicy Fruit, wprowadzonej po raz pierwszy na tych targach razem z sokiem winogronowym doktora Welcha, płatkami Shredded Wheat i piwem Pabsta Blue Ribbon. Na szczęście słynne chicagowskie wiatry wiały zwykle od jeziora, dzięki czemu nie musieliśmy wąchać równie sławnych rzeźni i cuchnącej rzeki Chicago, tak gęstej od brudu, że trzeba się było dobrze wpatrywać, żeby dostrzec prąd wody. Rzeczywistość tego miasta nie zachęcała do opuszczania fantastycznego świata Targów. Trzeba przyznać, że bardzo podobne uczucia miałem wszędzie, gdzie byliśmy z „Dzikim Zachodem". Po rozległych doświadczeniach w realnym świecie wolałem królestwo wyobraźni. I gdybym miał w tej sprawie jakiekolwiek wątpliwości, to widok śmierci Siedzącego Byka rozwiałby je na pewno.

Nawiasem mówiąc, powinienem powiedzieć, że Annie Oakley była tak wstrząśnięta śmiercią Siedzącego Byka, że zaoszczędziłem jej szczegółów tego wydarzenia. Annie to nie była Amanda z jej życiową misją zwalczania niesprawiedliwości, ale do wściekłości doprowadzała ją myśl o morderstwie, za które, jak mówiła, ktoś by wisiał, gdyby ofiarą był biały Amerykanin.

Wspominam o tym z powodu atrakcji znajdującej się przy Midway dalej niż wszystko, co dotychczas opisywałem. Nie słyszałem o niej wcześniej, a sam nigdy nie dotarłem dalej niż koło Ferrisa, replika wieży Eiffla oraz Mały Egipt z ulicą w Kairze i minaretem, mieszczącymi się w połowie drogi. Tyle było do oglądania, a przecież mieliśmy jeszcze nasze występy.

Tak więc dopiero po kilku miesiącach pobytu w Chicago, kiedy pomagałem Frankowi przygotować występ Annie, układając szklane kule, karty do gry i inne cele (amunicją zajmowała się zawsze sama), powiedział mi, że Annie jest bardzo smutna i że może powinienem spróbować ją pocieszyć, skoro tak dobrze znałem Siedzącego Byka.

Nie rozumiałem, dlaczego akurat teraz, bo stary wódz zginął przed trzema laty, ale podszedłem do miejsca, gdzie ładowała liczne pistolety, karabiny i strzelby, co wymagało wielkiej staranności, odczekałem więc, aż prawie skończyła, i dopiero wtedy wspomniałem o tym, co usłyszałem od Franka.

Annie nie była już tą młodą panienką, która przyszła do nas w Nowym Orleanie przed ośmiu laty, ale nadal była bardzo ładna z tymi swoimi lokami, świetlistymi oczami i w tym kapeluszu z rondem i gwiazdą. Teraz przygryzała wargę i mrugała zaczerwienionymi oczami.

– Jack – mówi – chyba powinnam ci podziękować, że nie powiedziałeś mi o chacie Siedzącego Byka.

Nie miałem pojęcia, o co chodzi, aż wreszcie dowiedziałem się, że ktoś jej powiedział, że dom Siedzącego Byka został rozebrany belka po belce i przewieziony na Targi Światowe do Chicago, gdzie został odbudowany jako eksponat na końcu Midway.

– Nic o tym nie wiedziałem – powiadam. – Nasi Siuksowie pewnie wiedzą, ale śmierć Siedzącego Byka jest dla nich tematem bolesnym i nigdy o tym nie rozmawiają. Ci ludzie opłakują swoich zmarłych we właściwym czasie i na tym koniec. – W grę wchodziła też plemienna polityka Lakotów: pewnie część z nich wspominała Siedzącego Byka nie najlepiej, ale tego nie powiedziałem.

– I to ma być wychowawcze? – spytała ze złością i złamawszy jedną ze strzelb, gniewnie wepchnęła naboje do luf. – Dla mnie to jest hańba!

A ja pomyślałem, jak to się stało, że Cody nie wpadł na ten pomysł i nie kupił chaty Siedzącego Byka dla „Dzikiego Zachodu"? Materiał był gotowy, tak jak *Ostatnia Bitwa Custera*: wywiązuje się walka między ludźmi Siedzącego Byka a indiańską policją i stary wódz zostaje zabity – tylko ze względu na obecność dzieci i kobiet na widowni można by opuścić masakrowanie trupa – a potem wjeżdża Buffalo Bill ze swoimi kowbojami. Znowu za późno... I sam sobie odpowiedziałem: ilu ludzi zapłaciłoby, żeby zobaczyć, jak Buffalo Bill śpieszy na ratunek Indianinowi, który zabił

Custera? Bo tak myślał o Siedzącym Byku przeciętny biały człowiek.

– Zgadzam się z tobą – powiadam. – Poszedłbym i spalił tę chatę, gdyby nie obawa, że ludzie potraktują to jako zemstę za Little Bighorn. Pewnie też zapłacono wdowom parę dolarów za ten dom i mogliby chcieć odebrać im te pieniądze, gdyby chata się spaliła.

Ale Annie zatrzasnęła strzelbę i spojrzała na mnie z dezaprobatą. Jej zasady wykluczały takie rozwiązanie.

– Nie, Jack – powiedziała. – Niszczenie cudzej własności zawsze jest złem. Porozmawiam o tym z pewnymi osobami, które znam.

Pewnie myślała o kimś z licznych wysokich urzędników, którzy należeli do jej adoratorów, bo nadal była jedną z największych znakomitości w kraju. Wierzę, że zrobiła tak, jak obiecała, bo Annie nie rzucała słów na wiatr, ale chata Siedzącego Byka pozostała na miejscu do końca Targów, do którego pozostało już tylko kilka miesięcy, o wiele za krótko, żeby jakiś polityk zdążył coś zrobić, zakładając, że w ogóle miałby taką ochotę.

Annie przysięgła, że nigdy nie pójdzie spojrzeć na tę chatę, i znów musiałem jej przyznać rację. W moim przypadku do moralnego potępienia faktu robienia z tego domu widowiska publicznego dochodziły moje osobiste bolesne wspomnienia: spałem w nim i jadłem jako gość mojego przyjaciela, a potem widziałem, jak go zastrzelono i poniewierano jego trupa na zamarzniętej ziemi. To smutne wydarzenie dołączyło do wielu innych, które usiłowałem wymazać z pamięci, bo naoglądałem się w życiu zbyt wiele śmierci.

Kiedy poruszyłem ten temat w rozmowie z Codym, jego reakcja była typowa, choć z początku wydała mi się bezduszna.

– Oczywiście, ten eksponat nie uszedł mojej uwagi, Jack. Zawsze mam oko na konkurencję, ale tym nie musisz się przejmować, nie odbiorą nam ani centa.

– Uważam za niemoralne wystawianie na pokaz domu człowieka po jego śmierci – stwierdziłem.

– Spójrz na to od tej strony, Jack: możesz pojechać do

Mount Vernon i obejrzeć wszystkie rzeczy osobiste George'a Washingtona, włącznie z jego sztuczną szczęką. Nie sądzę, żeby stary wódz miał coś przeciwko temu, a znałem go dość dobrze. On miał głowę do interesów. Chyba wiesz, że sprzedawał zbieraczom pamiątek swój rzekomo ulubiony kapciuch na tytoń po kilka razy dziennie i kazał kobietom robić następne kopie.

Mówcie, co chcecie, Cody zawsze poprawiał mi nastrój. Gdyby mógł, uratowałby Siedzącego Byka. Ostatecznie próbował to po swojemu zrobić. A w świetle swoich zasad nie okazywał braku szacunku dla pamięci starego wodza.

Muszę w tym miejscu naprawić pewne niedopatrzenie, które mi się przypomniało: od początku naszych występów na Targach Światowych Buffalo Bill prowadził paradę otwierającą każde przedstawienie, jadąc na tym wielkim siwym ogierze, którego podarował Siedzącemu Bykowi i który podczas strzelaniny nad rzeką Grand zademonstrował sztuczki wyuczone na użytek przedstawień „Dzikiego Zachodu". Cody odkupił tego konia od wdów, ale co do tego nie miałem zastrzeżeń, bo ten koń u nas zaczynał.

– Szczerze mówiąc – ciągnął Cody – nie chciałbym tej chaty, bo wiąże się z negatywnymi wspomnieniami. Nie ma w niej nic budującego dla młodzieży ani dla kraju. To samo dotyczy Komancza.

– A co mają do tego Komancze?

– Nie chodzi o plemię Indian – powiada. – Koń o tym imieniu jako jedyny ocalał z ostatniej bitwy Custera.

– A, tak – mówię. – Płowy wałach kapitana Keogha. Przypominam sobie...

– Właśnie – powiada Cody – ten, którego znaleziono snującego się wśród trupów na polu bitwy. Był tak pokaleczony, że Indianie go nie chcieli. Ale dla Siódmego Pułku Kawalerii był bezcenny i wyleczyli go. Kiedy wreszcie padł parę lat temu, wypchano go i wystawiono na uniwersytecie stanowym. Teraz można go oglądać na Targach w pawilonie stanu Kansas. Kiedy Komancz jeszcze żył, major Burke proponował, żeby go włączyć do naszej rekonstrukcji bitwy, zakładając, oczywiście, że udałoby się go kupić albo wypożyczyć od wojska, ale na pewno byłoby to możliwe, biorąc pod uwagę szacunek, jakim otaczam pamięć ich zmarłego wielkiego dowódcy i z jakim przedstawiam największą tragedię w dziejach ich i nie tylko ich pułku. – Zbyt długo mówił o suchym gardle, teraz więc to naprawił.

Nigdy nie miałem lepszej okazji do ujawnienia, że byłem u boku umierającego Custera, co usiłowałem zrobić już niezliczoną liczbę razy, choć bez wielkiego przekonania, ale teraz zabrakło mi odpowiedniej energii. Zdążyłem powiedzieć: „Wiesz, ja byłem...", kiedy Bill podjął wątek.

– Jednak po należytym namyśle postanowiłem nie wprowadzać do naszej dramatycznej prezentacji tego wierzchowca, który by tam stał, wyglądając całkiem zdrowo, bo wątpię, żeby koń mógł się nauczyć udawać rannego w sposób przekonywający. Powstałby też problem malowania ran za pomocą szminki tak, żeby były widoczne z trybun. Poza tym nie odpowiadały mi negatywne skojarzenia, jakie wywoływałby widok tego zwierzęcia. Zasadniczym przesłaniem tego obrazu jest końcowy tryumf narodu amerykańskiego, który symbolizuje przybycie Buffalo Billa i jego ludzi.

Co oczywiście nie zdarzyło się w prawdziwej historii, ale o ile go zrozumiałem w ciągu tych lat, to nawet lepiej, bo gdyby rzeczywiście przybył z posiłkami nad Little Bighorn, żeby odwrócić klęskę, to nie byłby to żaden pamiętny tryumf, tylko zwykła, rutynowa masakra Indian. Custer nie poległby jako męczennik i ani cywilizacja, ani przemysł rozrywkowy, które może są jednym i tym samym, nie miałyby z tego żadnej korzyści.

Muszę tu wyjaśnić stosunek Cody'ego do Indian, których, jak już mówiłem, bardzo lubił i darzył szczerą przyjaźnią, którą oni, jak mam nadzieję dowiodłem, odwzajemniali. Jak więc mógł przedstawić ich w swoim widowisku w postaci bezlitosnych diabłów, za jakich uważali ich ci, którzy ich nienawidzili? To jest dość skomplikowane, a może właściwie zupełnie proste: przy całym tym wywijaniu sztandarem Bill naprawdę kochał swój kraj i wierzył, że przedstawia jego

513

prawdziwą historię, i teraz, kiedy opadł kurz bitewny, Indianie powinni zrozumieć, że też odegrali w niej swoją rolę, że też są Amerykanami i wobec tego też mogą być z niej dumni. Może to i było uproszczenie, ale nie całkiem głupie. I w późniejszych latach, kiedy w kinie pokazywali kawalerię Stanów Zjednoczonych śpieszącą na ratunek grupce białych otoczonych przez przeważające siły Indian, wiem, że widownia w rezerwatach biła brawo, jeżeli chcecie to uznać za potwierdzenie jego teorii.

Zakończywszy swoje uwagi na ten temat, Cody zaczął mówić o wielkim sukcesie „Dzikiego Zachodu" na Targach Światowych, przekraczającym wszystkie dotychczasowe roczne zyski, z możliwością dojścia do miliona dolarów.

– I to w okresie paniki – dodał.

Znów musiałem poprosić go o tłumaczenie.

– Przecież kraj przeżywa kryzys finansowy, Jack. Myślałem, że interesujesz się sprawami finansowymi. Trąbią o tym we wszystkich gazetach.

Mając do czynienia głównie z Indianami, nie zwracałem większej uwagi na gazety, chyba że on czytał mi coś związanego z naszymi występami, tymczasem okazało się, że upadło wiele banków, parytet dolara, cokolwiek to jest, był zagrożony, akcje na giełdzie spadały i przedsiębiorstwa bankrutowały, a wszystko to zyskało nazwę Paniki roku dziewięćdziesiątego trzeciego. W tym całym zamieszaniu „Dziki Zachód" Buffalo Billa funkcjonował lepiej niż kiedykolwiek, na każdym przedstawieniu ludzie odchodzili od kas i wyglądało na to, że kłopoty nas nie dotyczą, poza tym, że padało więcej różnych dodatkowych interesów Billa, pociągając za sobą i moje skromne inwestycje, ale to zdarzało się przecież i za najlepszych czasów.

Annie zarzekała się, że nawet nie zbliży się do chaty Siedzącego Byka, i ja miałem podobne odczucie, kiedy po raz pierwszy o niej usłyszałem, potem jednak zacząłem się zastanawiać, czy nie jest to czasem odtworzenie czy imitacja, tak jak u nas w „Dzikim Zachodzie". Na pewno łatwiej było zbudować kopię, niż rozbierać i wysyłać oryginał z odległego miejsca nad rzeką Grand, a kto by się na tym poznał? Musiałby to być ktoś taki jak ja, kto widział oryginał, a jeżeli chodzi o mnie, to wolałbym, żeby to była wierna podróbka, tak jak karłowata wieża Eiffla i model kościoła, w którym urzęduje papież.

Uznałem więc, że powinienem się przekonać, jak to jest naprawdę, zanim wyrobię sobie w tej sprawie zdanie. Nie miałem żadnych wpływów w odróżnieniu od Annie, była to więc dla mnie sprawa czysto osobista, czyli dla kogoś takiego jak ja najważniejsza ze względu na to, że musiałem jakoś przeżyć tyle długich lat, nie rezygnując z zasad, które po drodze zdobyłem.

Jednak powiem wam, że jednocześnie coś mnie powstrzymywało, jakbym tak naprawdę wcale nie chciał znać odpowiedzi. Tak czy owak, nie byłaby ona budująca, a do tego czasu czułem się na Targach bardzo dobrze, stale więc odkładałem tę wizytę i kto wie, jak długo bym to jeszcze robił, gdyby Annie nie wystąpiła z nowym pomysłem.

– Widziałeś to, Jack? – spytała któregoś dnia, pokazując mi broszurę reklamującą atrakcje Midway, otwartą na fotografii Indianina, a podpis głosił, że jest to Deszczowa Twarz. Postukała po zdjęciu palcem, którym ściągała spust. – On urzęduje przy chacie Siedzącego Byka. – Czekała chwilę na moją reakcję, ale widocznie zbyt z nią zwlekałem, bo sama podjęła wątek. – Czy to nie on faktycznie zabił generała Custera, podczas gdy fałszywie o to oskarżano Siedzącego Byka?

– Chodziło o brata generała, Toma, którego Deszczowa Twarz miał podobno za coś nienawidzić, i rzekomo odgrażał się, że kiedyś wyrwie mu serce i zje, co jakoby miał spełnić po bitwie nad Little Bighorn, ale ja nie wiem, czy to prawda. – Widziałem ciało Toma po bitwie i było zmasakrowane najgorzej ze wszystkich, ale nie chciałem tego mówić Annie, która wzięła na siebie część trwającego już siedemnaście lat smutku swojej przyjaciółki pani Custer.

– Myślę, że cała sprawa z tą chatą jest haniebna – powiedziała.

– Jest to i moje zdanie.

Annie nie spuszczała ze mnie wzroku.

– Ten wiersz mówi, że Deszczowa Twarz zrobił to Tomowi.

– Jaki wiersz? – spytałem. – Czy Frank coś napisał?

– Nie – mówi ona. – To Henry Wadsworth Longfellow. Nazywa się *Zemsta Deszczowej Twarzy.*

– Nie czytałem.

– Zresztą pani Custer i tak wierzy, że to on zabił Toma.

– Deszczowa Twarz?

– Tak jest. – Annie potrafiła być natarczywa, kiedy coś sobie wbiła do głowy.

– Chcesz więc, żebym tam poszedł i dowiedział się, czy to prawda? Czy o to ci chodzi?

– Nie chcę, żebyś robił coś wbrew sobie, Jack.

– Powiedzmy, że dowiem się, że to on – mówię. – To co wtedy? Odpowiemy zemstą na zemstę?

– Na pewno złożę wtedy skargę do zarządu Midway. Ale nie idź tam, jeżeli masz jakieś opory. Poszukam kogoś innego, kto zna język Siuksów.

Wiedziała, jak się odwołać do męskiej ambicji.

– Dobrze – powiadam – pójdę tam. Ale to nie będzie takie łatwe, jak ci się wydaje. U Indian grzeczność polega na tym, żeby mówić tylko to, co sprawi przyjemność rozmówcy. Nie sądzę, żeby Deszczowa Twarz przyznał się nieznajomemu białemu, że zabił i pociął Toma Custera, zwłaszcza jeżeli to rzeczywiście zrobił. – Ale ona nadal wpatrywała się we mnie tymi swoimi promiennymi oczami, podniosłem więc ręce do góry i powiedziałem: – Już dobrze, dobrze, pójdę tam.

To zabawne, jak często, a prawdę mówiąc – zazwyczaj, wszystko szło inaczej, niż to sobie wyobrażałem, i chociaż nie mogę twierdzić, że zawsze była to zmiana na lepsze (biorąc pod uwagę moją obecność przy tylu wydarzeniach, w których mordowano ludzi), to zawsze w moim życiu następował jakiś zwrot.

Co na przykład zdarzyło się tym razem? Przy pierwszej okazji wybrałem się na Midway, przechodząc obok niemieckiego cyrku Hagenbecka, do którego się wybierałem, jak tylko mi się znudzi koło Ferrisa, jeżeli to w ogóle możliwe, bo podobno mieli tam tygrysa jeżdżącego na trójkołowym welocypedzie, dalej obok Japońskiego Bazaru, Jawajskiej Osady, Wyspiarzy z Samoa, Niemieckiej Wioski, Tureckiej Wioski, wielkiej krytej pływalni zwanej Natatorium, panoramy Alp, Małego Egiptu z ulicą Kairu, Zagłady Pompei (której autentyczne ruiny, jak pamiętacie, zwiedzaliśmy), Francuskiej Tłoczni Cydru, Starego Wiednia, wieży Eiffla, Wulkanu Kilaueau i wielu innych atrakcji, włącznie z olbrzymim obracającym się kołem, na którym wolałbym sobie pojeździć, zamiast wykonywać swoje zadanie szpiega, ambasadora, mściciela, posłańca Annie, czy kogo tam jeszcze.

W końcu dotarłem na miejsce. Za balonem na uwięzi (można było wznieść się w jego koszu, ale pozostawał umocowany na linie, żeby nie odleciał), obok Strusiej Farmy i na tyłach Brazylijskiego Music Hallu stała chata z bali, którą ostatnio widziałem nad rzeką Grand w dniu, kiedy zabito Siedzącego Byka i sponiewierano jego zwłoki.

Wyglądała na autentyk, chociaż otoczenie było tak odmienne ze wszystkimi atrakcjami Midway w tle, że jej widok tutaj stawał się jakiś nierzeczywisty. Chcąc stwierdzić autentyczność domu, musiałem podejść bliżej, ale akurat kręciła się tam liczna grupa białych zwiedzających oraz paru Indian porozstawianych dla dekoracji, bo nie sprawiali wrażenia, że znają angielski. Dwóch białych sprzedawało bilety i pełniło rolę przewodników.

Powiadam wam, że wszystko się we mnie burzyło przeciwko temu miejscu, teraz nawet bardziej, niż kiedy godziłem się tu przyjść, i byłem zły na Annie. Że też miała czelność prosić mnie o coś takiego! Nie byłem przecież jej mężem.

Kiedy tak tam stałem, tuż za linią, od której wstęp był płatny, od strony Midway nadszedł mocno zbudowany Indianin, podjadający z torebki prażoną kukurydzę. Utykał na jedną nogę. Na głowie miał pełny pióropusz wojenny, jaki w tamtym czasie był wymagany od Indian występujących w przedsiębiorstwach rozrywkowych. Słyszałem, że dotyczyło to nawet Apaczów, którzy normalnie nigdy nie nosili piór,

517

ale widownia żądała tego dowodu prawdziwej indiańskości. Ten osobnik był starszym mężczyzną wyraźnie w nie najlepszej kondycji.

Po wzorach na ubraniu z jeleniej skóry i mokasynach poznałem, że jest Siuksem, i spytałem go w języku Lakotów, czy wie, gdzie mógłbym znaleźć Deszczową Twarz. Ze sposobu, w jaki nie odpowiedział wprost na moje pytanie, zorientowałem się, że mam go przed sobą. Gdyby to nie był on, powiedziałby mi po prostu, gdzie mogę znaleźć tego, kogo szukam. Natomiast będąc tą poszukiwaną osobą, musiał wykonać pewne przemyślne manewry – ani nie zaprzeczając, ani nie potwierdzając, i gdyby przestrzegać tradycji, musiałbym tam sterczeć przez dobrą chwilę, zanimbyśmy doszli do prawdy.

Zamiast tego, zaskakując go, ale jednocześnie sprawiając mu ulgę, dałem do zrozumienia, że już wiem, i przeszedłem do dalszego ciągu.

– Czy to jest prawdziwe mieszkanie Tatanki Iyotanki, czy imitacja zbudowana przez wasichu? – spytałem.

– Dom jest prawdziwy – odpowiedział. – Biali rozebrali go, przewieźli tutaj i złożyli z powrotem. Wydało mi się to dziwne, ale oni tacy już są. Jestem tutaj, bo płacą mi więcej, niż mógłbym zarobić gdzie indziej. Czy chcesz jeść? – Wyciągnął do mnie torebkę z kukurydzą.

Pachniała bardzo smakowicie, więc poczęstowałem się. Smakowała też dobrze, ciepła, z masłem i solą, wydałem więc odgłos aprobaty: „How, how".

– Dużo Indian jest tutaj w Chi-ca-go – powiedział Deszczowa Twarz, wymawiając nazwę miasta jak indiańskie słowo, od którego podobno pochodziła, oznaczające, jak mi mówiono, albo „silny", albo „śmierdziel". A skoro już jestem przy sprawach języka, to chciałbym podkreślić, że Lakotowie nie znali słowa na oznaczenie Indianina. Między sobą go nie potrzebowali, używając nazw plemion. Jednak po zjawieniu się białych ludzi musieli znaleźć jakiś termin ogólny, bardziej sensowny od tego, którym ich pomyłkowo obdarzono i stosowano nadal, nawet kiedy się okazało, że to nie ten kontynent. Siuksowie wymyślili więc, że „Indianin" to tyle, co „normalny człowiek".

– Tak. – Nie dodałem nic więcej, bo chciałem, żeby to on mówił.

– Słyszę, że dużo Lakotów występuje w przedstawieniu Długich Włosów.

– To prawda – potwierdziłem z kukurydzą w ustach.

Przez cały czas mijający nas ludzie gapili się na Deszczową Twarz w jego pióropuszu, a pewien chłopczyk stanął jak wryty i patrzył przez dłuższą chwilę, a Deszczowa Twarz, zauważywszy to, poczęstował go kukurydzą, ale zanim dziecko zdążyło coś wziąć, podeszła matka i odciągnęła je za rękę.

– Siedzący Byk mówił mi, że Długie Włosy to dobry człowiek i traktuje pracowników bardzo dobrze.

– Pracuję dla Pahaski – powiedziałem – i mogę potwierdzić, że to prawda.

– Nie widziałem przedstawienia – ciągnął Deszczowa Twarz – i powiem ci dlaczego. Mówiono mi, że pokazują tam bitwę nad Tłustą Trawą, a Amerykanie zawsze oskarżali mnie, że zabiłem tam brata tego drugiego Długich Włosów, choć tego nie zrobiłem.

– Nie zabiłeś go?

– Nie widziałem go, a gdybym go tam spotkał, nie wiedziałbym, kto to jest. Niedawno do Stojącego Kamienia przyjechał biały człowiek i pokazywał mi fotografie tych dwóch braci. Żadnego z nich nie widziałem nad Tłustą Trawą. Przyznaję, że zabijałem tego dnia żołnierzy, ale nie ciąłem nikogo na ziemi. Jednak biali myślą, że to robiłem, więc nie pójdę tam, żeby dać się zastrzelić jakiemuś Amerykaninowi podnieconemu bitwą na niby.

– Rób to, co uważasz za słuszne – powiedziałem, widząc, że czuje się bezpiecznie w odbudowanej chacie Siedzącego Byka, w miejscu, gdzie Indianie przegrali.

Podzielił się ze mną resztą kukurydzy, sypiąc mi ją w podstawioną dłoń.

– Słyszałem, że wdowa tych drugich Długich Włosów nigdy już nie wyszła za mąż.

– Nadal go opłakuje.

– Poprosiłem go, żeby mi przysłał jej fotografię – powiedział Deszczowa Twarz – ale jej nie dostałem.

Znalazł się więc jeszcze jeden, i to całkiem niespodziewany, admirator Libbie Custer.

– Zobaczę, czy uda mi się zdobyć dla ciebie to zdjęcie – powiedziałem. – Znam jej przyjaciółkę.

Dowiedziałem się tego, po co przyszedłem, potrząsnąłem więc jego dłonią, podziękowałem mu za rozmowę i ciepłą kukurydzę i miałem odejść. Zaglądanie do chaty tylko by mnie przygnębiło.

Jednak, gdybym na odchodne nie obejrzał się w jej stronę, moje dalsze życie nie wyglądałoby tak, jak wyglądało; mogę to stwierdzić z całą pewnością.

Z drzwi chaty wyskoczył tęgi biały mężczyzna w brązowym meloniku, ściskający między zębami nie zapalone cygaro. Jego ruchy zdradzały znaczne wzburzenie, a tuż za nim wyszła jasnowłosa kobieta, zasypująca gniewnymi słowami jego tłuste plecy.

Była to Amanda Teasdale.

22. CZYNIĄC DOBRO

Moim pierwszym odruchem było uciec i schować się. Powiadam wam, że ta kobieta napawała mnie strachem, nie w taki sposób, jak kiedy ktoś do człowieka celuje z broni albo zamierza się tomahawkiem i ten boi się o własną skórę, ale strachem, który lęgnie się w sercu, kiedy człowiek czuje, że nie dorasta do sytuacji, a tak niewątpliwie zawsze było między mną a Amandą.

Gdyby nie Deszczowa Twarz, może bym wtedy uciekł, a potem po zastanowieniu żałował tego i wrócił, i szukał jej, i nigdy już nie znalazł do końca życia.

Tymczasem Deszczowa Twarz, usłyszawszy zamieszanie, obejrzał się w kierunku jego źródła, a potem spojrzał na mnie i powiada:

– Żółte Włosy była przyjaciółką Siedzącego Byka. On znał kilka amerykańskich kobiet. Rozumiał się z nimi lepiej niż z mężczyznami, bo one zwykle chciały mu pomóc. Chyba jej się nie podoba, że przeniesiono tu jego dom, ale nie jestem pewien, bo ona słabo zna język Lakotów.

Do tej chwili nadal chciałem stamtąd odejść, bo Amanda, zajęta kłótnią z gościem w meloniku, wciąż jeszcze mnie nie widziała, ale poruszyła mnie ostatnia uwaga Deszczowej Twarzy.

– Ona jest też moją przyjaciółką – powiadam – i powinienem lepiej nauczyć ją tego języka. Idę tam teraz i jeżeli ten człowiek ją obraża, zabiję go.

Tak też zrobiłem, podszedłem do Amandy i do grubasa

w meloniku, a kiedy się zbliżyłem, okazało się, że to nie on ją obraża, ale skarży się, że to ona jego obraża i odstrasza zwiedzających, i jeżeli nie przestanie, to on nie będzie miał innego wyjścia, jak wezwać Straż Kolumbiańską, czyli policję targową, żeby ją aresztowała jako anarchistkę.

Było to poważne oskarżenie, bo przed paroma laty kilku cudzoziemców występujących pod tą nazwą podłożyło bombę na Haymarket Square w Chicago, zabijając wiele osób – nawet ja o tym słyszałem.

Wobec tego zmieniłem pogląd na zaistniałą sytuację, bo napadając na tego grubego gościa, tylko pogorszyłbym sytuację. Uznałem, że powinienem jak najszybciej wydostać stamtąd Amandę. Nie sądziłem, że może mieć coś wspólnego z bombami, ale ten jegomość mógł jej niewątpliwie przysporzyć kłopotów podobnym oskarżeniem.

Podszedłem więc do nich i mówię do Amandy:

– Ach, tu jesteś, kochanie. Czekamy na ciebie z dzieciakami od godziny przy kole Ferrisa. – A do grubego gościa żującego cygaro mówię: – Żona stale się gdzieś gubi.

Amanda była tak zaskoczona, że udało mi się wyprowadzić ją pod rękę za ogrodzenie, obok Deszczowej Twarzy – który też miał minę zdziwioną, ale i rozbawioną, bo Indianie zawsze uważali, że biali mężczyźni nie potrafią obchodzić się z kobietami – i zaciągnąć ją do Strusiej Farmy po drugiej stronie ulicy, gdzie dopiero zdołała się odezwać.

I nie był to wybuch gniewu, na który byłem przygotowany. Widocznie wyładowała się już na tym w meloniku. Mnie spotkał tylko spokojny wyrzut.

– Czy naprawdę uważasz, że to było konieczne?

– Nic lepszego nie przyszło mi do głowy – mówię. – Nie chciałem, żeby panią aresztowano jako anarchistkę.

– Nie jestem anarchistką – stwierdziła Amanda ze znużeniem. – To było nieuzasadnione oszczerstwo.

Żadne z nas nie powiedziało dzień dobry, co za spotkanie ani nic w tym rodzaju, a teraz już było na to za późno. Obok nas, za płotem, przechadzały się na swoich szczudłowatych nogach te dziwaczne ptaki, jeżeli to w ogóle były ptaki. Dalej znajdował się bar.

– Słyszałem, że na tych dużych można jeździć jak na koniu – mówię. – Ale ta tak zwana jajecznica ze strusich jaj, którą tu podają, naprawdę jest robiona z kurzych.

Amanda niespodziewanie uśmiechnęła się do mnie, ale jakby jednocześnie ze smutkiem.

– Jack – powiada – Jack, co ty tu robisz?

– Dalej pracuję w „Dzikim Zachodzie" – mówię. – Mamy miejsce na wprost Midway, przy Sześćdziesiątej Drugiej Ulicy, tuż przy Targach, ale nie na ich terenie, bo dyrekcja uważa, tak jak pani kiedyś, a może i teraz, że pokazywanie, jak Indianie zabijają Custera i tych innych rzeczy nie budzi pozytywnych odczuć, nie mówiąc o nadziei na to, że zostaną rolnikami, będą przykładnie chodzić do kościoła i tak dalej. – W tym momencie zamilkłem i po chwili powiedziałem: – Przepraszam panią, Amando, rozgadałem się. Niczego na świecie nie pragnąłem bardziej, niż znów panią zobaczyć, ale miałem zamiar uciec i schować się ze wstydu, że nie odpowiedziałem na pani ostatni list, ale naprawdę nie mogłem. Próbowałem, ale, do diabła, przepraszam za wyrażenie, nie potrafię ładnie pisać. – Akurat w tym wstydliwym dla mnie momencie ktoś przyszedł nakarmić strusie i wśród ptaków się zakotłowało; biegają rzeczywiście z szybkością koni.

Amanda nie zwróciła na to uwagi. Nadal przyglądała mi się ze smutnym uśmiechem.

– Tak – powiada – zawiniłeś, Jack, i nawet nie wiesz dlaczego. Nie chodzi o to, że nie odpisałeś na mój list, ale o powód, dla którego nie odpisałeś: z próżności.

Do licha, boleśnie odczułem to, że krytykuje mnie kobieta o kilkanaście lat młodsza, choć uważałem, że znam życie o wiele lepiej od niej. Ale najboleśniejsze było to, że miała rację.

Spojrzałem na czubki swoich butów.

– Chyba mnie pani rozgryzła, Amando. Wstydziłem się swojego nieokrzesania i dlatego nie wysłałem potrzebnej pani informacji, a pani nie mogła napisać książki. Teraz, kiedy to rozumiem, doprawdy nie wiem, jak mam pani spojrzeć w oczy.

– Spójrz na mnie, Jack. – Usłuchałem, bo nic nie sprawiłoby mi większej przyjemności. – Twoja pomoc byłaby ważna, ale nie niezbędna. A zrezygnowałam nie dlatego, że mi nie odpisałeś.

– Ach, tak. – Zabawne, ale to jeszcze pogorszyło mój nastrój. Wcale nie ucieszony tym zwolnieniem z odpowiedzialności, pewnie znów z powodu próżności byłem w głębi serca rozczarowany, że nie miałem na jej życie większego wpływu, choćby i negatywnego. Dowiadywałem się w tej chwili o sobie więcej niż we wszystkich poprzednich latach, szkoda że nie były to wiadomości bardziej pochlebne. – Amando, te strusie działają mi na nerwy – powiedziałem. – Czy możemy gdzieś pójść i porozmawiać w spokoju? Może w balonie na uwięzi albo na kole Ferrisa? Nie, tam jest za duży tłok. Jestem tak zaskoczony spotkaniem z panią, że nie potrafię normalnie myśleć. – Przełknąłem ślinę i wreszcie to z siebie wydusiłem: – Mój Boże, jaka pani jest piękna.

Pewnie zbliżała się do wieku, w którym kobiety wówczas uważano za podstarzałe, gdzieś koło czterdziestki, ale przez te piętnaście lat naszej znajomości piękniała pod każdym względem: jej skóra i rysy nie zdradzały śladu czasu, oczy i włosy były wzorem doskonałości, a figura – pełna dziewczęcego wdzięku.

Co do uwagi, która mi się wyrwała, to byłem raczej pewien, że Amanda poczuje się nią urażona, ale nie mogłem się od niej powstrzymać niezależnie od konsekwencji.

Tymczasem Amanda spojrzała na mnie w taki sposób jak nigdy dotąd – nazwijmy to mieszaniną powagi, zdziwienia i, jeżeli nie oszukiwałem sam siebie, pewnego śladu uczucia.

– Ależ, Jack – powiedziała – to jest pierwsze osobiste słowo, jakie od ciebie usłyszałam.

Żeby pokazać, jak nieporadny byłem w tych sprawach, powiem wam, że wybałuszyłem gały i spytałem:

– Naprawdę? – A potem: – Może przejedziemy się gondolą po lagunie? Pływałem taką prawdziwą w mieście Wenecja we Włoszech, gdzie ulice są wybrukowane wodą. Niech pani sobie wyobrazi naszych Siuksów oglądających coś takiego. Nie można powiedzieć, że praca w zespole Buffalo Billa nie poszerzyła ich wiedzy o świecie. – W końcu moje zawstydzenie minęło o tyle, że mogłem wrócić do tego, co rzeczywiście chciałem powiedzieć. – Czy może mi pani zdradzić – spytałem – co pani tu robi, Amando?

Po mojej skardze na strusie zaczęliśmy się od nich oddalać. Amanda skręciła z głównej ulicy w kierunku zachodnim.

– Wydostańmy się z tego nieszczęsnego miejsca i przejdźmy się po parku – powiedziała.

Park Waszyngtona rozciągał się na wprost wejścia na Midway, poszliśmy więc tam i spacerowaliśmy między drzewami w przyjemny letni dzień, nie tak upalny, jak się to zdarza w Chicago. Patrząc na Amandę w świetle przesianym przez korony drzew, przypomniałem sobie obraz pewnego Francuza, który pokazywano mi w Paryżu, przedstawiający damy w parku. Im bliżej podchodziło się do tego obrazu, tym bardziej się rozpływał, i trzeba się było cofnąć, żeby go dobrze zobaczyć. Nie dotyczyło to Amandy, którą cały czas widziałem bardzo wyraźnie.

– Co ja tu robię? – powtórzyła. – Nie mogłam wprost uwierzyć, kiedy przeczytałam, że tę chatę przeniesiono na Midway Plaisance. Miałam ochotę wysadzić ją w powietrze.

– Cóż – mówię – pewnie dlatego ten gość wziął panią za anarchistkę. Nie wiedział, że to tylko zwrot retoryczny.

Niespodziewanie wzięła mnie pod rękę i przycisnęła ją do siebie.

– Mój drogi Jack – powiedziała.

Łatwo mógłbym wpaść w zachwyt, ale pamiętałem swoje miejsce i odczuwałem tylko dumę, że inni spacerowicze widzą, jak taka wspaniała kobieta z własnej woli przytula moje ramię.

– Wiem, co pani czuje – mówię – po tym, co zdarzyło się nad rzeką Grand. Cały czas myślę, że powinienem coś zrobić, żeby pomóc Siedzącemu Bykowi, ale kto mógł przypuszczać, że zabiją go jego współplemieńcy... Cóż, on to wiedział, sam to przepowiedział, ale...

Amanda znów ścisnęła moje ramię.

– Nie miałeś żadnego wpływu na to, co się stało, Jack. Kiedy nadarzyła się okazja, zrobiłeś to, co mogłeś: uratowałeś mi życie.

Opowiedziałem już o tamtym dniu, kiedy ona i ja leżeliśmy w marznącym błocie, kryjąc się przed świszczącym ołowiem. Nie myślałem o tym jako o ratowaniu jej życia, ale raczej jako o ratowaniu własnej skóry, a ona po prostu znalazła się przypadkiem w tym samym miejscu. To, że się objęliśmy, wydawało się naturalne, nie przedstawiałem jednak tego punktu widzenia, ciesząc się jej pochwałą.

– Wiele razy myślałam o tamtym poranku – ciągnęła Amanda. – Prawdę mówiąc, stało się to moją obsesją. Nie mogłam pisać tej książki. Śmierć Siedzącego Byka nie dawała mi spokoju. Ale kiedy postanowiłam ograniczyć temat do tego tylko wydarzenia, odkładając problem kobiecy do czasu, aż uwolnię się od tych strasznych obrazów, okazało się, że tego też nie potrafię. Obawiam się, że poniosłam jeszcze jedną klęskę w swoich żałosnych próbach dokonania czegoś wartościowego.

Przystanąłem i nabrałem takiej śmiałości, że ująłem jej dłoń, która była w rękawiczce ze śliskiego materiału, pewnie jedwabiu, tak cienkiego, że czułem ciepło jej palców.

– Och, Amando – powiedziałem – niech pani tak nie myśli nawet przez jedną minutę! Zrobiła pani dużo dobrego wszędzie, gdzie pani była. Weźmy choćby Siedzącego Byka, który ogromnie panią cenił. – Trzeba być bez serca, żeby troszkę nie naciągnąć prawdy dla kogoś drogiego sercu.

– On mnie uważał za wariatkę.

– Jeżeli tak, to dlatego, że pani nie znał – powiedziałem. – On nigdy nie spotykał się sam na sam z białymi.

– Sam mi powiedziałeś, że szanował Buffalo Billa, i wyraźnie miał wysokie mniemanie o tobie. Czyżby mniej poważał białe kobiety? – Zabrała dłoń, ale nie w sposób nieprzyjazny, po prostu wyślizgnęła ją z mojego uścisku.

Staliśmy w pobliżu ławki, podprowadziłem więc Amandę w tamtą stronę i usiedliśmy.

– Może i ma pani trochę racji, spędziła pani jakiś czas w jego obozie i wie pani, że indiańskie kobiety nie chodzą do szkół, nie mają posad poza rodziną, nie wyjeżdżają do miasta i tak dalej. Pozostają w domu i wykonują prace domowe, co uważają za rzecz normalną. One to lubią.

– Tylko skąd to wiadomo? Czy ktoś je pytał?

– Nigdy się nad tym nie zastanawiałem – stwierdziłem zgodnie z prawdą. – Myślę, że to jest coś, o czym mogłaby pani napisać w swojej książce. Wszystko, co wiem, to że nie boją się skarżyć i mają bardzo ostre języki, ale tylko w konkretnych sprawach, na przykład, że ich mężczyzna przynosi za mało jedzenia, a nie w kwestiach ogólnej organizacji życia, które, zdaje się, budzą pani sprzeciw.

– Niekoniecznie sprzeciw – powiedziała Amanda w swoim pozytywnym stylu. – Chciałabym tylko to zrozumieć, ale doszłam do wniosku, że nigdy mi się to nie uda, i po prostu zrezygnowałam. Oddziela nas zbyt wielka przepaść.

Wiedziałem, że ma na myśli siebie i Indian, a nie siebie i mnie, choć ta druga ewentualność była pewnie równie prawdziwa jak ta pierwsza, więc nieco przygnębiony spytałem:

– Wobec tego, jak to się stało, że akurat teraz znalazła się pani w chacie Siedzącego Byka?

Pociągnęła nosem.

– Masz rację. Byłam jak zawsze głupia. O ile mogłam się zorientować z rozmów z Indianami, oni nie mają nic przeciwko temu.

– Oni przyjechali do Chicago, żeby zarobić parę dolarów, podjeść prażonej kukurydzy, pojeździć na karuzeli i na kole Ferrisa, jeżeli są tacy jak nasi z zespołu. Stary Deszczowa Twarz, ten utykający, był jednym z najbliższych przyjaciół Siedzącego Byka.

Spojrzała na mnie znów tak jakoś osobiście.

– Ale czy myślisz, że powinno się coś takiego pokazywać? W ścianach są wciąż jeszcze dziury po kulach.

– Myślę, że nie – powiadam. – Ale dziwna rzecz: tak mówi moja biała część, choć to biali przywieźli tutaj tę chatę. Natomiast Indianinowi nigdy nie przyszłoby do głowy, żeby wystawiać chatę jako eksponat, ale gdyby ktoś inny to zrobił, jemu by to nie przeszkadzało, gdyby tylko coś za to dostał.

Potrząsnęła swoją złotą głową.

– Czy to nie jest jeszcze jeden przykład, jak zdeprawowaliśmy tych ludzi?

To właściwie nie było pytanie, ale mimo to odpowiedziałem.

– Nie wiem. Wygląda na to, że jest to przyrodzona cecha wszystkiego, co żyje, białego, czerwonego czy każdego innego.

– Ale czy nie powinniśmy mierzyć wyżej?

Teraz to było pytanie, jak uznałem, a fakt, że zostałem włączony w to „my", wielce mi pochlebił.

– Bez wątpienia – odpowiedziałem – jeżeli człowiekowi wystarczy, że trwa przy swoich zasadach i nie załamią go napaści przeciwników.

– Albo, co gorsza, ludzka obojętność – dodała Amanda.

Może to było prawdą z jej punktu widzenia, ale powiem wam, że jeżeli się napatrzyło na tyle śmierci co ja, to trzeba stwierdzić, że ich przyczyną była zazwyczaj nienawiść, a nie obojętność.

Nie powiedziałem tego jednak, bo to, co najbardziej ceniłem u Amandy, to były jej wzniosłe ideały połączone z czymś, co trzeba nazwać praktycznością, gdyż jej życie nie polegało na snuciu marzeń gdzieś w zaciszu biblioteki, bez wysiłku wyjścia na zewnątrz i przymierzenia ich do rzeczywistości. Trzeba było nie lada odwagi, żeby kobieta taka jak ona pojechała nad rzekę Grand i próbowała dostosować się do życia na sposób indiański, a kiedy zetknęła się z przemocą, nie wpadła w panikę. Przypomnijcie też sobie dużo wcześniejszy incydent z czasów szkoły dla Indian majora, kiedy poszukiwany bandyta Elmo Cullen napadł na nas, a ona wbiła mu nóż w nogę, zanim młody Wychodzący Wilk poderżnął mu gardło. A jeszcze w Dodge grała na pianinie w saloonie i domu uciech. Była twardą kobietą. A mimo to nigdy nie straciła tej klasy, którą miała od początku, i jestem dumny, że się na niej natychmiast poznałem, nie mając wiele materiału porównawczego poza moją przybraną matką panią Pendrake, ale od tamtego czasu poznałem nie tylko Libbie Custer, ale i królową Wiktorię, trudno więc było mierzyć wyżej, i Amanda nic nie traciła na porównaniu z nimi.

Chciałbym móc jej powiedzieć to wszystko, ale nie miałem pojęcia, jak to zrobić, żeby się nie ośmieszyć, co zawsze stanowiło mój problem, spytałem ją więc zamiast tego, skąd się wzięła w Chicago.

– Byłam w drodze do Kansas – powiedziała. – Chyba w myśl zasady, kiedy nie wiesz, co robić, wracaj do domu. Choć od dawna nie miałam już tam rzeczywistego domu, to nigdzie indziej nie byłam u siebie. Miałam przesiadkę w Chicago, a że mieszka tutaj moja przyjaciółka z college'u, postanowiłam skorzystać z jej długo już czekającego zaproszenia do odwiedzin. Jak się okazało, była to najlepsza decyzja w moim życiu. Tą przyjaciółką jest Jane Addams.

Powiedziała to z takim oczekiwaniem w głosie i w spojrzeniu, z jakim wymienia się dobrze znane nazwisko, ale mnie ono nic nie mówiło, ciągnęła więc dalej, ale bez śladu potępienia mojej ignorancji, z którą miała już okazję wielokrotnie zapoznać się w przeszłości.

– Jane Addams i jej towarzyszka Ellen Starr założyły cztery lata temu dom społeczny wśród najgorszych slumsów Dzielnicy Zachodniej.

Nadal nic mi to nie mówiło i zastanawiałem się, co te panie robią w takiej dzielnicy, jeżeli uczęszczały do szkół i mogły sobie znaleźć coś lepszego, ale przytomnie zmilczałem. Wkrótce stało się jasne (czego powinienem się domyślić, skoro zainteresowało to Amandę), że dom społeczny był miejscem, gdzie ludzie, którzy nie z własnej winy znaleźli się na dnie, mogli przyjść i uczyć się zawodu; zostać nakarmieni, jeżeli byli głodni; wykąpać się, jeżeli tego potrzebowali; znaleźć bezpieczny i przyzwoity dach nad głową, jeżeli były to pracujące dziewczęta z dala od domu; zostawić dzieci, jeżeli były to matki idące do pracy; uczestniczyć w klubach towarzyskich; korzystać z sali gimnastycznej dla zdrowia i uczyć się wielu przedmiotów, które przy systematycznej nauce dawały prawie uniwersyteckie wykształcenie. Amanda, na przykład, uczyła muzyki, do czego miała kwalifikacje z własnych lat szkolnych, a także późniejszych występów, choć wątpię, czy powoływała się na ich charakter. Pomagano głównie kobietom i dzieciom, jako że większość personelu stanowiły kobiety, ale panna Addams chciała również poprawić warunki życia robotników w czasach, kiedy tydzień pracy trwał sześćdziesiąt godzin, a niewykwalifikowany pracownik zarabiał mniej niż dolara dziennie, wobec czego ona i jej kobiety zajęły się ostro polityką i doprowadziły do tego, że władze stanowe podniosły minimalny wiek pełnego zatrudnienia do lat czternastu.

Krótko mówiąc, Jane Addams była wojującą szerzycielką dobra, która musiała przypaść do serca Amandzie, obie były pannami z dobrego domu, obie wykształcone, a w przypadku Jane Addams – jeszcze z niemałymi pieniędzmi. Obie uznały, że życie, tak dla nich łaskawe, dla wielu ludzi było wręcz okrutne, więc wypadałoby im pomóc. Można było na nie patrzeć jako na mącicielki – co może i było prawdą – robiące to, co robiły, z poczucia winy za swój szczęśliwy los, za który powinny raczej dziękować Bogu – co może też było prawdą – i można było wątpić, czy ich wysiłki zmienią coś na dalszą metę, i zamiast tego wysadzić wszystko w powietrze i zaczynać od nowa, jeżeli, jak wówczas mówiono, rozpatruje się sprawiedliwość jak wielki omlet, a poszczególnych ludzi jak jajka.

Albo też można było, tak jak ja, uważać je za osoby dobre. A jeżeli myślicie, że w świecie może być za dużo dobroci, to widocznie poszczęściło się wam żyć w innym świecie niż ja. Ale muszę też przyznać, że nie byłem bezstronny i moje motywy mogły mieć mniej wspólnego ze sprawiedliwością, a więcej z moim zachwytem dla Amandy.

Amanda, opowiedziawszy mi o domu społecznym, nie chciała wracać na Midway, żeby zjeść ciastko i wypić kawę z bitą śmietaną w Vienna Café, jak proponowałem, ale wolała zabrać mnie do panny Addams, żebym zobaczył wszystkie jej dobre dzieła, i nie mogłem się od tego wymówić, skoro miało jej to sprawić przyjemność i samo w sobie było rzeczą godziwą. Tyle tylko, że wolałbym jeszcze trochę mieć Amandę wyłącznie dla siebie, niż od razu jechać i patrzeć, jak pomaga innym osobom, których nawet nie zna. Widzicie, jakim byłem egoistą, ale może mi wybaczycie ze względu na okoliczności.

Pojechaliśmy więc do Dzielnicy Zachodniej, gdzie okazało się, że Amanda nie przesadzała z tymi slumsami, które nie ustępowały tym z Manhattanu, co mogło być powodem do dumy mieszkańców Chicago, zawsze współzawodniczących z nowojorczykami, i Amanda zaprowadziła mnie do wielkiego domu przy South Halstead Street, niegdyś prywatnej rezydencji, obecnie wykorzystywanej do celów, o których mówiłem, i powiadam wam, że było to fascynujące, a nie nudne, jak, przyznaję, oczekiwałem. Nie widziało się tu dorosłych mężczyzn rozgrywających bitwę na niby ani małych kobietek strzelających do szklanych kul i popisujących się woltyżerką, ale pomaganie ludziom w osiągnięciu awansu życiowego też ma swoje zalety.

Znajdowałem się oczywiście pod wpływem Amandy, ale niezależnie od tego widok pełnych zapału młodych kobiet, zarówno pracownic domu, jak i tych uczących się różnych zawodów, nie mówiąc już o dzieciach, które zamiast bić się między sobą albo biegać do saloonów po piwo dla tatusia, uczyły się na przykład gry na pianinie, skłonił mnie do podliczenia własnego wkładu w rozwój ludzkości w okresie przeszło półwiecza i wyszło mi równo zero. Musiałem też uznać, że większość osób, z którymi przestawałem, była bezwartościowa z punktu widzenia społeczeństwa: głównie hazardziści i ladacznice, nie licząc takich przedstawicieli świata rozrywki, jak Buffalo Bill i Annie Oakley, którzy, jak myślę, dostarczali radości wielu ludziom, w czym nie ma nic złego, ale nie dawali jeść głodnym, nie ratowali biednych kobiet przed nieludzkim wyzyskiem ani nie robili nic dla wyzwolonych niewolników, którzy przenieśli się na północ, gdzie żyli gorzej niż przed emancypacją. Wymieńcie jakąś nieczystą sprawę i okaże się, że Jane Addams próbowała ją naprawić, podczas gdy ja odwracałem się do niej plecami.

Kiedy więc Amanda zaprowadziła mnie do panny Addams, gotów byłem zapytać ją, czy mógłbym się okazać w jakiś sposób użyteczny w jej przedsięwzięciu. Może to brzmieć dziwnie w ustach kogoś takiego jak ja, ale znajdowałem się w stanie euforii na skutek spotkania Amandy i tego, że wypadło ono tak dobrze i szło coraz lepiej.

Jane Addams była młodsza, niż sobie wyobrażałem, młodsza, jak się później okazało, od Amandy, ale wyglądała poważnie na swój wiek z powodu wątłego zdrowia, związanego ze skrzywieniem kręgosłupa, na które cierpiała od dzieciństwa. Była niezwykle miła. Odniosłem wrażenie, że przy całej swojej działalności społecznej jest bardziej, że tak powiem, dyplomatką niż Amanda, co było niezbędne, żeby prowadzić działalność podobnego typu w ówczesnym Chicago, które mogło zawstydzić Nowy Jork również pod względem korupcji politycznej.

Odbyliśmy bardzo przyjemną rozmowę, choć krótką ze względu na liczne obowiązki panny Addams, i ponieważ Amanda nie mówiła nic o moich związkach z „Dzikim Zachodem" Buffalo Billa, ja również o tym nie wspominałem, i panna Addams była przekonana, że przyjechałem do miasta na Targi, które jak to ujęła na swój dyplomatyczny sposób – bez pochwały lub potępienia na wzór Amandy – obejrzała z zainteresowaniem, chociaż podczas ceremonii otwarcia ukradziono jej torebkę, na wspomnienie czego uniosła z uśmiechem brwi.

– Panno Addams – odezwałem się, zaskakując tym Amandę – z całą pewnością byłbym zaszczycony, mogąc pracować w jakimś charakterze w pani domu społecznym, ale niestety, nie mam żadnych talentów ani wykształcenia.

– Jack. – Amanda zrobiła zdziwioną minę i dodała: – Jane, pan wie o Indianach więcej niż ktokolwiek z białych ludzi. Wychowywał się wśród Czejenów.

– No proszę, panie Crabb – powiada panna Addams, po

czym proponuje mi, żebym poprowadził zajęcia dla dzieci o życiu amerykańskich Indian, o ich obyczajach i rzemiosłach, jeżeli znam się na wyprawianiu skór, robieniu mokasynów i wyszywaniu. Gdyby wszyscy idealiści mieli taki zmysł praktyczny i *vice versa*, świat szybko przestałby mieć problemy nie do rozwiązania.

Wkrótce nie tylko prowadziłem zajęcia, jakie zaproponowała Jane Addams, ale co jakiś czas sprowadzałem Siuksów z „Dzikiego Zachodu", żeby dzieciaki ze slumsów zobaczyły, jak wygląda prawdziwy Indianin, a kiedy przychodziły kobiety (tak było najczęściej, bo wojownicy mieli do pokazania niewiele rzeczy, które zyskałyby aprobatę panny Addams), cóż, mogły pokazywać swoje sposoby szycia, zdobienia paciorkami i to, jak przeżuwają skórę, żeby ją zmiękczyć, jak zaplatają włosy i tak dalej. Moja klasa składała się w większości z dziewcząt, bo chłopcy zainteresowaliby się tylko, gdyby Siuksowie demonstrowali posługiwanie się bronią, co pewnie nie spotkałoby się ze zrozumieniem panny Addams i jej żeńskiego personelu, ale przecież dom społeczny był głównie instytucją kobiecą, a skoro o tym mowa, to po jakimś czasie zacząłem czuć się tam nieco niezręcznie, o czym za chwilę.

Nareszcie robiłem ze swoim życiem coś, z czego mogłem być dumny, ale miałem też bliższy kontakt z Amandą, za czym zawsze tęskniłem, i choć może się wydawać, że bycie nauczycielami w tym samym miejscu to nic takiego, to okazało się, że był to właściwy punkt wyjścia do czegoś więcej. Nie chodzi mi tu tylko o sprawy osobiste, ale i zawodowe, bo chociaż uczenie biednych dzieci muzyki było bardzo pięknym zajęciem, podobnie jak i moje, ale ja wciąż naciskałem Amandę w kwestii tej książki, którą chciała napisać o Indianach, czy to o kobietach w plemieniu Siuksów, czy o śmierci Siedzącego Byka, czy też, co mnie się wydawało najlepsze, o jednym i drugim. Przyznaję, że chodziła mi też po głowie myśl, żeby włączyć w to spory kawał własnej historii, choć nie miałem pojęcia, jak to zrobić, bo przecież ledwo umiałem pisać, nie mówiąc o tym, że opowiedziałem Amandzie tylko niewielkie fragmenty mojego dzieciństwa wśród Czejenów.

Udzielałem się w domu społecznym przed południem, bo ani się nie domagałem, ani mi nie zaproponowano żadnej zapłaty, pozostałem więc nadal w „Dzikim Zachodzie", gdzie otrzymywałem zapłatę, która mi się przydawała, gdyż spotykając się stale z Amandą, zacząłem bardziej dbać o swój wygląd. Goliłem się codziennie u fryzjera, co kosztowało mnie dwadzieścia pięć centów, a także przystrzygałem wąsy i włosy, które zaczęły siwieć na skroniach i cofać się na czole, co nieco mnie martwiło, ale fryzjer zapewnił mnie, że wyglądam dzięki temu bardziej dystyngowanie, po czym czesał mnie na brylantynę, zwaną popularnie olejem alfonsów, co nakładało się na odór wody po goleniu, którą uprzednio oblał mi twarz, ale jeżeli było to niezbędne, żeby wyglądać jak dżentelmen, musiałem to znieść, podobnie jak nabycie marynarki w paski, pary białych flanelowych spodni i letniego słomkowego kapelusza zamiast zimowego melonika.

Poważniej ubierałem się, idąc do domu społecznego, i rzecz jasna na terenie „Dzikiego Zachodu" nie mogłem wyglądać jak laluś ze Wschodu, więc modny strój rezerwowałem na czas wolny, a miewałem go dość rzadko, biorąc pod uwagę moje dwie prace. A kiedy już znalazłem kilka godzin wolnego, musiały się zbiegać z wolnym czasem Amandy, żeby miały dla mnie jakąkolwiek wartość.

Wrócę do tego tematu za chwilę, ale najpierw nie chcę zapomnieć o sprawie, która doprowadziła do mojego spotkania z Amandą. Bezzwłocznie zawiadomiłem Annie Oakley, że Deszczowa Twarz zaprzeczył, jakoby zabił któregoś z braci Custerów.

– Wierzysz mu? – spytała. – Czy tylko tak mówi?

– Nie wiem – odpowiedziałem. – Myślę, że nie przyznałby się, gdyby to zrobił, ale może naprawdę to nie on. W każdym razie współczuje pani Custer. – Ściśle rzecz biorąc, nie było to współczucie, ale uznałem, że to najwłaściwsze określenie w danej sytuacji. – Pytał, czy nie mógłbym zdobyć dla niego jej zdjęcia.

Nie wiem dokładnie, co Annie pomyślała o tej prośbie, ale wyglądała na zdziwioną.

– Nie mam jej zdjęcia, Jack – powiada – ale kiedy wrócimy na Wschód, mogłabym ją o nie poprosić, tylko nie wiem, czy mam na to ochotę.

Nigdy już nie spotkałem Deszczowej Twarzy ani nie odwiedziłem chaty Siedzącego Byka, ale rzadko też widywałem Annie i Cody'ego poza przedstawieniami. Cały wolny czas spędzałem albo na spotkaniach z Amandą, albo w oczekiwaniu na nie. Zależało mi zwłaszcza na tym, żeby zabrać ją na Targi, i to nie tylko na Midway, ale i do Białego Miasta z jego wystawą cudów końca dziewiętnastego wieku, obejmującą nie tylko maszyny oraz produkty przemysłu i rolnictwa: był tam przecież ten olbrzymi Pałac Sztuk Pięknych pełen obrazów i koncerty wspaniałej muzyki samego Johna Philipa Sousy na orkiestrę dętą, ale Amanda zawsze kręciła nosem, w związku z czym na naszą pierwszą randkę, choć wątpię, żeby Amanda też tak to traktowała, poszliśmy na herbatę do Palmer House, najelegantszego hotelu w Chicago, który wytrzymywał porównanie z najlepszymi, jakie widziałem na świecie, był bowiem zbiorem wszystkiego, co najwytworniejsze w innych krajach; miał francuski fronton, włoskie schody i lustra, egipskie kandelabry, wnętrza będące kopią pałacu niemieckiego kajzera oraz pokoje angielskie do palenia cygar i gry w bilard.

Żeby nie musiała się za mnie wstydzić, sprawę swojego zachowania postanowiłem rozwiązać w ten sposób, że robiłem wszystko tak jak ona, biorąc do herbaty śmietankę i cukier, i tak dalej, i zwykle sobie jakoś dzięki temu radziłem, czasem za pomocą ślepego trafu, jak wtedy, kiedy kelner chciał przyjąć zamówienie dla nas obojga tylko ode mnie, co, jak się później dowiedziałem, było ogólnie przyjęte i dama mówiła mężczyźnie, na co ma ochotę, a on mówił obsłudze, ale Amanda jako osoba niezależna zlekceważyła ten system i sama powiedziała kelnerowi, co ma jej przynieść, a ja zamówiłem to samo.

Innym razem los mi sprzyjał, kiedy upuściłem łyżeczkę.

Już zacząłem się schylać, żeby ją podnieść z podłogi, ale przyszło mi do głowy, że dobrze byłoby ją wytrzeć przed ponownym użyciem, a że nie chciałem brudzić eleganckiej lnianej serwetki, jaką tam dają, sięgnąłem do rękawa po bandanę, i wtedy przechodzący kelner, nie nasz, uprzedził mnie, ale nie oddał mi łyżeczki, tylko przyniósł nową. Taką mieli obsługę w Palmer House. Wyobraźcie sobie, iloma sztućcami musieli obracać w ciągu dnia.

Razem z herbatą przyniesiono nam miniaturowe kanapki i ciastka, niektóre chyba z tym samym nadzieniem, którego używają w Anglii i którego tam również nie potrafiłem zidentyfikować, bo w większości składało się z powietrza, ale było naprawdę wspaniale w tym hotelu i gdybym mógł oderwać wzrok od Amandy na dłużej, obejrzałbym dokładniej wytworne wyposażenie, które było prawdziwym cudem w mieście znanym również ze swoich rzeźni. Wspomniałem, że upuściłem łyżeczkę. Otóż gruby dywan wyglądał tak czysto, że pewnie nie trzeba było w ogóle jej wycierać i chodziło wyłącznie o zasadę.

Początkowo, kiedy usiadłem naprzeciwko niej za stolikiem nakrytym lśniąco białym obrusem, z połyskującymi srebrami i porcelaną tak cienką, że prawie przezroczystą, żałowałem, że nie wzmocniłem się whisky przed tą herbatą, bo wszystko to, włącznie ze świeżymi kwiatami w kryształowym wazonie, stanowiło tylko tło dla prawdziwego klejnotu, jakim była Amanda. Miała suknię w kolorze lodowego błękitu, o parę tonów jaśniejszym niż jej oczy. W tamtych czasach kobiety w lecie były bardziej ubrane niż teraz w środku zimy: była to prawdziwa wystawa z bogactwem włosów na głowie plus kapelusz.

Tak czy inaczej, wchodząc do tego hotelu, w którym wyraźnie byłem nie na miejscu, z damą, na której towarzystwo nie zasługiwałem, chyba że w charakterze służącego, wpadłem w panikę: lada chwila pokażą się hotelowi detektywi i wyrzucą mnie na ulicę za zbezczeszczenie Palmer House samą swoją obecnością.

Na szczęście jedną z umiejętności Amandy, jak się ją już

bliżej poznało i *vice versa*, było okazywanie zainteresowania tym, co jej opowiadałem. Przyznaję, że mnie to dziwiło, chociaż pamiętałem początki takiego jej zachowania w tym krótkim okresie, kiedy przebywaliśmy razem po śmierci Siedzącego Byka, ale wtedy chyba w to nie wierzyłem.

Pewnie słuchając tej mojej historii, przez cały czas zastanawiacie się, czy wśród wszystkich tych osób, które w życiu spotkałem, nie trafił się nikt, kto chciałby usłyszeć o tych ważnych wydarzeniach historycznych, w których uczestniczyłem albo przynajmniej byłem ich świadkiem? To prawda, że często z tych czy innych powodów wolałem pewne sprawy przemilczeć i podałem kilka przykładów, zwłaszcza w odniesieniu do Little Bighorn, ale także w kwestii dopuszczenia do śmierci Dzikiego Billa Hickoka, kiedy byłem jego ochroniarzem, a potem w związku ze strzelaniną między Clantonami a Earpami w Tombstone, kiedy nie chciałem świadczyć przeciw żadnej ze stron. Ale przekonałem się, że wiele osób, które lubią snuć swoje wspomnienia, niechętnie dopuszcza do głosu innych, traktując ich wypowiedzi nie jako informację, ale jako konkurencję, w moim przypadku ze strony byle kogo.

Otóż, dziw nad dziwy, Amanda okazała się inna, kiedy wreszcie poznałem ją bliżej po latach powierzchownej znajomości, a zaczęło się to tamtego dnia w Palmer House. Próbując namówić ją do napisania tej książki, wspomniałem jej o swoim dzieciństwie wśród Czejenów, a ona po raz pierwszy spytała mnie, jak do tego doszło, i zacząłem jej opowiadać, podobnie jak to robiłem tutaj do tej maszyny, bo okazała prawdziwe zainteresowanie do tego stopnia, że pytała o szczegóły, kiedy coś opuściłem, a chyba teraz już wiecie, że nie jestem milczkiem, kiedy już raz zacznę i wiem, że ktoś mnie słucha, nawet jeżeli tak jak teraz muszę w to wierzyć na słowo.

Rzecz jasna, nie dokończyłem opowieści na tym pierwszym spotkaniu, ale ciągnąłem ją na życzenie Amandy przez wiele godzin, które spędzaliśmy tego lata i na początku jesieni, aż w pewnym momencie postanowiła napisać swoją książkę na podstawie moich przeżyć, nie jako biografię, ale jako historię Zachodu za mojego życia, widzianą moimi oczami. Miała jednak własne spojrzenie na ten temat, bardziej krytyczne w stosunku do białych niż moje, bo chociaż niewątpliwie zgadzałem się, że popełniono wiele świństw, to nie mogłem nie podziwiać tego, co wydarzyło się, odkąd Kolumb odważył się rzucić przez Atlantyk w tej swojej łupinie i odkryć cały Nowy Świat, który Europejczycy mogli stratować, jeżeli chcecie tak to ująć, ale także zbudować niektóre wspaniałe rzeczy i ustalić zasady, które gdyby zostały w pełni zrealizowane, mogłyby stworzyć lepsze życie dla wielu ludzi, i faktycznie już to uczyniły.

Ale jeżeli mówi się coś takiego komuś, kto jest tak oburzony złem, że nie chce dostrzec dobra, to nie dojdzie się daleko, i taka właśnie była Amanda, która uważała, że większość ludzi sprawujących jakieś funkcje zasługiwała na potępienie – z wyjątkiem kobiet prowadzących dom społeczny w Chicago.

Innymi słowy, nie aprobowała prawie niczego, czego dokonali mężczyźni, włącznie nawet z George'em Washingtonem i Tomem Jeffersonem, którzy posiadali czarnych niewolników, a ten ostatni podobno nawet wdawał się w intymne stosunki z niewolnicami. Nie wiedziałem, ile w tym jest prawdy, ale ani wtedy, ani teraz nie chciałbym myśleć źle o Ojcach Założycielach, i nigdy nie słyszałem nic na ten temat od Lavendera, mojego przyjaciela, który zginął nad Tłustą Trawą, a on jako kolorowy powinien coś na ten temat wiedzieć. Ale ona w to wierzyła i nigdy nie odezwała się dobrym słowem nawet o Lincolnie, który był bohaterem Lavendera, bo twierdziła, że uwalniając niewolników, kierował się bardziej polityką niż względami moralnymi.

Nie chciałbym sprawić wrażenia, że ją krytykuję albo się z niej wyśmiewam. Żałowałem tylko, że nie korzystała bardziej z życia i nie potrafiła oderwać się od troski o świat, żeby się trochę zabawić, przejechać się na kole Ferrisa i popatrzeć na panoramę Chicago, nie myśląc przez chwilę o wszystkich tych biedakach, których nie stać na kupno biletu: jazda trwała tylko dwadzieścia minut, co starczało na dwa obroty.

Inna rzecz, która mnie martwiła, dotyczyła strefy odmiennej, ale dla mnie zasadniczej, biorąc pod uwagę charakter mojego do niej przywiązania. Chociaż traktowała mnie życzliwie i ciepło wspominała Siedzącego Byka, Amanda, jak już wspomniałem, miała na ogół bardzo krytyczny stosunek do płci męskiej. Kiedy połączyłem to z tym, co zaobserwowałem na terenie domu społecznego, gdzie niezamężne panie były tak samowystarczalne we własnym towarzystwie, a panny Addams i Starr tak sobie od lat bliskie, przyszło mi na myśl, że Amanda nigdy nie wspominała o żadnym mężczyźnie w swoim życiu z wyjątkiem ojca, którego potępiała.

Jeżeli obszczekiwałem niewłaściwe drzewo, mój podziw dla niej nie zmniejszyłby się, ale jego charakter uległby zdecydowanej zmianie. Podziwiałem przecież Skórę Ze Starego Szałasu, Siedzącego Byka i Bata Mastersona, a także na swój sposób Billa Cody'ego i przyjaciółki płci odmiennej, jak Allie Earp i Annie Oakley. Jeżeli od Amandy oddzielały mnie tylko bariery wychowania, kultury i klasy, to sytuacja nie wyglądała całkiem beznadziejnie, bo przecież byliśmy Amerykanami. Gdybyśmy jednak różnili się co do podstawowych skłonności, wówczas wszelka nadzieja na przyszłe zbliżenie byłaby daremna.

Jednak i to nie wpłynęło na kontynuację mojej opowieści, żeby Amanda mogła napisać tę książkę. Magnetofon nie został jeszcze wynaleziony i tylko Tom Edison dysponował maszyną do zapisywania ludzkiego głosu (jej egzemplarz był wystawiony na Targach w Pawilonie Elektryczności), Amanda polegała więc na swojej pamięci wspomaganej notatkami, jakie od pewnego momentu zaczęła robić w małym, oprawnym w skórę notesie ze sprytnie dołączonym ołówkiem na jedwabnej tasiemce.

Słuchała cierpliwie wszystkiego, co mówiłem, ale ożywiała się i robiła notatki, kiedy dochodziłem do tematów budzących jej szczególne zainteresowanie, a nie była to broń, polowanie, konie albo jedzenie ani nawet opowiadane dzieciom przez Skórę Ze Starego Szałasu historie z czejeńskiej tradycji, z moją ulubioną o wielkim bohaterze imieniem Mały Człowiek. Nie chcę powiedzieć, że Amanda przysypiała, kiedy mówiłem na te tematy, ale rzadko wtedy coś zapisywała, i dotyczyło to nawet naprawdę dramatycznych wydarzeń, jak wielkie bitwy, zwieńczone największą z nich nad Tłustą Trawą, chciała natomiast wiedzieć więcej, niż sam powiedziałem na temat kobiet pastwiących się nad ciałami poległych żołnierzy, ale i tak nie opisałem tego tak szczegółowo, jak mógłbym i jak nie robię tego tutaj, bo na samą myśl żołądek podchodzi mi do gardła nawet teraz. Mogę tylko stwierdzić, że Indianie byli przygotowani na to samo, gdyby to oni przegrali, co jest niewątpliwie barbarzyństwem, ale na swój sposób chyba uczciwym.

Tak więc Amanda okazywała swoje zwykłe zainteresowanie tematami związanymi z kobietami, co biorąc pod uwagę to, że sama była jedną z nich i miała pisać książkę z tego punktu widzenia, nie było niczym dziwnym, ale nakładało się to na moje poczucie, że podobnie jak niektóre inne niewiasty z domu społecznego mogła przejść przez życie bez pomocy mężczyzny, żeby to wyrazić oględnie. A kiedy już okazała zainteresowanie sprawami męskimi, to można tak to nazwać tylko w bardzo szczególnym sensie: mam na myśli *heemaneh*, którzy urodzeni jako mężczyźni, dorastając, odkrywali, że zamiast uczyć się rzemiosła wojownika, woleli robić dziewczyńskie rzeczy, i pozwalano im na to. Chodzili w sukniach, wykonywali kobiece prace i nawet wychodzili za mąż, choć zwykle jako jedna z kilku żon, a pozostałe były kobietami.

Temat ten zafascynował Amandę bardziej, niżbym sobie tego życzył, bo nie był on aż tak ważny w życiu Czejenów. *Heemaneh* nie spotykało się wielu i faktycznie znałem tylko jednego, Małego Konia, który wydawał się tak naturalny, że człowiek się do niego natychmiast przyzwyczajał, i nikt go nie bił ani nawet nie wyzywał, jak to się działo z białymi pedziami jeszcze wtedy, kiedy przez krótki czas chodziłem do szkoły, będąc adoptowany przez państwa Pendrake'ów.

Fakt, że Amanda tak się zainteresowała tym pobocznym wątkiem, podczas gdy puszczała mimo uszu wszystko, co miałem jej do powiedzenia na temat wojny, nasilił moje podejrzenia co do jej, że tak powiem, osobistej konstytucji, i znów zapowiadało się, że czeka mnie w związku z nią nie pierwsza w moim życiu faza melancholijna, tyle że tym razem chyba już trwała.

Nie będę was trzymać w niepewności, ale powiem coś, co was zaskoczy, skoro wiecie o mnie tyle, ile wiecie, a czego nie wiedziała Amanda, bo przez wzgląd na skromność, delikatność, czy jak tam chcecie, opuściłem w moim opowiadaniu wszystko, co dotyczyło moich indiańskich żon czy Szwedki Olgi, z którą się ożeniłem, a która została później porwana przez Czejenów, co już wcześniej przedstawiłem. Zawsze przestrzegałem zwyczaju, żeby nigdy nie wspominać kobiecie, która była mi bliska, o żadnych innych kobietach w moim życiu, i nadal uważam, że postępowałem słusznie, bo jedynym sposobem na ugaszenie zazdrości jest oczernianie kobiet, które kiedyś uważałeś za godne tego, żeby się z nimi związać – a czegoś takiego nigdy nie zrobię.

Wracając do rzeczy, podczas gdy moje podejrzenia co do Amandy zbliżały się do krańcowego rozczarowania, wierzcie albo nie, ona sama wpadła na pomysł, że ja mogę być *heemaneh*! Albo raczej jego białą wersją, bo nigdy nie widziała mnie w damskim stroju.

Dobrze, że spacerowaliśmy wtedy po parku, a nie byliśmy na herbacie w Palmer House, bo mógłbym upuścić filiżankę. Nawet nie pamiętam dokładnie, w jaki sposób dała mi to do zrozumienia, ale zrozumiałem ją dobrze, co potwierdziła, kiedy zaprotestowałem.

– Przecież nigdy nawet nie wspomniałeś o żadnej kobiecie – powiedziała tonem bardziej rozdrażnionym niż przepraszającym.

Ja też byłem trochę zdenerwowany, bo nadal uważałem, że to ona jest ta dziwna, i zmartwiła ją wiadomość, że ja nie jestem i mogę nadal, po tylu tygodniach, poczynić jakieś niemile widziane awanse.

– Niech się pani nie boi, za nic na świecie nie pozwoliłbym sobie na jakieś poufałości wobec pani.

Amanda stanęła jak wryta i powiedziała chyba jednak z oburzeniem:

– Dlaczego?

– Bo pani nigdy nie wspomniała o żadnym mężczyźnie w swoim życiu! – mówię. – Nie znosi pani całego naszego plemienia, to widać jak na dłoni!

Wpatrywała się we mnie przez chwilę, nadal stojąc w miejscu, aż przechodząca obok nas, trzymająca się za ręce młoda para uśmiechnęła się na nasz widok.

– Czy naprawdę chcesz poznać moje życie prywatne? – spytała Amanda.

Dziwne, ale to pytanie wystarczyło, żebym zrozumiał, że myliłem się co do niej, podobnie jak ona co do mnie.

– Nie – mówię – i nie chcę opowiadać o swoim. – Po czym okazało się, że potrafię się uśmiechnąć, i żadne z nas nigdy już nie wspominało o swoich poprzednich związkach, którą to politykę szczerze polecam.

I w tym miejscu przechodzimy do nowej fazy mojego życia. Mam nadzieję, że opowiem wam o tym, jeżeli tylko pożyję jeszcze trochę, bo było to równie pasjonujące jak wszystko, co mi się przydarzało wcześniej, chociaż zupełnie inne. Można chyba powiedzieć, że zaczęła się ona od tego, że zdołałem wreszcie namówić Amandę na zwiedzanie Targów i dzielenie ze mną takich przyjemności, jak koło Ferrisa i weneckie gondole, skosztowanie niemieckiej kiełbasy i francuskiego jabłecznika, obejrzenie tygrysa Hagenbecka jeżdżącego na welocypedzie, a chodziło mi nie tylko o Midway, ale i o wystawy z Białego Miasta, zwłaszcza że byłem bardziej niż kiedykolwiek zainteresowany pracą nad sobą. Rzecz jasna Amandzie nie było to potrzebne. Ona dużo wiedziała na temat obrazów i rzeźb przed odwiedzinami w Pawilonie Sztuk Pięknych i prawdę mówiąc, miała nie najlepsze zdanie o wielu spośród tu wystawionych, które ja uważałem za cud świata, bo obrazy były jak żywe, tylko ładniejsze, i opowiadały historie, które trafiały prosto do serca, jakby matka pocieszała małe zapłakane dziecko, dając mu jabłko, ale Amanda mówiła, że te rozmazane obrazy, które widziałem w Paryżu, są lepsze od tych gładkich. Choć tak bardzo lubiłem Amandę, uważałem, że w sprawach kultury jest snobką. Weźmy choćby koncerty Johna Philipa Sousy, na których wykonywano utwory orkiestrowe najwyższej klasy, ale również wzruszające melodie, jak *Starzy rodzice w swoim domu*, których zawsze słucham ze łzami w oczach, ale Amandzie nic z tego się nie podobało, a już ostatnią kroplą było dla niej, kiedy ludzie Sousy walnęli swoje *Tarara-Boom-De-Ay* w tym samym programie, w którym grano jakichś Niemców.

Nie miała też dobrej opinii o poezji Franka Butlera, kiedy pokazałem jej utwory szczególnie bliskie mojemu sercu, i nie uszło mojej uwagi jej pogardliwe prychnięcie, kiedy podkreśliłem zdumiewający zbieg okoliczności, że i ja, i Custer płakaliśmy na przedstawieniach *East Lynne*.

Na podstawie różnych jej uwag podejrzewałem, że przynajmniej jednym z mężczyzn w jej wcześniejszym życiu, chyba w Nowym Jorku, mógł być jakiś laluś związany z kulturą, ale nigdy nie poznałem szczegółów, bo oboje dotrzymywaliśmy umowy w sprawie niewspominania przeszłości.

Było na Targach miejsce, które wzbudziło zainteresowanie Amandy – to Pawilon Kobiecy, upamiętniający wkład płci pięknej do cywilizacji i będący głównie dziełem czołowej damy Chicago w owym czasie, pani Potter Palmer, żony właściciela hotelu Palmer House, którego skłoniła do pokrycia znacznej części kosztów budowy tego pawilonu, zaprojektowanego przez panią architekt, i może dlatego Amandzie ten budynek podobał się bardziej niż większość pozostałych, był raczej włoski niż neoklasycystyczny, jak się wyraziła, co – jak się domyślam – miało znaczyć, że nie jest tak zimny jak projekty mężczyzn, a w każdym razie tak to zrozumiałem.

Chcę tu wyjaśnić, że Amanda, choć wyraźnie uprzedzona, żeby nie powiedzieć: jawnie stronnicza we wszystkim, co dotyczyło kobiet, osobiście mężczyzn lubiła. Może trudno to zrozumieć, ja przynajmniej miałem z tym w owym czasie kłopoty, i pewnie dlatego pani Palmer, która była bardzo zdecydowana w kwestii praw kobiet i wspierała Jane Addams w jej działaniach na rzecz przedstawicielek klasy pracującej, uważała co jakiś czas za niezbędne podkreślać, że kobieta wypełnia swoje najwyższe powołanie, „kierując szczęśliwym domem", i zawsze dawała jasno do zrozumienia, że nie jest anarchistką, jakby to było konieczne w przypadku osoby, której mąż miał nie tylko elegancki hotel, ale także dom mieszkalny tak wielki i luksusowy, że nazywano go Pałacem Palmera. Mówiło się, że podejmując gości, pani Palmer nakłada kolię z siedmioma brylantami i dwoma tysiącami pereł.

Żeby pokazać wam różnicę w reakcjach moich i Amandy, powiem, że ona potępiała panią Palmer za to, że tak mało robi dla innych, podczas gdy ja uważałem za niezwykłe, że osoba tak bogata i wpływowa w ogóle coś robi w tym kierunku.

Nie znaczy to, że kłóciliśmy się z Amandą na ten temat: po prostu każde z nas wyrażało swoją opinię, a potem słuchało drugiej strony, ja dlatego, że szalałem na jej punkcie, a ona początkowo pewnie dlatego, że – jak uważała – uratowałem jej życie, a potem stopniowo stawało się to czymś więcej, chociaż długo nie chciało mi się wierzyć, że mogę być dla niej kimś więcej niż tylko znajomym.

Wspomnę o jeszcze jednym wydarzeniu na Targach.

Każdy ze stanów miał własny pawilon, chlubiący się swoimi osiągnięciami i produktami. Stan Illinois jako gospodarz miał rzecz jasna budynek najokazalszy, chociaż Kalifornia niewiele mu ustępowała, Teksas natomiast zaskakiwał przeciętnymi rozmiarami. Pawilony stanowe mieściły się za Pałacem Sztuk Pięknych na północnym końcu terenów wystawowych i w dniu, kiedy oglądaliśmy z Amandą obrazy, które mnie się podobały, a jej nie, wyszliśmy tylnymi drzwiami na Pięćdziesiątą Siódmą Ulicę, wprost na pawilony kilku stanów, za którymi mieściły się rozległe toalety, interesujące mnie, bo wypiłem za dużo soku winogronowego doktora Welcha, może dlatego, że rozstałem się z mocniejszymi trunkami ze względu na pracę w domu społecznym, gdzie nie chciałem zalatywać alkoholem, jako że nie było to mile widziane.

Ponieważ uważałem, że nie wypada mi zawiadamiać Amandy o swojej potrzebie, uznałem, że najzręczniej będzie przejść obok budyneczku i zauważyć go niby przypadkiem, skierowaliśmy się więc w tamtą stronę.

Tak się składało, że po drodze musieliśmy minąć pawilon stanu Kansas i właśnie miałem spytać Amandę, czy życzy sobie zwiedzić wystawę swojego stanu rodzinnego, mając nadzieję, że odmówi, przynajmniej w tej chwili, bo potrzeba naturalna dawała o sobie znać coraz dotkliwiej, kiedy zobaczyłem znajomą postać wchodzącą do pawilonu, a właściwie przytrzymującą drzwi przed damą, która szła przodem.

Powiadam wam, że zapomniałem o swojej potrzebie.

Amanda brała mnie już w tym czasie pod rękę, kiedy szliśmy razem, i wyglądało to na przejaw sympatii, bo na pewno nie robiłaby tego ze względów konwencjonalnych. Teraz też szliśmy pod rękę.

– Czy chciałaby pani zajrzeć do Kansas? – spytałem. – Trzeba tam wpaść, może mają coś o Dodge?

Chociaż myślałem o czymś innym, zapamiętałem, co mi odpowiedziała Amanda.

– Spotkamy się w środku. – Puściła moje ramię i wskazała dróżkę prowadzącą do toalet. – Muszę najpierw zrobić siku.

Nawet od kobiet lekkiego prowadzenia nie słyszałem nigdy tak bezpośredniego nazwania czynności fizjologicznej, ale mój szok nie był tak ważny jak świadomość stopnia naszej zażyłości, skoro ona mówi tak otwarcie.

Jednak nie na długo odwróciło to moją uwagę od pilniejszego zadania. Musiałem sprawdzić, czy to jest rzeczywiście człowiek, o którym pomyślałem jeszcze przed uwolnieniem się od potrzeby, a nawet przed zastanowieniem się nad stopniem naszej bliskości z Amandą, wyraziłem więc zgodę i ona się oddaliła, a ja wszedłem do pawilonu.

Kansas oparł swoją wystawę na historii miejsc spędów

bydła, takich jak Dodge, Abilena, Wichita i innych, oraz na osiągnięciach swojego rolnictwa, przede wszystkim pszenicy, na cześć której sporządzono naturalnej wielkości model Dzwonu Wolności ze sklejonych kłosów, coś, co budziło mój podziw, ale pewnie nie spodobałoby się Amandzie.

Wspominam o tym dzwonie, ponieważ człowiek, za którym się rozglądałem, właśnie przed nim przystanął ze swoją damą. Był to wysoki, chudy, wąsaty jegomość lat około czterdziestu pięciu. Nie zmienił się wiele w ciągu tych dwudziestu lat, które upłynęły, odkąd go ostatnio widziałem, tyle że nie miał na sobie tego śmiertelnie czarnego płaszcza z tamtych dni, ale szary garnitur i miękki kapelusz.

Zbliżyłem się wystarczająco, żeby zobaczyć go wyraźnie, samemu nie rzucając się w oczy. Był to niewątpliwie Wyatt Earp, i chociaż widziałem ją w Tombstone zaledwie parę razy, i to z daleka, to kobietą przy jego boku była prawdopodobnie Josie Marcus, którą Allie zawsze nazywała Sadie, wciąż urodziwa, choć nie mogąca równać się z Amandą, z ciemnymi włosami i oczami, a że przybyło jej przez te lata parę funtów, to jej kształty nabrały jeszcze krągłości, podkreślanych przez ówczesną modę z talią osy.

Muszę przyznać, że byłem zdziwiony, widząc ich nadal razem, nie tylko ze względu na to, jak Wyatt traktował swoje kobiety w przeszłości, ale i sama Josie, pochodząca podobno z dobrej rodziny, wybrała karierę na scenie i występowała w miejscach takich jak Tombstone, co dawało jej pozycję społeczną niewiele powyżej zwykłej ladacznicy, i była utrzymanką Johnny'ego Behana, zanim mu jej Wyatt nie odbił. Widocznie wyszumiała się w młodości, ale dlaczego trzymała się Wyatta, który, o ile go znałem, podobnie jak większość osobników jego typu bywał zabójczy tylko wobec mężczyzn? Ze wszystkich znanych mi słynnych postaci z Zachodu dorobił się tylko Buffalo Bill Cody, ale on nigdy nie był rewolwerowcem. Może młody Henry Ford miał jakąś teorię na temat Żydówek, jedną z których podobno była Josie, ale ja nie miałem żadnego wyjaśnienia dla jej związku z Wyattem poza tym, że byli w sobie zakochani.

Fakt, że kobieta mogła wytrzymać dwanaście lat z Wyattem Earpem, oznaczał nadzieję dla mnie, bo ja byłem znacznie sympatyczniejszy.

Teraz, kiedy już miałem pewność co do jego tożsamości, znalazłem się w kłopocie. Mam do niego podejść czy nie? A jeżeli nie, to po co tu za nim wszedłem, mimo naglącej potrzeby? Zadziałał tu jakiś instynkt. Mój Wspólnik, kiedy coś zwęszył, usztywniał ogon, a wzdłuż grzbietu podnosiło mu się pasmo ciemniejszej sierści, co oznaczało, jak sądzę, „czuję szczura".

Myślę, że coś podobnego było w mojej reakcji na Wyatta, ale w takim razie po co go podchodzę, skoro nie chcę z nim pogawędzić o starych dobrych czasach? Rzecz w tym, że nie było w nich nic dobrego, co by się wiązało z nim. Poza tym, że ogłuszył mnie nie raz, ale dwukrotnie (a człowiek uderzony w głowę lufą czterdziestki piątki czuje to przez tydzień), właściwie się do mnie nie odzywał. Utrzymywałem przecież przyjazne stosunki z Dzikim Billem, Codym, Batem, z księciem Walii, żeby wymienić tylko parę znanych osób, które nie gardziły moim towarzystwem, a Wyatt Earp, kiedy nie walił mnie po głowie, w ogóle mnie nie dostrzegał.

Gdybym do niego teraz podszedł, prawdopodobnie nie tylko nie poznałby mnie z widzenia, ale nie pamiętałby mojego nazwiska. Przez dziesięć lat byłem związany z największym przedstawieniem na kuli ziemskiej i spotykałem się z przywódcami świata, a teraz byłem szacownym członkiem personelu domu społecznego, a co dla mnie najważniejsze, cieszyłem się przyjaźnią damy, którą ceniłem ponad wszystkie inne. A ten drań nie okazałby mi nawet odrobiny szacunku!

Sam z siebie teraz żartuję. Działo się to tak dawno temu, że mogę się obejrzeć za siebie z pewną bezstronnością, dostrzegając przynajmniej niektóre ze swoich wad. Wyatt miał powód w obu przypadkach, kiedy mi przywalił. Chcę powiedzieć, że nigdy nie robił tego ot tak, ni z tego, ni z owego, a co do pozostałych moich do niego pretensji, to każdy ma prawo wybierać sobie przyjaciół według swojego upodobania, i Doc Holliday podobno uratował mu życie, czego ja pewnie bym nie zrobił, bo zawsze uważałem go za sukinsyna, i nadal uważam.

Szczerze mówiąc, nie dałem mu wtedy okazji do przywitania się albo zademonstrowania lekceważenia, postąpiłem natomiast podle i zdradziecko. Miałem wtedy w sobie jakiś paskudny rys – którego, mam nadzieję, już się pozbyłem, a może i nie – jak mi ktoś nadepnie na odcisk.

Targi miały swoją własną policję, zwaną Strażą Kolumbiańską, i wszędzie było pełno jej funkcjonariuszy w eleganckich szarych mundurach i czapkach z żółtymi otokami, bo oprócz kieszonkowców i złodziei damskich torebek, czego doświadczyła Jane Addams, władze obawiały się, że goście targowi mogliby zorganizować powstanie i obalić cywilizację, której pochwałą miały być Targi, podburzeni przez związkowych warchołów lub nawet przybyłych z zagranicy anarchistów, jak ci z Haymarket Square, którzy przed siedmiu laty faktycznie zabili wiele osób.

Nie jestem dziś dumny z tego, co zrobiłem, ale wyszedłem czym prędzej z pawilonu stanu Kansas i po paru krokach znalazłem dwójkę przedstawicieli Straży Kolumbiańskiej, której patrole spotykało się co krok.

Podszedłem do nich, a pamiętajcie, że byłem elegancko ubrany, musieli mi więc wierzyć, i zwróciłem się do nich tonem konfidencjonalnym, jakbym nie chciał wywoływać paniki wśród przechodniów.

– Lepiej, panowie, wezwijcie posiłki, zanim się do tego weźmiecie, ale musicie wiedzieć, że w tym pawilonie znajduje się niebezpieczny anarchista. Ma ukrytą broń. – To było bardzo prawdopodobne, bo już w późniejszych latach słyszałem, że Wyatt został aresztowany za noszenie broni na ringu bokserskim, kiedy występował w roli sędziego. Tłumaczył się, że wszędzie ma wrogów. – Podejrzewam – mówiłem dalej – że może mieć też bombę. Słyszałem, jak mówił do tej kobiety, która z nim jest, że chce wysadzić ten Dzwon Wolności zrobiony z pszenicy.

Dałem im rysopis Wyatta i Josie, o której powiedziałem,

że wygląda jak tancerka z „Małego Egiptu", po czym strażnicy zaczęli dmuchać w gwizdki, żeby sprowadzić pomoc. Nie czekałem dłużej, tylko udałem się w kierunku toalet i po drodze spotkałem Amandę.

– W tym pawilonie wszystko jest o handlu bydłem – powiedziałem. – Wątpię, żeby to panią zainteresowało.

– Ktoś mi mówił, że pokazują tu wypchanego konia, który przeżył bitwę nad Little Bighorn. – Amanda z dezaprobatą skrzywiła swój świeżo przypudrowany nos.

Z powodu tej swojej złości do Wyatta Earpa zupełnie zapomniałem o starym Komanczu. Cóż, teraz już żaden z nas nie mógł drugiemu w niczym pomóc.

– Tak – powiadam – kto by chciał coś takiego oglądać?

Potem przeprosiłem i w końcu poszedłem tam, gdzie należało pójść już dawno, po czym opuściliśmy Targi najbliższym wyjściem. Nigdy się nie dowiedziałem, co się dalej działo z Wyattem, i pewnie powinienem się wstydzić tego, co zrobiłem, ale z jakiegoś powodu – chociaż wiem, że to brzydko i źle świadczy o moim charakterze – nie żałuję.

23. NARESZCIE SZCZĘŚLIWY

W dniach następujących po tym incydencie z Wyattem Earpem dużo się zastanawiałem nad sytuacją, na którą zostałem widocznie skazany dożywotnio: miałem wrodzony pociąg do niewiast, które mnie przewyższały prawie pod każdym względem.

Możecie słusznie spytać, dlaczego nie starałem się usilniej podnieść na wyższy poziom, zaczynając od poprawy swojej angielszczyzny. Gwoli sprawiedliwości, starałem się i przez pewien czas mówiłem poprawniej, ale jakoś się to mnie nie trzymało. Pamiętam, jak ten mój kolega Niemiec ze szkoły majora, Klaus Kappelhaus, powiedział mi, że potrafi mówić w swoim adoptowanym języku lepiej, niż mogłoby się wydawać, gdy ktoś słucha go tylko pod koniec dnia, kiedy jest zmęczony... Co mi przypomina, jak bardzo jestem zmęczony teraz, po tylu godzinach gadania do tej maszyny, bo ostatni odpoczynek miałem, kiedy opowiadałem o naszej drugiej wyprawie do Europy, ale tyle mam jeszcze do przekazania, a tak niewiele czasu.

Poprawiłem więc swój język, ucząc się słów i gramatyki od Amandy, a także od innych pań z personelu domu społecznego, i nawet próbowałem trochę retorycznych ozdobników Buffalo Billa, które, muszę przyznać, robiły na mnie wrażenie tym większe, że nie miał lepszego wykształcenia ode mnie, ale Amanda z reguły natychmiast je wychwytywała i ostrzegała mnie przed ich stosowaniem.

Wspomniałem już, że zaopatrzyłem się w najmodniejszą

miejską garderobę i uczyłem się takiego zachowania, jakbym był u siebie w eleganckich restauracjach, herbaciarniach i tak dalej. Książki nadal mnie odstraszały, bo nawet w najmniejszych było mnóstwo tego druku naraz, zbliżałem się więc do nich, zaczynając od gazet, które wcześniej rzadko brałem do ręki, a i teraz nie zasmakowałem w nich, jeżeli chodzi o ich treść, ale zdawałem sobie sprawę, że pewne ofiary są konieczne, jeżeli chcę kiedykolwiek zasłużyć na przyjaźń Amandy.

Jednocześnie byłem też przekonany, że zasadniczo pozostanę prostakiem, niezależnie od ilości wysiłku włożonego w próby zmian tego stanu rzeczy, i w rezultacie zapowiadało to permanentny stan rozpaczy z mojej strony. Wydawało się oczywiste, że moja użyteczność dla Amandy dobiegnie kresu, kiedy wyczerpią się moje informacje potrzebne jej do książki. Nawiasem mówiąc, jeżeli myślicie, że nigdy nie miała jej napisać, bo podobno tak się dzieje z tymi, którzy za długo się do podobnej pracy zabierają, to jesteście w błędzie.

Do tego czasu napisała już kilka rozdziałów i czytała mi je na głos ze swojego rękopisu, kiedy siedzieliśmy obok siebie na ławce w parku, i były to najprawdziwsze uwagi na temat Indian, jakie kiedykolwiek słyszałem od białej osoby, i to nie tylko z powodu wiadomości, które ja jej przekazałem, ale również ze względu na jej interpretację tych wiadomości, nie wspominając już o tym, jak to było napisane, co przekraczało moje i tak wysokie oczekiwania. Co jakiś czas prosiłem ją o powtórzenie pewnych fragmentów ze względu na wdzięk i siłę wyrazu. Nie starała się pisać pięknie, tylko prawdziwie, i w tym było całe piękno.

Niestety, im wyżej oceniałem jej dzieło, tym ciemniej rysowała mi się moja przyszłość, bo poza indiańskimi opowieściami cóż jeszcze mogłem jej ofiarować?

No, może jeszcze poczucie humoru, które, jak się wydaje, wcześniej nie występowało w życiu Amandy. Udało mi się zaciągnąć ją na Targach do pawilonu pod nazwą Przemysł i Sztuki Piękne, choć nie wiadomo dlaczego parsknęła śmiechem na dźwięk samej nazwy. Zobaczyliśmy tam rycerza na koniu ułożonego z kalifornijskich suszonych śliwek, Wenus z Milo odrobioną w czekoladzie i całkiem czytelną z odległości mapę Stanów Zjednoczonych, która z bliska okazała się dywanem z marynowanych warzyw. Przy tym eksponacie Amanda roześmiała się na głos, co ostatnio zdarzało się jej coraz częściej, podejrzewam, że w wyniku znajomości ze mną. Działałem tak na wiele osób, zawsze z wyjątkiem Wyatta Earpa.

— Amando — powiadam w tym momencie — czy chce pani pójść do Kasyna i przejechać się ruchomym chodnikiem? — Mowa była o budynku, gdzie się czekało na statki wycieczkowe po jeziorze Michigan, a potem wychodziło na molo tym chodnikiem, który na słowo kowbojów z „Dzikiego Zachodu" zasługiwał na swoją nazwę, będąc jednym wielkim pasem transmisyjnym napędzanym elektrycznością.

— I popłynąć w rejs? — spytała Amanda z lekkim uśmieszkiem, bo wiedziała, co myślę o łodziach większych od gondoli na zamkniętych wodach bez fal.

— Dlaczego nie? — odparłem. — Jeżeli pani ma ochotę, to ja chętnie. Albo możemy tylko wejść na pokład *Santa Maria*. Wiem, że nie ma pani dobrego mniemania o Kolumbie, ale jeżeli się zobaczy tę jego łupinę, to trzeba przyznać, że docierając tutaj, dokonał nie lada wyczynu.

Jak już mówiłem, nigdy nie sprzeczaliśmy się ze złością, jakby ta druga osoba była głupcem lub łajdakiem, lecz mimo to zawsze broniliśmy własnych poglądów — jej polegał na tym, że krzywdy spowodowane przybyciem Kolumba do Nowego Świata przeważały nad dobrymi stronami, podczas gdy ja twierdziłem, że wcześniej czy później ktoś i tak by to zrobił z tymi samymi rezultatami, bo wrodzona żyłka zawsze będzie popychać ludzkość do odkrywania i zajmowania nowych terytoriów, i ze wszystkich tego przykładów w świecie Ameryka jest najwyższym osiągnięciem, choć dalekim od doskonałości.

Ale Amanda była tego dnia jakaś rozbawiona i nie zdołałem jej namówić.

– Chyba masz rację, Jack – powiada i mruga do mnie swoim błękitnym okiem. – Stary Chris był lepszy od reszty tej gawiedzi.

– Czy pani mnie przedrzeźnia?

– Jasne – powiada Amanda, trącając mnie zalotnie biodrem, co jakaś przechodząca dewotka skwitowała piorunującym spojrzeniem, kiedy wychodziliśmy z pawilonu Przemysł i Sztuki Piękne na nadbrzeżny deptak.

– Zrobiła się też pani bardzo zalotna – zauważyłem.

– Ktoś musi – odpowiedziała.

Jezioro Michigan, jak już wspomniałem, oglądane z brzegu nie różniło się od oceanu. W żadnym kierunku nie widziało się drugiego brzegu i bywało całkiem burzliwie, kiedy wiał wiatr, a w Chicago rzadko nie wieje.

– Kiedy Cody zakończy występy tutaj, pewnie będzie chciał znów popłynąć do Europy – powiedziałem, patrząc na białe grzywy fal. O niczym takim nie słyszałem, ale mówiłem to z pewnym celem.

– A ty popłyniesz z nim – bardziej stwierdziła, niż spytała Amanda.

Zaszurałem w miejscu nogami.

– Nie wiem jeszcze.

– Jack – powiedziała Amanda – widziałam cię w sytuacjach, kiedy śmierć zaglądała ci w oczy, i miałeś wtedy więcej pewności siebie, niż kiedykolwiek okazałeś w mojej obecności.

– Ma pani rację, Amando. – Byłem zdziwiony, że ona to rozumie. – To pewnie dlatego, że często widziałem umierających ludzi i wiem, czego się spodziewać. A pani nigdy nie udało mi się rozgryźć.

– Nie wiesz, czy cię lubię czy nie – powiedziała.

– Do licha, znów pani trafiła! – zawołałem tak głośno, że przechodnie obejrzeli się za nami.

– Otóż tak, lubię cię Jack. Bardzo cię lubię, i powinnam była powiedzieć ci to już dawno temu.

Byłem wniebowzięty.

– Nic nie szkodzi, Amando, wiem, że damie nie wypada

mówić pierwszej... – Tu utknąłem, uświadomiwszy sobie, że ona właśnie to zrobiła. – To znaczy, chciałem powiedzieć...

– Powinieneś już wiedzieć, że mało dbam o to, co inni, zwykle mężczyźni z wyłączeniem obecnych, określają jako dopuszczalne dla dam. W bardzo młodym wieku byłam krótko żoną takiego osobnika.

– Niech mnie diabli! – wyrwało mi się, zanim zdołałem się powstrzymać.

W tym momencie podmuch wiatru od jeziora zagroził jej kapeluszowi, który musiała przytrzymać, ale nadal patrzyła na mnie z uśmiechem.

– Amando – powiadam – jeżeli to panią obraża, proszę śmiało...

– Jack, czy przestaniesz wreszcie kręcić?

Nadal żartowała sobie ze mnie, ale nie miałem nic przeciwko temu. Nawet mi się to podobało.

– Prawdę mówiąc, chciałem panią spytać, czy nie wyszłaby pani powtórnie za mąż? Tym razem za mnie.

Teraz, kiedy wreszcie wydobyłem to z siebie, aż się wzdrygnąłem wewnętrznie, jak niezgrabnie to zabrzmiało. Nawet nie powiedziałem, że ją kocham. Toteż, kiedy usłyszałem odpowiedź, nie poczułem zdziwienia.

– Nie – powiedziała Amanda.

– Cóż, przynajmniej zdobyłem się na odwagę, żeby to powiedzieć. – W tym momencie gwałtowny poryw wiatru pochwycił mój słomkowy kapelusz i wirującym lotem posłał go nad jezioro Michigan, gdzie niczym piła mechaniczna wciął się rondem w wodę i zatonął równie szybko jak moje nadzieje.

Ale kiedy znów spojrzałem na Amandę, uśmiechała się do mnie czule.

– Nie powiedziałam, że nie chcę z tobą żyć.

Tym razem byłem naprawdę zszokowany.

– Niech pani tak nie mówi, Amando. To nieprzyzwoite.

W odpowiedzi parsknęła pogardliwie.

– Jack, prowadziłeś bar w domu publicznym!

– Tak – mówię – ale to były prostytutki.

– A ja grałam na pianinie w drugim burdelu. I nie chodziłam na górę, ale może i tak uległam zepsuciu.

– Nie! – zawołałem. – To niemożliwe!

– Jedną z ciekawszych twoich cech jest to, że chociaż skłaniasz się ku cynizmowi w ocenie większości ludzkich zachowań, to jesteś ckliwie sentymentalny w stosunku do kobiet.

– Myślałem, że to pani zawsze ich broni i nie chce, żeby były źle traktowane. Pani mamusia, jeszcze w Dodge, powiedziała mi, że według pani, kobiety powinny nawet brać udział w wyborach.

Ściągnęła brwi, udając zagniewaną.

– Jack, czy ty mnie chcesz obrazić?

– Ależ skąd, Amando, czy pani... – Tu zdałem sobie sprawę, że spytała żartem, ale nie wiedziałem, co odpowiedzieć.

Amanda się śmiała, co czyniło ją nieco mniej piękną, bo jej twarz wyglądała bardziej wytwornie w bezruchu, ale za to była mniej odległa. W ciągu tych tygodni naszego zbliżenia moje uwielbienie dla niej stopniowo przechodziło w autentyczną radość z jej obecności, czego dotąd nie rozumiałem.

– To prawda – powiadam – Dziki Bill Hickok nie pożył długo, kiedy się wreszcie ożenił, w Tombstone słyszałem, że żaden z Earpów nie ożenił się z kobietą, z którą żył, a Virgil i Allie wyglądali na szczęśliwych, i jeżeli ta sama zasada stosuje się do Wyatta i Josie, to pewnie nadal są razem od przeszło dwunastu lat.

– Jack – przerwała mi Amanda – mamroczesz. Czy mówisz sam do siebie?

– Przepraszam, chyba tak. A może byśmy tak coś zjedli? Co pani wybiera: Szwedzką Restaurację, Polską Kawiarnię, Japońską Herbaciarnię czy piknik nad wodą? Chyba że nie chce pani być widziana z mężczyzną bez kapelusza?

– Jack, ty tchórzliwy skunksie – powiedziała, przedrzeźniając mnie, Amanda, tak że z trudem utrzymywałem powagę.

– Czy tak będzie się pani do mnie odzywać, jak już zamieszkamy razem? – Powiedziałem to lekkim tonem, ale sama myśl, muszę przyznać, nadal wydawała mi się szokująca.

– Może – powiada – jeżeli nasz związek się sprawdzi.

– O, sprawdzi się na pewno – mówię – ale powinna się pani wstydzić.

– Czegóż to? – śmiała się, przytrzymując jedną ręką kapelusz, a drugą ściskając moje ramię.

– Tego, że mnie pani demoralizuje.

Jak widzicie, Amanda była prawdziwie nowoczesną kobietą, wyprzedzającą swoje czasy.

Przeczytałem w gazecie, że wszelka polityka ma wymiar lokalny, i może wszystkie odkrycia również się do tego sprowadzają. Cokolwiek Kolumb znaczy dla innych, jego zwolenników i przeciwników, ja zawsze będę mu wdzięczny za to, co zrobił dla mnie, za Amandę.

Opowiem wam jeszcze, co się działo ze mną i z nią w najlepszym okresie mojego życia, co stało się z jej książką, jaką pracę wykonywałem i gdzie, bo Targi zamknięto w październiku roku dziewięćdziesiątego trzeciego i podczas gdy formalnie rzecz biorąc, byłem już starszym mężczyzną, to nie doszedłem jeszcze do półmetka swojego życia, zostało mi więc jeszcze dużo do opowiedzenia z lat mojej jeszcze dość długiej sprawności, a w świecie, z którym miałem do czynienia, działo się niemało, kiedy wiek dziewiętnasty przechodził w dwudziesty: na przykład Tom Edison zaczął robić filmy do pokazywania w kinoteatrach zamiast maszyn do zaglądania przez dziurkę, w Klondike odkryto złoto, ochotnicza kawaleria pułkownika Teddy'ego Roosevelta walczyła na Kubie, nie konno, jak mogłoby się wydawać, ale na piechotę, i zajęła wzgórze Kettle, a nie San Juan. Kto jeszcze sprostuje takie szczegóły, jeżeli nie ja?

Miałem pewien związek z tymi wydarzeniami i z wieloma innymi, i jak zwykle możecie usłyszeć ode mnie nieco inną wersję niż od tych, którzy chcą przy okazji upiec swoją pieczeń. A ja mówię tylko to, co osobiście widziałem lub słyszałem.

Teraz jednak muszę się nieco zdrzemnąć. Jeżeli się jeszcze obudzę, to niewątpliwie usłyszycie dalszy ciąg mojej historii.

SPIS TREŚCI